Мир Харуки Мураками

# Харуки Мураками

# Дэнс, дэнс, дэнс

Москва, 2007

УДК 82(1-87)
ББК 84(5Япо)
М91

Haruki MURAKAMI
Dansu, dansu, dansu

Перевод с японского *Дмитрия Коваленина*

Художественное оформление *Антона Ходаковского*

**Мураками Х.**
М91    Дэнс, дэнс, дэнс / Харуки Мураками; [пер. с яп. Д. Коваленина]. — М.: Эксмо, 2007. — 624 с.

ISBN 978-5-699-21662-8

...И тут я наконец осознал: вокруг меня — кромешная тьма. Ни лучика света. Двери лифта все так же беззвучно затворились у меня за спиной, и эта тьма стала черной, как битумный лак. Я не различал даже собственных рук. Музыка тоже исчезла. В зябком воздухе едко пахло какой-то хиной.

И в этой кромешной тьме я стоял, не дыша, совершенно один.

«Дэнс, дэнс, дэнс» (1988) — заключительный роман культовой «Трилогии Крысы» классика современной японской литературы Харуки Мураками, начатой романами «Слушай песню ветра», «Пинбол 1973» и «Охота на овец».

УДК 82(1-87)
ББК 84(5Япо)

ISBN 978-5-699-21662-8

## *Март 1983 г.*

Мне часто снится отель «Дельфин».

Во сне я принадлежу ему. По какому-то странному стечению обстоятельств я — его часть. И свою зависимость от него там, во сне, я ощущаю совершенно отчетливо. Сам отель «Дельфин» в моем сне какой-то искаженно-вытянутый. Очень узкий и длинный. Такой узкий и длинный, что вроде и не отель, а каменный мост под крышей. Фантастический мост, который тянется из глубины веков до последнего мига Вселенной. А я — элемент его мощной конструкции... И внутри кто-то плачет еле слышно. Я знаю — плачет из-за меня.

Отель заключает меня в себе. Я чувствую его пульс, ощущаю тепло его стен. Там, во сне, я — один из органов его огромного тела...

Такой вот сон.

Открываю глаза. Соображаю, где я. И даже говорю вслух. Где я? — спрашиваю сам себя. Вопрос, лишенный всякого смысла. Задавай его, не задавай — ответ всегда известен заранее. Я — в своей собственной жизни. Вокруг — моя единственная реальность. Не то чтобы я желал их себе такими, но вот они — мои будни, мои заботы, мои обстоятельства. Иногда со мной рядом спит

5

женщина. Но в основном я один. Ревущая скоростная магистраль за окном, стакан у подушки (с полпальца виски на донышке), да идеально соответствующий обстановке — а может, и просто ко всему безразличный — пыльный утренний свет. За окном дождь. Когда с утра дождь, я не сразу вылезаю из постели. Если в стакане осталось вчерашнее виски — допиваю его. Наблюдаю за каплями, что срываются с карниза за окном, и думаю об отеле «Дельфин». Вытягиваю руку перед собой. Ощупываю лицо. Убеждаюсь: я — сам по себе, никакому отелю не принадлежу. Я НИЧЕМУ НЕ ПРИНАДЛЕЖУ. Но ощущение из сна остается. Там, во сне, попробуй я вытянуть руку вот так же — и огромное здание заходило бы ходуном. Точно старая мельница, к которой заново подвели воду, заскрипело бы оно, заворочало вал за валом, шестеренку за шестеренкой — и всем корпусом до последнего гвоздя отозвалось бы на мое движение. Если прислушаться, можно даже различить, в какие стороны этот скрип разбегается... Я прислушиваюсь. И различаю чьи-то сдавленные рыдания. Из кромешного мрака доносятся они еле слышно. Кто-то плачет. Тихо и безутешно. Плачет и зовет меня.

Отель «Дельфин» действительно существует. Притулился на углу двух убогих улочек в Саппоро. Несколько лет назад я прожил там целую неделю. Нет — попробую вспомнить точнее. Восстановить все в деталях... Когда это было? Четыре года назад. Еще точнее — четыре с половиной. Мне тогда не было и тридцати. Мы поселились там на пару с подругой. Собственно, она-то все и решила. Вот, говорит, здесь и поселимся. Дескать, мы просто должны поселиться именно в этом отеле — и ни в каком другом. Не потребуй она, мне бы и в голову не пришло останавливаться в таком странном месте.

То был обшарпанный, богом забытый отелишко: за неделю нашего пребывания там я встретил в фойе всего двух или трех человек — да и о них было крайне трудно сказать, живут они здесь или забежали на пять минут по делам. Судя по тому, что на доске за стойкой портье кое-где недоставало ключей, постояльцы у отеля «Дельфин» все же имелись. Немного. Совсем чуть-чуть. А поскольку телефон отеля мы нашли в справочнике большого города, подозревать, будто здесь вообще никто не останавливается, было бы просто странно. Но если, кроме нас двоих, здесь и жил кто-то, надо полагать, существа это были страшно робкие и забитые. Видеть мы их не видели, слышать не слышали и никакого их присутствия не ощущали. Разве только порядок ключей на доске у портье менялся день ото дня. Видимо, даже по коридорам они передвигались бледными тенями, затаив дыхание и прижимаясь к стенам. Лишь изредка тишину в здании нарушало громыхание старого лифта; но лифт замирал, и тишина обваливалась еще тяжелее, чем прежде...

Совершенно мистическое заведение.

При взгляде на него мне всегда казалось, будто передо мной ошибка мировой эволюции. Жертва зашедших в тупик генетических трансформаций. Уродливая рептилия, чей биологический вид долго мутировал не в том направлении — слишком долго, чтобы теперь меняться обратно. В результате же все особи этой ветви повымирали, только одна осталась в живых — и громоздилась теперь, сиротливая и неприкаянная, в угрюмых сумерках нового мира. Жестокого мира, где даже Время от нее отреклось. И обвинять в этом некого. Нет виноватых — и совершенно нечем помочь. Потому что с самого начала не надо было устраивать здесь отель. С

7

этого, самого главного промаха все и пошло вкривь да вкось. Как сорочка, которую застегнули не на ту пуговицу, и она совсем немного перекосилась. Любые попытки исправить этот маленький перекос приводят к такому же легкому, почти элегантному беспорядку еще где-нибудь. И так, понемногу, вся сорочка оказывается перекошенной, с какой стороны ни смотри... Бывает на свете такая особая перекошенность. Если часто смотреть на нее, голова привыкает непроизвольно клониться вбок. Вроде никаких неудобств: наклон очень слабый, всего в несколько градусов. Легкий, естественный наклон головы. Привыкнешь — и можно вполне уютно жить на свете. Если, конечно, не обращать внимания на то, что весь остальной мир воспринимается под наклоном...

Именно таким был отель «Дельфин». Его убогость, как и обреченная готовность в любую секунду провалиться сквозь землю от всех нелепостей, скопившихся в нем за десятки лет, бросались в глаза любому. Жутко тоскливое заведение. Тоскливое, как колченогая псина под январским дождем. Конечно, на свете нашлось бы немало отелей еще тоскливее этого. Но даже поставленный с ними в ряд, отель «Дельфин» смотрелся бы по-особому. Тоска была заложена уже в самом проекте здания. И от этого становилось тоскливей вдвойне.

Стоит ли говорить: за исключением бедолаг, попавших сюда по ошибке или неведению, трудно было найти человека, который поселился бы в отеле «Дельфин» добровольно.

На самом деле отель назывался несколько иначе. «Dolphin Hotel» — вот как это звучало официально. Но образ, рождаемый таким названием в моей голове, настолько отличался от того, чем приходилось довольствоваться в реальности — при словах «Dolphin Hotel» мне представляется роскошный сахарно-белый отель где-нибудь на побережье Эгейского моря, — что я про себя называл его просто «отель "Дельфин"». Как бы в отместку вывеске «DOLPHIN HOTEL», висевшей у входа. Без вывески догадаться о том, что перед вами отель, было бы невозможно. Но даже с вывеской здание никак не выглядело отелем. Больше всего напоминало оно музей. Хранилище каких-то особенных знаний, куда тихонько, чуть не на цыпочках, заходят особенные посетители и со специфическим любопытством в глазах разглядывают экспонаты, ценность которых понятна лишь специалисту...

Не знаю, казалось ли так же кому-нибудь еще. Но, как я выяснил позже, такое впечатление было не просто полетом моей фантазии. На одном из этажей здания действительно располагался архив.

Кто же захочет селиться и жить в таком месте? В музее с полуистлевшим хламом неизвестного назначения? В лавке старьевщика, где мрачные коридоры заставлены бараньими чучелами, в воздухе пыльными клочьями плавает овечья шерсть, а стены завешаны порыжевшими фотографиями? В мрачном склепе, где даже мысли людей, не найдя себе применения, скопились по углам засохшей грязью?

Вся мебель в отеле повыцвела, столы шатались, и ни одна дверь не запиралась как следует. Лампы едва горели — в коридорах висел густой полумрак. Вода из свинченных кранов в туалетах текла не переставая. Ожиревшая горничная (ноги как у слона) бесцельно шаталась по коридорам, чахоточным кашлем напоминая миру о своем существовании. Управляющий отелем, средних лет мужчина с жалобными глазами, самолично просиживал с утра до ночи за стойкой в фойе, и на руке у него недоставало двух пальцев. На его лице было ясно написано: за какое дело бы он ни взялся, ничего хорошего не получится никогда. То был классический представитель племени неудачников. Как если бы его поквасили сутки-другие в бочке с чернилами, затем отпустили — и как бедняга ни пытался потом отмыться, злая карма ошибок, провалов и хронического невезения въелась в кожу голубовато-унылым оттенком и навеки осталась с ним. Этого типа явно стоило посадить под стекло и показывать школьникам на уроках естествознания. Под табличкой: «Человек, Безнадежный Во Всех Отношениях». Одним своим видом он вызывал у посетителей жалость — а некоторых, уверен, и раздражал (бывают люди, которые злятся, когда нужно кого-то жалеть)...

Ну кому взбредет в голову здесь селиться?

Но мы поселились. «Мы просто обязаны здесь поселиться!» — уговорила меня подруга. И вскоре исчезла. Как сквозь землю провалилась, оставив меня одного. Об этом мне сообщил Человек-Овца. «Девчонка ушла, — сказал он. — Девчонка должна была уйти»... Теперь-то я понимаю, чтó все это значило. Ее главной задачей было сделать так, чтобы я пришел сюда добровольно. И она блестяще сыграла свою роль. Роль указки Судьбы. Как реки Молдавии. Куда по ним ни сворачивай — все равно выплываешь к морю... Лежу и думаю об этом, глядя на дождь за окном. Думаю о Судьбе.

С тех пор как у меня начались эти странные сны, по утрам в голове так и вертится мысль о пропавшей подруге. С каждым утром все отчетливей кажется, будто я снова ей нужен — и что она зовет меня. Иначе с чего бы мне снился отель «Дельфин»?

«Подруга»... Я ведь даже имени ее не знаю. Прожили вместе несколько месяцев — а я так и не знаю о ней ни черта. Знаю лишь, что работала «девушкой по вызову» в дорогом ночном клубе. Элитарном, с членской системой и респектабельными клиентами. Шлюха высшей категории. И кроме этого еще подрабатывала в нескольких местах. Днем правила тексты в небольшом издательстве, да время от времени подряжалась фотомоделью для рекламы женских ушей. Словом, жила очень наполненной жизнью. И, конечно, без имени никак не могла. Скорее всего, у нее было даже несколько разных имен. И в то же время — ни одного. На ее вещах — а она, понятно, старалась носить с собой только самый минимум — имени хозяйки не значилось. Ни проездного билета, ни водительских прав, ни кредиток я никогда у нее не видел. Постоянно с собой она носила только миниатюрный блокнотик, куда тоненькой ручкой заносила какую-то невразумительную цифирь — коды-шифры, понятные лишь ей одной. Во всей ее жизни со мной было совершенно не за что зацепиться... Не знаю: может, у шлюх тоже есть имена. Вот только живут они в том измерении, где имен не бывает.

Как бы там ни было, мне почти ничего о ней не известно. Откуда приехала, когда родилась, сколько лет на самом деле — не имею ни малейшего представления. Как мимолетный дождик, она появилась вдруг и так же внезапно исчезла. Оставив лишь воспоминания...

Но в последнее время воспоминания эти становятся что-то слишком реалистичными. Странные вещи мерещатся мне. Будто это она, подруга, зовет меня из отеля «Дельфин» в моем сне. Будто я снова ей нужен. Но повстречаться мы можем, только если я приеду в отель. Там, в отеле «Дельфин», она плачет и ждет меня.

11

Наблюдаю за каплями. Прислушиваюсь к себе. Я чему-то принадлежу... Кто-то плачет и ждет меня... И то и другое воспринимается очень издалека. Словно происходит где-нибудь на Луне. Что ни говори, а сны — это сны. Как ни беги за ними вдогонку — не добежишь, не дотянешься.

Да и с чего бы кому-то из-за меня так убиваться?

И все-таки. Все-таки она меня ждет. Там, в одной из комнат отеля. Я и сам в душе хочу, чтобы так было. Я тоже хочу принадлежать ему — странному дому, в котором переворачиваются судьбы людей...

Однако вернуться в отель «Дельфин» — задача не из простых. Заказать по телефону номер, купить билет, прилететь в Саппоро — если бы все сводилось лишь к этому! Проблема поездки в отель «Дельфин» — в самом отеле «Дельфин». Вернуться туда — значит встретиться с тенями Прошлого. При одной мысли об этом я впадаю в меланхолию. Четыре года я, как мог, разгонял вокруг себя эти холодные мрачные тени. Но стоит вернуться в отель, и псу под хвост полетит вся та жизнь, которую я выстроил заново за эти четыре года, начав с нуля.

С другой стороны, не так уж и много я выстроил... Как ни смотри, почти все — бессмысленный мусор, хлам для уютного прозябания...

И все-таки — я сделал все, что мог. Собрал этот хлам, подогнал половчее к реальности и к себе, слепил из своих куцых ценностей новое бытие... И что теперь — обратно в прежнюю жизнь без кола и двора? Распахнуть окно — и повыкидывать все к чертовой матери?

Хотя, в конечном итоге, лишь так и сможет начаться что-нибудь новое. Уж это я понимаю. Лишь так — и никак иначе...

Все еще лежа в кровати, я уставился в потолок и глубоко вздохнул. Плюнь, сказал я себе. Расслабься. Ни к чему эти рассуждения не приведут. То, что с тобой происходит, сильнее тебя. Рассуждай, не рассуждай — а начнется все именно с этого... Таков порядок. Хоть тресни.


Пора наконец представиться.

«Несколько слов о себе»...

В школе, помню, частенько приходилось этим заниматься. Из года в год, когда набирался новый класс, все выстраивались в линейку, и каждый по очереди выходил вперед и рассказывал о себе, как умеет. Я никогда не мог этого делать как следует. И дело тут даже не в умении. Само занятие казалось полным бредом. Что я вообще могу знать о себе? Разве то, каким я себя представляю, — настоящий я? Если собственный голос, записанный на магнитофонную пленку, получается странным, чужим, что говорить о картинках, которые мое воображение рисует с меня, перекраивая, извращая мою натуру, как ему заблагорассудится?.. Подобные мысли всю жизнь копошились у меня в голове. И всякий раз, когда я знакомился с кем-то и приходилось рассказывать «что-нибудь о себе», я чувствовал себя, точно двоечник-прохиндей, исправляющий отметки в классном журнале. Колоссально неуютное ощущение... Поэтому я всегда старался не рассказывать о себе ничего, кроме голых фактов, которые не нужно ни комментировать, ни объяснять («держу собаку»; «люблю плавать»; «ненавижу сыр»; и так далее), — но в итоге мне все равно продолжало мерещиться, будто я рассказываю какие-то придуманные вещи о несуществующем человеке. И когда в таком состоянии я слушал рассказы других, казалось, что они тоже болтают не о себе, а о ком-то третьем. Что все мы живем в придуманном мире и дышим придуманным воздухом...

И все-таки придется что-нибудь рассказать... Только так все и может начаться — с болтовни о себе. С этого первого шага. Удачно ли, нет — рассудим после. Я сам рассужу, другие рассудят — сейчас неважно. Сейчас я должен болтать о себе. И при этом — помнить, о чем болтаю...

Сыр я теперь люблю. Когда полюбил — не помню; как-то само полюбилось. Собака моя простудилась под дождем и умерла от воспаления легких, когда я пошел в последний класс школы. С тех пор собак не держу. А плавать люблю и сегодня. Спасибо за внимание...

Но в том-то и беда: в реальной жизни так легко не отделаешься. Когда требуешь чего-то от жизни (а кто из нас от нее не требует?) — жизнь автоматически запрашивает в ответ целую кучу дополнительной информации. Для построения расчета необходимо ввести больше данных. Иначе ответа не будет.

ДАННЫХ НЕДОСТАТОЧНО. ОТВЕТ НЕВОЗМОЖЕН. НАЖМИТЕ КЛАВИШУ СБРОСА.

Нажимаю на «сброс». Экран пустеет. Люди в аудитории принимаются швырять в меня чем попало. «Болтай! Еще болтай о себе!..» Учитель недовольно сдвигает брови. Потеряв дар речи, я каменею у классной доски.

Нужно болтать. И как можно дольше. Удачно ли, нет — разберемся потом...


Иногда она приходит и остается на ночь. Утром завтракает вместе со мной, уходит на работу — и уже не возвращается. Имени у нее нет. Все-таки она — *не главная* героиня этой истории. Очень скоро она исчезнет из повествования навсегда, и, чтобы не запутывать себя и других, я не буду давать ей имя. Но я не хочу, чтобы думали, будто я ею пренебрег. Мне она всегда нравилась, и даже теперь, когда исчезла из моей жизни навеки, нравится ничуть не меньше.

В каком-то смысле мы с ней — друзья. По крайней мере, у нее есть все основания считать себя моим единственным другом. За исключением редких визитов ко мне, она живет с постоянным любовником. Работает в телефонной компании — составляет на компьютере счета за телефонные разговоры. Подробнее о работе я не спрашивал, она не рассказывала. Но, думаю, что-нибудь в этом роде. Подсчитывает, кто сколько наговорил по телефону, выписывает квитанции и рассылает абонентам. Так что свои телефонные счета я всегда вынимаю из почтового ящика так, будто получил интимное письмо.

Совершенно отдельно от своей основной жизни она спит со мной. Два — ну, может, три раза в месяц. Меня она считает «человеком с Луны» или кем-то вроде этого. «Эй! А ты разве не вернешься к себе на Луну?» — хихикает она тихонько. В постели нагишом, всем телом прижимаясь ко мне. Сосками маленьких грудей упираясь мне в ребра. Так мы болтаем каждый раз, когда ночью вдвоем. За окном — несмолкающий гул магистрали. По радио — монотонный шлягер «Human League». «Лига Людей»... Ну и названьице. Какого черта так называть музыкальную группу? Все-таки раньше люди называли свои группы куда приличнее: «Imperials», «Supremes», «Flamingoes», «Falcons», «Impressions», «Doors», «Four Seasons», «Beach Boys»[1]...

---

[1] «Имперские», «Высочайшие», «Фламинго», «Соколы», «Впечатления», «Двери», «Времена Года», «Пляжные Мальчики» (англ.) — *Здесь и далее прим. переводчика.*

Я говорю ей об этом. Она смеется. Странный я, говорит. Что во мне странного — не понимаю. Сам я считаю себя нормальным человеком с самыми обычными мыслями в голове... HUMAN LEAGUE!

— Ужасно люблю, когда мы вдвоем, — говорит она. — Иногда бывает — так захочу к тебе, прямо сил нет! На работе, например...

— Хм...

— Иногда, — подчеркивает она. И потом молчит с полминуты. Заканчивается «Human League», начинается что-то незнакомое. — Вот в чем проблема-то... *Твоя* проблема, — продолжает она. — Мне, например, страшно нравится, когда мы вот так... Но быть с тобой каждый день с утра до вечера почему-то не хочется... Отчего бы, а?

— Хм, — повторяю я.

— То есть ты меня ни в чем не стесняешь, все в порядке. Просто... Когда я с тобой, воздух вокруг становится каким-то тонким... разреженным, да? — Как на Луне.

— Что ж. Вот такой он, запах моей родины...

— Эй! Я не шутки шучу! — Она привстает на постели и заглядывает мне в лицо. — Я, между прочим, все это для тебя говорю... Много у тебя в жизни людей, которые бы говорили с тобой о тебе?

— Нет, — отвечаю я искренне. Кроме нее, больше нет никого.

Она снова ложится и прижимается грудью ко мне. Я ласкаю ей спину ладонью.

— В общем, вот так. Воздух с тобой очень тонкий. Как на Луне, — повторяет она.

— На Луне воздух вовсе не тонкий, — возражаю я. — На Луне вообще воздуха нет. Так что...

— Очень тонкий!.. — шепчет она. Может, не слышит,

16

что я говорю, может, просто не хочет слышать, не знаю. Но от ее шепота мне неуютно. Черт знает, почему. Есть в нем что-то тревожное. — А иногда и совсем истончается... И тогда ты дышишь вовсе не тем же воздухом, что я, а чем-то другим... Мне так кажется.

— Данных недостаточно... — бормочу я.

— В смысле — я о тебе ничего не знаю? Ты об этом, да? — спрашивает она.

— Да я и сам о себе ничего не знаю! — говорю я. — Ну правда. Я не в философском смысле, а в самом буквальном... Общая нехватка данных, понимаешь? По всем параметрам...

— Но тебе уже тридцать три, так?

Ей самой — двадцать шесть.

— Тридцать четыре, — поправляю я. — Тридцать четыре года два месяца.

Она качает головой. Потом выбирается из постели, подбегает к окну и отдергивает штору. За окном громоздятся бетонные опоры скоростной магистрали. В предрассветном небе над ними — белый череп луны.

Она — в моей пижаме.

— Эй, ты! Возвращайся к себе на Луну! — изрекает она, указуя пальцем на небеса.

— С ума сошла? Холодно же! — говорю я.

— Где? На Луне?

— Да я о тебе говорю! — смеюсь я. На дворе февраль. Она стоит у самого подоконника, и я вижу, как ее дыхание превращается в белый пар. Кажется, лишь после моих слов она замечает, что мерзнет.

Спохватившись, она мигом запрыгивает обратно в постель. Я обнимаю ее. Пижама на ней — холодная просто до ужаса. Она утыкается носом мне в шею. Нос ее тоже как ледышка.

— Уж-жасно тебя люблю, — шепчет она.

Я хочу ей что-то ответить, но слова застревают в горле. Я очень тепло отношусь к ней. В постели — вот как сейчас — мы отлично проводим время. Мне нравится согревать ее своим телом; гладить, едва касаясь, ее длинные волосы. Нравится слушать ее дыхание во сне, а утром — завтракать с нею и отправлять ее на работу. Нравится получать по почте телефонные счета, которые, я верю, она для меня составляет; наблюдать, как она разгуливает по дому в моей пижаме на три размера больше... Вот только чувству этому я никак не подберу определения. Уж конечно, это не любовь. Симпатией и то не назовешь...

Как бы это лучше назвать?

Так или иначе, я ничего ей не отвечаю. Просто ни слова на ум не приходит. И я чувствую, что своим молчанием чем дальше, тем больнее задеваю ее. Она не хочет, чтобы я это чувствовал, но я чувствую все равно. Просто веду пальцами по нежной коже вдоль позвонков — и чувствую. Совершенно отчетливо. Так мы молчим, обнявшись, и слушаем песню с неизвестным названием.

Внезапно — ее ладонь у меня в паху.

— Женись на хорошей лунной женщине... Сделайте с ней хорошего лунного ребеночка... — ласково бормочет она. — Так будет лучше всего.

Шторы распахнуты, и белый череп смотрит на нас в упор. Все так же обнимая ее, я гляжу поверх ее плеча на луну. По магистрали несутся грузовики. Временами они издают какой-то недобрый треск — будто гигантский айсберг начинает раскалываться, заплывая в теплые воды. Что же они там перевозят? — думаю я.

— Что у нас сегодня на завтрак? — спрашивает она.

— Да ничего особенного. Как всегда. Колбаса, яйца, тосты. Салат картофельный со вчера остался. Кофе. Тебе могу сварить «кафе-о-лэ»...

— Кр-расота! — радуется она. — И яичницу сделаешь, и кофе, и тосты пожаришь, да?

— С удовольствием, — отвечаю я.

— Угадай — что я люблю больше всего на свете?

— Честно? Понятия не имею...

— Больше всего на свете, — говорит она, глядя мне прямо в глаза, — я люблю, чтоб зима, и утро такое противное, что встать нету сил; а тут — кофе пахнет, и еще такой запах, когда яичницу поджаривают с колбасой, и когда тостер отключается — *дззын-нь!* — просто вылетаешь из постели, как ошпаренная!.. Понял, да?

— Ладно! — смеюсь я. — Сейчас попробуем...


Я человек не странный.

То есть мне действительно так кажется.

Конечно, до «среднестатистического человека» мне тоже далеко. Но я не странный, это точно. С какой стороны ни глянь, абсолютно нормальный человек. Очень простой и прямой. Как стрела. Сам себя воспринимаю как некую неизбежность и уживаюсь с нею совершенно естественно. Неизбежность эта настолько очевидна, что мне даже не важно, как меня видят другие. Что мне до того? Как им лучше меня воспринимать — их проблема, не моя.

Кому-то я кажусь глупее, чем на самом деле, кому-то умнее. Мне же самому от этого ни жарко, ни холодно. Ведь образец для сравнения — какой я на самом деле — тоже всего лишь фантазия, отблеск моего же представления о себе. В их глазах я действительно могу быть как полным тупицей, так и гением. Ну и что? Не вижу тут ничего ужасного. На свете не бывает ошибочных мнений. Бывают мнения, которые не совпадают с нашими, вот и все. Таково мое мнение.

С другой стороны, есть люди, которых моя внутренняя нормальность притягивает. Таких людей очень мало, но они существуют. Каждый такой человек и я — точно две планеты, что плывут в мрачном космосе навстречу друг другу, влекомые какой-то очень природной силой, сближаются — и так же естественно разлетаются, каждый по своей орбите. Эти люди приходят ко мне, вступают со мной в *отношения* — лишь для того, чтобы в один прекрасный день исчезнуть из моей жизни навсегда. Они становятся моими лучшими друзьями, любовницами, а то и женами. Некоторые даже умудряются стать моими антиподами... Но как бы ни складывалось, приходит день — и они покидают меня. Кто — разочаровавшись, кто — отчаявшись, кто — ни слова не говоря (точно кран без воды — хоть сверни, не нацедишь ни капли), — все они исчезают.

В моем доме — две двери. Одна вход, другая выход. Иначе никак. Во вход не выйти; с выхода не зайти. Так уж устроено. Люди входят ко мне через вход — и уходят через выход. Существует много способов зайти, как и много способов выйти. Но уходят все. Кто-то ушел, чтобы попробовать что-нибудь новое, кто-то — чтобы не тратить время. Кто-то умер. Не остался — никто. В квартире моей — ни души. Лишь я один. И, оставшись один, я теперь всегда буду осознавать их отсутствие. Тех, что ушли. Их шутки, их излюбленные словечки, произнесенные здесь, песенки, что они мурлыкали себе под нос, — все это осело по всей квартире странной призрачной пылью, которую зачем-то различают мои глаза.

Иногда мне кажется — а может, как раз ОНИ-то и видели, какой я на самом деле? Видели — и потому приходили ко мне, и потому же исчезали. Словно убедились в моей внутренней нормальности, удостоверились в искренности (другого слова не подберу) моих попыток оставаться нормальным — и дальше... И, со своей стороны, пытались что-то сказать мне, раскрыть передо мною душу... Почти всегда это были добрые, хорошие люди. Только мне предложить им было нечего. А если и было что — им все равно не хватало. Я-то всегда старался отдать им от себя, сколько умел. Все, что мог, перепробовал. Даже ожидал чего-то взамен... Только ничего хорошего не получалось. И они уходили.

Конечно, было нелегко.

Но что еще тяжелее — каждый из них покидал этот дом еще более одиноким, чем пришел. Будто, чтобы уйти отсюда, нужно утратить что-то в душе. Вырезать, стереть начисто какую-то часть себя... Я знал эти правила. Странно — всякий раз, когда они уходили, казалось, будто они-то стерли в себе гораздо больше, чем я... Почему всё так? Почему я всегда остаюсь один? Почему всю жизнь в руках у меня остаются только обрывки чужих теней? Почему, черт возьми? Не знаю... Нехватка данных. И как всегда — ответ невозможен.

Чего-то недостает.

Однажды, вернувшись с собеседования насчет новой работы, я обнаружил в почтовом ящике открытку. С фотографией: астронавт в скафандре шагает по поверхности Луны. Отправителя на открытке не значилось, но я с первого взгляда сообразил, от кого она.

«Я думаю, нам не стоит больше встречаться, — писала она. — В ближайшее время я, видимо, выйду замуж за землянина».

Лязгнув, захлопнулась дверь.

ДАННЫХ НЕДОСТАТОЧНО. ОТВЕТ НЕВОЗМО-
ЖЕН. НАЖМИТЕ КЛАВИШУ СБРОСА.

Пустеет экран.

Сколько еще будет так продолжаться? — думаю я.
Мне уже тридцать четыре. До каких пор все это будет со
мной твориться?

Особо я не терзался. Чего уж там — ясно как день: я
сам во всем виноват. Ее уход — дело совершенно естест-
венное, и я с самого начала знал, что все этим кончится. Она понимала, я понимал. Только мы всё надеялись,
что вот-вот случится какое-то маленькое, еле заметное
чудо. Неуловимая случайность, что перевернет наши
жизни вверх дном... Но ничего подобного, конечно же,
не случилось. И она ушла. Само собой, от ее ухода мне
стало грустно. Однако мне уже приходилось испытывать эту грусть. И я нисколько не сомневался, что пере-
живу эту грусть без труда.

Ведь я всегда ко всему привыкаю...

От такой мысли мне вдруг сделалось тошно. Будто
черная желчь, разлившись внутри, подступила к самому
горлу. Я встал перед зеркалом в ванной и посмотрел на
себя. Так вот ты какой — Я, Который На Самом Деле...
Вот и свиделись. Много же ты стер в себе... Гораздо, гораздо больше, чем казалось... Лицо в зеркале — старее,
противнее, чем обычно. Я беру мыло, тщательно мою
лицо и натираю кожу лосьоном. Не спеша мою руки и
старательно вытираюсь новеньким полотенцем. Затем
иду на кухню и, отхлебывая пиво из банки, навожу порядок в холодильнике. Выкидываю сгнившие помидоры, выстраиваю в ряд банки с пивом, проверяю содержимое кастрюль, составляю список, что купить в
магазине...

До самого рассвета я просидел в одиночестве, разглядывая луну и гадая: сколько еще это будет твориться со мной? Наступит день, и я снова встречу кого-то. Все будет очень естественно — как движенье планет, чьи орбиты пересеклись. И мы снова будем надеяться на какое-то чудо, каждый сам по себе, выжидать какое-то время, стирать свои души — и расстанемся, несмотря ни на что...

До каких пор?

# 2

Через неделю после того как я получил ее открытку с Луной, мне пришлось отправиться по работе в Хакодатэ. Не скажу, чтобы работа на сей раз попалась очень уж интересная, — ну да и выбирать особо не приходилось. Почти вся моя работа, в принципе, мало чем отличается от этой.

Вообще, чем рассуждать, повезло с работой или нет, лучше залезть в эту работу по самые уши, а там уже и разницу чувствовать перестанешь. Как с волнами в акустике. На каком-то пороге частот уже не различаешь, какой звук выше, какой ниже; а стоит зайти за этот порог — не то что высоту, сам звук разобрать невозможно...

То был проект одного женского журнала: познакомить читательниц с деликатесами Хакодатэ. Мы с фотографом обследуем дюжину местных ресторанчиков, я сочиняю текст, он делает снимки. Всего материала — на пять страниц... Ну что ж. Раз существуют женские журналы — значит, кто-то должен и репортажи для них писать. Точно так же кому-то приходится собирать мусор на улицах или разгребать на дорогах снег. Должен кто-то и дворником быть. Нравится это ему или нет...

В общем, три с половиной года я зарабатывал на жизнь такой вот псевдокультурной деятельностью. Этакий дворник от литературы.

Обстоятельства вынудили меня уйти из фирмы, которой мы заправляли вместе с напарником — моим хорошим приятелем до тех самых пор, — и после этого я целых полгода валял дурака. Заниматься чем-либо ни сил, ни желания не было. Слишком много сюрпризов подкинула мне прошедшая осень. Жена ушла. Лучший друг погиб — странной, мистической смертью. Подруга исчезла — как в воду канула, не сказав ни слова. Я встретил странных людей, которые втянули меня в странную историю... А потом все кончилось, и я провалился в тишину, беспробудней которой не слышал с рождения. Жутким духом *отсутствия всякой жизни* пропитало мою квартиру. Полгода провел я здесь, скрываясь от мира. Если не считать редких вылазок за покупками — самый минимум, лишь бы ноги не протянуть, — днем наружу не выходил. Только перед рассветом выбирался из дома и шатался по безлюдным улицам. С появлением первых прохожих возвращался домой и ложился спать.

Ближе к вечеру просыпался, сооружал себе простенький ужин, ел, кормил консервами кошку. А после ужина садился на пол в углу — и снова, снова прокручивал в памяти прошлое, пытаясь найти в цепи событий какой-то единый смысл. Переставляя местами отдельные сцены; отслеживая моменты, когда я своим выбором мог что-либо изменить; заново оценивая, верно ли поступил тогда-то и там-то... И так до заката. А потом опять выбирался из дома и бродил по омертвевшему городу.

День за днем я жил так — наверное, целых полгода... Да, так и есть: с января по июнь 79-го. Книг не читал.

Не раскрыл ни одной газеты. Не слушал музыку. Не включал ни радио, ни телевизор. Почти не брал в рот спиртного. Просто не появлялось желания выпить. Что происходило на свете, кто чем прославился, кто еще жив, кто помер, я понятия не имел. Нельзя сказать, что я отвергал информацию в любом виде. Просто ничего нового знать не хотелось. То есть я чувствовал: мир вокруг продолжает вертеться. Кожей чувствовал — даже запершись в своей конуре. Только это не вызывало у меня ни малейшего интереса. Легким беззвучным ветерком события мира обдували меня почти незаметно и уносились прочь.

А я все сидел на полу и прокручивал в памяти прошлое. И, что удивительно, — за полгода упорного, ночи напролет, самокопания мне нисколько это не наскучило. Слишком огромным и многомерным казалось то, что случилось со мной. Слишком реальным и осязаемым. Протяни руку — дотронешься. Будто какой-то монумент громоздился передо мною в кромешной тьме. Здоровенный обелиск в мою честь... М-да, много крови тогда утекло. Одни раны затянулись со временем, другие открылись позже. И все же полгода в своей добровольной тюрьме я сидел не затем, чтобы зализать раны. Мне просто требовалось время. Ровно полгода, чтобы собрать все случившееся в единую, прорисованную во всех деталях картину и понять ее смысл. И я вовсе не замыкался в себе, не отрицал окружающую действительность — нет, этого не было. Обычный вопрос времени. Физического времени, чтобы восстановить себя и переродиться.

*Во что именно* переродиться, я решил первое время не думать. Мне казалось, что это отдельный вопрос. И разобраться с ним можно как-нибудь потом. А сначала необходимо встать на ноги и удержать равновесие.

Я не разговаривал даже с кошкой.

Телефон звонил — не брал трубку.

В дверь стучали — не открывал.

Иногда приходили письма.

Бывший напарник писал, что беспокоится за меня — куда я пропал, чем занят. Что письмо по этому адресу шлет наугад — вдруг я еще здесь проживаю. Если я в чем-то нуждаюсь, пусть ему сообщу. Дела в конторе идут как обычно. Вскользь упоминал общих знакомых... Я перечитывал эти письма по нескольку раз, чтобы только уяснить смысл написанного (иногда приходилось раз по пять), — и хоронил в ящике стола.

Писала бывшая жена. Посылала мне целый список сугубо деловых поручений. И описывала их сугубо деловым языком. А под конец сообщала, что снова выходит замуж — за человека, совершенно мне не знакомого. Словно подчеркивала: «Что со мной будет дальше — совершенно тебя не касается». Стало быть, моего приятеля, что ухлестывал за ней, когда мы разводились, она тоже послала куда подальше. Ну еще бы. Уж его-то я знал как облупленного. Так себе мужик, ничего примечательного. Играл джаз на гитаре, с неба звезд не хватал. Даже интересным собеседником его назвать трудно. Что она в нем нашла, ума не приложу. Впрочем, это уже *их* отношения... «За тебя я не беспокоюсь, — писала она. — Такие, как ты, всегда в порядке, что бы с ними ни произошло. Скорее я беспокоюсь за тех, кто с тобой еще когда-нибудь свяжется... Представь себе, в последнее время меня *беспокоят* подобные вещи».

Я прочитал письмо несколько раз — и тоже отправил в стол.

Так понемногу текло время.

О деньгах я особенно не тревожился: на отложенные сбережения можно было тянуть примерно полгода, а иссякнут — тогда и подумаю, что делать дальше.

Закончилась зима, пришла весна. Весеннее солнце наполнило мою квартирку теплым, успокаивающим светом. Дни напролет я разглядывал проникавшие через окно лучи и замечал, как меняется их угол наклона. Весна разбудила в душе самые разные воспоминания. О тех, кто ушел. И о тех, кто умер. Я вспомнил двух девчонок-близняшек — как мы жили с ними втроем. В 73-м году это было. Я жил тогда рядом с полем для гольфа. Вечерами, когда солнце только начинало садиться, мы пробирались под железной сеткой ограды и долго гуляли по полю, подбирая забытые кем-то мячи. И теперь, глядя на вечернее солнце, я вспоминал тот давний пейзаж — закат над полем для гольфа...

Где они все теперь?

Пришли через вход. Ушли через выход.

Вспомнил крохотный бар, куда мы так любили ходить с моим другом, ныне покойником. Вдвоем мы проторчали там без всякого смысла невероятное количество времени. Сейчас, правда, мне кажется, то время и было самым осмысленным. Странно, ей-богу... Вспомнил старомодную музыку, что там звучала. Тогда мы с ним только заканчивали школу. А в баре том могли пить пиво и курить сколько влезет. И, понятно, без этого заведения просто жизни себе не представляли. Ну и, конечно, все время разговаривали о чем-то. О чем — хоть убей, не помню. Помню, что разговаривали, и все.

Теперь он умер.

Попал в переплет, слишком много взвалил на себя — и поплатился жизнью.

Пришел через вход — и ушел через выход.

Весна разгоралась. Изменился запах у ветра. Новыми оттенками заиграла тьма по ночам. Звуки отдавались непривычным эхом в ушах. С каждым днем все отчетливей пахло летом.

В конце мая сдохла кошка. Совершенно внезапно — без всяких предварительных симптомов. Проснувшись однажды утром, я нашел ее на кухне — лежала в углу, свернувшись калачиком, и уже не дышала. Наверно, и сама не заметила, как умерла. Ее тело на ощупь напомнило мне вареную курицу из холодильника, а шерсть казалась грязней, чем при жизни. Кошку звали Селедка. Жизнь она прожила, что и говорить, не очень счастливую. Никто ее не любил, да и сама никого особенно не любила. В глаза людям смотрела всегда с какой-то тревогой. Таким взглядом, будто хотела сказать: «Ну вот, сейчас опять что-нибудь потеряю...» Вряд ли на свете найдется еще одна кошка с такими глазами. И вот — сдохла. Сдохни всего один раз — и больше никогда ничего не потеряешь. В этом, надо признать, большое достоинство смерти.

Я сунул дохлую кошку в бумажный пакет из супермаркета, бросил на заднее сиденье, сел за руль, поехал в магазин и купил лопату. Вернувшись в машину, нашарил по радио музыкальный канал — и под ритмы поп-музыки, которую не слушал уже тысячу лет, отправился по шоссе на запад. Музыка большей частью играла какая-то бестолковая: «Fleetwood Mac», «ABBA», Мелисса Манчестер, «Bee Gees», «KC and the Sunshine Band», Донна Саммер, «Eagles», «Boston», «Commodores», Джон Денвер, «Chicago», Кенни Логгинз... Эта музыка легко просачивалась в мозги и растворялась бесследно, как пена. *Полная лажа*, подумал я. Ходовой товар разового употребления. Модная жвачка, ради которой выворачивают карманы миллионы тинэйджеров...

Подумав так, я снова впал в меланхолию.

*Просто сменилось поколение. Вот и все.*

Стиснув руль, я попробовал вспомнить какие-то примеры *полной лажи* в той музыке, что звучала, когда подростком был я... Нэнси Синатра — вот уж было дерьмо!.. «Monkees» — ничуть не лучше. Да у того же Элвиса можно найти целую кучу совершенно бездарных вещей... Еще было такое чудо света по имени Трини Лопес. От большинства завывалок Пэта Буна во рту возникал привкус мыла. Фабиан, Бобби Райделл, Аннетт... Ну и в самом конце списка, конечно же, «Herman's Hermits». Вот уж где полная катастрофа...

Название за названием, в голове мельтешили *лажовые* английские банды. С волосами до задницы, в кретинских костюмах. Сколько я еще вспомню? «Honeycombs», «Dave Clark Five», «Gerry and the Pacemakers», «Freddy and the Dreamers»... «Jefferson Airplane» с голосами окоченевших трупов. Том Джонс — от одного имени по телу судороги. И с ним его тошнотворный двойник Энгельберт Хампердинк. И вот еще сочетаньице — Херб Альперт и его «Tijuana Brass»: каждый мотивчик — как проигрыш для рекламы зубной пасты. Лицемеры Саймон с Гарфанклом. Неврастеники «Jackson Five»...

Все, все то же самое.

Ничто не меняется. Всегда, всегда, всегда — порядок вещей на свете один и тот же. Ну разве что номер у года другой, да новые лица взамен ушедших. Бестолковая музыка разового употребления существовала во все времена — и в будущем вряд ли исчезнет. Все эти «изменения» постоянны, как фазы старушки-Луны.

Очень долго я гнал машину, рассеянно думая про все это. По радио вдруг выдали «Rolling Stones» — «Brown

Sugar». Я невольно улыбнулся. Это была добрая песня. Как раз то, что надо, пронеслось в голове. «Brown Sugar» была суперхитом, кажется, в 71-м... Я попробовал вспомнить точнее год, но не смог. Да и черт с ним, какая разница. 71-й или 72-й — сегодня это уже не имеет никакого значения. Какой, вообще, смысл задумываться об этом всерьез?

Забравшись поглубже в горы, я съехал с трассы, отыскал подходящую рощицу и похоронил там кошку. Выкопал на опушке яму в метр глубиной, положил на дно Селедку в бумажном пакете — и засыпал землей. Прости, сказал я ей напоследок, но на большее нам с тобой рассчитывать не приходится. Все время, пока я рыл яму, неподалеку пела какая-то птица. Высоко и протяжно, точно играла на флейте.

Заровняв могилку, я спрятал лопату в багажник и вырулил обратно на шоссе. Затем опять включил радио — и погнал машину к Токио.

Ни о чем не думалось. Я просто слушал музыку — и все.

Сперва играли Род Стюарт и «J. Geils Band». Потом ведущий объявил «кое-что из *олдиз*». Оказалось — Рэй Чарльз, «Born to Lose». Очень грустная песня. *«Я рожден для потерь*, — пел старина Чарльз, — *и теперь я теряю тебя»*... Мне вдруг и правда стало смертельно грустно. Прямо чуть слезы не выступили. Иногда так со мной бывает. Какая-то случайность ни с того ни с сего задевает самую тонкую струнку души... Я выключил радио, остановился у ближайшей заправки, зашел в ресторанчик и заказал овощных сэндвичей с кофе. Потом в туалете долго отмывал перепачканные землей руки. Из трех сэндвичей я съел лишь один, зато выпил две чашки кофе.

Как там моя Селедка? — подумал я. Там, в яме, наверное, темно хоть глаз выколи, подумал я. И вспомнил, как комья земли ударялись о бумажный пакет... Что делать, подруга. Такой финал — самый подходящий для нас. И для тебя, и для меня.

Целый час я просидел в ресторане, упершись взглядом в тарелку с сэндвичами. Ровно через час подошла официантка в фиолетовой юбке и вышколенно вежливо осведомилась, можно ли забрать тарелку. Я молча кивнул.

Ну что, сказал я себе наконец.

Пора возвращаться в мир.

# 3

В таком гигантском муравейнике, как наше Общество Развитого Капитализма, найти работу, в принципе, не очень сложно. Если, конечно, не слишком привередничать насчет ее рода и содержания.

В конторе, которой я раньше заведовал, мы постоянно редактировали тексты; кроме того, часто приходилось пописывать самому. И в бизнесе этом у меня еще оставались какие-то связи. Так что подрядиться куда-нибудь журналистом-внештатником, чтобы только покрыть расходы на жизнь, для меня труда не составляло. Не говоря о том, что жизнь моя вообще-то и не требует особых житейских расходов.

Отыскав записную книжку, я позвонил по нескольким номерам. У каждого собеседника я прямо спрашивал, не найдется ли для меня какого-нибудь занятия. Дескать, по ряду причин я исчезал ненадолго из виду, но теперь, если возможно, хотелось бы поработать. Как я и ожидал, мне сразу подкинули несколько «горящих» заказов. Не ахти каких серьезных, конечно. Так, позатыкать случайные дыры в бесконечном потоке рекламы. Мягко выражаясь, большинство текстов, что мне давали, глубиной смысла не отличались и вряд ли вообще были кому-то нужны. Организованный перевод бумаги и чернил на дерьмо. И потому я тоже, особенно не напрягаясь, почти механически выполнял один заказ за другим. Первое время работы было немного. Трудился я не дольше двух часов в день, а все остальное время шлялся по городу и смотрел кино. Посмотрел просто невероятное количество фильмов. Так продолжалось, наверное, месяца три. Достаточно, чтобы свыкнуться со странной мыслью: «Худо ли бедно, я все же участвую в жизни этого общества».

Все изменилось с началом осени. Работы вдруг резко прибавилось. Телефон мой теперь надрывался с утра до вечера, а приходившие письма едва умещались в почтовом ящике. Заказчики уже приглашали меня отужинать и вообще обращались со мной очень ласково, обещая в ближайшее время подкинуть чего-нибудь еще.

Почему так вышло, догадаться несложно. Принимая заказы, я не привередничал, брал, что дают. Работу всегда выполнял чуть раньше назначенных сроков. Никогда ни на что не жаловался. Плюс отличался хорошим почерком. Ну, и вообще аккуратничал в мелочах. Даже там, где мои коллеги обычно не утруждали себя, доводил все до филигранности. И когда мало платили, не скривил физиономии ни разу. Разбуди меня в два часа ночи и скажи: *«К-шести-утра-двадцать-страниц-по-четыреста-знаков-срочно!»* — я сяду за стол и уже к половине шестого напишу все, что требуется. На какую угодно тему — будь то «преимущества механических часов»,

«привлекательность сорокалетних женщин» или «неза-
бываемые достопримечательности города Хельсинки» (в
котором я, разумеется, никогда не бывал). Ну а велят переписать — ровно к шести еще и перепишу все заново...
Чего уж удивляться, что репутация моя только росла.

Очень похоже на разгребание снега лопатой.

Снег все сыплет и сыплет, а я методично разгребаю
его и раскидываю по обочинам.

Ни жажды славы, ни желания как-то отличиться на
трудовом фронте. Просто: снег падает — я разгребаю.
Старательно и аккуратно. Призна́юсь, не раз я ловил себя на мысли, что перевожу свою жизнь на дерьмо. Но
постепенно я пришел к выводу: ведь и бумага с чернилами тоже переводятся на дерьмо; и если вместе с ними
переводится моя жизнь, так стоит ли жаловаться на ми-
ровую несправедливость? Мы живем в Обществе Развитого Капитализма. Здесь *перевод-на-дерьмо* — высшая
добродетель. Политики называют это «оптимизацией
потребления». Я называю это «переводом на дерьмо».
Мнения расходятся. Но при всей разнице мнений неизменно одно: вокруг нас — общество, в котором мы живем. Не нравится — проваливай в Судан или Бангладеш.

Ни к Судану, ни к Бангладеш я особого интереса не
испытывал.

А потому молчал — и работал дальше.

Постепенно стали приходить заказы не только от
рекламных агентств, но и от глянцевых журналов. Уж не
знаю, почему, но в основном это были женские журналы. Понемногу я даже начал брать для них интервью и
писать репортажи. Впрочем, интереснее от этого работа не стала. Как требовал сам характер подобных журналов, интервьюировать в основном приходилось звезд
шоу-бизнеса разных калибров. А этим фруктам какой

вопрос ни задай, ничего, кроме уклончивых фраз, в ответ не получишь. Все они знают, *что* отвечать, еще до того, как их спрашивают. А в самых клинических случаях через агента требуют предоставить им списки с вопросами и готовят все ответы заранее. Стоит только спросить о чем-либо за пределами темы, которую предпочитает очередная семнадцатилетняя примадонна, как ее агент тут же встревает: «Вопрос не по теме, мы не можем на это отвечать!»... Я даже начинал всерьез опасаться: не дай бог, это чудо останется без агента, сообразит ли оно хотя бы, какой месяц следует за октябрем?

Само собой, называть подобный идиотизм словом «интервью» язык не поворачивался. И тем не менее я выкладывался на всю катушку. Сочинял вопросы, каких не встретишь в других интервью. До мелочей продумывал схему беседы. Причем старался вовсе не ради признания или чьей-либо похвалы. Просто вот так, выкладываясь на всю катушку, я испытывал хоть какое-то облегчение... Такой вот аутотренинг. Выжимаешь себя до капли. Прекрасная разминка для затекших пальцев и головы — и полный маразм с точки зрения самореализации.

*Социальная реабилитация...*

Никогда в жизни я еще не бывал так занят. Регулярных заказов — хоть отбавляй, плюс постоянно что-нибудь срочное. Любая работа, не нашедшая исполнителя, обязательно сваливалась на меня. Так же, как и работа особо сложная или нудная. В этом странном обществе я все больше уподоблялся городской свалке подержанных автомобилей: у кого бы ни начала барахлить колымага, все пригоняют свою рухлядь ко мне. Все что ни попадя — в мои полночные сумерки с кладбищенской тишиной.

Мало-помалу на моем счету в банке начали появляться суммы, которых я раньше и представить себе не мог; при этом я был слишком занят, чтобы их тратить. Я сдал в утиль старенькую машину, устав бороться с ее недугами, и у приятеля по дешевке приобрел «субару-леоне». Не самой последней модели, но с довольно маленьким пробегом, а также — с магнитофоном и кондиционером. Такой роскошной машины у меня раньше не было. Прикинув, что живу в неудачном районе, переехал в квартиру на Сибуя. Если не обращать внимания на бесконечный гул автотрассы за окнами, жилище весьма пристойное.

Иногда по работе встречался с девчонками. С некоторыми переспал.

*Социальная реабилитация...*

Я всегда знал заранее, с какими девчонками стоит спать, а с кем не вышло бы ни черта. А также с кем этого не следует делать ни в коем случае. С годами такие вещи начинаешь понимать подсознательно. Кроме того, я всегда чувствовал, когда пора обрывать отношения. И потому всегда все проходило гладко. Я никого не мучил и никто не терзал меня. До дрожи в сердце, как и до ощущения петли на шее, не доводил никогда.

Серьезнее всего у меня сложилось с той девчонкой из телефонной компании. Мы познакомились на новогодней вечеринке. Оба были навеселе, весь вечер подтрунивали друг над другом, а потом поехали ко мне — и по взаимному согласию заночевали в моей постели. Природа наградила ее светлой головой и великолепной задницей. Частенько мы садились в мою «субару» и отправлялись путешествовать по окрестным городам. Порой, когда у нее появлялось настроение, она звонила и прямо спрашивала, можно ли остаться у меня на ночь.

Настолько свободные, ни к чему не обязывающие отношения у меня за всю жизнь случились лишь с нею одной. Мы оба понимали, что связь эта ни к чему не ведет. Но смаковали остававшееся нам *время жизни вдвоем*, точно смертники — отсрочку исполнения приговора.

Давно уже на душе у меня не было так светло и спокойно. Мы постоянно ласкали друг друга и разговаривали полушепотом. Мы поедали мою стряпню и дарили друг другу подарки в дни рождения. Мы посещали джаз-клубы и потягивали коктейли через соломинки. Мы никогда не ругались. Каждый всегда понимал заранее, что нужно другому. Но все это кончилось. Однажды — раз! — и оборвалось, как пленка в кинопроекторе.

После ее ухода во мне осталось гораздо больше опустошенности, чем я ожидал. Долго еще потом глодала меня изнутри эта странная пустота. Я зависал в ней и никуда не двигался. Все проходили мимо, исчезали куда-то — и лишь я прозябал один-одинешенек в какой-то *пожизненной отсрочке*... Ирреальность, застившая реальную жизнь.

Но даже не это было главным в моей пустоте.

Главной причиной моей пустоты было то, что эта женщина мне не нужна. Она мне нравилась. Мне было хорошо с нею рядом. Мы умели наполнять теплом и уютом то время, когда бывали вместе. Я даже вспомнил, что значит быть нежным... Но по большому счету *потребности в этой женщине я не испытывал*. Уже на третьи сутки после ее ухода я отчетливо это понял. Она права: даже с нею в постели я оставался на своей Луне. Ее соски упирались мне в ребра, а я нуждался в чем-то совершенно другом.

Четыре года я восстанавливал утерянное равновесие. Работал как вол, корпел над каждым заказом, все выполнял безупречно — и завоевывал все большее доверие окружающих. Не скажу, чтобы многим, но некоторым даже стал симпатичен. Мне же, разумеется, было этого недостаточно. Катастрофически недостаточно. Слишком много сил и времени ушло лишь на то, чтобы вновь оказаться на старте.

Ну вот, подумал я наконец. В тридцать четыре года я вернулся к началу пути. Что с собой делать дальше? С чего начинать?

Впрочем, думать тут было особо не о чем. Решение уже давно густой черной тучей плавало у меня в голове. Я просто не осмеливался осуществить его, изо дня в день откладывая на потом...

*Я должен вернуться в отель «Дельфин». Оттуда все и начнется.*

Там я должен встретиться с ней. С той девчонкой, шлюхой высшей категории, которая и привела меня в отель «Дельфин» в первый раз... Потому что Кики ждет меня там (читателю: теперь ей нужно дать какое-то имя. Пусть даже условное, на первое время. Я назову ее Кики. Наполовину условное имя. Сам я узнаю, что ее так зовут, несколько позже. При каких обстоятельствах — объясню потом; сейчас же просто наделю ее этим именем. Ее имя — Кики. По крайней мере, именно так в одном из уголков этого тесного мира звали ее когда-то[1]). Только Кики смогла бы повернуть ключ зажигания в моем заглохшем моторе. Я должен туда вернуться. В комнату, из которой однажды выходят и не возвращаются. Смогу ли вернуться я, неизвестно. Но нужно попробовать. Именно с этого и начнется мой новый жизненный цикл.

Собрав вещи в дорогу, я сел за стол и за пару часов разделался с самыми горящими заказами. Потом снял

---

[1]   «К и к и» — одна из форм японского глагола «слышать».

трубку и отменил всю работу, расписанную в календаре на месяц вперед. Обзвонил кого только смог и сообщил, что семейные обстоятельства вынуждают меня на месяц покинуть Токио. Два-три редактора сперва поворчали немного, но смирились: все-таки о чем-то подобном я просил первый раз, да и сроки выполнения их заказов истекали еще не скоро. В итоге я со всеми договорился. Ровно через месяц вернусь, пообещал я, и исполню все, чего только пожелаете. После этого я сел в самолет и улетел на Хоккайдо. Произошло это в марте 1983 года.

Стоит ли говорить — одним месяцем мой «временный выход из боя» не ограничился.

# 4

Наняв такси сразу на два дня вперед, я мотался с коллегой-фотографом по заснеженным улицам Хакодатэ, переезжая от ресторанчика к ресторанчику.

Репортаж у меня выходил добротный и скрупулезный. В такой работе самое главное — заранее собрать материал и составить подробный план действий. Ничего больше, если честно, и не требуется. До того, как брать интервью, я собираю всю доступную информацию. Во-первых, существуют профессиональные ассоциации, которые снабжают данными всех желающих, вроде меня. Вступи в такую ассоциацию, заплати членский взнос — и больше половины репортажа, считай, у тебя в кармане. Потребовалось, допустим, «всё о деликатесах Хакодатэ» — раскопают, столько, что глазам не поверишь. Из лабиринтов памяти здоровенного компьютера выгребут все, что хоть как-то может тебе пригодиться. Потом распечатают, вложат в красивый конверт и доставят прямо на дом. Не бесплатно, конечно, — заплатишь какую-то сумму. Но если учесть, что за эти деньги ты покупаешь силы и время, сумма вполне терпимая.

Одновременно я сам не сижу на месте и добываю свою, альтернативную информацию. Есть ведь и туристические бюро с их рекламными проспектами. И библиотеки с периодикой. Перелопатишь всё — соберешь уйму сведений. Там я и нахожу себе подходящие ресторанчики для репортажа. Потом звоню, узнаю часы работы, когда выходные. Тем самым сберегая драгоценное время для самих интервью. Затем беру лист бумаги, составляю расписание на весь день. На карте города вычерчиваю самый короткий маршрут движения. В общем, до минимума свожу все факторы, которых не смог заранее просчитать.

После этого мы с фотографом едем в город и обходим один за другим все рестораны по списку. В целом — где-то около тридцати. К еде, понятно, всякий раз лишь притрагиваемся и с легким сердцем оставляем все на тарелках. Проба вкуса на глаз. *Оптимизация потребления...* На этом этапе мы пока скрываем, что мы репортеры. И ничего не фотографируем. Уже выйдя на улицу, обсуждаем вкус того, что попробовали, и ставим оценку по десятибалльной шкале. Хорошо — оставляем в списке, плохо — вычеркиваем. Рассчитывая в итоге вычеркнуть больше половины. По ходу дела договариваемся с местным рекламным журнальчиком, он рекомендует нам пять-шесть ресторанов помимо нашего списка. В них тоже заглядываем. Выбираем. И уже составив окончательный список, звоним снова в каждый ресторан, сообщаем название журнала и просим разрешения на репортаж с фотосъемкой. На все это уходит два дня. Вечером в отеле я набрасываю черновик репортажа.

На следующий день фотограф быстренько делает снимки блюд, а я беседую с хозяевами заведений. Тоже на скорую руку. Таким образом, выполняем всю работу за трое суток. Конечно, есть репортеры, которые справляются с этим еще быстрее. Только они заранее ничего не проверяют. Просто обходят самые популярные места в городе и все. Некоторые даже умудряются писать о блюдах, не пробуя их. Такие, если захотят, насочиняют что угодно — да так, что не придерешься. И, откровенно говоря, на земле едва ли найдется другой журналист, который бы выкладывался в подобных материалах, как я. Эта работа требует огромного напряжения, если хочешь выполнить ее на совесть; но если такого желания нет, можно сделать и спустя рукава. Между выполненным на совесть и сделанным спустя рукава разницы почти никакой. На первый взгляд и то, и другое кажется практически одинаковым. И только если внимательно приглядеться, замечаешь небольшие различия.

Рассказываю я все это вовсе не из стремления похвастаться. Просто хочу, чтобы стало понятно, чем я занимаюсь. И какому износу подвергаю себя каждый день.

С нынешним фотографом я не раз работал и раньше. В каком-то смысле мы схожи. Оба профессионалы. Такая схожесть встречается у санитаров в морге: все в стерильных перчатках, у каждого маска на пол-лица, на ногах — белые туфли без единого пятнышка... Вот и у нас так же. Работаем стерильно и оперативно. Ни о чем постороннем не болтаем, уважаем работу друг друга. Ни на секунду не забываем, что этой бодягой оба зарабатываем на жизнь. Впрочем, как раз это уже не важно. Просто если уж беремся что-то делать, то делаем хорошо. И в этом смысле мы — профи.

Вечером третьего дня в отеле я дописываю репортаж.

...Четвертый, резервный день оказался у нас абсолютно свободным. Закончив работу и не представляя, чем бы еще заняться, мы взяли напрокат автомобиль, отправились за город и до самого вечера катались на лыжах. Вечер провели в кабачке за ужином и сакэ. День прошел размеренно и неторопливо. Рукопись репортажа я передал фотографу, чтобы тот увез ее в Токио: всю дальнейшую работу можно было доделать и без меня. Уже перед тем, как заснуть, я позвонил в городскую справочную Саппоро и попросил телефон отеля «Дельфин».

Номер мне сообщили сразу.

Я сел в постели, едва дыша. Теперь хотя бы известно, что отель «Дельфин» еще не разорился. Хоть за это можно не беспокоиться. На самом деле, он мог разориться когда угодно, и никто бы не удивился. Я перевел дух и набрал записанный номер.

Трубку сняли почти мгновенно, после первого же гудка. Так, будто сидели и с нетерпением ждали моего звонка. Я даже слегка опешил. Что-то здесь явно не так. Слишком гладко, слишком профессионально.

Мне ответила молодая девица. Девица? Что за бред? Отель «Дельфин» не из тех, где за стойкой сидят молодые девицы.

— Отель «Дельфин» к вашим услугам! — прощебетала она.

Совершенно сбитый с толку, я на всякий случай уточнил адрес отеля. Прежний. Значит, наняли себе девицу? Ну что ж. Дело хозяйское. Не стоит на этом зацикливаться...

41

— Я хотел бы заказать у вас номер, — сказал я девице.

— Вы очень любезны. Одну секунду, соединяем вас с дежурным по размещению! — с хорошо натренированной жизнерадостностью пропела она.

Дежурный по размещению? В голове моей началась какая-то каша. С этого момента я уже не пытался подыскать происходящему никаких объяснений. *Что же, черт побери, стряслось с отелем «Дельфин»?*

— Извините за задержку, дежурный по размещению слушает! — выпалил молодой мужской голос. Энергичный и приветливый. Образцово-показательный голос профессионала гостиничной службы.

Отогнав сомнения, я заказал одноместный номер на трое суток и продиктовал ему свои имя и номер телефона в Токио.

— Ваш заказ принят! Одноместный номер на трое суток с завтрашнего числа! — отрапортовал Дежурный По Размещению.

О чем еще спросить его, я сообразить не успел, а потому поблагодарил и в замешательстве повесил трубку. Повесив же ее, ощутил, что замешательство лишь усилилось. Какое-то время я сидел без движения, уставившись на телефон. Так и чудилось, будто сейчас кто-нибудь позвонит и объяснит мне, чтó происходит. Но никакого объяснения не последовало. Ладно, махнул я рукой. Будь что будет. Сам поеду и на месте во всем разберусь. Все равно ведь придется поехать. Обратной дороги нет. И выбора не остается.

Позвонив на первый этаж, я попросил у дежурного расписание поездов на Саппоро. Назавтра в полдень как раз отходил один скорый. Затем я позвонил горничной, заказал в номер полбутылки скотча со льдом и стал смотреть телевизор. Шел какой-то западный боевик с Клинтом Иствудом. За весь фильм Клинт Иствуд ни разу не улыбнулся. Картина закончилась, я допил виски, погасил свет, заснул и до рассвета не видел ни единого сна.

За окном вагона тянулись сплошные снега. Я попробовал глядеть в окно, но сразу заболели глаза. Никто из пассажиров глядеть в окно не пытался. Все знали: кроме снега, все равно ничего не увидишь.

Утром позавтракать я не успел, и потому, не дожидаясь обеда, отправился в вагон-ресторан. Заказал себе пива и омлет. За моим столиком мужчина лет пятидесяти в костюме и туго затянутом галстуке тоже пил пиво, заедая сэндвичем с ветчиной. Внешне он сильно смахивал на типичного специалиста-технаря — технарем и оказался. Первым начав разговор, он сообщил, что работает инженером в Силах Самообороны и занимается техобслуживанием военных самолетов. Потом очень подробно рассказал мне, как советские истребители и бомбардировщики нарушают наш воздушный суверенитет. При этом вопрос о незаконности действий распоясавшейся советской авиации, похоже, заботил его в самую последнюю очередь. По-настоящему его беспокоила только проблема экономичности у американского «фантома Ф-4». Он сообщил, сколько горючего сжирает «Ф-4» за один-единственный экстренный взлет.

— Это ж какое расточительство! — негодовал он. — Сколько топлива переводится на дерьмо! Да поручи они производство своих «фантомов» японским заводам, мы бы сократили им эти цифры чуть ли не вполовину! А в принципе, мы и сами запросто могли бы выпускать свои реактивные истребители-перехватчики — ничем не хуже «фантомов»! Было бы желание — хоть завтра!...

Тогда я и рассказал ему, что Перевод-На-Дерьмо — величайшее благо эпохи развитого капитализма. Япония покупает у Штатов реактивные истребители и запускает их в небеса, транжиря драгоценное топливо; благодаря этому колесо мировой экономики совершает еще один цикл, и Развитой Капитализм развивается еще дальше в своем развитии. Если же все перестанут производить то, что нужно переводить на дерьмо, наступит Великий Хаос и от мировой экономики останутся одни ошметки. Перевод-На-Дерьмо питает мировой порядок, мировой порядок активизирует экономику, экономика производит еще больше объектов для переведения на дерьмо... Ну и так далее.

— Может, оно и так, — вроде бы согласился он, немного подумав. — И все-таки... Может, потому, что детство у меня на войну пришлось, когда всего не хватало... Но такого устройства общества моя душа не принимает! Нашему-то поколению — не то что вам, молодым! — свыкнуться с такими премудростями сложновато. — Он горько усмехнулся.

Я вовсе не считал, что со всем этим свыкся, но затягивать разговор не хотелось, и я не стал возражать. Свыкнешься тут, пожалуй. Мозгами понять — еще получается. Но свыкнуться? Слишком большая разница между этими двумя состояниями... Я доел омлет, попрощался и встал из-за стола.

Вернувшись на место, я полчаса поспал, а затем до самого Саппоро читал биографию Джека Лондона, купленную в книжной лавке у вокзала Хакодатэ. По сравнению с яркой, полной трагедий и триумфов судьбой Джека Лондона моя собственная жизнь показалась серой и неприметной, как пугливая белка, хоронящаяся в ветках дуба в ожидании весны. По крайней мере, несколько минут мне действительно так казалось. Такая уж это штука — чужие биографии. Кому захочется читать биографию библиотекаря из городка Кавасаки, прожившего мирную жизнь и тихо помершего в своей постели? Нет, читая чужие биографии, мы словно требуем некой компенсации за то, что в наших собственных жизнях не случается, увы, ни черта...

От станции Саппоро до отеля «Дельфин» я решил добраться пешком: багажа у меня не было, только сумка через плечо, а погода стояла великолепная — ни ветерка. Тротуары были завалены грязным, счищенным с дороги снегом, и прохожие передвигались по ним с великой осторожностью, обдумывая каждый шаг. Девчонки-старшеклассницы с пунцовыми от мороза щеками галдели на всю округу; изо рта у них валил пар — такой белый и плотный, что хоть пиши на нем иероглифы. Я вышагивал по улицам, разглядывая здания и прохожих. В последний раз я приезжал в Саппоро четыре года назад; однако теперь все казалось таким незнакомым, будто я не был здесь тысячу лет.

Прошагав полпути, я зашел в кофейню, где выкурил сигарету и выпил крепкого кофе с коньяком. Вокруг меня вертелась обычная жизнь обычного города. В углу еле слышно ворковала влюбленная парочка; бизнесмен, обложившись бумажками, корпел над какой-то цифирью; стайка студентов обсуждала предстоящий лыжный поход и последний альбом «Police»... Стандартная картинка из повседневности любого нормального города. Наблюдай ее что здесь, что в Иокогаме, что в Фукуоке — разницы никакой. И все-таки, несмотря на такую всеобщую одинаковость (впрочем, возможно, как раз из-за нее), — именно в *этой* кофейне, именно за *этим* столиком и с *этой* чашкой в руке я вдруг ощутил особенно жуткое, прожигающее до самых костей одиночество. Мне вдруг представилось: я — совершенно чужеродное тело. Ни этому городу, ни этой повседневности я *никак не принадлежу.*

Конечно, если спросить меня, каким же кофейням я принадлежу хотя бы у себя в Токио, я отвечу, что ни в Токио, ни где-либо еще таких мест просто нет. И все же в токийских кофейнях я такого ужасного одиночества не испытываю. В токийских кофейнях я просто пью кофе, читаю книги — в общем, убиваю время, не напрягаясь. Ведь там это часть *моей* повседневности, о которой я предпочитаю не задумываться слишком глубоко.

Здесь же, в Саппоро, я переживаю одиночество человека, высаженного на крохотном острове далеко за Полярным кругом. Всегда один и тот же пейзаж. Все выглядит так же, как на любом другом острове в этих широтах. Но если бы можно было сорвать с него покровы льда и снега, этот остров отличался бы от всех известных мне островов на Земле. Мне так кажется. Он похож — но он не такой. Как иная планета. Планета, где говорят на одном со мной языке, носят похожую одежду, где лица принимают знакомые выражения. И все-таки что-то принципиально не так. Мир, в котором не срабатывает какой-то закон Природы. Вот только какой закон срабатывает, а какой нет, приходится раз за разом испытывать на собственной шкуре. Ошибусь хоть раз — и мне крышка: все вокруг поймут, что я инопланетянин. Все тут же повскакивают с мест и, окружив меня, начнут тыкать пальцами: «ТЫ НЕ ТАКОЙ! — закричат они. — НЕТАКОЙ-НЕТАКОЙ-НЕТАКОЙ!!!»

Рассеянно прихлебываю кофе, предаваясь подобной «мыследеятельности».

Химеры, химеры...

Но что правда — я ведь действительно одинок. Ни с чьей реальностью не пересекаюсь. И в этом-то вся проблема. Что бы ни произошло, я всегда возвращаюсь к самому себе. Ни с кем и ни с чем не связанный.

Когда я последний раз влюблялся всерьез?

Миллион лет назад. В перерыве между Великими Ледниками. В какие-то совершенно доисторические времена — юрский период или что-то вроде. Все, что окружало меня тогда, давно исчезло с лица земли. Динозавры, мамонты, саблезубые тигры. Газовые бомбы в саду Императорского дворца. Все это кануло в Лету, и наступил Развитой Капитализм. И я остался в нем один-одинешенек.

Я заплатил за кофе, вышел на улицу и, не думая ни о чем, зашагал прямиком к отелю «Дельфин».

Точной дороги я не помнил, и потому слегка беспокоился, смогу ли быстро его найти. Волновался я, как оказалось, совершенно напрасно. Отель отыскался сразу. Умопомрачительный билдинг в двадцать шесть этажей сам вырос перед глазами. По-модернистски изогнутые линии стиля «баухаус»; огромные сверкающие блоки из стекла и нержавеющей стали; широченная эстакада для заезда автомобилей, и вдоль нее — флаги чуть ли не всех стран мира; швейцары в униформе, энергичными жестами зазывающие машины гостей на парковку; стеклянный лифт, стрелой уносящий к ресторану под самой крышей... Только слепой не заметит такое. На мраморных колоннах у самого входа я еще издали разглядел рельефные изображения дельфина, а под ними — крупные буквы:

*«DOLPHIN HOTEL».*

Секунд двадцать я стоял с открытым ртом, разглядывая эту громадину. И наконец вздохнул — так глубоко и протяжно, что успел бы, наверное, за это время долететь до Луны.

*Я совершенно обалдел.*

И это еще слабо сказано.

# 5

До скончанья века стоять перед отелем, разинув рот, не годилось, и я решил зайти внутрь. Все-таки адрес тот же. И название совпадает. И даже заказан номер на мое имя. Никуда не денешься, придется зайти.

По дорожке пологой эстакады я поднялся к вертушке входных дверей, толкнул ее и ступил внутрь.

Фойе отеля напоминало огромный спортзал, потолок которого исчезал в такой вышине, что сознанием не фиксировался. Сквозь стены, полностью стеклянные, струился натуральный солнечный свет. По всему залу были расставлены дорогие диваны, а между ними в кадках буйно произрастали какие-то фикусы с мясистыми листьями. По левую руку пространство фойе перетекало в роскошный кофейный зал. Из тех кофейных залов, где закажешь сэндвичей, и тебе принесут четыре суперкачественных бутербродика, каждый размером с визитку, на здоровенном серебряном блюде. А к ним — изысканно сервированные огурчики с картофельными чипсами. Затем подадут еще чашечку кофе — и выставят счет, на сумму которого пообедала бы досыта семья из четырех человек. На огромной стене висела картина маслом метра три на четыре, пейзаж — заливные луга Хоккайдо. И хотя я не назвал бы картину шедевром, одни размеры ее внушали чувство, близкое к благоговению.

Похоже, отмечались какие-то торжества: в фойе было полно посетителей. Сразу на нескольких диванах расположилась группа мужчин, все как один средних лет и в костюмах с иголочки; оживленно беседуя, они то и дело кивали друг другу и заливисто хохотали. Что кивки, что манера закидывать ногу на ногу были у всех совершенно одинаковыми. Наверняка какие-нибудь врачи или преподаватели вуза. Рядом, отдельно от мужчин — или все-таки вместе? — ворковала стайка молоденьких женщин, кто-то в кимоно, кто-то в платьях. Кое-где мелькали и европейские лица. В строгих костюмах, неброских галстуках и с «дипломатами» на коленях дожидались назначенных встреч бизнесмены.

Одним словом, новый отель «Дельфин» *процветал*.

Идеально Инвестированный Капитал уверенно, без сучка без задоринки *проворачивался* перед моими глазами.

Чего стоит закрутить такую махину — это я представлял хорошо. В свое время я сочинил немало рекламных текстов для целой сети первоклассных гостиниц. Когда эти люди задумывают отгрохать очередной отель, они первым делом садятся и досконально просчитывают все заранее. Собирают толпы профессионалов, которые забивают в компьютер все данные, какие только возможны, и производят скрупулезнейшую калькуляцию. Предсказывают объемы туалетной бумаги, потребляемой отелем за год при такой-то цене за рулон. Нанимают студентов, расставляют их на перекрестках города и заставляют регистрировать плотность пешеходного потока каждой улицы Саппоро. Вычисляют, сколько в этом потоке молодежи соответствующего возраста, и выводят потенциальную частоту свадеб в городе на ближайшие годы. Они прогнозируют все. Сводят риск предприятия к минимуму. Очень долго и основательно разрабатывают Генеральный План, назначают Ответственных Лиц — и, наконец, покупают землю. Вербуют персонал. Запускают шумную рекламную кампанию. Любые проблемы, которые можно решить за деньги, — при условии, что эти деньги когда-нибудь вернутся, — решают, вбабахивая в проект любые суммы... Такой вот «Большой Бизнес».

Понятное дело, заправлять таким бизнесом может только очень мощная организация, собравшая у себя под крышей множество разных фирм. Ведь как тут ни пытайся избежать риска, всегда останется то, что предугадать невозможно. И лишь подобный *конгломерат* мог бы в случае провала раскидать все убытки между участниками и не пойти ко дну.

В общем, скажу откровенно: новый отель «Дельфин» был совершенно не в моем вкусе. И будь то обычная ситуация, я в жизни бы не поселился в таком месте за свои деньги. Чересчур дорого и чересчур много лишнего. Но теперь делать нечего. Нравится, не нравится — а вот он, какой есть: в корне преобразившийся, *новый* отель «Дельфин».

Я подошел к стойке регистрации и представился. Девицы в униформе небесной расцветки, словно по команде, наградили меня улыбками из рекламы зубных щеток. Как муштровать персонал до *такой* улыбчивости — отдельный секрет Искусства Оптимального Инвестирования. Фирменные блузки девиц резали глаз своей белизной, а прически смотрелись безупречно, как у манекенов. Всего девиц было три, и одна — та, что подошла ко мне, — носила очки. Очень мила, отметил я про себя, и даже очки к лицу. Оттого, что подошла именно она, на душе у меня посветлело. Как-никак, из всей троицы она была самой симпатичной и понравилась мне с первого взгляда. В улыбке ее было нечто притягательное, и душа к ней сразу потянулась. Как будто именно она воплощала собой *дух отеля, которому здесь полагается быть*. Мне даже почудилось, что сейчас она взмахнет легонько волшебной палочкой, как фея в диснеевском мультике, и прямо из воздуха появится ключ от номера в облачке золотистой пыльцы...

Но вместо волшебной палочки фея воспользовалась компьютером. Настучав на клавиатуре мою фамилию и номер кредитки, она сверилась с экраном, еще раз ослепительно улыбнулась и вручила мне ключ от номера 1532. Вместе с рекламным буклетиком, который я попросил.

И тогда я поинтересовался у нее, когда открылся этот отель.

— В прошлом году, в октябре, — ответила она, не задумываясь. И пяти месяцев не прошло.

— Извините... Можно вопрос? — сказал я. На моей физиономии засияла та же производственно-жизнерадостная улыбка, что и у нее (да-да, у меня тоже есть такая на крайний случай). — Раньше на этом месте стоял совсем маленький отель, который тоже назывался «Дельфин», не так ли? Вы случайно не знаете, что с ним стало?

Идеальная Гармония ее улыбки еле заметно нарушилась. Так по зеркальной поверхности очень тихого пруда вдруг разбегутся круги от брошенной пивной пробки, и уже через секунду все застывает снова. Но когда эта улыбка застыла вновь, она была уже чуть-чуть не такой, как прежде. Я с большим интересом наблюдал за этими трансформациями. Казалось, вот-вот из воды вынырнет какой-нибудь Дух Пруда и начнет уточнять у меня, какую пробку я сейчас бросал, желтенькую или беленькую? Но никакого Духа, конечно же, не вынырнуло.

— Видите ли... — Она поправила указательным пальцем очки на носу. — Это было еще до открытия нашего отеля, поэтому... Информацией такого рода мы, как бы сказать...

Она замолчала посередине фразы. Я ждал, что она продолжит, но продолжения не последовало.

— Мне очень жаль, — только и сказала она.

— Хм-м... — протянул я. Чем дольше мы разговаривали, тем интереснее мне с нею становилось. Я тоже захотел поправить указательным пальцем очки на носу, но очков у меня, к сожалению, не было. — Ну хорошо, а от кого здесь я мог бы получить «информацию такого рода»?

Она задумалась на несколько секунд, задержав дыхание. Улыбка с ее лица улетучилась. Все-таки когда задерживаешь дыхание, улыбаться не получается, хоть тресни. Кто не верит, пусть сам попробует.

— Одну секунду! — вдруг сказала она и, отвернувшись, скрылась в подсобке. А через полминуты появилась вместе с типом лет сорока в строгом черном костюме. Судя по внешности, это был истинный Профессионал Гостиничного Менеджмента. По работе мне не раз доводилось встречаться с такими субъектами. Улыбка почти никогда не сходит у них с лица, но может принимать до двадцати пяти конфигураций в зависимости от обстоятельств. От холодно-вежливой до сдержанно-удовлетворенной. Для каждой улыбки свой номер. От Номера Один до Номера Двадцать Пять. Улыбки нужных номеров подбираются по ситуации, как клюшки для разных ударов в гольфе. Таким был и этот тип.

— Добро пожаловать! — улыбнулся он Улыбкой Человека, Разрешающего Любые Споры, и учтиво наклонил голову. Вид мой, похоже, не оправдал его ожиданий: он оглядел меня с головы до ног, и его улыбка резко сменилась другой, ранга на три пониже. На мне были: плотная охотничья куртка на меху (на груди — значок с фигуркой Кита Харинга), меховая шапка (австрийская, из обмундирования альпийских стрелков), крутые походные штаны с целой дюжиной накладных карманов и крепкие сапоги-снегоходы. Все это были дорогие, добротные вещи, обладавшие совершенно реальным качеством, — *слишком* реальным для атмосферы этого отеля. Но тут уж я не виноват. Просто бывают разные стили жизни и разные способы мышления.

— Мне сообщили, вы интересуетесь информацией о нашем отеле? — осведомился он небывало учтивым тоном.

Упершись ладонями в стойку, я спросил у него то же, что спрашивал у девицы.

— Прошу меня извинить... — произнес он, выдержав короткую паузу. — Но нельзя ли узнать, что заставляет вас интересоваться отелем, который был здесь ранее? Если это возможно, хотелось бы знать причину...

Я в двух словах объяснил. Дескать, однажды я останавливался в отеле, что был здесь раньше, и подружился с его хозяином. Теперь вот заехал его проведать, смотрю — все теперь по-другому. Хотелось бы узнать, что с ним стало. Совершенно частный, не касающийся ничьего бизнеса интерес.

Мой собеседник несколько раз кивнул.

— Должен признаться, мы также не в курсе никаких подробностей на этот счет... — сказал он, осторожно подбирая слова. — Могу лишь сообщить, что земельный

53

участок с тем... предыдущим отелем «Дельфин» выкупила наша фирма, и на месте старого здания было построено новое. Название действительно осталось прежним, но сам отель — совершенно другое предприятие, и ничего общего с тем, что было здесь ранее, не имеет.

— А зачем тогда оставлять название?

— Вы извините, но... Подобные детали, увы...

— И куда делся старый хозяин, вы тоже не знаете?

— Мне очень жаль, но... — ответил он, переключая лицо в режим Улыбки Номер Шестнадцать.

— Ну а кого мне лучше об этом спрашивать?

— Как вам сказать... — Он чуть склонил голову набок. — Видите ли, мы — служебный персонал, и нас не посвящают в вопросы того, что было до открытия предприятия. Поэтому и на ваш вопрос, кого лучше об этом спрашивать, нам ответить, мягко говоря...

Его речь сохраняла железную логику, и все-таки что-то было не так. И в его ответах, и в словах девицы чувствовалась какая-то фальшь. Не то чтобы сильно резало слух. Но и пропустить мимо ушей не получалось. Когда по работе приходится постоянно брать у людей интервью, что-что, а чутье на такие вещи развивается само собой... Манера речи, направленной на умолчание. Выражения лиц людей, говорящих неправду. Никакими доводами этого не обоснуешь. Просто чувствуешь: от тебя что-то скрывают. И все.

Одно было ясно: больше из этой парочки не вытянуть ни черта. Я поблагодарил типа в черном. Тот легонько кивнул и скрылся за дверью подсобки. Когда он исчез, я поинтересовался у девицы системой гостиничного питания и сервисом в номерах. Она с большим усердием принялась отвечать на поставленные вопросы. Я слушал и неотрывно смотрел ей в глаза. Очень красивые глаза. Если смотреть в них долго, начинает казаться, будто видишь что-то еще. Перехватив мой взгляд, она вспыхнула. И из-за этого понравилась мне еще больше. Почему? Не знаю. Может, потому, что казалась мне *Духом Отеля «Дельфин»*? Я поблагодарил ее, отошел от стойки, вызвал лифт и отправился к себе в номер.

1523-й оказался номером хоть куда. Для одноместного — необычайно широкая кровать, на редкость просторная ванная. Холодильник забит напитками и закуской. Письменный стол — мечта графомана; ящики ломятся от конвертов и писчей бумаги. В ванной собрано все, что только возможно — от шампуня и освежителя для волос до лосьона после бритья и банного халата. Гардероб, по вместительности не уступающий отдельной комнате. Новенький ковер с мягким ворсом по самую щиколотку.

Я снял куртку, разулся, плюхнулся на диван и принялся читать рекламный буклет, полученный от девицы. Буклет уже сам по себе претендовал на шедевральность. Кто как, а уж я собаку съел на выпуске рекламных буклетов, и качество подобных изданий оцениваю мгновенно. В буклете *этого* отеля все было безупречно. Абсолютно не к чему прицепиться.

Как сообщалось в буклете, «отель «Дельфин» — гостиничный комплекс принципиально нового типа, построенный с учетом особенностей жизни современного мегаполиса. Новейшее оборудование, высококлассный сервис двадцать четыре часа в сутки. Обилие свободного места привносит легкость и непринужденность в обстановку каждого номера. Концептуально подобранный интерьер вызывает ощущение домашнего очага и уюта...»

В довершение ко всему буклет гарантировал такую штуку, как «аура человечности». Что, видимо, могло означать лишь одно: «Все это стоило нам бешеных денег, так что не удивляйтесь нашим расценкам».

Чем больше я вчитывался, тем сильнее поражался: ей-богу, чего здесь только нет... Подземный торговый центр. Бассейн с сауной и солярием. Крытые теннисные корты, оздоровительный клуб со снарядами для шейпинга и инструкторами; зал для переговоров с синхронными переводчиками; пять ресторанов, три бара. Ночной кафетерий. Если приспичит, можно даже заказать лимузин. Офисы с оргтехникой и канцелярскими принадлежностями — заходи кто хочешь, работай в свое удовольствие. Любые услуги, какие только можно вообразить. На крыше — вертолетная площадка...

*Нет на свете того, чего бы здесь не было.*

Новейшее оборудование. Изысканный интерьер.

Что же за фирма, интересно узнать, тащит на себе всю эту махину? Я заново просмотрел весь буклет от корки до корки, однако ни единого упоминания об организации, заправляющей отелем, не обнаружил. Что за чертовщина? Ведь ясно как день: отгрохать первоклассную гостиницу и успешно управлять ее делами может только очень мощная профессиональная корпорация, владеющая целой сетью таких же отелей по всей стране. И раз уж она, эта корпорация, взялась за такое дело, то непременно должна и имя свое указывать, и рекламировать другие отели той же сети. Скажем, если вы остановились в отеле «Принс», то вам обязательно предложат адреса и телефоны всех остальных «Принс-отелей» в стране. Это уж как пить дать.

И кроме того — за каким дьяволом этакий монстр унаследовал название задрипанного отелишки, что был здесь раньше?

Но сколько я ни думал, даже тени ответа в сознании не всплывало.

Я бросил буклет на стол, закинул ноги на диван, устроился поудобнее и стал разглядывать пейзаж за окном пятнадцатого этажа. Но видел там лишь иссиня-голубое небо. И чем дольше я смотрел в это бездонное небо, тем крошечнее, тем бессмысленнее себя ощущал.

С ностальгической грустью вспоминал я старый отель «Дельфин». Что ни говори, а из его окна смотреть было куда интереснее.·

# 6

До самого вечера я убивал время, исследуя внутренности отеля. Обошел рестораны и бары, осмотрел бассейн, сауну, оздоровительный клуб, теннисные корты; заглянул в торговый центр, где купил пару книг. Послонялся по огромному фойе, забрел в зал игровых автоматов и несколько раз помучил «однорукого бандита». Время умирало легко, и вечер наступил почти сразу. Прямо как в Луна-парке, даже подумал я. Есть такой особенный способ убивать время.

Когда стемнело, я вышел из отеля и отправился шататься по вечернему Саппоро. Чем дольше я бродил, тем отчетливее проступала в памяти география города. Когда я останавливался в старом отеле «Дельфин», приходилось шататься по этим улочкам изо дня в день — так долго, что хоть с тоски помирай. И уж за каким поворотом что находится, я, в общем, помнил до сих пор. В том, старом отеле «Дельфин» не было даже буфета — а если бы и был, вряд ли нам захотелось бы там трапезничать, — и мы с подругой (то есть с Кики) постоянно ели где-нибудь по соседству. Так что теперь я целый час шлялся по знакомым улочкам с таким чувством, будто забрел в кварталы своего детства. Солнце зашло, и морозный воздух начинал пощипывать кожу. Плотный, не желающий таять снег поскрипывал под ногами. Ветра не было, гулять по улицам было приятно. Воздух очистился и посвежел, и даже кучи снега на перекрестках, пепельно-серые от выхлопных газов, поблескивали в огнях ночного города, как огромные фантастические муравейники.

Если сравнивать с прошлым, кварталы вокруг отеля «Дельфин» преобразились. Конечно, «прошлое» в моем случае означало всего-навсего события четырехлетней давности, так что большинство заведений на улочках остались прежними. Да и общая атмосфера, по большому счету, не изменилась. Но с первой же минуты своей прогулки я ощутил: Время здесь не стояло на месте. С десяток магазинчиков оказались закрыты на реконструкцию, о чем сообщали объявления перед входом. Сразу в нескольких местах строились высотные билдинги. Драйв-ины с гамбургерами для автомобилистов, салоны с одеждой от всемирно известных модельеров, автошопы с европейскими лимузинами в громадных витринах, модернистские кафетерии с экзотическими деревьями во внутренних садиках, умопомрачительные офисы чуть не полностью из стекла, — немыслимые до сих пор заведения невиданных конструкций вырастали одно за другим, уже одним своим обликом выталкивая из жизни обшарпанные выцветшие трехэтажки, недорогие трактирчики с тряпичными вывесками над входом и лавки дешевых сладостей со всеми их кошками, дремлющими у керосиновых печек средь бела дня. При взгляде на эти улочки в душе рождалось странное ощущение, точно от вида детских молочных зубов: будто вынужден временно жить рядом с тем, что очень скоро исчезнет, сменившись чем-нибудь новым. Сразу несколько банков открыли новые отделения. Похоже, ветер перемен гулял по этим улочкам именно благодаря появлению отеля «Дельфин». Ведь что ни говори, а когда такая громадина вдруг вырастает на совершенно безликой, богом забытой окраине — будто нефтяной фонтан вырывается из-под земли на бесхозном пустыре: постепенно и неизбежно начинает меняться весь баланс окружающей жизни. Приходит качественно иной потребитель, возрастает активность населения. Подскакивают цены на землю.

А может, все эти изменения — нечто более глобальное? Может, не появление отеля «Дельфин» повлекло за собой перемены, но сам отель — малая часть всех этих Больших Перемен? Скажем, всего лишь один из проектов в долгосрочном Плане реконструкции города...

Я зашел в кабачок, где когда-то уже бывал, выпил сакэ, немного поел. В кабачке было грязно, шумно, дешево и вкусно. Когда хочется перекусить где-нибудь, я всегда выбираю заведение пошумнее. Так спокойнее. И одиночества не ощущаешь, и с самим собой разговаривай вслух, сколько влезет — никто не услышит.

Тарелка моя опустела, но хотелось чего-то еще; я опять заказал сакэ. И вот, отправляя в желудок чашку за чашкой горячей рисовой водки, я наконец задумался: что я делаю и какого черта здесь нахожусь? Отеля «Дельфин» больше нет. Чего бы я ни ожидал от него, все впустую: отель «Дельфин» сгинул с лица земли. Его просто *не существует*. Взамен осталась только эта технократическая уродина, напоминающая сверхсекретную космическую базу из «Звездных войн»... Все это лишь сон, моя запоздалая мечта. Мне они просто приснились — отель, канувший в прошлое, и Кики, растворившаяся в дверном проеме. Может, и правда кто-то там плакал по мне. Но все уже кончилось. Ничего не осталось. Чего еще тебе здесь надо, приятель?

*Так оно и есть*, подумал я. А может, и вслух произнес. *Так и есть, больше здесь ничего не осталось. Мне ничего здесь больше не нужно.*

Стиснув губы, я долго сидел, пристально глядя на бутылку с соевым соусом на стойке перед собой.

Когда долго живешь один, поневоле начинаешь пристально разглядывать что попало. Разговаривать с собой то и дело. Ужинать в шумных трактирчиках. Тайно любить свой подержанный автомобиль. И понемногу отставать от жизни.

Я вышел из трактирчика и направился обратно в отель. Хотя забрел я довольно далеко, найти дорогу назад труда не составило. На какой из улочек ни задрал бы я голову, отель «Дельфин» громоздился перед глазами. Как те волхвы с Востока, что по звездам в ночи вычисляли свой путь не то в Иерусалим, не то в Вифлеем, добрался я до отеля «Дельфин».

Вернувшись в номер, я сразу же принял ванну. Затем, пока сохли волосы, разглядывал ночной Саппоро, раскинувшийся за окном. Из окошка старого отеля «Дельфин», вспомнил я, просматривалось здание с конторой какой-то фирмы. Что за фирма была, я так и не понял, но явно какой-то офис. Люди бегали по этажам, в делах по самые уши. А я целый день наблюдал за ними из окна. Куда-то теперь подевалась та фирма? Помню, была там одна девчонка — очень даже ничего себе. Что, интересно, с нею стало? И чем все-таки занималась та контора?..

Больше делать было нечего, и какое-то время я бесцельно шатался по номеру. Затем плюхнулся в кресло и включил телевизор. Передачи были одна другой тошнотворнее. Будто мне один за другим демонстрируют все разновидности блевотины, созданной искусственным путем. Поскольку блевотина искусственная, омерзения сразу не наступает. Но стоит поглазеть чуть подольше, и начинает казаться, что она настоящая. Я выключил телевизор, оделся, вышел из номера и отправился в бар на двадцать шестом этаже. Уселся за стойку и принялся за водку с содовой, в которую выдавили лимон. Одна стена в баре была полностью стеклянной — окно от пола до потолка. Я потягивал водку с содовой и озирал распростертый внизу ночной Саппоро. Обстановка вокруг напоминала космический мегаполис из «Звездных войн». Впрочем, должен признать: бар оказался весьма достойным. И выпивку здесь смешивали как надо. И бокалы качеством не уступали содержимому. Стоило этим бокалам соприкоснуться, как по всему бару расплывался мелодичный, приятный звон.

Не считая меня, в баре было лишь три посетителя. Двое мужчин средних лет в самом укромном углу пили виски и бубнили о чем-то заговорщическими голосами. Уж не знаю, что именно они так таинственно обсуждали, но, похоже, нечто судьбоносное для всего человечества. Скажем, разрабатывали секретный план покушения на Дарта Вэйдера. Кто их знает.

За столиком же справа сидело юное создание женского полу, лет тринадцати-пятнадцати, голова в наушниках от плейера, и сосало через соломинку какой-то коктейль. Красивый ребенок. Длинные прямые волосы, длинные же ресницы, а в глазах — трогательная *прозрачность*, при виде которой хозяйку их сразу хотелось пожалеть, непонятно почему. Пальцы ее выстукивали по деревянной столешнице неведомый ритм; пожалуй, лишь эти пальцы — странным контрастом ко всему прочему в ее облике, — выглядели действительно детскими. Хотя взрослой я бы тоже ее не назвал. Но в ней уже пробудилось то особое отношение к миру, при котором женщина смотрит на все вокруг сверху вниз. Не в плохом смысле, не агрессивно. Просто — как бы тут лучше выразиться — *нейтрально* смотрит на мир сверху вниз, и все. Как на улицу из окна.

В действительности, однако, девчонка вообще никуда не смотрела. Взгляд ее, похоже, не падал ни на что конкретно. На ней были джинсы, белые кроссовки и спортивный джемпер с надписью «GENESIS» огромными буквами. Рукава джемпера поддернуты до самых локтей. Методично и самозабвенно она отстукивала по столешнице ритм, с головой погрузившись в музыку своего плейера. Временами ее губы чуть заметно двигались, подпевая неведомой песне.

— Это у нее лимонный сок, — словно оправдываясь, пояснил бармен, возникнув у меня перед глазами. — Сидит тут, ждет, когда мать вернется...

— Угу, — неопределенно промычал я в ответ. И в самом деле, странная должна быть картина: пигалица лет тринадцати сидит в ночном баре, слушает плейер и что-то пьет в одиннадцатом часу вечера. Однако не напомни мне об этом бармен, я не уловил бы ничего странного. По мне так она смотрелась здесь очень естественно и органично.

Я попросил еще виски и завязал с барменом «светскую беседу». О природе, о погоде и прочей бесконечно-бессмысленной ерунде. И чуть погодя как бы вскользь обронил: мол, все здесь так поменялось за последние пару лет, не правда ли? На лице его появилось озадаченное выражение, и он сообщил, что до открытия отеля «Дельфин» работал в одном из токийских отелей, и о Саппоро почти ничего не знает. Тут в бар стали подтягиваться еще посетители, и наш разговор завершился сам собой, абсолютно бесплодно.

Я прикончил уже четвертое виски. Чувствовал, что запросто могу выпить еще, но слишком засиживаться не хотелось; ограничившись четырьмя, я расписался на чеке, включив выпивку в общий счет. Когда я встал из-за стойки и направился к выходу, девчонка все так же сидела за столиком и слушала плейер. Мать ее не показывалась, лед в лимонном соке совсем растаял, но ей, похоже, было на это совершенно плевать. И только когда я поднялся с табурета, она посмотрела прямо на меня. Две-три секунды она разглядывала мое лицо — и вдруг еле заметно улыбнулась. Или, может, ее губы просто дрогнули лишний раз? Так или иначе, мне почудилось, будто она на меня посмотрела. И от взгляда ее, как бы странно это ни прозвучало, в груди у меня что-то дрогнуло. Необъяснимое ощущение — словно эта девчонка *сама выбирала меня*... Странная дрожь в душе, такой я никогда еще не испытывал. Словно взлетаешь над полом на пять-шесть сантиметров.

В полнейшем замешательстве я вошел в лифт, спустился на пятнадцатый этаж и вернулся в номер. Чего это тебя так разобрало? — удивлялся я сам себе. Двенадцатилетняя, или сколько ей там, соплячка осчастливила тебя улыбкой? Да она тебе в дочки годится, кретин!..

«GENESIS»... Вот, пожалуйста — еще одна банда с идиотским названием.

Впрочем, то обстоятельство, что на ее джемпере я увидел именно это слово, показалось мне до ужаса символичным. **Начало начал.**

И все-таки. Какого черта называть таким огромным, всепоглощающим словом рок-н-ролльную банду?

Не разуваясь, я повалился на кровать и с закрытыми глазами попытался восстановить в памяти образ девчонки. Плейер. Бледные пальцы отстукивают по столу ритм. *Genesis*. Растаявший лед в бокале...

**Начало начал.**

Лежа недвижно с закрытыми глазами, я чувствовал, как во мне медленно циркулирует алкоголь. Я развязал шнурки, скинул ботинки и забрался в постель.

Похоже, я был куда более измотан и пьян, чем воображал. Я лежал и ждал, чтобы какой-нибудь женский голос произнес рядом: «Э, милый, сегодня ты перебрал!» Но никто ничего не сказал. Я был абсолютно один.

**Начало начал.**

Дотянувшись до выключателя, я погасил торшер. Опять небось приснится отель «Дельфин», еще успел подумать я в темноте. Но ничего не приснилось. Открыв поутру глаза, я ощутил внутри лишь какую-то бессмысленную пустоту. Абсолютный ноль, подумал я. Ни снов, ни отеля. Я нахожусь в совершенно вздорном месте и занимаюсь полнейшей ерундой. Сапоги валялись на полу у кровати, точно два околевших щенка.

Небо за окном закрывали мрачные низкие тучи. Это небо выглядело таким холодным, что, казалось, вот-вот пойдет снег. Посмотришь в такое небо, вообще ничего делать не захочется. На часах пять минут восьмого. Ткнув пальцем в пульт дистанционного управления, я включил телевизор и, не вылезая из постели, стал смотреть программу утренних новостей. Ведущие долго рассказывали что-то о предстоящих выборах. Минут через пятнадцать я плюнул, выключил телевизор, встал и поплелся в ванную, где сполоснул лицо и принялся за бритье. Для пущей бодрости я решил мурлыкать увертюру из «Женитьбы Фигаро». Вскоре, однако, поймал себя на том, что вроде как мурлычу увертюру из «Волшебной флейты». Чем больше я старался вспомнить, что откуда, тем лишь сильнее запутывался. За что бы ни взялся я в это утро, все наперекосяк. Бреясь, порезал щеку. Надев сорочку, вдруг обнаружил, что на манжете оторвана пуговица.

В ресторане за завтраком я снова увидел ее — вчерашнюю девчонку из бара. В обществе взрослой женщины, матери, надо полагать. Никакого плейера при ней уже не было. Одетая во все тот же джемпер с надписью «GENESIS», она сидела за столиком и с невыносимой скукой на физиономии прихлебывала чай. Ни к ветчине, ни к яичнице перед собою почти не притронулась. Ее мать — да, судя по всему, именно мать — оказалась миниатюрной женщиной лет сорока или чуть больше. Волосы собраны в узел на затылке. Свитер из верблюжьего кашемира поверх белоснежной блузки. Брови точь-в-точь как у дочери. Нос очень правильный, аристократической формы. *Томная затруднительность*, с которой она намазывала себе бутерброд, выдавала в ней натуру, привыкшую очаровывать собой всех и вся. В ее движениях сквозило нечто такое, что могут позволить себе лишь женщины, постоянно находящиеся в центре внимания.

Когда я проходил мимо их столика, девчонка вдруг подняла взгляд и посмотрела мне прямо в лицо. И весело улыбнулась. На этот раз — совершенно отчетливо, совсем не так, как вчера. Ошибки быть не могло...

Завтракая в одиночку, я пытался занять чем-то голову, но после воспоминания о ее улыбке больше ни о чем толком не думалось. За какую бы еще мысль я ни брался, в мозгу лишь прокручивались одинаковые слова, и ничего не происходило. Поэтому я просто завтракал в одиночку, разглядывая перечницу перед носом, и не думал вообще ни о чем.

# 7

Заняться было нечем. Ни служебных обязанностей, ни персональных желаний. Хватит с меня: я уже пожелал остановиться в отеле «Дельфин» — и вот что получилось. *Отеля, в котором переворачивались судьбы людей, больше нет*, и здесь уже ни черта не изменишь. Ты проиграл, приятель. Руки вверх.

Тем не менее я спустился в фойе, расселся на роскошном диване и попытался составить в уме расписание на день. Но расписание не составлялось. Осматривать местные достопримечательности не хотелось, а куда еще пойдешь? Подумал было убить время в кино, но, во-первых, не шло ничего приличного, а во-вторых — ну что за бред: тащиться из Токио в Саппоро, чтобы убивать время в кинотеатре!.. Чем же заняться?

Нечем.

И я решил сходить в парикмахерскую.

В конце концов, с этой вечной токийской занятостью я уже полтора месяца не стригся.

Так что это очень правильное решение. Здравое и реалистичное. Выдалось свободное время — марш в парикмахерскую. Совершенно разумно. С какой стороны ни смотри, поступок, за который не стыдно.

Я пришел в парикмахерскую при отеле. Чистую, свежую, благоухающую — одно удовольствие находиться внутри. Надеялся, что будет очередь и придется долго ждать, но, как назло, стояло обычное утро буднего дня, и никакой очереди не было в помине. По серо-голубым стенам салона были развешаны абстрактные картины, а из динамиков кабельного радио растекались кантаты Баха в обработке Жака Руше. Назвать все это «парикмахерской» просто не поворачивался язык. Этак скоро придется мыться в бане под хор грегорианских монахов. А в приемной Налогового управления медитировать под «нью-эйдж» Рюити Сакамото...

Стриг меня совсем молоденький мастер, еле-еле за двадцать. Как и вчерашний бармен, тоже не знал о Саппоро ни черта. Когда я рассказал ему, что раньше на этом месте стоял другой, совсем неказистый отелишко, который тоже назывался «Дельфин», он лишь вымолвил:

— Что вы говорите? — и тут же потерял к рассказу интерес. Подобные темы, как видно, были ему в принципе до лампочки. Очень стильный малый. В сорочке от «Мен'з Биги». Впрочем, дело свое он знал неплохо, и я вышел из парикмахерской удовлетворенный хотя бы этим.

Вернувшись в фойе, я снова задумался, куда бы еще себя деть. На всю стрижку ушло каких-то сорок минут.

Но в голову ничего не приходило.

От нечего делать я просидел какое-то время на диване в фойе, разглядывая окружающее пространство. За стойкой приема я заметил вчерашнюю девицу в очках. Мы встретились с нею глазами, и она как будто слегка напряглась. С чего бы? Неужели факт моего существования как-то отразился в ее сознании? Трудно сказать...

Время подошло к одиннадцати. Можно и насчет обеда подумать. Я вышел из отеля и неторопливо побрел по улице, размышляя, где и что мне хотелось бы съесть. На какой бы ресторанчик ни падал взгляд, желудок оставался равнодушным. Проклятый аппетит не приходил. Наконец я плюнул, зашел в первую попавшуюся забегаловку и заказал спагетти с салатом. И бутылку пива. Небо за окном еще с утра обещало разродиться снегопадом, да все никак не решалось. Огромная туча нависала над городом, словно Летающий Остров из книжки про Гулливера. Предметы вокруг приобрели отчетливый пепельный оттенок. Что вилка, что салат, что пиво в бутылке — все сделалось пепельно-серым. Любые попытки что-либо придумать в такую погоду заранее обречены.

Наконец я решился: вышел на улицу, поймал такси, поехал в центр и стал убивать время в огромном универмаге. Купил носки, пару нижнего белья, батареек про запас, зубную щетку походного типа и кусачки для ногтей. А также пакет бутербродов на вечер и толстый стакан для бренди. Ни в одной вещи из этого списка особой необходимости я не испытывал. Покупками занимался с единственной целью — убить время. И убил таким образом целых два часа.

Выйдя из универмага, я долго бродил по улицам безо всякой цели и разглядывал витрины. Когда надоело и это, зашел в случайную кофейню, заказал кофе и снова раскрыл биографию Джека Лондона. Так худо-бедно скоротал время до вечера. День закончился, точно скучное кино. Что ни говори, а от убивания времени тоже можно устать до боли в суставах.

Вернувшись в отель, я направился было через фойе прямо к лифту, но вдруг услыхал, что меня окликают по имени. Оказалось — та самая девица в очках. Звала меня прямо из-за своей стойки. Я подошел, и она, ни слова не говоря, провела меня в самую дальнюю секцию. Секция называлась «Прокат автомобилей», и все вокруг было усеяно рекламными буклетами. За стойкой не было ни души. Девица вертела в пальцах авторучку и смотрела на меня как-то странно, будто бы с удовольствием что-то рассказала мне, если бы знала, как. С первого взгляда я понял: ей непонятно, ей трудно и страшно неудобно за себя.

— Извините... Не могли бы вы делать вид, что разговариваете со мной о прокате автомобиля? — попросила она. И как бы невзначай обвела глазами фойе. — Дело в том, что нам запрещается вести частные разговоры с клиентами...

— Нет проблем, — сказал я. — Я выспрашиваю у вас расценки, вы мне о них подробно рассказываете. Никаких частных разговоров.

Она слегка зарделась.

— Вы уж простите... У нас в отеле очень жесткие правила.

Я улыбнулся.

— А зато вам очки идут.

— Прошу прощения?

— Я говорю, очки вам очень даже к лицу, — пояснил я.

Она поправила пальцем оправу. И кашлянула пару раз в кулачок. Явно из тех женщин, которых легко смутить.

— Видите ли, я хотела спросить у вас кое-что... — произнесла она, справившись с замешательством. — Кое-что личного характера.

Мне вдруг захотелось погладить это лицо, успокоить ее хоть как-то, но это было невозможно, и я просто слушал, что она говорит.

— Насчет отеля, о котором вы говорили вчера... Ну, который был здесь раньше, — очень тихо продолжала она. — Что это был за отель? Это был приличный отель?

Я стянул со стойки буклет с картинками автомобилей и принялся делать вид, что старательно его изучаю.

— А что конкретно вы имеете в виду, когда говорите «приличный отель»? — поинтересовался я.

Она вцепилась пальчиками в концы воротничка белоснежной блузки, нервно потеребила их секунд десять. И снова откашлялась.

— Ну... Я не знаю, как объяснить... Скажем, не было ли у него какой-нибудь странной репутации? Поверьте, мне это очень важно — узнать про тот старый отель...

Я посмотрел ей в глаза. Как я уже заметил раньше, глаза были очень красивые, ясные. Я посмотрел в эти глаза чуть подольше, и она снова вспыхнула.

— Я, конечно, не знаю, почему это для вас так важно, — сказал я. — Но если я начну рассказывать, получится слишком длинно. Так что прямо здесь и сейчас у нас с вами разговора не выйдет. Вы же на работе — дел, наверно, по горло...

Она покосилась на сослуживцев, суетившихся за стойкой приема. И прелестными белыми зубками закусила губу. Затем поколебалась несколько секунд — и решительно кивнула.

— Хорошо. Тогда... не могли бы мы поговорить, когда я закончу работу?

— А когда вы заканчиваете?

— В восемь. Но здесь, около отеля, я с вами встретиться не могу. У нас очень жесткие правила... Если можно, где-нибудь подальше отсюда.

— Ну если вы знаете, где можно спокойно поговорить, я могу поехать куда угодно.

Она снова кивнула, задумалась на пару секунд — и, вырвав страничку из блокнота, набросала авторучкой название заведения и простенькую схему, как добираться.

— Ждите меня вот здесь. Я приду к половине девятого, — сказала она.

Я взял у нее листок и сунул в карман.

На сей раз она сама посмотрела мне прямо в глаза.

— Только, прошу вас, не подумайте обо мне странного... Я вообще впервые в жизни так поступаю. Нарушаю правила, то есть. Просто в этом случае уже нельзя иначе. Почему — я потом объясню.

— Ни в коем случае не думаю о вас ничего странного. Можете не беспокоиться, — сказал я. — Я не подонок какой-нибудь. Особой симпатии я обычно у людей не вызываю, но стараюсь не делать так, чтоб им было за что меня ненавидеть.

Вертя в пальцах авторучку, она немного подумала над моими словами, но, похоже, не совсем поняла их смысл. Ее губы сложились в неопределенную улыбку, а указательный палец еще раз поправил очки на носу.

— Ну до встречи, — сказала она и, раскланявшись со мной по-уставному, ушла в свою секцию. Очаровательное создание. И при этом — явно душа не на месте.

Я вернулся в номер, достал из холодильника бутылку пива и выпил, истребив заодно половину универмаговских бутербродов с говядиной. Ну вот, подумал я. Теперь хоть понятно, с чего начинать. Словно повернулся ключ в зажигании — и, хоть я еще понятия не имел, куда ехать, моя машина медленно тронулась с места. Для начала и это неплохо.

Я зашел в ванную, сполоснул лицо и снова побрился. Молча, спокойно побрился. Без песнопений. Протер кожу лосьоном, почистил зубы. И затем критически осмотрел свою физиономию в зеркале, чего не делал уже очень давно. Ничего нового это зрелище мне не открыло и никакой дополнительной веры в себя не принесло. Лицо как лицо. Каким и было всегда.

\* \* \*

В полвосьмого я вышел из номера, спустился вниз, прямо у выхода сел в такси и протянул водителю бумажку с адресом. Тот молча кивнул, очень скоро довез меня куда нужно и высадил прямо перед входом в здание. Счетчик показывал какую-то тысячу с мелочью[1].

Скромный уютный бар в подвале пятиэтажки, не успел я двери открыть, окатил меня саксофонным соло Джерри Маллигана — и надо признать, для такой древней пластинки звук был совсем неплохим. Этот альбом записывали, еще когда Джерри носил патлы до плеч и рубаху, расстегнутую до пупа, а в банде с ним играли Чет Бейкер и Боб Брукмайер. Когда-то я здорово по ним заворачивался. Еще в те времена, когда никаких *адамов антов* не было и в помине.

Адам Ант!

Черт бы их побрал с такими именами.

Я уселся за стойку и под *высококачественное* соло Джерри Маллигана принялся обстоятельно, не торопясь потягивать «Джей-энд-Би» с водой. На часах восемь сорок пять, а та, кого я ждал, все не появлялась, но я особо не беспокоился. Ну, задержалась на работе, подумаешь. Бар пришелся мне по душе, да и убивать время в одиночку я давно научился. Допив первое виски, я заказал еще. И, поскольку больше смотреть было не на что, стал разглядывать пепельницу.

Без пяти девять она наконец появилась.

— Извините, — быстро проговорила она. — Задержаться пришлось. Клиентов набежало к концу дня, да еще и смена запоздала...

---

[1] Около 10 долларов США — соответствует примерно десяти минутам езды на такси.

— За меня не беспокойтесь, — ответил я. — Мне все равно время девать некуда.

Она предложила пересесть за столик в углу. Я взял свой бокал с виски и пересел. Она стянула кожаные перчатки, размотала клетчатое кашне, скинула длинное серое пальто. И осталась в тоненьком желтом свитере и темно-зеленой шерстяной юбке. Ее грудь, обтянутая свитером, оказалась куда больше, чем казалось раньше. В ушах — изящные золотые сережки.

Она заказала «Кровавую Мэри».

Когда заказ принесли, она сразу взяла стакан и отпила глоток.

— Как насчет ужина? — поинтересовался я. Она ответила, что еще не ужинала, но перекусила немного в четыре часа, и поэтому не очень голодна. Я отпил виски, она — «Кровавой Мэри». В бар она примчалась, изрядно запыхавшись, и первые полминуты не говорила ни слова — примерно столько ей потребовалось, чтобы хоть чуть-чуть отдышаться. Я взял с тарелки орех, какое-то время изучал его глазами, потом отправил в рот и разгрыз. Взял еще один орех. Тоже поизучал, отправил в рот и разгрыз. Так, орех за орехом, я ждал, пока она восстановит дыхание.

Она успокоилась, вздохнув напоследок особенно глубоко. Очень глубоко и долго. Даже сама смутилась — и тревожно глянула на меня, проверяя, не слишком ли глубоко она вздохнула напоследок.

— Тяжело на работе? — спросил я.

— Угу, — кивнула она. — Просто с ума сойти. Я еще не очень втянулась, да и сам отель совсем недавно открылся — начальство всех муштрует на первых порах...

Она положила руки на стол и сцепила пальцы. На правом мизинце я заметил единственное колечко.

73

Скромное, серебряное, без какого-либо изыска. Секунд двадцать, наверное, мы сидели и оба разглядывали это колечко.

— Так все-таки — как насчет того, старого отеля «Дельфин»? — наконец спросила она. — Кстати, я надеюсь, вы не журналист какой-нибудь?

— Журналист? — удивленно переспросил я. — Что это вы опять, ей-богу?

— Ну, просто спрашиваю... — сказала она.

Я промолчал. Она закусила губу и какое-то время сидела, уставившись в одну точку на стене.

— Там вроде был какой-то скандал поначалу... И после этого начальство стало жутко всего бояться. Всяких там репортеров и журналистов. А также любых вопросов насчет передачи земли... Ну, вы же понимаете? Ведь если об этом начнут в газетах писать, отелю не поздоровится. Там же весь бизнес — на доверии клиента... Репутация будет подорвана, так ведь?..

— А что, уже где-нибудь об этом писали?

— Один раз в еженедельнике. Насчет каких-то крупных взяток... И что якобы на тех, кто землю продавать не хотел, натравили не то якудзу, не то ультраправых — и все-таки вынудили... Что-то вроде этого.

— И в этом скандале был замешан старый отель «Дельфин», так?

Чуть ссутулившись над бокалом, она отпила еще «Кровавой Мэри».

— Я думаю, да. Поэтому наш менеджер и напрягся так, когда вы старый отель упомянули. Еще как напрягся, вы заметили?.. Но если честно, никаких подробностей я об этом не знаю. Слышала только — новый отель называется так потому, что до сих пор существует какая-то связь со старым отелем... Мне об этом сказал кое-кто.

— Кто?

— Да... один из наших «костюмчиков».

— Костюмчиков?

— Ну, менеджеров в черных костюмах...

— Понятно... — сказал я. — А кроме этого вы что-нибудь слышали о старом отеле «Дельфин»?

Она покачала головой. Затем пальцами левой руки сдвинула колечко на мизинце правой — и посадила обратно.

— Страшно мне, — произнесла она вдруг полушепотом. — Все время страшно. До ужаса...

— Что страшно? Что о вас напишут в газетах?

Она снова покачала головой, почти незаметно. Потом поднесла бокал к губам и, задумавшись, замерла в такой позе. Не знаю, как еще объяснить, но казалось, будто ей физически больно от мыслей в голове.

— Да нет же, я не об этом... Бог с ними, с газетами. Пускай пишут что угодно, я-то здесь ни при чем, правда? Это начальство будет с ума сходить, ну и ладно... Я о другом. О самом отеле, о здании. Понимаете, там, внутри, происходит что-то такое... Очень странное. Нехорошее что-то. И не вполне нормальное.

Она замолчала. Я допил виски и заказал еще. И для нее — еще «Кровавую Мэри».

— В каком смысле — «ненормальное»? Можете объяснить? — попросил я. — У вас есть какие-то конкретные примеры?

— Конечно, есть, — потухшим голосом сказала она. — Есть, только... Это очень трудно объяснить словами как следует. Собственно, я поэтому до сих пор и не рассказывала никому. Понимаете, сами-то ощущения ужасно конкретные, а как только попытаешься их описать, выходит какая-то размазня... И рассказать толком не получается.

— Что-то вроде очень реалистичного сна?

— Нет! Сны — это другое. Сны я тоже вижу иногда. Если долго смотреть какой-нибудь сон, то ощущение реальности из этого сна постепенно уходит. А *здесь* все наоборот! *Здесь*, сколько бы ни прошло времени, — чувство, что это реальность, остается таким же. Всегда, всегда, всегда, сколько бы ни продолжалось, — все как живое перед глазами...

Я молчал.

— Ну хорошо... Я сейчас попробую рассказать как-нибудь, — решилась она и глотнула еще из бокала. Затем взяла салфетку и промокнула губы. — В январе это случилось. В самом начале января. Только закончились новогодние праздники. И мне выпало идти в вечернюю смену. Вообще-то у нас девушек в вечернюю обычно не ставят, но в тот день как-то получилось, что больше некого. В общем, закончила я работу где-то около полуночи. Всех, кто заканчивает так поздно, фирма развозит за свой счет по домам на такси. Потому что ни метро, ни электрички уже не ходят... Ну так вот, в двенадцать я переоделась, села в служебный лифт и поехала на шестнадцатый этаж. На шестнадцатом у нас комната для отдыха персонала. А я там книжку забыла. Книжку-то можно было и назавтра забрать, да уж больно дочитать хотелось. А тут еще сотрудница, с которой мне вместе на такси возвращаться, задержалась немного. Ну, я и решила — съезжу, как раз книжку заберу. Села в лифт и поехала... На шестнадцатом этаже номеров для гостей нет, только служебные помещения — комната отдыха, например, там вздремнуть можно, или кухня, чтобы чаю попить. Так что я часто езжу туда, несколько раз в день... В общем, останавливается лифт, открываются двери, я выхожу. Так же, как и всегда. Не задумываясь.

Ну вы знаете, так часто бывает. Когда занимаешься чем-то очень привычным или идешь по давно знакомым местам — не думаешь, что делаешь, действуешь автоматически. Вот и я так же: просто сделала шаг из лифта, не размышляя. То есть о чем-то я все-таки думала, конечно. Сейчас уже не помню, о чем... Выхожу я из лифта, руки в карманах пальто, и вдруг вижу: вокруг меня — темнота! Абсолютный мрак, ничего не видать. Я назад — а двери уже закрылись. Сперва подумала — свет отрубили. Но тут же поняла: нет, быть такого не может. Потому что в отеле установлена система автономного энергоснабжения. Как раз для таких случаев. И если свет вырубает, она сразу — раз, и включается. Мгновенно, автоматически. С нами учебную тревогу проводили, поэтому я знаю. Электричество тут ни при чем. Даже если эта автономная система выходит из строя, продолжают гореть аварийные лампочки над пожарными выходами. То есть *такой* кромешной тьмы не наступает никогда. Даже в самом крайнем случае коридор освещается хотя бы тускло-зеленым светом. Не может не освещаться. Что бы ни произошло... А тут — на тебе: черным-черно, хоть глаз выколи. Только кнопка для вызова лифта светится, да экранчик с цифрами этажей. Красные такие циферки... Ну я, понятно, давай сразу на кнопку жать. А лифт, проклятый, уехал куда-то в самый низ и обратно ехать не хочет. Вот же вляпалась, думаю, теперь дожидаться придется. Стою и по сторонам озираюсь. Вся от страха дрожу — и в то же время злая как черт... И знаете, почему?

Я покачал головой.

— Ну вы только представьте: раз на целом этаже света нет, значит, в работе отеля что-то разладилось, так? Значит, либо техника подвела, либо с персоналом проблемы. А это означает одно: всех снова поставят на уши. Опять работа в выходные, муштра с утра до вечера, от начальства тычки по любому поводу... Господи, как уже все надоело... Только-только все успокоилось — и вот, пожалуйста.

— Да уж... — посочувствовал я.

— И вот я стою, представляю себе все это и злюсь. Злости даже больше, чем страха. И заодно думаю: надо хоть посмотреть, что происходит... Отступаю от лифта на пару шагов. Медленно так. И чувствую — что-то не то. Звук шагов не такой, как всегда. И хотя я на каблуках, замечаю сразу: пол под ногами непривычный какой-то. Нет ощущения, что по ковру, как обычно, ступаешь — слишком жестко подошвам... У меня чувствительность повышенная, я в таких деталях не ошибаюсь. Уж можете мне поверить... И еще — воздух вокруг очень странный. Едкий, точно газеты жгли. Совсем не такой, как обычно в отеле. В отеле чистота воздуха поддерживается кондиционерами. По всему зданию. За день просто ужас сколько воздуха перекачивается. И не просто перекачивается, а еще и обрабатывается специально. В обычных отелях воздух пересушивают, так что дышать трудно; а у нас поддерживается очень естественная атмосфера. О каких-то горелых газетах просто речи не может быть. А этот воздух, если просто сказать, очень затхлый. Как будто ему уже лет сто, не меньше. Я когда маленькая была, у деда в деревне однажды в погреб залезла... Вот так же точно и пахло. Как если бы много-много запахов от всякого старого хлама перемешались и кисли так, закупоренные, целый век... Тогда я решила лифт заново вызвать. На всякий случай. Только оглянулась — а кнопка уже исчезла. И экранчика с цифрами не видать. То есть вообще ничего не светится. Полный мрак, абсолютный... И вот тут уже я испугалась по-настоящему. Ничего себе шуточки... Стою совершенно одна, непонятно где, вокруг не видать ничего. Чуть не умираю от страха. И только в голове все равно вертится: не может быть, неувязка какая-то. Звуки исчезли совсем. Резкая, пронзительная тишина. Разве не странно? В огромном отеле вдруг выключается свет. Почему никто не бегает в панике по коридорам и лестницам? Отель битком набит проживающими — по идее, все здание должно ходить ходуном. А тут — ни скрипа, ни шороха. И я вообще уже ничего не понимаю...

Принесли наш заказ. Мы синхронно подняли стаканы и отпили по глотку. Она поправила пальчиком оправу очков. Я молча ждал продолжения.

— Ну как? — спросила она. — Пока еще не уловили в моих ощущениях ничего конкретного?

— Кое-что уловил, — сказал я. — Вы выходите из лифта на шестнадцатом этаже. Вокруг темно. Странно пахнет. Слишком тихо. Что-то не так.

Она глубоко вздохнула.

— Не хочу хвастаться, но... По природе я совсем не трусиха. По крайней мере, для женщины у меня довольно крепкие нервы. И только из-за того, что вдруг свет погас, не стану, как большинство девчонок, подымать визг на всю вселенную... Когда страшно — тогда страшно, врать не буду. Но позволить страху меня победить — это, я считаю, последнее дело. Вот я и решила, как бы ни было страшно, сходить посмотреть, что все-таки происходит. И пошла на ощупь по коридору...

— В какую сторону? — уточнил я.

— Вправо, — быстро сказала она и помахала в воздухе правой рукой, лишний раз убеждаясь, что та действительно правая. — Точно, направо пошла. Очень медленно... Коридор сначала прямо тянулся. Иду, за стенку держусь. Вдруг — раз, поворот направо. Свернула. Гляжу, впереди тусклый свет какой-то. Еле виднеется, будто свеча горит вдалеке. Ага, думаю, кто-то свечку зажег. Надо туда идти. Чуть приблизилась, вижу: никакая это не свечка, а из приоткрытой двери свет пробивается. Сама дверь очень странная. Я таких дверей ни разу не видела. По крайней мере, у нас в отеле таких быть не может. Тем не менее дверь была, и из щели свет пробивался. И вот я стою перед этой дверью, а в голове все перемешалось, как дальше поступить — не знаю. Может, там, за дверью, и нет никого. А вдруг есть, но какой-нибудь маньяк? К тому же и дверь какая-то странная... В общем, взяла я и постучала тихонько. Ну, совсем слабенько, чтобы даже не очень ясно было, стучат или нет. Только вокруг такая тишина стояла, что загремело чуть не на весь этаж. А из-за двери — никакой реакции... первые десять секунд. То есть секунд десять я стояла и соображала, что же дальше делать. И вдруг оттуда звуки послышались. Такие... словно кто-то с пола подымается в очень тяжелой одежде. И затем раздались шаги. Страшно медленные. Шаркающие. *Шур-р-р... Шур-р-р... Шур-р-р...* С таким призвуком странным — то ли в шлепанцах, то ли ноги по полу волочит... И шаг за шагом к двери приближается...

— Вспоминая услышанное когда-то, она посмотрела куда-то вверх и застыла так на несколько секунд. Потом очнулась и покачала головой.

— Я, когда это услышала, от ужаса окаменела. Сразу почувствовала: человек так ходить не может. Почему, объяснить не могу, но чувствую: это не человек... Впервые в жизни спина от ужаса заледенела. Не в переносном смысле — буквально... И я побежала. Сломя голову побежала. По дороге, наверно, упала раза два или три. Потом чулки все порванные были. Только я ничего не помню. Помню только, что бегу, бегу... И в голове — единственная мысль так и скачет: «Господи, только б лифт не сдох, а если сдох — что тогда делать-то?!» Добежала до лифта, смотрю — работает. И кнопка вызова горит, и экранчик с цифрами. Только сам лифт, как назло, на первом этаже стоит. Я давай на кнопку давить — он и поехал. Медленно-медленно. С ума сойти, как медленно... Второй этаж... Третий... Четвертый... Я уже чуть не кричу: «Ну, скорее давай, скорее!»... Бесполезно. Просто пытка, как долго он полз. Точно издевался надо мной, ей-богу...

Она перевела дух, отхлебнула еще «Кровавой Мэри». И повертела кольцо на мизинце.

Я молчал и ждал, что же дальше. Музыка стихла. Послышался чей-то смех.

— И тут я снова услышала их... Шаги. *Шур-р*... *Шур-р*... Медленные, но все ближе, ближе... *Шур-р-р*... *Шур-р-р*... Кто-то из-за двери вышел, поворот обогнул — и уже совсем рядом... Вот это был ужас! Вернее, даже не ужас... Просто чувствую, желудок поднимается к самому горлу. Все тело в поту. В холодном, липком поту. И по коже будто змеи ползают... А проклятый лифт все никак не приедет. Седьмой этаж... Восьмой... Девятый... А шаги уже совсем рядом...

Она замолчала на добрые полминуты. И все это время проворачивала кольцо на мизинце. Словно вертела ручку радиоприемника, настраиваясь на волну. Женщина за стойкой бара что-то сказала, мужчина рядом с ней опять засмеялся. Скорей бы уж музыку поставили, подумал я.

— Такой ужас не опишешь тому, кто его не испытывал, — бесцветным голосом сказала она.

— Так чем же все закончилось? — спросил я.

— Ну я вдруг вижу: передо мной — двери лифта распахнутые. И из них — яркий свет наконец-то. Я просто кубарем туда вкатилась... Вся дрожу, как припадочная, и давлю, давлю на кнопку первого этажа... Вниз приехала — все фойе в шоке. Ну еще бы, представьте: вываливаюсь из лифта вся побелевшая, дрожу как осиновый лист, и изо рта одни вопли вылетают... Сразу менеджер прибежал, что случилось, спрашивает. Я, хоть отдышаться и не могу, кое-как объяснить пытаюсь. Дескать, там, на шестнадцатом, что-то странное происходит. Менеджер еще одного парня взял, и мы уже все втроем на шестнадцатый поехали. Посмотреть, в чем дело. Только на шестнадцатом ничего уже нет. Сигнализация красным горит, как положено, и никаких странных запахов. Все как обычно... Заглянули в комнату отдыха, спросить, что да как. Там была пара сотрудников, они все это время не спали, но никакого отключения света не заметили. На всякий случай мы обошли весь этаж и ничего странного не обнаружили. Чистое наваждение... Только вернулись на первый этаж — менеджер в кабинет вызывает. Ну все, думаю, сейчас орать начнет. А он даже не разозлился нисколечко. Докладывай, говорит, подробнее, что произошло. Ну я и рассказала в деталях. Даже звук шагов изобразила, хоть и чувствовала себя последней дурой при этом... Так и казалось: вот сейчас он расхохочется на весь кабинет и закричит, что мне все это приснилось... А он даже не улыбнулся. Наоборот, сделал страшно серьезное лицо. И сказал: «Обо всем этом ты больше никому не рассказывай, хорошо?» Ласково так говорит, с участием в голосе. «Вероятно, — говорит, — произошла какая-то ошибка. Однако никак нельзя допустить, чтобы другие сотрудники стали чего-то бояться. Так что уж постарайся держать язык за зубами»... Но вы понимаете, в чем дело... Мой менеджер никогда *ласково* с людьми не разговаривает. Влепить кому-нибудь в лоб словцом покрепче — вот это в его обычной манере. Поэтому мне и пришло в голову... Может, я уже не первая, кто ему об этом рассказывает?

Она замолчала. Я тоже молчал, пытаясь осмыслить услышанное. Пауза затягивалась — пожалуй, нужно было задавать какие-то вопросы.

— А от других сотрудников вы ничего *такого* не слышали? — спросил я. — Того, что пересекалось бы с вашим случаем... Каких-нибудь странных рассказов, мистических историй? Пусть даже на уровне слухов...

Она покачала головой:

— Слышать не слышала... Но я чувствую: что-то ненормальное за всем этим кроется. Вот и менеджер на мой рассказ так странно отреагировал... И вообще слишком много вокруг недомолвок, каких-то разговоров полушепотом... Не могу объяснить как следует, но... странно очень. Я раньше в другом отеле работала — так ничего похожего. Разумеется, тот отель не был таким громадным, да и в целом обстановка была другая, но все равно: *слишком* большая разница. В прежнем отеле, помню, тоже какие-то байки-страшилки рассказывали, — да что говорить, у каждого отеля есть хотя бы одна своя история с привидениями, — но мы над ними смеялись, никто всерьез не воспринимал. А здесь совсем не так. Здесь никто ни над чем не смеется. И от этого еще страшнее. Если бы менеджер от моего рассказа рассмеялся или хотя бы наорал на меня... Я бы тогда, наверное, успокоилась, решила бы — ну точно, ошибка какая-то. А так...

Она нервно прищурилась, разглядывая стиснутый в ладони бокал.

— А после этого случая вы хоть раз поднимались на шестнадцатый этаж?

— Да постоянно, — ответила она скучным голосом. — Я же на работе. Хочешь не хочешь, приходится туда ездить. Но обычно я бываю там только днем. Вечером — никогда. И что бы ни случилось, ни за что не поеду вечером. Не дай бог еще раз пережить такое... Я поэтому и в вечернюю смену больше не выхожу. Так прямо и сказала начальству: не хочу — и точка.

— Так, значит, до сих пор вы об этом никому не рассказывали?

Она дернула подбородком.

— Я ведь говорила... Вам сегодня рассказываю впервые. Раньше, может, и хотела бы рассказать, да некому. А теперь появились вы и тоже интересуетесь, что же там происходит... Ну, на шестнадцатом этаже.

— Я? С чего вы взяли?

— Ну не знаю... Про старый отель «Дельфин» вам что-то известно. И о том, как он исчез, сразу спрашивать начали... Вот мне и показалось, может, хоть у вас найдется какое-то объяснение тому, что со мною было...

— Никакого объяснения у меня нет, — ответил я, немного подумав. — И про тот, старый отель я мало что знаю. Маленький, захудалый такой отелишко. Четыре года назад я там остановился, познакомился с хозяином, а теперь проведать решил... Вот и все. Не было в том отеле ничего примечательного. Ничего, что можно запомнить и потом рассказать.

Про себя, в душе, я вовсе не считал старый отель «Дельфин» таким уж *обычным*, однако на нынешнем этапе знакомства откровенничать не хотелось.

— И все-таки, когда сегодня днем я спросила, был ли это приличный отель, вы ответили, мол, долго рассказывать... Что же вы имели в виду?

84

— Имел я в виду кое-что очень личное, — пояснил я. — Начни я вам рассказывать, это действительно заняло бы кучу времени. Но после всего, что вы рассказали, я уже не думаю, что моя история как-то связана с вашей.

Мой ответ, похоже, сильно ее разочаровал. Она скривила губы и какое-то время молча разглядывала руки.

— Вы уж извините, что ничем не могу вам пригодиться. Вы-то мне вон сколько всего нарассказывали...

— Да ладно, — вздохнула она. — Вы же не виноваты. А я хоть выговорилась, уже облегчение. Очень тяжело, когда долго держишь в себе такое. Постоянно тревога какая-то...

— Еще бы, — сказал я. — Если такое держать в голове слишком долго, голова раздувается, как воздушный шар...

И я изобразил руками, как моя голова раздувается на манер воздушного шара.

Она молча кивнула. Потом еще раз взялась за кольцо на мизинце, покрутила, почти сняла — и вернула в прежнее положение.

— Скажите честно... Вы мне верите? Ну, про шестнадцатый этаж... — спросила она.

— Конечно, верю, — очень серьезно ответил я.

— Правда? Но ведь это... очень *ненормальная* история, разве нет?

— Да, пожалуй, нормальной ее не назовешь... И все же такие вещи иногда случаются. Это я знаю точно. Потому и вам верю. Так бывает: одно пересекается с другим и образуется узел. Одно начинает зависеть от другого и наоборот.

Она подумала над моими словами.

— А с вами в жизни так бывало когда-нибудь?

— Пожалуй... — кивнул я. — Думаю, да.

— Страшно было?

— Да там скорее не страх... — ответил я. — Просто разные узлы по-разному завязываются. В моем же случае...

На этом все подходящие слова у меня иссякли. Словно кто-то говорил со мной по телефону из другой части света и вдруг оборвали связь. Я отхлебнул еще виски и сказал:

— Не знаю... Не могу хорошо объяснить. Но такие вещи случаются, это факт. И потому я вам верю. Кому-то другому, может, и не поверил бы. А вам верю. Раз вы говорите, значит, так все и было.

Она вдруг подняла голову и улыбнулась — немного не так, как улыбалась мне до сих пор. Какой-то очень *личной* улыбкой. Выговорившись, она действительно казалась намного спокойнее.

— Интересно, с чего бы это? Поговорила с вами — и точно камень с души свалился... Обычно у меня с незнакомыми людьми нормального разговора не выходит, стесняюсь ужасно. А с вами вот получается...

— Наверное, это потому, что в некоторых местах мы с вами здорово пересекаемся, — усмехнулся я.

Она, похоже, изрядно запуталась, придумывая, что на это ответить, и в итоге не ответила ничего. Лишь глубоко вздохнула. Хорошим вздохом, без недовольства. Просто проветрила лишний раз легкие — и все.

— Послушайте, вы есть не хотите? Я что-то ужасно проголодалась.

Я тут же предложил сходить куда-нибудь поужинать как полагается, но она заявила, что легко перекусить прямо здесь вполне достаточно. Подозвав официанта, мы заказали по пицце и салату.

За едой мы болтали о всякой всячине. О ее работе в

отеле, о жизни в Саппоро и так далее. Она рассказала кое-что о себе. Двадцать три года. После школы поступила в училище, где готовят персонал для отелей, через два года закончила, пару лет проработала в одном из токийских отелей, потом по объявлению в газете подала заявку в новый отель в Саппоро. Переезд сюда, на Хоккайдо, был ей очень кстати: неподалеку от Асахикавы ее родители держали небольшую гостиницу в японском стиле.

— Довольно приличная гостиница, — добавила она. — С давних времен сохранилась.

— То есть сейчас вы как бы тренируетесь, чтобы потом унаследовать ту гостиницу и принять дела на себя? — спросил я.

— Да нет, дело не в этом... — сказала она. И в очередной раз поправила очки на носу. — О наследстве и всяких там планах на будущее я еще серьезно не думала... Просто мне нравится работать в отеле. Самые разные люди приезжают, останавливаются, потом снова едут куда-то... И мне хорошо, уютно становится. Сразу успокаиваюсь... Может, потому, что все детство в этом прошло?

— Так я и думал.

— Что вы думали?

— Там, в фойе, мне совершенно ясно представилось, будто вы — дух отеля «Дельфин».

— Дух отеля? — Она рассмеялась. — Скажете тоже... Я даже не знаю, привыкну когда-нибудь к этой работе или нет...

— Ну, вы-то уж непременно привыкнете, стоит лишь постараться, — улыбнулся я. — Вот только... В таких местах, как отель, ничто не задерживается надолго. Вас это не смущает? Ведь кто бы ни прибыл, все непременно уезжают дальше своей дорогой...

— Ну конечно, — кивнула она. — Если бы кто-то начал задерживаться, я сама первой испугалась бы... Почему у меня так? Может, я просто трусиха? Кто бы ни появился, скоро исчезнет — и от одной мысли об этом спокойно на душе. Странно, да? Ведь у обычной женщины совсем не так, правда же? Обычная женщина должна хотеть чего-то конкретного, неизменного. Или нет?.. А я какая-то не такая. Отчего? Сама не знаю...

— Я не думаю, что вы странная, — сказал я. — Просто вы еще не приняли Главного Решения.

Она посмотрела на меня с изумлением.

— Но... откуда вы это знаете?

— Откуда? — переспросил я. — Да ниоткуда. Просто знаю, и все.

Она задумалась на несколько секунд.

— Расскажите о себе.

— Да что рассказывать? Ничего интересного, — ответил я.

Но она настаивала: мол, пускай, все равно интересно послушать. Тогда я рассказал ей чуть-чуть о себе. Тридцать четыре года, развелся, на жизнь зарабатываю тем, что пишу тексты — по заказам, от случая к случаю. Езжу на подержанной «субару». Машина хоть и старенькая, но с магнитофоном. И кондиционер есть...

В общем, рассказал ей «несколько слов о себе». Голые факты.

Она же, как ни странно, захотела узнать побольше о моей работе. Скрывать что-либо смысла не было, и я рассказал ей чуть больше. Про интервью с малолетней примадонной и про репортаж о деликатесах Хакодатэ.

— Вот, наверное, интересная у вас работа! — воскликнула она.

— За все эти годы не припомню ничего интересного. То есть само это занятие — писать — мне не в тягость. И я не сказал бы, что писать не люблю. Когда пишу, успокаиваюсь. Но все-таки смысла в том, что я делаю, — ноль. Сплошная белиберда...

— Например?

— Ну, например, объезжаем по пятьдесят ресторанов в день и в каждом — только притрагиваемся к еде и оставляем все на тарелке. По-моему, здесь что-то в корне неверно.

— Ну не есть же вам все подряд, в самом деле.

— Да уж... Начни мы есть все подряд, за три дня просто в ящик бы сыграли. А народ вокруг назвал бы нас идиотами. И даже над нашими трупами никто б не заплакал...

— Так значит, тут уже ничего не попишешь? — засмеялась она.

— Вот именно. Ничего не попишешь, — кивнул я. — Сам знаю. Все равно что сугробы в метель разгребать. Ничего не попишешь — и оттого продолжаешь писать дальше. Не потому, что хочется, а потому, что ничего не попишешь.

— Сугробы разгребать? — повторила она задумчиво.

— Культурологические сугробы, — пояснил я.

Затем она спросила меня о разводе.

— Ну развелся-то я не по своей воле, — ответил я. — Просто в один прекрасный день она взяла и ушла. С другим парнем.

— Больно было?

— А кому в такой ситуации не больно?

Положив локти на стол, она подперла лицо ладонями и посмотрела мне прямо в глаза.

— Простите... Я как-то неуклюже спросила. Просто мне трудно представить, что вы чувствуете, если вам делают больно. Что в душе происходит? Что вы делаете, как реагируете?

— Нацепляю значок с Китом Харингом, — ответил я. Она рассмеялась:

— И все?

— Дело́ в том, — продолжал я, — что со временем такая боль становится хронической. Рассасывается внутри, становится частью твоей ежедневности — так, что самой боли как бы уже и не видно. Но она там, внутри. Просто различить ее, показать кому-то — вот она, моя боль, — уже невозможно. Показать, как правило, удается лишь какие-то мелкие болячки...

— Просто *ужас*, как я вас понимаю, — вдруг сказала она.

— В самом деле?

— Может, с виду по мне и не скажешь, но... Мне в жизни тоже выпало много боли. Самой разной. Мало не показалось... — проговорила она очень тихо. — Там, в Токио, произошло кое-что. В итоге я уволилась из того отеля. Очень больно было. Больно и трудно. Есть вещи, с которыми я не способна ужиться так же просто, как со всем остальным...

— Угу, — промычал я.

— И до сих пор еще больно. Как вспомню о том, что случилось, — хочется умереть, чтобы не было ничего...

Она снова схватилась за кольцо на мизинце, сдвинула его, точно собираясь снять — и вернула на прежнее место. Затем отпила еще «Кровавой Мэри». Поправила пальцем очки. И широко улыбнулась.

Нагрузились мы с ней довольно неплохо. Даже не помнили, сколько чего заказали. Как-то незаметно перевалило за одиннадцать. Наконец, скользнув глазами по часикам на руке, она заявила, что завтра рано вставать и что ей, пожалуй, пора. Я предложил подбросить ее на такси. На машине до ее дома езды было минут десять. Я заплатил по счету, и мы вышли на улицу. Снегопад продолжался. Не очень сильный, но тротуары успели покрыться белой коркой и хрустели у нас под ногами. Взявшись за руки, мы побрели к остановке такси. Она была подшофе и ступала не очень уверенно.

— Слушай... А тот журнал — ну, который про скандал с недвижимостью написал... Как он назывался? И когда статья вышла, хотя бы примерно?

Она сказала мне название. Еженедельное приложение к одной из известных газет.

— Где-то прошлой осенью вышел. Я сама той статьи не читала, точно не скажу...

Минут пять мы простояли на остановке под тихо падавшим снегом, пока не появилось такси. Все это время она держалась за мою руку. Она была очень спокойна. Я тоже.

— Давно я так не расслаблялась, — вдруг сказала она. Что говорить, я сам давно так не расслаблялся. И я снова подумал о том, что наши сущности где-то пересекаются. Не случайно же меня так потянуло к ней при первой встрече...

В такси мы беседовали о чем-то незначительном — о снегопаде, о холодах, о ее служебном расписании, о жизни в Токио и так далее. Всю дорогу, пока я болтал с ней об этом, в душе червяком копошился вопрос: как мне поступить с нею дальше? Ведь совершенно ясно: надави я еще чуть-чуть — и мы окажемся в одной постели. Что-что, а такие вещи я понимаю сразу. Хочет ли она этого, мне, конечно, неведомо. Но что не станет возражать, я чувствую. По выражению глаз, дыханию, манере речи, движениям рук это различить легко. Но я хотел ее, это точно. И даже заранее знал: если бы мы переспали, это не усложнило бы жизни ни мне, ни ей. Я появился — и уехал дальше своей дорогой. Как она сама и сказала... И все же я никак не мог решиться. В уголке мозга свербило: поступать так с нею — нечестно. Девчонка на десять лет младше меня, в состоянии стресса, да еще и на ногах еле стоит. Воспользоваться этим — все равно что выиграть в покер краплеными картами. Чистое надувательство.

С другой стороны, спросил я себя, а что значит честность в такой области жизни, как секс? Если требовать, чтобы в сексе все было по-честному, то лучше уж людям сразу размножаться, как грибы. Честнее не придумаешь.

И этот аргумент я тоже нашел вполне справедливым.

Пока мое сознание металось меж двумя этими крайностями, такси подъехало к ее дому, и за какие-то десять секунд до прибытия она с потрясающей легкостью разрешила мою дилемму.

— Я с сестрой живу, — просто сообщила она.

И поскольку необходимость что-то решать мгновенно отпала, я даже вздохнул с облегчением.

Машина остановилась напротив подъезда огромной многоэтажки. Перед тем как выйти, она спросила, не провожу ли я ее до двери квартиры. Дескать, ночью на лестнице иногда ошиваются странные типы, и одной ходить страшновато. Я велел водителю ждать — мол, вернусь через пять минут, — взял ее под руку, и по хрустящему снегу мы пошли по дорожке к подъезду. Поднялись по лестнице на третий этаж. Дом был простой, панельный, без архитектурных излишеств. Дойдя со мной до двери с номером 306, она остановилась, открыла сумочку, выудила оттуда ключ и очень естественно улыбнулась:

— Спасибо. Я прекрасно провела время.

— Я тоже, — ответил я.

Она отперла дверь и бросила ключи в сумочку. Захлопнула ее — резкий щелчок эхом разнесся по подъезду. И очень внимательно посмотрела мне прямо в глаза. Будто решала на классной доске задачу по геометрии. Она растерялась. Она не знала, как поступить. Она не могла проститься со мной, как положено. Это было ясно как день.

Опершись рукой о стену, я ждал, что же она решит. Но не дождался.

— Спокойной ночи. Привет сестре, — сказал я наконец.

Она поджала губы и простояла так еще секунд пять.

— Что с сестрой живу — это я соврала, — сказала она очень тихо. — Живу я одна.

— Я знаю, — ответил я.

Она медленно, с чувством покраснела.

— А это ты откуда знаешь?

— Откуда? — переспросил я. — Да ниоткуда... Просто знаю и все.

— Ты невозможен... — почти прошептала она.

— Очень может быть, — согласился я. — Но я уже говорил: я не делаю такого, за что бы меня потом ненавидели. И пользоваться чужими слабостями не люблю. Так что согласись, тебя-то я никак не обманывал.

В замешательстве она долго подыскивала слова, но в итоге сдалась и просто рассмеялась:

— Это точно! Ты меня не обманывал.

— А тебя что заставило?

— Не знаю... Как-то само совралось. Все-таки, поверь, у меня свои царапины на душе. Я уже рассказывала... Много всего пережить пришлось.

— Ну царапин на душе и у меня хватает. Вот, смотри, даже Кита Харинга нацепил...

Она опять рассмеялась:

— Может, все же зайдешь ненадолго, чаю на дорогу выпьешь? Еще немного поговорили бы...

Я покачал головой:

— Спасибо. Я тоже хотел бы еще поговорить... Но не сегодня. Сам не знаю, почему, но сегодня я лучше пойду. У меня такое чувство, что нам с тобой не стоит говорить слишком много за один разговор. С чего бы?..

Она смотрела на меня так пристально, как разглядывают очень мелкие иероглифы в объявлении на заборе.

— Не могу толком объяснить, но... мне так кажется, — продолжал я. — Когда есть о чем поговорить, лучше это делать маленькими порциями. Наверное. Впрочем, я могу и ошибаться.

Она задумалась. Но, похоже, ни к чему в своих мыслях не пришла.

— Спокойной ночи, — сказала она и тихонько закрыла за собой дверь.

— Эй, — позвал я негромко. Дверь приоткрылась сантиметров на десять, и в проеме появилось ее лицо. — В ближайшее время я попытаюсь тебя опять куда-нибудь выманить... Как ты думаешь, у меня получится?

Придерживая дверь ладонью, она глубоко вздохнула.

— Возможно, — сказала она. И дверь снова закрылась.

\* \* \*

Водитель такси со скучающей физиономией читал газету. Когда я, плюхнувшись на сиденье, велел ему ехать в отель, он искренне удивился:

— Неужели вернетесь? — переспросил он. — А я уже думал, вы сейчас машину отпустите, чтоб я дальше не ждал... Очень на то похоже было. Обычно все этим и заканчивается.

— Охотно верю, — согласился я.

— Когда много лет проработаешь, чутье очень редко подводит...

— Наоборот: чем дольше работаете, тем выше опасность того, что чутье подведет. Теория вероятности.

— Может, и так, конечно... — ответил он озадаченно. — Но, по-моему, вы просто не совсем похожи на нормального пассажира.

— Вот как? — удивился я. Неужели я и впрямь такой ненормальный?

В номере я сполоснул лицо и почистил зубы. Драя их щеткой, слегка пожалел о том, что вернулся. Но потом все равно заснул как убитый. Что бы со мной ни происходило, я никогда ни о чем не жалею долго.

С утра я первым делом позвонил дежурному по размещению и продлил себе номер еще на трое суток. Сделать это удалось без труда: до туристического сезона было далеко, и половина номеров пустовала.

Потом я вышел из отеля, купил газету и отправился в кондитерскую «Данкин Донатс» неподалеку, где съел пару пончиков и выпил сразу два больших кофе. От гостиничных завтраков меня воротило уже на вторые сутки. А вот «Данкин Донатс» для завтраков — идеальное место. И накормят недорого, и добавку кофе бесплатно нальют.

Выйдя из кондитерской, я поймал такси и поехал в библиотеку. Так и сказал водителю: в самую большую библиотеку этого города. В библиотеке прошел в читальный зал и попросил подшивку пресловутого еженедельника. Статья об отеле «Дельфин» обнаружилась в выпуске за 20 октября. Я снял со статьи ксерокопию, отправился в ближайшую кофейню, уселся там за столик и за очередной чашкой кофе погрузился в чтение.

Читалась статья с большим трудом. Чтобы понять, в чем дело, пришлось перечитать ее раза три. И хотя автор выбивался из сил, стараясь изложить все попроще, тема, за которую он взялся, оказалась ему не по зубам. Повествование было невероятно запутанным. Но делать нечего: тщательно изучив абзац за абзацем, я, в общем, сообразил, что к чему. Статья называлась так: *«Саппоро: махинации с недвижимостью. Градостроительство грязными руками»*. Под заголовком — фотография с высоты птичьего полета: строительство отеля «Дельфин» в стадии завершения.

История в целом была такова. В одном из районов города Саппоро кто-то вдруг начал скупать один за другим огромные участки земли. Происходило это очень странно: за два года имя нового землевладельца так нигде и не всплыло. А цены на землю в этом районе взвинтили до абсурда. Все это заинтересовало журналиста, автора статьи, и он начал расследование. Выяснилось, что землю скупали под именами самых различных фирм, чуть ли не каждая из которых существовала только на бумаге. То есть — предприятие зарегистрировано. Налоги платятся. Но нет офиса и нет персонала. В свою очередь, эти бумажные фирмы замыкались на другие бумажные фирмы. И вся эта система проворачивала искуснейшие махинации по перепродаже земли друг другу. Участок, стоивший двадцать миллионов иен, вдруг переоформлялся на другое имя как проданный за шестьдесят миллионов. А чуть погодя продавался уже миллионов за двести. Изрядно поплутав по лабиринтам несуществующих фирм, автор статьи все же вычислил, что практически все операции в конечном итоге замыкаются на одно юридическое лицо. То была некая компания Б — совершенно реальная фирма по торговле недвижимостью, откупившая себе для офиса современнейший билдинг в кварталах Акасака[1]. И, наконец, уже эта компания Б неофициально, но очень тесно смыкалась с гигантским конгломератом — знаменитой Корпорацией А. Той самой, под началом которой бегают поезда, процветают фешенебельные отели, выпускаются кинофильмы, производятся продукты питания, работают фирменные магазины, издаются популярные журналы, предоставляются долгосрочные кредиты, а также страхуются от стихийных бедствий и несчастных случаев миллионы граждан страны. Помимо всего этого, Корпорация А располагала широчайшими связями в мире большой политики. Но даже докопавшись до этого, наш автор не успокоился. И выяснил кое-что еще интереснее.

Все земельные участки, скупавшиеся компанией Б, находились на территории, которую наметила для «перспективного градостроительства» администрация города Саппоро. Именно сюда, согласно Государственному

[1]  Акасака — престижный деловой район в центре Токио.

Плану Освоения и Развития, теперь проводят железную дорогу, перемещают целый ряд административных учреждений, и именно на развитие этого района в приоритетном порядке предоставляются баснословные инвестиции. Больше половины которых — из госбюджета. Правительство страны, губернаторство Хоккайдо и мэрия Саппоро отшлифовали этот самый План до мелочей и приняли *окончательное решение* — то есть определили территорию, масштабы строительства, смету, бюджет и так далее. Все совершенно официально. Ни намека на то, что вот уже несколько лет кто-то железной рукой скупает всю землю на утвержденной Государственным Планом территории. Вся информация осела в архивах Корпорации А. И, как ни верти, получалось, что активнейшая скупка земли происходила еще задолго до утверждения этого Плана. То есть, какое решение правительству принимать, решили за это правительство заранее.

Флагманская же роль в операции по захвату местной недвижимости и отводилась отелю «Дельфин». Именно под его строительство первым делом расчистили лучший участок в окрестностях. И гигантский гостиничный комплекс превратился в штаб-квартиру Корпорации А, мгновенно став ведущим предприятием района. Отель начал привлекать к району внимание, изменять состав потребителей на окружающих улицах и выступать Символом Великих Перемен для жизни города в целом. Всё — по скрупулезно продуманному плану. Развитой Капитализм Как Он Есть. Кто вкладывает самый большой капитал, тому достается самая полезная информация — и самая большая отдача от инвестиций. Вопрос, «чья в том вина», не стоит вообще. Просто все это уже внутри самой формулы капиталовложения.

Вкладывая куда-либо деньги, мы ожидаем эффективной отдачи. И чем больше мы вкладываем, тем большей эффективности хотим. Но точно так же, как при покупке подержанного авто мы пинаем покрышки и придирчиво вслушиваемся в рычание двигателя, инвестор стомиллиардного капитала рвется до мелочей просчитать, эффективно ли он вкладывает свои денежки, а то и сам «лезет за баранку» и «пробует порулить». Понятия честности в таком мире уже не существует. Слишком громадны инвестируемые суммы, чтобы всерьез задумываться о честности.

Прибегают и к насилию, если нужно.

Например, кто-то не хочет уступать свою землю. Какая-нибудь лавчонка, торговавшая соломенными шлепанцами на одном и том же месте лет сто, уперлась — и ни в какую. И тогда появляются вышибалы. У любого суперкапитала, помимо всего прочего, обязательно есть выход и на подобную братию. Он контролирует все, что дышит и шевелится практически в любых сферах жизни: от больших политиков, знаменитых писателей и рок-звезд до высших эшелонов якудзы. Простые японские парни с длинными ножами заходят в любые двери без приглашения. Полиция же при расследовании таких «недоразумений» ведет себя, мягко скажем, без энтузиазма. С полицией все давным-давно обговорено — снизу и до самых верхов. Это даже не коррупция. Это Система. *Комплекс условий для эффективного вложения капитала.*

Разумеется, в той или иной степени все это существовало и раньше, бог знает с каких времен. Разница с прошлым лишь в том, что теперь схема капиталовложения стала несравнимо замысловатей и круче. И все благодаря появлению Большого Компьютера. Все события, явления и понятия, какие только возможно выискать на земле, собрали и ввели в единую схему. Разделили по категориям, обобщили и вывели сублимат: Универсальное Понятие Капитала. Или, если выражаться совсем категорично, состоялся акт обожествления. Люди стали поклоняться динамизму Капитала. Молиться мифу о Капитале. Канонизировать любой клочок токийской недвижимости и все, что способен олицетворять сияющий новенький «порш». Ибо никаких других мифов для них в этом мире уже не осталось.

Вот он, Развитой Капитализм. Мы живем в нем, нравится это нам или нет. Критерии добра и зла тоже подразделяются на многочисленные категории. Добро теперь делится на модное добро и немодное добро. Зло — на модное зло и немодное зло. У модного добра также весьма широкий ассортимент: добро официальное — и добро на каждый день, добро в стиле «хип» — и добро в стиле «кул», добро «в струю» — и добро для особых снобов. Наслаждаемся сочетаниями. Получаем отдельный кайф от комбинаций в духе «свитерок от Муссони с ботиночками от Поллини под брючками Труссарди». Философия в таком мире чем дальше, тем больше напоминает теорию общего менеджмента. Ибо философия слишком неразрывно связана с динамикой эпохи.

В 69-м году мир был гораздо проще, пускай даже тогда мне так и не казалось. Швырнул булыжником в солдата спецвойск — и как бы выразил свое отношение к миру. В этом смысле хорошее было время. Сегодня, с нашей сверхрафинированной философией, кому придет в голову кидаться булыжниками в полицейских? Какой идиот побежит на пикеты бросать бомбу со слезоточивым газом? Вокруг наша сегодняшняя реальность. Сеть, протянутая от угла до угла. И еще одна сверху. Никуда не убежать. А булыжник кинешь — отскочит да назад прилетит.

Журналист просто из кожи вон лез, выуживая одну подозрительную историю за другой. Но странное дело: чем дальше я читал, тем слабее мне казались его аргументы. Убедить читателя у него не получалось, хоть тресни. Он просто *не понимал*. Здесь *нечего* подозревать. Все это — естественные процессы Развитого Капитализма. Все прекрасно знают об этом. Все знают и потому всем до лампочки. Что, собственно, происходит? Чей-то сверхкапитал нелегально завладел информацией о какой-то недвижимости, скупил эту недвижимость на корню, заставил политиков подыграть в ее «раскрутке», а по ходу дела натравил кучку якудзы на лавку соломенных шлепанцев и вышиб из занюханного отелишки его владельца — да кому все это интересно? Вот ведь в чем закавыка. Время течет и меняется, как зыбучий песок. И под ногами у нас вовсе не то, что было еще минуту назад...

На мой взгляд, то была отличная статья. Тщательно выверенные факты, искренний призыв к справедливости. Но — *не в струю*.

Я запихал листки со статьей в карман и выпил еще чашку кофе.

Мне вспомнился управляющий старого отеля «Дельфин». Человек, с рожденья отмеченный печатью хронической невезухи. Даже переползи он в наши Новые Времена, места для него здесь бы все равно не нашлось.

— *Не в струю!* — произнес я вслух.

Проходившая мимо официантка поглядела на меня как на сумасшедшего.

Я вышел на улицу, поймал такси и вернулся в отель.

# 8

Из номера я позвонил своему бывшему напарнику — когда-то мы держали вместе небольшую контору. Незнакомый голос в трубке спросил, как меня зовут, его сменил другой незнакомый голос, который тоже спросил, как меня зовут, и лишь затем к телефону подошел сам хозяин. Явно в делах по горло. Последний раз мы с ним разговаривали чуть ли не год назад. Не то чтобы я сознательно избегал его. Просто не о чем было говорить. Сам-то он всегда вызывал у меня симпатию. И симпатия эта не угасла до сих пор. Но для меня он (как и я для него) словно остался за поворотом уже пройденного пути. Не я его там оставил. И сам он там оставаться не собирался. Но каждый из нас шагал своей дорогой, а дороги эти вдруг прекратили пересекаться. Вот и все.

Как ты, спросил мой бывший напарник.

В порядке, ответил я.

И сказал ему, что я в Саппоро. Он поинтересовался, не холодно ли. Холодно, сказал я.

Как с работой, спросил я его.

Хватает, ответил он.

Не пей много, посоветовал я.

В последнее время почти не пью, сказал он.

Там у вас небось снег идет, поинтересовался он.

Сейчас нет, сказал я.

Пару минут мы с ним перебрасывались светскими штампами, точно гоняли шарик в пинг-понге.

— Хочу тебя кое о чем попросить, — наконец рубанул я. Давным-давно я оказал ему одну большую услугу. И все эти годы он прекрасно помнил: за ним — должок. Помнил о том и я. Иначе бы не звонил. Просить людей об одолжении, чтобы потом зависеть от них? Благодарю покорно.

— Давай, — просто ответил он.

— Когда-то мы с тобой потели над текстами для журнала «Гостиничный бизнес», — продолжал я. — Лет пять назад это было, помнишь?

— Помню.

— У тебя еще живы те контакты?

Он задумался на пару секунд.

— Да вроде не хоронил пока... Если что, можно и восстановить.

— Там у них был один журналист... Изнанку Большого Бизнеса знал как свои пять пальцев. Уж не помню, как его звали. Худой, как щепка, вечно в какой-то шапчонке дурацкой... Ты смог бы на него выйти?

— Да, наверное... А что ты хочешь узнать?

Я пересказал ему вкратце содержание скандальной статьи об отеле «Дельфин». Он записал название еженедельника и номер выпуска. Еще я рассказал, что до постройки гигантского отеля «Дельфин» на его месте стоял совсем захудалый отелишко с тем же названием. И в итоге мне хотелось бы кое-что разузнать. Прежде всего: почему и зачем новый отель унаследовал название «Дельфин»? Какая участь постигла владельца старого отеля? И, наконец, получил ли скандал, поднятый статьей, какое-то дальнейшее развитие?

Мой бывший напарник старательно все законспектировал и для проверки зачитал записанное мне прямо в трубку.

— Все верно?

— Все верно, — подтвердил я.

— Сильно торопишься? — вздохнул он.

— Уж извини, — сказал я.

— Ладно... Попробую вычислить его в течение дня. Как с тобой-то связаться?

Я сообщил ему телефон отеля и номер комнаты.

— Позвоню, — сказал он и повесил трубку.

На обед я съел что-то незатейливое в гостиничном кафетерии. Потом спустился в фойе и сразу увидел ее лицо в очках над стойкой регистрации. Я прошел в угол зала, уселся на диван и стал за нею наблюдать. Она была вся в работе и, похоже, не замечала меня; а может, и замечала, но сознательно игнорировала. Что так, что эдак, мне было все равно. Просто хотелось немного посмотреть на нее. Следя глазами за ее фигуркой, я думал: вот женщина, с которой я мог переспать, если бы захотел...

Иногда приходится подбадривать себя таким странным образом.

Понаблюдав за ней минут десять, я вернулся на пятнадцатый этаж к себе в номер и стал читать книгу. Небо за окном и сегодня скрывали унылые тучи. Казалось, я нахожусь внутри какого-то ящика из папье-маше, куда проникают лишь отдельные лучики света. В любую минуту мог зазвонить телефон, и из номера выходить не хотелось; в номере же, кроме чтения, заняться было нечем. Я дочитал биографию Джека Лондона и взялся за «Историю испанских войн».

День был похож на растянутый до невозможности вечер. Без вариаций. Пепельный свет за окном постепенно чернел и наконец превратился в ночь. Изменилась при этом лишь плотность теней вокруг. В мире существовало только два цвета: серый и черный. По заведенному Природой распорядку один сменялся другим, вот и все.

Я позвонил горничной, заказал бутербродов в номер. И принялся не спеша поедать их один за другим, запивая пивом из холодильника. Пиво я тоже пил не торопясь, очень маленькими глотками. Когда долго нечем заняться, очень многие мелочи начинаешь выполнять до ужаса медленно и скрупулезно.

В полвосьмого позвонил мой бывший напарник.

— Откопал я твоего журналиста, — сказал он.

— Сложно было?

— Да как сказать... — ответил он после небольшой паузы. Похоже, для него это действительно оказалось непросто. — Рассказываю в двух словах, — продолжал он. — Во-первых, дело это закрыто — окончательно и бесповоротно. Сургучом запечатано, ленточками перевязано и в сейфах похоронено. Обратно на божий свет уже не вытащить никому. Этому нет продолжения. И скандала никакого нет. Ну, сдвинули за пару дней пару пешек в Правительстве да в мэрии Саппоро. «Для коррекции» — чтобы впредь механизм сбоев не давал. И больше ничего. Тряхнуло слегка Полицейский департамент, но и там ни за что конкретное не зацепиться. Все так перепутано, сам черт ногу сломит... Слишком *горячая* тема. Чтобы такую информацию вытянуть, самому пришлось попотеть будь здоров.

— Ну у меня-то частный интерес, это никого не заденет.

— Я так ему и сказал...

Не отнимая трубки от уха, я прошел к холодильнику, достал банку, свободной рукой открыл ее и налил пива в стакан.

— Только все равно — уж извини за назойливость — человек неопытный, заполучив такое знание, может запросто себе лоб расшибить... — сказал он. — Слишком уж масштабы огромные. Не знаю, зачем тебе все это, но... постарайся не влезать туда глубоко. Я понимаю, у тебя, наверное, свои причины. И все-таки лучше не выделываться, а кроить себе жизнь по своим размерам. Ну, может, не так, как я, но все-таки...

— Понимаю, — сказал я.

Он откашлялся. Я отхлебнул пива.

— Старый отель «Дельфин» очень долго не уходил со своей земли, сопротивлялся до последнего. И совершенно жутких вещей натерпелся. Ушел бы сразу — никаких проблем. Но он не уходил. Не хотел приспособиться к изменяющейся обстановке, понимаешь?

— Да, таким он и был всю жизнь, — сказал я. — Не в струю...

— Каких только гадостей ему не подстраивали. Например, заселялась в номера якудза и жила там, неделями не платя и вытворяя что вздумается. Так, чтобы только закона напрямую не нарушать. В фойе с утра до вечера мордовороты сидели — от одного вида мурашки по коже. Зайдет кто-нибудь, а они *смотрят*. Ну сам понимаешь... Отель, однако же, все это терпел, ни разу скандала не поднял.

— Не удивляюсь, — сказал я. Управляющий отелем «Дельфин» в жизни много чего пережил. Слишком много, чтобы дергаться по мелочам.

— И вот наконец отель выдвинул одно, но очень странное условие. Дескать, выполните его — так и быть, освобожу территорию. Какое условие, догадайся сам.

— Не знаю, — сказал я.

— А ты подумай немного. Это как раз замыкается на другой твой вопрос...

— Чтобы новый отель тоже назывался «Дельфин»? — осенило меня.

— Вот именно, — сказал он. — Это было единственное условие. И покупатель земли согласился.

— Но почему?

— Потому что хорошее название. Разве нет? «Отель «Дельфин»» — неплохо звучит, ты не находишь?

— Ну, в общем, да... — промямлил я.

— Корпорация А разрабатывала проект строительства целой сети сверхсовременных отелей по всей стране. То есть не просто пятизвездочных, каких уже много, а отелей суперкласса. И как раз названия для этой сети тогда еще не придумали.

— Сеть отелей «Дельфин»... — попытался произнести я.

— Ну да. Альтернатива «Хилтону», «Хайатту» и им подобным.

— Сеть отелей «Дельфин», — повторил я тупо. Старый сон, сменивший хозяина и усиленный в тысячу раз... — Ну а что стало с прежним владельцем?

— Этого не знает никто, — сказал мой бывший напарник.

Я отхлебнул еще пива и кончиком авторучки потрогал мочку уха.

— Когда с земли съезжал, получил, говорят, какие-то отступные; может, на деньги эти что-то новое затеял, неизвестно. Тут уж никак не проверишь. Больно фигура проходная — кому он нужен, человек из толпы...

— М-да... пожалуй, — пришлось согласиться мне.

— Вот примерно так, — подытожил он. — Это все, что мне удалось разузнать. Ничего, кроме этого, мне разузнать не удалось. Ну как?

— Спасибо. Ты мне жутко помог, — сказал я с чувством.

— Угу, — сказал он и снова закашлялся.

— Какие-то деньги потратил? — спросил я.

— Да нет, — отмахнулся он. — Ужин на двоих, клуб на Гиндзе да такси домой — ерунда, не стоит и говорить[1]... Все равно на расходы спишется. У нас же что угодно можно на расходы фирмы списать. Даже бухгалтер наш с налогами возится и ворчит постоянно: почему так мало расходов, давайте больше расходовать. Так что об этом не беспокойся. А в клуб на Гиндзе, если хочешь, могу и тебя сводить как-нибудь. Ты же там еще ни разу не был, верно?

— А что там есть, в этом клубе на Гиндзе?

— Выпить там есть. И девочки, — сказал он. — И если мы пойдем, наш бухгалтер обрадуется.

— Ну и ходи туда с бухгалтером...

— Да с ним я уже ходил недавно.

Я попрощался и повесил трубку.

Повесив трубку, я задумался о своем бывшем напарнике. Мой ровесник с уже наметившимся брюшком. Хранит в столе какие-то таблетки, вечно одни и те же, и всерьез интересуется результатами выборов. Дергается из-за не успевающих в школе детей, регулярно ссорится с женой, но семью обожает до безумия. Не без слабостей, закладывает за воротник. Но по большому счету — нормальный мужик, что в жизни, что на работе. Во всех отношениях — обыкновенный *приличный человек*.

Я сошелся с ним сразу после вуза, и долгое время наш бизнес на двоих развивался весьма успешно. Начали мы с крохотной переводческой конторы и год за годом понемногу набирали силу. Особенно близкими дру-

---

1   Гиндза — один из самых дорогих и престижных районов Токио.
    Речь идет о сумме не менее 500—600 долларов США.

зьями мы никогда не были, но характерами сходились неплохо. Годами изо дня в день пялиться на одну и ту же физиономию и ни разу не поругаться — это тоже надо уметь. Он был человек миролюбивый и безупречно воспитанный. Я тоже ссориться не любил. Случалось, конечно, что мы расходились во мнениях, но относились друг к другу с уважением и работали дальше. И все-таки расстались очень вовремя. С делами в конторе он и после моего ухода справлялся неплохо; по правде говоря, даже лучше, чем в паре со мной. Прибыль поступала исправно. Фирма росла. Он нанимал новых работников и использовал их так, как нужно. Да и внутренне, оставшись один, сделался куда увереннее.

Так что, думаю, проблема заключалась во мне. Наверное, я все время его как-то сковывал. И лишь после моего ухода он ожил и расправил плечи. Научился балагурить, располагая к себе клиента, заигрывать с секретаршами, тратить деньги фирмы — на «представительские расходы», которые сам же критиковал, — и развлекать кого ни попадя в ночных клубах на Гиндзе. Будь рядом я, он бы напрягался, и все это не получалось бы у него так естественно. Находясь постоянно в моем поле зрения, он бы, пожалуй, всякий раз гадал, что же я о нем думаю. Уж такой характер. Хотя мне, если честно, на его поведение рядом со мной было глубоко наплевать.

Хорошо, что этот парень остался один, подумал я. Во всех отношениях хорошо.

Иначе говоря, он просто стал соответствовать своему возрасту.

«*Соответствовать своему возрасту*», — повторил я про себя. И на всякий случай произнес вслух. Вслух это могло относиться к кому угодно, но не ко мне.

109

\* \* \*

В девять вечера телефон затрезвонил снова. Звонка мне ждать было не от кого, и я даже не сразу сообразил, что́ этот звук означает. Тем не менее телефон продолжал надрываться. После четвертого звонка я наконец снял трубку.

— Сегодня в фойе ты меня разглядывал, признавайся? — сказала она. Не сердито, не весело — совершенно бесстрастным голосом.

— Было дело, — признался я.

Она помолчала.

— Если меня на работе так разглядывать, я напрягаюсь, и очень сильно, — продолжала она. — Я из-за тебя кучу ошибок наделала. Пока ты меня разглядывал.

— Больше не буду, — пообещал я. — Это я от твоего вида храбрости набирался. Я ведь не знал, что ты так напрягаешься. Теперь знаю, так что больше не стану. Ты где?

— Дома. Сейчас ванну приму — и спать, — сказала она. — Ты себе номер продлил, да?

— Ага. По делам придется еще задержаться.

— Тогда больше не разглядывай меня, ладно? А то у меня будут проблемы.

— Больше не буду разглядывать.

Она помолчала еще немного.

— Слушай... А что, со стороны сильно заметно, когда я напрягаюсь? Ну, общее впечатление?

— Да как сказать... Не знаю даже. Все люди по-разному держатся. Опять же, любой напрягаться будет, если знает, что за ним наблюдают. Так что не стоит себе этим голову забивать. Тем более что у меня просто склонность такая — всякие вещи подолгу разглядывать. Уставлюсь на что-нибудь и разглядываю полчаса...

— И откуда у тебя эта склонность?

— Откуда берутся наши склонности, объяснить очень сложно. Но я все понял, и разглядывать тебя больше не буду. И проблем на работе желаю тебе меньше всего на свете.

Полминуты, не меньше, она обдумывала мои слова.

— Спокойной ночи, — сказала она наконец.

— Спокойной ночи, — ответил я.

И повесил трубку. Затем принял ванну, после чего улегся на диван и до одиннадцати читал книгу. В одиннадцать встал, оделся и вышел из номера. Коридор был длинный и извилистый, как лабиринт, и я решил пройти его из конца в конец. В самом дальнем конце коридора я обнаружил служебный лифт. Располагался он так, чтобы не попадаться на глаза постояльцам, но найти его оказалось несложно. Свернув по стрелке с надписью «Пожарный выход», я оказался в тупичке с подсобными комнатами без номеров, а уже за ними, в углу, отыскал и служебный лифт. Дабы по ошибке в него не залезли-таки проживающие, на дверях висела табличка «грузовой». Я простоял перед дверьми довольно долго, но, как показывали цифры на дисплее, все это время лифт оставался в подвале. Пользоваться им в это время суток было практически некому. Из динамика в потолке лилась негромкая музыка — «Грустная любовь» оркестра Поля Мориа.

Я нажал на кнопку. Словно очнувшийся от спячки зверь поднимает голову, лифт встрепенулся и начал карабкаться вверх. 1, 2, 3, 4, 5, 6... Кабина приближалась медленно, но неумолимо. Слушая «Грустную любовь», я буравил взглядом цифры. Если внутри кто-то окажется, скажу, что ошибся лифтом. Нормальные постояльцы всегда ошибаются лифтами. 11, 12, 13, 14... Отступив на шаг назад и сжав кулаки в карманах, я ждал, когда откроются двери.

«15» — лифт остановился. Пауза. Мертвое беззвучие. Двери плавно раскрылись.

Внутри — никого.

Какой до ужаса тихий лифт, подумалось мне. Куда до него чахоточному лифту старого отеля «Дельфин»... Я ступил внутрь и нажал на кнопку «16». Двери закрылись, кабина чуть сместилась в пространстве, и двери открылись снова. Шестнадцатый этаж. Обычный — никакой темноты и прочих ужасов из ее рассказа. Свет горит как положено, в динамиках — нескончаемая «Грустная любовь». Абсолютно ничем не пахнет. На всякий случай я обошел весь этаж. Шестнадцатый оказался точной копией пятнадцатого. Тот же изломанный поворотами коридор, те же бесконечные двери, та же ниша для автоматов с напитками, те же несколько лифтов. Под некоторыми дверями дожидались горничной пустые тарелки тех, кто ужинал в номере. На полу темно-красный ковер. Мягкий, роскошный. Глушит любые шаги. Я притопнул ногой — и не услышал в ответ ни звука. Музыка с потолка сменилась на «Любовь в летний день» — кажется, Перси Фэйта. Я дошел до угла, свернул направо, на середине коридора сел в обычный лифт, вернулся на пятнадцатый этаж. И решил повторить все сначала. Сел в служебный лифт, поднялся на шестнадцатый, вышел в самый обычный коридор. Все тот же свет. Все та же «Любовь в летний день».

Плюнув на дальнейшие попытки, я спустился обратно, вернулся в номер, сделал пару глотков бренди и заснул как убитый.

Рассвело: чернота за окном превратилась в пепел. Шел снег. Итак, подумал я. Чем бы заняться сегодня?

По-прежнему — нечем.

Под лениво падавшим снегом я отправился в «Данкин Донатс», съел пончик, выпил две чашки кофе и просмотрел газету. В газете были сплошные выборы. В кино, как и вчера — ничего, что хотелось бы посмотреть. На глаза попалась только реклама картины, в которой играл мой одноклассник. Картина называлась «Безответная любовь» и, судя по рекламе, представляла собой стандартную школьную мелодраму. С культовой пятнадцатилетней звездой в главной роли и песнями не менее раскрученного поп-кумира.

Я живо представил, какую роль в подобном кино, должно быть, играет мой одноклассник. Этакий молодой, благородный, всепонимающий Учитель. Высокого роста, мастер сразу нескольких видов спорта. Все старшеклассницы втрескались в него по уши: каждую, кого он зовет по имени, охватывает мгновенный столбняк. Главная героиня, натурально, втюрилась тоже. И потому в воскресенье она печет какие-нибудь печенюшки и тащит эту радость к нему домой. А параллельно по ней сохнет один ученик. Совершенно обычный парнишка, только малость нерешительный... Вот такой примерно сюжет, я уверен. Не нужно мозги напрягать, чтобы представить.

После того как мой одноклассник стал знаменитым киноактером, я какое-то время — отчасти просто из любопытства — смотрел все новые фильмы с его участием. Посмотрел в общей сложности пять или шесть картин. И потом потерял к ним всякий интерес. Картины были одна скучнее другой, да и сам он во всех фильмах играл одну и ту же шаблонную роль. Роль благородного атлета с чистой душой и длинными ногами. Сперва студент, потом — учитель, врач, клерк процветающей фирмы, еще много кто... Но персонаж получался всегда одинаковый. Тот самый, от которого балдеют до поросячьего визга девчонки. Его ослепительная белозубая улыбка поднимала настроение даже мне. И все-таки платить деньги за такое кино я больше не хотел. То есть я вовсе не принадлежу к суровым снобам-синефилам, что смотрят исключительно Тарковского да Феллини, но, ей-богу, кино с этим парнем было полным отстоем. Весь сюжет угадывался за первые пять минут, герои произносили сплошные банальности, бюджет картины явно трепыхался где-то возле нуля, а режиссер, похоже, наплевал на свои обязанности еще до того, как к ним приступил.

Впрочем, если вспомнить, таким он и был всегда, еще до того, как стал знаменитостью. Чрезвычайно привлекательный внешне — и совершенно мутный внутри. Я проучился с ним бок о бок пару лет в средних классах школы. Лабораторные опыты по физике-химии мы всегда выполняли на пару за одним столом. Так что и поболтать случалось время от времени. Как и потом, в кино, этот парень производил *до ужаса* приятное впечатление. Все девчонки сходили по нему с ума и в его присутствии вели себя как сомнамбулы. Стоило ему сказать любой из них пару слов, и бедняжка полдня ходила с квадратными глазами. Во время лабораторных опытов вся женская половина класса оглядывалась на него. Если что непонятно было, спрашивали у него. А когда он зажигал газовую горелку, на наш стол таращились так, будто он совершал ритуал открытия очередных Олимпийских игр. Никому и в голову не приходило, что тут же рядом существую и я.

Учился он так же отлично. Всегда — первый или второй в классе по успеваемости. Приветливый, искренний, и при этом — никакого тщеславия. В любой одежде смотрелся одинаково стильным и воспитанным человеком. Даже мочась в сортире, выглядел элегантно. На свете вообще очень редко встретишь парней, элегантно мочащихся в сортире. Стоит ли говорить, и спортсменом был отменным — один из лидеров сборной школы. Ходили слухи, что он дружит с самой популярной девчонкой в классе, но правда это или нет, я не знал. Учителя его обожали, а после того как был устроен «показательный школьный день» для родителей, его заобожали и все мамаши нашего класса. Такой вот был человек. Хотя для меня всегда оставалось непонятным, что же он думает на самом деле.

Так же, как и на экране.

После *всего этого* — на черта мне за мои же деньги смотреть такое кино?

Я выкинул газету в урну и под лениво падавшим снегом вернулся в отель. Проходя по фойе, бросил взгляд на стойку регистрации, но моей знакомой там не оказалось. Видно, ушла куда-нибудь на перерыв. Я отправился в уголок компьютерных игр и несколько раз сыграл в «Пэкмэна и Галактику». Отлично придуманная, хотя и слишком патологическая игра. И чересчур агрессивная. Но время сжирает неплохо.

Затем я вернулся в номер и принялся читать книгу.

День обещал быть пустым и бессмысленным. Читать надоело, и какое-то время я просто разглядывал снег за окном. Тот, похоже, собирался идти до самого вечера. Все сыпал и сыпал — даже интересно: вот, оказывается, сколько снега может свалиться с неба за один день. В двенадцать я спустился в кафе отеля и пообедал. Затем снова вернулся в номер, еще немного почитал и поразглядывал снег за окном.

Но завершиться впустую этому странному дню все же не удалось. Ровно в четыре, когда я валялся в постели с книгой в руках, в дверь постучали. Отворив дверь на несколько сантиметров, я выглянул в щель. На пороге стояла она. В очках и светло-голубой униформе. Бесшумной тенью она скользнула в чуть приоткрытую дверь и мгновенно захлопнула ее за собой.

— Если меня застукают — уволят сразу, — сказала она. — Здесь с этим ужас как строго...

Быстро окинув взглядом номер, она пробежала к дивану, села, расправила ладонями юбку на коленях. И глубоко вздохнула.

— У меня сейчас перерыв, — сказала она.

— Выпьешь чего-нибудь? — спросил я. — Лично я пиво буду...

— Нет, времени совсем мало, — отказалась она. — Слушай, а чем ты в номере весь день занимаешься?

— Да ничем особенно... — ответил я, достал из холодильника пиво и налил в стакан. — Время убиваю. Книжку читаю, на снег смотрю.

— Какую книжку, о чем?

— Об испанских войнах. Каждая испанская война с начала и до конца очень подробно описана. В разных исторических версиях и трактовках...

Испанские войны и правда изобилуют самыми разными объяснениями того, что и как там происходило. Такие уж раньше были войны.

— Только не думай обо мне ничего странного, — сказала она.

— Странного? — переспросил я. — Ты о чем? О том, что в номер ко мне пришла?

— Ну да.

— А-а...

ДЭНС, ДЭНС, ДЭНС

Я присел на кровать со стаканом в руке.

— Вовсе я не думаю о тебе ничего странного. То есть я, конечно, удивился, что ты пришла, но я очень рад. Я тут как раз от скуки помираю, поговорить не с кем...

Поднявшись с дивана, она встала посреди комнаты, легким движением скинула голубой жакет и повесила его, чтобы не измялся, на спинку кресла у письменного стола. Затем подошла и присела, чинно сдвинув колени, на кровать со мной рядом. Без жакета она вдруг показалась мне очень слабой и ранимой. Я обнял ее за плечи. Она положила голову мне на плечо и застыла. Восхитительный запах. Идеально отглаженная белая блузка. Так прошло, наверное, минут пять. Под моей рукой, уткнувшись головой мне в плечо, с закрытыми глазами она дышала спокойно и ровно, точно спала. И лишь нескончаемый снег все сыпал и сыпал, заглушая городской шум вокруг. Абсолютная тишина.

Человек, уставший в пути, захотел где-нибудь отдохнуть, думал я. И я — дерево, к которому он прислонился. Я сочувствовал ей. Но при этом вовсе не считал, что вот, мол, как несправедливо и неправильно, когда настолько молодая и симпатичная девушка так устает. Если подумать, ничего несправедливого здесь нет. Усталость может обрушиться на любого из нас независимо от красоты или возраста. Точно так же, как буря, наводнение, землетрясение или горный обвал.

Минут через пять она подняла голову, встала, надела жакет. И опять присела, теперь уже на диван. Пальцы левой руки теребили кольцо на мизинце правой. В жакете она будто опять напряглась, став чужой и далекой, как прежде.

Не вставая с кровати, я смотрел на нее.

— Послушай, — сказал я. — Насчет того, что с тобой случилось на шестнадцатом этаже... Ты тогда ничего осо-

117

бенного не делала? Перед тем, как в лифт садиться, или уже в самом лифте?

Она склонила голову набок и задумалась на пару секунд.

— Хм... Да нет вроде. Ничего особенного... Я не помню уже.

— И вокруг никаких странностей не заметила? Ну, было что-нибудь не так, как всегда?

— Да все было, как всегда. — Она пожала плечами. — Никаких странностей. Совершенно обычно села в лифт, приехала, двери открылись — темно. Вот и все.

Я кивнул.

— Слушай, а может, поужинаем где-нибудь?

Она покачала головой.

— Извини. Сегодня у меня важная встреча.

— Ну а завтра?

— А завтра — бассейн. Я плавать учусь.

— Плавать учишься... — повторил я и улыбнулся. — А ты знаешь, что в Древнем Египте тоже учились плавать в бассейнах?

— Откуда мне знать? — сказала она. — Врешь, наверное?

— Да нет же, правда. Я сам об этом материал для статьи собирал, — стоял на своем я. Хотя спроси она меня: «Ну, и что из этого?» — я бы не знал, что ответить.

Она посмотрела на часы и встала.

— Спасибо, — сказала она. И выскользнула в коридор так же бесшумно, как и пришла. Единственное событие этого дня. Маленькое и неприметное. Радуясь таким вот маленьким, неприметным событиям, и жили свои маленькие, неприметные жизни древние египтяне. Обучались плаванию в бассейнах, бальзамировали мумии, занимались прочими мелочами. Большое скопление таких мелочей в одном месте и называют Цивилизацией.

# 9

К одиннадцати заняться стало *нечем* в прямом смысле слова. Все, что можно было сделать, я сделал. Ногти постриг, ванну принял, уши почистил, новости по телевизору посмотрел. От пола отжался, ужин съел, все книги до конца дочитал. Но спать совсем не хотелось. С другой стороны, для дальнейших экспериментов с лифтом еще слишком рано. Такими вещами стоит заняться где-нибудь за полночь, когда на этажах никого из персонала не встретишь.

Я прикинул, что еще оставалось — и отправился в бар на двадцать шестом этаже. Уселся за столик и, потягивая мартини, стал разглядывать снежную мглу за окном и думать о египтянах. Любопытно все-таки, как они жили там, в Древнем Египте? Кого обучали плаванию в своих бассейнах? Наверняка каких-нибудь членов семьи фараона, детей аристократов и прочую «золотую молодежь». Древнеегипетские нувориши оттяпывали себе лучшие земельные участки вдоль Нила, сооружали там элитные бассейны и учили своих чад передвигаться в воде особо пижонскими способами. А обаятельные инструкторы — точные копии моего одноклассника-киноактера — плавали вокруг и приговаривали сладкими голосами: «Замечательно, мой господин, так держать! Вот только когда вы изволите плавать кролем, ваша правая рука могла бы простираться еще немного вперед...»

Я живо представил себе эту картину. Воды Нила цвета синих чернил, слепящее солнце, охранники с длинными пиками отгоняют аллигаторов и простолюдинов, шелест тростника на ветру, загорелые тела сыновей фараона... Как насчет дочерей фараона? Или девчонок они плаванию не обучали? Например, Клеопатру. Совсем еще молоденькую такую Клеопатру, вылитую Джоди Фостер. Интересно, у нее тоже съезжала бы крыша при виде инструктора, моего одноклассника? Да, наверное, и у нее съезжала бы. Все-таки в этом его Основное Предназначение...

Вот бы сняли такое кино, подумал я. На такое кино я бы точно сходил с удовольствием.

Главный герой — инструктор по плаванию — происхождения отнюдь не плебейского. Сын царя какой-нибудь Персии или Ассирии. Но во время войны его захватывают в плен, угоняют в Египет и продают там в рабство. Однако, даже став рабом, он не теряет ни капли своего обаяния. Какие там Чарлтон Хестон или Кёрк Дуглас! Сверкая белозубой улыбкой, он элегантно мочится в тростнике. А стоит дать ему укулеле — встанет на фоне вечернего Нила и споет «Рок-э-хула Бэби» на древнеегипетском не хуже оригинала. Такие роли под силу только моему однокласснику.

И вот однажды его жизненный путь пересекается с путем фараона. Как-то утром он рубит тростник на берегу Нила, и вдруг прямо перед ним на реке опрокидывается корабль. Не колеблясь ни секунды, он бросается в воду, стремительным кролем подгребает к тонущему судну, выуживает оттуда фараонову дочку и наперегонки с аллигатором возвращается обратно на берег. Очень элегантно. Примерно как зажигал нашу газовую горелку на уроке химии. Фараон на все это смотрит и думает: «Ага! А не сделать ли его новым учителем плавания для наследников престола? Старого-то мы аккурат на прошлой неделе утопили в колодце за дерзкий язык!..» И вот наш герой — Наставник Бассейна Великого Фараона. Обаятельный, как и раньше, все вокруг от него без ума. С наступлением ночи придворные дамы, натершись благовониями, так и норовят прошмыгнуть к нему в постель. Фараоновы дети в нем просто души не чают. Сногсшибательный эпизод «Купающаяся красотка» сменяется эпохальной сценой «Король и я». В день рождения фараона детишки исполняют для папочки композицию синхронного плавания. Фараон рыдает от счастья, ставки героя опять растут. Но герой не задирает носа, он скромный. Знай себе улыбается и элегантно мочится в тростнике. Каждую придворную даму, прошмыгнувшую к нему в постель, он ласкает не меньше часа, а кончив, никогда не забывает погладить по голове и сказать ей: «Ты — лучше всех!» Он добрый.

Интересно, кстати, а как должен выглядеть секс с древнеегипетской придворной дамой? Я попробовал это представить, но у меня ни черта не вышло. Чем больше я напрягал несчастное воображение, тем назойливее в голову лезли кадры из «Клеопатры» производства киностудии «XX Век — Фокс». Той жуткой тошниловки с Элизабет Тэйлор, Ричардом Бёртоном и Рексом Харрисоном. Экзотика по-голливудски: черные наложницы с ногами чуть не от шеи машут над Элизабет Тэйлор опахалами на длиннющих рукоятках. Она в умопомрачительных позах ублажает моего одноклассника. Древние египтянки в этом деле — большие искусницы.

И вот у Клеопатры — вылитой Джоди Фостер — после встречи с ним абсолютно съезжает крыша. Банально, конечно, но что поделаешь, без этого кино не получится.

Более того: у него тоже съезжает крыша от Джоди Клеопатры.

Но от Джоди Клеопатры крыша съезжает не только у него. Абиссинский принц, весь черный как сажа, уже давно ее вожделеет. При одной мысли о ней он срывается с места и отплясывает свои абиссинские танцы. Сыграть это может только Майкл Джексон и никто другой. Раздираемый страстью, он тащится в Египет через пустыню аж из самой Абиссинии. На каждом привале своего каравана отплясывает у костра «Билли Джин» с тамбурином в руках. И его черные глазищи искрятся, пропитавшись сиянием звезд. Между учителем плавания и Майклом Джексоном, конечно же, вспыхивает вечная вражда. Классический любовный треугольник.

Досочиняв до этих пор, я вдруг увидал перед собой фигуру бармена. Очень жаль, но бар закрывается, сообщил он, как бы извиняясь. Я глянул на часы: четверть первого. Кроме меня, в баре не осталось ни одного посетителя. Бармен заканчивал убирать помещение. Черт бы меня побрал, покачал я головой. Столько времени думать без остановки всякую чушь. Ни уму ни сердцу... Рехнулся я, что ли?

Расписавшись на чеке, я залпом допил мартини и поднялся с места. Вышел из бара, сунул руки в карманы и стал дожидаться лифта.

...Но суровый древнеегипетский этикет велит Джоди Клеопатре выйти замуж за своего младшего брата, продолжал думать я. Проклятый сценарий прочно засел у меня в голове. Как я ни отмахивался, подсознание выдавало новые и новые эпизоды. Младший брат — слабоумный и полная размазня. Кому бы доверить такую роль? Вуди Аллену? Ну уж нет, этот мне все кино превратит в дурную комедию. Начнет сыпать тоскливыми шутками при дворе да шмякать себя по голове пластмассовой колотушкой... Не пойдет.

Ладно, с братом придумаем позже. А вот фараона пускай играет Лоуренс Оливье. С его вечной мигренью и пальцами, стискивающими виски. Всех, кто ему не по нраву, фараон топит в бездонном колодце или отправляет поплавать в Ниле наперегонки с крокодилами. Умен и жесток. Вот он приказывает вырвать кому-то веки, а потом отвезти несчастного в пустыню и бросить там помирать...

Я додумал до этого места — и передо мной распахнулись двери лифта. Без единого звука. Я ступил внутрь и нажал на кнопку пятнадцатого этажа. И стал думать дальше. Мне не хотелось думать про все это. Но остановиться почему-то не получалось.

Сцена меняется: бескрайняя пустыня. В самом сердце пустыни — пещера, где обитает изгнанный фараоном прорицатель. Долгие годы хоронится он от людей там, где никто уже его не обидит. С вырванными веками он умудрился обойти всю пустыню и чудесным образом выжить. Укутанный с головой в овечьи шкуры, скрывается от солнечных лучей во мраке своей пещеры. Поедает червей, грызет верблюжьи колючки. И, наделенный третьим, внутренним глазом, предвидит Будущее. Скорое падение фараона. Сумерки Египта. Смену эпох на Земле...

«Человек-Овца! — взорвалось у меня в голове. — А здесь-то какого дьявола делает Человек-Овца?»

Двери лифта раскрылись — бесшумно, как и всегда. Поражаясь собственным бредням, я шагнул из лифта в коридор. Человек-Овца! Разве он существовал во времена фараонов? Или все это плоды моей сбрендившей фантазии? Не вынимая рук из карманов, я стоял в темноте и пытался найти этому хоть какое-то объяснение.

*В темноте?*

И тут я наконец осознал: вокруг меня — кромешная тьма. Ни лучика света. Двери лифта все так же беззвучно затворились у меня за спиной, и эта тьма стала черной, как битумный лак. Я не различал даже собственных рук. Музыка тоже исчезла. Ни тебе «Грустной любви», ни «Любви в летний день» — ничего. В зябком воздухе едко пахло какой-то хиной.

И в этой кромешной тьме я стоял, не дыша, совершенно один.

# 10

Мгла была абсолютной. До животного ужаса.

Я не различал ни предметов, ни очертаний. Ни контуров своего тела. Я не чувствовал, есть ли на месте моего тела вообще что-нибудь. Черного цвета Ничто — вот единственное, что меня окружало.

В такой жуткой мгле даже самого себя начинаешь воспринимать как абстракцию. Мое «я» теряет материальную оболочку — и заполняет собой пространство, словно какая-нибудь мистическая эманация. Оно, мое «я», уже высвободилось из моего тела, но никакой оболочки взамен не обрело. Бестелесное и неприкаянное, болталось оно в космической пустоте, на зыбкой границе между реальностью и кошмаром...

Довольно долго я простоял, замерев, точно парализованный. Руки-ноги не слушались — я просто их не ощущал. Казалось, кто-то затянул меня в морские пучины и прижимал ко дну, не давая всплыть. До предела концентрированная мгла давила на каждую клетку тела. От пронзительного беззвучия чуть не лопались барабанные перепонки. Поначалу я ждал, когда же к этой мгле привыкнут глаза. Бесполезно. То был не какой-нибудь полудохлый ночной полумрак, с которым свыкаешься через минуту. Идеальная чернота залила собой всё и вся. Точно холст, на который долго, слой за слоем, накладывали черную краску. Я машинально обшарил карманы. В правом оказались бумажник и ключи от дома. В левом — пластиковая карточка-ключ от номера, носовой платок и немного мелочи. Ничего, что пригодилось бы в темноте. Впервые за долгое время я пожалел, что бросил курить. Не бросил бы — нашлись бы спички или зажигалка... Ладно, что уж теперь. Я вынул руку из кармана и протянул туда, где должна была находиться стена. Ладонь уперлась в вертикальную поверхность. Стена была на месте. Гладкая и холодная. *Слишком* холодная для отеля «Дельфин». Стены отеля «Дельфин» не должны быть такими холодными. Ибо «специальными кондиционерами во всем здании отеля круглосуточно поддерживается приятная комнатная температура»... Спокойно, приказал я себе. Будем рассуждать хладнокровно.

*Хладнокровно!*

Во-первых, все это уже случалось раньше с моей новой знакомой. И сейчас просто повторяется то же самое. Так? Так. Но раз она из этого выбралась, значит, и я смогу. Трудно, что ли? Не вижу причин для паники. Просто нужно повторить все, что делала она.

Далее. В этом здании творится что-то странное, и это «что-то» имеет отношение ко мне. Несомненно, этот отель как-то связан со старым отелем «Дельфин». Поэтому я и пришел сюда. Так или нет? Именно так. А значит, нужно шаг за шагом повторить ее путь и увидеть то, что побоялась увидеть она...

Страшно?

*Еще как страшно.*

Черт бы меня побрал. Ведь действительно страшно, без дураков. Я ощутил себя безоружным и голым. Чернота вокруг источала насилие, а я даже не мог увидеть опасность, приближавшуюся ко мне в этом мраке беззвучно и неторопливо, словно морской змей. Фатальным бессилием сковало все тело. Поры кожи закупорило темнотой. Рубашка взмокла от холодного пота. Горло пересохло: я попытался сглотнуть слюну — и чуть не сломал себе шею.

Где же я, черт возьми? Где угодно, только не в отеле «Дельфин». Хоть это понятно сразу. Я выпал в иное пространство. Переступил через какой-то порог и вывалился куда-то. Я закрыл глаза и глубоко-глубоко вздохнул.

Как последний идиот, я вдруг до ужаса захотел послушать «Грустную любовь» оркестра Поля Мориа. Зазвучи она сейчас — и я был бы счастлив. Вот что вернуло бы меня к жизни. Или даже Ричарда Клайдермана. Сейчас — стерпел бы. И «Los Indios Tabajaras» стерпел бы, и Хосе Фелисиано, и Хулио Иглесиаса, и Серхио Мендеса, и «Partridge Family», и какое-нибудь «1910 Fruitgum Company» — да все что угодно. Стиснул бы зубы и слушал как миленький. Слишком уж страшная тишина... Согласен даже на хор Митча Миллера. Да пускай хоть Эл Мартино с Энди Вильямсом дуэтом заголосят — дьявол с ними, *лишь бы звучало хоть что-нибудь!*

Ну хватит, одернул я себя. Сколько можно думать о всякой ерунде? С другой стороны, совсем ни о чем не думать тоже невозможно. Так не все ли равно, о чем? Надо чем-то занять пустоту в голове. Чтобы не было страшно. Чтобы как-то вытерпеть животный ужас, расползающийся в этой космической пустоте.

Майкл Джексон отплясывает «Билли Джин» у костра с тамбурином в руках. И даже верблюды в трансе от его завываний.

В голове моей — какая-то каша.

ВГОЛОВЕМОЕЙКАКАЯТОКАША...

Каждая мысль отдается эхом в пустой голове. Каждая мысль отдается...

Я еще раз вздохнул поглубже — и погнал видения из дурной головы куда подальше. Не бесконечно же, в самом деле, думать про всю эту чушь. Нужно действовать. Верно же? Иначе какого черта я сюда притащился?

Я собрался с духом и, держась рукой за стену, двинулся по коридору направо. Ноги слушались плохо. Ноги были словно чужие. Будто нарушилась связь между ногами и нервной системой. Приказываю ногам шевелиться, а те ни в какую. Вокруг — сплошной мрак без конца и края. Мрак до самого сердца Земли. Шаг за шагом я медленно двигаюсь к центру Земли. И уже никогда не вернусь на поверхность... *Думай о чем-нибудь*, сказал я себе. Не будешь ни о чем думать — страх постепенно охватит тебя целиком. Сочиняй уж дальше свое кино... На чем мы там остановились? На появлении Человека-Овцы. Но эпизод в пустыне развивать пока некуда. Вернемся во дворец фараона. Грандиознейший тронный зал. Сокровища, собранные со всей Африки. Нубийские рабыни в немом поклоне ожидают повелений. А посреди всего этого сидит фараон. Сегодня он явно не в духе. «Прогнило что-то в королевстве Нильском, — думает он. — Как и в моем дворце. Какая-то ошибка разрастается, растлевает собою все вокруг. Срочно нужно найти ее и исправить...»

Шаг за шагом я продвигался вперед. И думал изо всех сил. Значит, девчонка, моя новая знакомая, этот ужас преодолела. Интересно... Неужели вот так же, как я сейчас, потащилась одна во тьму что-то там проверять? Даже у меня поджилки трясутся, а ведь я знал, к чему готовиться. Не знай я об этом заранее, черта с два бы куда-нибудь пошел. Небось так и каменел бы у лифта, не смея пальцем пошевелить...

Я начал думать о своей новой знакомой. Представил, как она учится плавать у себя в бассейне. Вся такая в обтягивающем купальнике. А рядом с ней вьется кругами мой одноклассник-киноактер. И у нее съезжает от него крыша. Он показывает ей, как загребать правой в кроле, она глядит на него совершенно ошалевшими глазами. И, еле дождавшись ночи, шмыгает к нему в постель... Мне сделалось грустно. Грустно, горько и обидно. Так нельзя, сказал я ей мысленно. Ни черта ты не понимаешь. Все его обаяние — чисто внешнее. Он будет шептать тебе на ухо нежности, за которыми ничего нет. И, наверное, здорово тебя заведет... Но ведь это уже вопрос техники. Грамотно исполненная прелюдия — и ничего больше...

*Коридор сворачивал вправо.* Все как она говорила... Но в моем воображении она уже трахалась с проклятым одноклассником. Вот он осторожно раздевает ее и шепчет комплимент каждой обнажаемой части тела. Искренне шепчет, собака. От чистого сердца... Та-ак, подумал я. Оч-чень интересно. Я почувствовал, что не на шутку разозлился. «Как можно так ошибаться?» — хотелось мне закричать.

*Коридор сворачивал вправо.*

По-прежнему держась за стену, я повернул направо. И далеко впереди увидел огонек. Такой слабый и размытый, точно пробивался сразу через несколько занавесок.

Все как она говорила...

Мой одноклассник касается ее тела губами. Медленно переходит от шеи к плечам, к груди... Камера показывает его спереди, ее со спины. Потом ракурс меняется.

128

Ее лицо. Только это не ее лицо. Не моей знакомой из-за стойки отеля «Дельфин». Это лицо Кики. Той самой Кики с фантастическими ушами, шлюхи высшей категории, с которой я останавливался в старом отеле «Дельфин». Кики, что так странно исчезла из моей жизни... И вот теперь она трахается с моим одноклассником. Это выглядело точь-в-точь как кадры из кинофильма. Профессионально смонтированные кадры. Пожалуй, даже слишком профессионально. До унылой банальности. Кики. Она-то здесь откуда? Пространство и время сошли с ума.

ПРОСТРАНСТВОИВРЕМЯСОШЛИСУМА...

Я снова трогаюсь с места, держа курс на огонек впереди. Я трогаюсь с места — и кино в голове обрывается. Затемнение.

Продвигаюсь во тьме вдоль стены. Приказываю себе ни о чем больше не думать. Думай не думай — все равно ничего не изменится, только мыслями время растянешь зря. Лучше уж без всяких мыслей просто двигать ногами, и все. Сосредоточенно. Целенаправленно. Свет впереди тусклый, рассеянный, откуда он — не разобрать. Видно только чуть приоткрытую дверь. *Дверь, каких не бывает в этом отеле.* Как она и сказала... Старая-престарая деревянная дверь. На ней — табличка с номером. Ни одной цифры не разглядеть. Слишком темно и слишком грязная табличка. Но как бы там ни было, это уже не отель «Дельфин». Откуда в новом отеле «Дельфин» взяться такой старой двери? Я уж о воздухе не говорю. Чем же тут пахнет, в самом деле? Какой-то истлевшей бумагой... Свет за дверью подрагивает временами. Похоже на пламя свечи...

Я встал перед дверью и какое-то время разглядывал это свечение. И опять вспоминал ее, девчонку из-за стойки в фойе. Все-таки зря я тогда не переспал с нею. Вернусь ли я когда-нибудь в нормальный мир? Смогу ли еще разок пригласить ее куда-нибудь? Я вдруг почувствовал жгучую ревность к «нормальному миру» со всеми его бассейнами. Впрочем, возможно, это была не ревность. А, скажем так, искаженное и преувеличенное сожаление о несодеянном. Но ощущалось почему-то как ревность. По крайней мере, именно на ревность это сильно смахивало в темноте. Ну и дела. Нашел время и место страдать от ревности. А ведь я уже тысячу лет никого ни к кому не ревновал... Не говоря уж о том, что страдать от ревности — вообще не в моем характере. Для этого я, пожалуй, слишком зациклен на самого себя... И тем не менее — странное дело — я испытывал сейчас на удивление острую ревность. К плавательному бассейну.

Что за бред, сказал я себе. Разве можно ревновать кого-то к бассейну? Никогда о таком не слыхал...

Я нервно сглотнул слюну. В мертвой тишине это прозвучало так, словно по пустой металлической бочке шарахнули ломом. А ведь я просто сглотнул...

Звуки явно были громче, чем полагалось. Все как она говорила... Кстати. Надо же постучать. Я должен постучать в эту дверь...

И я постучал. Не раздумывая, машинально. Совсем несильно: тук-тук. Вроде как — не услышат, так и бог с ним. Но раздался такой грохот, что я чуть не оглох. Грохот, от которого леденела душа, тяжелый, как шаги самой Смерти.

Затаив дыхание, я ждал, что будет.

Вначале ничего не было. Пришла тишина — долгая, как она и рассказывала. Насколько долгая — сказать не берусь. Может, пять секунд, а может, с минуту. Длина Времени не считалась в такой темноте. Время пульсировало, то растягиваясь, то сокращаясь. И я сам растягивался и сокращался вместе с ним — без единого звука. Время выгибалось из своих форм, и я выгибался из форм вслед за ним. Как отражение в кривом зеркале.

И наконец я услышал *это*. Неестественно громкий шорох. Будто ворошили огромную кучу тряпья. Кто-то тяжелый поднялся с пола. И раздались шаги. Медленно-медленно они приближались ко мне. То ли в шлепанцах, то ли приволакивая ноги — *шур-р-р! шур-р-р!* — что-то страшное двигалось прямо на меня. *Что-то нечеловеческое*, сказала она. Это точно. Человек так ходит не может. Это что-то другое. Что в обычном мире не может существовать. А здесь — существует...

Я не побежал. Сорочка взмокла от пота и прилипла к спине. Но странно: чем ближе раздавались шаги, тем меньше страха оставалось в душе. Все в порядке, сказал я себе. Никто ничего плохого мне не сделает. Я вдруг понял это очень явственно. Бояться нечего. Пусть все идет как идет. Все будет хорошо. Какой-то теплый водоворот засасывает меня... Я стиснул ручку двери, задержал дыхание и зажмурил глаза. Все хорошо. Мне не страшно. В кромешном мраке я слышу, как оглушительно бьется сердце. Мое сердце. Я растворяюсь в этом биении, я — его составная часть. Бояться нечего, говорю я себе. *Просто все собирается в одно целое...*

Звук шагов обрывается. Чем бы это ни было, сейчас оно стоит прямо передо мной. И глядит на меня в упор. А я стою с закрытыми глазами. *Включилось!* — вдруг понял я. Самые разные вещи, места и события замкнулись-таки на меня. Берега Нила, Кики, отель «Дельфин», старенький рок-н-ролл — все это собралось в единую цепь и заработало. Натертые благовониями тела нубийских аристократок. Бомба, отсчитывающая последние секунды в старом особняке. Сияние прошлого, старые звуки, старые голоса...

— Мы ждали тебя, — сказало Оно. — Давно ждали. Входи.

И даже не открывая глаз, я узнал его.

Это был Человек-Овца.

# 11

Мы разговаривали за старым столом. Маленьким круглым столом, на котором горела единственная свеча в грубой глиняной плошке. Три этих предмета, можно сказать, и составляли всю мебель в помещении. Даже стульев не было, и мы уселись на стопки старых книг.

Это была комната Человека-Овцы. Длинная, узкая, тесная. Стены и потолок поначалу напомнили мне старый отель «Дельфин», но, приглядевшись, я уже не видел ничего общего. Напротив входа — окно. Заколочено досками изнутри. Заколочено очень давно: щели между досками забиты пепельно-серой пылью, гвозди побурели от ржавчины. Больше в комнате не было ничего. Не комната, а каменный ящик из потолка и стен. Ни лампы под потолком. Ни шкафа. Ни туалета. Ни койки. Спал он, надо полагать, на полу, завернувшись в овечьи шкуры. Весь этот пол — кроме узенькой тропинки, по которой с трудом прошел бы один человек, — был завален старыми книгами, газетами и подшивками документов. Бумага порыжела от времени; кое-что изъели черви, кое-что перемешалось в уже невосстановимом беспорядке. Я пробежал глазами по заголовкам: все они так или иначе касались истории овцеводства на Хоккайдо... Так вот куда перекочевали архивы старого отеля «Дельфин»... Там, в старом отеле, один этаж занимали архивы с документами про овец. И старик-профессор, отец управляющего отелем, самолично следил за бумагами... Где они теперь, эти странные люди? Что с ними стало?..

В тусклом свете беспокойного пламени Человек-Овца долго разглядывал мое лицо. Огромная тень Человека-Овцы зловеще подрагивала на серой, в грязных разводах стене за его спиной. Невероятно разбухшая, будто намеренно преувеличенная тень.

— Давненько не виделись, а? — произнес Человек-Овца из-под маски. — А ты почти не изменился. Похудел, что ли?

— Похудеешь тут...

— Что там в мире? Ничего новенького? Долго здесь поживешь — перестаешь понимать, что на свете творится...

Я закинул ногу на ногу и покачал головой.

— Все как всегда. Отметить особо нечего. Пожалуй, сложнее немного стало, и все. Скорость выросла у вещей и событий... Но в целом то же самое. Принципиально нового — ничего.

Человек-Овца закивал головой.

— Стало быть, новая война еще не началась?

Я понятия не имел, какую из войн он считает последней, но на всякий случай опять покачал головой.

— Нет, — сказал я. — Еще не началась.

— Значит, скоро начнется, — произнес он тускло, без выражения и быстро-быстро потер руки в перчатках. — Ты уж поберегись. Не хочешь быть убитым — держи ухо востро. Война обязательно будет. Всегда. Не бывает, чтоб ее не было. Даже если кажется, что ее нет, она все равно есть. Люди в душе любят убивать друг друга. И убивают, пока хватает сил. Силы кончаются — они отдыхают немного. А потом опять продолжают убивать. Так устроено. Никому нельзя верить. И это никогда не изменится. И ничего тут не поделаешь. Не нравится — остается только убежать в другой мир.

Овечья шкура на нем выглядела куда грязнее, чем раньше. Шерсть по всему телу засалилась и свалялась. Маска на лице тоже казалась потрепаннее той, что я помнил. Как будто все это было лишь дежурной сменой его обычной одежды. Хотя, возможно, мне просто так показалось — из-за этих сырых обшарпанных стен и тусклого мерцания свечки. А может, и оттого, что память наша вообще запоминает все в несколько лучшем виде, чем на самом деле. И все же не только одеяние Человека-Овцы, но и сам он смотрелся гораздо изможденнее и потрепаннее, чем прежде. За четыре года он постарел и скукожился. Время от времени он глубоко вздыхал, и эти вздохи странно резали слух. Будто что-то застряло в железной трубе — как ни продувай, лишь клацает о стенки и никак не выскочит наружу.

— Мы думали, ты придешь быстрее, — сказал Человек-Овца. — Потому и ждали все время. Недавно кто-то еще приходил. Мы подумали, ты. А оказалось, не ты. Кто-то забрел по ошибке. Странно. Другим так просто сюда не попасть. Но это ладно. Главное, мы думали, ты придешь гораздо быстрее.

Я пожал плечами.

— Я, конечно, догадывался, что приду. Что нельзя будет не прийти. Только решиться не мог... Часто сон видел. Об отеле «Дельфин». Один и тот же сон, постоянно. Но чтобы решиться, потребовалось время.

— Ты хотел об этом месте забыть?

— Хотел, — признался я. — И даже забыл наполовину... — Я посмотрел на свои пальцы. Тени меж них слегка подрагивали в беспокойном мерцании свечи (сквозняк? — удивился я про себя). — А забытое наполовину хотелось забыть совсем. И жить так, словно ничего не было...

— И все из-за твоего погибшего друга?

— Да, — ответил я. — Все из-за моего погибшего друга.

— Но в итоге ты все равно пришел сюда, — сказал Человек-Овца.

— Да, в конце концов я вернулся, — кивнул я. — Не вышло у меня про это забыть... Только начну забывать, тут же что-нибудь снова напомнит. Наверное, оно, это место, очень много для меня значит. Постоянно кажется, будто я — его составная часть... Сам не знаю, что я этим хочу сказать, но... чувствую это очень ясно. Особенно во сне. Кто-то плачет и зовет меня. Почему я и решился прийти... Но ты все-таки объясни мне, что это за место? Где я сейчас нахожусь?

Человек-Овца очень долго смотрел на меня в упор. А потом покачал головой:

— Подробно мы и сами не знаем... Здесь очень просторно. И очень темно. Насколько просторно и насколько темно, это нам неизвестно. Мы знаем только об этой комнате. Об остальном — не знаем. Потому и рассказывать особенно нечего... Но раз ты все-таки пришел сюда, значит, тебе пора было прийти. Мы уверены. В этом не сомневайся. Значит, кто-то действительно о тебе плачет. И действительно в тебе нуждается. Если ты это чувствуешь, значит, так оно и есть. Вот и сюда ты вернулся не случайно. Как птица в родное гнездо. В природе так часто бывает. Не пожелай ты вернуться — считай, что и места бы этого не было...

И Человек-Овца снова быстро-быстро потер рукой об руку. Исполинская тень на стене заколыхалась в такт

135

его движениям. Гигантское черное привидение, готовое наброситься на меня в любую секунду. Прямо как в комиксах-страшилках из раннего детства.

«Как птица в родное гнездо...» — повторил я про себя. А ведь и правда похоже. Именно так я и вернулся сюда — по какому-то зову, не рассуждая...

— Рассказывай, — тихо произнес Человек-Овца. — Расскажи о себе. Здесь твой мир. Стесняться нечего. Что на сердце лежит, о том и рассказывай не торопясь. У тебя там, похоже, много чего накопилось...

И я рассказал ему. Уставившись на эту громадную тень в тусклом мерцании свечи. Рассказал, что перенес, в какой переплет попал сейчас. Давно, бог знает как давно я ни с кем не говорил так откровенно. Медленно и осторожно, словно растапливая глыбу льда, я каплю за каплей выцеживал перед ним свою душу.

Я рассказал, что, худо ли бедно, на жизнь себе зарабатываю. Только не двигаюсь никуда. И так, не двигаясь никуда, год за годом просто старею. Разучился любить. Просто утратил этот самый *трепет сердца*. И давно уже не понимаю, чего в этой жизни мне стоило бы хотеть.

Все, что от меня зависит, стараюсь выполнять в наилучшем виде. Честно стараюсь, изо всех сил. Только это не помогает. Лишь чувствую, как день за днем все больше отвердевает тело. Откуда-то изнутри, из самого сердца, грозя постепенно одеревенеть целиком. И я холодею от ужаса... Это место — единственный островок во Вселенной, с которым меня хоть что-то связывает. Будто я — его составная часть. Я не знаю, что это за место. Просто чую нутром: *я принадлежу ему...*

Человек-Овца слушал меня, не двигаясь и не говоря ни слова. Можно было подумать, что он уснул. Однако, едва я закончил, он тут же открыл глаза.

— Все в порядке, — тихо сказал Человек-Овца. — Тебе не нужно беспокоиться. Ты действительно *принадлежишь* отелю «Дельфин». До сих пор принадлежал. И всегда будешь принадлежать. Отсюда все начинается и здесь же заканчивается. Это место — твое. Твое навсегда. Здесь ты замыкаешься на всё и вся. А всё и вся замыкается на тебя. И вы сплетаетесь в единую паутину. Главный узел которой — здесь.

— Всё и вся? — переспросил я его.

— Все, что ты потерял. И все, что еще не успел потерять. Все это собирается здесь воедино.

Я попытался осмыслить его слова. Но у меня ни черта не получилось. Слишком непостижимых, космических масштабов было то, что он говорил.

— А конкретнее? — попросил я.

Но Человек-Овца не ответил. Он не мог объяснить такое конкретнее. И лишь молча покачал головой. Спокойно покачал, и самодельные уши заплясали над ним вверх-вниз, точно крылья птицы. Еще яростнее заметались такие же крылья у зловещей тени на стене. Казалось, еще немного — и стена разлетится вдребезги.

— Это тебе скоро предстоит понять самому. Наступит время понять — поймешь.

— Ладно, — сдался я. — Но вот тебе еще одна закавыка. Зачем хозяину прежнего отеля «Дельфин» понадобилось, чтобы и новый отель назывался по-старому? Для чего?

— Для тебя, — сказал Человек-Овца. — Название он берег, чтобы ты всегда мог сюда вернуться. Если б название поменялось, как бы ты понял, куда идти? А уж сам-то отель «Дельфин» никуда не исчезнет. Перестраивай ему здание, делай с ним что угодно — он останется. Что бы на свете ни происходило, он всегда будет здесь. И всегда будет ждать тебя.

Я не выдержал и нервно хихикнул:

— Для меня? Это что же получается, здоровенный гостиничный комплекс называют отелем «Дельфин» исключительно ради меня?

— Ну конечно. А что тут смешного?

Я покачал головой:

— Да нет, ничего... Удивительно просто. Слишком абсурдно звучит. Слишком нереально.

— Все реально, — сказал Человек-Овца. — Отель «Дельфин» совершенно реален. И вывеска «Dolphin Hotel» совершенно реальна. Разве вот это для тебя не реальность? — И он постучал указательным пальцем по крышке стола — даже пламя свечи заметалось от его стука. — Вот и мы, как видишь, существуем на самом деле. Реальнее не придумаешь. Сидим здесь и ждем тебя. И думаем про всё и вся. Как сделать, чтобы ты быстрее сюда добрался. Чтобы всё и вся увязалось между собой...

Я долго смотрел на дрожащее пламя свечи. И никак не мог поверить в то, что услышал.

— Послушай, но почему я? С какой стати затевать весь этот сыр-бор ради одного-единственного меня?

— Но это же твой мир... — произнес Человек-Овца таким тоном, будто объяснял заведомо очевидные вещи. — Что тут непонятного? Нужен тебе этот мир — он будет. Лишь бы ты действительно в нем нуждался. Поэтому мы все и помогали тебе, как могли. Чтобы ты поскорее добрался сюда. Чтобы здешний мир не разрушился. Чтобы он не исчез, заброшенный и забытый. Вот и все.

— И что, я действительно принадлежу вот этому месту?

— Конечно. И я принадлежу. Все принадлежат. И все это — твой мир, — проговорил Человек-Овца. И поднял указательный палец. Исполинская тень на стене тоже подняла огромный указательный палец.

— Но что здесь делаешь ты? Кто ты такой?

— Мы — человек-овца! — сказал Человек-Овца. И хрипло засмеялся. — Сам видишь. Носим овечью шкуру и живем там, где люди нас не увидят. Нас ловили — мы в лес ушли. Давно это было. Очень давно, мы почти не помним. А кем были до того, не помним совсем. С тех пор и живем никому не заметные. Если долго жить так, чтоб тебя не могли заметить, и правда становишься незаметным. И однажды — уж не помним, когда, — лес куда-то исчез, и мы здесь очутились. Нам это место отведено, и мы его охраняем. Нам ведь тоже от ветра и дождя укрытие требуется. Даже в лесу каждому зверю норка своя полагается, верно?

— Ну еще бы, — поддакнул я.

— Здесь наша обязанность — все соединять. Как электрический коммутатор. Как коммутатор, мы соединяем собой всё и вся. В этом месте — главный узел, где все пересекается. И мы сидим здесь и все подключаем. Чтобы не перепуталось, как попало. Такое у нас назначение. Коммутатор. Все подсоединяет. Понадобилось тебе что-нибудь — ты забираешь это в свой мир, а мы уже подключаем ко всему остальному. Понятно?

— Вроде бы, — сказал я.

— Ну вот, — продолжал Человек-Овца. — Получается, что тебе без нас — никуда. Потому что ты запутался. Хочешь куда-то идти, а куда, не знаешь. Ты потерял связь с миром, мир потерял связь с тобой. Ты перепробовал многое, хватался за разные провода. Но того провода, который подключил бы тебя обратно, ты пока не нашел. И поэтому в душе твоей хаос. Тебе кажется, что ты ни к чему не подключен. Это действительно так.

Единственное место, с которым ты еще связан, — здесь.

С минуту я молчал, переваривая услышанное.

— Пожалуй, ты прав, — сказал я наконец. — Так оно и есть. Я потерял связь с миром, а мир потерял связь со мной. И в душе моей полный хаос. И я ни к чему не подключен. И единственное место, с которым я связан, — здесь... — Медленно, будто строгая ножом, проговаривал я фразу за фразой, глядя на собственные руки в дрожащих отблесках свечи. — Но я чувствую... Что-то пытается пробиться ко мне. Стоит только заснуть — и там, во сне, кто-то зовет меня, плачет из-за меня. Кажется, еще немного, и я к чему-то подключусь. Очень хорошо это чувствую. Понимаешь... Я действительно хочу попробовать переиграть все сначала. Но мне нужна твоя помощь.

Человек-Овца молчал. Я сказал, что хотел, и больше говорить было нечего. Воцарилась такая тишина, словно мы сидели в ужасно глубокой шахте. Эта тишина давила на плечи и порабощала сознание. Под ее давлением мои мысли стали похожи на глубоководных рыб, что в уродливых непроницаемых панцирях хоронятся на дне океана. И лишь изредка тишину нарушал слабый треск беспокойной свечи. Человек-Овца очень долго смотрел на пламя. Очень долго молчал. И наконец, медленно подняв голову, посмотрел на меня.

— Ну что ж, — сказал он. — Давай попробуем подсоединить к тебе это самое «что-то»... Но учти: за успех мы не ручаемся. Годы наши уже не те. И сил не так много, как раньше. Получится или нет, сами не знаем. Как уж сумеем. Но даже если получится, возможно, это не принесет тебе особого счастья. На этот счет — никаких гарантий. Вполне может быть, что тебе в твоем мире уже некуда больше идти. Мы, конечно, не утверждаем. Но ты сам говорил, многое в тебе затвердело. А того, что однажды затвердело, в прежнее состояние не вернуть. Все-таки ты уже не так молод...

— И что же я должен делать?

— Ты уже много чего потерял. Много большого и важного. Никто в этом не виноват. Дело не в том, кто виноват, а в том, чем ты затыкал свои дыры. Всякий раз, когда ты что-то терял, в тебе открывалась очередная дыра. И каждую такую дыру ты затыкал чем-то взамен утраченного. Будто метку ставил на память... А как раз этого делать было нельзя. Ты заполнял эти дыры тем, что должен был оставлять внутри. И раз за разом просто стирал себя самого... Зачем? Что тебя заставляло?

— Не знаю, — ответил я.

— Хотя, может, и спрашивать так не годится. Может быть, это что-то вроде Судьбы. Даже не знаем, как тут сказать поумнее...

— Тенденция? — подсказал я.

— Ага, она самая. Тенденция. Вот мы и думаем... А вдруг, даже начав жить заново, ты все равно будешь делать так же? Раз уж такая тенденция? А если тенденции следовать долго, однажды наступит момент, когда назад уже не вернуться. Поздно. И даже мы не сможем помочь. Ведь мы умеем только сидеть здесь и все ко всему подключать. И кроме этого — ничего.

— Но что именно я должен делать? — спросил я его еще раз.

— Как мы уже сказали, мы сделаем, что умеем. Попробуем правильно тебя подключить, — ответил Человек-Овца. — Но одного этого будет мало. Дальше ты сам должен стараться изо всех сил. Будешь на одном месте сидеть да о смысле жизни думать, ничего не получится. Все пойдет псу под хвост. Это тебе понятно?

— Да это как раз понятно, — сказал я. — Но, черт возьми, что конкретно я должен делать?

— Танцуй, — сказал Человек-Овца. — Пока звучит музыка, продолжай танцевать. Понимаешь, нет? *Танцуй и не останавливайся*. Зачем танцуешь — не рассуждай. Какой в этом смысл — не задумывайся. Смысла все равно нет и не было никогда. Задумаешься — остановятся ноги. А если хоть раз остановятся ноги, мы уже ничем не сможем тебе помочь. Все твои контакты с миром вокруг оборвутся. Навсегда оборвутся. Если это случится, ты сможешь жить только в здешнем мире. Постепенно тебя затянет сюда целиком. Поэтому никак нельзя, чтобы ноги остановились. Даже если все вокруг кажется дурацким и бессмысленным, не обращай внимания. За ритмом следи и продолжай танцевать. И тогда то, что в тебе еще не совсем затвердело, начнет потихоньку рассасываться. В тебе непременно должны оставаться еще не затвердевшие островки. Найди их, возьми их себе. Выжми себя как лимон. И помни: бояться тут нечего. Твой главный соперник — усталость. Усталость — и паника от усталости. Это с каждым бывает. Станет казаться, что весь мир устроен неправильно. И ноги начнут останавливаться сами собой...

Я поднял голову и уставился на гигантскую тень за его спиной.

— А другого способа нет, — продолжал Человек-Овца. — Обязательно нужно танцевать. Мало того: танцевать *очень здорово* и никак иначе. Так, чтобы все на тебя смотрели. И только тогда нам, возможно, удастся тебе помочь. Так что — танцуй. Пока играет музыка — танцуй.

ПОКАИГРАЕТМУЗЫКАТАНЦУЙ...

В голове опять разгулялось эхо.

— Слушай, а этот твой *здешний мир*... Что это вообще такое? Ты говоришь, если я совсем затвердею, меня из «тамошнего» мира затянет в «здешний». Но «здешний» мир — это и есть мой мир, разве нет? Он для меня же и существует, не так ли? Что же плохого, если я просто вернусь в свой собственный мир? Ты сам сказал, что этот мир — совершенно реальный.

Человек-Овца покачал головой. Гигантская тень на стене заколыхалась, вторя его движениям.

— Здешняя реальность — не такая, как тамошняя. Здесь тебе пока еще жить нельзя. Слишком темно, слишком много места. Нам трудно объяснить словами. К тому же, как мы сказали, всех подробностей мы и сами не знаем. Конечно, этот мир совершенно реальный. И наша встреча с тобой, и этот разговор — все происходит на самом деле. В этом можешь не сомневаться. Однако не думай, что реальность бывает только одна. Реальностей сколько угодно. И вариаций одного и того же сколько угодно. Мы для себя выбрали здешнюю реальность. Потому что здесь нет войны. И еще потому, что нам нечего было выбрасывать. А у тебя все не так. В тебе еще много жизни теплится. Для нынешнего тебя здесь слишком холодно. И еды никакой. Тебе сюда никак нельзя...

И в самом деле: я вдруг заметил, что температура в комнате падает. Я спрятал руки в карманы и зябко поежился.

— Что? Холодно? — спросил Человек-Овца.

Я кивнул.

— Значит, нужно торопиться, — покачал он головой. — Скоро станет еще холоднее. Уходи скорей. Иначе совсем замерзнешь.

— Последний вопрос, — сказал я. — Как раз вспомнил. Вернее, только сейчас внимание обратил... У меня такое ощущение, будто я до сих пор всю жизнь искал встречи с тобой. И даже встречал твою тень — в самых разных местах. Эта твоя тень принимала разные очертания, но присутствовала в тамошнем мире постоянно. Такая бледная, расплывчатая, сразу и не разглядеть. Или даже не полностью тень, а ее отдельные фрагменты... Хотя теперь вспоминаю — вроде бы и вся целиком... Такое вот ощущение.

Человек-Овца лишь развел руками.

— Что ж, все верно. Ты прав. Так оно и было. Наша тень там все время присутствовала. То целиком, то кусочками...

— Но тогда непонятно, — продолжал я. — Сейчас-то я вижу тебя совершенно отчетливо. То, что раньше не мог, теперь могу. Отчего бы это?

— Оттого, что ты уже много чего потерял, — очень тихо сказал он. — У тебя осталось гораздо меньше мест, куда можно дальше идти. И потому тебе стало виднее, как выгляжу я.

Что он хочет сказать, я совершенно не понимал.

— Так что же здесь — загробный мир?

— Нет, — резко сказал он. И, глубоко вздохнув, передернул плечами. — Здесь не загробный мир. Мы-то с тобой оба живые. Абсолютно живые — что ты, что мы. Сидим здесь, воздухом дышим и беседы беседуем. Все здесь — совершенно реально.

— Ничего не понимаю.

— Танцуй! — повторил он. — Другого способа нет. Мы бы объяснили тебе побольше. Если бы могли. Но ничего *больше* мы объяснить не можем... Танцуй. Не задумывайся ни о чем — просто танцуй, и как можно лучше. Ты должен танцевать. Иначе ничего не получится...

Температура в комнате продолжала стремительно падать. Содрогаясь всем телом, я вдруг вспомнил, что однажды уже переживал подобные холода. Точно такой же ледяной воздух, пробиравший липкой сыростью до костей. В далеком-далеком прошлом, далеко-далеко отсюда. Вот только не мог вспомнить, где. Казалось, еще немного — и вспомню. Но вспомнить не удавалось. Нужный для этого участок мозга застыл, как парализованный. Застыл и превратился в камень.

ИПРЕВРАТИЛСЯВКАМЕНЬ...

— Скорей уходи отсюда, — сказал Человек-Овца. — Иначе замерзнешь до смерти. А с нами ты еще встретишься. Всегда, когда сам захочешь. Мы-то здесь все время сидим. Сидим и тебя дожидаемся...

Волоча ноги, он проводил меня до поворота. *Шур-р-р, шур-р-р, шур-р-р,* — раздавались его шаги в темноте. А потом я простился с ним. Без рукопожатия, без каких-то особых слов. Просто сказал: прощай. И в этой кромешной тьме мы расстались. Он заковылял в свою тесную каморку, а я направился к лифту. Нажал на кнопку — и лифт неторопливо поехал вверх. Двери беззвучно открылись, яркий свет окатил меня мягкой волной. Я ступил в кабину, прислонился к стене и простоял так какое-то время. Двери лифта автоматически закрылись, а я все стоял, не в силах пошевелиться.

Итак... — подумал я. Однако дальше никакой мысли не возникало, хоть тресни. Мое сознание напоминало Вселенский Вакуум, в центре которого находился микроскопический я. Куда ни двигайся, сколько ни беги — вокруг одна пустота. Ни одна мысль ни к чему не вела и ничем не заканчивалась. Усталость и паника все больше овладевали мной. Как и предупреждал Человек-Овца. И в этой Вселенной я был один-одинешенек. Точно ребенок, заплутавший в лесу.

*Танцуй*, сказал Человек-Овца.

*Танцуй*, повторило эхо в моей голове.

— *Танцуй!* — произнес я на пробу вслух. И нажал на кнопку пятнадцатого этажа.

Я вышел из лифта — и динамики в потолке поприветствовали меня «Лунной рекой» в исполнении Генри Мантини. Я вернулся в реальность. В эту реальность, где уже вряд ли буду счастлив когда-нибудь — и в которой, похоже, мне некуда больше идти.

Я машинально взглянул на часы. Время возвращения в реальность — три двадцать утра.

Итак, — подумал я снова.

ИТАК-ИТАК-ИТАК-ИТАК-ИТАК... — отозвалось эхо.

И я глубоко вздохнул.

# 12

В номере я первым делом набрал полную ванну горячей воды — и медленно погрузил туда окоченевшее тело. Однако согреться так просто не получалось. Тело промерзло до самых печенок, и горячая вода лишь усиливала ледяную стужу внутри. Я собирался просидеть так, пока эта стужа не растопится, но в голове начал твориться такой маразм, что из ванны поневоле пришлось вылезать.

В комнате я прижался лбом к оконному стеклу и немного остудил голову. Потом налил в бокал бренди сразу пальца на три, проглотил одним махом и тут же забрался в постель. Я изо всех сил пытался уснуть — ни о чем не думая, с пустой головой. Не тут-то было. Уснуть не получалось хоть тресни. Мысли в голове отвердевали, превращаясь в кучку булыжников. Я обхватил голову руками и пролежал так, пока за окном не забрезжил рассвет. Небо застили пепельно-серые тучи. Снег еще не пошел, но висели эти тучи так плотно, что своей унылой бесцветностью выкрасили весь город до последнего уголка. Куда ни глянь, все сделалось пепельным. Заброшенный город отчаявшихся людей.

Заснуть не получалось, но вовсе не от тяжелых мыслей. Я слишком устал, чтобы думать о чем бы то ни было. И тело, и душа отчаянно требовали сна. Только какой-то непонятный участок мозга, каменея все больше, наотрез отказывался засыпать и действовал мне на нервы. Так раздражают таблички с названиями станций в окне скорого поезда. Приближается очередная — и я опять напрягаю внимание, чтобы успеть прочесть иероглифы, но тщетно. Слишком большая скорость. Смутный образ написанного мелькает в окне. Но что за слово, не разобрать: миг — и все позади. И так без конца. Станция за станцией. Провинциальные городишки с никому не известными именами. Пролетая мимо каждого, поезд издает гудок за гудком, и эти пронзительные вопли, как пчелы, впиваются в мозг...

Так продолжалось до девяти. Увидав наконец, сколько времени, я совершенно отчаялся заснуть и выбрался из постели. Поплелся в ванную и начал бриться. Чтобы побриться как полагается, пришлось несколько раз напомнить самому себе вслух:

— Я — бреюсь! — Добрившись-таки, я оделся, причесался и отправился завтракать. В ресторане, усевшись за столик у окна, я заказал себе «завтрак-континенталь», но в итоге просто выпил две чашки кофе и съел один тост. На это потребовалась уйма времени. В тусклом свете облаков тост казался пепельным, как и все остальное, а по вкусу напоминал клочок слежавшейся ваты. Погода была идеальной для предсказания Конца Света. Допивая кофе, я в пятидесятый раз елозил глазами по страничке утреннего меню. Булыжники в голове никак не хотели рассасываться. Скорый поезд мчался мимо станций без остановок. Гудки его по-прежнему буравили мозг. А мысли в этом мозгу все больше походили на застывающие кляксы зубной пасты.

Посетители за соседними столиками завтракали вовсю. Сыпали сахар в кофе, мазали маслом тосты и вилками-ножами резали яичницы с ветчиной. *Клац, клац, клац,* — беспрерывно разносилось по залу. Прямо не ресторан, а мастерская по ремонту автомобилей...

Я вспомнил Человека-Овцу. Прямо сейчас, в этот самый момент он по-прежнему существует. В этом отеле, в какой-то из щелей пространства-времени ждет меня в своей комнатенке. И пытается что-то мне объяснить. Только все бесполезно. Я не успеваю прочесть. Слишком большая скорость. Голова превратилась в булыжник и не считывает ни черта. Я могу прочитать только то, что стоит на месте: **(А) Завтрак Континенталь: сок (апельсиновый, грейпфрутовый или томатный), тосты с маслом и...** Кто-то пытается заговорить со мной. И ждет от меня ответа. Кто бы это мог быть? Я поднимаю взгляд. Официант. Стоит в белом форменном пиджаке и сжимает руками кофейник. Будто это не кофейник, а почетный кубок «Лучшему официанту Вселенной».

— Не угодно ли еще кофе? — вопрошает он очень вежливо. Я качаю головой. Он исчезает, я подымаюсь и выхожу из ресторана. *Клац, клац, клац* — никак не смолкает у меня за спиной.

В номере я снова забрался в ванну. Стужа в теле почти унялась. Я вытянулся в воде во весь рост и начал сосредоточенно, словно распутывая клубок веревки, выпрямлять и разогревать одну за другой конечности. Так, чтобы в итоге каждый палец задвигался как положено. Вот оно, думал я, мое тело. Здесь и сейчас. В реальном гостиничном номере, в реальной ванне. Никакого поезда. Никаких гудков. Никакой необходимости читать названия станций. Как и думать о чем бы то ни было.

Я вылез из ванны, приплелся в комнату, плюхнулся на постель и взглянул на часы. Пол-одиннадцатого. Черт бы меня побрал... Может, плюнуть на сон да пойти прогуляться? Я принялся над этим раздумывать, но тут-то меня и сразил совершенно внезапный сон. Мгновенный, как в театре, когда на сцене вдруг гасят свет. И само это мгновение я запомнил очень отчетливо. Откуда ни возьмись передо мною возникла огромная пепельно-серая обезьяна с кувалдой в лапе и шарахнула меня ею по лбу. Так сильно, что в сон я провалился, как в обморок.

Во сне было жестко и тесно. И темно, хоть глаз выколи. И музыки никакой. Ни тебе «Грустной любви», ни «Лунной реки». Тоскливый такой сон, без прикрас. «Какое число идет после шестнадцати?» — спрашивает меня кто-то. «Сорок один», — отвечаю я. «Спит как убитый», — говорит Пепельная Обезьяна. Все правильно, именно так я и сплю. Свернувшись, точно белка в дупле, внутри черного шара. Огромного чугунного шара, из тех, какими обычно ломают дома. Только у этого внутри пусто. Там, внутри, лежу я и сплю как убитый. Жестко, тесно, тоскливо.

Кто-то снаружи зовет меня.

Гудок поезда?

«Нет! Неправильно! Не угадал!..» — радостно вопят чайки.

Похоже, мой шар собираются накалить на огромной газовой горелке. Именно такие звуки я слышу...

«Опять неправильно! Думай дальше!» — кричат чайки в унисон, как хор в древнегреческой трагедии.

«Да это же телефон!» — осеняет меня.

Но чайки молчат. Никто больше не отвечает мне. Куда исчезли все чайки?

Я нашарил телефон у подушки и снял трубку:

— Слушаю.

Долгий гудок — вот и все, что я там услышал. *Дз-з-з-з-з!* — продолжало раздаваться по всему номеру.

Звонят в дверь! Кто-то стоит в коридоре и давит на кнопку звонка. *Дз-з-з-з*.

— Звонят в дверь, — произнес я вслух.

Но чайки куда-то исчезли, и никто не похвалил меня за догадливость.

*Дз-з-з-з-з.*

Завернувшись в банный халат, я подошел к двери и открыл, не спрашивая.

Как и в прошлый раз, она бесшумной тенью скользнула в дверь и тут же заперла ее изнутри.

Голова моя просто раскалывалась — в том месте, по которому шарахнула Пепельная Обезьяна. «Вот дура, не могла ударить чуть послабее?» — ругнулся я. Кошмарная боль. Будто дырку мне там пробили.

Она оглядела мой халат, потом лицо. И озабоченно сдвинула брови:

— А почему ты в постели валяешься в три часа дня? — спросила она.

— В три часа дня... — повторил я за ней. Я и сам уже не помнил, почему. И действительно, чего это я?.. спросил я себя.

— Ты вообще когда спать вчера лег?

Я задумался. Вернее, очень сильно *постарался* задуматься. Но не думалось, хоть убей.

— Ладно, не ломай голову, — великодушно махнула она рукой. И, сев на диван, посмотрела на меня в упор: — Ну и видок у тебя...

— Представляю, — сказал я.

— Белый, как стенка, и лицо все опухло... Да у тебя температура, наверно? Ты в порядке?

— В порядке. Высплюсь как следует — все само пройдет. Не волнуйся, ничем я не болен... У тебя перерыв?

— Ага. Вот, пришла полюбоваться на твою физиономию. Чисто из любопытства. Но если мешаю, я уйду...

— Не мешаешь, — сказал я и сел на кровать. — Я, правда, спать хочу — умираю, но ты мне совсем не мешаешь.

— И ты не будешь со мной ничего... странного делать?

— Нет, я не буду с тобой ничего странного делать.

— Все так говорят, а потом *делают*.

— Все, может, и делают, а я не буду, — сказал я.

Она о чем-то задумалась и, как бы проверяя себя лишний раз, легонько поправила пальчиком дужку очков.

— Ну может быть. Ты и правда немного... не такой, как все, — сказала она.

— И к тому же слишком сонный, чтобы что-нибудь *делать*, — добавил я.

Она встала, сняла голубой жакет и, как вчера, повесила его на спинку стула. Но на этот раз не присела рядом, а отошла к окну и стала разглядывать пепельно-серые облака. Видимо, потому, что я был в одном халате, а моя физиономия смотрелась и впрямь ужаснее некуда. Что ж, ничего не поделаешь. У меня тоже могут быть свои обстоятельства. Да и, в конце концов, хорошо выглядеть в чьих-то глазах — не главная цель моей жизни.

— Знаешь, — сказал я. — Я, по-моему, уже говорил... Мне все кажется, что мы с тобой в чем-то неуловимо пересекаемся.

— Вот как? — произнесла она безо всякого выражения. Замолчала на полминуты, не меньше. И только потом спросила: — В чем, например?

— Ну, например... — начал было я. Но проклятая голова не работала совершенно. Ничего конкретного не вспоминалось. Ни слова на ум не приходило. Просто казалось, что это так. Что мы с нею действительно в чем-то пересекаемся. В чем же именно? — копался я в себе. Но не нашел ничего подходящего — ни для «например», ни для «вот хотя бы». Я просто чувствовал это — и все.

— Н-не знаю, — выдавил я наконец. — Нужно еще немного подумать. Разложить по порядку. И проверить, так это или нет...

— Просто с ума сойти, — сказала она, не отворачиваясь от окна. Без насмешки — но и без особого интереса.

Я забрался в постель и, откинувшись на подушку, стал разглядывать ее фигурку у окна. Белая блузка без единой морщинки. Темно-синяя юбка в обтяжку. Стройные ноги в тонких чулках. Все это теперь тоже сделалось пепельным. И от этого она смотрелась как на старинной фотографии. Разглядывать ее было очень здорово. Я подключаюсь к ней. Я возбуждаюсь от нее. Великолепное ощущение. В три часа дня, в полуобморочном полусне — эрекция под пепельно-серым небом...

Я смотрел на нее очень долго. Обернувшись, она поймала мой взгляд, а я все смотрел.

— Ты чего так смотришь? — спросила она.

— Ревную тебя к бассейну, — ответил я.

Она чуть склонила голову набок и улыбнулась:

— Ненормальный.

— Абсолютно нормальный, — сказал я. — Просто мысли путаются в голове. Нужно там порядок наводить.

Она присела на кровать, протянула руку и коснулась моего лица.

— Температуры нет вроде, — сказала она. — Усни покрепче. Пускай тебе приснится долгий-долгий сон...

Я хотел, чтобы она осталась со мной. Чтобы я спал, а она так и сидела все время рядом. Но просить об этом было бессмысленно. И я молчал. Лежал и молча смотрел, как она надевает свой небесно-голубой жакетик, как закрывает за собой дверь. Она ушла, и ей на смену опять заявилась Пепельная Обезьяна с кувалдой. «Нет уж, спасибо. На этот раз я сам усну как-нибудь», — хотел я сказать Обезьяне. Но губы не слушались. И я снова получил по мозгам.

«Какое число идет после двадцати пяти?» — спрашивает меня кто-то. «Семьдесят один», — отвечаю я. «Спит как убитый», — говорит Пепельная Обезьяна. Ну еще бы, думаю я. Тебя бы так шарахнули по черепу — тоже бы заснула как миленькая. Полная отключка сознания — вот что это такое...

И нахлынула темнота.


# 13


«Коммутатор...» — вертелось у меня в голове.

Было девять вечера, и я сидел за ужином один. Какие-то полчаса назад я очнулся от обморочного сна. Открыл глаза и ощутил себя в полном здравии и прекрасном расположении духа. В голове царили покой и порядок. Даже там, куда шарахнула кувалдой Пепельная Обезьяна, ничего не болело. Никакой окаменелости, никакой стужи внутри. Память воспроизводила все, что случилось, отчетливо и в деталях. Пришел аппетит. Да какой... Слона бы проглотил целиком. И потому я тут же отправился в кабачок по соседству, на который набрел, когда только приехал сюда, и попросил сакэ с целой кучей закуски. Назаказывал жареной рыбы, тушеных овощей, крабов, вареной картошки и еще всякой всячины в том же духе. В заведении, как и в прошлый раз, было людно и шумно. Воздух пропитался гарью и терпкими запахами еды. Посетители все как один наперебой орали что-то друг другу.

Пора собираться с мыслями, подумал я.

«Значит, коммутатор...» — повторил я в уме посреди всего этого хаоса. И тихонько произнес это вслух. Я, значит, решаю. А Человек-Овца — подключает...

Что все это могло означать, я представлял очень смутно. Слишком сложная метафора. Хотя кто знает, может, иначе как метафорой, подобные вещи не высказать? Да и не стал бы Человек-Овца забавы ради морочить мне голову метафорами. Скорее он просто не мог сказать это как-то иначе. Другими словами у него не получалось...

Итак, если верить Человеку-Овце, я всю жизнь подключался ко всему на свете через него, через этот его Коммутатор. А теперь, стало быть, в системе что-то разладилось. Почему? Потому, что я вдруг перестал сообщать вразумительно, чего я хочу. И контакт оборвался. Разрыв цепи.

Потягивая сакэ, я буравил взглядом пепельницу перед носом.

Ну хорошо, а что же случилось с Кики? Ведь я же чувствовал ее в своем сне. Ведь это она звала меня сюда. Я был ей нужен зачем-то. Почему и вернулся в отель «Дельфин»... Только здесь ее голос уже не пробивается ко мне. Послание не доходит. Рация обесточена.

Господи... Ну почему все так непонятно?

Наверное, все из-за разрыва в цепи. Я должен четко определить для самого себя, что мне нужно, чего я хочу. И с помощью Человека-Овцы подключить это все, провод за проводом, к собственной жизни. Как бы непонятно это ни выглядело, а придется. Терпеливо, не жалея себя, отыскивать нужные провода и подключать один за другим. Рассоединить и по-новому подключить контакты всех обстоятельств, в которых сейчас нахожусь.

Вот только с чего же начинать? Вокруг ни малейшей подсказки. Я пришпилен за шиворот к высоченной стене. Поверхность ее гладкая, как зеркало. Как ни тянись, совершенно не за что ухватиться. Что тут делать, сам черт не поймет...

Прикончив то ли пятое, то ли шестое сакэ, я расплатился и вышел на улицу. С неба, плавно кружась, падали огромные хлопья снега. И хотя до настоящего снегопада было еще далеко, звуки улицы казались глуше, чем обычно. Чтобы немного протрезветь, я решил обойти весь квартал по периметру. С чего же начать? — думал я, разглядывая на ходу собственные ботинки. Бесполезно. Полный тупик. Я *не знаю*, чего в жизни хочу. Даже в каком направлении двигаться, не понимаю. Я ржавею. Ржавею и застываю. И чем дольше живу один, тем больше теряю себя. С чего начинать, черт возьми? Да все равно, лишь бы только начать. Как насчет этой девчонки из отеля? Она мне симпатична, это факт. У нас действительно есть что-то общее. И я вижу: стоит мне действительно захотеть, мы с нею быстренько окажемся в одной постели. Вот только — а что *потом?* Разве *потом* будет что-то еще? Разве там есть куда двигаться дальше? Ничего там не будет. Только потеряю себя еще больше. Потому что не могу провести границы: что я хочу — и чего не хочу. И пока я не нащупаю этой границы, пока не научусь удерживать ее, чтобы не исчезала, я и дальше буду делать людям больно, как и сказала жена при разводе.

Обойдя весь квартал, я вернулся к началу и решил повторить. По-прежнему медленно падал снег. Белые хлопья оседали на куртку, растерянно цеплялись за жизнь три-четыре секунды и таяли без следа. Я брел по улице, продолжая наводить в голове порядок. Прохожие то обгоняли меня, то попадались навстречу, и белый пар их дыхания клубился вдоль улицы в черных сумерках. Мороз больно пощипывал лицо. Но я продолжал идти по заданному маршруту и думал дальше. Слова жены застряли в голове каким-то проклятием. Что ни говори, а она права. Именно так все и получается. И если так пойдет дальше, боюсь, я до скончания века буду приносить лишь боль да потери любому, кто со мною свяжется.

«Эй, ты! Возвращайся к себе на Луну!» — сказала мне та девчонка и исчезла. Вернее, не исчезла. Вернулась туда, откуда пришла. В тот огромный мир под названием «реальность».

Кики, подумал я. Вот с кого надо было бы начинать... Увы. Ее послание, так и не успев долететь до меня, растаяло в воздухе сигаретным дымом.

*С чего же начать?*

Я закрыл глаза и долго ждал ответа. Но в голове никого не было. Ни Человека-Овцы, ни чаек, ни даже Пепельной Обезьяны. Шаром покати. Абсолютно пустая комната, где я сижу один-одинешенек. Никто не отвечает на мои вопросы. Я просто сижу там — постаревший, усохший и обессиленный. И больше не могу танцевать.

Душераздирающая картина.

Названия станций не читаются, как ни пытайся.

ДАННЫХ НЕДОСТАТОЧНО. ОТВЕТ НЕВОЗМОЖЕН. НАЖМИТЕ КЛАВИШУ СБРОСА...

И все же ответ пришел. На следующий день, ближе к вечеру. Как всегда, нежданно-негаданно. Как кувалда Пепельной Обезьяны.

# 14

Странное дело — хотя, может, не такое уж и странное, — но в постель я залез ровно в полночь, заснул мгновенно и спал очень крепко. А проснулся в восемь утра. Такое вот совпадение: открываю глаза — на часах ровно восемь. Странное чувство, будто пробежал круг по стадиону и вернулся на старт. Самочувствие нормальное. Даже слегка проголодался. Так что первым делом я сходил в «Данкин Донатс», выпил две чашки кофе, съел пару пончиков, а потом отправился шататься по городу.

Я брел по обледеневшим улицам, а сверху все падал пушистыми хлопьями снег. Небо до самого горизонта все так же затягивали мрачные свинцовые тучи. Не лучший денек для прогулки, что говорить. И все же, шагая по улице, я чувствовал удивительную легкость. Как будто с плеч сняли тяжелый груз, под которым я корчился всю жизнь до сих пор, и даже лютый мороз, пребольно щипавший кожу, был теперь в радость. Что это со мной? —

поражался я сам себе, не сбавляя шага. Ни одной проблемы не решено, никаких изменений к лучшему; чему же ты радуешься, идиот?

Час спустя я вернулся в отель и обнаружил свою недавнюю гостью в очках за стойкой регистрации. На сей раз она работала в паре с еще одной девицей. Когда я подошел, вторая девица беседовала с клиентами, моя же приятельница говорила по телефону. Старательно прижимая к уху трубку, она улыбалась образцово-производственной улыбкой и бессознательно вертела в пальчиках авторучку. Увидав ее такой, я понял, что просто обязан немедленно с нею поговорить. О чем угодно и чем глупее, тем лучше. На какую-нибудь совершенно дурацкую тему...

Я подошел к стойке и, уставившись ей в глаза, стал ждать, когда она договорит по телефону. Она бросила на меня очень подозрительный взгляд, но фирменная улыбка, как и положено по инструкции, не померкла ни на секунду.

— Чем я могу вам помочь? — спросила она очень вежливо, повесив трубку.

Я откашлялся.

— Понимаете, я слышал, будто вчера вечером в бассейне недалеко отсюда двух молоденьких женщин съел крокодил. Это правда? — спросил я на одном дыхании с совершенно серьезным лицом.

— Как вам сказать... — ответила она, с мастерством виртуоза сохраняя на губах производственную улыбку. Лишь по ее глазам я догадался, в каком она бешенстве. Бледные щечки порозовели, а ноздри чуть напряглись. — Видите ли, поскольку мы не располагаем на этот счет никакой информацией, может быть, вас ввели в заблуждение?..

— Ужасно огромный крокодил; кто видел, говорят, размером с «кадиллак», не меньше. Проломил стеклянную крышу, упал прямо в воду, сцапал сразу двух женщин в один прикус, сожрал, заел на десерт половинкой пальмы и скрылся. Скажите, его еще не поймали? Ведь если не поймали, то и на улицу выходить было бы крайне...

— Я прошу прощения, — прервала она меня, ничуть не меняясь в лице, — но, может быть, господину стоило бы позвонить прямо в полицию? Уверяю вас, там на ваши вопросы ответят куда убедительнее. А еще лучше будет, если вы сейчас выйдете из отеля, повернете направо, пройдете совсем чуть-чуть — и попадете в полицейский участок, где вам дадут самую исчерпывающую консультацию.

— И в самом деле! — осенило меня. — Пожалуй, именно так я и поступлю. И да поможет вам Провидение.

— Всегда к вашим услугам! — очень *стильно* сказала она, поправляя дужку очков.

Не успел я подняться в номер, как зазвонил телефон.

— Это... что?! — еле произнесла она тихим от полузадушенной ярости голосом. — Я тебя просила не приставать ко мне на работе?! Больше всего ненавижу, когда мешают работать всякие типы!

— Прости, — сказал я очень искренне. — Я просто очень хотел поговорить с тобой — о чем угодно. Услышать твой голос. Ну шутку плохую придумал. Но дело-то не в ней. Просто хотелось поговорить... думал, не очень помешаю.

— Я же напрягаюсь. Я ведь тебе говорила! Я на работе всегда напряженная. А от тебя напрягаюсь еще больше! Ты же мне обещал? Обещал, что не будешь глазеть на меня, как ворона?!

— Я не как ворона. Я поговорить хотел...

— Вот и не надо со мной говорить на работе, я тебя умоляю!

— Все, больше не буду. Говорить не буду. И смотреть не буду. Ничего не буду. Успокоюсь, как шахта Ханаока...[1] Слушай, а ты сегодня после работы свободна? Или убегаешь на лекции по альпинизму?

— Какие еще «лекции по альпинизму»? — вздохнула она. — Опять шутка, да?

— Она самая.

— Ну тогда учти, что я иногда подобных шуток не понимаю. «Лекции по альпинизму»... Ха-ха-ха.

Она произнесла это сухо и по слогам, будто считывала мелкие иероглифы объявления на стене — ха, ха, ха. И повесила трубку.

Минут тридцать я ждал, что она позвонит опять, но она не звонила. Она сердилась. М-да. Иногда мой юмор совершенно непонятен собеседникам. Точно так же, как порой им непонятна моя серьезность.

Других занятий мне в голову не приходило, и я решил опять побродить по улицам. Если умеешь бродить, частенько набредаешь на что-нибудь интересное. Открываешь что-то новое. В любом случае, лучше шевелиться, чем без дела сидеть. Всегда лучше что-нибудь пробовать. И да поможет мне Провидение.

Я бродил по улицам целый час, но ничего нового не обнаружил. Только замерз еще больше. А снег все никак

[1] В июне 1945 г. на угольной шахте Ханаока (префектура Акита) взбунтовались китайские пленные, которых пригнали во время войны в Японию и использовали на особо тяжелых работах. Владельцы шахты — концерн «Касима» — «успокоили» ситуацию, расстреляв 419 рабочих из 996-ти.

не кончался. В двенадцать я зашел в «Макдоналдс», съел чизбургер, пакетик жареной картошки и выпил стакан кока-колы. Ничего этого я есть не хотел. Сам не знаю, почему, но иногда случается, что я иду и ем нечто подобное. Видимо, мой организм как-то странно мутировал в этом мире и стал требовать периодической подпитки подобным мусором.

Выйдя из «Макдоналдса», я ходил по улице еще минут тридцать. По-прежнему — ничего нового. Только снег сильнее, и все. Я задернул молнию куртки до подбородка, поднял ворот у свитера и зарылся в него носом. Но теплее не стало. Зато страшно захотелось в туалет. Надо же было додуматься — в такие морозы пить кока-колу. Не сбавляя ходу, я завертел головой по сторонам в поисках какого-нибудь заведения с туалетом. И через дорогу увидел кинотеатр. Ужасно старое, облезлое здание. Ну и ладно, туалет ведь там есть все равно. После туалета можно в зале погреться, а заодно и кино посмотреть. Все равно больше нечем заняться. Что там хоть показывают? Я взглянул на афишу. Два фильма, оба японские. И один из них — «Безответная любовь». С моим одноклассником в главной роли...

Просто черт знает что.

Освободившись от невероятного количества жидкости, я вышел из туалета, купил в автомате банку горячего кофе и отправился в зал. Как я и ожидал, в зале было пусто — ни единого зрителя — и очень тепло. Я уселся в кресло и, потягивая кофе, принялся смотреть кино. К началу «Безответной любви» я опоздал на полчаса, но и без этого все было яснее ясного. Жалкий сюжетик развивался именно так, как я и предполагал. Мой одноклассник — учитель, благородное существо с длинными ногами. Героиня-старшеклассница втрескана в него по уши. Так, что порой у бедняжки совершенно съезжает крыша. А в нее, в свою очередь, втрескался паренек из школьной секции кэндо[1]. В общем, не фильм, а сплошное дежавю. Я бы сам такой снял без особых усилий.

Впрочем, мой одноклассник (звали его Готанда Рёити — хотя, конечно, для актерской карьеры ему подобрали псевдоним: от имен типа «Готанда Рёити» у девиц, к сожалению, крыши не едут[2]) на сей раз играл чуть более сложную роль, чем обычно. Здесь его герой был не просто элегантным и обаятельным, но даже мучился от заработанных в прошлом душевных ран. Вот он в молодости участвует в студенческих забастовках, ах-ох, вот он несколько лет назад бросает женщину в интересном положении, ох-ах, и так далее в том же духе; банально до ужаса, но все лучше, чем совсем ничего. С логикой обезьяны, швыряющей в стену комья глины, режиссер рассыпал по всему фильму кадры из бурного прошлого героя. Несколько раз мелькнула и хроника — захват студентами зданий Токийского университета. Как идиот, я даже чуть не захмыкал одобрительно, но вовремя спохватился.

Как бы там ни было, такую вот трагическую натуру старался играть дружище Готанда. И, нужно признать, старался изо всех сил. Но уж слишком дрянной был у фильма сценарий и слишком бездарный режиссер. Диалоги невозможно было слушать без стыда за того, кто их сочинил, а от нелепых, затянутых сцен просто челюсть сводило зевотой. Все девицы в фильме таращились на него снизу вверх по поводу и без повода — и, не-

---

1   Кэндо — традиционное фехтование на мечах.
2   Готанда Рёити — имя редкое и старомодное, звучит фонетически сухо, а иероглифами изображается тяжело. В сознании обычного японца ассоциируется скорее с немолодым серьезным интеллигентом, возможно — писателем, нежели с обаятельной звездой экрана.

смотря на все усилия играть хорошо, он возвышался над ними, комичный, как Гулливер среди лилипутов. Чем дальше, тем сильней я жалел его. Было ясно, как он мучается в этом фильме. Хотя кто знает, возможно, он всю жизнь только и делал, что мучился подобным образом?..

Была в фильме и одна постельная сцена. Воскресное утро, дружище Готанда спит в своей постели с женщиной, и тут героиня-старшеклассница заявляется к нему домой с какими-то самодельными плюшками. Вот это да — все в точности как я предполагал. Готанда, как положено, и в постели все так же нежен и заботлив. Очень качественный секс. Его подмышка, надо думать, пахнущая страсть как приятно. Его чувственно спутанные волосы. Вот он гладит ее обнаженную спину. Камера плавно меняет ракурс и показывает ее лицо.

ДЕЖАВЮ... Я судорожно сглотнул.

Это была Кики. Я ощутил, как спина у меня похолодела и приросла к спинке кресла. Где-то сзади с грохотом покатилась по полу пустая бутылка. Кики. Тот самый образ, что явился мне тогда, во мраке проклятого коридора... И вот теперь — она же, Кики, в постели с Готандой.

Все связано, понял я.


Это была единственная сцена с Кики. Готанда спит с ней воскресным утром. И все. В субботу вечером надирается где-то в городе, подцепляет ее и привозит к себе домой. Наутро они трахаются еще раз. И тут заявляется его ученица, главная героиня. А дверь запереть он забыл, экая незадача. Немая сцена. И затем Кики произносит единственные слова своей роли: «Что происходит?» Уже после того, как бедняжка-ученица в диком шоке ретировалась с места действия, а Готанда застыл как сомнамбула. Совершенно бездарная фраза. Но лишь ее она и говорит:

«Что происходит?»

Я не успел убедиться в том, что это действительно ее голос. Плохо помнил, как он звучит, да и динамики в зале были отвратительные. Но ее тело я помнил великолепно. Этот изгиб спины, эту шею, эту упругую грудь я помнил слишком хорошо, чтобы теперь не узнать ее. Каменея в кресле, я неотрывно следил за Кики на экране. Вся сцена занимала в фильме, наверное, минут пять-шесть. Готанда обнимает, ласкает ее, она закрывает от наслаждения глаза, улыбается чуть подрагивающими губами. Еле слышно вздыхает. Играет она или нет, непонятно. Наверно, играет. Ведь это же кино. Однако мысль о том, что Кики может такое сыграть, не укладывалась у меня в голове. Я совершенно растерялся. Ведь если это не игра, значит, у нее действительно едет крыша от Готанды; а если все-таки игра, весь смысл существования Кики в моей жизни улетает в тартарары!.. Нет, конечно, не может она играть, повторял я про себя.

И, как бы там ни было, дико ревновал ее к фильму.

Сначала к бассейну, теперь к кинофильму... Похоже, я начинаю ревновать ко всему на свете. Интересно, это хороший симптом или наоборот?

Итак — героиня-школьница распахивает дверь. Видит, как трахаются голые Готанда и Кики. Хватает ртом воздух. Зажмуривается. Убегает. Готанда в трансе. Кики говорит: «Что происходит?» Готанда поднимает голову. Затемнение.

Больше в фильме никаких сцен с Кики не было. Я послал к чертям проклятый сюжет и до конца картины уже просто ощупывал взглядом экран, но она не появилась больше ни разу. Такова была ее роль. Познакомиться где-то с Готандой, переспать с ним, заполнить собой случайную сценку в его повседневности и сгинуть навеки. Точь-в-точь, как когда-то поступила со мной. Вдруг появилась и так же внезапно исчезла.

Кино закончилось, в зале зажегся свет. Заиграла какая-то музыка. А я все сидел, окаменевший, и буравил взглядом экран. Разве так может быть на самом деле? Фильм закончился и оставил ощущение нелепой выдумки или сна. Какого дьявола в нем делает Кики? И тем более — в постели с Готандой? Полный идиотизм. Определенно, здесь какая-то ошибка. Неполадка в цепи. Неправильное соединение — и реальность замыкается на подсознательное. Ведь по-другому не объяснить, не так ли?

Я вышел из кинотеатра и пошел по улице куда глаза глядят. И всю дорогу думал о Кики. «Что происходит?» — звучал в ушах ее голос.

*Что происходит?*

Это была она, Кики. Совершенно точно. Когда-то в постели со мной она делала точно такое же лицо, точно так же улыбалась чуть подрагивающими губами, точно так же вздыхала. Это она, никаких сомнений. И в то же время — это кино...

Ничего не понимаю.

Чем дольше я думал об этом, тем меньше верил собственной памяти. Может, мне просто привиделось?

Через час я вошел в тот же самый кинотеатр. И посмотрел «Безответную любовь» еще раз. Воскресное утро, Готанда трахает женщину. Ее голая спина крупным планом. Камера меняет ракурс. Ее лицо. Это Кики. Совершенно точно. Входит девчонка-старшеклассница.

165

Хватает ртом воздух. Зажмуривается. Убегает. Готанда в трансе. Кики говорит: «Что происходит?» Затемнение.

Все повторялось — один к одному.

Назавтра я снова отправился в кинотеатр. И, застыв в кресле, принялся снова смотреть «Безответную любовь». Еле дождался этой сцены. Просто весь извелся. Наконец она началась. Воскресное утро, Готанда трахает женщину. Ее спина. Меняется ракурс. Ее лицо. Кики. Ясно как день. Входит девчонка. Глотает воздух. Зажмуривается. Убегает. Готанда в трансе. Голос Кики: «Что происходит?»

В темноте кинозала я глубоко-глубоко вздохнул.

О'кей. Это реальность. Ошибка исключена. *Все связано.*

# 15

Утопая в кресле кинотеатра, я сцепил перед носом пальцы и в который раз задал себе вопрос: *ну и что же мне теперь делать?*

Мой вечный проклятый вопрос... Но именно сейчас я должен ответить на него — спокойно и вразумительно. И наконец навести в голове порядок. Сейчас или никогда.

*Ликвидировать путаницу неправильных соединений.*

Где-то замкнуло контакты. Это ясно как день. Кики, я и Готанда — наши схемы наложились одна на другую, провода перепутались. Почему так случилось, я даже смутно представить себе не могу. Однако распутать это нужно во что бы то ни стало. Восстановить нарушенную реальность, и через нее — себя самого... Но что, если это не беспорядок в старой цепи, не путаница в ее схемах, а принципиально новая схема, зародившаяся сама по себе, независимо от всего остального? Ну что ж. Если даже и так, все равно придется выяснить, куда она ведет, эта цепь, проследить ее всю до конца. Как можно осторожнее, чтобы контакты, не дай бог, не оборвались. Ибо другого способа нет. Но двигаться в любом случае. Что бы ни случилось — танцевать, не стоять на месте. И при этом танцевать очень классно. Чтобы все только на меня и смотрели...

*«Танцуй!»* — говорит мне Человек-Овца.

*«ТАНЦУЙ!»* — отзывается эхо у меня в голове.

Как бы там ни было, сначала я вернусь в Токио. Оставаться здесь дальше нет смысла. Цель приезда в отель «Дельфин» уже достигнута, задача выполнена на все сто. Вернусь в Токио, приду в себя, нащупаю нужные провода и прослежу эту чертову цепочку от начала и до конца... Я задернул молнию куртки до подбородка, надел перчатки, шапку, замотался шарфом до самого носа и вышел из кинотеатра. Снег валил с такой силой, что я едва различал дорогу. Окоченевший город выглядел безнадежно, как замороженный труп.


Вернувшись в номер, я позвонил во «Всеяпонские Авиалинии» и заказал билет до Ханэда[1] на первый же послеобеденный рейс.

— Из-за сильного снегопада возможны задержка этого рейса или пересадка на следующий, вы не возражаете? — спросила в трубке дежурная. Я ответил, что мне все равно. Я решил возвращаться и хотел улететь как можно скорее. Собрав вещи, я спустился в фойе и

---

[1] Один из токийских аэропортов.

расплатился по счету. А затем подошел к своей знакомой в очках и пригласил ее к стойке «Прокат автомобилей».

— Так получилось, что мне нужно срочно уехать в Токио, — сказал я ей.

— Большое спасибо! Приезжайте еще! — прощебетала она со все той же производственной улыбкой на губах. Хотя я был уверен: мой внезапный отъезд не мог не задеть ее хотя бы чуть-чуть. Слишком уж легко она обижалась на что угодно.

— Эй, — сказал я. — Я еще приеду. Скоро. И тогда мы с тобой поужинаем не торопясь и поговорим обо всем на свете, хорошо? Мне обязательно нужно кое о чем с тобой поговорить. Но сейчас мне действительно необходимо быть в Токио — по очень важному делу. Там от меня потребуются всякие страшные вещи: логическое мышление, ситуативное моделирование, общее прогнозирование... Ну а потом все закончится, и я приеду. Через месяц, или два, или три, сам пока не знаю. Но вернусь обязательно. Почему я так уверен? Как тебе объяснить... Само это место для меня очень много значит. Мне так кажется. И поэтому я еще обязательно вернусь.

— Н-да? — протянула она скорее вопросительно.

— Н-да, — протянул я скорее утвердительно. — Я, конечно, понимаю, каким бредом звучит то, что я говорю...

— Вовсе нет, — вдруг сказала она без всякого выражения. — Просто я не могу загадывать, что со мной случится через несколько месяцев, вот и все.

— Ну, о нескольких месяцах речи не идет. И мы обязательно еще встретимся. Ведь у нас с тобой столько общего, — убеждал я ее. Но ее это почему-то вовсе не убеждало. — Или тебе так не кажется?

Она постучала концом авторучки по стойке — *цок, цок, цок* — и ничего не ответила.

— А ты, случайно, не ближайшим рейсом летишь? — спросила она, помолчав.

— Самым ближайшим, какой взлетит, — кивнул я. — Вот только из-за погоды пока не ясно, когда вылет.

— Если так, то у меня к тебе будет просьба... Можно?

— Ну разумеется.

— Тут у нас ребенок — девочка тринадцати лет — едет в Токио без родителей. Ее мать по срочным делам улетела куда-то. А дочку одну в отеле оставила. Если тебе не трудно, ты не мог бы проводить ее до Токио? А то у нее и багажа прилично, и, боюсь, в самолет-то не сядет, как полагается...

— Как это? — не понял я. — С чего бы это мать бросала ребенка и улетала бог знает куда? Что за безалаберность?

Она пожала плечами.

— Такая она и есть, эта мать. Безалаберная. Всемирно известная фотохудожница, со странностями. Взбрело ей в голову ехать куда-то — срывается с места и едет. О ребенке и не вспомнит. Творческая натура, что с нее взять? Задумается о чем-то — про все остальное на свете забывает. Вчера уехала, сегодня спохватилась и давай звонить в отель. Дескать, я там у вас дочку забыла, так вы уж посадите ее в самолет и отправьте обратно в Токио...

— А что же сама не приедет, за дочкой-то?

— Ну не знаю. Сказала, что по работе еще неделю не сможет вырваться из Катманду. А личность она знаменитая, клиент повышенного внимания, и так просто ей отказать мы не можем... Вы, говорит, только на самолет ее посадите, а в Токио она уже сама разберется. Но так же нельзя, правда? Все-таки девочка — не дай бог, что случится, мы же и будем виноваты. На нас вся ответственность...

— Черт знает что, — только и сказал я. И вдруг меня
осенило: — Послушай, а эта дочка... Длинноволосая, в
джемпере с названием рок-банды, и плейер в ушах,
угадал?

— Точно... Так вы знакомы?

— Нет, это просто черт знает что, — с чувством сказал я еще раз.

Она тут же позвонила во «Всеяпонские Авиалинии» и
заказала билет на рейс, которым улетал я. Потом набрала номер комнаты девчонки, попросила собрать чемоданы и спускаться вниз: мол, наконец-то нашелся сопровождающий. Нет-нет, абсолютно порядочный, мой
хороший знакомый, сказала она. И послала носильщика за чемоданами. А потом заказала гостиничный лимузин. Все — очень стильно, красиво, профессионально.
Просто талант...

— Здорово у тебя получается, — сказал я.

— Я же говорила, что работу свою люблю. У меня к
ней склонность, потому и получается, — ответила она
как ни в чем не бывало.

— Особенно если шутники не пристают? — не удержался я.

Она снова зацокала по стойке авторучкой.

— Это отдельный разговор. Я вообще не люблю, когда надо мной подшучивают. С давних пор — рефлекс у
меня такой. Я тогда ужасно напрягаюсь.

— Но я-то шучу не для того, чтобы ты напрягалась, —
сказал я. — Наоборот: я шучу для того, чтобы самого
себя успокоить. Может, конечно, шутки у меня плос-

кие и бессмысленные, но пойми — я ведь от чистого сердца стараюсь. Сколько раз бывало: пошучу с человеком, а ему вовсе не так весело, как я рассчитывал. Ну и ладно. Главное, что я не желаю никому зла. И с тобой шучу не чтобы тебя поддеть, а потому что это мне самому нужно...

Слегка поджав губы, она осмотрела меня с головы до ног. Так с высокой горы окидывают взглядом долину, пострадавшую от наводнения. И наконец очень странным голосом — то ли сдерживая дыхание, то ли страдая от насморка — произнесла:

— Кстати говоря... Ты не дашь мне свою визитку? Все-таки я тебе целого ребенка доверяю. Все должно быть официально.

— Официально — так официально... — пробурчал я, достал бумажник, вытащил оттуда визитку и протянул ей. Уж визитка-то у меня всегда найдется. Чуть не дюжина знакомых в разное время советовали мне: что-что, а визитную карточку следует всегда иметь под рукой. Она взяла мою визитку и долго изучала ее — с таким видом, будто ей в руки попала тряпка сомнительного происхождения.

— Кстати говоря... А тебя как зовут? — спросил я.

— Скажу в следующий раз, — ответила она и поправила пальчиком оправу очков. — Если, конечно, встретимся.

— Встретимся, можешь не сомневаться, — сказал я.

И тут она улыбнулась — мягко и слабо, как свет молодой луны.

Через десять минут девчонка с носильщиком спустились в фойе. Носильщик волок огромный чемоданище.

Взрослая немецкая овчарка поместилась бы в таком чемодане во весь рост не прижимая ушей. И в самом деле: бросать тринадцатилетнюю пигалицу с таким багажом посреди аэропорта — чистый садизм. На пигалице были спортивный джемпер с надписью «TALKING HEADS», узенькие джинсы и тяжелые кожаные ботинки, а сверху накинута дорогущего вида шуба до самого пола. Как и в прошлую нашу встречу, в ней светилась странная призрачная красота. Неуловимая, готовая растаять в любую секунду и все же не исчезающая. Она тревожила, рождала неуверенность в себе у каждого, кто на нее смотрел. Пожалуй, именно в силу своей неуловимости.

«Talking Heads»... — подумал я. «Говорящие головы». Вот неплохое название для рок-банды! Прямо как из Керуака: «Рядом со мной дула пиво говорящая голова. Мне дико захотелось отлить. "Щас пойду отолью", — сказал я говорящей голове и вышел».

Добрый старый Керуак... Что-то он сейчас поделывает?

Пигалица взглянула на меня. На этот раз без улыбки. Только чуть нахмурила брови и перевела взгляд на мою знакомую в очках.

— Не бойся, это хороший человек, — сказала ей та.

— По крайней мере, лучше, чем выгляжу, — добавил я.

Пигалица еще раз глянула на меня. И обреченно — мол, что поделаешь? — несколько раз кивнула. Дескать, можно подумать, тут есть из чего выбирать... И я вдруг ощутил себя подлецом, замыслившим против несчастного дитя какую-то жуткую пакость. Этакий дядюшка Скрудж, черт бы меня побрал...

— Да ты не волнуйся, — снова сказала моя знакомая. — Дядечка веселый, шутить любит, истории всякие рассказывает и с девочками обходительный... К тому же мой друг. Так что все будет хорошо, слышишь?

— Дядечка? — повторил я ошарашенно. — Какой я вам дядечка? Мне всего тридцать четыре! Я протестую!..

Но меня, похоже, никто не слушал.

Она взяла пигалицу за руку и повела прямиком к лимузину, загородившему весь стеклянный портал на выходе из отеля. Носильщик в это время уже грузил ее чемодан в багажник. Делать было нечего, я поплелся за ними следом. «Дядечка»!.. С ума сойти легче.

В лимузин сели только мы с пигалицей. Погода портилась на глазах. Всю дорогу до аэропорта в окне тянулись сплошные снега да льды. Антарктика...

— Слушай, — спросил я девчонку. — А звать-то тебя как?

Она внимательно посмотрела на меня. И чуть заметно покачала головой. Мол, ну ты, дядя, даешь. Потом повернулась к окну и неторопливо, словно желая отыскать что-то определенное, обвела глазами окрестности. Везде, куда ни глянь, лежал снег.

— Юки, — вдруг сказала она.

— Юки?

— Звать так, — пояснила она. — Имя. Юки.

Сказав это, она вытащила из кармана плейер и унеслась в свою персонально-музыкальную вселенную. Так до самого аэропорта больше ни разу на меня и не взглянула.

За что? — думал я. Что я не так сказал?.. Позже-то я понял, что Юки — ее настоящее имя. Но тогда, в лимузине, я был убежден, что вместо имени она просто ляпнула первое, что в голову взбрело. И я обиделся. Время от времени она доставала из кармана жевательную резинку

1  Юки *(яп.)* — снег.

и нахально жевала ее в одиночестве. Мне не предложила ни разу. То есть я вовсе не хотел ее жвачки, но хоть предложить-то можно из вежливости? И вот в результате всей этой несправедливости я наконец ощутил себя нудным состарившимся идиотом. А поскольку этого уже никак не исправить, я просто ввинтился поглубже в кресло и закрыл глаза. И погрузился в собственное прошлое. Во времена, когда мне было столько же, сколько ей сейчас. Я тогда собирал пластинки рок-музыки. Синглы-сорокапятки. Рэй Чарльз — «Hit the Road, Jack», Рики Нельсон — «Travelin' Man», Бренда Ли — «All Alone Am I» и все в таком духе; помню, штук сто насобирал. Каждый день их слушал и слушал, все слова тогда знал наизусть... Я попытался прокрутить в голове слова «Travelin' Man». Сам себе не поверил — но я помнил весь текст наизусть. Совершенно бессмысленная песня, а попробуй спеть — вспоминается до последней строчки... Вот что значит молодая и крепкая память. Всякую белиберду запоминаешь на всю жизнь.

> And the China doll
> down in old Hongkong
> waits for my return...[1]

Что тут скажешь? Конечно, это не «TALKING HEADS». Меняются времена. Ti-i-imes, they are a-cha-a-anging...[2]

Оставив Юки в зале ожидания, я отправился к стойке авиалинии и выкупил билеты. Заплатил по своей кре-

---

[1] И фарфоровая куколка в старом Гонконге ждет, когда я вернусь (*англ.*).

[2] «А времена — они меняются...» (*англ.*) — строка из одноименной песни Боба Дилана (1964).

дитке — потом рассчитаемся. До вылета оставался еще целый час, но дежурная сообщила, что рейс, скорее всего, отложат.

— Следите за объявлениями, — сказала она. — В настоящий момент видимость нулевая.

— А улучшение вообще ожидается? — поинтересовался я.

— По прогнозу — ожидается, но трудно сказать, когда, — ответила дежурная голосом человека, которому все осточертело. Еще бы. Повтори одну и ту же фразу двести раз, и расхочется жить на свете.

Я вернулся к Юки, сообщил ей о снегопаде и возможной задержке рейса. Она поглядела на меня с таким видом, будто хотела сказать: «ну-ну». Но ничего не сказала.

— Как все будет — непонятно, так что давай пока багаж не сдавать, — предложил я. — Если что, обратно получать замучаемся.

«Да как угодно», — было написано на ее лице, но она опять ничего не сказала.

— Какое-то время придется здесь просидеть. Не самое интересное место, конечно... — продолжал я. — Ты, кстати, обедала?

Она кивнула.

— Ну, тогда, может, хоть в кафе посидим? Попьешь чего-нибудь. Кофе там, какао, чай, сок — что захочешь. А?

«Ну, не знаю...» — нарисовалось у нее на лице. Не лицо, а палитра визуальных эмоций.

— Тогда пойдем, — сказал я и поднялся с кресла. И, толкая перед собой чемодан на колесиках, прошел с ней в кофейню. В кофейне оказалось людно. Все рейсы задерживались, у всех вокруг были изможденные лица.

Лишь бы заказать хоть что-нибудь, я попросил себе бутербродов и кофе, а Юки взяла какао.

— И сколько ты в отеле жила? — спросил я.

— Десять дней, — сказала она, немного подумав.

— А мать когда уехала?

Она поразглядывала снег за окном, потом ответила:

— Три дня назад.

Прямо не разговор, а урок английского начальной ступени.

— А в школе что — всю дорогу каникулы?

— А в школу я не хожу. Всю дорогу. Так что отстань, — сказала она. И, достав из кармана плейер, нацепила наушники.

Я допил кофе, почитал газету. Что-то я в последнее время слишком часто раздражаю собой девчонок. С чего бы это? Не везет — или причина серьезнее?

Наверное, просто не везет, решил я. Потом, дочитав газету, достал из сумки карманного Фолкнера — «Шум и ярость» — и раскрыл на первой странице. Почему-то именно Фолкнера (и еще Филипа К. Дика) я особенно хорошо воспринимаю, когда сдают нервы. Стоит вымотаться эмоционально, и я стараюсь читать кого-нибудь из этих двоих. Ни в каких других ситуациях я их не читаю... Чуть погодя Юки сходила в туалет. Потом заменила батарейки у плейера. А еще через полчаса мы услышали объявление. Рейс на Ханэда вылетает через четыре часа. Ожидайте улучшения погодных условий. Я глубоко вздохнул. Черт бы меня побрал. Киснуть здесь еще четыре часа?

Ладно, делать нечего. В конце концов, меня предупреждали. Чем сидеть сокрушаться, лучше уж подумать о том, как убить столько времени. *Power of positive think-*

*ing*[1]... После пяти минут «позитивного размышления» у меня наконец проклюнулась одна идейка. Удачная или нет — это мы поглядим. Но уж всяко интереснее, чем перспектива убить кусок жизни в гвалте прокуренного кафе. Бросив Юки «сейчас вернусь», я отправился к стойке «Прокат автомобилей». И попросил у них машину. Девица за стойкой оформила все почти мгновенно. Мне досталась «королла-спринтер» со встроенным стерео. Меня посадили в микроавтобус, довезли до стоянки и вручили ключи. От аэропорта до стоянки было минут десять езды. «Королла» оказалась белого цвета, с новенькими зимними покрышками. Я сел в нее и вернулся в аэропорт. Вошел в кофейню и сказал Юки:

— Собирайся. За эти три часа мы с тобой неплохо покатаемся по окрестностям.

— Но там же все снегом завалено... Чего кататься, когда ни черта не видно? — проговорила она, совершенно сбитая с толку. — И куда это ты, интересно, собрался?

— Да никуда я не собрался. Сядем в машину и покатаемся, вот и все, — ответил я. — Зато можно музыку громко включать. Ты ведь не можешь без музыки? Ну вот и будешь крутить на всю катушку. Если слушать один только плейер, уши испортятся, так и знай!

Она покачала головой. «Ври больше!» — прочитал я на ее мордашке. И тем не менее, когда я бросил ей не глядя:

— Ну все, пошли! — и поднялся со стула, она тут же вскочила и зашагала за мной.

Кое-как я запихал ее чемодан в багажник и сквозь нескончаемый снегопад погнал машину по дороге куда

---

[1]  Сила позитивного мышления *(англ.)*.

глаза глядят. Юки достала из сумки кассету, воткнула в магнитофон и нажала на кнопку. Дэвид Боуи запел «China Girl». Его сменил Фил Коллинз. Потом «Jefferson Starship». Томас Долби. Том Петти и «Heartbreakers». Холл и Оутс. «Thompson Twins». Игги Поп. «Bananarama». Все самое стандартное, что слушают пигалицы планеты Земля, было собрано на этой кассете.

Внезапно «Роллинги» выдали «Goin' to a Go-Go».

— О, эту песню я знаю! — сказал я. — Ее раньше «Miracles» пели. Смоуки Робинсон и «Miracles». Мне тогда было лет пятнадцать или шестнадцать...

— А-а, — протянула Юки без особого интереса.

— Го-оинг ту э го-гоу!.. — заорали мы с Джеггером.

Чуть погодя Пол Маккартни и Майкл Джексон загнусавили «Say, Say, Say». Машин на дороге почти не встречалось. Можно даже сказать, их практически не было. Триумфально, как на параде — *тр-рум! тр-рум! тр-рум!* — дворники счищали снег с лобового стекла. В машине было тепло, а с рок-н-роллом — вообще уютно. Даже с «Duran Duran»'ом — уютно, несмотря ни на что. Я наконец-то расслабился и, подпевая всем бандам подряд, гнал машину сквозь снежное месиво. Да и Юки выглядела куда спокойней, чем раньше. Когда ее девяностоминутный сборник закончился, она вдруг обратила внимание на кассету, что я выбрал в офисе на стоянке.

— А это что? — спросила она.

— Сборник «олдиз», — ответил я. — Пока в аэропорт со стоянки ехал — крутил, чтобы время убить.

— Давай поставим, — потребовала она.

— Да тебе вряд ли понравится. Очень старые песни...

— Пускай, мне все равно... Я за эти десять дней все свои кассеты уже по сто раз переслушала.

И я поставил ей эту кассету.

Сначала Сэм Кук спел «Wonderful World». «Не силен я в истории мира, и все же...» Отличная вещь. Сэма Кука застрелили, когда я ходил в третий класс.

Бадди Холли — «Oh, Boy». Бадди Холли тоже погиб. В авиакатастрофе.

Бобби Дэрин — «Beyond the Sea». И Бобби Дэрин погиб.

Элвис — «Hound Dog». Элвис погиб от наркотиков. Все погибли...

Чак Берри спел «Sweet Little Sixteen». Эдди Кокрэн — «Summertime Blues». Братья Эверли — «Wake Up Little Suzie».

Всем этим песням я подпевал, где только помнил.

— Здорово ты их знаешь, — с явным интересом заметила Юки.

— Ну а как же... Я ведь тоже раньше, как ты, с ума сходил по рок-музыке, — сказал я. — Когда мне было столько же, сколько тебе. Возле радио вечерами сидел, как приклеенный, все карманные деньги на пластинки тратил... Рок-н-ролл! Казалось, на белом свете нет ничего прекраснее. И я был счастлив просто от того, что сидел и все это слушал.

— А сейчас?

— И сейчас слушаю. Даже любимые песни есть. Только запоминать наизусть уже как-то не тянет. Больше не цепляет так сильно.

— Почему?

— Ну как почему...

— Объясни, — попросила Юки.

— Наверно, со временем понимаешь, что по-настоящему хороших вещей на свете не так уж и много. Действительно хороших — раз-два и обчелся. Что ни возьми. Хороших книг, хороших фильмов, хороших концертов — буквально по пальцам пересчитать. И в рок-музыке так же. За час рока по радио выуживаешь одну-единственную стоящую мелодию. Все остальное — мусор, отходы массового производства. Раньше я об этом всерьез не думал. Что попало слушал и радовался. Молодой был, свободного времени хоть отбавляй... Влюблялся то и дело... И даже к низкокачественной ерунде мог относиться с душевным трепетом. Понимаешь, о чем я?

— Да уж как-нибудь... — ответила Юки.

Зазвучали «Del-Vikings» — «Come Go With Me», и я пропел вместе с ними припев.

— Ну как, не скучно? — спросил я Юки.

— Не-а... Ничё так себе, — сказала она.

— Угу... Ничё так себе, — согласился я.

— А сейчас ты больше не влюбляешься? — спросила Юки.

Тут я задумался.

— Сложный вопрос, — сказал я. — Вот у тебя есть парень?

— Нету, — ответила она. — Только придурки всякие.

— Понимаю, — сказал я.

— Музыку слушать и то веселей...

— Очень хорошо понимаю, — повторил я.

— Что, действительно понимаешь? — она прищурилась и с сомнением посмотрела на меня.

— Действительно понимаю, — кивнул я. — Некоторые называют это словом «эскапизм». Но пусть называют как угодно, мне все равно. Моя жизнь — это моя жизнь, а твоя жизнь — твоя и больше ничья. Если ты четко знаешь, чего хочешь, живи как тебе нравится, и неважно, что там о тебе думают остальные. Да пускай их всех сожрут крокодилы!.. Вот так я думал, когда был такой, как ты. И теперь думаю точно так же. Может, я до сих пор из детства не выбрался? А может, просто был прав с самого начала? Одно из двух, а что именно — никак не пойму...

Джимми Гилмер запел «Sugar Shack». Насвистывая мелодию, я гнал машину по шоссе. По левую руку до самого горизонта тянулась укрытая снегом долина. «Просто кофейня из старых бревен... Напоит эспрессо, когда час неровен»... Классная песня. Шестьдесят четвертый год.

— Эй, — сказала Юки. — Ты странный. Тебе это никто не говорил?

— Хм-м, — промычал я скорее отрицательно.

— У тебя жена есть?

— Была когда-то.

— Что, развелся?

— Угу.

— Почему?

— А она сама ушла.

— Что, правда?

— Правда. Влюбилась в другого парня и убежала с ним куда-то.

— Жалко, — сказала она.

— Спасибо, — сказал я.

— Но я, кажется, понимаю, почему.

— И почему? — спросил я.

Но она лишь насупилась и ничего не ответила. Мне, впрочем, и самому не хотелось расспрашивать.

— Эй... Хочешь жвачки? — спросила Юки.

— Спасибо, не хочу, — ответил я.

Постепенно, но верно лед между нами таял — и вскоре мы вдвоем выдали бэк-вокал для «Surfin' U.S.A.» из

«Beach Boys». Ну, не всю песню, только припевочки — «Инсайд, аутсайд Ю-Эс-Эй!» и так далее. Но все равно получилось весело. И, кстати, припев «Help Me Ronda» мы тоже спели вместе. Вот так-то. Рано мне еще на свалку. И вовсе я не дядюшка Скрудж...

Тем временем метель улеглась. Мы вернулись в аэропорт. У стойки проката я отдал ключи от машины. Затем мы оформили багаж и еще через полчаса прошли на посадку. В конце концов получилось, что наш вылет задержали на пять часов. В самолете Юки моментально уснула. Во сне у нее было фантастически красивое лицо. Словно она не человек, а тончайшей работы скульптура из какого-то неземного материала. Казалось, задень ее нечаянно, и она разобьется на тысячи мелких осколков. Такая вот особая красота. Стюардесса, пронося мимо напитки, увидела это лицо и поглядела на меня с особой многозначительностью. И улыбнулась. А я улыбнулся в ответ. И попросил джин с тоником. Под джин с тоником я начал думать о Кики. Несколько раз прокрутил в голове сцену с Кики и Готандой в постели. Камера разворачивается. Появляется Кики. «Что происходит?» — спрашивает она.

«Что происходит?» — отзывается эхо у меня в голове.

# 16

В аэропорту Ханэда мы получили багаж, и я спросил у Юки, где она живет.

— В Хаконэ, — сказала она.

— Ого! Ближний свет, — заметил я. Девятый час вечера: хоть на такси, хоть на чем угодно до Хаконэ и к полуночи не добраться. — А здесь, в Токио, у тебя кто-нибудь есть? Родственники или просто близкие люди?

— Людей нету. Но есть квартирка на Акасака. Совсем маленькая. Мама там останавливается, когда в Токио приезжает. Я могу там переночевать. Там сейчас никто не живет.

— А кроме мамы, кто еще в семье?

— Больше никого, — сказала она. — Только мы вдвоем.

— М-да... — только и сказал я. Что говорить, семейка с проблемами. Впрочем, мне-то какое дело? — Ладно. Давай сперва заедем ко мне, потом поужинаем где-нибудь, и я на своей машине отвезу тебя до Акасака. Идет?

— Все равно, — пожала плечами она.

Я поймал такси, и мы поехали ко мне на Сибуя. Я попросил Юки подождать у подъезда, а сам поднялся в квартиру и сменил походную амуницию на одежду попроще. Кроссовки, кожаная куртка, свитер, джинсы. Затем спустился, посадил Юки в свою «субару» и через пятнадцать минут мы уже расположились за столиком итальянского ресторанчика. Я заказал равиоли и салат, она выбрала спагетти «вонголе» со шпинатом. Еще мы попросили рыбы, запеченной в фольге, и разделили одну порцию на двоих. Рыба оказалась просто огромной, но Юки, похоже, все не могла насытиться и на десерт уплела еще апельсиновый мусс. Я выпил «эспрессо».

— Вкуснятина! — наконец резюмировала она.

Тогда я признался ей, что вообще всегда знаю места, где можно вкусно поесть. И рассказал о своей работе — отыскивать самые вкусные рестораны в огромном городе. Юки слушала, не говоря ни слова.

— Так что в этом деле я большой спец, — подытожил я. — Во Франции, например, есть такие свиньи, которые хрюкают и землю роют, когда шампиньоны находят. Очень похоже...

— Значит, ты не любишь свою работу?

Я покачал головой.

— Прямо беда. Никак не могу ее полюбить. Слишком бессмысленная. Ну нашел я очередной ресторан с хорошей кухней. Написал о нем в модном журнале. Дескать, все идите сюда. И ешьте вот это. Но за каким чертом, спрашивается, я это делаю? Неужели люди не могут сами решить, что им есть? С какой стати я, посторонний человек, навязываю им, чем набивать их персональные желудки? Зачем тогда меню в ресторанах придумывают?.. И вот после рекламы в журнале этот ресторанчик становится жутко популярным. Народ туда уже просто валом валит, и очень скоро вся эта уникальная кухня, да и сервис заодно, сходят на дерьмо. Почти всегда. В восьми случаях из десяти, если не чаще. Потому что сам баланс спроса и предложения сходит на дерьмо. Мы же сами и превращаем его в дерьмо. Вытаскиваем на свет что-нибудь чистенькое — и наблюдаем, как его заляпывает грязью со всех сторон. И называем это Информацией. А потом перекапываем весь мир от конца до края, так, чтоб и места живого на земле не осталось — и называем это Оптимизацией Информации. Лично меня от всего этого уже тошнит. Да пускай хоть черта лысого оптимизируют — я-то здесь при чем?

— И все-таки ты это делаешь.

— Ну, во-первых, работа есть работа... — начал было я, но тут же осекся, вспомнив, с кем говорю. Боже мой, чем я забиваю голову тринадцатилетней девчонке? — Пойдем, — сказал я. — Время позднее, а мне тебя еще везти до Акасака.

Мы сели в мою «субару», и Юки поставила первую же кассету, что попалась под руку. Сборник *«олдиз»* — сам записывал. Песни, под которые хорошо рулить в одиночку. «Four Tops» — «Reach Out, I'll Be There»... Дорога была пуста. До Акасака мы доехали почти сразу, и я спросил у Юки, где ее дом.

— Не скажу, — вдруг заявила она.

— Это еще почему? — удивился я.

— А я пока домой не хочу!

— Послушай, уже одиннадцатый час! — сказал я. — *Закончен трудный день. И я измотан, словно пес...*[1]

Она повернулась на сиденье всем телом и уставилась на меня в упор. Я следил за дорогой и не видел ее лица, но чувствовал, как ее взгляд обжигает мне левую щеку. Никакой определенной эмоции я в этом взгляде не ощущал: она просто буравила меня глазами — и все. А потом отвернулась к окну и сказала:

— Мне пока спать неохота. Если сейчас домой пойду, помру там одна со скуки. Лучше еще покататься. И музыку послушать...

Я немного подумал.

— Ну, хорошо. Еще час. Ровно через час ты пойдешь домой и будешь *спать, как бревно*. Договорились?

— Договорились.

Еще час мы мотались по улицам ночного Токио, слушая музыку. Я крутил баранку и думал о том, что именно из-за таких, как мы, загрязняется атмосфера, разрушается озоновый слой, уровень шума приводит к массовому психозу, а запасы природных ресурсов планеты Земля подходят к концу. Юки прижалась щекой к спинке сиденья и с отсутствующим видом разглядывала город в окне, не произнося ни слова.

---

[1] Здесь и ниже — строки из песни «Битлз» «Вечер трудного дня» (*A Hard Day's Night*, 1964).

— Так значит, твоя мать сейчас в Катманду? — спросил я наконец.

— В Катманду, — ответила она устало.

— И пока она не вернется, ты все время будешь одна?

— В Хаконэ есть бабка-гувернантка.

— М-да... — протянул я. — И часто у вас так?

— В смысле — что она уехала и меня бросила?

— Угу...

— Да постоянно. У нее же в голове одни фотографии. Я не ругаюсь, просто мама вообще такая. Ни о чем, кроме себя, думать вообще не умеет. То и дело забывает меня где-нибудь. Как зонтик — взяла и забыла. И уехала неизвестно куда. Захотелось ей в Катманду — все, ничего больше на свете не существует. Потом спохватывается, прощения просит. А через полчаса опять все сначала. И теперь вот то же самое... Нашло на нее хорошее настроение — поехали, говорит, прокачу тебя на Хоккайдо. Прекрасно, едем на Хоккайдо. Только на Хоккайдо мама сразу куда-то девается, а я каждый день только плейер в номере слушаю да обедаю в одиночку... Но теперь — все, с меня хватит. Больше у нее эти номера не пройдут. Это ведь она только обещает, что через неделю приедет. А сама, могу спорить, из Катманду опять улетит неизвестно куда...

— А как зовут твою маму? — поинтересовался я.

Она назвала фамилию и имя. Совершенно мне неизвестные. Никогда не слышал, признался я.

— Но на работе маму по-другому зовут, — сказала Юки. — Там ее зовут Амэ[1]. Уже много лет подряд. Поэтому она и назвала меня Юки. Дурацкое имя, скажи? Вот такая у меня мамочка...

[1]  Амэ (*яп.*) — дождь.

Имя «Амэ» я знал хорошо. Кто же не знает Амэ! Фотохудожница, прославилась на всю страну чуть ли не за неделю. В телевизоре не мелькает, интервью не дает. В свете не появляется. Ее настоящее имя почти никому не известно. Занимается только тем, что ей нравится. Особо известна своей эксцентричностью. Снимает умное, агрессивное фото... Я озадаченно покачал головой.

— М-да... Так что ж, выходит, твой отец — тот самый писатель, как его... Хираку Макимура, да?

Юки мгновенно насупилась.

— Он хороший! — сказала она. — Просто у него таланта нет...

Из того, что написал отец Юки, я прочел когда-то книг пять или шесть. Стоит признать: два самых ранних романа и сборник рассказов, которые он сочинил еще в молодости, были совсем неплохи. Оригинальный язык, свежий взгляд на вещи. Первое время эти книги даже держались в списке бестселлеров. И сам автор стал «любимчиком толпы». В телевизоре и модных журналах начал давать интервью, где делился мнениями о самых разных проблемах жизни. К тому времени женился на «культовой» фотохудожнице Амэ. И достиг высшей точки своего взлета.

Дальше все пошло вкривь да вкось. Без какой-либо заметной причины он вдруг разучился писать как раньше. Его следующие два-три романа оказались откровенным графоманским мусором. Критика жестоко издевалась над ними, и продавались книги из рук вон плохо. И тогда Хираку Макимура решил в корне изменить манеру письма. Из молодежного писателя-романтика он вдруг превратился в крутого экспериментатора-авангардиста. Содержательности романам это не прибавило ни на йоту. Просто теперь его тексты напоминали дикую смесь отрывков из экзальтированной французской прозы. Несколько критиков, напрочь лишенных вкуса, поначалу кинулись было это нахваливать. Но через пару лет — видно, сообразив, что искать тут нечего, — умолкли и они. Почему так случилось, не знаю. Но его талант полностью исчерпал себя в первых трех книгах и растворился бесследно. Сочинять гладкие тексты он не разучился и писать продолжал. Точно одряхлевший кобель, что по старой привычке все тычется носом сучке под хвост, его призрак блуждал по задним полкам букинистов. К тому времени Амэ уже развелась с ним. А говоря проще — поставила на нем крест. Так, по крайней мере, решила светская хроника.

Но и тогда Хираку Макимура не сдался. Напротив, он расширил границы своих тем и перешел на «путешествия с приключениями». По нескольку раз в год отправлялся в какие-нибудь малоизведанные уголки мира и писал об этом истории. Как он ел с эскимосами тюленье мясо, как жил с африканскими аборигенами, как наблюдал за повадками южноамериканских горилл. И при этом ругал на чем свет стоит доморощенных, «не нюхавших жизни» писателей наших дней. Поначалу это читалось неплохо, но он все писал и писал об одном и том же лет десять подряд и в конце концов просто иссяк, как пересохший колодец. Чему удивляться? В этом мире осталось слишком мало места для приключений. Это вам не времена Ливингстона или Амундсена. Постепенно его приключения стали размытыми и абстрактными, а их место заняли долгие витиеватые рассуждения. Не говоря уж о том, что в этих поездках он ни разу и не пережил Приключения в полном смысле слова. Почти повсюду его сопровождали какие-то координаторы, редакторы, кинорепортеры и бог знает кто еще.

А когда он связался с телевидением, его регулярная свита из режиссеров, операторов и представителей фирмы-спонсора выросла в среднем до десяти человек. Постепенно автор стал появляться в кадре. И чем дальше, тем больше просто появляться в кадре. Что это значило, в деловом мире объяснять никому не нужно.

Может, он и в самом деле был неплохим человеком. Но звезд с неба не хватал, тут Юки права...

Больше о ее папаше-писателе мы не говорили. Юки явно не желала продолжать эту тему, да и мне самому не хотелось.

Какое-то время мы молча слушали музыку. Сжимая руль, я следил за стоп-сигналами «БМВ», всю дорогу маячившего перед нами. Юки разглядывала город за окном, носком ботинка подстукивая барабанам Соломона Бёрка.

— Машина у тебя что надо! — сказала Юки ни с того ни с сего. — Как называется?

— «Субару», — ответил я. — Старая подержанная «субару». Наверное, ты первая, кому пришло в голову ее похвалить...

— Не знаю, но когда в ней едешь, она излучает какое-то... дружелюбие.

— Это оттого, что я ее люблю, и она это чувствует.

— И излучает дружелюбие?

— Ответную любовь, — уточнил я.

— Как это? — не поняла Юки.

— Я и моя машина постоянно друг друга выручаем. И при этом заполняем одно и то же пространство. Я люблю свою машину. Пространство наполняется моим чувством. Мое чувство передается ей. Мне становится хорошо. Ей тоже становится хорошо.

— Разве механизму может быть хорошо?

— Ну конечно, — кивнул я. — Почему, сам не знаю. Но у механизмов тоже бывают свои настроения. Иногда им хорошо, а иногда так, что хоть вообще с ними не связывайся. Логически я, пожалуй, это не объясню. Но по опыту знаю: это действительно так.

— Так что же, ты ее любишь, прямо как человека? — спросила Юки.

Я покачал головой:

— Нет. Любовь к машине — совсем по-другому. С машиной ведь как? Однажды совпал с ней удачно — и какое-то время ваши отношения уже никак не меняются. А у людей не так. Люди, чтобы и дальше совпадать, все время подстраиваются друг под друга в мелочах, их чувства меняются постоянно. Вечно в них что-то движется или останавливается, растет или исчезает, спорит, обижается... В большинстве случаев мозгами это контролировать невозможно. Совсем не так, как с «субару».

Какое-то время Юки думала над моими словами.

— Стало быть, вы с женой не совпадали?

— Я думал, что совпадали. А жена так не думала. Наши мнения различались. И поэтому она убежала. Видимо, решила: чем исправлять эту разницу мнений со мной, лучше убежать с кем-то еще и сберечь себе кучу времени...

— Не получилось, значит, как с «субару»...

— Вот именно, — кивнул я. Черт бы меня побрал. Прекрасная тема для обсуждения с тринадцатилетней девчонкой!

— Эй, — сказала вдруг Юки. — А обо мне ты что думаешь?

— О тебе я пока почти ничего не знаю, — ответил я.

Я снова почувствовал, как мне сверлят взглядом левую щеку. Казалось, еще немного — и там будет дырка. «Так вот в чем дело!» — понял я наконец.

— Я думаю, что ты, наверное, самая красивая девчонка из всех, кого я когда-нибудь выманивал на свидание, — произнес я, глядя на дорогу перед собой. — Нет, даже не «наверное». Точно — самая красивая. И будь мне пятнадцать лет, я бы непременно в тебя влюбился. Но мне тридцать четыре года, и так просто я уже не влюбляюсь. Не хочу становиться еще несчастнее, чем был до сих пор. С моей «субару» мне будет гораздо спокойнее... Примерно так. Я ответил на твой вопрос?

Юки снова посмотрела на меня долгим взглядом, на сей раз — абсолютно без выражения.

— Ты ненормальный, — изрекла она наконец.

Может быть, оттого, что так сказала именно она, я вдруг и правда ощутил себя самым безнадежным из всех неудачников на Земле. Вряд ли ей хотелось меня обидеть. Но как раз это у нее получилось неплохо.


В четверть двенадцатого мы вернулись на Акасака.

— Ну что? — сказал я.

На сей раз Юки объяснила мне дорогу как полагается. Квартирка ее матери располагалась в крохотном здании на тихой улочке неподалеку от храма Но́ги. Я подрулил к самому подъезду и выключил двигатель.

— Насчет денег... — тихо сказала Юки, не вставая с места. — За самолет, за ужин...

— За самолет вернете, когда мать приедет, — сказал я. — А все остальное не бери в голову. За даму на свидании я всегда плачу сам. Так что, можешь считать, кроме самолета, расходов не было.

Ничего не ответив, Юки насупилась, вылезла из машины, наклонилась над кадкой с фикусом и выплюнула туда жвачку, которую жевала всю дорогу.

— Большое спасибо!.. Не стоит благодарности! — сказал я, учтиво раскланявшись сам с собой. Затем достал из кармана визитную карточку и протянул ей. — Когда мать приедет, передай ей вот это. Кроме того, если будешь одна и проблемы возникнут, звони сюда. Чем смогу, помогу...

Она стиснула в пальчиках мою визитку, поизучала ее несколько секунд и затолкала в карман.

— Странное имечко! — только и сказала она.

Я вытащил из багажника ее чемоданище, загрузил его в лифт и доволок до двери квартиры. Юки достала из сумки ключ и отперла дверь. Я втащил чемодан внутрь. Квартира состояла из кухоньки (она же гостиная), спаленки, туалета и душевой. Здание было еще совсем новым, в квартире царил идеальный порядок, и оттого жилище сильно смахивало на рекламный салон агентства по продаже недвижимости. Мебель, посуда, электроприборы были безупречно укомплектованы и стояли в точности там, где полагалось; и хотя все вещи выглядели очень изысканными и дорогими, человеческим жильем от них почему-то не пахло. Как если бы кто-нибудь просто захотел собрать их здесь в идеальном порядке, заплатил за это деньги, и через три дня заказ был выполнен. Толково и со вкусом. Но совершенно не так, как в реальной жизни.

— Мама здесь редко останавливается, — сказала Юки, проследив за моим блуждающим взглядом. — У нее здесь студия неподалеку, она там и пропадает все время, когда в Токио приезжает. Там же спит, там же ест. А сюда только иногда приходит.

— Понятно, — сказал я. Деловая жизнь деловой женщины, куда деваться...

Юки сняла шубу, включила газовую печку. Затем достала непонятно откуда пачку «Вирджиниа Слимз», вытянула сигарету, зажала в губах, очень *стильно* чиркнула картонной спичкой о коробок и прикурила.

Лично я считаю, что тринадцатилетним девчонкам курить совсем ни к чему. Вредно для здоровья, и кожа портится. Однако *эта* девчонка закурила настолько сногсшибательно, что у меня просто язык не повернулся ей что-либо сказать. Резко очерченные, будто вырезанные ножом на бледном лице, ее тонкие губы легонько стиснули фильтр; робкое пламя лизнуло самый кончик сигареты, и длинные, как из шелка, ресницы медленно опустились. Маленькая челка колыхнулась еле заметно, когда она чуть подалась головой вперед... Само совершенство. Будь мне пятнадцать лет, я бы точно влюбился, снова подумал я. Абсолютно фатальной любовью, страшной и неудержимой, как лавина в весенних горах. Влюбился бы и, крайне плохо представляя, что с этим делать дальше, впал бы в дикую, черную меланхолию... Глядя на Юки, я вспомнил другую девчонку. Ту, в которую был влюблен лет в тринадцать или четырнадцать. И давно забытое, бескрайнее чувство тех далеких лет вдруг снова прошило мою душу насквозь.

— Кофе будешь, или еще что-нибудь? — спросила Юки.

Я покачал головой:

— Поздно уже. Я пойду.

Юки положила сигарету на край пепельницы и проводила меня до двери.

— В постели не кури. Печку на ночь выключай, — сказал я.

— Хорошо, *папочка*... — ответила она.

Это было прямое попадание — просто не в бровь, а в глаз.

\* \* \*

Вернувшись домой на Сибуя, я первым делом плюхнулся на диван и выпил банку пива. Затем просмотрел
пять-шесть писем, обнаруженных в почтовом ящике.
Все они были о работе, и ни одно не требовало срочной
реакции. Я взрезал конверты, вывалил содержимое на
стол, да так и оставил — прочитаю потом. Тело прони-
зывала усталость, ничего делать желания не было. Из-за
дикого перевозбуждения спать тоже не хотелось. Какой
долгий был день, подумал я. Все тянулся, тянется и никак не закончится. Такое чувство, будто весь этот день я
катался на «американских горках». До сих пор все тело
дрожит...

Сколько же суток я провел в Саппоро? Я попытался
вспомнить и не смог. Прошедшее мелькало в памяти,
картина за картиной: сны вперемежку с полночными
бдениями. Пепельно-серое небо. Даты, события — все
смешалось под этим небом, замкнувшись одно на другое... Сначала я поужинал с девчонкой в очках. Позвонил
бывшему напарнику. Узнал от него о прошлом отеля
«Дельфин». Встретился с Человеком-Овцой. Посмотрел
кино с Готандой и Кики. На пару с тринадцатилетней пигалицей спел песню «Beach Boys». И вернулся в Токио.
Сколько дней на это ушло?

Сосчитать не получалось, хоть тресни.

Завтра, решил тогда я. Оставь на завтра то, о чем не
можешь думать сегодня...

Я прошел на кухню, налил в стакан виски и стал
пить его, не разбавляя. Сгрыз остававшиеся полпачки
печенья. Заплесневелого, как мысли в моей голове. Поставил негромко старую пластинку — песенки Томми
Дорси в исполнении ностальгических «Modernaires».

Старомодных, как мысли в моей голове. С треском иглы по пластинке. Только это никому не мешает. Времена этой музыки кончились. Она уже никуда не идет. Как и мысли в моей голове.

«Что происходит?» — слышу я голос Кики.

Камера разворачивается. Искусные пальцы Готанды пытливо исследуют спину Кики. Словно выискивают источник воды в пустыне.

Что со мной происходит, Кики? Что-то не то, ты права. Я больше не верю в себя, как раньше. Все-таки Любовь и подержанная «субару» — песни из разных опер. Так или нет? И я ревную тебя к искусным пальцам Готанды... Как там Юки с ее сигаретами — не прожгла ли чего? Выключила ли печку, как положено? «Папочка», черт бы меня побрал... Я больше не верю в себя. Может, я уже вообще не живу, а просто догниваю, проклиная судьбу, на этом слоновьем кладбище развитого капитализма?

Завтра. Все — завтра...

Я почистил зубы, надел пижаму, допил остававшееся в стакане виски. И совсем уже собрался в постель, когда зазвонил телефон. Несколько секунд я озадаченно смотрел на него, стоя посреди комнаты. Потом взял трубку.

— Только что печку выключила, — отрапортовала Юки. — И сигарету погасила. Ну как, от сердца отлегло?

— Теперь отлегло, — ответил я.

— Спокойной ночи, — сказала она.

— Приятных снов, — сказал я.

— Эй... — произнесла она вдруг. И выдержала длинную паузу. — Признавайся: там, в Саппоро, в этом отеле... ты видел человека в овечьей шкуре?

Обняв телефон так бережно, словно прижимаю к груди яйцо африканского страуса, я медленно сел на кровать.

— Я все знаю. Что ты его видел. Тебе не говорила, но знала с самого начала.

— Ты встречалась с Человеком-Овцой? — спросил я ошарашенно.

— М-м... — промычала она неопределенно и прищелкнула языком. — Но об этом в следующий раз. Встретимся — расскажу не торопясь. А сейчас я спать хочу.

И она с грохотом повесила трубку.

Страшно ныло в висках. Я отправился на кухню и выпил еще виски. Все тело тряслось, как в припадке. «Американские горки» ревели, продолжая свой безумный аттракцион. *Все связано*, — сказал Человек-Овца.

*Все связано*, подумал я.

Многие, многие события, люди и вещи понемногу замыкались друг на друга.

# 17

На кухне, прислонившись к мойке, я хлебнул еще виски и подумал: что же, черт побери, происходит? Захотелось позвонить Юки. Позвонить и спросить прямо в лоб: откуда ты знаешь про Человека-Овцу? Но я слишком устал. Слишком долгим был этот день. И к тому же — вон как она повернула. В следующий раз, мол, и трубку бросила. Так что придется ждать следующего раза... Да, и самое главное. Я ведь даже не знаю номера ее телефона.

Я забрался в постель, но заснуть не мог и минут пятнадцать таращился на телефон у подушки. Почему-то казалось, что Юки вот-вот позвонит еще раз. Или даже не Юки — вообще кто-нибудь. Бывают минуты, когда телефон воспринимаешь как бомбу с часовым механизмом. Когда сработает, неизвестно. И только *возможность* взрыва отсчитывает секунды.

Вообще странной он все-таки формы, телефонный аппарат. Очень странной. Обычно на это внимания не обращаешь. Но вглядишься попристальней, и в его выпуклых очертаниях угадываешь какую-то мистическую невысказанность. То ли он страшно хочет что-то сказать, но не может. То ли просто всем нутром ненавидит тех, кто заточил его именно в эту оболочку. Дескать, взбрело же кому-то в голову придать чистейшей, абсолютной Концепции Телефона такую нелепую форму.

Телефон...

Я начал думать о телефонных станциях. О проводах, что выползают из моей квартиры и разбегаются во все концы света. Потенциально я замкнут чуть ли не на любого человека Земли. Прямо сейчас мог бы связаться хоть с Анкориджем. Позвонить в фойе отеля «Дельфин». Или даже своей бывшей жене... Безбрежное море контактов. А главный узел этих контактов — на Телефонной Станции. Там, на станции, гигантский компьютер обрабатывает все входящие и исходящие сигналы. Из разных цифровых комбинаций рождаются те или иные контакты, и происходит Всеобщая Коммуникация. По телефонным проводам, подводным кабелям, подземным тоннелям и космическим спутникам связи мы замыкаемся друг на друга. И громадный компьютер контролирует наше Общение.

Но сколь бы ни совершенны ни были *средства* этой коммуникации, они ни с кем не соединят нас, пока у нас самих не возникнет желания пообщаться. Более того: даже если и желание есть, но нет номера телефона (как в моем случае — забыл спросить), тоже не получится ни черта. Не говоря уже о случаях, когда нужные цифры вылетают из головы, или теряется записная книжка. А еще бывает: и номер помнишь прекрасно, да палец не ту кнопку нажал... В этих случаях мы никуда не попадаем и с кем нужно не соединяемся. Вот такие мы несовершенные и непрактичные существа.

Но и это еще не все. Допустим даже, я выполню все вышеописанные условия и дозвонюсь до Юки. А она возьмет и заявит мне: «Я сейчас не хочу разговаривать!» И бросит трубку. То есть бывает и так, что контакт установлен, а общения — ноль. Односторонний выплеск чьих-то эмоций, и все дела.

Моей телефонной трубке, похоже, все это ужасно не по нутру.

Она, Телефонная Трубка (может, правильней было бы говорить «он, Телефон», но мне почему-то хочется думать о нем в женском роде), страшно нервничает из-за того, что ей не дают выразить свою Идеальную Телефонную Концепцию на всю катушку. Она просто вне себя от того, что общение людей проистекает из размытых, неопределенных желаний и не преследует никаких конкретных целей. Для ее Идеальной Концепции это слишком несовершенно, слишком непредсказуемо и слишком непрактично.

Я приподнялся на локте, подпер щеку ладонью и стал смотреть, как она злится. «Ничего не поделаешь, дорогая! — сказал я ей мысленно. — Я не виноват. Такая уж это штука — человеческое общение. Несовершенная, непредсказуемая и непрактичная...» Именно такой взгляд на вещи я считаю куда более идеальной концепцией, что и бесит ее сильнее всего. Но дело тут совсем не во мне. На какой бы край света она от меня ни сбежала, если б только могла, окружающий мир всегда и везде раздражал бы ее точно так же. Хотя я не исключаю, что здесь она раздражается пуще обычного, поскольку находиться вынуждена именно в *моей* квартире. И в этом, готов признать, есть доля моей вины. Что ни говори, а сам я порхаю по жизни, ничуть не задумываясь о таких важных вещах, как собственные совершенство, предсказуемость и практичность. Просто не забиваю себе этим голову, и все...

Сам того не заметив, я переключился на мысли о бывшей жене. Телефонная Трубка смотрела на меня с молчаливым упреком. В точности так, как когда-то смотрела жена. Я любил свою жену. Когда-то нам было очень здорово вместе. Мы всегда понимали шутки друг друга. За все эти годы мы трахнулись с нею чуть ли не тысячу раз. Пропутешествовали вдвоем по несметному числу городов... И все-таки иногда она смотрела на меня с молчаливым упреком. Ночью, без всяких слов, одними глазами — она упрекала меня за мое несовершенство, за непредсказуемость и непрактичность. Я чувствовал, что раздражаю ее. То есть повторяю: мы отлично ладили. Но та идеальная картина мира, к которой она стремилась и которую рисовала у себя в голове, слишком принципиально отличалась от мира, которым жил я. Ее идеалом было Торжество Человеческого Общения. Словно некая финальная сцена кинофильма, где Общение — белоснежное, без единого пятнышка знамя, под которым люди Земли светлым путем бескровных революций приходят к Великому Совершенству. Великое Совершенство поглощает все наши мелкие несовершенства, а также разрешает любые наши проблемы и исцеляет нас всех до единого. Такой была Любовь в ее понимании. И с моим пониманием, разумеется, ничего общего не имела. В моем понимании Любовь выглядела куда приземленней и проще: все мы одинокие существа из плоти и крови, и лишь по всяческим подземным кабелям, телефонным проводам и еще черт знает чему иногда замыкаемся друг на друга. Ужасно несовершенная система. То линия перегружена. То нужные цифры не вспоминаются. То какой-нибудь осел ошибся номером. Но так уж устроено, я не виноват. Пока мы состоим из плоти и крови, так будет всегда. По логике вещей. По законам Природы... Все это я объяснял ей. Много, много раз.

Только она все равно ушла.

Может, я слишком преуспел, воспевая людское несовершенство, и сам подтолкнул ее к этому?

Я разглядывал телефон и вспоминал о нашем с нею сексе. За последние три месяца перед тем, как уйти, она не дала мне ни разу. Зато прекрасно давала другому. О том, что мою жену трахает кто-то другой, я тогда не знал ни черта.

«Послушай... Тебе не хотелось бы переспать с кем-нибудь еще? — предложила она мне однажды. — Если что — не бойся, я не обижусь!» Шутит, подумал я тогда. Но она не шутила. «Да мне ни с кем, кроме тебя, не хочется», — ответил я. То есть мне действительно больше ни с кем не хотелось. «Но... я правда хочу, чтобы ты мне изменил! — настаивала она. — Тогда мы смогли бы исправить кое-что в наших отношениях...»

Я так и не переспал ни с кем ради нее. То есть я вовсе не считаю себя «зажатым» по части секса, но спать с одной женщиной, чтобы исправить отношения с другой — извините покорно! Если я с кем-то трахаюсь, то лишь потому, что сам этого хочу.

Вскоре после этого она ушла. Интересно: а если бы я выполнил ее просьбу, пошел куда-то, переспал с кем-нибудь, неужели она бы осталась? Может, надеялась, что это поможет настроить между нами ее любимое «человеческое общение»? Но тогда это слишком глупо. Я *не хотел* спать ни с кем другим. И на что она рассчитывала, не знаю. Сама она этого мне так и не объяснила. Даже после развода. Абстрактные метафоры — вот и все, что я слышал от нее. О важных для себя вещах она всегда рассуждала исключительно символическими понятиями.

Перевалило за полночь, но автомагистраль за окном не смолкала. Тишину комнаты то и дело вспарывал треск мотоциклов. Звуконепроницаемые стекла гасили уровень шума, но его *плотность* все равно давила на нервы. Чем бы я ни отгораживался от него, он все равно оставался, этот уличный шум, все плотнее подступал ко мне. И все жестче определял мне место на этой Земле...

Я устал разглядывать телефон и закрыл глаза.

Я закрыл глаза, и в пустоту, распахнувшуюся во мне, хлынуло паралитическое бессилие. Очень быстро оно заполнило меня до краев. И только потом пришел сон.


Наутро, разделавшись с завтраком, я порылся в телефонном справочнике, откопал нужный номер и позвонил своему давнему знакомому — агенту по вербовке звезд для шоу-бизнеса. Мы пересекались с ним всякий раз, когда мне приходилось брать очередное интервью для еженедельника. На часах было десять утра, и он, конечно же, спал. Я извинился, что разбудил его, и сказал, что мне до зарезу нужен телефонный номер Готанды. Он немного поворчал, но в конце концов сообщил мне номер киностудии, заключившей с Готандой контракт. Так себе студия, средней руки. Я позвонил туда. Трубку снял какой-то дежурный менеджер, я сообщил ему название своего еженедельника и сказал, что хотел бы связаться с господином Готандой.

— Интервью? — осведомился менеджер.

— Не совсем, — ответил я.

— А что тогда? — не унимался он. Что ж, вполне понятная подозрительность.

— У меня к нему частный разговор, — пояснил я.

— Насколько частный? — настаивал он.

— Я его одноклассник, — сказал я. — И мне во что бы то ни стало нужно с ним поговорить.

— Ваше имя? — спросил он. Я сказал. Он записал.

— Очень важный разговор, — добавил я.

— Говорите, я передам, — пообещал менеджер.

— Я хотел бы поговорить напрямую, — не сдавался я.

— Не вы один, — парировал он. — Нам тут звонило уже с полтыщи его одноклассников...

— Но у меня действительно очень важное дело, — сказал я. — И кроме того, я думаю, что смогу компенсировать ваши усилия так, чтобы это было в ваших же служебных интересах.

Секунд пять он раздумывал над моими словами. Конечно, я блефовал. У меня не было никакой власти для подобных «компенсаций». Все, что я мог на своей работе — это пойти, куда прикажут, и взять у кого положено интервью. Но мой собеседник об этом не догадывался. Догадайся он, считай, все пропало.

— А точно не интервью? — переспросил он. — Если все-таки интервью, то договаривайтесь через меня, иначе будут проблемы. Все должно быть официально...

— Нет. Сугубо личный разговор. На сто процентов, — еще раз подтвердил я.

Он попросил номер моего телефона. Я продиктовал.

— Значит, одноклассник... — повторил он, вздохнув. — Ладно. Сегодня вечером — ну, может, завтра — он вам позвонит. Если, конечно, сам захочет, вы же понимаете...

— Разумеется, — сказал я.

— Человек он занятой... Да и вообще, может, он вовсе не горит желанием общаться с одноклассниками? Все-таки не ребенок уже, чтобы зря по телефону болтать...

— Безусловно, — сказал я.

Он зевнул — и прямо посередине зевка повесил трубку. Что поделаешь. Десять утра...

Не дожидаясь обеда, я поехал на Аояма и провел больше часа в пижонском супермаркете «Кинокуния»[1]. Припарковав свою старушку «субару» на магазинной стоянке между «саабами» и «мерседесами». И ощутив себя на их фоне таким же неказистым, как моя малолитражка. Но несмотря ни на что, я люблю ходить за продуктами в «Кинокуния». Смешно звучит, но салат, купленный в «Кинокуния», остается свежим куда дольше, чем салат из других супермаркетов. Уж не знаю, почему, но это так. Возможно, персонал «Кинокуния» остается в магазине после закрытия и всю ночь тренирует листья салата на выживаемость. Ничуть не удивлюсь, если это окажется правдой. В нашем Обществе Развитого Капитализма еще и не такое случается.

Уходя из дома, я поставил телефон на автоответчик, но когда вернулся, никаких сообщений не обнаружил.

---

[1] «Кинокуния» — крупнейшая и старейшая сеть букинистических магазинов Японии. На волне экономического бума 80-х годов в Токио появились супермаркеты «Кинокуния» с особо изощренным сервисом и продуктами высшего качества. Однако это название до сих пор ассоциируется прежде всего с книгами.

Никто не звонил. «Тема «Шафта»», — объявили по радио название очередной мелодии. Слушая «Тему «Шафта»», я выложил из пакета овощи, завернул в полиэтилен и спрятал в холодильник. «Кто этот человек? Это Шафт! В точку!»

Затем я снова вышел из дома и в маленьком кинотеатре тут же, на Сибуя, посмотрел «Безответную любовь» в четвертый раз. Отмерил приблизительное время от начала сеанса, вошел в зал, дождался сцены с Кики и сосредоточил все внимание на экране. Так, чтобы ни мелочи не пропустить. Все шло как всегда. Утро. По-воскресному безмятежный рассвет. Жалюзи. Спина голой женщины. Мужские пальцы ласкают ее. На стене — офорт ле Корбюзье. У изголовья кровати столик, на нем — початая бутылка «Катти Сарк». Два бокала и пепельница. Наполовину выкуренная пачка «Сэвен Старз». У стены — стереосистема. Цветочная ваза. Из вазы торчат какие-то хризантемы. По всему полу разбросана одежда, явно снятая впопыхах. Книжная полка. Камера разворачивается. Кики. Я непроизвольно закрываю глаза. Потом открываю. Готанда ласкает Кики. Очень плавно и нежно. Что за бред! — думаю я. И говорю это вслух. Парень за четыре кресла от меня удивленно оглядывается.

Входит героиня-старшеклассница. На голове косички. Ветровка с эмблемой какого-то яхт-клуба, джинсы. Красные кроссовки «Адидас». В руках — плюшки-печенюшки. Делает шаг в квартиру. Улепетывает. Готанда в трансе. Сидит в постели и остановившимся взглядом смотрит в пространство, где она только что была. Пальцы Кики у него на плечах. В ее голосе досада. «Что происходит?»

Я вышел из кино. И побрел по Сибуя куда глаза глядят.

Начались весенние каникулы, и улица просто кишела школьниками и студентами. Тинэйджеры всех мастей шатались по кинотеатрам, жевали пищевой мусор «Макдоналдсов», тусовались в модных кофейнях, скупая продвинутые журналы типа «Хотдог-Пресс», «Пучеглаз» или «Олив», от которых потом сами же не знали как избавиться, и просаживали последнюю мелочь за игральными автоматами. Отовсюду гремела музыка: Стиви Уандер, Холл и Оутс, истерические ритмы патинко[1], милитаристские марши из динамиков на рекламных автобусах ультраправых — все это мешалось, спрессовывалось и переплавлялось в одну невразумительную какофонию. Ближе к метро гвалт стоял еще громче: прямо перед станцией закатили предвыборное шоу политики.

Я брел по улице не останавливаясь, а у меня перед глазами все шевелились длинные пальцы Готанды, ласкавшие спину Кики. Постепенно я добрался до Харадзюку, прошагал по Сэндагая мимо бейсбольного стадиона, через кладбище Аояма свернул к музею искусств Нэдзу, миновал кафе «Фигаро» и вновь очутился перед супермаркетом «Кинокуния». Затем обогнул небоскреб Дзинтан и вернулся на Сибуя. В общем, прогулялся неплохо, что говорить[2]. Когда я добрел до станции Сибуя, солнце уже зашло. С вершины холма было видно, как

---

1   Патинко (букв. — «рогатка») — самый популярный в Японии игральный автомат, позволяющий при везении и сноровке выиграть довольно крупные суммы денег. Хотя игорный бизнес в стране запрещен, воротилы патинко легко обходят закон: выигрыш выдается призовыми шариками, а те уже обмениваются на деньги в окошке «за углом», которое якобы никак не связано с самим заведением. Дабы удачливые игроки не слишком засиживались, в залах включают резкую механическую музыку.

2   Описанный маршрут составляет около 7 км.

навстречу сполохам разгоравшегося неона неслись по улицам бесстрастные клерки в иссиня-черных пальто, все с одинаковой скоростью, точно стая угрюмых тунцов на прожекторы тунцелова.

Дома меня встретил красным огоньком автоответчик. Я зажег в комнате свет, снял пальто, достал из холодильника банку пива, отпил глоток. Потом сел на кровать, дотянулся до телефона и нажал на «play». Секунд пять кассета проматывалась обратно, потом включилась сама.

— Сколько лет сколько зим! — произнес Готанда.

# 18

— Сколько лет сколько зим! — произнес Готанда. Внятно, с хорошей артикуляцией. Не быстро и не медленно, не громко и не тихо, без напряжения, но и не слишком расслабленно. Идеальный голос. Я мгновенно узнал его. Такой голос трудно забыть, если хоть раз услышал. Как трудно забыть эту ослепительную улыбку, эти белоснежные зубы и тонкую линию носа. Никогда в жизни я не обращал на этот голос особого внимания и специально о нем не задумывался. Но теперь, будто колокольный звон, что расплывается волнами в вечерних сумерках, этот голос втекал в меня и будил самые сонные закоулки памяти... Чудеса, да и только. — Сегодня вечером я дома, звони прямо сюда. В любое время — я до утра не сплю! — сказал Готанда и дважды продиктовал свой номер. — Ну, пока! Позвонишь — поболтаем...

Судя по первым цифрам, жил он где-то неподалеку. Я записал номер, снял трубку и позвонил. После шестого гудка включился автоответчик. «Никого нет дома. Оставьте, пожалуйста, сообщение», — сказал механический женский голос. Я сообщил свое имя, телефонный номер и время звонка. Сказал, что сегодня весь вечер дома... Сложная это штука — жить в больших городах. Повесив трубку, я пошел на кухню, достал из холодильника листики сельдерея, сполоснул их, нарезал помельче, залил майонезом и уже принялся жевать, запивая пивом, когда зазвонил телефон.

— Что делаешь? — спросила Юки.

— Стою посреди кухни, ем сельдерей с майонезом и пиво пью, — ответил я.

— Сочувствую, — сказала она.

— Не стоит, — ответил я. Слишком многое на этом свете нуждается в сочувствии больше, чем я. Просто Юки об этом еще не знала. — Где ты сейчас? — спросил я.

— Все там же, на Акасака, — сказала она. — Мы сегодня не поедем кататься на машине?

— Извини, но сегодня никак. Сегодня я сижу дома и жду очень важного делового звонка. Как-нибудь в другой раз, хорошо?.. И кстати — насчет вчерашнего разговора. Ты что, действительно видела человека в овечьей шкуре? Расскажи! Ты даже не представляешь, как это важно...

— *Как-нибудь в другой раз, хорошо?* — передразнила она и с грохотом бросила трубку.

Черт знает что! — подумал я. И еще с минуту простоял как истукан, уставившись на трубку в руке.


Вскоре я покончил с сельдереем и задумался, что бы такого приготовить на ужин. И решил: сварю-ка я сегодня спагетти. Взять два зубчика чеснока, покрошить не очень мелко и обжарить в оливковом масле. Время от времени наклонять сковородку, собирая масло к одному боку, и держать так подольше на слабом огне. Добавить стручок красного перца. Жарить дальше перец с чесноком. Чтобы масло не начало горчить, вынуть вовремя перец с чесноком (угадать момент — пожалуй, самое сложное). Бросить в масло ломтики ветчины и обжаривать, пока не начнут потрескивать. Вывалить на сковородку спагетти и перемешать. Покрошить петрушки. Подавать с салатом — сыр «моццарелла» и свежие помидоры... Очень даже неплохо.

Однако не успел я вскипятить воду для спагетти, как мне опять позвонили. Я выключил плитку и подошел к телефону.

— Здорово, дружище! — воскликнул Готанда. — Сколько лет-то прошло? Как ты там, жив-здоров?

— Живу помаленьку... — ответил я.

— Менеджер сказал, у тебя ко мне дело. Опять небось лягушку разрезать не с кем? — Он жизнерадостно засмеялся.

— Да хотел у тебя спросить кое-что. Хотя понимаю: ты человек занятой. Немного странный вопрос, конечно. Понимаешь, какое дело...

— Э, погоди. Ты чем сейчас занят?

— Да ничем... Вот, решил себе ужин приготовить.

— Замечательно! Может, выберемся куда-нибудь в ресторанчик? Я как раз сижу и думаю, с кем бы поужинать. Не люблю жевать в одиночку...

— Ну, неудобно как-то. Свалился на тебя со своим звонком...

— Да брось ты стесняться, ей-богу! Хотим мы того или нет, наш желудок пустеет по три раза на дню, и его все равно приходится чем-нибудь набивать. Так что жевать через силу ради тебя я не буду, не беспокойся! Зато уж сядем по-человечески, поедим, выпьем, поболтаем о прошлом. Я уже тыщу лет никого из школьных знакомых не видел. Так что лишь бы тебе было удобно, а уж я с удовольствием. Тебе самому удобно?

— Спрашиваешь. Это же у меня к тебе дело, а не наоборот.

— Прекрасно! Я сейчас за тобой заеду. Ты где живешь?

Я сказал ему адрес.

— Ага, это от меня недалеко. Минут через двадцать жди. Только будь готов, чтобы сразу выйти. А то у меня в животе уже космический вакуум, долго не выдержу.

— Понял, — сказал я, повесил трубку и озадаченно покрутил головой. «Поболтаем о прошлом»?

Я совершенно не представлял, о каком таком «прошлом» мог бы болтать с Готандой. В школе мы не были особенно близки и почти не общались. Он слыл яркой личностью и гордостью класса; я же, прямо скажем, влачил весьма неприметное существование. Удивительно, что он вообще помнит, как меня зовут. Какое тут может быть «прошлое»? О чем мне с ним говорить? Впрочем, ладно, стоит отдать ему должное: носа он не задирал. В общем, хорошо, что все обернулось именно так, а не иначе.

Наскоро побрившись, я надел рубашку в оранжевую полоску, поверх нее — твидовый пиджак от Калвина Кляйна. Повязал шерстяной галстук от Армани, когда-то подаренный подругой на день рождения. Натянул свежевыстиранные джинсы. И обулся в теннисные туфли, купленные буквально на днях. Это были самые шикарные вещи в моем гардеробе. Оценит ли весь этот шик мой собеседник? Черт его знает. Ни разу в жизни не ужинал с кинозвездами. И что для этого полагается надевать, даже примерно не представлял.

Подъехал он ровно через двадцать минут, ни больше, ни меньше. Его шофер — лет пятидесяти, невероятно учтивый — позвонил в дверь и сообщил, что господин Готанда ожидает в машине. Где личный шофер, там и «мерседес», — подумал я и не ошибся: внизу ждал именно «мерседес». Серебристый «мерседес» исполинских размеров. Прямо прогулочный катер, а не автомобиль. Все стекла зеркальные — ни черта не разобрать, что внутри. С легким, приятным щелчком шофер распахнул передо мною дверцу. Я ступил туда, внутрь. Внутри был Готанда.

— Давно не виделись! — сказал Готанда, широко улыбаясь. Я понял, что рукопожатия не будет, и слава богу.

— Давненько, — согласился я.

Одет он был очень просто: темно-синяя ветровка поверх шерстяного свитера, кремовые брюки из потертого вельвета. На ногах — кроссовки «Асикс» невнятно-линялой расцветки. Однако все вместе выглядело безупречно. Самая стандартная и неказистая одежда смотрелась на нем так же стильно, как шедевры первоклассных модельеров. Не переставая улыбаться, он оглядел меня с головы до ног.

— Шикарно одеваешься, — сказал он. — Отличный вкус.

— Спасибо, — сказал я.

— Прямо кинозвезда, — добавил он. Это вовсе не прозвучало насмешкой — просто пошутил человек, и все. Я рассмеялся, он тоже. Атмосфера слегка разрядилась. Готанда окинул взглядом салон автомобиля.

— Зверь машина, да? Это мне студия дает, когда нужно. Вместе с шофером. Чтобы я, значит, в аварию не попал и не рулил, когда пьяный. Так безопаснее. И для студии, и для меня. Всем хорошо, все счастливы.

— И не говори... — только и сказал я.

— Сам-то я на такой в жизни бы ездить не стал. Я люблю, чтоб машина поменьше была.

— «Порш»? — спросил я.

— «Мазерати», — ответил он.

— Ну. Я-то люблю, чтоб еще поменьше... — сказал я.

— «Сивик»? — спросил он.

— «Субару», — ответил я.

— Ах, «субару»! — сразу закивал он. — Как же, ездил когда-то. Первая в жизни машина. В смысле — из тех, что я за свои деньги купил, не казенная. После первого фильма получил гонорар и купил подержанную «субару». Ужасно ее любил. На съемки только на ней и ездил. А в следующем фильме мне уже дали роль покрупнее. Ну и предупредили сразу: дескать, хочешь пробиться в большие звезды, даже и не думай разъезжать на какой-то «субару»... Пришлось заменить на другую. Таков мир. А машина хорошая была. Практичная, дешевая... «Субару» я уважаю.

— Вот и я тоже, — сказал я.

— А знаешь, почему у меня самого «мазерати»?

— Почему?

— Потому что нужно больше на расходы списывать, — произнес он таинственным тоном, словно выдавал чьи-то грязные секреты. — Менеджер все время талдычит: расходуй как можно больше. А то не хватает для списания. Вот и приходится дорогие машины покупать. Купил подороже — больше на расходы списал. Общая квота расходов повышается. Все счастливы.

Черт-те что, подумал я. Хоть кто-нибудь в этом мире может думать о чем-то, кроме списания расходов?

— Сейчас от голода сдохну, — сказал Готанда и покачал головой. — И спасет меня только толстенный стейк. Как ты насчет стейка?

Я ответил, что полагаюсь на него, и он сказал шоферу, куда ехать. Шофер молча кивнул, и машина тронулась с места. Готанда, широко улыбаясь, смотрел на меня.

— Личный вопрос, — сказал он. — Сам себе ужин готовишь — стало быть, холостяк?

— Ага, — кивнул я. — Женился, развелся...

— Слушай, вот и я так же! — воскликнул он. — Женился, потом развелся... Пособие выплачиваешь?

— Нет.

— Что, ни иены?

Я покачал головой:

— Она все равно не возьмет.

— Счастливчик, — сказал он с чувством. И рассмеялся: — А я, поверишь, тоже ничего не выплачиваю, но из-за чертова развода сижу на полной мели. Слыхал небось, как я разводился?

— Кое-что... краем уха, — ответил я.

Он не стал продолжать.

Насколько я помнил, лет пять назад он женился на популярной киноактрисе, а через два с лишним года развелся. Их развод тогда со смаком обсасывали скандальные еженедельники. Какие из них писали правду, какие нет, понять было трудно. Но, в общем, у всех выходило, будто семья той актрисы была с Готандой, что называется, на ножах. Стандартная ситуация, повторяется сплошь и рядом. Лихая семейка жены-знаменитости взяла муженька за горло и стремилась полностью подчинить своей воле — как дома, так и на людях. Он же был воспитан скромно, светской жизни чурался и предпочитал, чтобы хоть в личной жизни его оставили в покое. Понятное дело, о «семейном счастье» здесь и речи быть не могло.

— Забавно выходит, а? Когда-то нас с тобой объединяли опыты по разрезанию лягушек. А через столько лет встречаемся снова — и у нас одинаковый опыт несостоявшейся семейной жизни. Прямо мистика, тебе не кажется? — сказал Готанда, смеясь. И кончиком пальца коснулся левого века. — Кстати, а ты почему развелся?

— У меня все до ужаса просто. Однажды она ушла, и все.

— Вот так, вдруг?

— Ага. Ничего не сказала. Взяла и ушла ни с того ни с сего. Я и не догадывался ни о чем. Прихожу как-то с работы, а ее дома нет. Ну, думаю, пошла по магазинам, скоро вернется. Сварил себе ужин, поел. Спать лег. Утром проснулся — ее все нет. И через неделю нет, и через месяц. А потом по почте документы на развод пришли.

С полминуты Готанда молча размышлял над моими словами, потом вздохнул:

— Ты, конечно, можешь обидеться, но... сдается мне, по сравнению со мной ты просто счастливчик.

— Почему? — спросил я.

— От меня никто не уходил. Наоборот, это меня раздели догола и вышвырнули за дверь. В буквальном смысле... — Готанда замолчал и, прищурившись, уставился сквозь лобовое стекло автомобиля куда-то далеко-далеко. — Грязная история, — продолжал он. — Они все спланировали, от начала и до конца. Каждую мелочь продумали. Настоящие жулики. Столько документов перекроили от моего имени. Да так ловко — я до последнего дня ни о чем не догадывался. Свои финансы я поручал ее же адвокату. Доверял жене полностью. Когда она говорила, мол, так нужно для декларации доходов, все ей в руки отдавал: банковскую печать, акции, векселя, сберкнижки... Я вообще не силен во всей этой бухгалтерии. Если есть кому ее поручить, всегда поручаю, лишь бы самому не возиться. Но моя благоверная спелась со своими предками: я спохватился, да поздно. Оставили без штанов — это еще слабо сказано. Обглодали до самых костей. И выпнули за ворота, как собаку, которая отслужила свое и больше не нужна... В общем, научили дурака уму-разуму. — И он снова жизнерадостно рассмеялся. — Так что пришла пора и мне повзрослеть...

— Ну все-таки тебе уже тридцать четыре. К таким годам все взрослеют. Как бы кто ни брыкался...

— Тут ты прав. Верно говоришь. Очень верно... Все-таки удивительно устроен человек. Вырастает как-то моментально: раз — и взрослый. Раньше я думал, люди взрослеют год от года, постепенно так... — Готанда пристально посмотрел на меня. — А оказалось — нет. Человек взрослеет мгновенно.

Стейк-хаус, в который привез меня Готанда, оказался весьма респектабельным ресторанчиком в тихом закоулке на задворках Роппонги. Стоило нашему «мерседесу» остановиться у входа, как из дверей сразу выскочили для поклона метрдотель и парнишка-швейцар. Готанда велел шоферу вернуться за нами через час, и «мерседес» растворился в вечерних сумерках медленно и бесшумно, как мудрая рыбина в океанской пучине.

Нас провели к столику у стены, чуть поодаль от остальных посетителей. Публика в заведении была разодета по самой последней моде, но именно на этом фоне Готанда в своих потертых вельветовых брюках и кроссовках смотрелся особо элегантным пижоном. Уж не знаю, почему. Куда б ни являлся этот человек, что бы ни надевал, он неизменно приковывал к себе внимание окружающих. Практически из-за каждого столика на нас то и дело бросали взгляды — короткие, не дольше пары секунд. Они явно могли бы длиться и дольше, но дольше не позволяли приличия, и уже через пару секунд эти взгляды утыкались обратно в тарелки. Как все-таки сложно устроен мир...

Усевшись за столик, мы первым делом заказали по скотчу с водой.

— За бывших жен! — изрек Готанда. Мы подняли бокалы и, не чокаясь, выпили. — Странное дело, — сказал он. — А я ведь до сих пор ее люблю... Даже после всего, что она со мной сделала, все равно люблю. Никак забыть не могу. И других женщин полюбить как-то не получается.

Не сводя глаз с огромного, благородной огранки куска льда в хрустальном бокале, я молча кивнул.

— А ты как?

— В смысле — что о жене своей думаю?

— Ну да.

— Сам не пойму, — признался я. — Я не хотел, чтобы она уходила. А она все равно ушла. Кто виноват, не знаю. Но так или иначе, это уже свершилось. Стало реальностью. Я долго привыкал к этой реальности, старался не думать ни о какой другой. Так что даже не знаю...

— Хм, — сказал Готанда. — Может, тебе больно об этом говорить?

— Вовсе нет, — покачал я головой. — Реальность есть реальность. Было бы глупо от нее отворачиваться. И боль здесь ни при чем. Просто мне непонятно, что я чувствую на самом деле.

Он щелкнул в воздухе пальцами:

— Вот! Именно так! «Непонятно, что чувствуешь на самом деле»... Болтаешься, как в невесомости. И даже боли не ощущаешь...

Подошел официант, мы заказали по стейку. И ему, и мне — с кровью. А также по салату. И по второму виски с водой.

— Да, — вспомнил Готанда. — У тебя же ко мне дело какое-то. Давай о деле, пока не надрались.

— Понимаешь, странная история... — начал я.

Он приветливо улыбнулся. Профессиональной Приветливой Улыбкой. Хотя неприятных чувств это почему-то не вызывало.

— А я люблю странные истории, — сказал он.

— Посмотрел я недавно твой новый фильм, — продолжал я.

— «Безответную любовь»? — пробормотал он и нахмурился. — Дерьмо картина. Дерьмо режиссер. И сценарий дерьмо. Как всегда... Все, кто в съемках участвовал, теперь хотят поскорей об этом забыть...

— Я смотрел в четвертый раз, — сказал я.

Он уставился на меня, как в пустоту.

— Могу поспорить, — медленно произнес он. — На Земле не найти живого существа, которое захотело бы смотреть эту дрянь в четвертый раз. И во всей Галактике не найти. Спорю на что угодно.

— В этом фильме снимался один знакомый мне человек, — пояснил я. И добавил: — Кроме тебя, то есть...

Готанда потер пальцами виски.

— И кто же?

— Как звать, не знаю. Девчонка, с которой ты трахаешься в воскресенье утром.

Он поднес ко рту бокал с виски, сделал глоток и несколько раз задумчиво кивнул.

— Кики...

— Кики, — повторил я. Странное имя. Точно и не она, а кто-то совсем другой.

— Так ее звали. По крайней мере, на съемках все знали только это. Под именем Кики она появилась в нашем сумасшедшем мирке, под ним же от нас и ушла. Одного имени ей вполне хватало.

— А можно с ней как-то связаться? — поинтересовался я.

— Нельзя.

— Почему?

— Ну давай с самого начала. Во-первых, Кики — не профессиональная актриса. И это сразу усложняет задачу. Все профессионалки — как знаменитые, так и нет — числятся в штате какой-нибудь киностудии. Найти их при желании — раз плюнуть. Почти все они сидят дома у телефонов как приклеенные и просто-таки молятся, чтобы им позвонили. Но Кики — не тот случай. Нигде не числится и никому не принадлежит. Мелькнула на задних ролях в паре-тройке картин — вот и вся карьера. Обычная подработка, никаких обязательств.

— А в этом фильме она откуда взялась? — спросил я.

— Так я же сам ее и привел, — ответил он как ни в чем не бывало. — Сначала ей предложил, мол, хочешь сниматься в кино, а потом порекомендовал режиссеру.

— Но зачем?

Он отпил еще виски и чуть скривил губы, проглатывая.

— У этой девчонки — особый талант. Как бы это назвать... *Чувство жизни?* Черт его знает. Но что-то есть несомненно. Я очень хорошо это чувствовал. Вроде и не

217

красавица. И актерские данные весьма средние. Но стоит ей просто появиться на экране, и фильм сразу приобретает внутреннюю законченность. Я серьезно. Такой вот природный дар. Поэтому я и решил ее в картине использовать. И не прогадал. Всем, кто фильм смотрел, понравилась именно Кики. Я не хвастаюсь, но сцена с ней удалась особенно здорово. Очень реалистично. Ты не находишь?

— Да уж, — подтвердил я. — Реалистичнее некуда.

— После этого я всерьез собирался ввести ее в Большое Кино. Уверен, у нее бы отлично получилось... Да вот не вышло: она пропала. И это вторая сложность в твоей задачке. Просто взяла и исчезла. Как дым. Как утренний туман.

— Что значит — исчезла?

— А то и значит. В буквальном смысле. Точно сквозь землю провалилась. Где-то с месяц назад. Я предложил ей: давай, мол, придешь на пробу. Все уладил, со всеми договорился, только приди — получишь большую роль в новом фильме. За день до пробы позвонил ей, лишний раз уточнил время встречи. Сказала, что придет вовремя... И не пришла. Как в воду канула. С тех пор ее больше никто не видел.

Он подозвал пальцем официанта и заказал еще пару виски с водой.

— Один вопрос, — продолжал Готанда. — А ты с ней спал?

— Да, — ответил я.

— То есть, м-м... Если бы я сказал, что тоже с ней спал, ты... Тебе было бы неприятно?

— Нет, — ответил я.

— Ну слава богу, — вздохнул он с облегчением. — А то у меня врать всегда плохо получалось. Так что лучше

сразу признаюсь: я с ней тоже спал — и не раз. Девчонка что надо. Со странностями, конечно, но в душу людям западать умеет, этого у нее не отнять. Ей бы актри-
сой стать. Далеко бы пошла, мне кажется... Жаль, что
все так обернулось.

— Так что же — ни адреса, ни телефона? Ни даже
фамилии?

— В том-то и дело — ни малейшей зацепки. Никто
ничего не знает. Кроме того, что ее звали Кики.

— А в бухгалтерии проверял? — спросил я. — Распи-
ски в получении гонораров. Чтобы получить гонорар,
нужно указать свои фамилию и адрес. Для налоговых от-
четов, так ведь?

— Конечно, проверял. Только все без толку. Она не
являлась за гонорарами. Деньги начислены, но не выда-
ны. Расписок нет. Вакуум.

— Не захотела получать деньги? Но почему?

— Спроси что-нибудь полегче, — сказал Готанда,
принимаясь за третье виски. — Может, не хотела ин-
когнито раскрывать. Женщина-загадка, я это сразу понял... В общем, брат, как ни крути, а мы с тобой совпадаем уже по трем позициям. Вместе лягушек резали —
раз, обоих жены бросили — два, плюс оба спали с Кики...

Подали салаты и стейки. Надо признать — отменные стейки. Точь-в-точь как на фото в меню, слабо об-
жаренные, с кровью. Ел Готанда потрясающе аппетитно. То есть держался он за столом очень просто и вряд
ли получил бы высокие баллы на конкурсе светских манер, но есть с ним на пару было чрезвычайно уютно и
гораздо вкуснее, чем в одиночку. В каждом его движении угадывался тот неописуемый шарм, от которого
съезжают крыши у девчонок. Подражать этому шарму

бесполезно, научиться ему невозможно. Или он у тебя с рождения, или живи без него.

— Кстати, а где ты познакомился с Кики? — спросил я, вонзая нож в мясо.

— Где?.. — Он немного подумал. — Да по телефону вызвал девчонку, она и пришла. Сам понимаешь, по какому телефону...

Я молча кивнул.

— Я же после развода только с такими и спал. Удобно, никаких хлопот. С непрофессионалками в постели скучно, с актрисами студии того и гляди в скандальную хронику угодишь... А эти приходят сразу, только позвони. Дорого берут, это да. Но зато язык за зубами держат. Могила. Мне этот телефончик продюсер подкинул. Там у них девчонки что надо. Расслабляют без дураков. Настоящие профи, и при этом совсем не потасканные. Сплошное взаимное удовольствие...

Он отрезал кусок мяса, положил в рот, со смаком прожевал, проглотил и отхлебнул еще виски.

— Ну как тебе мясо? Неплохо, а?

— Совсем неплохо, — согласился я. — Не к чему и придраться... Достойное заведение.

Он кивнул.

— Хотя тоже надоедает до смерти, если ходить сюда по шесть раз в месяц.

— А зачем сюда ходить по шесть раз в месяц?

— Здесь ко мне привыкли. Небо не падает на землю, когда я вхожу. Официанты не шушукаются на раздаче. Публика к знаменитостям привыкшая, никто не разглядывает меня, как слона в зоопарке. Не клянчит автограф, когда я режу стейк. Только в таком месте и можно поесть спокойно. В общем, больная тема...

— М-да... Кошмар, а не жизнь, — посочувствовал я. — И о списании расходов с утра до вечера голова болит.

— И не говори, — сказал он, даже не улыбнувшись. — Так на чем я остановился?

— На том, что ты вызвал шлюху по телефону.

— Ага, — кивнул Готанда и вытер губы салфеткой. — Вызвал-то я девчонку, к которой уже привык. Только ее в тот день почему-то не было. И вместо одной девчонки прислали мне сразу двух. Чтобы я, значит, сам выбрал, которая мне больше нравится. Дескать, я у них клиент повышенного внимания, вот они и предлагают мне такой сервис... Одна из них была Кики. Ну, я подумал-подумал, лень было выбирать, я и трахнулся с обеими.

— Хм... — только и сказал я.

— Это как-то тебя задевает?

— Да боже упаси, — отмахнулся я. — В школе, может, и задело бы, но сейчас...

— Ну в школе я и сам бы на такое не решился, — усмехнулся Готанда. — А тут, представь себе, взял и трахнулся сразу с двумя. Ох, и классное сочетание. Та, вторая девчонка — просто загляденье. Обалденная красота и грация. Каждый квадратный сантиметр тела кучу денег стоит. Я не преувеличиваю. Уж я-то на своем веку много красавиц перевидал, но эта одна из лучших. Характер отличный. Голова светлая. Если что, и за жизнь поговорить умеет. А Кики — нечто совсем другое... То есть внешне-то и она недурна, все в порядке. Просто ее красота — не такая яркая и эффектная, а как бы это сказать...

— На каждый день, — подсказал я.

— Вот-вот. На каждый день... Так и есть. Одевается просто, разговаривает без кокетства, косметики почти никакой. Вообще держится так, будто ей на все это наплевать. Но зато удивительная штука: чем дальше, тем больше тянет общаться именно с ней. С Кики, то есть... Мы сначала трахнулись все втроем, а потом еще долго валялись прямо на полу — что-то пили, музыку слушали, болтали о том о сем. В общем, классно было. Как в студенческие годы вернулся, ей-богу. Сто лет уже так не расслаблялся... И потом я еще несколько раз вызывал именно их вдвоем.

— Когда это было примерно?

— После развода, считай, полгода прошло... Значит, полтора года назад, — подсчитал он. — В общем, вот так, «на троих» у нас получилось несколько раз. Отдельно Кики я не вызывал и один на один с ней не спал. Почему, интересно? Ведь стоило бы попробовать...

— И действительно — почему? — спросил я.

Он положил вилку и нож на тарелку, поднял руку и с легкой небрежностью коснулся пальцем виска. Его любимый жест в задумчивости. «Полный шарман», как сказали бы девчонки.

— Черт его знает... Может, просто боялся.

— Боялся? Чего?

— Наедине с ней остаться, — ответил он. И снова взялся за вилку и нож. — Понимаешь, есть у нее внутри какой-то... раздражитель, что ли. Возбуждает психику того, кто с ней рядом. Это очень трудно словами выразить. Вернее, даже не возбуждает, а... Нет, не могу объяснить.

— Внушает, что делать? Ведет за собой?

— Может, и так... Сам толком не пойму. Как-то я слишком размыто, неясно все это чувствовал. Точно сказать не получается. Но остаться с ней наедине так духу и не хватило. Хотя на самом деле к ней-то меня тянуло куда больше. Не знаю, понимаешь ли ты, о чем я...

— Кажется, понимаю, — сказал я.

— То есть если б я трахнул ее одну, черта с два мне удалось бы расслабиться. Казалось, свяжись я с ней — меня обязательно затянет куда-то гораздо глубже. Хочу я того или нет. Но как раз этого я и не хотел! Мне нужно было просто переспать с девчонкой и расслабиться. Вот поэтому у нас с ней ничего не было. Хоть она и нравилась мне ужасно...

С полминуты мы молча жевали стейки.

— Когда она на пробу не явилась, я к ней в клуб позвонил, — продолжал Готанда после паузы, будто вспомнив что-то еще. — Спрашиваю, где Кики. А нет ее, говорят. Исчезла. Не знаем, куда. Нету — и все. Может, конечно, она сама велела так отвечать, если я позвоню. Черт ее знает... Как тут проверишь? Ясно одно: из моей жизни она испарилась.

Подошел официант, забрал пустые тарелки и спросил, не угодно ли кофе.

— Да я бы, пожалуй, еще виски выпил, — сказал Готанда.

— Присоединяюсь, — кивнул я.

И нам принесли по четвертому виски с водой.

— Угадай, чем я сегодня весь день занимался? — спросил Готанда.

Я пожал плечами.

— Сегодня я весь день ассистировал зубному врачу. Чтобы в роль войти. Я сейчас в теледраме зубного врача играю, каждую неделю новая серия. Я, значит, стоматолог, а Рёко Накано[1] — окулистка. У обоих клиники в од-

---

[1] Рёко Накано — популярная актриса театра, кино и телевидения 1970-80-х годов. Диапазон ролей — от героинь Достоевского до персонажей «мыльных» телесериалов.

ном районе, знаем друг друга с детства, да всё как-то не встретимся по-настоящему... Ну, и так далее. Банально, конечно — ну да все эти теледрамы банальны, куда денешься. Смотрел небось?

— Не-а, — сказал я. — Я вообще телевизор не смотрю. Только новости. Да и те пару раз в неделю, не чаще.

— И правильно делаешь, — кивнул Готанда. — Оно и к лучшему: совершенно поганая драма. Я тоже ни за что бы не стал смотреть, кабы сам в ней не снимался. Но — популярная. То есть действительно до ужаса популярная. Как и любая банальность, одобряется и поддерживается большинством населения. В студию каждую неделю куча писем приходит. Пишут стоматологи со всей страны. То я инструменты не так держу, то лечу неправильно, то еще что-нибудь — в общем, пилят за каждую мелочь. Дескать, ваш убогий сериал смотреть противно. Ну так и не смотрели бы, кто же вас заставляет? Я правильно говорю?

— Может, и правильно... — сказал я.

— И вообще: почему, интересно, как только нужно играть учителя или доктора, все прибегают ко мне? Ты знаешь, скольких я врачей сыграл? Не перечесть. Из всех врачей я не сыграл разве только проктолога. И то потому, что его работу по телевизору показывать неприлично... Даже ветеринара играл. И гинеколога... А уж учителей сыграл — всех предметов, каким только в школе учат. Не поверишь, даже репетитора на дому изображать довелось. Почему так всегда получается?

— Наверное, ты так устроен, что все хотят тебе верить?

Готанда кивнул.

— Наверное. Да я и сам это знаю... Когда-то давно получил занятную роль: торговец подержанными автомобилями. Ну, знаешь, один из этих покореженных жизнью типов. Смачный такой: со вставным глазом, болтливый, из любого дерьма конфетку сделает и продаст в пять минут. Мне ужасно нравилось его играть. И, думаю, у меня хорошо получалось. Только все без толку. В студию посыпались письма. Много писем. Дескать, какая страшная несправедливость, что такому актеру дали подобную роль, как его жалко и все такое. Мол, если его и дальше будут заставлять это играть, мы откажемся покупать продукцию спонсоров вашей передачи... Кто тогда был спонсором, я уж не помню — то ли «Лайонз» с их зубной пастой, то ли «Санстар»... Забыл. Но так или иначе, прямо посреди сериала моего торгаша из сценария вырезали. Вжик — и нету. Даром что одна из ведущих ролей. А ведь какой интересный характер был — эх... И с тех пор потянулось всю дорогу: врачи, учителя, репетиторы...

— М-да. Сложная у тебя жизнь.

— А может, наоборот — слишком простая? — рассмеялся Готанда. — В общем, я сегодня весь день ассистировал зубному врачу, постигая премудрости стоматологии. Уже несколько раз туда ходил. И должен тебе сказать — у меня неплохо получается. Честное слово. Даже главврач похваливает. Простенькую медпомощь уже оказываю самостоятельно. Пациенты меня не узнают, я же в маске, все как положено. Но стоит мне с ними заговорить, сразу расслабляются безо всяких успокоительных...

— То есть хотят тебе верить? — уточнил я.

— Ну да... — кивнул он. — Похоже на то. Да и сам, когда с ними вожусь, успокаиваюсь необычайно. Я вообще часто думаю: наверное, по складу характера мне следовало стать учителем или врачом. Выбери я в свое время какую-то из этих профессий, может, и жил бы сегодня счастливо. И ведь запросто смог бы. Если б лучше понял тогда, чего на самом деле хочу...

— Значит, сейчас ты несчастлив?

— Сложный вопрос... — задумался Готанда, трогая пальцем лоб. — Все дело в том, верю я *сам себе* или нет. С одной стороны, всё — как ты говоришь. Мои зрители мне верят. Но видят-то они не меня, а мой образ. Сценический имидж, призрак и ничего больше. Нажми кнопку, выключи телевизор — призрак тут же исчезнет. Щелк, и от меня ни черта не осталось. Так?

— Так, — согласился я.

— А вот будь я настоящим врачом или учителем, никакой бы кнопки не существовало. Тогда бы я всю дорогу был просто самим собой...

— Но ведь тот, кого ты играешь, тоже живет в тебе постоянно... — сказал я.

— Господи, как я иногда устаю, — тихо сказал Готанда. — От этого раздвоения вечного. Жутко устаю. До головной боли. Перестаю понимать, кто я на самом деле. Где еще я настоящий — а где мой персонаж. Ощущение себя утрачивается напрочь. Как будто исчезает граница между собой и собственной тенью...

— Ну, в каком-то смысле все люди этим страдают, — сказал я. — Не ты один такой.

— О нет, конечно. Моменты, когда теряешь себя, случаются с кем угодно, — согласился Готанда. — Я просто хочу сказать, что в моем случае предрасположенность к этому слишком сильна и слишком *фатальна*, что ли... С детства, заметь. С самого детства — и до сих пор. Я ведь тебе в школе ужасно завидовал...

— Мне? — Я подумал, что ослышался. — Ерунда какая-то... В чем можно было мне завидовать? Даже не представляю.

— Как бы это сказать... Ты всегда в одиночку занимался тем, что тебе нравится. Никогда не заботился о том, как тебя окружающие оценят, просто делал что хотел, как сам считал нужным. Таким ты мне казался, по крайней мере. Парнем, который сохраняет свое «я» при любых обстоятельствах... — Готанда приподнял бокал и посмотрел сквозь него куда-то вдаль. — А я... Я всегда был «надеждой коллектива». С младых ногтей и до сих пор. Отличная успеваемость. Популярность. Опрятная внешность. Доверие учителей и родителей. Вечный лидер класса. Звезда школьного бейсбола. Как битой ни махну, мяч непременно через все поле перелетает. Сам не знаю, почему. Но всегда сильный удар получался. Ты просто не представляешь, какое это странное ощущение...

— Не представляю, — подтвердил я.

— И поэтому, когда бы ни случились какие-нибудь соревнования, обязательно звали меня. Как тут откажешься? Конкурс докладов по какой-нибудь теме — тоже посылали меня. Сами учителя говорили: иди, мол, готовься, будешь весь класс представлять. Что мне оставалось? Шел и побеждал... Выборы старосты — все заранее знают, что выберут меня. На экзаменах никто и не сомневается, что я все отвечу правильно. Попадается на уроке задачка посложнее — все смотрят, как решено у меня. За всю школьную жизнь не опоздал на урок ни разу... И, в общем, постоянно давило чувство, будто я — это вовсе не я. А какой-то совсем другой человек, которому это и подходит. И в старших классах все было так же. Просто один к одному... Старшие-то классы мы с тобой уже в разных школах оттрубили. Ты остался в государственной, а я в частный колледж экзамены сдал. Там я заделался крутым футболистом. Тот колледж, даром что с научным уклоном, футбольную команду собрал будь здоров. Когда я поступал, они уже готовились к чемпионату страны среди юниоров... В общем, и на новом месте старая история повторилась. Примерный ученик, отличный спортсмен, прирожденный лидер... Девчонки из соседней гимназии только на меня и глазели. Я даже завел себе одну. Красивая была... Каждую нашу игру смотреть приходила. Так и познакомились. Правда, мы с ней не трахались. Обжимались только. Помню, придем к ней домой — и давай, пока родителей нет, руками. Торопливо так. Но все равно было здорово. Свидания ей в библиотеке назначал... Девчонка была — как с картинки. Или из передачки «Эн-эйч-кей»[1] про счастливые школьные годы... — Готанда отхлебнул еще виски и покачал головой. — В университете, правда, кое-что изменилось. Война во Вьетнаме, молодежные бунты по всей стране, Единый Студенческий Фронт — ну, сам знаешь... Я, конечно же, опять выбился в лидеры. Там, где хоть что-нибудь движется, меня обязательно вперед выдвигают. По-другому просто быть не могло. Баррикады строил, в коммуне жил — свободная любовь, марихуана, «Deep Purple» с утра до вечера... Словом, делал то же, что и все вокруг. Потом пригнали спецвойска, всех отловили, подержали в камере немножко... После этого заняться стало нечем. И вот как-то раз девчонка, с которой я тогда жил, затащила меня в молодежный театр — что, говорит, слабо́ попробовать? Я сперва думал, попробую шутки ради, но постепенно во вкус вошел. Не успел и втянуться, как мне, новичку, роль хорошую дали. Да я и сам уже чувствовал, что спо-

---

[1] NHK — «Корпорация всеяпонского телерадиовещания», заправляет двумя некоммерческими каналами японского телевидения, ведет целый ряд довольно назидательных общеобразовательных программ.

собности есть. Изображать других людей, чужие жизни играть... Природная склонность какая-то. Года два в театре провел и в той, подпольной среде даже стал знаменитостью... Жизнь у меня тогда была — полный бардак. Пьянки, бабы какие-то бесконечные... Ну да в те времена все так жили. И вот как-то приходят ко мне с киностудии и предлагают: мол, не хочешь ли сняться в кино. Интересно стало, решил попробовать. Тем более что и роль была неплохая. Сыграл им, помню, такого чуткого и ранимого парнишку-старшеклассника. А они мне — раз, и следующую роль предлагают. И тут же телевидение сниматься зовет. И пошло-поехало, как по рельсам. Свободного времени оставалось все меньше, с театром пришлось расстаться. Со сцены уходил, чуть не плакал. Но другого выхода не было. Не киснуть же всю жизнь в подполье. Так хотелось выскочить в Большой Мир... И вот пожалуйста — выскочил. Крупный специалист по ролям врачей и школьных учителей. В двух рекламных роликах снялся. Таблетки от живота и растворимый кофе. Вот тебе и весь «большой мир»...

Готанда глубоко вздохнул. Со всем своим профессиональным шармом. Но все-таки вздох оставался вздохом — очень грустным и искренним.

— Жизнь как на картинке, тебе не кажется? — спросил он.

— Ну, нарисовать *такую* картинку тоже не каждому удается... — заметил я.

— В общем, да... — вяло согласился он. — Мне, конечно, везло все время, тут я спорить не стану. Но если подумать, я же ничего не выбирал себе сам. Иногда просыпаюсь ночью, и так страшно делается — сил нет... Лежу в холодном поту и думаю. Где она, моя жизнь? Куда запропастилась? Куда подевался тот настоящий «я», каким я когда-то был? Всю дорогу — сплошь чужие роли: мне их навязывают постоянно, а я все играю да играю. И при этом ни разу — ни разу! — ничегошеньки не выбирал себе сам...

Я не знал, что на это сказать. Что тут ни скажи, похоже, все будет мимо.

— Я, наверно, слишком много о себе болтаю, да? — спросил Готанда.

— Вовсе нет, — покачал я головой. — Хочешь выговориться — валяй, выговаривайся. Я никому не скажу, не бойся.

— Вот как раз этого я не боюсь, — произнес Готанда, глядя мне прямо в глаза. — И никогда с тобой не боялся. Тебе я доверяю. Сам не знаю, почему. Такие вещи не говорят кому попало. То есть я об этом не говорил почти никому. Только жене и сказал. Все как есть, от чистого сердца. Мы с ней вообще очень искренне все друг другу рассказывали. И отлично ладили. Понимали друг друга с полуслова, и любили по-настоящему... Покуда ее чертова семейка все вверх дном не перевернула. Оставь они нас в покое, мы бы с ней и сейчас замечательно жили. Только она постоянно колебалась в душе... Все-таки ее в очень жесткой среде воспитали. Против семейства и пикнуть не смела. Ужасно от них зависела. Ну, я и... Впрочем, ладно, что-то я заболтался. Это уже совсем другая история. Я только хотел сказать, что с тобой я могу говорить откровенно и ничего не боюсь. Просто, может, тебе все это выслушивать в тягость?

— Нет, не в тягость, — покачал я головой.

Затем Готанда ударился в воспоминания о нашей лабораторной эпопее. Сказал, что во время опытов всегда ужасно напрягался, боясь сделать что-то неправильно. Потому что потом должен был показать, как это делается, девчонкам, у которых не получалось. И что всегда завидовал мне, потому что я все выполнял спокойно, да не по инструкции, а как сам считал нужным.

Я хоть убей не помнил, чем именно мы тогда занимались, и совершенно не представлял, чему он там мог позавидовать. Я помнил только, как безупречно двигались его руки. Как мастерски эти руки зажигали газовую горелку, как настраивали микроскоп. И как девчонки в классе следили за каждым его движением — так, будто на их глазах совершалось чудо. Я же если и оставался спокойным, то лишь по одной-единственной причине: все самое сложное всегда выполнял он сам.

Ничего этого я ему не сказал. Я просто молчал и слушал.

Через некоторое время к нашему столику подошел одетый с иголочки мужчина лет сорока, с чувством хлопнул Готанду по плечу и раскатисто произнес:

— Здорово, старик! Тыщу лет не виделись, а?

На его запястье поблескивал «Ролекс» — столь неприкрыто-пижонского вида, что от неловкости хотелось отвернуться. За какую-то четверть секунды мужчина оглядел меня и забыл о моем существовании, как только отвел глаза. Таким взглядом окидывают коврик при входе в дом. И даже мой галстук от Армани не помешал ему за эту четверть секунды вычислить: я — не звезда. Они с Готандой обменялись стандартными приветствиями:

— Ну, как ты?

— Да все дела, дела...

— Как-нибудь еще выберемся в гольф поиграть! — и так далее в том же духе.

Затем Ролекс снова с силой хлопнул Готанду по плечу, бросил ему:

— Ладно, до встречи! — и убрался восвояси.

После его ухода Готанда еще с минуту просидел, насупившись, затем поднял руку, подозвал двумя пальцами официанта и попросил счет. Когда счет принесли, он достал авторучку и подмахнул его, даже не глядя на сумму.

— Ты не стесняйся. Мне расходовать надо побольше, — сказал он мне. — Это ведь даже не деньги. Это представительские расходы.

— Ну что ж. Спасибо за угощение, — поблагодарил я.

— Да не угощение это, — сказал он бесцветным голосом. — Траты для списания.

# 19

Мы с Готандой сели в его «мерседес», переехали на задворки Адзабу[1] и зашли там в бар еще чего-нибудь выпить. Сели за стойку подальше от входа и за какой-то час уговорили по нескольку коктейлей каждый. Что-что, а пить Готанда умел: сколько б ни выпил, совершенно не выглядел пьяным. Ни в речи, ни в выражении лица ничего не менялось. Истребляя коктейль за коктейлем, он рассказывал мне всякие истории. О пошлости нашего телевидения. О безмозглости режиссеров. О дурновкусии телезвезд, от чьих разговоров так и тянет блевать. О продажности комментаторов утренних новостей. Рассказывал он интересно. Яркие образы, сочный язык, саркастический взгляд на мир.

Затем он попросил, чтобы я рассказал о себе. Как жил до сих пор, чего достиг и так далее. Я ужал свою жизнь, как мог, до размеров коротенькой истории и вы-

[1] Район в центре Токио.

ложил перед ним. После вуза открыл с приятелем небольшую контору — сочинял объявления и правил рекламные тексты. Женился, развелся. На работе все шло неплохо, да случились кое-какие неприятности, фирму пришлось оставить. Сейчас перебиваюсь свободной журналистикой, пишу статьи по заказу. Не ахти какие деньги, конечно, но и тратить особо времени нет... В таком сокращенном виде моя жизнь показалось мне самому до ужаса серой и непримечательной. Словно вовсе и не моя жизнь.

Бар постепенно заполнялся людьми, разговаривать стало труднее. Несколько посетителей уже откровенно пялились на Готанду.

— Пойдем ко мне, — сказал Готанда, вставая. — Это в двух шагах. У меня спокойно. И выпить есть.

Жил он и правда в какой-то паре кварталов от бара. Отпустив «мерседес», мы прогулялись до его дома пешком. Здание в несколько этажей выглядело очень роскошно. В подъезде было сразу два лифта, и один, для жильцов, открывался ключом.

— Эту квартиру для меня студия откупила, когда я после развода на улице остался, — пояснил Готанда. — Не пристало, понимаешь, идолу кино и телевидения ютиться в какой-нибудь конуре лишь потому, что его жена из дому выкинула и оставила без штанов. Эдак весь наработанный имидж можно испортить. А теперь получается, что я у них жилье снимаю — ну и, натурально, за квартиру плачу. Из тех же расходов, которые списывать надо. Как раз то, что нужно. Всем удобно, все счастливы.

Квартира Готанды располагалась на верхнем этаже, под самой крышей. Просторная гостиная, две спальни, кухня. Широченный балкон, над которым нависла непривычно огромная Токийская телебашня. Мебель в гостиной подбирали со знанием дела. С первого же взгляда было ясно: денег сюда ухлопали будь здоров. Паркетный пол, персидские ковры — где большие, где маленькие. Не слишком жесткий, не слишком мягкий диван. Кадки с какими-то фикусами, расставленные в тщательно продуманном беспорядке. Висячая люстра и настольная лампа в стиле «итальянский модерн». Никаких дополнительных украшений, кроме, пожалуй, огромного блюда на тумбочке — явный антиквариат. Повсюду царил идеальный порядок. Как пить дать, специальная горничная каждый день приходит и убирает квартиру. На журнальном столике — пара-тройка светских таблоидов (на обложках — девицы в бикини) и глянцевый ежемесячник «Архитектурный дизайн».

— М-да, квартирка что надо, — одобрил я.

— Хоть в кино снимай, да? — усмехнулся Готанда.

— Пожалуй... — согласился я, оглядевшись еще раз.

— А от этих интерьер-дизайнеров ничего другого и не дождешься. Кому ни закажи, у всех получается не жилье, а декорации для киносъемок. Я тут даже по стенам кулаком стучу иногда. Так и тянет лишний раз убедиться, что все это не папье-маше. Запаха жизни нет, ты заметил? На пленку снимать хорошо, а попробуй пожить...

— Ну вот сам и привноси сюда запах жизни, — посоветовал я.

— Вся штука в том, что жизни-то особой нет... — произнес Готанда без всякого выражения.

Он подошел к проигрывателю — пижонской вертушке «Бэнг-энд-Олуфсен», поставил пластинку и опустил иглу. Колонки у него были совершенно ностальгические — «JBL», модель Р-88. Отличные динамики с качественным звуком, изготовленные в эпоху, когда фирма «JBL» еще не успела заполонить весь мир своими психотронными студийными мониторами. Заиграл старенький альбом Боба Купера.

— Что будешь пить? — спросил Готанда.

— Что ты, то и я, — пожал я плечами.

Он сходил на кухню и вскоре вернулся с подносом: бутылка водки, несколько банок тоника, ведерко со льдом и три разрезанных пополам лимона. И мы стали пить водку-тоник с лимоном под холодный, бесстрастный джаз Западного побережья.

Что и говорить, жизнью в квартире Готанды и правда не пахло. То есть ничего неприятного — просто не было запаха жизни, и все. Но лично меня отсутствие этого запаха нисколько не напрягало. Тут ведь смотря как внутри настроиться. Я, например, ощущал себя здесь очень хорошо и спокойно. Сижу себе на уютном диване и водку с тоником пью...

— Сколько у меня возможностей было, — изливал мне душу Готанда. — Если б захотел, стал бы запросто врачом. Или преподавателем вуза. В фирму крутую мог бы устроиться, не напрягаясь... А вот что получилось. Такая вот жизнь... Странно, да? Любую карту из колоды мог выбирать. Причем отлично знал: какую ни вытяну, все будет удачно. Очень верил в себя... Но именно поэтому так ни черта и не выбрал. Понимаешь, о чем я?

— Н-не совсем... Я и карт-то в руках не держал никогда, — признался я.

Готанда посмотрел на меня, странно прищурившись, но уже через пару секунд рассмеялся. Наверное, подумал, что я шучу.

Он налил мне и себе еще водки, выдавил по половинке лимона в каждый бокал и выбросил кожуру.

— Вот и с женитьбой все как-то само получилось, — продолжал он. — Познакомились мы на работе — в одном фильме играли. Вместе за город на съемки ездили, там же гуляли на пикниках, по хайвэю на машинах гоняли. Когда съемки закончились, встречались еще несколько раз... И постепенно все вокруг стали считать, что мы «идеальная пара», свадьба не за горами, будто иначе и быть не может. Так мы в конце концов и поженились, словно в угоду публике. Тебе, наверно, сложно такое представить, но... этот мир до ужаса тесен. Любой бред толпы, любые домыслы о тебе могут так разрастись и окрепнуть, что однажды — раз, и все это становится твоей реальностью... Только я ведь и правда ее любил. Она — самое настоящее из всего, что мне судьба когда-либо дарила. Ужасно хотел сделать ее *своей*... Не вышло. И так у меня всегда. Как ни пробую выбирать себе сам, все от меня убегает. Женщины, роли... Предлагают что-нибудь сверху или со стороны — все делаю в лучшем виде, и все довольны. А стоит самому захотеть — утекает, как между пальцев песок...

Даже не представляя, что тут можно сказать, я молчал.

— Конечно, в депрессию я не впадаю, — добавил он после паузы. — Просто люблю ее до сих пор. Так и мечтаю, уже задним числом... Бросили бы я свою кинокарьеру, она свою — зажили бы вдвоем спокойно и счастливо. Без модных апартаментов. Без «мазерати». Ничего не надо. Мне бы только работу, самую обычную, и дом, в котором тепло. Детей завести... После работы собираться, как водится, с сослуживцами в кабачке, сакэ попить да на жизнь поворчать. А потом домой идти и знать, что она меня ждет... Купить в рассрочку какой-нибудь «сивик» или «субару» и выплачивать с каждой получки лет пять. В общем, жить, как все нормальные люди... Не поверишь, именно этого я и хотел все время. Лишь бы она была рядом... Бесполезно. Ей-то хотелось совсем другого. Эта семейка ставила на нее, как на скаковую лошадь, все свои личные планы с ней связывала. Мамаша всю жизнь была у нее имиджмейкером. Скряга-папаша гонорары оттребал. Старший брат работал ее же менеджером. Младший братец — трудный подросток, в историю какую-то вляпался, от суда отмазаться деньги нужны позарез. Младшая сестра подалась в певицы, без раскрутки никак... В общем, обложили со всех сторон — не вырваться. И плюс ко всему, с малых лет забивали ей мозги всякими «семейными ценностями». Дескать, предки в ее жизни — это всё... Так и выросла, глядя им в рот. И до сих пор в том придуманном мире живет. Замурованная в образ, который для нее сочинили. Там, внутри у нее — совсем не так, как у нас с тобой. Никакой объективной оценки реальности. Но все-таки, несмотря ни на что, очень чистая душа. И нежность там есть, и обаяние. Уж я-то знаю... А, ладно, что теперь говорить. Все равно уже не получится ни черта... Представляешь, я с ней даже трахнулся неделю назад.

— С бывшей женой?

— Ну да. Считаешь, изврат?

— Да нет... По-моему, никакого изврата.

— Сама пришла, главное. Прямо в эту квартиру. Зачем приходила, я так и не понял. Сперва позвонила: можно ли в гости прийти. Конечно, говорю, приходи. И вышло у нас с ней, как когда-то давным-давно: пили, болтали о чем-то весь вечер, и сами не заметили, как в постели оказались... Так все здорово было. Сказала, что любит меня до сих пор. Ну, я возьми да и предложи ей тогда: что, говорю, попробуем заново, может, все еще получится? А она слушает молча и улыбается... Я тогда ей про семью рассказал. Про самую обычную семью — ну вот как тебе только что... А она все слушала да улыбалась... Хотя чего там, ни черта она не слышала. То есть вообще. Ни словечка. Нет у нее такой способности — слышать. Говори, не говори — все как в вату. Просто ей в тот день одиноко стало. Захотелось, чтобы кто-нибудь приласкал. И показалось, будто я и есть этот «кто-нибудь». Может, нехорошо это говорить, но, по-моему, все именно так и было... Разные мы с ней все-таки. Для нее одиночество — это такое неприятное чувство, которое нужно с кем-нибудь поскорее развеять. Нашла с кем, развеяла — и нет одиночества. И все хорошо. Больше никаких проблем... А я так не могу.

Доиграла пластинка и стало тихо. Он снял с диска иглу и, держа звукосниматель на весу, о чем-то задумался.

— Слушай, — сказал он наконец. — А может, девочек позовем?

— Да мне все равно... Как хочешь, — ответил я.

— Ты вообще когда-нибудь трахал женщин за деньги? — спросил он.

— Ни разу.

— Почему?

— Да как-то... в голову не приходило, — признался я.

Готанда насупился и какое-то время молчал, обдумывая мои слова.

— В любом случае, оставайся-ка ты сегодня со мной, — предложил он. — Вызовем девчонку, которая с Кики тогда приходила. Может, она тебе что-то расскажет.

— Ну давай, — пожал я плечами. — Только... ты же не хочешь сказать, что и *это* списывается на расходы?

Рассмеявшись, он подбросил в бокалы льда.

— Ты не поверишь, — сказал он. — Но списывается даже *это*. Там же целая система. По всем документам официальная деятельность клуба — «предоставление банкетных услуг». Когда деньги заплатишь, расписку тебе выдадут — красивую, глянцевую, любо-дорого посмотреть. А захочешь проверить, что там за «банкеты» — проклянешь все на свете, пытаясь хоть что-нибудь раскопать. И траты на шлюх становятся нормальными представительскими расходами. Вот такое оно веселое, наше общество...

«...Развитого капитализма», — закончил я про себя.

Пока мы ждали девчонок, я вспомнил о Кики. И спросил у Готанды, видел ли он когда-нибудь ее уши.

— Уши? — Он удивленно посмотрел на меня. — Н-нет... То есть, может, и видел, не помню. А что у нее с ушами?

— Так... Ничего, — сказал я.

Две подруги прибыли за полночь. Одна из них — та, о которой так восторженно отзывался Готанда, — и оказалась бывшей напарницей Кики. Что говорить, эта девочка и в самом деле была дьявольски, безупречно красива. С женщинами этой редкой породы достаточно лишь на миг пересечься взглядами, ни слова не говоря, и воспоминание об этом будет преследовать тебя целый месяц. «Королева-гордячка» — образ, выворачивающий наизнанку мужские сны. При этом одета совсем неброско. Вещи простые и качественные. Длинный плащ нараспашку, кашемировый свитер. Самая обычная шерстяная юбка. Всех украшений — скромные колечки в ушах. Ни дать ни взять, недотрога-студенточка из элитного женского колледжа.

Вторая подруга явилась в платье экзотической расцветки и в очках на носу. До этого момента я и не подозревал, что бывают шлюхи-очкарики. Оказалось, бывают, и еще какие. Хотя до «королевы-гордячки» ей было далековато, мне она показалась очень милой и привлекательной. Тонкие кисти, стройные ноги, великолепный загар. Только что с Гавайев — купалась там целую неделю. Стрижка короткая, челка аккуратно подобрана невидимками. Серебряный браслет на запястье. Ловкие, пружинистые движения. Эластичная кожа туго обтягивает каждую округлость гибкого, как у поджарой пантеры, тела.

Глядя на этих девчонок, я вспомнил свой школьный класс. В любом классе любой школы, пускай и с небольшими различиями, обычно присутствуют все основные типы девчонок. По одной каждого типа. Так, в любом классе есть своя Королева-Гордячка — и своя Поджарая Пантера. Это уж непременно... Ну и дела, подумал я. Прямо не секс за деньги, а вечер выпускников в родной школе. А точнее даже — его финальная часть, когда все уже разбились на тепленькие компании и решили «погудеть» еще где-нибудь. Дурацкая, конечно, ассоциация, но именно так мне казалось. Понятно теперь, отчего с ними так хорошо расслаблялся Готанда.

И та, и другая побывали у Готанды явно уже не раз — обе поздоровались просто, без всякой зажатости.

— Привет!

— Как жизнь?

— Скучал тут без нас? — и все в таком духе.

Готанда представил меня — школьный друг, занимается сочинительством.

— Привет! — улыбнулись мне обе. Улыбками из серии «не бойся, все свои». Такими особенными улыбками, которых почти не встретишь в реальном мире.

— Привет, — ответил я.

Потом мы валялись на диване и на полу, пили бренди с содовой под Джо Джексона, «Chic» и «Alan Parson's Project» — и болтали о чем попало. Покой и небывалая раскованность окутали комнату. Нам с Готандой было в кайф — и девчонкам явно не хуже. Готанда, выбрав очкастую в качестве пациентки, изображал стоматолога. Получалось у него отменно. Куда больше похоже на стоматолога, чем у настоящего стоматолога. Одно слово — талант.

Готанда сидел на полу с очкастой. С таинственным видом шептал ей что-то на ухо, а она то и дело хихикала. В это время «гордячка» тихонько прислонилась к моему плечу и сжала мне руку. Пахла она изумительно. Божественный аромат, от которого перехватывает дыхание. Ну точно, как с одноклассницей через десять лет после школы, подумал я снова. «Тогда, в школе, я тебе не решалась сказать... Но ты мне всегда ужасно нравился... Почему же ты никогда не приставал ко мне, дурачок?» Мечта любого пацана-старшеклассника. Идеальный образ... Я осторожно обнял ее. Она закрыла глаза и уткнулась носом мне в ухо. Потом самым кончиком языка лизнула меня в шею, очень плавно и нежно. Я вдруг заметил, что ни Готанды, ни его собеседницы в комнате уже нет. Надо полагать, уединились в спальне.

— Может, притушим немного свет? — шепотом предложила она. Я нашарил на стене выключатель, погасил люстру, и мы остались в тусклом свете торшера.

Вместо пластинки уже почему-то играла кассета. Боб Дилан. «It's All Over Now, Baby Blue». — Раздень меня, только медленно, — прошептала она мне на ухо. Я повиновался и начал медленно-медленно снимать с нее свитер, потом юбку, потом блузку, потом чулки. Машинально попытался было сложить вещи поаккуратнее, но тут же сообразил, что нужды в этом нет, и оставил все как есть на полу. Теперь была ее очередь. Так же медленно она стянула с меня галстук от Армани, потом «ливайсы», потом рубашку. И затем в одних трусиках и узеньком лифчике встала передо мной во весь рост. — Ну, как? — улыбнулась она.

— Здорово, — сказал я. Бесподобное тело. Фатальная, девственно-дикая, страшно возбуждающая красота.

— *Как* «здорово»? — не унималась она. — Скажешь понятнее — не пожалеешь. За мной дело не станет.

— Сразу детство вспоминается. Школа... — сказал я искренне.

Несколько секунд, озадаченно щурясь, она разглядывала меня, словно какое-то чудо света, и наконец широко улыбнулась:

— Слушай, а ты уникальный.

— Что... Ужасно ответил?

— Вовсе нет, — рассмеялась она. Затем придвинулась ко мне близко-близко и сделала то, чего за все тридцать четыре года со мной никто никогда не делал. Нечто очень интимное и вселенски-громадное, до чего человеческому воображению просто не додуматься. Хотя кто-то все же додумался... Я расслабил все мышцы, закрыл глаза и поплыл по течению. Весь сексуальный опыт моей жизни не шел ни в какое сравнение с тем, что сейчас вытворяли со мной.

— Ну как? Неплохо? — шепнула она мне на ухо.

— Н-неплохо... — только и выдохнул я.

То была божественная музыка, которая успокаивает психику, освобождает тело и усыпляет всякое чувство Времени. Утонченнейшая интимность, полная гармония времени и пространства, универсальное общение — пусть даже и в такой ограниченной форме... И все это — за счет списания чьих-то расходов?

— Очень неплохо, — повторил я. Все еще пел Боб Дилан. Что там за песня-то? Ах да — «Hard Rain». Я тихонько обнял ее. Она полностью расслабилась — и растворилась в моих руках... Странная штука — спать с красивой женщиной под Боба Дилана за счет списания чьих-то расходов. В старые добрые шестидесятые такое никому и в голову бы не пришло.

«Да это же искусственный образ! — мелькнуло вдруг в голове. — Нажми на кнопку — исчезнет в ту же секунду. Трехмерная эротическая картинка. Запах духов, нежная кожа под пальцами и страстные вздохи прилагаются дополнительно...»

Я прилежно выполнил все, что от меня требовалось, успешно кончил — и мы отправились с нею под душ. Сполоснувшись, завернулись в банные полотенца, вернулись в комнату и стали пить бренди с содовой, слушая то «Dire Straits», то еще что-нибудь.

Она спросила, что именно я сочиняю. Я в трех словах описал ей суть своей работы.

— М-да, интересного мало, — сказала она.

— Смотря какая тема, — сказал я. — В общем, я разгребаю культурологические сугробы, сказал я.

— А я разгребаю физиологические сугробы, — сказала она. И засмеялась. — Эй, — сказала она, — давай еще разок поразгребаем вместе сугробы?

И мы снова трахнулись, прямо на ковре. На этот раз — очень просто и очень медленно. Но даже в простом и незатейливом сексе она отлично знала, как завести меня на полную катушку. Откуда ей это известно? — поражался я всю дорогу.

Уже когда мы клевали носами, сидя бок о бок в огромной ванне, я спросил ее о Кики.

— Кики... — повторила она. — Давно я о ней ничего не слышала. А вы что, знакомы?

Я молча кивнул.

Она набрала в рот воды, сжала губы и фыркнула — смешно и как-то по-детски.

— Пропала она куда-то. Как сквозь землю провалилась... Мы ведь с ней подружками были. Вместе за покупками ходили, по барам шатались и все такое. А потом она вдруг исчезла. Месяц назад или два... Обычная история, если честно. На работе вроде нашей заявлений об уходе не пишут. Кто решил уйти, просто исчезает молча, и все. Мне-то, конечно, жаль, что я без подружки осталась. Уж очень хорошо мы с ней ладили. Но, по большому счету, ушла — и слава богу. Все-таки у нас не в гёрл-скауты вербуют...

Ее изящные пальчики пробрались ко мне в пах.

— Ты с ней спал?

— Мы вместе жили когда-то... Года четыре назад.

— Четыре года? — усмехнулась она. — Так давно... Четыре года назад я еще пай-девочкой была и в школу ходила...

— Так значит, встретиться с Кики никакой возможности нет? — спросил я уже в упор.

— Трудно сказать... Даже не представляю, куда она деться могла. Как сквозь землю провалилась. Как в бетонную стену замуровалась. Намертво. Никакой под-

244

сказки. Станешь искать, наверняка только время потеряешь. Эй, а ты что... любишь ее до сих пор?

Я медленно вытянул ноги в горячей воде и задумался, уставившись в потолок. Люблю ли я Кики до сих пор?

— Сам не пойму... Но так или эдак, мне позарез нужно с ней повидаться. У меня такое чувство, что Кики сама страшно хочет меня увидеть. И поэтому снится мне постоянно...

— Как странно, — сказала она, глядя мне прямо в глаза. — Вот и ко мне она иногда приходит во сне...

— В каком сне? О чем?

Она ничего не ответила. Лишь чуть заметно улыбнулась собственным мыслям.

— Хочу еще выпить, — сказала наконец она.

Мы снова вернулись в комнату и стали дальше пить бренди под музыку, прямо на полу. Она пристроилась у меня на груди, я обнял ее. Готанда со второй подругой, похоже, заснули — из спальни никто не выходил.

— Знаешь, — сказала она. — Можешь не верить, но мне с тобой очень здорово — вот так, как сейчас. Честное слово. То, что я по работе должна какую-то роль играть — это здесь ни при чем. Правда, я не вру. Ты мне веришь?

— Верю, — ответил я. — Мне тоже с тобой очень здорово. Очень спокойно на душе. Как с одноклассницей...

— Нет, ты точно уникальный, — рассмеялась она.

— И все-таки насчет Кики, — сказал я. — Что, совсем-совсем ничего не знаешь? Адрес, фамилию — ну хоть что-нибудь?

Она задумчиво покачала головой:

— А мы ни о чем с ней не разговаривали никогда. И имена у нас всех придуманные. Она Кики. Я Мэй. Там, в спальне — Мами. У всех только прозвища — три-четыре буквы и все. Про личную жизнь друг дружки вообще ничего не знаем. Пока сама не расскажешь, никто не спросит. Такой этикет. Дружить-то мы дружим. После работы всегда отдыхаем вместе. Но... это не настоящая реальность. Ничего *настоящего* мы друг о дружке не знаем! Я Мэй, она Кики. Реальной жизни тут нет. Имиджи. Вроде и существуем в пространстве, но не заполняем его. Имя у каждой — как бы название очередной фантазии. А фантазии друг друга мы стараемся уважать. Понимаешь?

— Вполне, — кивнул я.

— Кое-кто из клиентов нас жалеет за это... Но они просто не понимают. Мы же не только ради денег этим занимаемся. О своих маленьких радостях тоже не забываем. В клубе членская система, клиент очень благородный. Все стараются нас как-нибудь ублажить. Так что нам в таком придуманном мире вовсе не скучно...

— Значит, вам это нравится — сугробы разгребать? — хмыкнул я.

— Еще как нравится, — засмеялась она. И прижалась губами к моей груди. — Даже в снежки поиграть иногда удается,

— Мэй... — повторил я. — Когда-то я знал одну девчонку по имени Мэй. Рядом с нашей фирмой была зубная клиника, она там в регистратуре работала. Родилась на Хоккайдо в семье крестьянина. И все ее звали «Козочка Мэй». Очень смуглая и худая как щепка. Славная такая была...

— Козочка Мэй... — повторила она. — А тебя как зовут?

— Медвежонок Пух, — сказал я.

— Прямо как в сказке, — засмеялась она. — «Козочка Мэй и медвежонок Пух»...

— Точно, как в сказке... — согласился я.

— Поцелуй меня, — попросила она. Я обнял ее, и мы поцеловались. Умопомрачительным поцелуем. Как я не целовался уже тысячу лет.

Нацеловавшись, мы стали пить не помню какой по счету бренди под пластинку «Police». Вот, кстати, еще одно дурацкое название банды. Это ж как надо сбрендить, чтоб назвать рок-группу «Полиция»? Задумавшись об этом, я не сразу заметил, что Мэй так и заснула, обнимая меня. Сладко посапывая у меня на груди, она больше не походила на гордую королеву. Обычная девчонка с соседнего двора, ранимая и доверчивая. Вечеринка для одноклассников, черт бы меня побрал... Шел пятый час. Пластинка закончилась, наступила абсолютная тишина. Козочка Мэй и медвежонок Пух... Очередная фантазия. Волшебная сказка за счет списания чьих-то расходов. Рок-группа «Полиция»... Ну и денек. Я думал, что вышел на верную тропинку, но опять заблудился. Ниточка, которая могла бы привести куда-то, оборвалась. Пообщался с Готандой. Проникся к нему чем-то вроде симпатии. Встретился с Козочкой Мэй. Переспал с ней. Получил удовольствие. Стал Винни-Пухом. Поразгребал физиологические сугробы. В общем, много чего пережил в этот день... Но так в итоге и не пришел ни к чему.

Я варил на кухне кофе, когда они проснулись и приплелись туда все втроем. Часы показывали шесть тридцать. Мэй была в банном халате. Мами с Готандой — в его пестрой пижаме: ей достался верх, ему низ. На мне — футболка и джинсы. Все уселись за стол и принялись за утренний кофе. Поджарились тосты, и мы стали их есть, передавая друг другу масло и джем. По радио звучало «Барокко для вас». Пастораль Генри Пёрселла. Настроение было — как утром на пикнике.

— Прямо как утром на пикнике, — сказал я.

— Ку-ку! — сказала Мэй.

В полвосьмого Готанда вызвал по телефону такси, и мы проводили девчонок. Перед уходом Мэй поцеловала меня.

— Если получится встретить Кики, обязательно привет передай, — сказала она. Я дал ей свою визитку и попросил позвонить, если вдруг что-нибудь узнает.

— Да, конечно, — кивнула она. Потом подмигнула и добавила: — Как-нибудь еще поразгребаем с тобой сугробы, ага?

— Какие сугробы? — не понял Готанда.

Мы остались вдвоем и выпили еще по кофе. Кофе я сварил сам. Что-что, а кофе варить я умею. За окном неторопливо вставало солнце, и Токийская телебашня ослепительно сверкала в его лучах. При взгляде на этот пейзаж в памяти всплывала реклама «Нескафэ». Вроде у них там тоже была телебашня. «Токио начинается утренним "Нескафэ"»... Так, кажется. А может, и нет. Неважно. В общем, телебашня сияла на солнце, и мы пили кофе, глядя на нее. А в голову все лезла строчка из телерекламы.

Нормальные люди в этот час спешат на работу, в школу или еще куда-нибудь. Только не мы с Готандой. Мы с Готандой всю ночь развлекались с красивыми женщинами, профессионалками своего ремесла, а теперь пили кофе и никуда не спешили. И, скорее всего, через полчаса уснем как сурки. Нравится это нам или нет, вопрос отдельный, но мы с Готандой напрочь выпадаем из стиля жизни «нормальных людей».

— Какие планы на сегодня? — спросил Готанда, оторвавшись наконец от окна.

— Поеду домой отсыпаться, — ответил я. — Никаких особых планов нет.

— Я тоже посплю до обеда, а потом у меня деловая встреча, — сказал Готанда.

И мы еще немного помолчали, разглядывая Токийскую телебашню.

— Ну что, понравилось? — спросил наконец Готанда.

— Понравилось, — ответил я.

— Про Кики узнал что-нибудь?

Я покачал головой:

— Только то, что она исчезла. Как ты и говорил. Никаких следов. Даже фамилия неизвестна.

— Ну, я еще в конторе спрошу, — пообещал он. — Может, что и узнаю, если повезет...

Сказав так, он задумчиво сжал губы и почесал чайной ложечкой висок. «Полный шарман», как сказали бы девчонки.

— Слушай, — спросил он. — Ну а что ты собираешься делать, если все-таки найдешь Кики? Вернуть ее попытаешься? Или ты ради прошлого все затеял?

— Сам не знаю, — ответил я.

Я и правда не знал. Найду — тогда и подумаю, что делать дальше. Без вариантов.

Мы допили кофе, и Готанда доставил меня до дома на своей новенькой, без единого пятнышка коричневой «мазерати». Я сначала отнекивался, собираясь вызвать такси, но он настоял, заявив, что ехать все равно очень близко.

— Как-нибудь еще позвоню тебе, ладно? — сказал он мне на прощанье. — Здорово мы с тобой поболтали. А то мне ведь и поговорить-то обычно не с кем... Так что, если не против, попробую тебя снова куда-нибудь выманить...

— Да, конечно, — сказал я. И поблагодарил его — за стейк, за выпивку и за девочек.

Он промолчал и лишь покачал головой. О чем промолчал, было ясно без слов.

# 20

Следующие несколько суток прошли без ярких событий. По три-четыре раза на дню мне звонили насчет работы, но я включил автоответчик и не подходил к телефону. Моя наработанная репутация умирала с большим трудом. Я готовил еду, ел, выходил из дома, слонялся по Сибуя и неизменно раз в день смотрел «Безответную любовь» в каком-нибудь кинотеатре. В разгар весенних каникул залы если и не ломились от зрителей, то народу хватало. Почти все — старшеклассники. Из «приличных» взрослых людей, похоже, в кино ходил только я. Подростки же убивали здесь время с единственной целью — «протащиться» от очередной кинозвезды или поп-идола в главной роли. На сюжетные перипетии, качество режиссуры и прочую дребедень им было глубоко наплевать. Стоило Звезде Их Мечты показаться в кадре, как они тут же принимались хором вопить свое «вау! вау!», пихая друг друга локтями. Звучало это как притон для бродячих собак. Когда же Звезду Их Мечты не показывали, они дружно чем-то шуршали, что-то откупоривали, беспрестанно что-нибудь грызли и пискляво тянули на все лады: «Ч-чё за тоска!» — или: «Да паш-шел ты!». Иногда мне казалось: случись в таком кинотеатре пожар да сгори он дотла со всеми своими зрителями, мир бы явно вздохнул спокойнее.

Начиналась «Безответная любовь», и я пытливо разглядывал титры. Ошибки не было: всякий раз имя «Кики» упоминалось там мелким шрифтом.

Когда заканчивалась сцена с Кики, я выходил из кино и отправлялся бродить по городу. Маршрут у меня, как правило, получался один. От Харадзюку до бейсбольного поля, через кладбище на Омотэсандо, потом к небоскребу Дзинтан и снова на Сибуя. Лишь иногда, устав, я заходил по пути куда-нибудь выпить кофе. По Земле и впрямь растекалась весна. Весна с ее ностальгическим запахом. Земной шар с неумолимой регулярностью совершал вокруг Солнца очередной оборот. Чудеса Мироздания... Всякий раз, когда кончается зима и приходит весна, я думаю о чудесах Мироздания. Почему, например, каждая весна одинаково пахнет? Год за годом наступает очередная весна, а запах все тот же. Тонкий, едва уловимый, но всегда тот же самый...

На каждой улице просто в глазах рябило от плакатов предвыборной кампании. Все плакаты были ужасными, один другого невзрачнее. По дорогам проносились туда-сюда автобусы с мегафонами — очевидно, призывая за кого-то голосовать. Что конкретно они орали, разобрать было невозможно. Просто орали, и все. Я вышагивал по этим улицам и думал о Кики. И вдруг заметил: постепенно к ногам возвращается былая упругость. С каждым шагом походка становилась все легче, уверенней, а тем временем и голова начала обретать какую-то странную, не свойственную ей прежде сообразительность. Очень медленно, совсем чуть-чуть, но я сдвинулся с мертвой точки. У меня появилась Цель, и ноги, как в цепной передаче, получив нужный толчок, задвигались сами. Очень добрый знак... *Танцуй!* — сказал я себе. В рассуждениях смысла нет. Что бы ни происходило вокруг, отрывай от земли затекшие ноги, сохраняй свою Систему Движения. Да смотри хорошенько, смотри внимательнее, куда при этом тебя понесет. И постарайся удержаться в *этом* мире. Чего бы ни стоило...

Так, совершенно непримечательно, протекли последние четыре или пять дней марта. На первый взгляд — никакого прогресса. Я ходил за продуктами, готовил еду, съедал ее, шел в кино, смотрел «Безответную любовь» и совершал затяжную прогулку по заданному маршруту. Вернувшись домой, проверял автоответчик, но все сообщения были сплошь о работе. Перед сном пил сакэ и читал какие-то книги. Так повторялось изо дня в день. Пока наконец не пришел апрель — с его стихами Элиота и импровизом Каунта Бэйси. По ночам, потягивая в одиночку сакэ, я вспоминал Козочку Мэй и наш с нею секс. Разгребанье сугробов... До странности *отдельное* воспоминание. Никуда не ведет, ни с чем не связывает. Ни с Готандой, ни с Кики, ни с кем-то еще. Хотя помнил я все очень живо, в мельчайших деталях, все ощущалось гораздо свежее, *реальнее, чем на самом деле*, — и в итоге ни к чему не вело. Но я понимал: случилось именно то, что мне было нужно. Соприкосновение душ в очень ограниченной форме. Взаимное уважение образов и фантазий партнера. Улыбка из серии «не бойся, все свои». Утро на пикнике. Ку-ку...

Интересно, пытался представить я, каким сексом занималась с Готандой Кики? Неужели так же сногсшибательно, как и Мэй, обеспечивала ему «интим по полной программе»? Все девицы в клубе владеют этим «ноу-хау», или же это особенность лично Мэй? Черт его знает. Не у Готанды же спрашивать, в самом деле... В сексе со мною Кики была пассивной. На мои ласки всегда отвечала теплом, но сама никакой инициативы не проявляла. В моих же руках она полностью расслаблялась, словно растворяясь в удовольствии. Так что с ней я всегда получал, что хотел. Потому что это было очень здорово — любить ее расслабленную. Ощущать ее мягкое тело, спокойное дыхание, влажное тепло у нее внутри. Уже этого мне хватало. И поэтому я даже представить не мог, чтобы с кем-то еще — например, с Готандой — она занималась профессиональным сексом на всю катушку. Или, может, мне просто не хватало воображения?

Как разделяют шлюхи секс по работе и секс для себя? Для меня это неразрешимая загадка. Как я и говорил Готанде, до этого ни разу со шлюхой я не спал. С Кики — спал. Кики была шлюхой. Но я, разумеется, спал с Кики-личностью, а не с Кики-шлюхой. И наоборот, с Мэй-шлюхой переспал, а с Мэй-личностью нет. Так что пытаться как-нибудь сопоставить первый случай со вторым — занятие весьма бестолковое. Чем больше я думал об этом, тем больше запутывался. Вообще, в какой степени секс — штука психологическая, а в какой просто техника? До каких пор настоящее чувство, а с каких пор игра? И, опять же, хорошая актерская игра — вопрос чувств или мастерства? Действительно ли Кики нравилось спать со мной? А в том фильме — неужели она просто играла роль? Или и правда впадала в транс, когда пальцы Готанды ласкали ей спину?

Полная каша из образов и реальности.

Например, Готанда. В роли врача он — не более чем экранный имидж. Однако на врача он похож куда больше, чем настоящий врач. Ему хочется верить.

На что же похож *мой имидж?* Или даже не так... Есть ли он у меня вообще?

*«Танцуй,* — сказал Человек-Овца. — *И при этом — как можно лучше. Чтобы всем было интересно смотреть...»*

Что же получается — мне тоже нужно создать себе имидж? И делать так, чтобы всем было интересно смотреть?.. Выходит, что так. Какому идиоту на этой Земле интересно разглядывать мое настоящее «я»?

Когда глаза начинали совсем слипаться, я споласкивал на кухне чашечку из-под сакэ, чистил зубы и ложился спать. Я закрывал глаза — и наступал еще один день. Очень быстро одни сутки сменялись другими. Так незаметно пришел апрель. Самое начало апреля. Тонкое, капризное, изящное и хрупкое, как тексты Трумэна Капоте.

Очередным воскресным утром я отправился в универмаг «Кинокуния» и в который раз закупил там тренированных овощей. А также дюжину банок пива и три бутылки вина на распродаже со скидкой. Вернувшись домой, прослушал сообщения на автоответчике. Звонила Юки. Голосом, в котором не слышалось ни малейшего интереса к происходящему, она сказала, что позвонит еще раз в двенадцать, и чтобы я был дома. Сказала и брякнула трубкой. Бряканье трубкой, похоже, было ее обычным жестом. Часы показывали 11:20. Я заварил кофе покрепче, уселся в комнате на полу и, потягивая горячую жидкость, стал читать свежий «Полицейский участок-87» Эда Макбейна. Вот уже лет десять я собираюсь навеки покончить с чтением подобного мусора, но только выходит очередное продолжение, тут же его покупаю. Для хронических болезней десять лет — слишком долгий срок, чтобы надеяться на исцеление. В пять минут первого зазвонил телефон.

— Жив-здоров? — осведомилась Юки.

— Здоровее некуда, — бодро ответил я.

— Что делаешь? — спросила она.

— Да вот, думаю приготовить обед. Сейчас возьму дрессированных овощей из пижонского универмага, копченой горбуши и лука, охлажденного в воде со льдом, да порежу все помельче ножом, острым как бритва, а потом сооружу из этого сэндвич и приправлю горчицей с хреном. Французское масло из «Кинокуния» неплохо подходит для сэндвичей с копченой горбушей. Если постараться, выйдет не хуже, чем в «Деликатессен Сэндвич Стэнд» в центре Кобэ. Иногда не получается. Но это не страшно. Была бы цель поставлена, а цепочка проб и ошибок сама приведет к желаемому результату...

— Глупость какая, — сказали мне в трубке.

— Зато какая вкуснятина, — ответил я. — Мне не веришь, спроси у пчел. Или у клевера. Правда ужасно вкусно.

— Что ты болтаешь?.. Какие пчелы? Какой клевер?

— Я к примеру сказал, — пояснил я.

— Кошмар какой-то, — сокрушенно вздохнула Юки. — Тебе, знаешь ли, неплохо бы подрасти. Даже мне иногда кажется, что ты мелешь чепуху.

— Ты считаешь, мне нужна социальная адаптация?

— Хочу на машине кататься, — заявила она, пропустив мой вопрос мимо ушей. — Ты сегодня вечером занят?

— Да вроде свободен, — сказал я, немного подумав.

— В пять часов приезжай забрать меня на Акасака. Не забыл еще, где это?

— Не забыл, — ответил я. — А ты что, так с тех пор и живешь там одна?

— Ага. В Хаконэ все равно делать нечего. Здоровенный домище на горе. В одиночку с ума сойти можно... Здесь куда интересней.

— А что мать? Все никак не приедет?

— Откуда я знаю? Она ж не звонит и не пишет. Так и сидит небось в своем Катманду. Я же тебе говорила, больше я на нее в жизни рассчитывать не собираюсь. И когда вернется, не знаю и знать не хочу.

— А с деньгами у тебя как?

— С деньгами в порядке. По карточке снимаю сколько надо. У мамы из сумочки успела одну стянуть. Для такого человека, как мама, карточкой больше, карточкой меньше — разницы никакой, ничего не заметит. А я, если сама о себе не позабочусь, просто ноги протяну. С таким безалаберным человеком, как она, только так и можно... Ты согласен?

Я промычал в ответ нечто уклончиво-невразумительное.

— Питаешься хоть нормально?

— Ну конечно, питаюсь. Чего ты спрашиваешь? Не питалась бы, уже померла бы давным-давно.

— Я тебя спрашиваю, ты *нормально* питаешься или нет?

Она кашлянула в трубку.

— Ну... В «Кентукки Фрайд Чикен» хожу, в «Макдоналдс», в «Дэйри Квин»... Завтраки в коробочках всякие...

Пищевой мусор, понял я.

— В общем, в пять я тебя забираю, — сказал я. — Поедем съедим что-нибудь *настоящее*. Просто ужас, чем ты желудок себе набиваешь. Молодой растущий женский организм требует куда более здоровой пищи. Если долго жить в таком режиме, начнут плясать менструальные циклы. Конечно, ты всегда можешь сказать, мол, это уже твое личное дело. Но от твоих задержек неизбежно начнут испытывать неудобства и окружающие. Нельзя же совсем плевать на людей вокруг.

— Псих ненормальный... — пробормотали в трубке совсем тихонько.

— Кстати, если ты не против, может, все-таки дашь мне номер своего телефона?

— Это зачем еще?

— Затем, что связь у нас пока односторонняя, так нечестно. Ты знаешь мой телефон. Я не знаю твоего телефона. Взбрело тебе в голову, ты мне звонишь; взбрело в голову мне, я тебе позвонить не могу. Никакого равноправия. Ну и вообще неудобно: скажем, договорились мы с тобой встретиться, а на меня вдруг неотложное дело свалилось, как снег на голову, — как же я тебе сообщу?

Озадаченная, она посопела чуть слышно в трубку и выдала-таки свой номер. Я записал его в блокноте сразу после телефона Готанды.

— Только уж сделай милость, постарайся не менять свои планы так запросто, — сказала Юки. — Хватит мне мамы с ее выкрутасами.

— Не беспокойся. *Так запросто* я своих планов не меняю. Честное слово. Не веришь, спроси у бабочек. Или у ромашек. Все тебе скажут: мало кто на свете держит слово крепче меня. Но, видишь ли, на этом же белом свете иногда происходят всякие происшествия. То, чего заранее не предугадать. Этот мир, к сожалению, слишком огромен и слишком запутан, и порой он подкидывает ситуации, с которыми я не могу справиться

прямо-таки сразу. Вот в таких ситуациях мне и придется срочно тебя известить. Понимаешь, о чем я?

— Происшествия... — повторила она.

— Ага. Как гром среди ясного неба, — подтвердил я.

— Надеюсь, происшествий не будет, — сказала
Юки.

— Хорошо бы, — понадеялся с ней и я.

И просчитался.

# 21

Они заявились в четвертом часу. Вдвоем. Их звонок застал меня в душе. Пока я накидывал халат и плелся к
двери, позвонить успели раз восемь. Настырность, с которой звонили, вызывала раздражение по всей коже. Я
открыл дверь. На пороге стояли двое. На вид одному за
сорок, другому — примерно как мне. Старший — высокий, на переносице шрам. Ненормально загорелый для
начала весны. Крепким, настоящим загаром, какой за-
рабатывают на всю жизнь рыбаки. Ни на пляжах Гуама,
ни на лыжных курортах так не загоришь никогда. Жесткие волосы, неприятно большие руки. Одет в плащ мышиного цвета. Молодой же, наоборот, — невысокого
роста, длинноволосый. Умные маленькие глаза. Эдакий
старомодный юноша-семидесятник, сдвинутый на ли-
тературе. Из тех, что в компании себе подобных то и дело приговаривают, откидывая патлы со лба: «А вот Ми-
сима...» Со мной в университете, помню, училось сразу
несколько таких типов. Плащ на нем был темно-синий.
Черные башмаки на ногах у обоих не имели ни малейшего отношения к моде. Дешевые, стоптанные; валяй-
ся такие в грязи на дороге, даже взгляд бы не зацепился.

Ни один из джентльменов своим видом к особой дружбе не располагал. Про себя я окрестил их Гимназистом и Рыбаком.

Гимназист извлек из кармана полицейское удостоверение и, ни слова не говоря, показал мне. Как в кино, подумал я. До сих пор мне ни разу не доводилось разглядывать полицейское удостоверение, но я сразу почувствовал: не фальшивка. Кожа на обложке истерта в точности как на ботинках. И все-таки этот тип даже удостоверение предъявлял с таким видом, будто распространял среди соседей альманах своего литкружка.

— Полицейский участок Акасака, — представился Гимназист.

Я молча кивнул.

Рыбак стоял рядом, руки в карманах, и не произносил ни звука. Словно бы невзначай просунув ногу между порогом и дверью. Так, чтобы дверь не захлопнулась. Черт бы меня побрал. И правда, кино какое-то...

Гимназист запихал удостоверение обратно в карман и принялся пытливо изучать меня с головы до пят. Я стоял с совершенно мокрой головой, в халате на голое тело. В зеленом банном халате от «Ренома». Лицензионного пошива, конечно — но на спине все равно большими буквами написано: «Renoma». И волосы пахли шампунем «Wella». В общем, абсолютно нечего стесняться перед людьми. И потому я стоял и спокойно ждал, когда мне что-нибудь скажут.

— Видите ли, у нас к вам возникли некоторые вопросы, — заговорил наконец Гимназист. — Уж извините, но не могли бы вы пройти с нами в участок?

— Вопросы? Какие вопросы? — поинтересовался я.

— Вот об этом нам лучше и поговорить в участке, — ответил он. — Дело в том, что беседа требует соблюдения протокола, понадобятся некоторые документы. Так что, если можно, хотелось бы обсудить все там.

— Я могу переодеться? — спросил я.

— Да, конечно, пожалуйста... — ответил он, никак не меняясь в лице. Лицо его оставалось бесцветным, как и интонация. Играй такого следователя дружище Готанда, все выглядело бы куда реалистичней и профессиональней, подумал я. Но что поделать, реальность есть реальность...

Все время, пока я переодевался в дальней комнате, они так и простояли в дверях. Я натянул любимые джинсы, серый свитер, поверх свитера — твидовый пиджак. Высушил волосы, причесался, распихал по карманам кошелек, записную книжку, ключи, затворил окно в комнате, перекрыл газовый вентиль на кухне, погасил везде свет, переключил телефон на автоответчик. И сунул ноги в темно-синие мокасины. Оба визитера смотрели, как я обуваюсь, с таким видом, будто разглядывали нечто диковинное. Рыбак по-прежнему держал ногу между дверью и косяком.

Автомобиль дожидался нас чуть вдалеке от дома, припаркованный так, чтобы не мозолить людям глаза. Самая обычная патрульная машина, за рулем полицейский в форме. Первым в салон полез Рыбак, потом запихнули меня, а уже за мной пристроился Гимназист. Всё в лучших традициях Голливуда. Гимназист захлопнул дверцу, и в гробовом молчании мы тронулись с места.

Хотя дорога была забита, сирену включать они не стали, и машина ползла как черепаха. По комфортности все внутри напоминало такси. Разве что счетчика нет. В целом мы дольше стояли, чем ехали, так что водители соседних автомобилей таращились на мою физиономию во все глаза. Никто в машине не произносил ни слова. Рыбак, скрестив руки на груди, смотрел в одну точку перед собой. Гимназист же, напротив, глядел за окно с таким *замысловатым* выражением лица, будто сочинял в уме пейзажную зарисовку для какого-нибудь романа. Интересно, что за картину он там сочиняет, подумал я. Как пить дать, что-нибудь мрачное, с целой кучей невразумительных слов. «Весна как она есть нахлынула яростно, будто черный прилив. Прокатившись по городу, она разбудила потаенные чувства безвестных людишек, что прятались в его закоулках, — и растворилась в бесплодном зыбучем песке, не издав ни звука».

Я представил подобный текст, и мне тут же захотелось повычеркивать к дьяволу половину этой бредятины. Что такое «весна как она есть»? Что за «бесплодный песок»? Скоро, впрочем, я спохватился и прервал это идиотское редактирование. Улицы Сибуя, как обычно, кишели безмозглыми тинэйджерами в клоунских одеяниях. Ни «разбуженных чувств», ни «зыбучего песка» не наблюдалось, хоть тресни.

В участке меня сразу провели на второй этаж — в «кабинет дознания». Тесная, метра полтора на два комнатка с крохотным окошком в стене. В окошко не пробивалось почти никакого света. Видимо, из-за соседнего здания, построенного впритык. В кабинете стояли стол, два железных конторских стула да пара складных табуретов в углу. Над столом висели часы, примитивней которых, наверное, придумать уже невозможно. И больше ничего. То есть вообще ничего. Ни настенных календарей, ни картин. Ни полки для бумаг. Ни вазы с цветами. Ни плакатов, ни лозунгов. Ни чайных приборов. Только стол, стулья, часы. На столе я увидел пепельницу, карандашницу и стопку казенных папок с документами.

Войдя в кабинет, мои провожатые сняли плащи, аккуратно сложили их на табурет в углу и усадили меня на железный стул. По другую сторону стола, прямо напротив меня, уселся Рыбак. Гимназист встал чуть поодаль с блокнотом в руке, то и дело перегибая его и с хрустом пролистывая страницы. Никто не говорил ни слова. Молчал и я.

— Ну и чем же вы занимались вчера вечером? — произнес наконец Рыбак. Насколько я помнил, это было первым, что он вообще произнес.

Вчера вечером, подумал я. А что, собственно, случилось вчера вечером? *В моей голове* вчерашний вечер ничем особенно не отличался от позавчерашнего. А позавчерашний вечер от позапозавчерашнего. Как ни жаль, но именно так и было. С минуту я молчал, тщетно пытаясь что-нибудь вспомнить. Вечно эти воспоминания отнимают какое-то время...

— Послушайте, — сказал Рыбак и откашлялся. — Я мог бы вам очень много рассказать о наших законах. И это заняло бы много времени. Чтобы не тратить столько времени зря, я спрашиваю очень простые вещи. А именно — что вы делали со вчерашнего вечера до сегодняшнего утра. Очень просто, не правда ли? Ответив мне так же просто, вы совершенно ничего не теряете.

— Вот и дайте подумать, — сказал я.

— А чтобы вспомнить, обязательно нужно думать? Я ведь спрашиваю о вчерашнем вечере. Не об августе прошлого года, заметьте. Тут даже думать не о чем, — наседал Рыбак.

Вот потому и не вспомнить, чуть не ответил я, но сдержался. Похоже, таких случайных провалов в памяти им не понять. Того и гляди, еще в идиоты меня запишут...

— Я подожду, — сказал Рыбак. — Я подожду, а вы вспоминайте, не торопитесь. — Сказав так, он достал из кармана пиджака пачку «Сэвен старз» и прикурил от дешевой пластмассовой зажигалки. — Курить будете?

— Нет, спасибо, — покачал я головой. Как пишет «Брутус»[1], для современного горожанина курить — уже не стильно. Но эти двое плевали на стиль и дымили с явным удовольствием. Рыбак курил «Сэвен старз», Гимназист — короткий «Хоуп». Оба явно приближались к категории *chain smokers*[2]. «Брутуса» и в руках никогда не держали. Совершенно немодные ребята.

— Мы подождем пять минут, — произнес Гимназист, как и прежде, плоским, без всякого выражения голосом. — А вы за это время постарайтесь припомнить. Где были и чем занимались вчера вечером...

— Ну я же говорю, это интель, — повернулся вдруг Рыбак к Гимназисту. — Я проверял, у него и раньше приводы были. И пальчики сняты, и дело заведено. Участие в студенческих беспорядках. Дезорганизация работы административных учреждений. Дело передано в суд... Да он на таких беседах уже собаку съел. Железная выдержка. Полицию, само собой, ненавидит. Уголовный кодекс наизусть вызубрил. Как и свои конституционные права. Вот увидишь, еще немного — и завопит «позовите адвоката».

— Но он же сам согласился прийти. Да и спрашиваем мы совсем простые вещи, — отозвался Гимназист, якобы удивившись. — И арестом ему никто не угрожал... Что-то я не пойму. Зачем ему звать адвоката? Мне кажется, ты усложняешь. Не ищи мышей там, где их нет.

---

[1] «Kasa Brutus» — еженедельный таблоид, пропагандирующий самые модные рестораны, одежду и прочую «культовую» атрибутику жизни в Токио.

[2] Заядлые курильщики (*англ.*).

— А *мне* кажется, этот парень просто ненавидит полицейских. И все, что с полицией связано, на дух не переносит. Физиологически. От патрульных машин до постовых на дороге. И потому он скорее сдохнет, чем согласится хоть чем-нибудь помочь.

— Брось ты, все будет в порядке. Скорее ответит — скорее домой пойдет. Человек он трезвомыслящий, почему бы не ответить? Да и потом, станет адвокат тащиться сюда только из-за того, что у его клиента поинтересовались, чем он вчера занимался? Адвокаты ведь тоже люди занятые. Если он интель, то уж это наверняка понимает.

— Ну что ж, — сказал Рыбак. — Если и правда понимает, тогда сбережет время и себе, и нам. Мы здесь тоже люди занятые. Да и у него, я думаю, найдутся дела поважней. А будет резину тянуть, только сам устанет. Оччень сильно устанет...

Два комика разыгрывали всю эту мизансцену, пока отведенные пять минут не прошли.

— Ну что? — сказал наконец Рыбак. — Как вы там? Что-нибудь вспомнили?

Я ничего не вспомнил, да и не особо хотелось. Чуть позже само вспомнится как-нибудь. Но сейчас бесполезно. Проклятая дыра в памяти не зарастала, хоть провались.

— Сначала вы мне объясните, в чем дело, — сказал я. — Я не могу говорить, не зная, в чем дело. И не хочу на себя наговаривать, не зная, в чем дело. Элементарные приличия требуют, чтобы сначала человеку объяснили, в чем дело, а потом уже спрашивали. Ваше поведение в высшей степени неприлично.

— Он не хочет на себя наговаривать... — повторил за мной Гимназист так, будто разбирал текст какого-нибудь романа. — Наше поведение в высшей степени неприлично...

— Что я говорил? Чистый интель, — сказал Рыбак. — Все воспринимает через задницу. Полицию ненавидит. А о том, что на свете творится, узнает из рубрики «Мир» в газете «Асахи».

— Газет я не покупаю. И рубрики «Мир» не читаю, — возразил я. — И пока мне не объяснят, за каким дьяволом меня сюда притащили, я ничего не скажу. Собираетесь дальше хамить — хамите сколько влезет. Мне торопиться некуда. У меня свободного времени завались.

Сыщики молча переглянулись.

— Значит, если мы объясним, в чем дело, вы будете отвечать? — спросил Рыбак.

— Не исключено, — ответил я.

— А у него занятное чувство юмора, — произнес Гимназист, сложив руки на груди и глядя куда-то вверх. — «Не исключено!..»

Рыбак погладил пальцем шрам на переносице. Судя по всему, то был шрам от ножа — глубокий, со рваными краями.

— Слушай меня внимательно, — произнес Рыбак. — Времени у нас в обрез. Лясы точить некогда, скорей бы с этой бодягой покончить. Или ты думаешь, мы от этого удовольствие получаем? Да нам бы к шести свернуть все дела — и ужинать дома с семьей, как нормальные люди. Ненавидеть тебя нам не за что. Зуб на тебя мы не точим. Расскажи, что делал вчера вечером, и больше мы от тебя ничего не потребуем. Если человеку нечего стыдиться, рассказать такое — проще простого, не так ли? Или ты все-таки что-то скрываешь, и потому молчишь?

Я молча разглядывал пепельницу на середине стола.

Гимназист снова с хрустом пролистал страницы блокнота и спрятал его в карман. С полминуты никто не произносил ни слова. Рыбак достал очередную сигарету, воткнул в рот и прикурил.

— Стальная воля. Железобетонная выдержка, — съязвил он наконец.

— Ну что? Вызываем Комиссию по правам человека? — спросил Гимназист.

— Да при чем тут права человека? — тут же отозвался Рыбак. — Это элементарный гражданский долг. Так в Законе сказано: «Оказывать посильную помощь следствию». Слыхал? В твоем любимом законодательстве написано, черным по белому. За что ж ты так полицию ненавидишь? Ты, когда в городе заблудишься, у кого дорогу спрашиваешь? У полиции. Если твой дом обчистили, куда ты звонишь, как ошпаренный? В полицию. А о том, что все это — дашь-на-дашь, даже подумать не хочешь? Что тебе мешает ответить? Мы же спрашиваем простые вещи простым языком, так или нет? *Где ты был и что делал вчера вечером?* Может, не будем резину тянуть да закончим со всем этим поскорее? И мы будем спокойно работать дальше. А ты пойдешь домой. Всем хорошо, все счастливы. Или тебе так не кажется?

— Сначала я должен узнать, в чем дело, — повторил я.

Гимназист извлек из кармана пачку бумажных салфеток, вытянул одну и трубно, с оттяжкой высморкался. Рыбак отодвинул ящик стола, достал оттуда пластмассовую линейку и принялся похлопывать ею по раскрытой ладони.

— Вы что, ничего не соображаете? — воскликнул Гимназист, выбрасывая салфетку в урну возле стола. — Каждым подобным ответом вы только вредите себе самому.

— Эй, парень. Сейчас не семидесятый год. Кому охота тратить время на твои игры в борьбу с произволом? — протянул Рыбак с такой интонацией, будто ему осточертел белый свет. — Эпоха беспорядков прошла, приятель. Новое общество засосало всех — и тебя, и меня — в свое болото по самые уши. Нет больше ни произвола, ни демократии. Никто уже и не мыслит такими категориями. Это общество слишком огромно. Какую бурю ни пытайся поднять, не выгадаешь ни черта. Система отлажена до совершенства. Любому, кто ею недоволен, остается разве что окопаться и ждать какого-нибудь суперземлетрясения. И сколько бы ты ни выпендривался здесь перед нами, никакого толку не будет. Ни тебе, ни нам. Только нервы измотаем друг другу. Если ты интель, сам это понимать должен; так или нет?

— Да, возможно, мы немного устали, и потому обратились к вам не в самой вежливой форме. Если так, приносим извинения, — проговорил Гимназист, вновь теребя извлеченный из кармана блокнот. — Но вы нас тоже поймите. Работаем мы на износ. Со вчерашней ночи почти не спали. Детей своих не видали дней пять, не меньше. Едим как попало и где придется. И пускай это вам не нравится, но мы тоже по-своему вкалываем на благо этого общества. А тут появляетесь вы, упираетесь рогами в землю и на вопросы отвечать не хотите. Поневоле занервничаешь, представьте сами. Говоря «вы вредите себе самому», я всего лишь имел в виду, что чем больше мы устаем, тем хуже обращаемся с вами, это естественно. Простые вопросы решать становится сложнее. Все только запутывается еще больше. Конечно, существует и столь почитаемый вами Закон. И гражданские права согласно Конституции. Но чтобы их досконально соблюдать, нужно время. Пока тратишь время, рискуешь столкнуться с целой кучей очередных неудобств. Закон — штука ужасно заковыристая, и возиться с ним бывает порой просто некогда. Особенно в нашей работе, где все приходится решать с пылу с жару прямо на месте происшествия. Вы понимаете, о чем я?

— Не хватало еще, чтоб ты нас не понял. Никто не собирается тебя запугивать, — подхватил Рыбак. — Вот и он тебя всего лишь *предупреждает*. Мы просто хотим избавить тебя от очередных неудобств...

Я молча разглядывал пепельницу. На ней не было ни надписей, ни узора. Просто старая и грязная стеклянная пепельница. Вероятно, когда-то она была даже прозрачной. Но не теперь. Теперь она была мутно-белесой, с ободком дегтя на дне. Сколько, интересно, она простояла на этом столе? Наверно, лет десять, не меньше...

Рыбак еще с полминуты поиграл линейкой в ладони.

— Ну хорошо, — сказал он наконец. — Мы расскажем, в чем дело. Хотя это и нарушение стандартной процедуры дознания, считай, что твои претензии принимаются. Будь по-твоему... По крайней мере, пока.

С этими словами он отложил линейку в сторону, взял одну из папок, наскоро пролистал ее, вынул бумажный конверт, извлек оттуда три большие фотографии и положил передо мною на стол. Я взял снимки в руки. Черно-белые, очень реалистичные. Сделанные отнюдь не из любви к искусству, это я понял в первую же секунду. На фотографиях была женщина. На первом снимке она лежала в кровати обнаженная, лицом вниз. Длинные руки и ноги, крепкие ягодицы. Разметавшиеся веером волосы скрывают лицо и шею. Бедра слегка раздвинуты так, что видно промежность. Руки раскинуты в стороны. Женщина казалась спящей. На постели вокруг — ничего примечательного.

Второй снимок оказался куда натуралистичнее. Она лежала на спине. Голая грудь, треугольник волос на лобке. Руки-ноги вытянуты, как по команде «смирно». Было ясно как день: женщина мертва. Глаза широко раскрыты, губы свело в очерствелом изломе. Это была Мэй.

Я взглянул на третье фото. Снимок лица в упор. Мэй. Никаких сомнений. Только она больше не была Королевой. Тело ее застыло, окоченело и потеряло всякую привлекательность. Вокруг шеи я различил слабые пятна, будто там старательно терли пальцами.

В горле у меня пересохло так, что я не мог проглотить слюну. В ладони будто вонзили сотни иголок. Боже мой... Мэй. Королева секса. До самого утра так классно разгребала со мной физиологические сугробы, слушала «Dire Straits», пила кофе. А потом умерла. Теперь ее нет... Я хотел покачать головой. Но сдержался. И как ни в чем не бывало вернул фотографии Рыбаку. Все время, пока я разглядывал снимки, оба сыщика изучали мою физиономию. «Ну и?..» — спросил я у Рыбака одними глазами.

— Знаешь эту женщину? — спросил Рыбак.

Я покачал головой.

— Не знаю, — ответил я. Можно было не сомневаться: скажи я, что знаю Мэй — в эту кашу немедленно засосет и дружище Готанду. Ведь это он свел меня с нею. Но затягивать сюда еще и Готанду я не мог Не исключено, конечно, что его затянули во все это еще до меня. Это мне не известно. Если это так, если Готанда сообщил им мое имя и проболтался о том, что я трахался с Мэй, то дела мои дрянь. Прежде всего станет ясно, что я соврал следствию. И тут уже простыми шуточками не отделаться. Об этом я мог лишь гадать. Но в любом случае, *с моей стороны* выдавать им Готанду никак не годилось. Слишком уж разные у нас ситуации. Скандал поднимется на весь белый свет. Таблоиды просто сожрут его с потрохами.

— Еще раз посмотри хорошенько, — медленно и веско сказал Рыбак. — То, что ты ответишь сейчас, очень важно, поэтому смотри как следует, а потом отвечай. Ну? Знаешь эту женщину? Только не вздумай лгать. Мы в своем деле профессионалы. Лгут нам или правду говорят, понимаем сразу. А кто солгал полиции, кончает плохо, очень плохо... Это тебе понятно?

Я снова взял со стола фотографии и разглядывал их какое-то время. Страшно хотелось отвести глаза. Но как раз этого делать было нельзя.

— Да не знаю я, — сказал я наконец. — К тому же она мертвая...

— Мертвая, — театрально повторил за мной Гимназист. — Совсем мертвая. Со страшной силой мертвая. Мертвая абсолютно. И это ясно с первого взгляда. Мы-то на нее уже насмотрелись — там, на месте преступления. Какая женщина, а? Так и умерла голой. Первое, что в глаза бросается: роскошная была женщина. Вот только стоит женщине умереть, и красавица она или уродина, уже не так важно, правда? Как и то, что она голая. Теперь это просто труп. Оставь его так лежать — сгниет. Кожа потрескается, расползется, вылезут куски тухлого мяса. Вонять будет мерзко. Черви заведутся внутри. Вы такое когда-нибудь видели?

— Нет, — сказал я.

— А мы видели — и не раз. На такой стадии уже не различить, красивая была женщина или нет. Просто кусок гниющего мяса. Все равно что протухший стейк, очень похоже. После этого запаха долго не можешь ничего есть. Даже из нас, профессионалов, этой вони не выносит никто. К такому не привыкают... Потом пройдет еще какое-то время, и останутся только кости. Уже без запаха. Высохшие до предела. Белоснежные. Девственной чистоты... Наилучшее состояние, правда? Впрочем, эта женщина до такого еще не дошла. До костей не истлела и не протухла. Сейчас она просто труп. Окоченевший. Как дерево. Даже ее красоту различить еще можно. Пока она была жива, ни я, ни вы не отказались бы от такого сокровища в постели, как полагаете? Но теперь даже нагота ее ни малейшего желания не вызывает. Потому что она мертвая. А мы и трупы — субстанции совершенно разные. Труп — это все равно что каменная статуя. Иначе говоря, существует некий водораздел, за которым только ноль. Абсолютный ноль. Лежи смирно и жди кремации. А ведь какая женщина была... Жалость, а? Живая она бы еще долго оставалась красоткой. Увы. Кому-то понадобилось ее убить. Какому-то подонку. А ведь у этой девчонки тоже было право на жизнь. В ее-то двадцать с небольшим. Задушили чулками. Такая смерть наступает не сразу. Проходит несколько минут. Страшных минут. Ты хорошо понимаешь, что сейчас умрешь. И думаешь, почему тебе приходится умирать так нелепо. Ты страшно хочешь пожить еще. Но корчишься в спазмах от нехватки кислорода. Мозг затуманивается. Ты мочишься под себя. В последний раз пытаешься вырваться и спастись. Но сил не хватает. И ты умираешь медленно... Не самая приятная смерть, как считаете? Подонка, который устроил ей такую смерть, мы и хотим поймать. *Обязаны* поймать. Потому что это преступление. Зверское преступление. Расправа сильного над слабым. Прощать такое нельзя. Если такое прощать, пошатнутся основы этого общества. Убийцу необходимо поймать и покарать. Это наш долг. Если мы этого не сделаем, он убьет еще и еще.

— Вчера в полдень эта женщина заказала двухместный номер в дорогом отеле на Акасака, и в пять часов вошла туда одна, — сказал Рыбак. — Сообщила, что муж прибудет чуть позже. Фамилия и телефон, которые указала, вымышлены. Номер оплатила вперед наличными. В шесть она позвонила вниз и заказала ужин на одного. И все это время была одна. В семь из номера выставили тележку с посудой. А на двери появилась табличка «Не беспокоить». Расчетный час в отеле — двенадцать дня. Ровно в двенадцать следующего дня дежурный по размещению позвонил в номер, но трубку никто не взял. На двери по-прежнему висела табличка «Не беспокоить». На стук никто не отозвался. Работники отеля принесли запасные ключи и отперли номер. И обнаружили там мертвую голую женщину. В той самой позе, что на первой фотографии. Никто из служащих не помнил, чтобы в номер входил мужчина. На верхнем этаже отеля — ресторан, лифтами пользуется кто попало, и поток пассажиров очень плотный. Почему, кстати, в этом отеле и любят устраивать тайные ночные свидания. Черта с два кого-нибудь выследишь...

— В ее сумочке не нашли ничего, что хоть как-то помогло бы расследованию, — сменил его Гимназист. — Ни водительских прав, ни записной книжки, ни кредиток, ни банковских карточек. Инициалов ее имени нигде не значилось. Там были только косметичка, тридцать тысяч иен в кошельке, противозачаточные таблетки. И больше ничего... Впрочем, нет. В самом укромном кармашке ее кошелька — там, где не сразу и догадаешься, — нашли визитную карточку. *Вашу* визитную карточку.

— Ты *действительно* не знаешь эту женщину? — тут же навалился Рыбак.

Я покачал головой. Я был бы только рад сделать все,

чтобы полиция поймала подонка, убившего Мэй. Но в первую очередь я должен был думать о живых.

— Что ж... Тогда, может, скажете, где вы были и чем занимались вчера вечером? — спросил Гимназист. — Теперь-то вы знаете, почему вас сюда привели и зачем допрашивают...

— В шесть часов я сидел дома и ужинал, потом читал книгу, немного выпил, к двенадцати заснул, — сказал я. Память понемногу восстанавливалась. Видимо, из-за шока от фотографий убитой Мэй.

— С кем виделся за это время? — спросил Рыбак.

— Ни с кем. Весь вечер был один, — ответил я.

— А по телефону ни с кем не говорил?

— Нет, — сказал я. — Один раз позвонили, часов в девять, но телефон был на автоответчике, я не стал снимать трубку. После проверил — звонили по работе.

— А зачем ты автоответчик включил, когда дома был?

— А чтобы в отпуске ни с кем о работе не разговаривать, — ответил я.

Они захотели узнать имя и телефон клиента, звонившего мне вчера. Я сказал.

— И после этого ты весь вечер читал?

— Сначала посуду вымыл. Потом читал.

— Что читал?

— Вы не поверите. Кафку читал. «Процесс».

Рыбак записал: *«Кафка, Процесс»*. Иероглифов слова «процесс» он не знал, и ему подсказал Гимназист. Уж этот тип, как я и полагал, знал о Кафке не понаслышке.

— Значит, до двенадцати ты читал, — уточнил Рыбак. — И выпивал.

— Как обычно вечером... Сначала пиво. Потом бренди.

— Сколько выпил?

Я напряг память.

— Пива две банки. Потом бренди, где-то четверть бутылки. А закусывал консервированными персиками.

Рыбак все это старательно записал. *«И закусывал консервированными персиками»*.

— Вспомнишь еще что-нибудь — говори. Любая мелочь может пригодиться.

Я подумал еще немного, но ничего больше не вспомнил. Абсолютно ничем не примечательный вечер. Я просто сидел и спокойно читал книгу. В тот самый ничем не примечательный вечер, когда Мэй задушили чулками.

— Не помню, — сказал я.

— Советую предельно сосредоточиться, — снова встрял Гимназист, откашлявшись. — Вы сейчас в ситуации, когда ваши собственные слова могут здорово вам навредить...

— Перестаньте. Мои слова никак не могут мне навредить, потому что я ничего не делал, — отрезал я. — Я свободный художник, визитки по всему городу рассовываю. Как моя визитка попала к этой девчонке, не знаю, но из этого вовсе не следует, что я ее убил.

— Был бы ты ни при чем, стала бы она прятать одну-единственную визитку в самое укромное место кошелька? Вот в чем вопрос... — произнес Рыбак. — В общем, пока у нас две версии происшедшего. Версия первая: эта женщина одна из твоих партнеров по бизнесу. Кто-то назначил ей в отеле свидание, убил ее, выгреб из сумочки все, что могло навести нас на след, и скрылся. И только твою визитку, которую она поглубже запрятала, не заметил. Версия вторая: она проститутка. Профессиональная шлюха. Высшей категории. Из тех, что работают только в дорогих отелях. Эти пташки никогда не носят с собой ничего, что подсказало бы, как их потом найти. И вот по какой-то неизвестной причине очередной клиент ее задушил. Поскольку деньги не тронуты, убийца, скорее всего, — маньяк. Вот такие две версии. Что ты об этом скажешь?

Я склонил голову набок и промолчал.

— Так или иначе, единственный ключ к разгадке — твоя визитка. На данный момент это все, что у нас в руках, — веско произнес Рыбак, постукивая концом авторучки по железной столешнице.

— Визитка — это всего лишь клочок бумаги с буквами, — возразил я. — Сама по себе ничего не доказывает. И уликой являться не может.

— *Пока* не может, — вроде бы согласился Рыбак. Его авторучка продолжала со звонким цоканьем плясать по столу. — *Пока* ничего не доказывает, тут ты прав. Сейчас эксперты заканчивают осмотр номера и оставшихся там вещей. Производится вскрытие тела. Завтра прояснится много *пока* неизвестных деталей. Выстроится какая-то цепочка событий. А *пока* остается только ждать. Вот мы и подождем. А ты за это время постараешься вспомнить еще что-нибудь. Возможно, мы просидим здесь с тобой до ночи. Что ж. Работаем мы основательно. Когда человек не торопится, он вспоминает много интересных мелочей. Вот и давай — спокойно, не торопясь, восстанови все в голове еще раз. Все, что с тобой происходило вчера. Одно за другим, по порядку...

Я уперся взглядом в часы на стене. С крайне тоскливым выражением на циферблате эти часы показывали десять минут шестого. И тут я вспомнил, что обещал позвонить Юки.

— Могу я от вас позвонить? — спросил я у Рыбака. — Ровно в пять я обещал позвонить одному человеку. Это важно. Если не позвоню, будут проблемы.

— Женский пол? — прищурился Рыбак.

— Угу, — только и ответил я.

Он кивнул, дотянулся до телефона и подвинул его диском ко мне. Я достал блокнот, отыскал номер Юки и набрал его. На третьем гудке она сняла трубку.

— У тебя важное дело, и ты не можешь приехать? — первой спросила Юки.

— Происшествие, — поправил я. — Не по моей вине. То есть я понимаю, что это ужасно, но ничего не могу поделать. Меня забрали в полицию и допрашивают. В участке на Акасака. В чем дело, долго объяснять, но, похоже, в ближайшее время меня отсюда не выпустят.

— В полицию? Ты что натворил, признавайся?

— Ничего не натворил. Вызвали как свидетеля одного убийства. Вляпался случайно.

— Чушь какая-то, — сказала Юки бесцветным голосом.

— И не говори, — согласился я.

— Но ты же никого не убивал, правда?

— Конечно, никого я не убивал. Я в жизни делаю много разных глупостей и ошибок, но людей я не убиваю. И вызвали меня как свидетеля. Сижу вот и отвечаю на всякие вопросы. Но перед тобой я виноват, спору нет. Постараюсь искупить свою вину в самое ближайшее время.

— Ужасно дурацкая чушь, — сказала Юки. И старательно, как можно громче брякнула трубкой.

Я тоже повесил трубку и вернул телефон Рыбаку. Оба следователя внимательно слушали мой разговор с Юки, но, похоже, так ничего для себя и не выудили.

Знай они, что я назначал свидание тринадцатилетней девчонке, в чем бы меня только не заподозрили! Наверняка записали бы в маньяки-извращенцы или еще что похлеще. Что говорить, в нормальном мире нормальные тридцатичетырехлетние дяди не назначают тринадцатилетним пигалицам свиданий...

Они расспросили меня подробнейшим образом, что я делал вчера, и запротоколировали каждое слово. Под каждый очередной лист белой писчей бумаги подкладывая разлинованную картонку. И тоненькой шариковой ручкой выводя иероглиф за иероглифом. Идиотский, абсолютно никому не нужный протокол. Человеческие силы и время, переведенные на дерьмо. Очень добросовестно эти взрослые люди зафиксировали, куда я ходил и что ел. Я рассказал им всё, вплоть до хитростей приготовления жареного конняку[1], которым поужинал. И уже шутки ради наскоро объяснил, как лучше нарезать ломтиками сушеного тунца. Но эти люди не понимали шуток. Слово в слово, они старательно записывали все, что я нес. В итоге получился толстенный документ. Очень солидный на вид и лишенный всякого смысла.

В половине седьмого они сходили в ближайшую лавку и принесли мне бэнто[2]. Мягко скажем, не самое вкусное в моей жизни. Слишком похоже на пищевой мусор. Мясные фрикадельки, картофельный салат, жареные рыбные палочки. Ни приправы, ни ингредиенты этой еды не представляли никакого кулинарного интереса. Слишком резкий вкус масла, слишком крепкие соусы. В соленья подмешаны искусственные красите-

---

1     К о н н я к у (*яп.*) — популярное японское кушанье: серо-бурая паста или желе из морского растения аморфофаллюс (*Amorphophallus conjac, K. Koch*). По виду и вкусу напоминает студень из морепродуктов. Жарится с трудом.

2     Б э н т о (*яп.*) — холодный завтрак (обед и т.п.) в коробке, который берут с собой в дорогу или покупают в пути.

ли. Но поскольку Рыбак с Гимназистом уплетали свои порции так, что за ушами трещало, я тоже умял все до последней крошки. Не хватало еще, чтобы они решили, будто у меня с перепугу кусок в горло не лезет.

Когда все поели, Гимназист принес откуда-то терпкого и горячего зеленого чая. За чаем они опять закурили. В тесном кабинетике было накурено — не продохнуть. В глазах у меня щипало, а пиджак насквозь провонял никотином. Кончился чай и начались очередные вопросы. Нескончаемый поток концентрированной белиберды. С какого места и по какое я читал «Процесс». Во сколько переоделся в пижаму. Я рассказал Рыбаку общий сюжет «Процесса», но его, по-моему, не зацепило. Наверное, для него эта история прозвучала слишком буднично. Я даже забеспокоился: а доживут ли, вообще, творения Франца Кафки до XXI века? Как бы то ни было, сюжет «Процесса» в моем изложении был также занесен в протокол. Кому и за каким дьяволом нужно записывать все подряд, у меня в голове не укладывалось. И правда, Кафка в чистом виде... Я ощутил себя полным идиотом и заскучал. Я устал. Голова не работала. Все происходящее казалось слишком ничтожным и слишком бредовым. Тем не менее эта парочка просто из кожи вон лезла, засовывая нос в каждую щелку того, что было со мной вчера, задавая вопрос за вопросом и подробно записывая мои ответы один за другим. То и дело Рыбак забывал, как пишется очередной иероглиф, и спрашивал у Гимназиста. Эта странная работа, похоже, им совершенно не надоедала. Даже изрядно вымотавшись, они вкалывали не покладая рук. Их уши, точно локаторы, улавливали тончайшие оттенки моих интонаций, а глаза горели страстным желанием выудить из услышанного хоть какую-нибудь неувязку.

Время от времени то один, то другой выходил из комнаты и через пять или шесть минут возвращался. Совершенно несгибаемые ребята.

В восемь часов они поменялись ролями, и вопросы стал задавать Гимназист. Одеревеневший Рыбак встал и принялся расхаживать по кабинету, отводя назад плечи, вращая шеей и размахивая руками. Чуть погодя он опять закурил. Перед тем как продолжить допрос, Гимназист тоже выкурил сигарету. В безобразно проветриваемой комнатушке белый дым клубился, как на сцене во время концерта «Weather Report». Только воняло при этом никотином и мусорной жратвой. Ужасно хотелось выйти на улицу и глубоко вздохнуть.

— Хочу в сортир, — сказал я.

— Из двери направо, до упора и налево, — автоматически произнес Гимназист.

Я сходил по указанному маршруту, не спеша освободился от лишней жидкости, несколько раз глубоко вздохнул и вернулся обратно. Странное чувство — с наслаждением дышать полной грудью в сортире. Особенно когда санитарные условия сортира к этому не располагают. Но я представил себе убитую Мэй, и мое положение показалось мне просто роскошным. Я-то, по крайней мере, жив. И, по крайней мере, еще способен дышать...

Я вернулся из сортира, и Гимназист продолжил допрос. Очень дотошно он принялся выпытывать у меня все о клиенте, который звонил вчера. Что между нами за отношения? Какая работа нас связывает? Зачем он звонил? Почему я тут же не перезвонил ему? Для чего взял такой длинный отпуск? У меня настолько успешный бизнес, что я могу себе это позволить? А сдаю ли я отчеты о доходах в налоговую инспекцию? И куча других вопросов в том же духе. Как и Рыбак до него, каждый мой ответ он аккуратными иероглифами заносил на бумагу. Считают ли они сами, что такая работа имеет какой-то смысл, — этого я не знал. Возможно, они никогда о том не задумывались и просто выполняют обычную рутину. Чистый Кафка. А может, нарочно притащили меня в этот занюханный кабинет и выматывают жилы в надежде, что я выболтаю правду? Если так, можно сказать, задачу свою они выполнили на все сто. Я раздавлен, измучен, и на любые вопросы отвечаю, что могу, совершенно автоматически. Что угодно, лишь бы поскорее закончить с этим безумием.

Но и в одиннадцать допрос продолжался. Я не улавливал даже намека на скорый финал. В десять часов Рыбак вышел куда-то, в одиннадцать вернулся. Явно где-то прилег и поспал часок: глаза его покраснели. Вернувшись, сразу стал проверять, что написали в его отсутствие. Затем сменил Гимназиста. Гимназист принес кофе. Растворимого. Уже с сахаром и порошковыми сливками внутри. Мусорное пойло.

Я был на пределе.

В половине двенадцатого я заявил, что устал, хочу спать и больше не слова им не скажу.

— Ч-черт! — ругнулся Гимназист и нервно забарабанил пальцами по столу. — Времени совсем нет, а ваши ответы крайне необходимы для дальнейшего расследования. Вы уж извините, но очень важно, чтобы вы потерпели еще немного и позволили нам довести дознание до конца.

— Никакой важности в ваших вопросах я не наблюдаю, — сказал я. — По-моему, вы сидите и часами спрашиваете у меня всякую ерунду.

— Любая ерунда может привести к неожиданным результатам. Есть много примеров того, когда благодаря незначительной на первый взгляд ерунде раскрывались серьезные преступления. Также немало случаев, когда на *кажущееся ерундой* не обратили внимания, а после горько жалели. Как бы там ни было, имеет место убийство. Погиб человек. И нам тут тоже, представьте себе, не до шуток. Поэтому, как ни трудно, извольте терпеть и оказывать помощь следствию. Если честно, нам ничего не стоит выписать ордер на арест и задержать вас как ключевого свидетеля в деле об убийстве. Но если мы так поступим, то осложним ситуацию и себе, и вам. Не так ли? Сразу понадобится целое море документов. Общаться станет труднее. Поэтому давайте-ка уладим наши дела потихоньку. Вы поможете нам, а мы не станем прибегать к столь суровым мерам.

— Если хочешь спать, как насчет комнаты отдыха? — предложил Рыбак. — Ляжешь, выспишься, а там, может, и вспомнишь еще что-нибудь.

Я молча кивнул. Все равно. Где угодно, только не в этом провонявшем никотином чулане.

Он отвел меня в «комнату отдыха». Мы прошли по мрачному коридору, спустились по еще более мрачной лестнице и снова прошли по коридору. Угрюмый сырой полумрак, казалось, прилип к этим стенам навечно. «Комната отдыха», о которой он говорил, оказалась тюремной камерой.

— Насколько я понимаю, это тюремная камера, — улыбнулся я самой напряженной улыбкой, какая мне когда-либо удавалась. — Если я, конечно, вообще что-нибудь понимаю...

— Уж извини. Ничего другого нет, — ответил Рыбак.

— Ни фига себе шуточки. Я пошел домой, — заявил я. — Завтра утром опять приду.

— Но я же не буду запирать дверь, — остановил меня жестом Рыбак. — Не привередничай. Потерпи всего одну ночь. Если тюремную камеру не запирать, она всего лишь обычная комната, разве нет?

Вступать в очередную перепалку у меня уже не было сил. Что угодно, подумал я. В конце концов, и правда: если камеру не запирать — это всего лишь обычная комната. Как бы то ни было — я нечеловечески вымотался и хочу спать. И больше ни с кем во Вселенной ни о чем не желаю разговаривать. Я кивнул, без единого слова вошел в камеру, лег и свернулся калачиком на жестких нарах. Тоскливо — хоть волком вой. Отсыревший матрас, дешевое одеяло и вонь тюремной параши. Полная безнадега.

— Я не запираю! — сказал Рыбак и затворил за собой. Дверь закрылась с холодным душераздирающим лязгом. Запирай не запирай, *этот* лязг приветливее не станет.

Я вздохнул и закутался с головой в одеяло. Из-за стены доносился чей-то мощный храп. Этот храп то доплывал до меня откуда-то издалека, то раздавался совсем рядом. Словно земной шар незаметно распался на несколько отдельных кусков, которые теперь беспомощно болтались, то сближаясь, то разбегаясь в пространстве, и теперь на соседнем куске Земли кто-то горестно, самозабвенно храпел. Недостижимый и совершенно реальный.

Мэй, подумал я. А ведь я вспоминал о тебе вчера. Не знаю, жива ты была в ту минуту, или уже умерла. Но я вспоминал о тебе. Как мы с тобой спали. Как ты медленно раздевалась перед моими глазами. Действительно, странное было чувство — будто на вечере выпускников. Словно болты, что скрепляют мир, вдруг ослабли, и я наконец успокоился. Тыщу лет ничего такого не испытывал... Но знаешь, Мэй, я ничего не могу сейчас для тебя сделать. Прости, но — совсем-совсем ничего. Ты ведь тоже, я думаю, понимаешь, как в этой жизни все хрупко, как легко все сломать... Я не имею права втягивать Готанду в скандал. Он живет в мире имиджей, в мире экранных ролей. Если все узнают, что он спал с проституткой, а потом его вызвали в полицию как свидетеля убийства, весь его мир пойдет прахом. Конец сериалам с его участием, конец рекламе. Ты скажешь, что все это вздор, и будешь права. Вздорные роли для вздорного мира... Но он доверял мне как другу, когда приглашал в свой мир. И я должен ответить ему тем же. Вопрос верности... Мэй, Козочка Мэй. Как же мне было здорово. Очень здорово в постели с тобой. Точно в сказке, ей-богу. Не знаю, станет тебе легче от этого или нет, но знай, я все время помню тебя. Мы с тобой разгребали сугробы. Физиологические сугробы. Мы трахались с тобой в мире имиджей на чьи-то представительские расходы. Медвежонок Пух и Козочка Мэй. Какой это дикий ужас, наверное, когда перетягивают чулками горло. Как, наверное, хочется пожить еще. Представляю. Но сделать ничего не могу. Если честно, я и сам не знаю, правильно ли поступаю с тобой. Но ничего другого не остается. Таков мой способ жизни. Моя система. Поэтому я заткнусь и ничего не скажу. Спи спокойно, Козочка Мэй. Теперь тебе, по крайней мере, уже не придется опять просыпаться. И не придется опять умирать.

— Спи спокойно, — сказал я.

— *Спи спокойно...* — повторило эхо в моей голове.

— Ку-ку, — отозвалась Мэй.

# 22

На следующий день все повторилось один к одному. В том же кабинетишке мы втроем молча выпили по дрянному кофе с булочкой. В отличие от кофе, круассан был совсем не плох. Гимназист одолжил мне электробритву. Я всегда недолюбливал электробритвы, но тут плюнул и побрился чем бог послал. Поскольку зубной щетки у них не нашлось, пришлось полоскать рот водой из-под крана. И опять начались вопросы. Вздорные и идиотские. Допрос с издевательствами в рамках закона. Весь этот бред, тягучий и медленный, как заводная улитка, продолжался до самого обеда. К полудню они выспросили у меня все, что только могли. Как форма, так и содержание вопросов полностью себя исчерпали.

— Ну что ж. На этом пока закончим, — подытожил Рыбак и отложил авторучку.

Оба следователя синхронно, точно сговорившись, с шумом перевели дух. Я тоже вздохнул поглубже. Было ясно как день: эти двое держали меня здесь с единственной целью — выиграть время. Что там ни сочиняй, а паршивая визитка, найденная в сумочке убитой женщины, — еще не основание для ареста. Даже при отсутствии у меня железного алиби. Вот почему им так важно было затянуть меня в свой безумный кафкианский лабиринт и держать в нем как можно дольше. До тех пор, пока не объявят результаты дактилоскопии, вскрытия, и не станет понятно, убийца я или нет. Бред в чистом виде...

Но так или иначе, больше им спрашивать нечего. И сейчас я отправлюсь домой. Приму ванну, почищу зубы и побреюсь как следует. Выпью человеческий кофе. И по-человечески поем.

— Ну что, — произнес Рыбак, потягиваясь и смачно хрустя позвонками. — Не пора ли нам пообедать?

— Ваши вопросы, как я понимаю, закончились. Я ухожу домой, — сказал я.

— Э-э... Не так сразу, — уже с явным усилием возразил Рыбак.

— Это еще почему? — спросил я.

— Нужна твоя подпись под тем, что ты здесь наболтал.

— Ну так давайте, я подпишу.

— Но сначала ты должен убедиться, что с твоих слов все записано верно. Садись и читай. Строчку за строчкой. Это очень важно.

Толстенную кипу из тридцати или сорока листов писчей бумаги, испещренных убористыми иероглифами, я прочел медленно и старательно от начала и до конца. Перелистывая страницы, я думал о том, что, может быть, лет через двести этот документ будет цениться как уникальный источник знаний о быте минувшей эпохи. Подробный до патологии, достоверный до маниакальности. Историки просто с ума сойдут от восторга. Жизнь горожанина, одинокого мужчины тридцати четырех лет — вся как на ладони. Конечно, среднестатистическим этого человека назвать нельзя. Но тоже дитя своей эпохи... И все-таки здесь, в «кабинете дознаний» полицейского околотка, читать такое было скучно до зубной боли. Чтобы все прочесть, потребовалось минут пятнадцать, не меньше. Но это последний рывок, подбадривал я себя. Прочитаю до конца — и домой!

Дочитав, я шмякнул стопкой бумаги по столу.

— Все в порядке, — сказал я. — Возражений нет. С моих слов записано верно. Могу подписать. Где тут нужно подписывать?

Рыбак стиснул пальцами авторучку и, вертя ее туда-сюда, воззрился на Гимназиста. Гимназист подошел к батарее, взял оставленную на ней пачку короткого «Хоупа», достал сигарету, закурил, выпустил струйку дыма и принялся разглядывать этот дым с угрюмым выражением на лице. У меня отвратительно засосало под ложечкой. Лошадь моя подыхала, а по всей прерии уже грохотали тамтамы врага.

— Все не так просто, — очень медленно произнес Гимназист. Делая упор на каждом слове, как профессионал, объясняющий сложное задание новичку. — Этот документ должен быть написан собственноручно.

— *Собственноручно?*

— Иными словами, вам придется еще раз все это написать. Своей рукой. Своим почерком. В противном случае документ не будет иметь никакой юридической силы.

Я уставился на стопку бумаги. У меня даже не было сил разозлиться. А очень хотелось. Вскочить и заорать, что все это дикая, нелепая чушь. Шарахнуть кулаком по столу. Со словами «не имеете права, я гражданин, и меня защищает закон». А потом хлопнуть дверью и, черт меня побери, вернуться-таки домой. Я отлично понимал, что они не имеют никакого права остановить меня. Но я слишком устал. Не осталось сил, чтобы стоять на своем и чего-то добиваться. Мне уже казалось, будто лучший способ добиться своего — тупо выполнять что угодно. Так гораздо комфортнее... *Слабею,* подумал я. *Слабею и распускаю нюни.* Раньше я таким не был. Раньше я бы рассвирепел так, что мало бы не показалось. А сейчас даже разозлиться ни на что не способен. Ни на мусорную жратву, ни на табачный дым, ни на электробритву. *Старый тюфяк. Сопливая размазня...*

286

— Не буду, — сказал я. — Я устал. И иду домой. Имею полное право. Никто не может меня остановить.

Гимназист издал горлом неопределенный звук — то ли застонал, то ли поперхнулся. Рыбак задрал голову и, разглядывая потолок, выбил концом авторучки по железной столешнице странный ломаный ритм. *Тота-тон — тон, тотон-тотон — тон.*

— В таком случае наш разговор затягивается, — проговорил он сухо. — Прекрасно. Мы выписываем ордер. Задерживаем тебя насильно и проводим официальный допрос. И тогда уже не будем такими добренькими. Черт с тобой, нам и самим так будет проще. Верно я говорю? — повернулся он к Гимназисту.

— Да, в самом деле. Так мы и правда скорее управимся. Что ж, давай так, — кивнул Гимназист.

— Как хотите, — сказал я. — Только пока вы ордер не выпишете, я свободен. Буду дома сидеть, приходите с ордером и забирайте. А сейчас что угодно делайте, но я пошел домой. Иначе я тут с вами просто с ума сойду.

— В принципе, мы можем задержать вас и предварительно, до момента получения ордера, — сказал Гимназист. — Такой закон существует, не сомневайтесь.

«Принесите Свод законов Японии и покажите, где это написано!» — хотел было потребовать я, но тут моя жизненная энергия угасла окончательно. Я прекрасно понимал, что эти люди блефуют, но бороться с ними уже не было никаких сил.

— Ладно, — не выдержал я. — Я напишу все, как вы сказали. А вы за это дайте мне позвонить.

Рыбак подвинул ко мне телефон. Я снова набрал номер Юки.

— Я все еще в полиции, — сказал я ей. — И, похоже, до ночи тут просижу. Так что сегодня тоже приехать не смогу. Извини.

287

— Ты все еще там? — изумилась она.

— Ужасно дурацкая чушь, — сказал я сам, пока того же не сказала она.

— Как ребенок, честное слово, — сказала Юки. Какой все-таки богатый словарь у японского языка, подумал я.

— Что сейчас делаешь? — спросил я.

— Да ничего, — ответила она. — Ерунду всякую. Лежу на кровати, музыку слушаю. Журналы листаю. Печенюшки жую. Ну, типа того.

— Хм-м, — протянул я. — Ладно. Выберусь отсюда, сразу позвоню, хорошо?

— Хорошо, если выберешься, — бесстрастно сказала Юки.

Оба следователя из кожи вон лезли, стараясь вникнуть в наш диалог. Но, похоже, как и в прошлый раз, ни черта не выудили.

— Ну, что ж... Ладно. Пообедаем, что ли, — сказал Рыбак.

На обед была соба[1]. Скользкая, размякшая, еле палочками подцепишь, а попробуешь ко рту поднести — разваливается на полдороге. Эта еда напоминала жидкое питание из больничного рациона. И даже пахла какой-то неизлечимой болезнью. Но оба следователя уписывали ее с большим аппетитом, и мне пришлось изобразить то же самое. Когда все поели, Гимназист снова сходил куда-то и принес горячего зеленого чая.

День протекал тихо, как глубокая река в пору паводка. Тишину нарушало лишь тиканье часов на стене, да время от времени где-то в соседней комнате звонил телефон. Я сидел за столом и рисовал на листах контор-

---

[1] Соба (*яп.*) — лапша из гречневой муки.

ской бумаги иероглиф за иероглифом. Пока я писал, следователи то и дело по очереди отлучались. А также иногда выходили вдвоем в коридор и о чем-то шушукались. А я все сидел за столом и молча гонял по бумаге казенную авторучку. Переписывая — слева направо, строку за строкой — здоровенный бессмысленный текст. «В шесть пятнадцать я решил поужинать, достал из холодильника конняку...» Тупое и методичное стирание собственного «я». *Совсем слабый стал,* — сказал я себе. — *Вконец расклеился.* Выполняешь все, что прикажут, и даже не пикнешь...

И если бы только это, тут же подумал я. Да, я действительно слабею с годами. Но главное все же в другом. Моя главная беда — в том, что я больше не уверен в себе. Такое чувство, будто *не на что опереться.* Разве я верно сейчас поступаю? Чем прикрывать зад Готанде, не лучше ли рассказать все, как было, и хоть чем-то помочь полиции? Сейчас я вру. Врать — ради чего бы то ни было — удовольствие весьма сомнительное. Даже если этим враньем помогаешь другу. Для самого себя всегда найдутся убедительные аргументы. Например, что бедняжку Мэй все равно уже не воскресить. Таких оправданий можно насочинять сколько душе угодно. Только *не во что упереться,* хоть тресни. Поэтому я молчал и продолжал переписывать протокол. И до вечера успел переписать страниц двадцать. Если очень долго писать мелкие иероглифы шариковой ручкой, во всем теле начинает ломить суставы. Наливаются свинцом голова и шея. Тяжелеют локти. Сводит болью средний палец на руке. Отключаются мозги, и в тексте появляется все больше и больше ошибок. Если в тексте появляется ошибка, нужно аккуратно зачеркнуть и оставить на ее месте оттиск большого пальца. Тихое помешательство.

На ужин опять принесли бэнто. Есть почти не хотелось. Я выпил зеленого чая, и меня потянуло блевать. Выходя из сортира, я взглянул на свое лицо в зеркале и ужаснулся тому, что увидел.

— Ну что, пока никаких результатов? — спросил я у Рыбака. — Отпечатки пальцев, показания экспертизы, результаты вскрытия? Все еще нет ничего?

— Пока нет, — ответил он. — Придется подождать еще немного.

К десяти вечера я кое-как переписал еще пять страниц, и мои физические возможности достигли предела. Я понял, что больше не в состоянии написать ни буквы. И сказал об этом. Рыбак отвел меня в камеру. Я лег на нары и провалился в сон. С нечищеными зубами, в одежде трехдневной свежести — мне было уже все равно.

Утром снова побрился электробритвой, выпил кофе, сжевал круассан. И подумал: еще пять страниц. Часа через два я добил эти пять страниц. Затем поставил на каждом листе подпись и отпечаток большого пальца. Гимназист забрал это на проверку.

— Ну теперь вы меня отпустите? — спросил я.

— Сейчас я задам вам еще несколько вопросов и можете идти, — сказал Гимназист. — Не волнуйтесь, это очень простые вопросы. Мы вспомнили, тут как раз кое-чего не хватает.

У меня перехватило дыхание.

— И это, конечно же, снова придется документировать?

— Разумеется, — кивнул Гимназист. — Как ни жаль, контора есть контора. Бумага — это все. Нет бумаги с печатью, считай, ничего и не было.

Я потер пальцами веки. В глаза будто что-то попало. Твердое и колючее, залетело неизвестно откуда, просочилось в голову и там распухло. Так, что уже не вытащить. Поздно, дружище. Спохватись ты чуть раньше, может, и вытащил бы. Но теперь — увы. Принимай соболезнования.

— Да вы не беспокойтесь. Это не займет много времени. Все закончится очень быстро.

Вяло и нудно я принялся отвечать на очередные бессмысленные вопросы, но тут в кабинет вернулся Рыбак, вызвал Гимназиста в коридор, и они принялись долго шушукаться о чем-то за дверью Я откинулся на спинку стула, задрал голову и стал разглядывать черную плесень в углах. Эта плесень напоминала лобковые волосы у трупа на фотографии. Из мрачных углов она сбегала пятнами вниз по стенам и заполняла все трещины, как на старинных фресках. Я почувствовал, что эта плесень вобрала в себя запахи тел несметного числа людей, которых когда-либо сюда заносило. Десятки лет их дыхание и капельки пота оседали на стенах и образовали эту угрюмую плесень. Я вдруг подумал, что уже страшно долго не видел солнечного света. Не слушал музыки. Ну и местечко... Комната, в которой, не гнушаясь никакими средствами, подавляют самолюбие, чувства, гордость и убеждения людей. Не оставляя заметных глазу увечий, людям здесь выворачивают души, заманивают их в бюрократические лабиринты позапутанней любого муравейника и эксплуатируют до последнего предела все их страхи и слабости. Людей изолируют от солнечного света и пичкают мусорной пищей. И заставляют потеть. Вот так и рождается плесень...

Я положил руки на стол, закрыл глаза и подумал о заснеженном городе Саппоро. О громадном отеле «Дельфин» и девчонке за стойкой регистрации. Как там она сейчас? Все так же стоит за своей стойкой и излучает производственную улыбку? Мне вдруг захотелось позвонить ей прямо отсюда и о чем-нибудь поболтать. Наговорить очередных глупых шуток. Но я не знаю ее имени. *Я даже не знаю ее имени.* Какие тут, к.черту, звонки... Просто прелесть девчонка, подумал я. Особенно на работе. Дух отеля. Любит свою работу. Не то, что я. Чем бы в жизни ни занимался, свою работу я не любил никогда. Я выполняю ее очень тщательно и добросовестно. А полюбить ни разу не удавалось. Она же любит свою работу именно как работу. А после работы сразу выглядит такой хрупкой и незащищенной. Такой неуверенной и ранимой. Я мог бы тогда переспать с ней, если б захотел. Но не переспал.

Я так хотел поболтать с ней еще раз.

Пока никто не убил ее.

Пока она куда-нибудь не исчезла.

# 23

Наконец оба следователи вернулись в комнату, но садиться не стали. Я продолжал с рассеянным видом разглядывать плесень.

— Все. Можешь идти, — сказал мне Рыбак бесцветным голосом.

— Могу идти? — переспросил я ошеломленно.

— Вопросы закончились. Финиш, — подтвердил Гимназист.

— Ситуация несколько изменилась, — добавил Рыбак. — Мы больше не можем тебя задерживать. Можешь идти домой. Спасибо за помощь.

Я натянул провонявшую табаком куртку и поднялся со стула. Непонятно с чего, но я чувствовал, что лучше скорей убраться отсюда ко всем чертям, пока эти двое не передумали. Гимназист проводил меня до выхода.

— То, что ты невиновен, мы поняли еще вчера вечером, — сказал он. — Результаты экспертизы и вскрытия никакой связи с тобой не выявили. Сперма и группа крови не твои. Отпечатков твоих пальцев нигде не найдено. Но ты все равно что-то скрываешь, правда? Потому мы тебя и держали. Думали, помурыжим еще немного, может, проболтаешься. Когда от нас что-то скрывают, мы понимаем сразу. Чутье. Профессиональное чутье. Ты ведь знаешь, хотя бы примерно, кто эта женщина, так? Но почему-то это скрываешь. Нехорошо, очень нехорошо. Не стоит нас недооценивать. Мы в своем деле профи. И речь идет об убийстве человека.

— Извините, но я не понимаю, о чем вы, — сказал я.

— Возможно, тебе еще придется сюда прийти. — Он достал из кармана коробок, вытащил спичку и принялся ковырять ею заусенцы вокруг ногтей. — И если это случится, так просто ты уже не отделаешься. Даже если у тебя из-за спины будет то и дело выскакивать адвокат, мы и бровью не поведем. И уж подготовим тебе встречу, что называется, на высшем уровне.

— Адвокат? — переспросил я.

Но он уже растворился в дверях заведения. Я поймал такси и вернулся домой. Дома набрал полную ванну горячей воды и медленно-медленно погрузил туда тело. Почистил зубы, побрился и тщательно вымыл голову. Казалось, я весь пропитался никотиновой вонью. Ну и местечко, снова подумал я. Настоящее змеиное логово.

Выбравшись из ванны, я сварил себе цветной капусты и принялся поедать ее, запивая пивом, под пластинку Артура Прайсока с оркестром Каунта Бэйси. Безупречно стильный, красивый альбом. Я купил его шестнадцать лет назад. В 67-м. Шестнадцать лет уже слушаю. И не надоедает.

Потом я немного поспал. Совсем коротким сном, будто ненадолго вышел куда-то, повернул назад и пришел обратно. Погуляв с полчаса, не больше. Когда открыл глаза, времени было всего час дня. Я бросил в сумку плавки и полотенце, сел за руль старушки «субару», поехал в крытый бассейн на Сэтагая и целый час плавал там до полного изнеможения. И только тогда наконец почувствовал себя человеком. Даже захотел чего-нибудь съесть. Я позвонил Юки. Она была дома. Я сообщил ей, что полиция меня отпустила.

— Замечательно, — отозвалась она в своей стильнобесстрастной манере. Я спросил ее, обедала ли она сегодня. Еще нет, ответила она. Только с утра съела пару пирожных с кремом. Очередной мусор, понял я.

— Давай-ка я за тобой заеду, и мы пообедаем гденибудь по-человечески, — предложил я.

— Угу, — сказала она.

Я снова сел в «субару», обогнул сады храма Мэйдзи, проехал по аллее Музея искусств и с поворота на Аояма вырулил к храму Ноги. Весна с каждым днем заявляла о себе все смелее. За те двое суток, что я провел в полицейском участке Акасака, ветер задул поприветливей, из почек на деревьях показалась листва, а солнечный свет смягчился и словно скруглил очертания у предметов вокруг. Даже шум и гвалт огромного города звучали ласково, как флюгельгорн Арта Фармера. Мир был прекрасен, желудок — космически пуст. Проклятая песчинка, свербившая глаз, исчезла сама по себе.

Я нажал на кнопку звонка, и Юки сразу спустилась. В этот раз на ней была майка с Дэвидом Боуи, поверх майки — коричневый жакетик из мягкой кожи. С плеча свисала холщовая сумка. На сумке болтались значки «Stray Cats», «Steely Dan» и «Culture Club». Ну и сочетаньице, подумал я. Впрочем, мне-то какая разница...

— Ну, как полиция? Весело было? — спросила Юки.

— Ужасно, — ответил я. — Примерно как песенки Боя Джорджа.

— Хм-м, — протянула она без выражения.

— Я куплю тебе Элвиса Пресли. Вместо вот этого, ладно? — предложил я, ткнув пальцем в «Culture Club» у нее на сумке.

— Псих ненормальный, — прошипела она.

Воистину неохватен японский язык...

Первым делом я отвез ее в приличный ресторан, накормил сэндвичами из настоящего пшеничного хлеба с ветчиной, овощным салатом и напоил свежайшим молоком. Сам съел то же самое и выпил кофе. Сэндвичи были отменные. Тонкий соус, нежное мясо, добавка из горчицы с хреном. В самом вкусе — энергия жизни. Вот что я называю *едой*.

— Итак, — спросил я Юки. — Куда мы сегодня поедем?

— В Цудзидо, — сказала она.

— Годится, — согласился я. — Можно и в Цудзидо. А почему Цудзидо?

— Потому что там папа живет, — ответила Юки. — Он сказал, что хочет с тобой повидаться.

— Со мной?

— Не бойся, не такой уж он и мерзавец.

Я отхлебнул второй по счету кофе и покачал головой.

— Я и не говорил, что он мерзавец. Но с чего это твой отец вдруг хочет со мной повидаться? Ты ему про меня говорила?

— Ага. Я ему позвонила. Рассказала, как ты меня с Хоккайдо привез, а теперь тебя забрала полиция и обратно не отдает. Тогда папа позвонил своему знакомому адвокату и попросил разобраться. У него вообще много таких знакомых. Потому что он очень реалистичный.

— Понятно, — сказал я. — Вот, значит, в чем дело...

— Ну тебе же пригодилось?

— Пригодилось, это правда.

— Папа сказал, что полиция не имела права тебя задерживать. И что ты запросто мог оттуда уйти, когда тебе вздумается.

— Да я и сам это знал, — сказал я.

— Тогда чего же ты там сидел? Встал бы и сказал: «Я иду домой».

— Сложно сказать... — ответил я, немного подумав. — Возможно, я себя так наказывал.

— Псих ненормальный, — сказала она, подпирая щеки ладонями. Мощнейший словарный запас.


Мы сели в «субару» и взяли курс на Цудзидо. День клонился к закату, и на шоссе было пусто. Всю дорогу она доставала из сумки кассеты и ставила одну за другой. Чего только не прозвучало в моем драндулете, пока мы ехали... От «Exodus» Боба Марли до «Mister Roboto» группы «Styx». От действительно интересной музыки до полной белиберды. Впрочем, подобные вещи — все равно что пейзажи за окном. Тянутся справа налево и пропадают один за другим. Юки почти все время молчала и, развалясь на сиденье, слушала музыку. Увидав на приборной панели мои темные очки, она их тут же нацепила, а в пути даже выкурила штучку «Вирджиниа Слимз». Я тоже молчал, сосредоточившись на дороге. Старательно переключая передачу за передачей. Не спуская глаз с полотна шоссе. Отмечая каждый указатель и каждый дорожный знак на пути.

Иногда я ловил себя на том, что завидую Юки. Сейчас ей всего тринадцать. С какой, наверное, свежестью воспринимают ее глаза все вокруг — пейзажи, музыку, людей. И видят совсем не то, что видится мне. А ведь когда-то я и сам был таким же. Когда мне было тринадцать лет, мир казался гораздо проще. Затраченные усилия непременно вознаграждались, слова обладали незыблемым смыслом, а однажды найденная красота никогда не исчезала. И все-таки я в свои тринадцать не был таким счастливым. Я любил одиночество, больше верил в себя, когда был один, но стоит ли говорить — одного меня практически не оставляли. Запертый в жесткие рамки двух систем, в школе и дома, я жутко нервничал и комплексовал. Такой уж нервный был возраст. И когда я впервые влюбился в девчонку, конечно же, ничего хорошего у нас с нею не вышло. Потому что я понятия не имел, что такое любовь и как с этим следует обращаться. Да что там, я двух слов связать не мог в разговоре с девчонкой. Застенчивый, неловкий подросток. Учителям и родителям, что вбивали в меня какие-то ценности, я пробовал возражать, но никогда не умел высказать толком свои возражения. Что бы я ни делал, ничего не получалось как надо. Полная противоположность Готанде, у которого все всегда получалось как надо. Но свежий взгляд на мир я сохранял. И это было колоссально. Запахи и впрямь будоражили кровь, слезы были по-настоящему горячи, девчонки красивы, как в сказке, а рок-н-ролл — действительно навсегда. В темноте кинозалов рождалось интимное ощущение тайны, а летние ночи выворачивали душу глубиной и бескрайностью. Я проводил свое нервное детство среди музыки, фильмов и книг. Заучивал наизусть слова песен Сэма Кука и Рики Нельсона. Я построил мир для себя одного и замечательно жил в нем. В свои тринадцать. И только опыты по естествознанию проводил в одной паре с Готандой. Это он, а не я чиркал спичкой и, притягивая к себе страстные взгляды девчонок, элегантно подносил к горелке огонь. Пых!..

Какого же дьявола он теперь завидует мне?

Хоть убей, не пойму.

— Эй, — окликнул я Юки. — Может, все-таки расскажешь про человека в овечьей шкуре? Где ты встречалась с ним? И откуда тебе известно, что с ним встречался я?

Она повернулась ко мне, сняла темные очки, положила на приборную панель. И слегка пожала плечами.

— Но сначала ты мне ответишь, идет?

— Идет, — согласился я.

С полминуты Юки похмыкала в унисон тягучему, как утреннее похмелье, Филу Коллинзу, потом снова стянула с панели очки и принялась теребить их за дужки.

— Помнишь, тогда на Хоккайдо ты мне сказал... Что из всех девчонок, которых ты выманил на свидание, я самая красивая?

— Помню. Говорил, — кивнул я.

— И что, это правда? Или ты просто так сказал, чтоб я перестала дуться? Только честно.

— Это правда. Я не врал, — сказал я.

— А сколько девчонок ты выманил на свидание до сих пор?

— Ну, я не считал...

— Двести?

— Да ну тебя, — засмеялся я. — Не такой уж я у женского пола популярный. Ну, то есть популярный, но не настолько. Я, как бы тебе сказать... весьма локального применения. Узкий такой. Широких масс не охватываю... Но человек пятнадцать точно выманил.

— Так мало?

— Такая вот несчастная жизнь, — вздохнул я. — Мрачная, стылая, тесная...

— Локального применения? — уточнила Юки.

Я кивнул.

Она ненадолго задумалась — наверное, о том, как можно жить такой жизнью. Но, похоже, так ничего и не поняла. Что поделаешь. Молодо-зелено...

— Значит, пятнадцать, — сказала она.

— Ну приблизительно, — поправился я. И еще раз прокрутил в голове тридцать четыре года своей несчастной жизни. — Примерно так. Ну, самое большее — двадцать.

— Двадцать... — повторила Юки разочарованно. — И что, из этих двадцати я самая красивая?

— Да, — ответил я.

— А может, тебе просто красивые не попадались? — спросила она. И закурила вторую сигарету. У перекрестка впереди замаячила фигура полицейского, поэтому сигарету я отобрал и выкинул в окно.

— Попадались даже очень красивые, — ответил я. — Но ты красивее всех. Серьезно, я не вру. Не знаю, поймешь ты или нет, но твоя красота как бы существует сама по себе, независимо от тебя. Совсем не так, как у других. Но я тебя умоляю: давай-ка в машине не курить. Во-первых, снаружи все видно, во-вторых, салон провоняется. И потом, я тебе уже говорил: если девочки с малых лет курят, у них с возрастом начинают плясать менструальные циклы.

— Иди к черту, — надулась Юки.

— Расскажи про человека в овечьей шкуре, — попросил я.

— Про Человека-Овцу?

— Откуда ты знаешь, что его так зовут?

— Ты же сам сказал в прошлый раз. По телефону. «Человек-Овца».

— Что, серьезно?

— Ага, — кивнула Юки.

На дороге начались пробки, и перед каждым светофором приходилось ждать, пока зеленый не сменится как минимум дважды.

— Расскажи мне про него. Где ты с ним встретилась? Юки пожала плечами.

— Да не встречалась я. Просто... вдруг подумала о нем. Когда на тебя посмотрела, — сказала она и накрутила на палец тонкую прядь волос. — Он мне сам и почудился. Человек в овечьей шкуре. Как видение какое-то. И каждый раз, когда встречала тебя там, в отеле, он у меня в голове появлялся. Поэтому я у тебя и спросила. А вовсе не потому, что я что-нибудь знаю...

Притормозив у очередного светофора, я попытался осмыслить услышанное. Я должен это осмыслить во что бы то ни стало. Повернуть нужный винт и завести пружину в голове. Раз, два...

— Ты говоришь, «вдруг подумала о нем», — сказал я Юки. — То есть у тебя перед глазами возникла фигура Человека-Овцы, так?

— Я не могу точно объяснить, — ответила она. — Как бы сказать получше... Не то чтобы прямо фигура этого самого Человека-Овцы перед глазами появилась, нет. Просто, понимаешь... Чувства того, кто все это видел, передаются мне, как воздух. Но глазам их не видно. Глазам не видно, но я их воспринимаю и могу переделать в картинку. Только это не совсем картинка. Ну, *как бы картинка*. Если б я даже могла ее кому-нибудь показать, никто бы не понял, что это. То есть это картинка, которую только я сама понимаю, и все... Тьфу, не могу объяснить нормально! Дура какая-то. Вот ты понимаешь, о чем я говорю?

— Очень смутно, — честно признался я.

Юки насупилась и закусила дужку очков.

— То есть, что получается... — попробовал я наугад. — Ты можешь уловить то, что я ощущаю внутри, или то, что пристало ко мне снаружи, какую-то эмоцию или сверхидею, и преобразовать это в некое видение, вроде символического сна, так, что ли?

— Сверхидею?

— Мысль, которую думаешь очень сильно.

— Ну, может быть... То, что думаешь очень сильно, — да, но не только это. Есть еще то, что *сделало* эту мысль. Что-то ужасно мощное... Сила, которая делает мысли. Если она есть, то я ее чувствую. Пропускаю сквозь себя, как электрический ток. И тогда — своим зрением — вижу. Только не как обычный сон. Скорее как *пустой сон...* Вот, именно так. Пустой сон. Там нет никого. Ни фигур, ни предметов. Ну вот как если у телевизора контраст до предела вывернуть, чтобы стало или совсем темно, или совсем светло, да? То же самое. Ничего не видать. Но кто-то там есть все равно. Надо просто вглядеться очень внимательно. И вот я вглядываюсь — и *чувствую*. Что там сидит человек в овечьей шкуре. Что он не злой человек. И даже вообще не человек. Глазам не видно, но понятно. Просто он выглядит как невидимка. Его как бы нет — но он есть... — Юки с досады прищелкнула языком. — Ужасно объясняю...

— Почему же. Ты отлично объясняешь.

— Что, правда хорошо?

— Очень, — кивнул я. — По-моему, я понимаю все, что ты хочешь сказать. Просто мне нужно время, чтобы это переварить...

Уже перед самым Цудзидо я вырулил к морю и, обогнув сосновую рощицу, остановил «субару» меж двух белых линий на автостоянке. Машин вокруг почти не было.

— Пройдемся? — предложил я Юки.

Стоял чудный апрельский день. Ветер дул, но почти незаметно, море было спокойным. Лишь у самого берега то подымалась, то исчезала волна, словно кто-то стоял у кромки воды и неторопливо встряхивал простыню. Мягкая, размеренная волна. Сёрферы, оставив всякие попытки прокатиться, повытаскивали свои доски на берег и курили, сидя на песке в мокрых гидрокостюмах. Дым от горящей мусорной свалки поднимался к небу столбом, а по левую руку в далекой дымке розовел цветущей сакурой остров Эно. Огромная черная псина с крайне сосредоточенной мордой то бежала трусцой, то неспешно вышагивала по волнорезу слева направо. Пять или шесть рыболовных шхун дрейфовали у горизонта, а над ними, словно водовороты белой пены, беззвучно кружили стаи чаек. Даже море пахло весной.

Мы пошли по пешеходной дорожке вдоль берега. Встречая по пути то любителей бега трусцой, то школьниц на велосипедах, немного прошагали в сторону Фудзисавы, отыскали подходящее местечко на пляже, сели на песок и стали разглядывать море.

— И часто ты это чувствуешь? — спросил я Юки.

— Да не то чтобы постоянно, — ответила она. — Бывает. Иногда. Таких людей, через которых я это чувствую, не очень много. Совсем чуть-чуть. Но я и сама стараюсь защищаться. Когда это чувство приходит, стараюсь как можно меньше думать о нем. Только оно начинается, я сразу — бац, и захлопываюсь. Потому что заранее знаю: сейчас начнется. А когда захлопнусь, то и чувствую уже не так глубоко. Все равно что зажмурить глаза, очень похоже. Зажмуриваю свои чувства. Тогда просто ничего не видно, и все. Вот, когда в кино что-нибудь страшное происходит, закрываешь глаза, да? Здесь так же. И пока оно не пройдет, так и сидишь, закрывшись. Как можно крепче...

— А зачем закрываться?

— А не люблю, — ответила она резко. — Раньше, когда маленькая была, не закрывалась. В школе, бывало, как почувствую что-нибудь, сразу вслух говорю. Но от этого всем только хуже делалось. То есть чувствую, например, что сейчас кто-нибудь покалечится. И говорю в компании: «Вон этот парень скоро покалечится». И очень скоро тот человек ломает ногу. Много раз так было. И постепенно меня стали принимать за какую-то ведьму. Даже дразнили так — «ведьма». Вот какую репутацию заработала... А меня все это обижало страшно. И однажды я обещала себе: больше ничего не рассказываю. Никому. Как только почувствую, что сейчас что-нибудь увижу, сразу и захлопываю все чувства намертво.

— Только со мной почему-то не захлопнула, так?

Она пожала плечами.

— Это как-то неожиданно получилось, врасплох. Не успела защититься. Как-то вдруг — хлоп, и эта *как бы картинка* в меня вселилась. Когда мы с тобой в первый раз увидались. В баре отеля. Я еще музыку слушала, рок какой-то... То ли «Duran Duran», то ли Дэвида Боуи... Когда музыку внимательно слушаешь, так всегда получается, правда же? Защититься не успеваешь. Расслабляешься потому что. За что я музыку и люблю...

— То есть что получается, у тебя — дар ясновидения? — спросил я. — Раз ты можешь предсказывать, кто когда ногу сломает, и все такое.

— Ну как сказать... Пожалуй, тут все-таки что-то другое. Я же не предсказываю, что будет, а просто чувствую, что происходит сейчас. Но *там* есть и какой-то воздух особенный, как бы *настроение* того, что случится потом. Понимаешь? Ну, например, кто-то делает упражнения на перекладине и скоро повредит себе что-нибудь. Но в нем уже прямо сейчас есть небрежность, какая-то самоуверенность лишняя, так ведь? Или, скажем, явно дурачится человек. Вот в такие секунды меня это чувство как волной накрывает. То есть буквально волной — сам воздух ужасно плотный становится. И я уже понимаю: ну вот, сейчас случится что-то плохое. И сразу вслед за этим выскакивает «пустой сон». А потом... То же самое происходит на самом деле. Это не ясновидение. Это что-то ужасно размытое. Но оно бывает, я вижу такие штуки. Только больше никому ничего не рассказываю. А то опять станут ведьмой дразнить... Но я-то просто вижу и больше ничего. Вижу, что вот сейчас этот парень обожжется. И он обжигается. Но обвинить меня ни в чем не может. Ужас, правда? Я сама себя за это ненавижу. И поэтому закрываюсь. Если я закрываюсь, мне не нужно себя ненавидеть.

Она набрала пригоршню песка и долго смотрела, как он высыпается из ладони.

— А Человек-Овца действительно существует?

— Да, существует, — сказал я. — В отеле есть место, где он живет. Там, внутри этого отеля, есть еще один, совсем другой отель. Где это, обычным глазом не видно.

Но старый отель никуда не убрали. Его оставили для меня. Потому что там было место для меня. Человек-Овца там живет и подключает ко мне всякие вещи, людей и события. Это место для меня, и он на меня там работает. Без него я ни к чему как следует не подключусь. Он заведует всем этим. Как оператор на телефонной станции.

— Подключает?

— Ну да. Понадобится мне что-нибудь. Я хочу к этому подключиться. И он подключает.

— Не понимаю.

Точно так же, как Юки, я набрал в ладонь песку и понаблюдал, как он сыпется между пальцев.

— Я и сам пока толком не понимаю. Но так мне рассказал Человек-Овца.

— И давно он с тобой, Человек-Овца?

Я кивнул.

— Да, очень давно. С самого детства. Я всю жизнь это чувствовал. Что кто-то там есть. Вот только форму Человека-Овцы он принял недавно. Сначала у него не было формы, и лишь постепенно, чем дальше, тем больше, он приобретал форму для того мира, в котором теперь живет. Чем старше я становился. Зачем? Не знаю. Наверно, так было нужно. Наверно, я вырос, много всего потерял, и потому возникла такая необходимость. Чтобы еще лучше помогать мне выжить. Но наверняка я не знаю. Возможно, здесь какая-то другая причина. Как раз об этом я все время думаю. Но сообразить никак не могу. Дурак, наверное...

— Ты кому-то еще об этом рассказывал?

— Нет, никому. Чего рассказывать, все равно никто не поверит. Никто не поймет. Да и я не смогу объяснить как следует. Вот, тебе первой рассказываю. Такое чувство, будто тебе рассказать могу.

— Я тоже еще никому об этом так подробно не рассказывала. Тебе первому. А так все время молчала. Папа и мама знают немножко, но не из моих рассказов. Мне все время, с самого раннего детства казалось, что лучше вообще никому об этом не говорить. Прямо инстинкт какой-то...

— Здорово, что мы поговорили, — сказал я.

— Значит, ты тоже ведьмак... — сказала Юки, перебирая пальцами песок.


Всю обратную дорогу Юки рассказывала о школе. О том, как это ужасно — средние классы общеобразовательной школы.

— Я с самых летних каникул в школу не хожу, — сообщила она мне. — И не потому, что учиться лень. А потому, что само это место не выношу. Просто физически. Приду в школу, и так плохо делается, что сразу тошнить начинает. Каждый день меня там тошнило. Только стошнит, меня сразу дразнят. Все дразнят. Даже учителя...

— Будь я твоим одноклассником, я такую красивую девчонку никогда не дразнил бы, — сказал я.

С полминуты Юки шагала, молча глядя на море.

— Ну бывает ведь наоборот: потому и дразнят, что красивая, так же? Да еще и дочка знаменитости. А таких или жутко ценят, или жутко дразнят, одно из двух. Так вот, я — второе. Ни с кем у меня дружить не получается. Хожу в постоянном напряжении. Мне же надо чувства постоянно закрытыми держать, верно? А никто не понимает, чего это я. Почему я все время дрожу. А я дрожу иногда, и выгляжу, наверно, как мокрая утка. И они сразу измываются. Так гадко. Ты даже не представляешь, как гадко. Не знаю, куда от стыда потом прятаться. Просто не верится, что человек вообще на такое способен. Они ведь, представь себе...

Я стиснул ее руку в своей.

— Все в порядке, — сказал я. — Не забивай себе голову ерундой. Школа не то место, куда нужно ходить через силу. И если не хочешь, то лучше не ходить. Про школу я сам прекрасно все знаю. Ужасное место. Всякие придурки носы задирают. Бездарные учителя из себя гениев корчат. Строго говоря, процентов восемьдесят этих учителей либо идиоты безмозглые, либо садисты. А некоторые и то, и другое сразу. Доходят до ручки от стресса, а потом самыми сволочными способами на учениках отыгрываются. Вечно какие-то правила, мелкие и совершенно бессмысленные. Вся учеба по принципу «не высовывайся», и хорошие отметки достаются только кретинам без капли воображения... И раньше так было. И теперь точно так же. Это дерьмо не изменится никогда.

— Ты что, серьезно так думаешь?

— Конечно. Насчет дерьма в средней школе я могу тебе рассказывать хоть целый час.

— Но все-таки... Это же все-таки обязательное образование. Средняя школа.

— А вот об этом пускай болит голова у других, но не у тебя. Никто не обязан ходить туда, где над ним издеваются. *Никому* не обязан. У тебя всегда есть право сказать «не хочу». Встать и заявить во весь голос: «не желаю — и все!»

— Да, но что со мной будет потом? Если все время так говорить?

— Когда мне было тринадцать, я тоже этого боялся, — сказал я. — Что всю жизнь у меня так и будет. Но так не будет. Все как-нибудь наладится. А не захочет налаживаться, тогда и подумаешь, что делать, еще раз. Пройдет еще немного времени, подрастешь, влюбишься. Тебе купят лифчик. И весь мир вокруг будет выглядеть по-другому.

— Ты идиот, — рассвирепела Юки. — Уж лифчик-то у любой тринадцатилетней девчонки сегодня есть обязательно. Ты на полвека от жизни отстал.

— Ого, — удивился я.

— Ага, — отрезала она. И подтвердила свой вывод: — Полный идиот.

— Очень может быть... — почесал я в затылке.

Она обогнала меня и, ни слова не говоря, зашагала к машине.

# 24

Усадьба ее отца располагалась у самого моря. Когда мы прибыли, уже почти смеркалось. Старый, просторный дом утопал в саду с невообразимым количеством деревьев. Одна сторона здания еще сохраняла стиль забытых времен, когда пляж Сёнан считался зоной роскошных прибрежных вилл. В мягких весенних сумерках не дрожало ни ветки, ни листика. На ветках сакуры набухали почки. Отцветет сакура — раскроет бутоны магнолия. Этот сад был явно устроен так, чтобы по сочетаниям цветов и запахов следить, как день за днем понемногу сменяют друг друга времена года. Просто не верилось, что сегодня где-то остались еще такие места.

Особняк Макимуры был обнесен высоким забором, а ворота касались крыши — так строили дома в старину. На воротах белела неестественно новенькая табличка с двумя отчетливыми иероглифами: «Макимура». Мы позвонили. Полминуты спустя высокий молодой человек лет двадцати пяти, коротко стриженный и приветливый на вид, отворил ворота и провел нас в дом. Радушно улыбаясь то мне, то Юки. С Юки, похоже, он встречался уже не раз. Мягкой, приветливой улыбкой он напоминал Готанду. Хотя у Готанды, что говорить, получалось бы куда лучше. Молодой человек повел нас по тропинке куда-то за дом и по дороге успел сообщить мне, что «помогает Макимуре-сэнсэю во всем».

— Вожу автомобиль, доставляю рукописи, собираю материал для работы, играю с сэнсэем в гольф и маджонг, езжу по делам за границу — в общем, выполняю все, что потребуется, — разъяснил он мне жизнерадостно, хотя я ни о чем не спрашивал. — Как говорили раньше, «ученик Мастера»...

— А... — только и сказал я.

«Псих ненормальный», — было написано на физиономии Юки, но она ничего не сказала. Хотя я уже понял: если нужно, этот ребенок за словом в карман не полезет.

Макимура-сэнсэй забавлялся гольфом в саду за домом. От сосны до сосны перед ним тянулась зеленая сеть с белой мишенью посередине, куда он изо всех сил отсылал мячи. Раз за разом его клюшка взмывала вверх и падала с резким присвистом — *фью-у-у!* — будто рассекая небо напополам. Один из самых ненавистных для меня звуков на белом свете. Всякий раз, когда он раздается, мне слышатся в нем ужасные тоска и печаль. С чего бы? Наверно, все дело в предубеждении. Просто я без всякой причины терпеть не могу гольф как спорт, вот и все.

Заметив гостей, Макимура-сэнсэй повернулся и опустил клюшку. Потом взял полотенце, тщательно вытер пот с лица и сказал, обращаясь к Юки:

— Приехала? Хорошо...

Юки сделала вид, что ничего не услышала. Глядя куда-то в сторону, она достала из кармана жевательную резинку, развернула, сунула в рот и принялась оглушительно чавкать. Фантик от жвачки она скатала в шарик и зашвырнула в ближайшую кадку с фикусом.

— Может, хоть поздороваешься? — сказал Макимура-сэнсэй.

— Здрас-сьте... — процедила Юки, скорчив гримасу. И, сунув кулачки в карманы жакетика, убрела неизвестно куда.

— Эй! Тащи пива! — рявкнул Макимура-сэнсэй ученику.

— Слушаюсь! — дрессированным голосом отозвался тот и ринулся из сада в дом. Макимура-сэнсэй громко откашлялся, смачно сплюнул на землю и снова вытер лицо полотенцем. С полминуты он стоял, игнорируя факт моего существования, и таращился на сеть с мишенью. Я же, пока суд да дело, созерцал замшелые камни.

Чем дальше, тем искусственней, натянутей и нелепей казалась мне ситуация. И дело не в том, где что не так или чья тут ошибка. Просто все это сильно смахивало на какую-то пародию. Будто все старательно разыгрывали заданные им роли. Учитель и ученик... Ей-богу, Готанда в роли помощника смотрелся бы куда элегантнее. Пусть даже и не с такими длинными ногами.

— Я слышал, ты помог Юки? — вдруг обратился ко мне сэнсэй.

— Да так, ерунда, — пожал я плечами. — Вместе сели в самолет, вместе вернулись домой, вот и все. Ничего особенного. А вот вам большое спасибо, что с полицией выручили. Очень вам обязан...

— А-а, это... Да пустяки. Считай, что мы квиты. Не забивай себе голову. Дочь попросила, я сделал — все равно что сам захотел. Так что не напрягайся. А полицию я и сам давно терпеть не могу. В свое время тоже от нее нахлебался. Я ведь был там, у Парламента, в 60-м, когда погибла Митико Канба[1]... Давно это было. Давным-давно...

На этих словах он нагнулся, подобрал с земли клюшку и, легонько постукивая ею по ноге, принялся ощупывать меня взглядом: сначала лицо, потом ноги, потом снова лицо. Словно хотел понять, как мое лицо взаимодействует с ногами.

— Когда-то давно люди хорошо понимали, что на свете справедливо, что нет, — произнес Хираку Макимура.

Я вяло кивнул.

— В гольф играешь? — спросил он.

— Нет, — ответил я.

— Не любишь гольф?

— Люблю, не люблю — не знаю, не пробовал никогда.

Он рассмеялся:

— Так не бывает, чтобы люди не знали, любят они гольф или нет. Большинство тех, кто в гольф не играл, его не любят. По умолчанию. Так что можешь говорить честно. Я хочу знать твое мнение.

— Если честно, то не люблю, — сказал я честно.

— А почему?

— Ну... Так и кажется, будто все это сделано, чтобы дурачить окружающих, — ответил я. — Все эти помпезные клюшки, тележки, флажки. Расфуфыренные костюмчики, обувь. Все эти приседания с прищуриваниями над травкой, уши торчком... Вот за это и не люблю.

1  Студентка Токийского университета Митико Канба погибла от рук полиции 15 июля 1960 г. во время демонстрации протеста против заключения нового Соглашения о безопасности между Японией и США.

— Уши торчком? — переспросил он удивленно.

— Ну, это я образно выразился. Без конкретного смысла. Я только хочу сказать, что весь антураж гольфа действует мне на нервы. А «уши торчком» — просто шутка, — пояснил я.

Хираку Макимура снова воззрился на меня пустыми глазами.

— Ты немного странный, да? — спросил он меня.

— Да нет, не странный, — ответил я. — Самый обычный человек. Только шучу неудачно.

Наконец ученик притащил на подносе две бутылки пива и пару стаканов. Примостил поднос на ступеньку веранды, откупорил бутылки, разлил по стаканам пиво. И убежал так же быстро, как и в прошлый раз.

— Ладно. Пей давай, — сказал Хираку Макимура, присаживаясь на ступеньку.

— Ваше здоровье, — сказал я и отхлебнул пива. В горле у меня пересохло, и пиво казалось на удивление вкусным. Но я был за рулем, и про себя решил много не пить. Одного стакана достаточно.

Точного возраста Хираку Макимуры я не знал, но выглядел он лет на сорок пять, не меньше. Роста невысокого, но из-за крепкого телосложения смотрелся крупнее, чем на самом деле. Широкие плечи, толстые руки и шея. Шея, пожалуй, даже слишком толстая. Будь эта шея чуть тоньше, он мог бы сойти за мужчину спортивного типа; однако двойной подбородок и роковые складки ясно говорили о нездоровом образе жизни, который долгие годы вел этот человек. И сколько тут ни размахивай клюшкой для гольфа, от этого уже не избавиться. Годы берут свое. На фотографиях, что я видел когда-то давно, Хираку Макимура был стройным молодым человеком с проницательными глазами. Не красавцем, но что-то в нем притягивало взгляды. Нечто, сулящее миру прогрессивного автора, которым он станет когда-нибудь очень скоро. Сколько лет назад это было? Пятнадцать, шестнадцать? В его глазах еще угадывалась былая проницательность. Иногда эти глаза даже казались красивыми, в зависимости от того, как на них падает свет и под каким углом в них смотришь. Волосы короткие, с проседью. Темный загар — надо думать, от частой игры в гольф — приятно сочетался с тенниской «Lacoste» цвета красного вина. Обе пуговицы под горлом, понятно, расстегнуты. Слишком уж толстая шея. Красные тенниски «Lacoste» вообще очень редко бывают кому-нибудь впору. Люди с тонкой шеей смотрятся в них ощипанными цыплятами. А толстые шеи они перетягивают так, точно хотят задушить. Мало кому удается совпасть с идеалом. Хотя дружище Готанда, конечно, и тут бы совпал на все сто... Эй. Прекрати. Больше ни мысли о Готанде.

— Я слышал, ты что-то пишешь? — спросил меня Хираку Макимура.

— Ну... Писательством я бы это не называл, — ответил я. — Сочиняю тексты, заполняю рекламные паузы. О чем угодно. Был бы текст как таковой, а смысл не важен. Кому-то ведь надо и такое писать. Вот я и пишу. Все равно что разгребаю сугробы в пургу. Культурологические сугробы...

— Разгребаешь сугробы? — повторил Хираку Макимура. И покосился на клюшку для гольфа у себя под ногами. — Забавное выражение...

— Спасибо, — сказал я.

— Любишь писать тексты?

— То, что я пишу сейчас, невозможно любить или не любить. Не того масштаба работа. Но у меня, конечно, есть свои способы эффективного разгребания сугробов. Свои маленькие хитрости, «ноу-хау», стиль. Своя манера напрягаться, если угодно. К подобным вещам, скажем так, неприязни я не испытываю.

— Что ж, очень точный ответ, — похвалил он с каким-то даже интересом.

— На таком примитивном уровне это несложно.

— Хм-м... — протянул он. И замолчал секунд на пятнадцать. — А это выражение — «разгребать сугробы» — ты сам придумал?

— Да... По-моему, сам, — пожал я плечами.

— Не возражаешь, если я это где-нибудь употреблю? «Разгребаю сугробы», хм... Забавное выражение. «Разгребаю культурологические сугробы»...

— Да ради бога. Я не буду драться за копирайт.

— Я ведь понимаю, о чем ты, — сказал Хираку Макимура, пощипывая мочку уха. — Я и сам порой это чувствую. Как мало смысла в том, что я иногда пишу. Иногда... Раньше было не так. Раньше мир был гораздо меньше. Все можно было удержать в руках. Четко понимать, чем конкретно занимаешься. И что нужно людям вокруг. Масс-медиа не были такой гигантской клоакой. Все были одной маленькой деревней. И знали друг друга в лицо...

Осушив свой бокал, он подлил пива и мне, и себе. Я начал было отнекиваться, но он даже не обратил внимания.

— А теперь все иначе. Нет больше понятий добра и зла. Никто и представления не имеет, что хорошо, а что плохо. Вообще никто. Все только ковыряются в том, что видят у себя перед носом. Разгребают сугробы в пургу... Вот именно. Точнее не скажешь.

Он снова уперся взглядом в зеленую сеть между сосен. В траве белели разбросанные мячи, штук тридцать, по крайней мере.

Я отхлебнул еще пива.

Хираку Макимура молчал, обдумывая, что бы еще сказать. Я все ждал, а время текло. Но его это никак не смущало. Он привык к тому, что все заглядывают ему в рот и ловят каждое слово. Делать нечего, я тоже решил подождать, пока он скажет еще что-нибудь. А он все пощипывал мочку уха — так, словно перебирал новенькую колоду карт.

— К тебе очень привязалась моя дочь, — сказал наконец Хираку Макимура. — А она к кому попало не привязывается. Точнее, вообще ни к кому не привязывается. Когда она со мной, из нее слова не вытянешь. С матерью тоже молчит как рыба, но мать она хоть уважает. А меня не уважает. Совсем. Ни во что не ставит. Друзей у нее нет. В школу уже несколько месяцев не ходит. Целыми днями сидит дома и слушает музыку, от которой стены трясутся. Трудный подросток, можно сказать... Да, в общем, ее домашний учитель так и говорит. Ни с кем из окружающих она не ладит. А к тебе привязалась. Почему?

— И действительно, почему? — повторил я.

— Сошлись характерами?

— Может, и так...

— Что ты думаешь о моей дочери?

Перед тем как ответить, я ненадолго задумался. Было странное чувство, будто меня проверяют на вшивость. Пожалуй, здесь лучше говорить откровенно.

— Трудный возраст. То есть он сам по себе трудный, а тут еще и обстановка в семье ужасная. В итоге все трудно настолько, что исправить почти невозможно. Тем более что об этом никто не заботится. Никто не хочет брать ответственность на себя. Поговорить ей не с кем. Некому высказать все, что в душе накопилось. Ей очень обидно и больно. Но нет никого, кто бы эту боль развеял. Слишком знаменитые родители. Слишком красивая внешность. Слишком много проблем на такие хрупкие плечи. Плюс некоторые особенности ее психики... Сверхчувствительность, скажем так. В общем, она отличается от других кое в чем. Но ребенок очень искренний. Я думаю, если бы кому-то было до нее дело, она бы выросла очень неплохим человеком.

— Но никому до нее дела нет...

— Выходит, что так.

Он глубоко вздохнул. Потом оторвал руку от мочки уха и принялся разглядывать кончики пальцев.

— Да, все так. Все ты верно говоришь... Я и сам это вижу, но поделать ничего не могу. У меня связаны руки. Во-первых, когда мы с женой разводились, она условие выставила. Чтобы отец не вмешивался в жизнь дочери. И в разводных документах теперь так написано. Я и пикнуть не мог. Я в то время по девкам бегал. Когда у самого рыльце в пушку, как тут возразишь? Представь себе, даже для того, чтобы Юки сегодня приехала, Амэ должна была дать разрешение... Черт-те что за имена — Амэ, Юки... Ну, в общем, вот так получилось. Во-вторых, я уже говорил: Юки ко мне совсем не привязана. Что бы я ей ни сказал, даже ухом не поведет. И в целом как отец я оказался не у дел. Хотя дочь свою я люблю. Единственный ребенок, что говорить. Только помочь ей ничем не могу. Руки связаны. Не дотянуться...

И он снова уставился на зеленую сетку меж сосен. Совсем смеркалось. Лишь мячи для гольфа все белели в траве, словно кто-то рассыпал по лужайке корзину берцовых костей.

— Но вы же понимаете, что дальше так продолжаться не может, — сказал я. — Мать ее по уши в работе, носится по всему свету, о ребенке подумать некогда. Да и самого ребенка забывает где ни попадя. Бросает без денег в отеле на Хоккайдо и вспоминает об этом только через три дня. Три дня!.. Ребенок кое-как возвращается в Токио, сидит один в квартире безвылазно, с утра до вечера слушает рок и питается пирожными да всяким мусором из «Макдоналдса». В школу не ходит. Друзей нет. Такую ситуацию, как ни крути, *нормальной* назвать нельзя. Не знаю... Вы, конечно, вправе сказать: мол, не лезь в чужую семью, без твоих советов обойдемся. Только ей от этого легче не станет. Может, я рассуждаю слишком прагматично, или слишком рационально, или с позиции упертого среднего класса?

— Да нет, ты прав на все сто, — произнес Хираку Макимура. И медленно кивнул. — Все так. Мне тебе нечего возразить. Ты прав даже на двести процентов. Именно потому я хотел с тобой посоветоваться. И потому же тебя сюда пригласил.

Нехорошее предчувствие охватило меня. Лошадь пала. Индейцы больше не бьют в свои тамтамы. Слишком тихо... Я потер пальцами виски.

— Я вот о чем. Ты бы, парень, присмотрел за Юки в ближайшее время, — сказал он. — Да, в общем, и присматривать особо не требуется. Просто встречайся с ней понемногу и все. Каждый день по два-три часа. Ходите куда-нибудь, ешьте вместе что-нибудь нормальное. И этого достаточно. А я тебе за это буду платить. Как домашнему репетитору — с той лишь разницей, что учить никого не нужно. Я не знаю, сколько ты зарабатываешь, но, думаю, примерно столько же платить смогу. Все остальное время делай что хочешь. Только два часа в сутки общайся с ней. Ну как, интересное предложение? Я и с Амэ по телефону уже все обсудил. Она сейчас на Гавайях. Фотографирует. Я ей только идею подкинул — она сразу согласилась: мол, и правда, нужно тебя попросить... Она ведь, по-своему, тоже за Юки всерьез беспокоится. Просто человек не в себе немного. С нервами не все в порядке. Но талантлива страшно. И потому у нее мозги иногда срывает. Как крышку у парового котла. И тогда она забывает про все на свете. Ни одной реальной проблемы решить не способна. С банальной таблицей умножения и то не справляется...

— Я не понимаю, — сказал я, вяло улыбаясь. — Вы что, ничего не видите? Девочке нужна родительская любовь. Уверенность в том, что кто-то любит ее от всего сердца, совершенно бескорыстно. Этого я ей дать не смогу никогда. Такое могут только родители. Вот что нужно осознать очень четко и вам, и вашей супруге. Это во-первых. Во-вторых, девочкам ее возраста во что бы то ни стало нужны друзья одного с ними возраста и пола. Будь у нее именно такая подруга, ей уже было бы гораздо легче. А я мужчина, притом гораздо старше ее. Кроме того, ни вы, ни ваша супруга меня совершенно не знаете. Тринадцатилетняя девочка — уже в каком-то смысле женщина. Очень красивая, да еще и психика нестабильна. Как можно доверить такого ребенка абсолютно незнакомому мужчине? Что вы знаете обо мне, скажите честно? Да меня только что полиция задерживала по подозрению в убийстве. А если я человека убил, что тогда?

— Так это ты убил?

— Конечно нет, — возмутился я. Черт знает что: и папаша, и дочь задают один и тот же вопрос... — Никого я не убивал.

— Ну вот и хорошо. Я тебе верю. Раз ты говоришь, что не убивал, значит, не убивал.

— А с чего это вы мне верите?

— У тебя не тот тип. Ты не способен убить человека. И ребенка изнасиловать не способен. Сразу видно, — сказал Хираку Макимура. — К тому же я доверяю чутью своей дочери. У Юки, видишь ли, с раннего детства обостренная интуиция. Не такая, как у всех. Как бы лучше сказать... Иногда даже страшно становится. Такая способность, вроде медиума. Иногда кажется, будто она видит то, что другим не видно. Знакомо тебе такое?

— В каком-то смысле, — ответил я.

— Думаю, это у нее от матери. Эксцентричность. Только мать эту энергию направила в искусство. И получилось то, что называют талантом. А у Юки это направить пока еще некуда. Вот оно и копится без всякой цели, и переливается через край. Как вода из бочки... В общем, она вроде медиума. Материнская кровь, я же вижу. Во мне, например, ничего подобного нет. Совершенно. Всей этой эксцентричности. И потому ни жена, ни дочь не принимают меня за своего. Да я и сам от жизни с ними вымотался, хуже некуда. На женщин до сих пор смотреть не могу. Ты не представляешь, чего мне стоило жить с этой парочкой под одной крышей? Амэ и Юки, будь все проклято. То дождь, то снег. Как прогноз паршивой погоды на завтра... Я, конечно, их обеих люблю. И сейчас еще звоню Амэ, болтаем с ней то и дело. Но жить с ними двумя больше никогда не хочу. Настоящий ад. Если у меня и был писательский талант когда-то, а он был, эта жизнь сожрала его подчистую. Честное слово. Хотя, должен сказать, какую-то часть времени я держался неплохо. Разгребая сугробы. Качественно разгребая сугробы, как ты верно заметил. Отличное выражение... Да, так о чем это я?

— О том, почему вы решили, что мне можно верить.

— Да... Я верю интуиции Юки. Юки верит тебе. Поэтому я верю тебе. И ты можешь верить мне. Я не мерзавец. Иногда, бывает, пишу всякую ахинею, но мерзавцем никогда не был... — Он снова откашлялся и сплюнул на землю. — Ну как, согласен? Присмотреть за Юки, я имею в виду. Все, что ты говоришь, я понимаю прекрасно. Конечно, в обычной ситуации это должны делать сами родители. Только *эта* ситуация — необычная. Как я уже сказал, у меня связаны руки. И, кроме тебя, мне совершенно некого попросить.

Я долго сидел и смотрел, как тает пена в моем бокале. Совершенно не представляя, что делать. Ну и семейка... Три шизофреника и их помощник Пятница. Тоже мне, Космические Робинзоны...

— Я вовсе не против того, чтобы с нею встречаться, — сказал я. — Но только не каждый день. Во-первых, у меня своих дел хватает, а кроме того, я ненавижу встречаться с людьми по обязанности. Когда захотим, тогда и увидимся. Денег мне ваших не нужно. Я сейчас не бедствую, да и с Юки мы встречаемся, потому что друзья. А своих друзей я всегда угощаю сам. Вот только на таких условиях мы с вами и договоримся. Мне тоже нравится Юки. Иногда мы с ней очень весело проводим время. Но полностью отвечать за нее я не могу. Надеюсь, это вы понимаете. Что бы с нею ни произошло, в конечном итоге отвечать за это будете вы. Еще и поэтому я не хочу от вас никаких денег.

Хираку Макимура слушал меня и кивал головой. С каждым кивком складки у него под ушами слегка дрожали. Сколько ни играй в гольф, от этих складок уже не избавиться. Здесь помогла бы лишь кардинальная смена образа жизни. Но это ему уже не под силу. Если когда-то и было под силу, то очень давно.

— Я понимаю тебя. И уважаю твои принципы, — сказал он. — Но я вовсе не собираюсь взваливать на тебя никакую ответственность. Не думай об ответственности. Считай, что мы пришли к тебе на поклон и просим это сделать, потому что иного выбора у нас нет. Заметь, я с самого начала ни слова не сказал об ответственности. А вопрос денег можно обсудить и потом. Я всегда возвращаю свои долги. Запомни это на будущее. А в данный момент, может быть, ты и прав. Я доверяю тебе. Делай как хочешь. И если вдруг деньги понадобятся, сразу свяжись или со мной или с Амэ. Неважно. Ни я ни она в средствах не ограничены. Так что не стесняйся.

Я не ответил на это ни слова.

— Я сразу понял, что ты человек упрямый, — добавил он тогда.

— Да нет, не упрямый. Просто я действую в рамках своей системы, и все.

— Своя система... — повторил он. И снова ущипнул себя за ухо. — Сегодня это уже не имеет смысла. Все равно что ламповый усилитель собственной сборки. Чем тратить силы и время на то, чтобы это собрать, проще пойти в аудиомагазин и купить себе новенький на транзисторах. И дешевле, и звучит получше. И если сломается, сразу домой придут и починят. А будешь новый покупать — и старый заберут по дешевке... В наше время нет места индивидуальным системам. Согласен, было время, когда это представляло некую ценность. Но сейчас не так. Сейчас все можно купить за деньги. В том числе и человеческое мышление. Сходил купил, что нужно — и подключаешь к своей жизни. Очень просто. И сразу используешь в свое удовольствие. Компонент А подключаешь к компоненту Б. Щелк — и готово. Устарело что-нибудь — сходил да заменил. Так удобнее. А будешь цепляться за «свою систему», жизнь тебя выкинет на обочину. По принципу: кто любит срезать углы, тот мешает уличному движению...

— Общество развитого капитализма? — уточнил я.

— Вот именно, — кивнул Хираку Макимура. И вновь погрузился в молчание.

Стало совсем темно. Где-то по соседству нервно выла собака. Кто-то, безбожно запинаясь, наигрывал на пианино сонату Моцарта. Хираку Макимура сидел на ступеньках веранды, глубоко о чем-то задумавшись, и потягивал пиво. Я же думал о том, что со дня моего возвращения в Токио встречаю исключительно странных людей. Готанда, две первоклассные шлюхи (одна из них умерла), два крутых полицейских инспектора, Хираку Макимура с его помощником-Пятницей... Чем дольше я всматривался в темноту сада под трели пианино и собачий вой, тем сильней мне казалось, что реальность вокруг тает и растворяется в кромешной тьме. Вещи и предметы плавились, перемешивались друг с другом и, утратив всякий смысл, сливались в один общий Хаос. Элегантные пальцы Готанды на спине Кики; нескончаемый снег на улицах Саппоро; Козочка Мэй, говорящая мне «ку-ку»; пластмассовая линейка, шлепающая по раскрытой ладони полицейского инспектора; Человек-Овца, поджидающий меня во мраке гостиничных коридоров — всё теперь сливалось в единое целое... Может, я просто устал? — подумал я. Но я не устал. Просто реальность вокруг меня вдруг растаяла. Растаяла и собралась в один хаотический шар. Нечто вроде космической сферы. При этом пианино все тренькало, а собака все выла. И кто-то пытался мне что-то сказать. Кто-то пытался мне что-то...

— Эй, — позвал меня Хираку Макимура.

Я поднял голову и посмотрел на него.

— А ведь ты знал эту женщину, верно? — сказал он. — Ту, которую задушили... Я в газете прочел. Это же в отеле случилось? Ну вот. Написали, что ее личность не установлена. Что в ее сумочке нашли только чужую визитку и что с хозяином визитки проводится дознание. Фамилии твоей не указано. Как мне сказал адвокат, полиции ты заявил, что ничего не знаешь... Но ведь ты что-то знаешь, правда?

— Почему вы так думаете?

— Да так... — Он подобрал с земли клюшку для гольфа, выставил ее перед собой, словно меч, и продолжал говорить, пристально глядя на острие воображаемого клинка. — Показалось. Будто ты кого-то покрываешь, чего-то недоговариваешь. Интуиция, если хочешь. И чем дольше я с тобой говорю, тем больше мне так кажется. Ты весьма привередлив по мелочам, но небрежен в обобщениях. Есть у тебя такая манера, словно мыслишь по заданному образцу. Любопытный характер. Чем-то на Юки похож. По жизни с трудом пробираешься. Окружающим понять тебя трудно. Оступился, упал — вся жизнь под откос, и никто тебе не поможет. В этом вы с Юки два сапога пара. Вот и на этот раз, считай, тебе крупно повезло. Гиблое это дело — полицию за нос водить. Сегодня ты выкрутился, но нет никаких гарантий, что выкрутишься и завтра. «Своя система мышления» — вещь неплохая, но если за нее все время цепляться, можно и лоб расшибить. Не те сейчас времена...

— Я-то как раз не цепляюсь, — сказал я. — Скорее это как движения в танце. Рефлекторные. Голова не думает, а тело помнит. И когда звучит музыка, тело само начинает двигаться, очень естественно. И даже когда вокруг все меняется — неважно. Танец очень сложный. Нельзя отвлекаться на то, что вокруг происходит. Начнешь отвлекаться — собьешься с ритма. И будешь просто бездарностью. «Не в струю»...

Хираку Макимура помолчал, глядя на кончик клюшки в вытянутой руке.

— Странный ты, — сказал он наконец. — Что-то ты мне напоминаешь... Но что?

— И действительно — что? — пожал я плечами. Ну, в самом деле, *что* я мог ему напоминать? Картину Пикассо «Голландская ваза и три бородатых всадника»?

— Но в целом, не скрою: ты мне понравился, и я тебе доверяю. Так что уж сделай милость, присмотри за Юки. А придет время, я тебя отблагодарю. Свои долги я возвращаю всегда. Это я, по-моему, уже сказал?

— Да, я слышал...

— Ну вот и хорошо, — подытожил Хираку Макимура. И небрежным жестом прислонил клюшку к перилам веранды. — Вот и поговорили.

— А что еще написали в газете? — спросил я.

— Да больше почти ничего. Что задушили чулком. Что отели высшей категории в городе — самое сложное место для расследования. Ни имен, ни свидетелей не найти. Что личность убитой устанавливается. И все... Такие происшествия часто случаются. Очень скоро об этом забудут.

— Наверное, — сказал я.

— Хотя кое-кто, я думаю, не забудет, — добавил он.

— Похоже на то, — согласился я.

# 25

Юки вернулась в семь. Сказала, что гуляла у моря.

— Может, хоть поужинаете на дорогу? — предложил Хираку Макимура, но Юки только головой покачала.

— Есть не хочу, — заявила она. — Поеду домой.

— Ну, появится настроение — заезжайте. До конца месяца я, скорее всего, буду в Японии, — сказал отец. И поблагодарил меня за то, что я приехал. — Извини, — сказал он, — что не смог принять получше.

— Ну что вы, — ответил я.

Помощник-Пятница проводил нас до машины. Проходя мимо стоянки за домом, я заметил припаркованные там джип «чероки», мотоцикл — здоровенную «хонду» на 750 кубов — и тяжелый мотороллер для езды по бездорожью.

— Работа у вас нелегкая, как я погляжу, — сказал я Пятнице.

— Да уж... Забот хватает, — ответил он, чуть подумав. — Сэнсэй ведь не ищет покоя, как обычные писатели. Вся его жизнь — это нескончаемое движение...

— Псих ненормальный, — буркнула Юки себе под нос.

Мы с Пятницей сделали вид, что не услышали.


Не успели мы сесть в «субару», как Юки тут же объявила, что хочет есть. Я подрулил к ресторанчику «Хангри Тайгер» тут же, на взморье, и мы съели по стейку. Я выпил безалкогольного пива.

— Ну и о чем вы разговаривали? — спросила Юки, переходя к десерту.

Скрывать что-либо смысла не было, и я вкратце рассказал ей, что мне предлагал ее отец.

— Я так и думала, — сказала она мрачно. — Очень на него похоже. Ну а ты что ответил?

— Отказался, само собой. Такие игры не для меня. Детский сад какой-то, ей-богу... Но тем не менее, я думаю, нам с тобой стоило бы встречаться время от времени. Не ради твоего отца. Просто так, друг для друга. Конечно, между нами дикая пропасть — и в возрасте, и в образе жизни, и думаем мы по-разному, и чувствуем непохоже, — но все-таки, по-моему, мы могли бы неплохо общаться. Как ты считаешь?

Она пожала плечами.

— В общем, захочешь меня увидеть — звони. Никаких встреч по обязанности. Захотим — встречаемся. Все-таки мы с тобой рассказали друг другу то, что никогда никому не рассказывали, и нас теперь связывает общая тайна. Ведь так? Или нет?

Она чуть помялась, потом пробурчала:

— Угу...

— Ведь такие штуки, если долго держать их в себе, разбухают внутри. Так, что и сдержать порой невозможно. И если иногда не выпускать их наружу, взорвешься к чертям. Ба-бах! Понимаешь? И если такое, не дай бог, случится, жизнь превратится в кошмар... В одиночку сдерживать свои тайны очень нелегко. И тебе нелегко, и мне трудно бывает. Никому не рассказываешь — и никто не понимает, что у тебя внутри... Но мы-то друг друга понимаем. И можем спокойно рассказывать все как есть.

Она молча кивнула.

— Я от тебя ничего не требую. Захочешь рассказать что-нибудь — звонишь мне по телефону. Неважно, чего там хотел от меня твой отец. Играть с тобой роль добренького всепонимающего старшего братца я не собираюсь. Мы с тобой равны. В каком-то смысле. И можем помогать друг другу. Вот почему нам стоило бы иногда встречаться.

Она ничего не ответила, только доела десерт. Шумно глотая, запила водой из стакана. И, чуть скосив глаза, принялась изучать семейку толстяков, жизнерадостно набивавших рты за соседним столиком. Папа, мама, дочка, сын. Все так замечательно толсты, что просто глаз радуется. Я положил локти на стол и, потягивая кофе, разглядывал ее лицо. Обалденно красивый ребенок, думал я. Если долго смотреть на такое лицо, приходит странное чувство, будто кто-то без особой цели бросил маленький камушек и угодил тебе прямо в душу. Такая вот красота. Хотя лабиринт твоей души настолько запутан, что обычно все застревает где-нибудь на полпути, этот кто-то умудряется попадать своими камушками в самую сердцевину. Будь мне пятнадцать, точно влюбился бы, подумал я раз в двадцатый. Впрочем, в пятнадцать лет я бы вряд ли понял, что́ она чувствует. Теперь — понимаю, в какой-то степени. И сумел бы по-своему о ней позаботиться. Но теперь мне тридцать четыре, и я не занимаюсь любовью с тринадцатилетними девочками. Ничего хорошего из этого не получится никогда.

Я догадывался, почему одноклассники изводят ее. Видимо, она слишком красива для их повседневной обыденности. Слишком умна. И со своей стороны никак не пытается с ними сблизиться. В итоге они боятся ее, как боятся всего непонятного, и в истерике принимаются ее дразнить. Чувствуя, что она своим взглядом свысока словно издевается над всей их дружной компанией. Вот в чем Юки принципиально отличается от Готанды. Готанда всегда хорошо понимал, как сильно его внешность действует на людей, и контролировал свои проявления. И страха у окружающих не вызывал. А если неожиданно его становилось слишком много, всегда умел вовремя улыбнуться и пошутить. Здесь ведь даже особого юмора не требуется. Просто улыбнись как можно дружелюбнее и скажи *обычную* шутку. И все вокруг тоже заулыбаются, почувствуют себя весело и хорошо. И обязательно подумают: «Отличный парень!» Вот как он *получается* — а скорее всего, такой и есть: отличный парень Готанда. Юки — другое дело. Она все силы тратит на то, чтобы просто себя сдерживать. А на то, чтобы предугадывать поступки людей и принимать какие-то меры, ее уже не хватает. В результате она обижает людей, а уже через них — себя. Вот в чем ее радикальное отличие от Готанды. *Трудный способ жизни*. Для тринадцатилетней девчонки — слишком трудный. Даже для взрослого ужас как нелегко.

Что с ней будет дальше, я не представлял. Если все будет хорошо, найдет, как ее мать, верный способ самовыражения, и будет нормально жить, занимаясь каким-нибудь искусством. Даже не важно, каким, просто эта работа совпадет с направленностью ее энергии, и люди будут ценить ее по достоинству... Наверное. Оснований для уверенности у меня не было, но все-таки мне так казалось. Как и говорил Хираку Макимура, в ней действительно ощущались внутренняя сила, аура и одаренность. То, что удерживало ее в стороне от любой толпы. И от разгребания сугробов...

А может, ей исполнится восемнадцать, и она станет самой обычной девушкой. Такое я тоже встречал не раз. У девчонки, которая была *пронзительно* красива и умна в тринадцать-четырнадцать, заканчивается период полового созревания, и все ее неземное сияние пропадает неизвестно куда. Та пронзительность, которую и тронуть страшно — порежешься, — чем дальше, тем больше притупляется. И она становится одной из тех, о ком говорят: «красива, но не цепляет». Хотя сама по себе она вовсе не сделалась от этого как-то несчастнее.

По какому из этих путей пойдет Юки, я и представить не мог. Как ни крути, у каждого человека есть в жизни своя вершина. И после того как он на нее взобрался, остается только спускаться вниз. Ужасно, только с этим ничего не поделаешь. Никто ведь не знает заранее, где будет его вершина. «Еще покарабкаемся, — думает человек, — пока есть куда». А гора вдруг кончается, и не за что больше цепляться. Когда такое случится, неизвестно. Кто-то достигает своей вершины в двенадцать лет. И всю дорогу потом живет непримечательной, серой жизнью. Кто-то карабкается все выше и выше до самой смерти. Кто-то умирает на вершине. Многие поэты и композиторы жили свои жизни яростно, как ураган, подбирались к вершине слишком стремительно и умирали, не достигнув и тридцати. А Пабло Пикассо даже после восьмидесяти продолжал писать шедевры и умер в своей постели.

Как насчет меня самого?..

Вершина, задумался я. Ничего подобного в моей жизни до сих пор не случалось, это уж точно. Оглядываясь назад, я даже не стал бы называть это так громко — «жизнь». Какие-то подъемы, какие-то спуски. Взбирался, спускался, опять и опять. И всё. Почти ничего не сделал. Ничего нового не произвел. Кого-то любил, кем-то был любим. Только не осталось ничего. Горизонтальное движение. Плоский пейзаж. Компьютерная игра... Несусь куда-то, будто Пэкмэн в своей виртуальной Галактике: сжираю черточку за черточкой проклятого пунктира и потому выживаю. Зачем-то. И однажды непременно умру.

*«Может быть, ты уже никогда не станешь счастливым, — сказал Человек-Овца. — И поэтому тебе остается лишь танцевать. Но танцевать так здорово, чтобы все на тебя смотрели...»*

Я отогнал мысли прочь и ненадолго закрыл глаза.

Когда я открыл глаза, Юки сидела напротив и разглядывала меня в упор.

— Ты как? — спросила она. — Прямо лица на тебе нет. Может, я сказала что-то ужасное?

Я улыбнулся и покачал головой:

— Да нет. Ты ничего плохого не говорила.

— Значит, ты подумал что-то ужасное, да?

— Может быть.

— И часто ты думаешь такие штуки?

— Иногда думаю.

Юки вздохнула, взяла бумажную салфетку и несколько раз перегнула ее пополам.

— Знаешь... Тебе иногда бывает до ужаса одиноко? Ну вот, ночью, например, когда такое в голову лезет?

— Бывает, конечно, — кивнул я.

— Ну а сейчас — почему ты об этом подумал?

— Наверное, потому, что ты слишком красивая, — ответил я.

Она посмотрела на меня тем же пустым, невидящим взглядом, каким меня разглядывал ее отец. Потом покачала головой. И ничего не сказала.

За ужин Юки расплатилась сама. Все нормально, сказала она, папа дал много денег. Взяла счет, прошла к кассе, выгребла из кармана сразу несколько сложенных вместе десяток[1], отслюнила одну, рассчиталась и, не глядя, затолкала сдачу в карман жакетика.

— Он думает, что денег дал — и от меня избавился, — сказала она. — Как маленький. Так что сегодня я

---

[1] Деньги в Японии чаще всего считают тысячами иен. Самая крупная купюра — 10 000 иен. В начале 1980-х гг. одна «десятка» равнялась примерно 100 долларам США.

тебя угощаю. Мы же с тобой равны, *в каком-то смысле*, правильно? Ты меня всегда угощаешь, могу же и я иногда...

— Большое спасибо, — сказал я. — Но на будущее имей в виду, что ты нарушаешь Правила Классического Свидания.

— Как это?

— Если девушка поела, а потом встала и пошла расплачиваться сама, это никуда не годится. Сначала нужно дать мужчине заплатить, а потом вернуть ему деньги. Таков мировой этикет. Иначе гордость мужчины будет задета. Моя-то не будет. Меня, с какой стороны ни разглядывай, нельзя назвать «мачо». Со мной так поступать можно. Но на свете есть огромная куча мужчин, которых бы это задело. Весь белый свет пока еще вертится по принципу «мачо».

— Ужасно дурацкая чушь, — сказала она. — Я с такими мужчинами на свидания не хожу.

— Ну что ж... Логичная позиция, — сказал я, поворачивая руль и выводя «субару» со стоянки. — Но, видишь ли, иногда люди влюбляются друг в дружку просто так, безо всякой логики. Просто нравятся друг другу, и хоть ты тресни. Любовь называется. Когда ты подрастешь еще немного и тебе купят лифчик, сама это поймешь.

— *Я тебе сказала — у меня уже есть!* — крикнула она и замолотила кулачками мне по плечу. Так, что я чуть не въехал в огромный красный мусорный ящик у дороги.

— Шучу, — сказал я, остановив машину. — Понимаешь, мы, взрослые, так общаемся: то и дело подшучиваем друг над другом, а потом вместе смеемся. Возможно, я не лучший в мире шутник. Но тебе все равно придется к этому привыкнуть.

— Хм-м... — протянула она.

331

— Хм-м... — протянул я за ней.

— Псих ненормальный, — сказала она.

— Псих ненормальный, — повторил я за ней.

— Прекрати передразнивать! — закричала она.

Я прекратил — и снова тронул машину с места.

— Вот только бить человека за рулем категорически запрещается. Тут я уже не шучу, — сказал я. — Иначе все умрут — и ты, и он. Вот тебе Второе Правило Классического Свидания. *Не умирай. Живи дальше во что бы то ни стало.*

— Хм-м... — протянула Юки.


На обратном пути Юки не сказала почти ни слова. Откинувшись на спинку сиденья, она расслабилась и дрейфовала в собственных мыслях. Иногда казалось, что она спит, иногда нет, но выглядело это примерно одинаково. Кассет никаких больше не ставила. Я на пробу включил «Балладу» Джона Колтрейна; она не стала возражать. Что бы ни играло, похоже, в эти минуты ей было все равно. И потому я гнал машину по шоссе, тихонько подпевая колтрейновскому саксофону.

Ночная дорога Сёнан — Токио, которой мы возвращались, была до предела скучна. Я только пялился на стоп-сигналы машин перед носом. Ни о чем особо не говорилось. Когда мы въехали на столичный хайвэй, она проснулась и до самого дома жевала жвачку. Да еще выкурила одну сигарету. Пыхнула разика три-четыре и выкинула в окно. Закурит еще одну, буду ругаться, подумал я. Но она больше не закурила. Чутье. Она отлично чувствовала, что у меня на уме. И понимала, как с этим следует обращаться.

Я остановил машину перед ее подъездом. И сказал:

— Вот мы и дома, Принцесса.

Она завернула жвачку в фантик, скатала в шарик и положила на приборную доску. Потом вялым движением распахнула дверь, выбралась из машины да так и ушла. Не попрощавшись, не захлопнув дверь и не обернувшись. Трудный возраст. А может, просто месячные. Как бы то ни было, все это странно напоминало очередное кино с Готандой. Ранимая девочка трудного возраста... Да, черт возьми, уж Готанда бы нашел с ней общий язык. В такого собеседника, как он, Юки бы просто втрескалась по уши. Непременно. Иначе кино не получится. И тогда... Проклятье. Опять сплошной Готанда в голове. Я помотал головой, перегнулся через сиденье, захлопнул дверцу. Бам-м. И, напевая «Red Clay» вслед за Фредди Хаббардом, поехал домой.

Утром, проснувшись, я вышел к метро за газетами. Еще не было девяти, и перед станцией Сибуя образовалась гигантская воронка из пассажиров. Несмотря на весну, улыбок на улице я встретил совсем немного. Да и те скорее не были улыбками как таковыми, просто лица, напряженные чуть сильнее обычного. Я купил в киоске пару газет, зашел в «Данкин Донатс» и пролистал их за кофе с пончиком. Никаких упоминаний о Мэй я нигде не нашел. Диснейленд запускал еще один аттракцион, Вьетнам воевал с Камбоджей, токийцы выбирали нового мэра, ученики средних классов опять нарушали закон, а о молодой красивой женщине, задушенной чулком в отеле, газеты не сообщали ни строчки. Прав Хираку Макимура: обычное происшествие, каких пруд пруди. По сравнению с запуском аттракциона в Диснейленде вообще ерунда. Очень скоро все забудут об этом. Хотя, конечно, есть люди, которые не забудут. Один из них — я. Еще один — убийца. Два полицейских инспектора, судя по всему, тоже забывать не собираются...

Я подумал, не посмотреть ли какое-нибудь кино, и развернул страницу с кинорекламой. «Безответную любовь» уже нигде не показывали. Я вспомнил о Готанде. Нужно хотя бы сообщить ему о том, что случилось с Мэй. Ведь если в какой-то момент его тоже потянут на дознание и там неожиданно для него всплывет мое имя, я окажусь в дерьме по самые уши. От одной мысли о том, что меня снова будет допрашивать полиция, заныло в висках.

Я подошел к игрушечно-розовому телефону «Данкин Донатса», опустил в щель монетку и набрал номер Готанды. Дома его, конечно, не оказалось. Автоответчик. Я сказал в трубку, что у меня к нему важный разговор, и попросил выйти на связь как можно скорее. Затем выкинул газеты в урну, вышел на улицу и побрел домой. Всю дорогу домой я думал: зачем же все-таки Вьетнам воюет с Камбоджей? Не понимаю. Как все ужасно запутанно в этом мире.

Сегодня был День Наведения Порядка.

Огромное количество дел требовало немедленного завершения. Бывают в жизни такие дни. Когда нужно стать реалистом и срочно привести свою *настоящую* реальность в соответствие с тем, как она выглядела до сих пор.

Первым делом я отнес в прачечную несколько сорочек, забрал там примерно столько же и принес домой. Потом отправился в банк, снял денег, заплатил за телефон и газ. Перевел хозяевам квартплату за месяц. Сменил в ближайшем обувном набойки на туфлях. Купил батарейки к будильнику и шесть чистых аудиокассет. Затем вернулся домой и под «Радио-FEN» на полную катушку занялся уборкой квартиры. Вымыл до блеска ванну. Вытащил все содержимое из холодильника, протер его насухо изнутри, рассортировал продукты и повыбрасывал все, что пришло в негодность. Отдраил газовую плиту, почистил фильтры кондиционера, вымыл полы, окна, собрал весь мусор в пакеты и сложил у выхода. Постелил свежие простыни, сменил наволочки. Пропылесосил. На все это ушло часа два, не меньше. Протирая жалюзи, я орал вслед за «Styx»'ом припев из «Mr. Roboto», когда зазвонил телефон. Это был Готанда.

— Давай где-нибудь встретимся с глазу на глаз. Не телефонный разговор, — предложил я.

— Ну давай... Слушай, а это срочно? У меня тут, понимаешь, работы накопилось, разгрести бы немного. Кино, телевидение, видео — везде сниматься нужно позарез. Денька через два или три я бы точно с тобой поболтал по-человечески, никуда не торопясь, но сейчас...

— Уж извини, что от важных дел отрываю. Но, видишь ли, погиб человек, — сказал я. — Наш общий знакомый. Полиция задает вопросы.

Из трубки выплеснулось молчание. Скорбно-почтительное, очень красноречивое. До этой самой минуты я думал, что молчание — это когда кто-нибудь просто молчит. Но молчание Готанды было чем-то особенным. Как и все прочее в имидже, который он надевал на себя, это было высококачественное молчание — красивое, стильное, интеллигентное. Странное дело: мне вдруг показалось, напряги я слух чуть получше, и расслышу, как в его голове гудит некий механизм, работающий на пределе своей мощности.

— Понял. Пожалуй, я смогу к тебе вырваться сегодня вечером. Но не исключаю, что сильно задержусь. Ничего?

— Ничего, — ответил я.

— Тогда, наверно, позвоню тебе в час или в два... Ты уж извини, но раньше мне от них не вырваться.

— Нет проблем. Я не буду ложиться, подожду.

Повесив трубку, я еще раз, фразу за фразой, прокрутил весь разговор в голове.

*Погиб человек. Наш общий знакомый. Полиция задает вопросы...*

Прямо криминальный триллер какой-то, подумал я. В чем бы ни участвовал дружище Готанда, все почему-то сразу принимает форму кино. Почему? Как будто реальность понемногу отступает куда-то. И начинает казаться, что просто играешь заданную роль. Есть у него такая аура. Я представил, как он выходит из своего «мазерати» — в черных очках, подняв воротник плаща. Элегантный, как реклама автомобильных покрышек. «Полный шарман...» Я покачал головой и вернулся к протирке жалюзи. Хватит. Сегодня — День Возвращения в Реальность.


В пять часов я отправился на Харадзюку и в торговых развалах Такэсита попробовал отыскать значок с Элвисом. Задачка оказалась не из простых. Были «Kiss» и Янни, были «Iron Maiden» и «AC/DC», были «Motorhead», Майкл Джексон и Принс, а Элвиса нигде не было. Только в третьем магазинчике я увидал наконец значок с надписью «ELVIS THE KING»[1] и тут же купил его. Уже шутки ради поинтересовался у продавщицы, нет ли у них случайно значка группы «Sly and the Family Stone». Продавщица, девчонка лет восемнадцати с широченной лентой в подобранных волосах, посмотрела на меня в замешательстве.

---

[1]  Элвис — король (*англ.*).

— Кто такие? В первый раз слышу. Нью-вэйв или панк?

— Ну... Где-то вокруг этого.

— В последнее время столько новых имен появляется, вы не поверите, — сказала она и сокрушенно прищелкнула языком. — Просто не успеваешь за всем уследить...

— И не говорите, — согласился я.

Затем я зашел в ресторанчик «Цуруока», выпил там пива и съел порцию тэмпуры[1]. Время текло бесцельно, и постепенно солнце зашло. Sunrise, sunset[2]... Точно двухмерный Пэкмэн на экране монитора, я в одиночку двигался куда-то, сжирая пространство-время и не оставляя позади себя ни черта. Ситуация застопорилась. Я ни к чему не пришел. Сценарий, по которому все двигалось до сих пор, вдруг расслоился на множество побочных линий. А основная, которая могла бы связать меня с Кики, боюсь, затерялась бесследно. Я слишком увлекся эпизодами. Увяз во вспомогательных сценах мудреной пьесы и теперь трачу время и силы, пытаясь вычислить, какая важней. В которой из сцен, черт побери, происходит главное действие? И происходит ли оно вообще?

До самой полуночи мне было совершенно нечем заняться, и потому в семь часов я зашел в кинотеатр на Сибуя и посмотрел «Вердикт» с Полом Ньюмэном. Фильм, судя по всему, неплохой — но я постоянно уходил в свои мысли, из-за чего сюжет разваливался у меня

---

[1] Тэмпура (*португ.* tempero) — ломтики морепродуктов или овощей, зажаренные в тесте. Блюдо завезено в Японию португальцами на рубеже XVIII—XIX вв.

[2] Рассвет, закат (*англ.*). Строка из одноименной песни мюзикла Джерри Бока и Шелдона Харника «Скрипач на крыше» (1964) по произведениям Шолом-Алейхема. В 1971 г. экранизирован Норманом Джюисоном.

в голове на куски. Стоило сосредоточить взгляд на экране, как тут же начинало казаться, будто сейчас появятся голые плечи Кики, и я невольно переключался на мысли о ней. Кики... Зачем ты звала меня? Чего ты от меня хочешь?

Загорелись буквы «THE END», и я, так и не уловив, о чем кино, поднялся и вышел из кинотеатра. Прогуливался немного по улице, заглянул в бар, выпил два «буравчика», зажевал арахисом. В одиннадцатом часу вернулся домой и стал читать книгу, дожидаясь звонка от Готанды. И поглядывая то и дело на телефонный аппарат. Потому что мне все время чудилось, будто он глядит на меня.

Паранойя.

Я отшвырнул книгу, вытянулся на кровати лицом к стене и стал думать о Селедке. Как она там? Наверное, под землей очень спокойно и тихо. Наверное, от нее уже только кости остались. И этим костям тоже очень спокойно. Белоснежные кости, как сказал полицейский инспектор. Девственной чистоты. Они уже никогда никому ничего не скажут. Потому что я закопал их под деревьями в роще. В бумажном пакете универмага «Сэйю».

Ничего не скажут...

Беспомощность, бесшумная, как талая вода, затопила квартиру. И я решил ее разогнать. Сначала отправился в ванную, принял душ, насвистывая «Red Clay», и опорожнил на кухне банку пива. Потом закрыл глаза, сосчитал по-испански до десяти, крикнул: «Всё!» — и похлопал себя по животу. И всякую беспомощность точно ветром сдуло. Вот такое у меня секретное колдовство. Когда долго живешь один, поневоле учишься подобным фокусам. Иначе не выжить.

# 26

Готанда позвонил в половине первого.

— Извини, старина. Ты не мог бы сейчас подъехать ко мне на своей машине? — спросил он. — Помнишь, где я живу?

— Помню, — ответил я.

— Весь день работы невпроворот, сбежать пораньше не вышло. Но мы могли бы нормально поговорить в машине. Лучше, чтобы мой водитель нас не слышал, я правильно понимаю?

— В общем, да, — согласился я. — Ладно, выезжаю. Думаю, минут за двадцать доберусь.

— Ну, увидимся, — сказал он и положил трубку.

Я вывел «субару» со стоянки у дома и поехал к нему на Адзабу. Добрался минут за пятнадцать. Нажал на кнопку звонка у таблички с иероглифами «Готанда» — его настоящей фамилией, — и он сразу спустился.

— Извини, что так поздно. Не день, а просто кошмар. Зашивался как про́клятый, — сказал он. — Сейчас еще в Иокогаму ехать. Съемки с утра пораньше. А перед этим поспать бы хоть немного. Там мне уже и отель заказали...

— Ну давай, отвезу тебя в Иокогаму, — предложил я. — По дороге и поговорим. Заодно время сэкономим.

— Ты меня просто спасаешь, — обрадовался Готанда.

Забравшись ко мне в «субару», он с удивлением огляделся.

— А у тебя уютно, — заметил он.

— Мы с машиной душами совпадаем, — пояснил я.

— С ума сойти, — только и сказал он.

Как ни удивительно, он действительно был в плаще. И этот плащ действительно смотрелся на нем очень круто. Темных очков, правда, не было. Вместо темных он нацепил обычные, с прозрачными стеклами. Но они тоже выглядели до ужаса элегантно. Элегантно и интеллигентно...

Я погнал машину по ночной дороге к трассе Токио — Иокогама.

Он взял у меня с приборной панели кассету «Beach Boys» и долго вертел в руках, разглядывая обложку.

— Какая ностальгия, — сказал он. — Когда-то я их часто слушал. В школе еще, в старших классах. У этих «Beach Boys» был, как бы сказать... очень особенный звук. Такой мягкий, уютный. Будто солнце яркое, морем пахнет, девчонки красивые бок о бок с тобой загорают... Слушал их, и казалось, что такой мир есть где-то на самом деле. Мифический мир, где все вечно молоды и всё вокруг как бы светится изнутри... Такое бесконечное adolescence[1]. Как в сказке.

— Да, — сказал я и кивнул. — Именно так, ты прав.

Он все держал кассету на ладони, словно пытаясь определить ее вес.

— Но, конечно, все это не могло продолжаться до бесконечности. Ничто не вечно...

— Ну разумеется, — согласился я.

— И где-то после «Good Vibrations» я их уже почти не слушал. Просто расхотелось — и все. Потянуло к чему-то потяжелее. «Cream», «The Who», «Led Zeppelin», Джимми Хендрикс... Пришло время «харда». Какие уж там «Beach Boys»! Но помню их до сих пор. Какую-нибудь «Surfer Girl», например... Конечно, то была сказка. Но сказка, согласись, совсем неплохая...

— Неплохая, — согласился я. — Только после «Good Vibrations» у «Beach Boys» тоже было много хорошего.

1  Отрочество (*англ.*).

Такого, что стоит послушать. «20/20», к примеру. Или «Wild Honey», или «Holland», или «Surf's Up» — очень неплохие альбомы. Мне нравятся. Понятно, что не такие... блистательные, как сначала. Отличные вещи с ерундой вперемешку. Но сила воли у ребят еще оставалась, это точно. Хотя у Брайана Уилсона, конечно, крыша съезжала понемногу, и для группы он уже почти ни черта не делал. Но у всех остальных было дикое желание объединиться и выжить, несмотря ни на что, это чувствовалось хорошо. Вот только времена сменились, они опоздали. Тут ты прав... Но все равно неплохо.

— Ну, теперь послушаю, — сказал Готанда.

— Да тебе не понравится, — улыбнулся я.

Он вставил кассету в магнитофон, нажал кнопку. Заиграла «Fun, Fun, Fun». С полминуты Готанда тихонько насвистывал мелодию.

— С ума сойти, — сказал он наконец. — Ты только представь. С тех пор, как эта музыка была популярной, прошло двадцать лет.

— А слушается, как вчера... — кивнул я.

Несколько секунд он озадаченно смотрел на меня. Потом широко улыбнулся:

— Мудреные у тебя шутки, не сразу и поймешь, — сказал он.

— А никто и не понимает, — кивнул я. — Большинство народу мои шутки зачем-то принимает всерьез. Ужасный мир. И не пошутить в свое удовольствие...

— Ну, твои-то шутки всяко лучше, чем шутки этого мира. В *этом* мире самая качественная шутка — подложить соседу в тарелку собачье дерьмо из пластмассы. Вот тогда все животы надорвут...

— А еще качественнее — настоящее класть. Чтобы все сразу со смеху передохли.

— И не говори...

Какое-то время мы молча слушали «Beach Boys». Старые невинные песенки — «California Girls», «409», «Catch a Wave» и прочее в том же духе. Пошел мелкий дождик. Я то и дело включал дворники, потом выключал, а чуть погодя включал снова. Такой вот был дождик — легкая весенняя морось.

— Что ты помнишь из школьных лет? — спросил Готанда.

— Непреходящее чувство бессилия и собственной убогости, — ответил я.

— А еще?

Я задумался на пару секунд.

— Как ты зажигаешь газовую горелку на уроке естествознания.

— Чего это ты опять? — удивился он.

— Да понимаешь... Уж очень элегантно это у тебя выходило. Ты даже горелку зажигал так, словно совершал некий подвиг, который войдет в анналы Истории.

— Ну, это ты загнул, — рассмеялся он. — Хотя я понимаю, на что ты намекаешь. Дескать, я... показушный был чересчур, да? Знаю, мне об этом не раз говорили. Когда-то я даже обижался на такие слова. Сам-то я ничего напоказ не делал, просто так получалось. Само по себе. Помню, с детства все только на меня и глазели. Я притягивал к себе внимание, точно магнитом каким-то. И все, конечно, откладывалось у меня в голове. Что бы ни делал, все выглядело чуть-чуть театрально. Эта чертова театральность прилипла ко мне на всю жизнь. Все время как на сцене. И когда актером стал, как гора с плеч свалилась. Теперь я мог честно играть, ничего не стесняясь. — Он сцепил на колене пальцы, уставился на них и просидел так несколько секунд. — Но ты не думай, я не такой уж негодяй. В душе я вовсе не лицемер. Тоже искренний, тоже ранимый. И в маске с утра до вечера не хожу...

— Да конечно, упаси бог, — сказал я. — Я не к тому сказал. Я всего лишь имел в виду, что ты шикарно зажигал газовую горелку, вот и все. С удовольствием посмотрел бы еще раз.

Он рассмеялся, снял очки и элегантно протер стекла носовым платком. «Полный шарман...»

— Ну хорошо, устроим это как-нибудь, — сказал он. — Я найду горелку и спички.

— А я подушку притащу. На случай обморока от восторга, — добавил я.

— Отличная мысль, — хохотнул он, надевая очки. А затем протянул руку и убавил громкость. — Если ты не против, давай поговорим об этом человеке, который умер...

— Мэй, — сказал я, глядя вперед сквозь мелькающий дворник. — Ее больше нет. Убили. Задушили чулком в отеле на Акасака. Убийца не найден.

Готанда воззрился на меня пустыми, невидящими глазами. Лишь через несколько секунд до него дошло. И тогда в его лице что-то дрогнуло и надломилось. Так ломается оконная рама от толчка при сильном землетрясении. Боковым зрением я наблюдал за переменами в его лице. Похоже, он был действительно в шоке.

— Когда? — спросил он.

Я назвал ему дату. Он помолчал, собираясь с мыслями.

— Кошмар, — произнес он наконец. И покачал головой. — Слишком бессмысленно и жестоко. Она же ничего плохого не делала. Отличная девчонка была. Да и вообще... — Он запнулся и снова покачал головой.

— Да. Девчонка была что надо, — подтвердил я. — Прямо как из сказки...

Он вдруг как-то странно обмяк и глубоко-глубоко вздохнул. По лицу его, словно желчь, разлилась нечеловеческая усталость — так, словно он не мог больше ее сдерживать. Словно всю жизнь копил эту усталость внутри и лишь теперь позволил ей выплеснуться наружу. Поразительный человек, подумал я. Вот это выдержка... Смертельно усталый Готанда, казалось, слегка постарел. Но даже нечеловеческая усталость смотрелась на нем элегантно. Как изящный аксессуар жизни. Хотя думать так всерьез, конечно, несправедливо. Он тоже уставал по-настоящему. Ему тоже бывало больно. Кому это знать, как не мне. Просто что бы он ни делал, выглядело изящно. Как у того мифического царя, который обращал в золото все, к чему бы ни прикоснулся.

— Помню, мы часто болтали втроем до утра, — продолжал Готанда. — Я, Мэй, Кики... Так было здорово. Такая искренность. То, что ты называешь «как в сказке». Только сказку руками не потрогать. Поэтому они и были мне дороги вот так, отдельно от всего мира. Но они все равно исчезали. Одна за другой...

Мы помолчали. Я глядел на дорогу впереди, он — на приборную доску. Я то включал, то выключал дворники. «Beach Boys» негромко тянули свои старые добрые песенки. О солнце, сёрфинге и автогонках.

— Откуда ты узнал, что она умерла? — спросил Готанда.

— А меня в полицию вызывали, — ответил я. — У нее в кошельке нашли мою визитку. Я же дал ей тогда. Просил позвонить, если что-то о Кики узнает. Она визитку взяла и сунула в кошелек, на самое дно. И таскала с собой. Черт ее знает, зачем. И, как назло, эта визитка — единственная улика, по которой сыщики надеялись ее личность установить. Вот меня и вызвали. Стали фотографии трупа показывать, спрашивать, знаю ли я эту женщину. Их там двое, инспекторов этих, оба крутые и упертые. Ну я и сказал — не знаю. Соврал, в общем.

— Зачем?

— Зачем? А по-твоему, надо было честно ответить: «Да мы тут с другом, Готанда его зовут, шлюшек на дом вызывали»? Только представь, что было бы, скажи я им правду. Ты в своем уме? Или у тебя воображения уже не осталось?

— Извини, — сказал он искренне. — Голова не работает, глупость спросил. Конечно, ты прав. Полная ерунда получилась бы... Ну и что они?

— Ну что, не поверили мне, конечно. Ни единому слову. Оба матерые профи, нюхом чуют, когда им врешь. Трое суток меня мурыжили. Так, чтобы и закона не нарушить, и душу вывернуть, пальцем не прикасаясь, — в общем, тщательно поработали. Я чуть с ума не сошел. Все-таки возраст уже не тот. То ли дело раньше... Ночевать у них было негде, пришлось в камере спать. Дверь они не запирали. Но тут уже запирай, не запирай, а тюрьма есть тюрьма. Как в болото какое-то погружаешься. Очень легко превратиться в тряпку...

— Я знаю. Сам когда-то две недели просидел. Молча. Сказано было: молчи, что бы с тобой ни делали. И я молчал. Ох жутко было... Две недели без солнца. Казалось, никогда уже оттуда не выйду. То есть там действительно так думать начинаешь. Они же из людей котлету делают. Точно пивной бутылкой говядину отбивают. И прекрасно знают, каким способом любого человека в угол загнать, чтобы он раскололся... — Он пристально разглядывал ногти на правой руке. — А ты, получается, трое суток просидел, но ничего не выболтал?

— Нет, конечно. Что же мне, отнекиваться сперва, а потом вдруг сказать: «Ну если честно, все немного не так»? Тогда б я по гроб жизни оттуда не выбрался. Нет уж, с этими типами выжить можно единственным способом — тянуть одну и ту же волынку. И если уж притворился, что ни черта не знаешь, так и держи себя до конца.

По лицу его опять пробежала странная дрожь.

— Извини, что втравил тебя во все это. Познакомил с девчонкой — и на тебе...

— Тебе-то за что извиняться? — пожал я плечами. — Что было тогда, то было тогда. Тогда и я оттянулся будь здоров. А что сейчас, то сейчас. Ты же не виноват в ее смерти.

— Это понятно... Но тебе пришлось полиции врать. И всякую дрянь терпеть одному только ради того, чтобы я тоже не вляпался. То есть все-таки из-за меня. Получилось, что я у тебя словно камень на шее...

Я притормозил машину у очередного светофора, посмотрел на него и сказал, наверное, самое важное:

— Послушай. Давай не будем об этом. Не морочь себе голову. Не извиняйся. Не благодари. У тебя своя ситуация и свои принципы, и я это все понимаю. Моя же проблема в том, что я не помог им установить личность Мэй. Ведь она не просто запала мне в душу, ты понимаешь, она была *как родная* — и я очень хочу, чтобы тот ублюдок, который ее убил, получил по заслугам. И я очень хотел рассказать им все, что знаю. Но не рассказал. Вот что меня мучает по-настоящему. Ты только представь: Мэй лежит сейчас где-то мертвая, и никто даже имени ее не знает. Тебе от этого не паршиво?

Долго-долго он сидел, закрыв глаза, и о чем-то думал. Мне даже показалось, что он заснул. Кассета «Beach Boys» закончилась, я нажал кнопку и вытащил ее из магнитофона. В салоне сделалось тихо. Лишь внизу монотонно шелестели шины, разбрызгивая воду на дороге. Какая глухая ночь, подумал я.

— Я позвоню в полицию, — тихо сказал Готанда, открыв глаза. — Анонимно. Скажу им название клуба, где она работала. Они установят ее личность, и это поможет следствию.

— Отличная идея, — сказал я. — Башка у тебя варит что надо. И как я сам не додумался? Полиция накрывает этот клуб с потрохами. Узнаёт, что за несколько дней до убийства ты заказывал ее к себе на дом. Вызывает тебя на допрос. И задается пикантным вопросом: а с чего это я, собственно, трое суток подряд так усердно тебя покрывал?

Он удрученно кивнул.

— Да, ты прав... Что-то у меня с головой. Совсем крыша едет.

— Точно, едет, — подтвердил я. — В таких ситуациях лучше залечь на дно и не рыпаться. Тогда тебя не заметят и пробегут мимо. Нужно переждать. Подумаешь, задушили какую-то телку чулком в отеле. Такое случается сплошь и рядом. Уже завтра все об этом забудут. Вины твоей здесь нет, укорять себя глупо. Втяни голову в плечи и сиди тихо. Не нужно ничего делать. Начнешь дергаться, только запутаешь всех еще больше.

Возможно, я сказал это слишком холодно. Возможно, это прозвучало слишком резко, не знаю. Но, в конце концов, я тоже имею право на эмоции. В конце концов, я тоже...

— Прости, — сказал я. — Я не хотел тебя упрекать. Просто... Мне было очень паршиво. Я ничем не смог ей помочь. Вот и все. Ты ни в чем не виноват.

— Да нет, — покачал он головой. — Виноват...

Тишина стала слишком тяжелой, и я зарядил очередную кассету. Бен Э. Кинг запел «Spanish Harlem». До самой Иокогамы мы оба молчали. Но именно это молчание вдруг сблизило меня с Готандой как никогда прежде. Захотелось похлопать его по плечу и сказать: «Расслабься, все уже кончилось». Но я ничего не сказал. Умер человек. Умер и лежит холодный в земле. Это куда огромней и тяжелее того, в чем я мог бы утешить.

— Но все-таки кто убийца? — спросил он, уже много позже.

— Хороший вопрос... — вздохнул я. — На такой работе, как у нее, кого только не встретишь. Что угодно случается. Не только сказки...

— Но этот клуб подбирает клиентов только из надежных, проверенных людей. Все заказы идут через администрацию. И установить, кто с кем встречался, можно практически сразу.

— Видимо, на сей раз она работала без посредников. Очень похоже на то. Какой-нибудь частный заказ или же левая работа. Так или иначе, клиент оказался гнилой.

— Да уж... — покачал он головой.

— Эта девочка слишком верила в сказки, — сказал я. — И пыталась жить в мире придуманных образов. Но так не могло продолжаться до бесконечности. Чтобы долго так жить, нужны правила. А правила уважает и соблюдает далеко не каждый. Ошибся в партнере — и все полетело к черту...

— Как все-таки странно, — сказал Готанда. — Почему такая красивая, умная девчонка работала шлюхой? Непонятно. С такими данными она запросто могла обеспечить себе жизнь поприличнее. Работу найти нормальную, богача какого-нибудь подцепить. Или податься в фотомодели. Зачем становиться шлюхой? Ну деньги неплохие, это понятно. Но ведь деньги ее так сильно не интересовали. Может, ты и прав. Видимо, ей просто хотелось сказки...

— Видимо, — кивнул я. — Как и тебе. Как и всем нам. Все хотят сказки, только ищет ее каждый по-своему. Поэтому люди так часто не понимают друг друга. И совершают ошибки. А иногда умирают.

Я заехал на стоянку отеля «Нью-Гранд», остановил машину и выключил двигатель.

— Слушай, а может, заночуешь сегодня здесь? — предложил он. — Наверняка у них свободный номер найдется. Заказали бы виски в номер, поговорили. Все равно с этими мертвецами в голове уже не заснуть...

Я покачал головой:

— Мы еще непременно напьемся с тобой, но не сейчас. Все-таки я устал. Сейчас бы я с удовольствием поехал домой и завалился спать, не думая вообще ни о чем.

— Понятно... — вздохнул он. — Ну спасибо, что довез. Похоже, я сегодня всю дорогу нес какую-то околесицу, да?

— Ты тоже устал, — сказал я. — Успеешь подумать о своих мертвецах. Они мертвы и никуда от тебя не денутся. Отдохни, приди немного в себя, тогда и думай. Понимаешь, о чем я? Она мертва. Абсолютно, безнадежно мертва. Ее труп уже вскрыли и заморозили. И никакие угрызения совести, никакие сантименты ее не вернут.

Готанда кивнул.

— Да, я понимаю, о чем ты...

— Спокойной ночи, — попрощался я.

— Считай, что я твой должник, — сказал он.

— Ну зажги для меня газовую горелку, и мы в расчете.

Он рассмеялся и уже собрался вылезти из машины, как вдруг что-то вспомнил и посмотрел на меня.

— Странное дело... Я ни с кем в жизни не говорил так искренне, как с тобой. А ведь мы не виделись двадцать лет, и с тех пор встречаемся всего второй раз. Чудеса...

Сказав так, он вышел из машины. Поднял воротник плаща — и под мелким весенним дождиком скрылся в дверях отеля «Нью-Гранд». Прямо кино «Касабланка», подумал я. «Начало прекрасной дружбы», черт меня побери...

Но вся штука в том, что я испытывал к нему похожее чувство. И понимал, что он имеет в виду. Кроме него, я бы тоже сейчас никого не назвал своим другом. И тоже думал, что это странно. А в том, что это напоминает мне «Касабланку», он, конечно, не виноват.

Я поставил кассету «Sly and the Family Stone» и, похлопывая по баранке в такт музыке, поехал обратно в Токио. Старая добрая «Everyday People»...

> Я никакой, и ты никакой,
> В этом мы так похожи с тобой
> Каждый сверчок знает свой шесток,
> Каждый гвоздь знает свой молоток
> У-у-у, ша-ша! —
> Повседневный народ...

Дождь все накрапывал, тихо и монотонно. Мягкий, ласковый дождик, после которого на деревьях распускаются почки, а из семян пробиваются ростки. «Абсолютно, безнадежно мертва», — сказал я вслух. Надо было остаться в отеле да напиться с Готандой как следует. Все-таки нас связывают целых четыре вещи. Опыты по естествознанию. Оба разведены. Оба спали с Кики. И оба — с Мэй. А теперь Мэй мертва. Абсолютно, безнадежно... Стоило бы выпить за упокой ее души. Я вполне мог остаться с Готандой, и мы бы неплохо посидели. Свободного времени — хоть отбавляй, на завтра я ничего не планировал. Так почему же я не остался? Наверно, потому, что это напомнило сцену из фильма, вдруг понял я. Даже как-то жаль мужика. Слишком уж обаятельный. Хотя сам, наверное, в этом не виноват... Наверное.

Дома я налил себе виски, встал у окна и сквозь жалюзи долго разглядывал огоньки машин на хайвэе. Часам к четырем почувствовал, что клюю носом, залез в постель и уснул.

## 27

Пролетела неделя. Неделя, за которую весна утвердилась в своих правах и не отступала уже ни на шаг. Совсем не то, что в марте. Сакура отцвела, и апрельские ливни разметали ее нежно-розовые лепестки по всему городу. Столица наконец-то выбрала себе мэра, а в школах начался учебный год[1]. Открылся Токийский Диснейленд. Зачехлил ракетку Бьёрн Борг. В хит-парадах лидировал Майкл Джексон. Мертвые оставались мертвы.

Вздорная, бессвязная неделя, за которую лично у меня ничего значительного не произошло. Вереница дней, которая в итоге не привела ни к чему. За эту неделю я

[1]  Учебный год в Японии начинается в апреле.

дважды искупался в бассейне. Сходил в парикмахерскую. Иногда покупал газеты. Ничего хоть как-то связанного с Мэй в газетах не попадалось. Похоже, полиция так и не установила ее личность. Каждый раз, купив газету на станции Сибуя, я заходил в «Данкин Донатс», просматривал весь номер от корки до корки и выкидывал газету в урну. Глаз ни на чем не останавливался.

Дважды — во вторник и в четверг — я встречался с Юки, мы болтали и вместе обедали. Да еще в понедельник выехали за город, всю дорогу слушали рок-н-ролл. Мне нравилось с ней встречаться. Мы и правда совпадали характерами. К тому же у обоих была куча свободного времени. Ее мать еще не вернулась в Японию. Не считая встреч со мной, все эти дни Юки безвылазно сидела дома.

— Когда я гуляю одна, вечно появляются какие-то воспитатели и указывают, что мне делать, — пожаловалась она.

— А может, тебя в Диснейленд свозить? — предложил я.

— Нетушки, — скривилась Юки. — Ненавижу...

— Что ненавидишь? Всех этих сладеньких добреньких микки-маусов, которые развлекают детишек за папины денежки?

— Ну да, — просто ответила Юки.

— Но сидеть дома вредно для здоровья, — заметил я.

— Эй... Хочешь поедем на Гавайи? — предложила она.

— На Гавайи? — Я подумал, что ослышался.

— Мама звонила. Говорит, пускай я немножко погощу у нее на Гавайях. Она сейчас там. Делает гавайские фотографии. Бросила меня и не вспоминала тыщу лет, а теперь вдруг забеспокоилась. И давай звонить. Мама в ближайшее время в Японию не вернется, а я все равно в школу не хожу... А что, Гавайи — не так уж плохо, а? И если ты тоже захочешь приехать, она сказала, что дорогу тебе оплатит. Я ведь не могу поехать туда одна, верно? Вот и давай съездим на недельку. Интересно же.

Я рассмеялся:

— Но чем это отличается от Диснейленда?

— На Гавайях хотя бы нет воспитателей.

— Ну что ж... Идея неплохая, — сдался я наконец.

— Так что, поехали?

И тут я задумался. И чем больше я думал, тем сильнее казалось, что съездить на Гавайи — вовсе не плохая идея. То есть сейчас я бы и правда с удовольствием умотал из города куда подальше, окунулся в какую-нибудь совсем иную среду. Здесь, в Токио, я застрял слишком плотно. Ни одной здравой мысли о том, как действовать дальше, в голове не всплывало. Все путеводные нити, по которым я двигался до сих пор, оборвались, а новых не появлялось. Я лишь чувствовал, что нахожусь не там, где нужно, и делаю что-то не то. Чем бы ни занялся — физический дискомфорт. Депрессия, при которой постоянно мерещится, будто ешь странную пищу и покупаешь странные вещи. И при всем этом — мертвые оставались мертвы. Абсолютно, безнадежно мертвы... Одним словом, я действительно устал. Дикий стресс, накопившийся за трое суток в полиции, до конца не прошел и понемногу сказывался во всем.

На Гавайях до сих пор я бывал только раз, и провел там всего сутки. Я летел в Лос-Анджелес по работе, у самолета прямо в воздухе забарахлил двигатель, и он совершил вынужденную посадку на Гавайях. И всем пришлось заночевать в Гонолулу. В отеле, куда нас поселила авиакомпания, был киоск, я купил там темные очки, плавки и до самого вечера провалялся на пляже. Отличный получился день... Гавайи. Прекрасная мысль.

Провести там с недельку, не думая ни о чем. Накупаться, от пуза напиться «пинья-колады» и назад. Снять усталость. Облегчить душу, успокоиться. Загореть до черноты. А уже потом посмотреть на свою ситуацию свежим взглядом, заново все обдумать. И в итоге хлопнуть себя по лбу: «Ну конечно! Вот в чем дело! Как я сразу не догадался!»

Очень даже неплохо.

— Неплохая идея, — ответил я наконец.

— Ну тогда решено. Поехали билеты покупать.

Перед тем как ехать за билетами, я узнал у Юки номер и позвонил Хираку Макимуре. Трубку взял Пятница. Я представился, он радушно меня поприветствовал и соединил с хозяином.

Я объяснил Хираку Макимуре ситуацию. И спросил, не против ли он, если я свожу Юки на Гавайи.

— Об этом я и мечтать не мог, — обрадовался он. — Да тебе и самому неплохо бы развеяться где-нибудь за границей, — добавил Макимура. — Разгребальщикам сугробов тоже нужно отдыхать. Опять же, полиция донимать не будет попусту. То дело ведь еще не закрыли? Они к тебе еще придут, помяни мое слово...

— Очень может быть, — сказал я.

— О деньгах не беспокойся. Отдыхайте сколько влезет, — продолжал он. О чем бы он ни говорил, все кончалось деньгами. Практичный человек.

— Сколько влезет — это слишком долго. Хватит и недели, — ответил я. — У меня своих дел тоже хватает.

— Ладно. Поступай как знаешь, — сказал Хираку Макимура. — И когда вы летите?.. Вот это правильно — чем раньше, тем лучше. Путешествие — штука такая. Ре-

шил ехать, сразу и поезжай. В этом весь смак. Багажа
много не берите. Не в Сибирь собираетесь. Что понадобится, на месте купите. Там все продается. Думаю, билеты на послезавтра я вам возьму. Подходит?

— Подходит. Но свой билет я оплачу сам. Так что...

— Перестань ерунду говорить. Я занимаюсь такой
работой, что любые билеты мне достаются с огромными скидками. И на лучшие места. Поэтому позволь уж,
я сам все сделаю. У каждого из нас свои таланты и свои
возможности. Так что давай без лишних разговоров. Без
этих твоих «индивидуальных систем». Жилье я вам тоже
подберу. Две комнаты. Для тебя и для Юки. Вам как
лучше — с кухней или без?

— Ну... Если я готовить смогу, конечно, будет удобнее.

— Знаю я одно хорошее место. До моря два шага,
тихо вокруг, пейзаж замечательный. Когда-то я там останавливался. Закажу вам его на две недели. Для начала. А там уж вы сами смотрите.

— Да, но...

— Не забивай себе голову. Я все сделаю, не волнуйся. Матери позвоню. От тебя требуется только поехать с
Юки в Гонолулу, завалиться вдвоем на пляж и, когда надо, кормить ее по-человечески. Мать ее все равно в работе по самые уши. Когда она работает, никого вокруг
не замечает, даже родную дочь. Так что и ты на нее внимания не обращай. Отдыхай в свое удовольствие. Следи
только, чтобы Юки ела нормально. И больше не думай
ни о чем. Просто расслабься, и все. Да! Я надеюсь, виза
у тебя есть?

— Виза есть. Но...

— Тогда послезавтра. Идет? Берите с собой плавки с
купальниками, очки от солнца да паспорта. Остальное

там купите. Все очень просто. Я же говорю, не в Сибирь едете. Вот в Сибири — там тяжело было. И в Афганистане... А Гавайи — все равно что Диснейленд. Раз — и ты уже в сказке. Лежи себе на песочке, разинув рот, и наслаждайся жизнью. Ты же по-английски нормально болтаешь?

— Ну, в обычных ситуациях...

— Вот и отлично, — сказал он. — Большего и не требуется. Просто идеально. Завтра Накамура привезет тебе билеты. И вернет деньги за билет Юки из Саппоро. Перед отъездом он позвонит.

— Накамура?

— Мой ассистент. Ты видел его. Молодой парень, со мной живет.

Помощник-Пятница, понял я.

— Есть вопросы? — спросил Хираку Макимура. Я чувствовал, что вопросов целая куча, но не смог припомнить ни одного.

— Вопросов нет, — ответил я.

— Замечательно, — сказал он. — А ты быстро соображаешь. Я таких люблю... Да, вот еще что. Тебе принесут от меня подарок. Ты его тоже прими. Что это такое, поймешь, когда на месте окажешься. Ленточку развяжешь — и наслаждайся. Гавайи — отличное место. Сплошной аттракцион. Полная релаксация. Никаких сугробов. А пахнет как — просто сказка... В общем, позабавься как следует. Приедешь — расскажешь.

И он положил трубку.

Тяжек писательский труд, подумал я. Вся жизнь — сплошное движение...

Я вернулся за столик и сообщил Юки, что, скорее всего, мы летим послезавтра.

— Замечательно, — сказала она.

— Ты сможешь собраться сама? Вещи приготовить, купальник положить, сумку упаковать...

— Так это ж Гавайи, — удивилась она. — Все равно что пляж в Оисо. Не в Катманду же едем, в самом деле...

— И то верно, — согласился я.


И все-таки до отъезда у меня оставалось еще несколько важных дел. На следующий день я отправился в банк — снять со счета денег и набрать дорожных чеков. На счету оставалась вполне приличная сумма. Денег даже прибавилось: прислали гонорары за материалы, которые я написал еще в прошлом месяце. После банка я зашел в книжный, купил сразу несколько книг. Забрал сорочки из прачечной. Потом вернулся домой и навел порядок в холодильнике. В три часа позвонил Пятница. Сказал, что сейчас он на линии метро «Мару-но-ути» и готов доставить билеты прямо ко мне домой. Я назначил ему встречу в кофейне «Парко» на Сибуя, где он передал мне толстостенный пакет. В пакете были деньги за билет Юки из Саппоро, два билета на Гавайи с открытой датой (первый класс, «Всеяпонские Авиалинии»), две пачки дорожных чеков «АмЭкс». А также рекламный проспект гостиницы в Гонолулу с описанием, как до нее добираться.

— Приедете туда, назовете свое имя, и больше ничего не нужно, — сказал Пятница. — Комнаты забронированы на две недели, срок можно продлить или сократить. На чеках просто расписывайтесь и оплачивайте что хотите. Можете ни в чем себе не отказывать. Не стесняйтесь, эти траты все равно спишут на представительские расходы.

— Неужели все на свете можно списать на представительские расходы? — не удержался я.

— Все на свете, к сожалению, нельзя... Но вы, где сможете, постарайтесь брать чеки или квитанции. Все *это* я потом спишу, так что сделайте одолжение, — ответил он и рассмеялся. Приятным смехом, без малейшей издевки.

Я пообещал, что сделаю все как нужно.

— Приятного вам путешествия. Берегите себя, — сказал он.

— Спасибо, — ответил я.

— Впрочем, это же Гавайи, — добавил Пятница и широко улыбнулся. — Не Зимбабве какое-нибудь...

Опять двадцать пять, подумал я. Сговорились они все, что ли?


Когда стемнело, я выгреб из холодильника остатки провизии и приготовил ужин. Продуктов аккурат хватило на овощной салат, омлет и суп мисо[1]. При мысли, что завтра я окажусь на Гавайях, меня охватывало очень странное ощущение. Такое же странное, как если бы завтра я ехал в Зимбабве. Наверное, оттого, что я никогда в жизни не был в Зимбабве.

Я достал из кладовки дешевую, не самую большую сумку. Сложил в нее туалетный набор, смену белья, чистые носки. Сунул плавки, темные очки и крем для загара. Запихал пару маек, спортивную рубашку, шорты и складной швейцарский нож. Сверху аккуратно уложил летний пиджак в пижонскую клеточку. Наконец, застегнул молнию и лишний раз проверил, на месте ли паспорт, дорожные чеки, кредитки, водительские права, билеты... Что еще может понадобиться?

[1] Популярный в Японии суп. В основе — паста из перебродивших соевых бобов.

Ничего больше на ум не приходило.

Вот, оказывается, как это просто — собираться на Гавайи. И правда, все равно что на пляж в Оисо. Даже для поездки на Хоккайдо потребовалось бы куда больше тряпок и чемоданов.

Я вынес сумку в прихожую и стал думать, в чем поехать. Приготовил джинсы, майку, тоненькую ветровку, кепку с длинным козырьком. Покончил с одеждой и больше не представлял, чем заняться. От нечего делать принял ванну, посмотрел новости по телевизору. Ничего нового не сообщили. Завтра погода начнет ухудшаться, пригрозили синоптики. Ну и ладно, подумал я. Завтра мы уже в Гонолулу. Я выключил телевизор и завалился на кровать с банкой пива. И снова представил Мэй. Абсолютно, безнадежно мертвую Мэй. Как она лежит сейчас в диком холоде. Никто понятия не имеет, кто она. Никто не приходит ее оттуда забрать. Ни «Dire Straits», ни Боба Дилана она уже никогда не услышит. А я собираюсь завтра на Гавайи. Да не просто так, а на чьи-то представительские расходы. Кто сказал, что на этом свете есть справедливость?

Я помотал головой и отогнал мысли о Мэй прочь. Потом подумаю, не сейчас. Сейчас слишком тяжело. Слишком свежо и остро.

Я начал думать о девчонке из отеля в Саппоро. Той самой, в очках, за стойкой регистрации. Имени которой я не знаю. Уже несколько суток подряд мне страшно хотелось поговорить с ней. Пару раз она мне даже приснилась. Но как лучше поступить, я не знал. Взять и позвонить в отель? И сказать в трубку: «Соедините меня с девушкой в очках за стойкой регистрации»? Бред какой-то. Так я точно ничего хорошего не добьюсь. Черта с два меня вообще с кем-то соединят. Все-таки отель — серьезное место, где работают очень серьезные люди.

Довольно долго я лежал и думал об этом. Должен же быть какой-нибудь выход, вертелось в голове. Если очень хочется, способ всегда найдется. Наконец минут через десять я придумал. Получится или нет, не знал, но попробовать стоило.

Я позвонил Юки, договорился о завтрашней встрече. Сказал, что утром в половине десятого заеду за ней на такси. И как бы в продолжение темы спросил, не знает ли она случаем, как звали ту женщину из отеля в Саппоро:

— Ну, ту, которая нас познакомила и просила проводить тебя до Токио... Да-да, в очках.

— Да... Кажется, знаю. У нее еще имя такое странное было, я удивилась — даже в дневнике записала. Только сразу не вспомню, надо дневник проверить, — сказала она.

— Сейчас можешь проверить?

— Сейчас я телевизор смотрю. Давай потом?

— Извини — но я тороплюсь, и очень сильно.

Она что-то недовольно пробурчала себе под нос, но все-таки встала и сделала, что я просил.

— Юмиёси-сан, — сказала она.

— Юмиёси? — переспросил я. — А что там за иероглифы[1]?

— Не знаю. Говорю же, сама удивилась, когда услышала. Как это пишется, понятия не имею. Наверно, она

[1]  Сочетание «юми-ёси» крайне редко для японских фамилий. Слово явно состоит из двух иероглифов, однако на слух непонятно, каких, — возможны слишком разные варианты. Сам автор на протяжении всего романа пишет его фонетической азбукой. Окинавский, самый южный диалект, на который сильно влияли языки Полинезии, разительно отличается от нормативной японской речи. Именно поэтому многие непривычные или экзотические слова японцы ассоциируют с Окинавой.

откуда-нибудь с Окинавы. Это ведь там все имена ненормальные, да?..

— Да нет... Такого, пожалуй, даже на Окинаве не встретишь.

— Ну, в общем, ее так зовут. Юмиёси, — сказала Юки. — Эй, у тебя все? А то я телевизор смотрю.

— А что смотришь-то?

Не ответив, она шваркнула трубкой.

На всякий случай я полистал телефонный справочник в поисках фамилии «Юмиёси». И, к своему удивлению, обнаружил, что во всем Токио проживало аж два господина Юмиёси. Один писал себя иероглифами «лук» и «удача». Другой значился под именем своей фирмы — «Фотолавка Юмиёси», где для пущей рекламы вместо иероглифов использовалась кана[1]. М-да... Каких только имен не встретишь на белом свете.

Я позвонил в отель «Дельфин» и спросил, на месте ли сегодня Юмиёси-сан. Ни на что особенно я не надеялся, но меня тут же соединили.

— Эй... — позвал я. Она меня помнила. На свалку мне еще рановато.

— Сейчас я работаю, — ответила она вполголоса, коротко и невозмутимо. — Позже перезвоню.

— Нет проблем. Позже так позже, — согласился я.


Дожидаясь звонка от Юмиёси-сан, я позвонил Готанде домой и сообщил его автоответчику, что завтра срочно улетаю отдыхать на Гавайи.

Готанда оказался дома и тут же перезвонил.

— Вот здорово. Просто завидую, — сказал он. — Отвлечешься, развеешься хоть немного. Сам бы поехал, если б мог...

---

[1] Слоговая фонетическая азбука; японские буквы.

— Ну поехали. Тебе-то что мешает?

— Да нет, тут все не так просто... Я своей конторе деньги должен. Со всеми этими свадьбами да разводами все занимал у них, занимал, а тут... Я же тебе рассказывал, как без гроша остался? Ну вот. И теперь, чтобы только долги вернуть, вкалываю на них как прóклятый. Снимаюсь даже в такой рекламе, от которой с души воротит. Идиотская ситуация, представляешь? Купить могу что хочу, все спишется. А долги вернуть не могу... Ей-богу, этот мир с каждым днем становится все запутаннее. Перестаешь понимать, бедный ты или богатый. Барахла вокруг завались, а чего хочешь, никак не найдешь. Деньги можно спускать как угодно — только не на то, что действительно нужно. Красоток покупай себе хоть каждую ночь, а к любимой женщине и прикоснуться не смей... Странная жизнь.

— И много ты должен?

— Бешеную сумму, — признался он. — То есть это я знаю, что бешеную. Но сколько уже отдано, сколько еще осталось, мне, должнику, непонятно. Ты знаешь, я не хвастаюсь, я могу все, что может обычный человек, а то и больше. Вот только в денежных вопросах слабак. От одного вида цифр в гроссбухах меня просто трясти начинает. Глаза будто сами со страницы соскальзывают. Родители мои — старомодная была семья — это видели, да так и воспитывали: коли в деньгах ничего не смыслишь, так и не лезь во всю эту бухгалтерию. Плюй на цифры, вкалывай на полную катушку и не шикуй. Живи скромно, по средствам, и все будет в порядке. На мелочи не разменивайся, думай о главном, лишь бы по большому счету жизнь удалась... Ну ты знаешь, есть такая философия у людей. По крайней мере, была когда-то... Но сегодня сама идея — «жить по средствам» — теряет смысл. И вся эта их философия летит под откос. Все перепуталось до невозможности. Где она, эта «жизнь по большому счету»? Была да вся вышла. Остался только мой финансовый кретинизм... Просто кошмар. Сколько денег приходит, сколько уходит, понятия не имею. Бухгалтер в конторе мне что-то объясняет, себя не помня. Так мудрёно, что сам черт ногу сломит. Ясно одно: бабки бешеные крутятся. Здесь у нас дебет, здесь кредит, тут мы расходы списали, тут налоги уплатили — голова кругом идет. Сколько раз я их умолял: давайте как-то проще все сделаем. Куда там... Даже не слушает никто. Тогда, говорю, хоть объясняйте, сколько долга еще осталось. Вот они и объясняют. Это как раз проще всего. *До фига* еще осталось — вот и все объяснение. Тут вы почти рассчитались, но здесь и там еще *до фига*. Так что отрабатывайте. А пока можете тратить сколько угодно на представительские расходы... Вот такая ерунда получается. Паршиво себя чувствую, сил нет. Словно какая-то личинка мерзопакостная... Ведь ты пойми, я готов отработать. И работу свою, в общем, люблю. Только хуже некуда, если тобой вертят как хотят, а ты даже не понимаешь, что происходит. Иногда такой ужас охватывает... А, ладно. Что-то я болтаю много, извини. Вечно у меня с тобой язык развязывается...

— Ладно тебе. Я ж не против, — сказал я.

— Да ну, гружу тебя своими проблемами. Потом встретимся, нормально поговорим... В общем, приятной поездки. Без тебя будет тоскливо. А я все думал, выкрою время, напьемся с тобой как-нибудь...

— Да я на Гавайи еду, — рассмеялся я. — Это ж не Берег Слоновой Кости какой-нибудь. Через неделю вернусь.

— Ну, в общем, да... Вернешься, позвони, ладно?

— Позвоню, — обещал я.

— Будешь валяться на пляже Вайкики, вспомни, как я сражаюсь с долгами, притворяясь зубным врачом...

— Есть много способов жить на свете, — сказал я. — Сколько людей, столько и способов. Different strokes for different folks...[1]

— «Sly and the Family Stone», — мгновенно среагировал Готанда, и я услышал, как он радостно щелкнул пальцами. Вот уж действительно: разговаривая с людьми своего поколения, многое понимаешь без лишних слов.

Юмиёси позвонила ближе к десяти.

— С работы пришла, из дома звоню, — сказала она. Я сразу вспомнил ее дом за пеленой снегопада. Очень простой дом. Очень простую лестницу. Очень простую дверь. Ее слегка нервную улыбку. Я понял, что страшно соскучился по всему этому. Закрыл глаза и представил, как тихо танцуют снежинки в непроглядной ночи... Никак, влюбился, подумал я.

— Откуда ты узнал, как меня зовут? — первым делом спросила она.

— Юки сказала, — ответил я. — Не бойся, я ничего ужасного не натворил. Взяток не давал. Телефоны не прослушивал. Морду никому не бил. Просто вежливо спросил у девочки, как тетю звали, и она мне вежливо ответила.

Она помолчала, явно сомневаясь в услышанном.

— И как там она? Ты довез ее куда нужно?

— Все в порядке, — ответил я. — И довез куда нужно, и до сих пор с ней встречаюсь иногда. Жива-здорова. Немного странный ребенок, конечно...

---

[1]   *Зд.*: «Каждый сверчок знай свой шесток» (*англ.*). Строка из песни «Everyday People».

— Твоя точная копия, — сказала она бесстрастно. Словно констатировала некий факт, известный любому гуманоиду на Земле. Что-то вроде «обезьяны любят бананы» или «в пустыне Сахара редко идут дожди». По крайней мере, мне так показалось.

— А почему ты скрывала свою фамилию? — спросил я.

— Неправда. Я говорила: приедешь опять — скажу. Ничего я не скрывала, — ответила она. — Просто рассказывать долго, вот и все. Ну не люблю я свою фамилию объяснять. Сразу все спрашивают: как пишется, часто ли встречается, откуда родом... Ты просто не представляешь, как надоело всю жизнь на одни и те же вопросы отвечать.

— Ну не знаю, по-моему, очень хорошее имя. Я тут проверил, в Токио живет целых два господина Юмиёси, ты в курсе?

— Конечно. Я же тебе говорила, что раньше в Токио жила. Давно все проверила. Если уж бог наградил странным именем, первое, что делаешь в новом городе — проверяешь телефонные справочники. Смотришь, нет ли других Юмиёси. Например, в Киото всего один такой есть... А ты что, по делу звонишь?

— Да не по делу. Просто так, — честно сказал я. — Я завтра в путешествие уезжаю. Захотел перед отъездом твой голос услышать. Вот и все дело. Представь себе, иногда мне очень хочется слышать твой голос.

Она опять замолчала. В трубке слышались легкие помехи. Далеко-далеко говорила женщина. Словно из-за угла какого-то длинного коридора. Скрипучий, едва различимый голос звучал очень странно. Слов не разобрать, но чувствовалось, что ей физически тяжело. Мучительно, то и дело срываясь на полуслове, она все жаловалась кому-то на жизнь.

— Помнишь, я тебе рассказывала, как из лифта в темноту провалилась? — спросила Юмиёси.

— Помню, — ответил я.

— Так вот... Это еще раз случилось.

Я молчал. Она тоже. Далекая женщина в трубке все говорила, мучаясь и скрипя. Ее собеседник поддакивал, но уже совсем неразборчиво. Совсем слабый голос лишь повторял короткие междометия, что-то вроде «ага» и «угу». Женщина говорила так медленно, словно взбиралась куда-то по хлипкой стремянке и боялась упасть. «Так говорят мертвецы! — вдруг пронеслось у меня в голове. — За углом длинного-длинного коридора собрались покойники и говорят со мной. О том, как это тяжело и мучительно — умереть...»

— Эй... Ты слушаешь? — спросила Юмиёси.

— Слушаю, — ответил я. — Расскажи.

— Только скажи сперва — ты *действительно* мне тогда верил? Или просто слушал и поддакивал из вежливости?

— Действительно верил, — сказал я. — Я тебе не рассказывал, но... Потом, после нашего с тобой разговора, я ведь тоже там побывал. Поехал в лифте, вышел — и ступил в темноту. И со мной произошло то же самое. Так что я тебе верю, не беспокойся.

— Ты тоже там был?

— Я еще расскажу тебе об этом подробнее, но не сейчас. Сейчас я еще не все могу объяснить как следует. Очень многое я сам для себя пока не решил. Но когда мы встретимся, обязательно расскажу — все по порядку, от начала и до конца. И хотя бы поэтому должен увидеть тебя еще раз. Но это случится потом. А сейчас... ты можешь рассказать, что случилось с тобой? Поверь, это очень важно.

Она выдержала долгую паузу. Помехи и голоса в трубке смолкли. Обычная тишина телефонной трубки и ничего больше.

— Когда это было... — сказала она наконец. — Дней десять назад, наверное. Поехала я на лифте вниз, в подземный гараж. Часов в восемь вечера. Доехала, выхожу — и вдруг снова *там* оказываюсь. Как и в прошлый раз. Сперва вышла и только потом сообразила, где я. Только не ночью, и не на шестнадцатом этаже. Но все точно так же. Темно, хоть глаз выколи, сыро и плесенью пахнет. И темнота, и сырость, и запах — все такое же. На этот раз я никуда не пошла. Застыла на месте и жду, пока лифт обратно приедет. Прождала, наверно, целую вечность... А потом лифт пришел, я села и поскорее уехала. Вот и все.

— А об этом ты кому-нибудь говорила? — спросил я.

— Ты что! — сказала она. — Второй раз? Нет уж, хватит. Решила больше никому не рассказывать.

— И правильно. Больше никому говорить не стоит.

— Послушай, но что же мне делать? Так и бояться, что опять в темноту провалюсь, всякий раз, как на лифте еду? Когда в таком огромном отеле работаешь, хочешь не хочешь, а приходится ездить в лифте по нескольку раз на дню... Как же быть? Мне и посоветоваться-то не с кем, кроме тебя...

— Послушай... Юмиёси-сан, — сказал я. — Что же ты мне раньше не позвонила? Я бы тебе сразу объяснил, как быть.

— Я звонила. Несколько раз, — сказала она тихонько, почти шепотом. — А тебя все дома не было.

— Ну наговорила бы на автоответчик.

— Да... не люблю я его. И так душа не на месте...

— Ясно. Тогда слушай, объясняю все очень просто. Эта темнота — никакое не Зло, и ничего опасного для тебя в ней нет. Бояться ее не нужно. Там, в темноте, кое-кто живет — ты шаги его слышала, помнишь? — но он никогда тебя не обидит. Он даже мухи обидеть не может, поверь мне. Поэтому, если опять в темноту попадешь, просто зажмурься покрепче и жди, пока лифт не приедет. Поняла?

Она помолчала, переваривая то, что я ей сказал.

— Можно, я признаюсь тебе кое в чем?

— Да, конечно.

— Я не понимаю тебя, — сказала она очень тихо. — Иногда о тебе вспоминаю. Но кто ты такой на самом деле, что за человек, никак не пойму.

— Я знаю, о чем ты, — сказал я. — Мне уже тридцать четыре, но, к сожалению, во мне еще слишком много того, что я сам себе объяснить не могу. Слишком много вопросов я очень долго откладывал на потом. И только теперь наконец пытаюсь собрать себя в одно целое. Изо всех сил стараюсь. И, надеюсь, довольно скоро смогу объяснить тебе все очень точно. И тогда мы гораздо лучше поймем друг друга.

— Что ж, будем надеяться, — произнесла она тоном абсолютно постороннего человека. Как диктор в телевизоре: «Будем надеяться, все кончится хорошо. Переходим к следующей новости...»

— А вообще-то я завтра на Гавайи лечу, — сообщил я.

— А-а, — ответила она равнодушно.

На этом разговор иссяк. Мы попрощались и положили трубки. Я выдул залпом стакан виски, выключил свет и уснул.

# 28

— *Переходим к следующей новости...*

Я валялся на пляже Форта Де-Расси, разглядывая высоченное небо, пальмы и птиц, когда произнес это вслух. Юки лежала рядом. Растянувшись на циновке, я глядел на нее. Она загорала ничком, с закрытыми глазами. Здоровенная магнитола «Санъё» у нее в изголовье выдавала новый хит Эрика Клэптона. На Юки было миниатюрное бикини оливкового цвета, и все тело от шеи до пальцев ног натерто кокосовым маслом, гладкая кожа блестела, как у дельфиненка. Вокруг нас маячили молодые самоанки и самоанцы в обнимку с досками для сёрфинга, а на шеях у дочерна загорелых парней из спасательной службы ярко поблескивали золотые цепочки. Город благоухал цветами, фруктами и маслом для загара. Гавайи...

— Переходим к следующей новости.

Жизнь вокруг нас бурлила, появлялись все новые лица, экзотические сцены мелькали перед глазами одна за другой. Просто не верилось, что еще практически вчера я шатался по заснеженным улицам Саппоро. А теперь валяюсь на песочке и разглядываю небо в Гонолулу. Вот как все сложилось. Наметил точку, прочертил воображаемую линию — и вышло именно так, а не иначе. Подладился под музыку — и вот докуда дотанцевал. *Хорошо ли я танцую?* Я прокрутил в голове все, что со мной случилось, и шаг за шагом проверил, верно ли действовал до сих пор. Не так-то и плохо. Не высший класс, конечно. Но неплохо. Окажись я еще раз в такой ситуации, наверняка поступил бы так же. Это и есть Система. Главное — чтобы двигались ноги. Не останавливаясь ни на миг.

Итак, я в Гонолулу. Небольшой перерыв...

— *Небольшой перерыв*, — сказал я вслух. Совсем тихонько, но Юки, похоже, услышала. Лениво перевернувшись на бок, она сняла темные очки, прищурилась и подозрительно посмотрела на меня.

— О чем ты там думаешь? — спросила она осипшим спросонья голосом.

— Да так... О том, о сем. Ничего серьезного, — ответил я.

— Делай что хочешь, только перестань у меня под боком разговаривать сам с собой. Захотелось под нос побубнить, сиди один в номере и там бубни.

— Извини. Больше не буду.

Юки снова посмотрела на меня. Как ни в чем не бывало — мирным, спокойным взглядом.

— А то прямо как псих ненормальный...

— Ну, — согласился я.

— Прямо как одинокий старик, — добавила она. И перекатилась обратно на живот.


В аэропорту мы взяли такси, поехали в гостиницу, оставили в номере вещи, переоделись в шорты и майки, первым делом отправились в торговый пассаж тут же рядом и купили слоновьих размеров магнитофон. Так захотела Юки.

— Как можно здоровее, и чтобы орал погромче, — распорядилась она.

На дорожные чеки Хираку Макимуры мы купили самое огромное, что нашли в магазине, — кассетную магнитолу «Санъё». И к ней запас батареек и несколько кассет.

— Нужно еще что-нибудь? — спросил я Юки. — Одежда, купальник и все такое?

Она покачала головой.

— Ничего не нужно, — сказала она.

Каждый наш выход на пляж сопровождался обязательным выносом магнитолы. Нести которую, разумеется, должен был я. Как туземец из фильма «Тарзан», я тащил эту громадину на плече, словно тушу убитой антилопы (*Не ходи туда, Бвана. Там живут злые духи*), а впереди вышагивала Юки. Диск-жокей все ставил по радио песню за песней. Вот так получилось, что суперхиты этой весны я запомнил на всю оставшуюся жизнь. Завывалки Майкла Джексона расползались по миру, как эпидемия. Парочка посредственностей, Холл и Оутс, пробивались в звезды с поистине героическим упорством. «Duran Duran»'у явно не хватало воображения, а Джо Джексону — умения раздуть божью искру, которая у него еле теплилась. У «Pretenders», как ни крути, просто не было будущего. «Supertramp» и «Cars» вызывали всегда одну и ту же нейтрально-вежливую улыбку... И так далее, и тому подобное — поп-певцы и поп-песни в совершенно невозможном количестве.

Как и обещал Хираку Макимура, жилье нам досталось что надо. Конечно, мебель, общий дизайн и картины на стенах оказались весьма далеки от того, что принято называть роскошью, однако в комнатах было на удивление приятно (кому придет в голову требовать роскоши на Гавайях?), а до пляжа буквально рукой подать. Номера на десятом этаже — тихие, со сказочным видом из окна. Загорай себе прямо на балконе и разглядывай море. Просторная, удобная, чистая кухня, в которой собрано все — от микроволновки до посудомоечного агрегата. Номер Юки был рядом, поменьше моего, но тоже с отдельной кухонькой. Постояльцы, что попадались нам в лифтах и вестибюле, все как один одевались богато и со вкусом.

Купленную магнитолу мы притащили в гостиницу, после чего я уже сам сходил в супермаркет. Набрал там пива, калифорнийского вина, фруктов, побольше разных соков. А также всего, что нужно для приготовления элементарного сэндвича. И уже после этого мы отправились с Юки на пляж, улеглись рядом на циновках и до самого вечера разглядывали море и небо. Мы почти не разговаривали. Лишь иногда переворачивались с боку на бок и, отдавшись потоку Времени, не делали вообще ничего. Безжалостное солнце заливало лучами землю и поджаривало песок. Ветер с моря — мягкий, нежный, чуть влажный — изредка поигрывал листьями пальм, как бы невзначай вспоминая о них. То и дело я погружался в забытье, потом вдруг просыпался от топота чьих-то слишком резвых ног или громкого голоса и всякий раз думал: где я? На Гавайях, отвечал я себе, но верилось в это не сразу. Пот вперемешку с маслом от загара стекал по щекам и капал с ушей на песок. Самые разные звуки то приливали, то откатывались, точно волны. Иногда я различал среди них биение своего сердца. Будто мое сердце — одно из самых судьбоносных явлений природы на планете Земля.

Я ослабил болты, что скрепляли мозг, и расслабился. Технический перерыв...

Лицо Юки изменилось. Метаморфоза случилась, как только она вышла из самолета в аэропорту Гонолулу и теплый свеже-сладкий гавайский воздух обласкал ее кожу. Сойдя с трапа, она остановилась, крепко зажмурилась, словно боясь ослепнуть, глубоко вздохнула и, распахнув глаза, посмотрела на меня. Всё ее напряжение — тонкая, невидимая пленка, покрывавшая лицо до сих пор, — растворилось бесследно. В ней не осталось ни страха, ни раздражения. Все ее жесты — убирала ли она волосы со лба, выбрасывала ли закатанную в фантик жвачку, пожимала ли плечиками без смысла и повода — все эти ее *намеренно-нечаянные* движения вдруг утратили прежнюю угловатость и выглядели совершенно естественно. Я даже посочувствовал ей: бедняжка, как, должно быть, тяжело ей было жить до сих пор. Да не просто тяжело — заведомо неправильно.

Теперь же, когда Юки загорала, раскинув руки и ноги, на пляже — волосы кокетливо подобраны, темные очки, бикини, — определить ее возраст на глаз я бы не смог. Ее тело было совсем детским, но в нем уже проступало нечто новое — особая грация существа, постоянно стремящегося к совершенству, отчего она выглядела гораздо взрослей своих лет. Эти тонкие руки и стройные ноги нельзя было назвать *обалденными,* но они уже наливались особой метафизической силой. Той, что способна растянуть окружающее пространство в четыре разные стороны, стоит этой девчонке лишь невзначай потянуться всем телом. Ибо прямо сейчас это тело переживало самую динамичную фазу своего роста — бурное, стремительное взросление.

Мы натерли друг другу спины маслом для загара. Сначала она мне. Я впервые в жизни услышал, что у меня, оказывается, большая спина. Сама Юки ужасно боялась щекотки и, когда я натирал ее, вся извертелась. Волосы она подобрала, обнажив бледные уши и худенькую шею. Я невольно улыбнулся. Издалека ее тело на песке казалось настолько взрослым, что даже у меня дух захватывало; и лишь позвонки на шее — такие детские, будто появились здесь по ошибке, — выказывали ее настоящий возраст. Совсем ребенок, подумал я лишний раз. Как это ни странно звучит, шея женщины отмечает прожитые ею годы, как годовые кольца фиксируют возраст дерева. Хотя спроси меня, что и как тут меняется, я, наверное, толком объяснить не смогу. Тем не менее это так: у девчонок-тинэйджеров шеи девчонок-тинэйджеров, а у зрелых женщин шеи зрелых женщин.

— Первое время нужно загорать понемногу, — объясняла мне Юки назидательно. — Сначала в тени, потом немного на солнце, и после опять в тени. Иначе обгоришь обязательно. Весь пойдешь волдырями, а от них следы останутся. И будешь ходить, как облезлая кошка.

— В тени... На солнце... Опять в тени... — прилежно заучивал я, втирая ей масло в спину.

Вот почему весь наш первый день на Гавайях мы провалялись в тени развесистой пальмы под болтовню ди-джея на средних частотах. Я то лез в воду купаться, то потягивал в баре под тентами круто охлажденную «пинья-коладу». Юки купаться не торопилась.

— Сначала — полный релакс! — объявила она. И весь остаток дня лишь посасывала ананасовый сок, да раз в полчаса лениво кусала один и тот же хот-дог с горчицей и маринованными огурчиками. Вот уже огромный солнечный шар сполз в море, залив горизонт цветом кетчупа; вот уже прогулочные суда, возвращаясь из предзакатных круизов, зажгли на мачтах огни, а она все лежала ничком на своей циновке, даже не думая уходить. Будто хотела впитать в себя все сегодняшнее солнце до последнего лучика.

— Ну что, пойдем? — позвал я ее наконец. — Солнышко село — брюхо опустело. Давай прогуляемся и съедим где-нибудь по хор-рошей говяжьей котлете. Чтобы мясо сочнейшее, да с кетчупом от души, да с луком слегка обжаренным... В общем, все самое настоящее.

Она кивнула, но не поднялась, а только присела на корточки, не отводя глаз от моря. Словно жалея об остатках дня, которым не успела насладиться сегодня. Я скатал циновки и взвалил на плечо магнитолу.

— Не волнуйся, — сказал я ей. — У нас еще есть завтра. Не думай ни о чем. А кончится завтра — наступит послезавтра.

Она посмотрела на меня и весело улыбнулась. Я протянул ей руку, она ухватилась покрепче и встала на ноги.

# 29

На следующее утро Юки объявила, что мы едем встречаться с мамой. Ничего, кроме домашнего телефона матери, она не знала, поэтому я набрал номер, наскоро представился и спросил, куда ехать. Ее мать снимала коттедж недалеко от Макахи.

— Полчаса на машине от Гонолулу, — пояснила она.

— Думаю, часам к двум мы до вас доберемся, — сказал я.

Затем отправился в ближайший прокат и взял «мицубиси-лансер». Ничего не скажешь, ехали мы роскошно. Врубили радио на полную, открыли все окна и неслись по хайвэйю, выжимая сто двадцать в час. Солнце заливало все вокруг, теплый ветер окатывал нас запахами цветов и моря.

Неужели мать живет там одна? — вдруг подумал я. И спросил у Юки.

— Вот еще! — ответила Юки, чуть скривив губы. — Такие, как она, долго за границей в одиночку не могут. Спорю на что угодно, у нее там бойфренд. Причем наверняка — молодой и красивый. Как у папы. Помнишь, какой у папы педик-бойфренд? Гладкий, чистенький, весь аж лоснится. За день небось три раза моется и два переодевается...

— Педик?

— А ты не знал?

— Нет...

— Ну ты даешь. Да у него все на лбу написано, — сказала Юки. — Папа такой же или нет, я не знаю, но этот точно педик. Железно. На двести процентов.

По радио заиграли «Roxy Music», и она прибавила громкости.

— А мама у нас всю жизнь поэтов любила. Чтоб стихи писал, или хотя бы пытался писать, но чтобы обязательно молодой. Чтоб она снимала свои фотографии, а он бы у нее за спиной стихи декламировал. Сдвиг у нее на этом. Такой вот прибабах. Какие угодно стихи, лишь бы читал кто-нибудь. И тогда она привязывается к нему насмерть... Так что лучше бы папа стихи писал. Но такие, как папа, стихи не пишут...

Ну и семейка, снова подумал я. Точно, Космические Робинзоны. Писатель быстрого реагирования, гениальная фотохудожница, девчонка-медиум, ученик-педераст и любовник-поэт... Черт бы меня побрал. А мне какая роль уготована в этом психоделическом гиперсемействе? Стареющий комик-паж при дочери-шизофреничке? Я вспомнил, как приветливо улыбался мне Пятница, словно приглашал, дескать, добро пожаловать в нашу теплую компанию... Эй, ребята, мы так не договаривались. Да я здесь вообще случайно. У меня отпуск, понятно? Кончится отпуск, я вернусь разгребать сугробы дальше, и мне станет некогда играть в ваши игры. Все это временно. Коротенький миф, волей случая вплетенный в сюжет реальной истории. Этот миф очень скоро закончится: вы займетесь своими делами, а я своими. Все-таки я люблю мир попроще. Мир, в котором легко понять, кто есть кто.


Помня инструкции Амэ, перед Макахой я свернул с хайвэя вправо, и мы проехали еще немного в сторону гор. По обочинам замелькали хижины угрожающе хлипкого вида: так и чувствовалось — первый же сильный тайфун посрывает эти крыши ко всем чертям. Вскоре, впрочем, они исчезли, и перед нами появились ворота в зону частных коттеджей. Привратник-индиец, дежуривший в будке, осведомился, куда мы едем. Я сказал ему номер коттеджа Амэ. Он отвернулся к телефону, позвонил куда-то и, обернувшись, кивнул, пропуская нас с Юки:

— Все в порядке, проезжайте.

Мы въехали на участок, и вокруг, докуда хватало глаз, потянулись ухоженные лужайки. Сразу несколько садовников, разъезжая на каких-то тележках для гольфа, молча подстригали газоны и кроны деревьев. Мелкие птицы с желтыми клювами прыгали в траве, напоминая колонию экзотических насекомых. Я притормозил рядом с одним садовником, показал ему адрес матери Юки и спросил, где это находится.

— Там! — бросил он и ткнул пальцем в сторону. Я проследил за направлением его пальца и увидел вдалеке очередную лужайку с бассейном и небольшой аллеей. Асфальтовая дорожка огибала бассейн и скрывалась в гуще деревьев. Я поблагодарил садовника, мы спустились с одного холма, поднялись на другой — и прибыли к модерновому коттеджу тропической постройки, в котором жила мать Юки. У входа раскинулась небольшая веранда, а перед окнами позвякивали на ветру металлические колокольчики. Дом утопал в листве деревьев, с которых свисали диковинные плоды.

Мы с Юки вышли из машины, поднялись по ступенькам, и я позвонил в дверь. Полусонный звон колокольчиков на еле живом ветерке удивительно гармонично вплетался в концерт Вивальди, доносившийся из распахнутых окон. Прошло секунд пятнадцать, прежде чем дверь беззвучно открылась, и перед нами появился мужчина. Загорелый невысокий американец, которому недоставало левой руки — от самого плеча. Крепко сложенный, с бородкой и усами — они придавали ему весьма задумчивый вид. Одет в выцветшую «гавайку» с короткими рукавами и спортивные шорты, на ногах — соломенные шлепанцы. Приблизительно мой ровесник. Лицом не красавец, но симпатичный. Для поэта, пожалуй, слишком похож на «мачо». Впрочем, на свете наверняка хватает и поэтов-«мачо». Ничего в этом странного нет. Мир — штука большая. Кого только в нем не встретишь.

Мужчина поглядел на меня, потом на Юки, потом опять на меня, затем чуть склонил голову вбок и широко улыбнулся:

— Hello, — произнес он негромко. И, перейдя на японский, добавил: — Коннитива.

И пожал нам руки — сперва Юки, потом мне. Не очень сильно.

— Проходите, пожалуйста, — сказал он на отличном японском.

Он провел нас в просторную гостиную, усадил на огромный диван, достал из холодильника две банки гавайского пива «Примо» и банку колы, водрузил на поднос со стаканами и принес нам. Мы принялись за пиво, а Юки к своей коле даже не притронулась. Он подошел к проигрывателю, убавил громкость Вивальди и снова сел. Не знаю, почему, но комната вдруг напомнила мне обстановку в рассказах Сомерсета Моэма. Огромные окна, вентилятор под потолком, на стенах побрякушки со всей Полинезии...

— Она сейчас пленку проявляет, закончит минут через десять, — сказал мужчина. — Вы уж подождите немного. Меня зовут Дик. Дик Норт. Мы тут вместе живем, она и я.

— Очень рад, — ответил я. Юки молчала, уставившись на далекий пейзаж за окном. Туда, где меж деревьев ярко синело море. У самого горизонта в небе зависло одинокое облако, похожее на череп гигантского питекантропа. Оно никуда не двигалось и, похоже, двигаться не собиралось. Видно, слишком уж твердолобый оказался питекантроп. Время вылизало его череп добела и до угрюмой отчетливости отшлифовало надбровные дуги. И теперь на фоне этого черепа порхали туда-сюда стайки желтоклювых. Концерт Вивальди закончился, Дик Норт вернул на место иглу, одной рукой снял пластинку, сунул в конверт и поставил на полку.

— Отличный у вас японский, — сказал я, поскольку разговаривать все равно было не о чем.

Дик Норт кивнул, слегка поднял одну бровь, закрыл на секунду глаза и опять улыбнулся.

— Я очень долго жил в Японии, — сказал он наконец. На вопросы он отвечал не сразу. — Десять лет. Впервые приехал во время войны... Вьетнамской войны. Мне там очень понравилось, и когда война закончилась, я поступил в японский университет. Очень хороший университет. И теперь пишу стихи...

Бинго, подумал я. Не очень молодой, не ахти какой красавец, но пишет стихи; тут Юки попала в точку.

— ...А также перевожу на английский хайку и тан-ка, — добавил он. — Очень непростая работа, уверяю вас.

— Представляю, — кивнул я.

Он опять широко улыбнулся и спросил, не хочу ли я еще пива.

— Можно, — ответил я. Он принес еще две банки. С поразительной легкостью откупорив единственной рукой свою, он наполнил стакан и сделал большой глоток. Затем поставил стакан на стол и, покачав головой, уперся строгим взглядом в плакат Уорхола на стене перед нами.

— Странная штука, — произнес он задумчиво. — На свете не бывает одноруких поэтов. Почему?.. Однорукие художники есть. Однорукие пианисты и те иногда встречаются. Когда-то, помню, даже бейсболист однорукий был. Почему же история не знает одноруких поэтов? Ведь чтобы стихи писать, совсем не важно — одна у тебя рука или три...

В общем, конечно, так, согласился я мысленно. Где-где, а в стихосложении количество рук — вопрос совершенно не принципиальный.

— Вот вы можете вспомнить хоть одного однорукого поэта? — спросил у меня Дик Норт.

Я покачал головой. Хотя, если честно, в стихах я не смыслю почти ничего, и даже двуруких поэтов вспомнил бы не больше десятка.

— Одноруких сёрферов я знаю несколько, — продолжал он. — С парусом ногой управляются. Я и сам немного умею...

Юки вдруг встала и принялась рассеянно шататься по комнате. Остановившись у полки с пластинками, она почитала названия, но, видно, не нашла ничего интересного — и тут же скорчила рожицу из серии «ужасно дурацкая чушь». После того как музыка смолкла, комнату затопила сонная тишина. За окном то и дело взревывала газонокосилка. Кто-то громко кого-то звал. Позвякивали на ветру колокольчики. Пели птицы. Но тишина поглощала все. Какие бы звуки ни рождались, она сглатывала их подчистую. Словно тысячи невидимых молчунов, вооружившись бесшумными пылесосами, собирали по всей округе звуки, как грязь или пыль. Где б ни возник хоть малейший шум, они тут же набрасывались на него и всасывали все до последнего отголоска.

— Тихо тут у вас... — заметил я.

Дик Норт кивнул, потом многозначительно посмотрел на свою единственную ладонь — и снова кивнул.

— Да. Очень тихо. И это самое важное. Для таких людей, как мы с Амэ, тишина для работы просто необходима. Мы оба не переносим, когда вокруг... hustle-bustle? Ну, всякий шум-гам. Когда слишком оживленно, все само из рук валится. Как вам здесь? Согласитесь, Гонолулу очень шумный город...

Я вовсе не находил, что Гонолулу очень уж шумный город, но затягивать разговор не хотелось, и я сделал вид, что согласен. Юки, судя по физиономии, разглядывала очередную «дурацкую чушь» за окном.

— Кауаи — вот там действительно хорошо. Тихо, людей почти нет. На самом деле я бы хотел жить на Кауаи. Но только не здесь, на Оаху. Туристический центр, что с него взять: слишком много машин, преступность высокая... Здесь я только из-за работы Амэ. По два-три раза в неделю приходится в Гонолулу выбираться. За материалами. Ей для съемки постоянно материалы нужны. Ну и, конечно, отсюда, с Оаху, связь легче поддерживать, встречаться с людьми. Она сейчас много разного народу снимает — тех, кто обычной жизнью живет. Рыбаков, садоводов, крестьян, поваров, дорожных рабочих, торговцев рыбой, кого угодно... Она замечательный фотохудожник. Ее работы — талант в чистом виде.

Хотя мне никогда не доводилось пристально разглядывать работы Амэ, на всякий случай я опять согласился. Юки подозрительно засопела.

Он спросил, какой работой я занимаюсь.

— Заказной писатель, — ответил я.

Моя работа, похоже, его заинтересовала. Видно, решил, что мы братья по духу, связанные общей профессией. И поинтересовался, что именно я пишу.

— Что угодно, — ответил я. — Что закажут — то и пишу. Примерно как разгребать сугробы в пургу.

— Разгребать сугробы... — повторил он и, состроив серьезную мину, надолго задумался. Будто не очень хорошо понял то, что услышал. Я уже колебался, не рассказать ли ему подробнее о том, как разгребают сугробы, но тут в комнату вошла Амэ, и наш разговор закончился.

Одета Амэ была очень просто: полотняная рубаха с короткими рукавами, потертые белые шорты. На лице никакой косметики, волосы в таком беспорядке, будто она только что проснулась. И тем не менее она смотрелась дьявольски привлекательно. Аристократическая надменность, которую я подметил еще в ресторане отеля на Хоккайдо, по-прежнему проступала в каждом ее движении. Едва она вошла в комнату, все мгновенно почувствовали, насколько ее жизнь отличается от прозябания остальных. Ей не нужно было ничего объяснять или показывать: разница была понятна с первого взгляда.

Ни слова не говоря, она подошла к Юки, запустила пальцы ей в волосы, долго трепала их, пока совсем не разлохматила, а потом прижалась носом к ее виску. Юки не выказала большого интереса, хотя особо и не сопротивлялась. Лишь когда все закончилось, тряхнула головой пару раз, восстанавливая прическу. И уперлась бесстрастным взглядом в цветочную вазу на стеллаже. И все же бесстрастность ее была совсем иной, нежели унылое безразличие, с которым она озиралась в доме отца. Сейчас, несмотря ни на что, в ней сквозило нечто искреннее и живое. Определенно, мать и дочь вели между собой некий бессловесный диалог, не понятный никому, кроме них самих.

Амэ и Юки. Дождь и снег. И в самом деле, странно, подумал я снова. Ну, в самом деле, что это за имена? Прав Хираку Макимура, прогноз погоды какой-то. Родись у них еще один ребенок, интересно, как бы его назвали?

Амэ и Юки не сказали друг другу ни слова. Ни «здравствуй», ни «как поживаешь». Просто — мать взъерошила волосы дочери, ткнулась ей носом в висок, и все. Затем подошла ко мне, уселась рядом на диван, достала из кармана пачку «Сэлема», вытянула сигарету и прикурила от картонной спички. Поэт принес откуда-то пепельницу и элегантно, почти неслышно поставил на стол. Будто вставил красивую метафору в нужную строчку стихотворения. Амэ бросила туда спичку, выдула струйку дыма и шмыгнула носом.

— Простите. Никак от работы оторваться не могла, — сказала она. — Характер у меня такой: не могу останавливаться на середине. Потом захочешь продолжить, ничего не получается...

Поэт принес Амэ стакан, одной рукой ловко откупорил банку и налил ей пива. Несколько секунд она наблюдала, как оседает пена, после чего залпом выпила полстакана.

— Ну и сколько вы собираетесь пробыть на Гавайях? — спросила она меня.

— Трудно сказать, — ответил я. — Я пока ничего не планировал. Но, наверное, с неделю. Я ведь сейчас в отпуске. Скоро в Японию возвращаться, и опять за работу...

— Побыли бы подольше. Здесь ведь так хорошо.

— Да, конечно... Здесь хорошо, — пробормотал я в ответ. Черт знает что. Похоже, она меня совершенно не слушала.

— Вы уже ели? — спросила она.

— В дорогс сэндвич перехватил, — ответил я.

— А у нас что сегодня с обедом? — спросила она поэта.

— Насколько я помню, ровно час назад мы ели спагетти, — медленно и очень мягко ответил тот. — Час назад было двенадцать пятнадцать. Нормальные люди называют это обедом... Как правило.

— В самом деле? — рассеянно спросила Амэ.

— В самом деле, — кивнул поэт. И, повернувшись ко мне, улыбнулся. — Она за работой совсем от реальности отключается. Когда ела в последний раз, где что делала, все забывает начисто. Память в чистый лист бумаги превращается. Нечеловеческая самоотдача...

Про себя я подумал, что это, пожалуй, уже не самоотдача, а пример прогрессирующей шизофрении, но, разумеется, вслух ничего не сказал. Просто сидел на диване, молчал и вежливо улыбался.

Довольно долго Амэ отсутствующим взглядом буравила стакан с пивом, потом словно о чем-то вспомнила, взяла стакан и отхлебнула глоток.

— Знаешь, может, мы и обедали, только опять есть хочется. Я ведь сегодня даже не завтракала, — сказала она.

— Послушай. Я понимаю, что все время ворчу, но... Если вспомнить реальные факты, сегодня в семь тридцать утра ты съела огромный тост, грейпфрут и йогурт, — терпеливо объяснил ей Дик Норт. — А потом сказала: «Объедение!» И еще сказала: «Вкусный завтрак — отдельный праздник в жизни».

— Ах да... Что-то было такое, — сказала Амэ, почесывая кончик носа. И задумалась, все так же рассеянно глядя в пространство перед собой. Прямо как в фильме Хичкока, подумал я. Чем дальше, тем меньше понимаешь, что правда, что нет. И все сложнее отличить нормального человека от сумасшедшего.

— Ну, в общем, у меня все равно в желудке пусто, — сказала Амэ. — Ты же не будешь возражать, если я еще раз поем?

— Конечно, не буду, — рассмеялся поэт. — Это ведь твой желудок, не мой. Хочешь есть, ешь себе сколько влезет. Даже очень хорошо, когда есть аппетит. У тебя же всегда так. Когда работа получается, сразу есть хочешь. Давай я сделаю тебе сэндвич.

— Спасибо. Ну, тогда и пива еще принеси, хорошо?

— Certainly[1], — ответил он и скрылся в кухне.

— Вы уже ели? — опять спросила она меня.

— В дороге сэндвич перехватил, — повторил я.

— А Юки?

— Не хочу, — просто сказала Юки.

[1] Зд.: Само собой (англ.).

— Мы с Диком в Токио познакомились, — произнесла Амэ, закидывая ногу на ногу и глядя на меня в упор. Хотя мне все равно показалось, будто она рассказывает это для Юки. — Он-то и предложил мне поехать с ним в Катманду. Сказал, что там ко мне обязательно придет вдохновение. В Катманду и правда было замечательно. А руку Дик на войне потерял, во Вьетнаме. Подорвался на мине. Такая мина специальная, «Баунсинг Бетти»[1]. Наступишь на нее, а она прыг — и прямо в воздухе взрывается. Бабам-м! Кто-то рядом наступил, а он руку потерял. Он поэт. Слышали, какой у него отличный японский? Мы сперва в Катманду пожили, а потом на Гавайи перебрались. После Катманду так хотелось куда-нибудь, где жарко. Вот Дик и нашел здесь дом. Это коттедж его друга. А в ванной для гостей у нас фотолаборатория. Замечательное место.

Будто высказав все, что считала нужным, Амэ глубоко вздохнула, потянулась всем телом и погрузилась в молчание. Послеобеденная тишина сгустилась; яркий солнечный свет за окном, точно плотная пыль, расплывался повсюду как ему заблагорассудится. Череп питекантропа все белел над горизонтом, не сдвинувшись ни на дюйм. И выглядел все так же твердолобо. Сигарета, к которой Амэ больше не прикоснулась, истлела до самого фильтра.

Интересно, как Дик Норт делает сэндвичи одной рукой, попытался представить я. Как, например, режет хлеб? В правой руке нож. Это ясно, без вариантов. Но чем он тогда придерживает хлеб? Ногой? Непонятно. Может, если двигать ножом в правильном ритме, хлеб

___

[1] «Попрыгунья Бетти» (англ.) — противопехотная мина, впервые разработанная в Германии в 1930-х гг.

разрежется и без упора? Но почему он все-таки не пользуется протезом?

Чуть погодя поэт принес блюдо с сэндвичами, сервированное, как в первоклассном ресторане. Сэндвичи с огурцами и ветчиной были нарезаны «по-британски» — небольшими дольками, в каждый воткнута оливка. Все выглядело очень аппетитно. Как же он это резал? — ломал голову я. Дик Норт откупорил еще пива и разлил по стаканам.

— Спасибо, Дик, — сказала Амэ и повернулась ко мне: — Он прекрасно готовит.

— Если бы устроили конкурс на лучшего однорукого повара, я бы там всех победил, — подмигнул мне поэт.

— Да вы попробуйте, — предложила Амэ. И я попробовал. Действительно, отличные сэндвичи. Словно очень качественные стихи. Свежайший материал, безупречная подача, отточенная фонетика.

— Просто объеденье, — похвалил я искренне, все же не сообразив, как он режет хлеб. Подмывало спросить, но спрашивать такое, конечно же, не годилось.

Дик Норт определенно был человеком действия. Покуда Амэ уничтожала сэндвичи, он снова сходил на кухню и успел приготовить всем кофе. Отменный кофе, что и говорить.

— Слушайте, а вы... — спросила Амэ, — Вы, когда с Юки вдвоем... вам нормально?

Я не понял вопроса:

— Что значит — «нормально»?

— Ну, я о музыке, разумеется. Весь это рок, вы же понимаете. Неужели вас это не сводит с ума?

— Да нет... Не сводит, — ответил я.

— У меня, когда это слушаю, голова просто на части раскалывается. И полминуты не выдерживаю, хоть уши затыкай. То есть, когда сама Юки рядом, никаких проблем. Но ее музыка — это просто какой-то кошмар, — сказала она и с силой потерла виски. — Я ведь слушаю только очень определенную музыку. Барокко. Какой-нибудь мягкий джаз. Или этническое что-нибудь. Чтобы душа успокаивалась. Вот это я люблю. И стихи люблю такие же. *Гармония и покой*...

Она снова взяла пачку «Сэлема», закурила и положила сигарету на край пепельницы. Эта тоже сгорит дотла, подумал я. Так оно и вышло. Просто странно, как она до сих пор не спалила весь дом... Похоже, я начинал понимать слова Хираку Макимуры о том, что существование с Амэ «сожрало» его жизнь и способности. Эта женщина не из тех, кто дарит себя. Вовсе наоборот. Она строит свою жизнь, забирая понемногу у других. Окружающие просто не могут не отдавать ей хоть что-нибудь. Ибо у нее талант от бога, а это — мощнейший насос для поглощения всего чужого. И поступать так с людьми она считает своим естественным правом. *Гармония и покой*... Чтобы дарить ей это, люди отрывают от себя только что не собственные руки-ноги.

«Но я-то здесь при чем?» — хотелось закричать мне. Я здесь лишь потому, что у меня неожиданный отпуск. И всё. Закончится отпуск, я вернусь разгребать сугробы дальше, и эта нелепая ситуация разрешится сама собой. Но главное — мне совершенно нечего вам отдать. Даже будь у меня чем поделиться, сейчас это здорово пригодилось бы мне самому. А сюда, в вашу теплую компанию, меня забросил каприз судьбы... Очень хотелось встать и заявить это во всеуслышание. Но не было смысла. Никто и слушать бы меня не стал. Для этой гиперсемейки я — очередной «дальний родственник», и права голоса мне пока не дали.

Облако над горизонтом, не изменив очертаний, сдвинулось немного вверх. Казалось, проплыви под ним небольшое судно, так и зацепило бы мачтой. Гигантский череп огромного питекантропа. Вывалившийся из щели между эпохами в это небо над Гонолулу. «Похоже, мы с тобой братья!» — мысленно сказал я ему.

Разделавшись с сэндвичами, Амэ встала, подошла к дочери и, вновь запустив ладонь ей в волосы, потрепала их еще немного. Юки бесстрастно разглядывала кофейную чашку на столе.

— Роскошные волосы, — сказала Амэ. — Всю жизнь хотела себе такие. Густые, блестящие, длинные... А у меня чуть что, сразу дыбом торчат. Хоть не прикасайся к ним вообще. Правда, Принцесса? — И она снова ткнулась носом дочери в висок.

Дик Норт убрал со стола пустые пивные банки и тарелку. И поставил музыку — что-то камерное из Моцарта.

— Еще пива? — предложил он мне.

— Хватит, пожалуй, — ответил я.

— Ну что... Сейчас я хотела бы поговорить с Юки, — произнесла Амэ ледяным тоном. — Семейные разговоры. Мать с дочерью, с глазу на глаз. Поэтому... Дик, ты не мог бы показать ему наши пляжи? Часа хватит, я думаю...

— Конечно, почему нет, — ответил поэт, вставая с дивана. Поднялся и я. Поэт легонько поцеловал Амэ в щеку, надел белую парусиновую шляпу и зеленые очки от солнца. — Мы погуляем, вернемся через часок. А вы тут разговаривайте в свое удовольствие. — И он тронул меня за локоть: — Ну что, пойдемте? Здесь отличные пляжи.

Юки чуть пожала плечами и посмотрела на меня с каменной физиономией. Амэ вытянула из пачки «Сэлема» третью сигарету. Оставив их наедине, мы с одноруким поэтом вышли в душный солнечный полдень.

Я сел за баранку «лансера», и мы прокатились до побережья. Поэт рассказал, что с протезом водит машину запросто, но без особой необходимости старается протез не надевать.

— Ощущаешь себя неестественно, — пояснил он. — Наденешь — и успокоиться не можешь. Удобно, конечно. Но чувствуется дисгармония. Природе вопреки. Так что по мере возможности я приучаю себя обходиться в жизни одной рукой. Использовать свое тело, пусть даже и не полностью...

— А как вы режете хлеб? — все-таки не удержался я.

— Хлеб? — переспросил он и задумался, словно не понял, о чем его спрашивают. И лишь потом наконец сообразил. — А! Что я делаю, когда его режу? Ну да, закономерный вопрос. Нормальным людям, наверное, и правда трудно понять... Но это очень просто. Так и режу — одной рукой. Конечно, если держать нож, как обычно, ничего не получится. Весь фокус в том, как захватывать. Хлеб придерживаешь пальцами, а по нему туда-сюда лезвие двигаешь... Вот так.

Он продемонстрировал мне на пальцах, как это делается, но я хоть убей не смог представить, как такое возможно на самом деле. Однако именно этим способом он резал хлеб куда качественнее, чем обычные люди двумя руками.

— Очень неплохо получается, — улыбнулся он, увидев мое лицо. — Большинство обычных дел можно делать одной рукой. В ладоши, конечно, не похлопаешь... Но от пола отжаться можно и на турнике подтянуться. Вопрос тренировки. А вы что думали? Как я, по-вашему, должен был резать хлеб?

— Ну, я думал, ногой как-нибудь помогаете...

Он громко, от всей души рассмеялся.

— Вот это забавно! — воскликнул он. — Хоть поэму сочиняй. Про однорукого поэта, который резал хлеб ногой... Занятные получатся стихи.

И с этим я не смог ни поспорить, ни согласиться.

Проехав довольно далеко вдоль берега по шоссе, мы остановились, вышли из машины, купили шесть банок холодного пива (поэт, широкая душа, заплатил за все), после чего отыскали на пляже местечко поукромнее и стали пить пиво, развалясь на песке. В такую жару сколько пива ни пей, захмелеть не удается хоть тресни. Пляж оказался не очень гавайский. Повсюду зеленели какие-то низкие пышные деревца, а линия берега петляла и извивалась, местами переходя в невысокие скалы. Но, по крайней мере, не похоже на рекламную открытку, и слава богу. Неподалеку стояли сразу несколько миниатюрных грузовичков — семьи местных жителей вывезли детей искупаться. В открытом море десяток ветеранов местного сёрфинга состязались с волной. Череповидное облако дрейфовало там же, где раньше, и стаи чаек плясали в небе вокруг него, как хлопья пены в стиральной машине. Мы пили пиво, лениво разглядывая этот пейзаж, и время от времени болтали о том о сем. Дик Норт поведал мне, как безгранично он уважает Амэ.

— Вот кто настоящий художник! — сказал он убежденно. Говоря об Амэ, он то и дело срывался с японского на английский. На японском выразить свои чувства как следует не удавалось. — После встречи с ней мое отношение к стихам полностью изменилось. Ее фото, как бы сказать... просто раздевает поэзию догола. То, для чего в стихах мы так долго подбираем слова, прядем из них какую-то запутанную пряжу, в ее работах проступает в одно мгновенье. Моментальный embodiment. Воплощение... Она извлекает это играючи — из воздуха, из солнечного света, из каких-то трещин во времени — и выражает самые сокровенные чувства и природу человека... Вы понимаете, о чем я?

— В общем, да, — сказал я.

— Смотрю на ее работы — иногда аж страшно становится. Будто вся моя жизнь под угрозой. Настолько это *распирает* меня... Вы знаете такое слово — dissilient[1]?

— Не знаю, — сказал я.

— Как бы это сказать по-японски... Ну, когда что-нибудь — раз, и лопается изнутри... Вот такое чувство. Будто весь мир взрывается неожиданно. Время, солнечный свет — все у нее вдруг становится dissilient. В одно мгновение. Ее руку сам бог направляет. Это совсем не так, как у меня или у вас... Извините меня, конечно. О вас я пока ничего не знаю...

Я покачал головой:

— Все в порядке... Я хорошо понимаю, о чем вы.

— Гениальность — страшно редкая вещь. Настоящую гениальность где попало не встретишь. Когда шанс пересечься с нею в жизни, просто видеть ее перед собой, сам плывет в руки, нужно ценить это как подарок Судьбы. Хотя, конечно... — Он умолк на несколько секунд, потом отвел в сторону единственную ладонь —

---

[1] Лопающийся (о плоде) (*англ.*).

так, словно хотел пошире развести руками. — В каком-то смысле это очень болезненное испытание. Будто колют в меня иглой, куда-то в самое эго...

Слушая его вполуха, я разглядывал горизонт и облако над горизонтом. Перед нами шумело море, волны с силой бились о волнорез. Я погружал пальцы в горячий песок, набирал его в ладонь и выпускал тонкой струйкой. Раз за разом, опять и опять. Сёрферы в море дожидались очередной волны, вскакивали на нее, долетали до волнореза и отгребали обратно в море.

— Но все же какая-то сила — гораздо сильнее, чем мое эго, — тянет меня к ее гениальности... К тому же я просто люблю ее, — тихо добавил он. И прищелкнул пальцами. — Вот и засасывает, как в воронку какую-то. У меня ведь, представьте, и жена есть. Японка. И дети. Жену я тоже люблю. То есть действительно люблю. Даже сейчас... Но когда с Амэ встретился, затянуло — просто некуда деться. Как в огромный водоворот. Как ни дергайся, как ни сопротивляйся, бесполезно. Но я сразу все понял. *Такое* лишь однажды случается. *Эта* встреча — одна на всю жизнь. Уж такие вещи, поверьте, я чувствую хорошо. И я задумался. Свяжу свою жизнь с таким человеком — возможно, потом пожалею. А не свяжу, все мое существование утратит смысл... Вам никогда похожие мысли в голову не приходили?

— Нет, — сказал я.

— Вот ведь странная штука, — продолжал Дик Норт. — Я столько пережил, чтобы построить тихую стабильную жизнь. И построил, и держал эту жизнь в руках. Все у меня было — жена, дети, свой домик. Работа — пусть не очень прибыльная, но достойная. Стихи писал. Переводил. И думал: вот, добился от жизни чего хотел... Я потерял на войне руку. И все равно продолжал считать, что в жизни больше плюсов, чем минусов. Только чтобы собрать все эти плюсы воедино, потребовалось очень много времени. И очень много усилий — чтобы просто взять себя в руки. Взять своими руками от жизни все. И я взял-таки, сколько смог. Вот только... — Он вдруг поднял единственную ладонь и махнул ею куда-то в сторону горизонта. — Вот только потерять все это можно в считаные секунды. Раз — и руки пусты. И больше некуда возвращаться. Ни в Японии, ни в Америке у меня теперь дома нет. Слишком долго без своей страны — и слишком далеко от нее...

Мне захотелось как-то утешить его, но ни одного подходящего слова в голове не всплывало. Я просто зачерпывал ладонью песок и высыпал его тонкой струйкой. Дик Норт поднялся, отошел на несколько метров в укромные кустики, помочился там и неторопливо вернулся назад.

— Разоткровенничался я с вами, — сказал он, смеясь. — А впрочем, давно уже хотелось кому-нибудь рассказать... Ну и что же вы об этом думаете?

Что бы я ни думал, говорить о том смысла не было. Мы оба — взрослые люди, обоим за тридцать. С кем постель делить, каждый решает для себя сам. И будь там хоть воронки, хоть водовороты, хоть ураганы со смерчами, ты сам это выбрал, и живи теперь с этим как получается... Мне он нравился, этот Дик Норт. Столько в жизни преодолел со своей единственной рукой. Стоило уважать его хотя бы за это. Вот только что мне ему ответить?

— Ну, во-первых, я не человек искусства... — сказал я. — И интимные отношения, вдохновленные искусством, понимаю плохо. Слишком уж это... за пределами моего воображения.

Он слегка погрустнел и посмотрел на море. Похоже, собирался что-то сказать, но передумал.

Я закрыл глаза. Сперва мне показалось, что я закрыл глаза совсем ненадолго, но неожиданно провалился в глубокий сон. Видимо, из-за пива. Когда я открыл глаза, по лицу плясала тень от ветки. От жары слегка кружилась голова. Часы показывали полтретьего. Я помотал головой и поднялся. Дик Норт играл на волнорезе с приблудившейся невесть откуда собакой. Только бы он на меня не обиделся, подумал я. Надо же, говорил-говорил с человеком и заснул посреди разговора. Уж ему-то эта беседа поважнее, чем мне...

Но что же, черт побери, тут можно было ответить?

Я еще немного покопался ладонью в песке, наблюдая, как Дик играет с собакой. Поэт хватал собаку за голову и прижимал к себе, точно собираясь задушить, а животное радостно вырывалось. Волны, яростно грохоча, разбивались о волнорез и с силой откатывались обратно в море. Мелкие брызги белели на солнце, слепя глаза. Какой-то я, наверное, толстокожий, подумал я вдруг... Хотя и нельзя сказать, что не понимаю его чувств. Просто однорукие или двурукие, поэты или не-поэты — все мы живем в этом жестоком и страшном мире. И каждый сражается со своей кучей невзгод и напастей. Мы оба взрослые люди. Каждый со своим багажом худо-бедно дотянул до этого дня. Но вываливать на собеседника свои болячки при первой же встрече совсем не дело. Вопрос элементарной воспитанности... Толстокожий? Я покачал головой. Хотя тут, конечно, качай не качай, не решишь ни черта.

Мы вернулись на «лансере» обратно. Дик Норт позвонил в дверь, и Юки отворила нам с таким видом, будто факт нашего возвращения ей совершенно безынтересен. Амэ сидела по-турецки на диване с сигаретой в губах и, уставившись взглядом в пространство, предавалась какой-то дзэн-медитации. Дик Норт подошел к ней и снова поцеловал в щеку.

— Поговорили? — спросил он.

— М-м, — не вынимая изо рта сигареты, промычала она. Ответ был скорее утвердительный.

— А мы валялись на пляже, созерцали край света и принимали солнечную ванну, — бодро отрапортовал Дик Норт.

— Мы уже скоро поедем, — сказала Юки абсолютно бесцветным голосом.

Я думал то же самое. Очень уж хотелось поскорее вернуться отсюда в шумный, реальный, туристический Гонолулу.

Амэ поднялась с дивана.

— Приезжайте еще. Я хотела бы с вами видеться, — сказала она. Затем подошла к дочери и легонько погладила ее по щеке.

Я поблагодарил Дика Норта за пиво и все остальное.

— Не за что, — ответил он, широко улыбаясь.

Когда я подсаживал Юки в кабину «лансера», Амэ тронула меня за локоть.

— Можно вас на пару слов?

Мы прошли с нею рука об руку вперед, к небольшому саду. В центре садика был установлен простенький турник. Опершись на него, она сунула в рот очередную сигарету и, всем своим видом демонстрируя, как ей это трудно, чиркнула спичкой о коробок и прикурила.

— Вы хороший человек. Я это вижу, — сказала она. — И потому хочу вас кое о чем попросить. Привозите сюда Юки почаще. Я ее люблю. И хочу, чтобы мы встречались.

Понимаете? Встречались и разговаривали. И подружились в итоге. Я думаю, из нас получились бы хорошие друзья. Помимо всех этих отношений — дочка, мать... Поэтому, пока она здесь, я хочу общаться с ней как можно больше.

Высказав все это, Амэ умолкла и посмотрела на меня долго и пристально.

Я совершенно не представлял, что на это сказать. Но совсем ничего не ответить было нельзя.

— То есть это проблема между вами и Юки, — уточнил я.

— Безусловно, — кивнула она.

— Вот поэтому как только она скажет, что хочет вас видеть, я сразу же ее привезу, — сказал я. — Или если вы как мать велите ее привезти, выполню ваше распоряжение, не задумываясь. Так или эдак. Но лично за себя я ничего сказать не могу. Насколько я помню, дружба — штука добровольная, и ни в каких посредниках не нуждается. Если, конечно, мне не изменяет память.

Амэ задумалась.

— Вы говорите, что хотели бы с ней подружиться, — продолжал я. — Прекрасно, что тут скажешь. Вот только, позвольте уж, вы ей прежде всего мать, а потом все остальное. Так получилось, нравится это вам или нет. Ей всего тринадцать. И больше всего на свете ей нужна самая обычная мама. Та, кто в любую ночь, когда темно и страшно, обнимет, не требуя ничего взамен. Вы, конечно, меня извините — я совершенно чужой вам человек и, возможно, чего-то не понимаю. Но этой девочке сейчас нужны не взаимные попытки с кем-нибудь сблизиться. Ей нужен мир, который бы принял ее всю целиком и без всяких условий. Вот с чем вы должны разобраться в первую очередь.

— Вам этого не понять, — сказала Амэ.

— Да, совершенно верно. Мне этого не понять, — согласился я. — Только имейте в виду: это ребенок, и этого ребенка сильно обидели. Его нужно защитить и утешить. Это требует времени и усилий, но кто-нибудь должен сделать это непременно. Это называется «ответственность». Вы меня понимаете?

Но она, конечно, не понимала.

— Но я же не прошу вас привозить ее сюда каждый день, — сказала она. — Когда она сама не будет возражать, тогда и привозите. А я, со своей стороны, буду ей позванивать время от времени... Поймите, я очень не хочу ее потерять. Если у нас с ней и дальше будет так, как было до сих пор, она вырастет и совсем от меня отдалится. А я хочу, чтобы между нами сохранялась психологическая связь. Духовные узы... Возможно, я не лучшая мать. Но если б вы знали, сколько мне пришлось тащить на себе — *помимо* материнства. Я ничего не могла изменить. И как раз это моя дочь понимает очень хорошо. Вот почему я хочу построить с ней отношения выше, чем просто «мать и дочь». «Кровные друзья» — вот как я бы это назвала...

Я глубоко вздохнул. И покачал головой. Хотя тут качай не качай, уже ни черта не изменишь.

На обратном пути мы молча слушали музыку. Лишь я иногда насвистывал очередную мелодию, но, если не считать моих посвистов, мы оба долго не издавали ни звука. Юки, отвернувшись, глядела в окно, да и мне говорить было особенно нечего. Минут пятнадцать я просто гнал машину по шоссе. Пока меня не настигло предчувствие. Мгновенное и резкое, как пуля, беззвучно впившаяся в затылок. Словно кто-то написал у меня в мозгу маленькими буквами: *«Лучше останови машину»*.

Повинуясь, я свернул на ближайшую стоянку возле какого-то пляжа, остановил машину и спросил Юки, как она себя чувствует. На все мои вопросы — «Как ты? В порядке? Пить не хочешь?» — она отвечала молчанием, но в этом молчании явно скрывался какой-то намек. И потому я решил больше не спрашивать, а догадаться, на что же она намекает. С возрастом вообще лучше понимаешь скрытые механизмы намеков. И терпеливо ждешь, пока намеки не превратятся в реальность. Примерно как дожидаешься, когда просохнет выкрашенная стена.

В тени кокосовых пальм мимо прошли две девчонки — рука об руку, в одинаковых черных бикини. Ступая, как кошки, разгуливающие по забору. Шагали они босиком, а их бикини напоминали какие-то хитрые конструкции из крошечных носовых платков. Казалось, подуй посильнее ветер — и все разлетится в разные стороны. Распространяя вокруг себя странную, почти осязаемую ирреальность, словно в заторможенном сне, они медленно прошли перед нами справа налево и исчезли.

Брюс Спрингстин запел «Hungry Heart». Отличная песня. Этот мир еще не совсем сошел на дерьмо. Вот и ди-джей сказал — «классная вещь»... Покусывая ногти, я глядел в пространство перед собой. Там по-прежнему висело в небе судьбоносное облако в форме черепа. Гавайи, подумал я. Все равно что край света. Мамаша хочет подружиться с собственной дочкой. А дочка не хочет никакой дружбы, ей нужна просто мать. Нестыковка. Некуда деться. У мамаши бойфренд. Бездомный однорукий поэт. И у папаши тоже бойфренд. Голубой секретарь по кличке Пятница. Совершенно некуда деться.

Прошло минут десять, и Юки расплакалась у меня на плече. Сначала совсем тихонько, а потом в голос. Она плакала, сложив на коленях руки, уткнувшись носом в мое плечо. *Ну еще бы*, подумал я. Я бы тоже плакал на твоем месте. *Еще бы*. Отлично тебя понимаю.

Я обнял ее за плечи и дал наплакаться вволю. Постепенно рукав моей рубашки вымок насквозь. Она плакала очень долго. Ее рыдания сотрясали мое плечо. Я молчал и лишь обнимал ее покрепче.

Два полисмена в черных очках пересекли стоянку, поблескивая кольтами на боках. Немецкая овчарка с высунутым от жары языком повертелась перед глазами, изучая окрестности, и куда-то исчезла. Пальмы все качали на ветру широкими листьями. Рядом остановился небольшой пикап, из него вылезли широкоплечие самоанцы со смуглыми красавицами и побрели на пляж. «J. Geils Band» затянули по радио старую добрую «Dance Paradise».

Наконец она выплакала все слезы и, похоже, чуть-чуть успокоилась.

— Эй. Не зови меня больше принцессой. Ладно? — проговорила Юки, не отрывая носа от моего плеча.

— А разве я звал?

— Звал.

— Не помню такого.

— Когда мы из Цудзидо вернулись. Тогда, вечером, — сказала она. — В общем, больше не называй меня так, о'кей?

— Не буду, — сказал я. — Клянусь. Именем Боя Джорджа и честью «Duran Duran»'а. Больше никогда.

— Меня так мама всегда называла. Принцессой.

— Больше не буду, — повторил я.

400

— Она всегда, всегда меня обижает. Только не понимает этого. Совсем. И все равно меня любит. Правда же?

— Сто процентов.

— Что же мне делать?

— Остается только вырасти.

— Но я не хочу!

— Придется, — сказал я. — Все когда-нибудь вырастают, даже те, кто не хочет. И потом со всеми своими обидами и проблемами когда-нибудь умирают. Так было с давних времен, и так будет всегда. Не ты одна страдаешь от непонимания.

Она подняла заплаканное лицо и посмотрела на меня в упор.

— Эй. Ты совсем не умеешь пожалеть человека?

— Я пытаюсь, — ответил я.

— Но у тебя отвратительно получается...

Она скинула мою руку с плеча, достала из сумки бумажную салфетку и высморкалась.

— Ну что?.. — сказал я громким, реалистичным голосом. И тронул машину с места. — Давай-ка поедем домой, искупаемся. А потом я приготовлю что-нибудь вкусненькое, и мы с тобой поужинаем. Уютно и вкусно. Как старые добрые друзья...


Мы проторчали в воде целый час. Плавала Юки отлично. Заплывала подальше в море, ныряла вниз головой и болтала ногами в воздухе. Накупавшись, мы приняли душ, сходили в супермаркет, купили овощей и мяса для стейков. Я пожарил нежнейшее мясо с луком и соевым соусом, приготовил овощной салат. Соорудил суп мисо, зарядил его зеленым луком и соевым творогом. Ужин вышел очень душевным. Я открыл калифорнийское вино, и Юки тоже выпила полбокала.

— А ты классно готовишь, — с интересом заметила Юки.

— Да нет, не классно. Просто выполняю то, что нужно, старательно и с любовью. Уже этого достаточно, чтобы получалось что-нибудь необычное. Смотря какую позицию сразу занять. Если делаешь что-нибудь старательно и с любовью, до какой-то степени заставляешь и других это полюбить. Если стараешься жить легко и уютно, до какой-то степени так и живешь. Легко и уютно.

— А с какой-то степени уже бесполезно?

— А с какой-то степени — уже как повезет, — сказал я.

— Здорово ты умеешь вгонять людей в депрессию, — покачала она головой. — А еще взрослый.

Мы убрали со стола в четыре руки, вышли из отеля и отправились шататься по авеню Калакауа. Вся улица галдела и только начинала зажигать ночные огни. Мы заглядывали в лавчонки и магазинчики, сменявшие друг друга в хаотическом беспорядке, что-то примеряли, к чему-то приценивались, слонялись по улице и разглядывали прохожих. И наконец устроили привал в особо людном месте — пляжном баре отеля «Ройял Гавайан». Я заказал себе «пинья-коладу», попросил для Юки фруктовый сок. И подумал: вот, наверно, именно такую «ночную жизнь больших городов» и не переносит наш приятель Дик Норт. Я же — переношу, и довольно неплохо.

— Ну и как тебе мама? — спросила Юки.

— Если честно, я плохо понимаю людей при первой встрече, — ответил я, хорошенько подумав. — Обычно мне нужно время, чтобы все обдумать и сделать о человеке какие-то выводы. Такой уж я тугодум...

— Но ведь ты разозлился, так?

— Да ну?

— Ну да. У тебя же на лице все написано.

— Ну, может быть... — сдался я. И, посмотрев на море, отхлебнул «пинья-колады». — Раз на лице написано, может, и правда разозлился немного.

— На что?

— На то, что ни один из людей, которые должны за тебя отвечать, делать этого, похоже, не собирается... Хотя злился я, конечно, зря. Никаких полномочий на злость мне никто не давал, да и тут уже злись не злись — все равно никакого толку.

Юки взяла с тарелки соленый крендель, откусила от него и захрумкала.

— Ну вот. Никто не знает, что делать. Все говорят: «нужно что-то делать», но что именно, не понимает никто. Так, что ли?

— Выходит, что так... Никто не понимает.

— А ты понимаешь?

— Я думаю, нужно подождать, пока намеки не примут реальную форму, а потом уже что-то предпринимать. Ну, то есть...

Несколько секунд Юки задумчиво теребила рукава футболки, пытаясь понять, что же я сказал. Но, похоже, не получилось.

— Это что значит?

— Это значит: надо ждать, вот и все, — пояснил я. — Терпеливо ждать, пока не наступит нужный момент. Не пытаться менять ничего силой, а смотреть, куда все течет само. Глядя на все *беспристрастно*. И тогда можно будет естественно понять, что делать... Но для этого всем слишком некогда. Все слишком талантливы, слишком заняты своими делами. И слишком мало интересуются кем-то, кроме себя, чтобы думать о беспристрастности.

Юки подперла щеку ладонью и свободной рукой стала смахивать крошки от кренделя с розовой скатерти. За соседним столиком пожилая американская пара — он в пестрой гавайке «алоха», она в платье «муму» ему в тон — потягивала из огромных бокалов разноцветные тропические коктейли. Оба выглядели совершенно счастливыми. В глубине садика девица в точно таком же «муму» исполняла на электрооргане «Song for You». Пела неважно, однако хотя бы в том, что это «Song for You», сомневаться не приходилось. По всему садику меж деревьев мерцали газовые светильники в форме факелов. Песня закончилась, два-три человека из сидевших за столиками вокруг лениво похлопали. Юки схватила мой бокал и отхлебнула «пинья-колады».

— Вкусно, — сказала она.

— Предложение принято, — объявил я. — Два голоса за «вкусно».

Она уставилась на меня и какое-то время разглядывала с очень серьезным видом.

— Что ты за человек? Никак не пойму, — сказала она наконец. — С одной стороны, абсолютно нормальный. С другой стороны, явно какие-то отклонения в психике.

— Абсолютная нормальность — уже само по себе отклонение в психике. Так что живи спокойно и не забивай себе этим голову, — парировал я. И, подозвав устрашающе приветливую на вид официантку, заказал еще «пинья-колады». Покачивая бедрами при ходьбе, та принесла заказ практически сразу, вписала в счет и растворилась, оставив после себя улыбку прямо-таки чеширских масштабов.

— Ну и все-таки — что же мне делать? — спросила Юки.

— Твоя мать хочет видеться с тобой чаще, — ответил я. — Зачем, почему — это мне неизвестно. Это уже дело вашей семьи, да и сама она человек особенный. Но если в двух словах: наверно, ей хотелось бы выйти за рамки отношений «мать и дочь», из-за которых у вас сплошные раздоры, и просто с тобой подружиться.

— По-моему, одному человеку подружиться с другим человеком ужасно *непросто*.

— Принято, — согласился я. — Два голоса за «непросто».

Юки положила локти на стол и поглядела куда-то сквозь меня.

— И что ты об этом думаешь? Ну, об этом ее желании.

— Дело не в том, что об этом думаю я. Дело в том, что об этом думаешь ты. И говорить тут не о чем. Например, ты можешь думать: «Еще чего захотела!» А можешь, наоборот, считать это «конструктивной точкой зрения, над которой стоит поразмыслить». Что выбрать, решай сама. Торопиться некуда. Подумай как следует, а потом реши что-нибудь.

Подпирая щеки ладонями, она кивнула. У стойки бара заливисто хохотали. Девица-органистка вернулась к своему микрофону и томно зашептала вступление к «Blue Hawaii». «*Ночь молода — как ты, как я. Пойдем же со мной, пока на море луна...*»

— У нас с ней все так ужасно было, — сказала Юки. — До самой поездки в Саппоро, просто кошмар. А тут еще эта проблема, как кость в горле: ходить мне в школу или не ходить... В общем, мы почти не разговаривали. Друг на друга почти не глядели, очень долго... Потому что такие, как мама, не способны мыслить по-человечески. Болтает, что в голову взбредет, и тут же забывает, что сказала. Говорит все всерьез, только уже через минуту ничего не помнит. А иногда ее вдруг прошибает, и она вспоминает о своих материнских обязанностях. Это меня в ней бесит больше всего.

— Но все же? — вставил я. Вставлять в ее речь союзы — единственное, что мне оставалось.

— Но все же... Конечно... Все-таки она особенная и интересная. Как мать, совершенно безалаберная, и этим она всегда меня обижала, но... В то же время чем-то — не знаю, чем, — постоянно притягивала. Совсем не так, как папа. Я не знаю, почему. Только все равно... Даже если она сама скажет «давай подружимся», у нас ведь силы совсем-совсем разные. Я ребенок, а она такая взрослая, сильная... Это же любому ясно, правда? Но как раз этого мама не понимает. И потому, даже если она правда хочет, чтобы мы подружились, даже если старается изо всех сил, все равно меня обижает... Вот, даже когда мы в Саппоро были. Сделает что-нибудь, чтобы со мною сблизиться. Я, понятно, тоже делаю шаг навстречу. Я ведь тоже стараюсь как могу, честное слово... А она тут же — раз, и в сторону отворачивается. Голова уже чем-то другим занята, обо мне и не помнит. Вся жизнь у нее — то так, то эдак, с какой ноги встанет. — Юки сердитым щелчком отправила крошку кренделя со скатерти на песок. — Взяла меня с собой в Саппоро. Ну и что? Как будто это что-нибудь изменило. Сразу же забыла, что меня с собой привезла, и уехала в свое Катманду. О том, что меня в чужом городе бросила, не вспоминала три дня. И ведь даже не понимает, как больно мне делает. Я ведь на самом деле ее люблю... Да, наверное, люблю. И, наверное, подружиться с ней было бы здорово. Только я не хочу, чтобы она вертела мной, как ей вздумается... Хватит. Больше я этого терпеть не собираюсь.

— Все ты правильно говоришь, — сказал я. — И аргументы приводишь разумные. Очень хорошо тебя понимаю.

— А вот мама не понимает... Сколько ни объясняй, даже не соображает, о чем вообще разговор.

— Похоже на то...

— Вот это меня и бесит.

— Это я тоже понимаю, — сказал я. — Мы, взрослые, в таких ситуациях обычно напиваемся.

Юки схватила мой стакан с «пинья-коладой» и жадно, большими глотками выдула половину. Стакан был огромный, как аквариум, так что употребила она будь здоров. Закончив, легла подбородком на край стола и сонно уставилась на меня.

— Так странно... — сказала она. — Во всем теле тепло, и спать хочется.

— Все правильно, — кивнул я. — Как настроение? Не тошнит?

— Нет, не тошнит. Хорошее настроение.

— Ну и славно. Сегодня был длинный день. Тринадцатилетние и тридцатичетырехлетние заслужили свое право на хорошее настроение.

Я расплатился, и мы вернулись в отель. Всю дорогу я поддерживал Юки за локоть. Мы дошли до ее номера, я отпер дверь.

— Эй, — позвала она.

— А? — отозвался я.

— Спокойной ночи, — сказала она.

\* \* \*

Назавтра выдался великолепный гавайский день. Сразу после завтрака мы переоделись и вышли на пляж. Юки заявила, что хочет попробовать, как катаются на волнах. Мы взяли напрокат две доски и с центрального пляжа перед гостиницей «Шератон» заплыли подальше в море. Я вспомнил элементарную технику сёрфинга, что мне когда-то втолковывали друзья, и точно так же объяснил все ей. Как седлать волну, как ставить ноги на доску и все в таком духе. Юки схватывала буквально на лету. Держалась расслабленно, отлично чувствовала, когда что делать. Уже через полчаса она обращалась с волнами гораздо лучше меня.

— Забавная штука, — сказала она в итоге.

После обеда мы заглянули в магазинчик «Всё для сёрфинга» на Ала-Моана и купили пару подержанных досок. Продавец спросил у нас, сколько мы весим, и подобрал для каждого доску нужной тяжести и длины.

— Это ваша сестра? — полюбопытствовал он у меня. Объяснять ему что-либо было выше моих сил, и я просто ответил:

— Ага. — Как бы там ни было, на папашу с дочкой мы не походили, и слава богу.

В два часа мы вернулись на пляж и провалялись под солнцем до вечера. Иногда купались, иногда дремали. Но бóльшую часть времени просто бездельничали в свое удовольствие. Слушали радио, листали книжки, под шелест пальмовых листьев разглядывали прохожих. Солнце сползало все ниже по заданной траектории. Когда закончился день, мы вернулись в отель, приняли душ, съели салат со спагетти и сходили на фильм Спилберга. Выйдя из кино, погуляли немного по городу и забрели в бар с открытым бассейном при отеле «Халекулани». Я снова заказал «пинья-коладу» для себя и фруктовый коктейль для Юки.

— А можно, я у тебя опять отопью? — спросила Юки, показывая на мой бокал.

— Валяй, — согласился я и поменял бокалы местами. Юки ухватила губами соломинку и отпила моей «пинья-колады» сантиметра на два.

— Вкусно, — сказала она. — Хотя вчера вкус был какой-то немного другой.

Я подозвал официантку и заказал еще одну «пинья-коладу». А первую отдал Юки.

— Допивай уже, — разрешил я. — Смотри, будешь со мной каждый вечер по барам шляться, через неделю станешь супер-экспертом по «пинья-коладе» среди юниоров!

Оркестр на танцплощадке у края бассейна исполнял «Frenesi». Седенький кларнетист вытягивал долгое соло. Очень качественное соло в духе Арти Шоу. Десяток пожилых пар, разодетые под стать музыке, плавно танцевали. Голубоватый искусственный свет со дна бассейна отражался на их лицах, придавая всей картине вид мистической галлюцинации. Эти старички и старушки выглядели совершенно счастливыми. Каждый под конец жизни приехал сюда, на Гавайи. Они выдавали мастерские па, их шаги были тверды и легки. Мужчины держали осанку и тянули подбородок; женщины выписывали правильные круги, и подолы их длинных юбок мягко приподымались и опадали. Мы смотрели на них, не в силах оторваться. Уж не знаю, чем, но эти танцоры успокаивали мне душу. Наверное, тем, что на их лицах я видел самое неподдельное удовольствие. Мелодия сменилась на «Moon Glow», и пары дружно сдвинулись щека к щеке и подняли головы.

— Снова спать охота, — сказала Юки.

Впрочем, теперь она уже добрела до дому без моей помощи. Прогресс налицо.

Я вернулся к себе в номер, принес из кухни бутылку вина и стакан, уселся перед телевизором и начал смотреть «Вздерни их повыше» с Клинтом Иствудом. Опять Клинт Иствуд. И опять — без тени улыбки... После третьего стакана я стал засыпать, поэтому выключил телевизор, не досмотрев, и поплелся в ванную чистить зубы. Вот и закончился день, подумал я. Чем он был знаменателен? Да ничем особенным. Так себе день, ни рыба ни мясо. Утром научил Юки сёрфингу, после обеда купил ей доску. Поужинали, сходили на «Инопланетянина». Посмотрели в баре отеля «Халекулани» на танцующих стариков. Юки захмелела, и я отвел ее спать. Вот и все. Не хороший, не плохой — обычный гавайский день. И как бы там ни было, он закончился, подумал я.

Но все оказалось не так просто.

Раздевшись до трусов и майки, я забрался в постель, погасил свет, но не прошло и пяти минут, как в дверь позвонили. Черт знает что, подумал я. Первый час ночи... Я включил торшер у изголовья, натянул штаны и подошел к двери. Пока я шел, позвонили еще дважды. Юки, наверное, подумал я. Кому еще я мог понадобиться в такое время? И потому распахнул дверь, даже не поинтересовавшись, кто там. Но это была не Юки. А совсем другая девчонка.

— Привет! — сказала она.

— Привет, — машинально ответил я.

Родом она была, судя по всему, из Юго-Восточной Азии. То ли таиландка, то ли филиппинка, то ли вьетнамка. Никогда не умел точно определять по лицам расовую принадлежность. В общем, оттуда. Очень красивая. Миниатюрное тело, смуглая кожа, большие глаза. Розовое платье из какой-то гладкой ткани с люрексом. И сумка, и босоножки — все на ней было розовым. А на левом запястье вместо браслета красовалась розовая лента с бантиком. Прямо как на подарке ко дню рождения. Зачем это ей понадобилось цеплять на руку ленту с бантиком? — задумался я. Но так ничего и не придумал. Опершись о дверной косяк, она глядела на меня и приветливо улыбалась.

— Меня зовут Джун[1], — произнесла она по-английски с заметным акцентом.

— Привет, Джун, — сказал я.

— Можно войти? — спросила она, показывая пальцем за мою спину.

— Минуточку! — ответил я, несколько обалдев. — По-моему, вы ошиблись дверью. Вы к кому?

— Э-э... Сейчас, погодите, — сказала она, покопалась в сумочке, достала какую-то записку и пробежала по ней глазами. — К мистеру ***.

И назвала мое имя.

— Это я, — сказал я.

— Ну вот видите... Значит, не ошиблась.

— Погодите-погодите, — не сдавался я. — Фамилия совпадает, не спорю. Но что вам от меня нужно, ума не приложу. Вы вообще кто?

— Может, все-таки войдем для начала? Если долго снаружи разговаривать, что о вас соседи подумают? Да

---

1 June (*англ.*) — июнь.

вы не волнуйтесь, все будет хорошо. Не ограблю же я вас, в самом деле...

И правда, подумал я. Пока мы будем так стоять и препираться, Юки, того и гляди, проснется и тоже вылезет из своего номера, объясняйся с ней потом. И я впустил незваную гостью. Будь что будет. Хорошо, если все будет хорошо...

В номере Джун сразу скользнула к дивану, без приглашения забралась на него и подобрала ноги.

— Чего-нибудь выпьете? — спросил я.

— Что вы, то и я, — ответила она. Я смешал на кухне два джин-тоника, принес в комнату и присел на диван рядом с ней. Она с удовольствием отхлебнула и, усаживаясь по-турецки, смело раздвинула ноги. Очень красивые ноги, подумал я.

— Слушайте, Джун. Зачем вы ко мне пришли? — спросил я.

— Сказали прийти, я и пришла, — ответила она как ни в чем не бывало.

— Кто сказал?

Она пожала плечами:

— Джентльмен, который хочет вас отблагодарить, не называя своего имени. Он заплатил. Аж из Японии. Чтобы я к вам пришла. Вы ведь понимаете, зачем?

Хираку Макимура, догадался я. Вот он, его пресловутый «подарок». И вот что означает лента с бантиком у нее на запястье... Стало быть, он надеялся, что, купив мне женщину, сможет не волноваться за дочь. Практичный человек. То есть — *реально* практичный. Злости я не чувствовал, напротив, мне даже стало по-настоящему интересно. Странный мир окружал меня: все только и делали, что покупали мне женщин.

— Все оплачено до утра. Можно отлично развлечься. У меня очень хорошее тело.

Джун вытянула ноги, сбросила розовые босоножки и в соблазнительной позе разлеглась на полу.

— Знаешь... Извини, но я не могу, — сказал я.

— Почему? Ты что — гомик?

— Нет... И дело не в этом. Просто мы с этим джентльменом, который все оплатил, по-разному мыслим. Поэтому я не могу с тобой спать. Понимаешь, здесь не тот сюжет...

— Но ведь все уже оплачено. Деньги вернуть не получится. А переспали мы с тобой или нет, тот, кто платил, все равно не узнает. Не буду же я ему по международному телефону докладывать: «Йес, сэр! Ваш заказ выполнен, мы трахнулись ровно три раза»... Так что делай, не делай, все равно уже ничего не изменится. И «сюжет» тут вовсе ни при чем.

Я вздохнул. И глотнул джин-тоника.

— Давай, чего ты, — просто сказала Джун. — Тебе понравится, вот увидишь.

Я не знал, как быть. Что-либо взвешивать, что-либо доказывать самому себе становилось все сложнее. Вот так — день заканчивается, ложишься в постель, гасишь свет, собираешься уснуть. А тут к тебе в комнату вваливается незнакомка и говорит: «Давай!» Весь мир сошел с ума.

— Может, еще джина выпьем? — предложила она. Я кивнул, она скользнула на кухню и через минуту принесла оттуда еще два джин-тоника. Включила радио. Держась при этом естественно, словно у себя дома. Зазвучал хард-рок.

— Сайко![1] — произнесла она по-японски. Затем села рядом, прислонилась ко мне и отхлебнула джин-тоника. — Я свое дело знаю. И знаю про все это больше

[1]   Высший класс! *(яп., разг.)*

413

тебя. Нету здесь никакого сюжета. Ты, главное, положись на меня, а я сама все сделаю. И тот японский джентльмен здесь уже совсем-совсем ни при чем. Такими вещами он распоряжаться не может. Тут уже решаем только мы вдвоем, ты и я...

И она нежно провела пальчиками по моей груди. Я понял, что запутываюсь окончательно. Мне даже стало казаться, что если уж Хираку Макимуре будет приятно, что я трахнулся с проституткой на его деньги, то почему бы, собственно, и нет. Вместо того чтоб терзаться вопросами без ответов, куда проще покончить со всем одним махом. Ведь это просто секс и ничего более. Эрекция — акт — эякуляция. И на этом — всё...

— Ладно, давай, — сказал я.

— Вот и умница, — кивнула Джун. И, допив свой джин-тоник, поставила стакан на край стола.

— Только учти, я сегодня зверски устал, — предупредил я. — Ничего сверх программы обещать не могу.

— Я же сказала, положись на меня. Я сама все сделаю, от начала и до конца. А тебе лучше лежать и не двигаться. Только сначала я попрошу у тебя две вещи.

— Что же?

— Выключить свет и развязать эту ленточку.

Я погасил свет, развязал ее ленточку. И поплелся в спальню. В наступившем мраке в окне стало видно антенну радиовышки. На самом ее верху мерцали красные огоньки. Я лег в постель, повернулся на бок и начал разглядывать эти огоньки, не думая ни о чем. По радио все играл хард-рок. Это нереально, пронеслось у меня в голове. Однако все было реальнее некуда. Все было очень реальным, хотя и странных оттенков. Джун ловко скинула платье, раздела меня. Пусть и не так сногсшибательно, как Мэй, но она выполняла свою работу с большим искусством, и этим искусством по-своему гордилась. Пальцами, языком и черт ее знает чем еще она здорово возбудила меня — и под тяжкие ритмы «Foreigner»'а довела до оргазма. Впереди была целая ночь. Над морем сияла луна.

— Ну как? Хорошо?

— Хорошо, — сказал я. Мне и вправду было хорошо. И мы выпили еще по джин-тонику.

— Послушай, Джун... — сказал я, кое-что вспомнив. — А в прошлом месяце ты, случайно, не называлась Мэй?

Она весело хохотнула.

— А ты веселый! Люблю, когда шутят. Значит, по-твоему, в следующем месяце я буду Джули, а в августе — Оги[1]?

Я хотел сказать ей, что не шучу. Что в прошлом месяце я действительно спал с девчонкой по имени Мэй. Но рассказывать ей о том смысла не было. И я промолчал. Пока я молчал, она снова возбудила меня своими приемчиками. Второй раз подряд. Я ничего не делал, просто лежал как бревно. Она выполнила все сама, как на бензоколонке с продвинутым автосервисом. Только остановись да отдай ключи — удовлетворят на полную катушку: и бензин зальют, и машину помоют, и давление в колесах проверят, и масло заменят, и окна протрут, и пепельницы вычистят. И все это — секс?

Как бы то ни было, закончили мы около двух часов ночи и задремали. Когда я проснулся, на часах было около шести. Радио все играло, не выключенное с вечера. За окном светало, и сёрферы, ранние пташки, уже выстраивали свои грузовички вдоль пляжа. Рядом со мной, свер-

---

[1]  Julie, Augie — уменьшительно-ласкательные формы имен Джулия и Августа, от *англ.* July (июль) и August (август).

нувшись калачиком, мирно сопела голая Джун. На полу валялись розовое платье, розовые босоножки и розовая ленточка. Я выключил радио и потормошил ее за плечо.

— Эй... Просыпайся, — сказал я. — У меня скоро гости. Совсем молоденькая девочка, ребенок, придет сюда завтракать. Ты уж извини, но мне неохота, чтобы вы встречались.

— О'кей, о'кей... — ответила она и села в постели. Затем поднялась, подобрала с пола сумочку, как была, нагишом, прошла в ванную, почистила зубы, расчесала волосы. И только потом оделась и обулась.

— Хорошо было со мной? — спросила она, подкрашивая губы помадой.

— Хорошо, — кивнул я.

Джун улыбнулась и, спрятав помаду, захлопнула сумочку звонким щелчком.

— Ну и когда еще раз?

— Еще раз? — не понял я.

— Заплачено за три визита. Осталось еще два. Когда тебе лучше? Или, может, у тебя настроение изменится, и ты захочешь с другой? Тоже можно. Я напрягаться не буду. Ведь мальчики любят спать с разными девочками, правда?

— Да нет... Тебя вполне достаточно, — сказал я. Других мне еще не хватало. Три визита... Ей-богу, этот Хираку Макимура решил выжать из меня все до последней капли.

— Спасибо. Я тебя не разочарую. В следующий раз еще лучше сделаю. Ты не пожалеешь. You can rely on me[1]. Как насчет послезавтра? Послезавтра вечером я свободна, развлеку тебя как следует.

---

[1] Можешь на меня положиться *(англ.)*.

— Хорошо, послезавтра, — сказал я. И протянул ей десятидолларовую бумажку — мол, это тебе на такси.

— Спасибо... Ну, еще увидимся. Бай-бай, — попрощалась она, отперла дверь и ушла.


Пока Юки не пришла завтракать, я вымыл стаканы, прибрал в комнате, прополоскал пепельницы, сменил простыни на кровати и выкинул в мусор розовую ленточку. Замел все следы, какие только мог. Однако не успела Юки войти, как тут же нахмурилась. Что-то в комнате явно ей не понравилось. Она чувствовала это *что-то*. И заподозрила неладное. Я сделал вид, что ничего не замечаю, и, насвистывая под нос какую-то мелодию, принялся собирать на стол. Сварил кофе, поджарил тосты, почистил фрукты. Накрыл на стол. Юки все это время подозрительным взглядом ощупывала все вокруг, прихлебывая холодное молоко и жуя неподжаренный хлеб. Я пробовал заговорить с ней, но не добился в ответ ни звука. Плохи дела, подумал я. Угрюмая серьезность заполнила комнату.

Завтрак прошел напряженно. Наконец Юки положила локти на стол и посмотрела мне прямо в глаза. До крайности пристально.

— Слушай. Сегодня ночью сюда приходила женщина, верно? — спросила она.

— А ты догадлива, — ответил я как ни в чем не бывало.

— Ты где ее взял? Еще там, на пляже, подцепил и пригласил, да?

— Ну вот еще. За кого ты меня принимаешь? Сама пришла.

— Ладно врать-то! Так не бывает.

— Это не ложь. Я тебе вообще никогда не вру. Серьезно, сама взяла и пришла, — сказал я. И затем рассказал ей, как все было на самом деле. Что Хираку Макимура купил для меня женщину. Что она заявилась неожиданно — свалилась как снег на голову. Видимо, Хираку Макимура надеялся, что если утолит таким образом мой сексуальный инстинкт, его дочь останется в неприкосновенности.

— Всё. Не могу больше. — Юки глубоко вздохнула и закрыла глаза. — Почему, почему он вечно всех подозревает в каких-то гадостях? Почему не может подумать о человеке хорошо? Ничего большого и важного никогда не поймет, зато всяким мусором постоянно голова забита. Мама у меня, конечно, не подарочек, но у папы тоже по-своему с головой не в порядке. Где-то в другом месте. Вечно сделает что-нибудь, не разобравшись, и все испортит...

— Да уж. Не разобравшись — это еще мягко сказано, — сказал я.

— Ну, а ты — зачем впускал? Ты же сам пригласил ее в комнату, разве нет?

— Пригласил. Надо же было у нее выяснить, что, вообще говоря, происходит.

— И ты хочешь сказать, что вы никакими... глупостями с ней не занимались?

— Все оказалось не так просто.

— Можно подумать! — воскликнула она и замолчала, не найдя подходящего выражения. Щеки ее слегка порозовели.

— И тем не менее. Долго объяснять... но, в общем, я не смог отказаться как следует, — сказал я.

Юки снова закрыла глаза и подперла щеки ладонями.

418

— Невероятно, — почти прошептала она. — Просто не верится: ты — и вдруг занимаешься такими вещами!..

— Ну, я, конечно, сперва отказаться хотел, — сказал я откровенно. — Да пока отказывался, стало вдруг все равно. Расхотелось взвешивать все эти «за» и «против». Я вовсе не собираюсь перед тобой оправдываться, но... Твои родители действительно очень сильные люди. Мать по-своему, отец по-своему, но оба сильно воздействуют на тех, кто их окружает. Это можно признавать или оспаривать, но, тем не менее, у них есть некий стиль. Уважать я его не уважаю, но игнорировать тоже не могу. То есть я подумал, что если от этого твоему отцу станет легче, то и ладно. Тем более что и девушка была очень даже ничего себе...

— Какая гадость! — сказала Юки ледяным тоном. — Папа купил тебе женщину. Ты что, не понимаешь? Так же нельзя! Это неправильно, стыдно! Или я не права?

Она, черт возьми, была права.

— Да, ты права, — сказал я.

— Ужасно, ужасно стыдно... — повторила Юки.

— И не говори, — признал я.

После завтрака мы взяли доски и вышли на пляж. Снова перед отелем «Шератон» заплыли подальше в море и до самого обеда седлали волну. Только на этот раз Юки не произносила ни слова. Не заговаривала сама и не отвечала на вопросы. Только кивала или качала головой, когда нужно, и все.

— Поплыли назад, пообедаем, — сказал я ей наконец. Она кивнула. — Может, дома чего-нибудь приготовим? — спросил я. Она покачала головой. — Ну, давай купим что-нибудь и съедим прямо на улице, — предложил я. Она снова кивнула. Мы купили с ней по хот-догу и уселись на лужайке Форта Де-Расси. Я пил пиво, она — кока-колу. И по-прежнему не говорила ни слова. Промолчав уже, в общем, часа три подряд.

— В следующий раз откажусь, — пообещал я ей.

Она сняла темные очки и посмотрела на меня так, как разглядывают хмурое небо, выискивая просветы меж облаками. Добрые полминуты смотрела на меня и не двигалась. Наконец подняла загорелую ладонь и очень элегантным жестом убрала волосы со лба.

— В следующий раз? — переспросила она изумленно. — Что еще за следующий раз?

Я объяснил ей, что Хираку Макимура заплатил этой женщине за три визита. И что второй визит назначен на послезавтра. Она заколошматила кулачком по земле.

— Просто невероятно! Какая дурацкая чушь...

— Я, конечно, никого не выгораживаю, но... Твой отец по-своему волнуется за тебя, — сказал я. — Ну, то есть, ты женщина, я мужчина. Понимаешь, о чем я?

— Ужасно дурацкая чушь!.. — повторила Юки со слезами в голосе. Потом она встала, ушла к себе и не показывалась до самого вечера.

После обеда я немного вздремнул и еще немного позагорал на веранде, листая «Плэйбой», что купил в супермаркете по соседству. В пятом часу небо начало хмуриться, покрылось плотными тучами и после пяти разродилось фундаментальным тропическим шквалом. Сверху лило так, что, казалось, продлись это безумие еще пару часов — весь остров смоет и унесет куда-нибудь к Южному полюсу. Впервые в жизни я наблюдал настолько безумный ливень. Уже в каких-то пяти метрах я не мог различить ни предметов, ни их очертаний. Пальмы на пляже раскачивались, как полоумные, и шлепали широченными листьями, точно мокрая курица крыльями. Асфальтовая дорога вдруг превратилась в реку. Несколько сёрферов пробежали у меня под окном, прикрывая головы досками вместо зонтов. И тут началась гроза. Где-то за «Алоха-Тауэр» над самым морем мелькнул сполох молнии, и воздух сотрясся от грохота, будто реактивный самолет перешел звуковой барьер. Я закрыл окно, пошел на кухню и начал варить себе кофе, прикидывая, что бы приготовить на ужин.

После второго раската в кухне возникла Юки. Прокравшись тихонько, она прислонилась к стене в углу и уставилась на меня. Я пытался ей улыбнуться, но она только буравила меня взглядом. На ее лице не отражалось ничего. Я налил себе кофе, с чашкой в руке перешел в гостиную и сел на диван. Юки присела рядом. Выглядела она неважно. Наверное, боится грозы. Почему, интересно, все девчонки боятся грозы и пауков? Если подумать, гроза — это всего лишь разряды электричества в атмосфере. А пауки, за исключением каких-то особых пород, — совершенно безвредные насекомые... Снова полыхнула голубоватая молния, и Юки крепко, обеими ладонями вцепилась мне в правое запястье.

Минут десять мы сидели с ней так, глядя на шквал и слушая раскаты грома. Юки сжимала мое запястье, а я пил кофе. Постепенно гроза ушла, дождь прекратился. Тучи рассеялись, и предзакатное солнце повисло над морем. От того, что произошло, остались только лужи — крохотные пруды и озера, разлившиеся повсюду. В каплях воды на кончиках пальмовых листьев играло солнце. По морю, будто и не было ничего, побежали мирные барашки волн, и отдыхающие, что прятались от дождя где придется, потянулись обратно на пляж.

— Ты права, мне действительно не следовало этого делать, — сказал я. — Куда бы разговор ни зашел, нужно было сразу отправить ее восвояси. А я в тот вечер дико устал, голова совсем не работала... Я, видишь ли, очень несовершенное человеческое существо. Очень далек от идеала, и ошибаюсь частенько. Но я учусь. И сильно стараюсь не повторять своих ошибок. Хотя все равно иногда повторяю. Почему? Да очень просто. Потому что я глуп и несовершенен. В такие моменты я очень себя не люблю. И делаю все, чтобы в третий раз этого не случилось ни в коем случае. Так и развиваюсь понемногу. Пусть небольшой, но прогресс... Все лучше, чем ничего.

Очень долго Юки не отвечала. Отпустив наконец мое запястье, она сидела, не издавая ни звука, и смотрела в окно. Я даже не был уверен, слушала ли она то, что я говорил. Солнце зашло, на набережной загорались бледные фонари. В прозрачном, сразу после дождя, воздухе свет их был особенно свеж. В синем вечернем небе передо мной вздымалась радиобашня, и красные огни на ее антенне мигали так же размеренно, как пульсирует сердце. Я прошел на кухню, достал из холодильника банку пива. Хрустя солеными сухариками и запивая их пивом, я спросил себя: а действительно ли, пускай понемногу, но я развиваюсь? Я был уже не настолько уверен в себе. А если подумать, даже совсем не уверен. По-моему, некоторые ошибки я повторял и по шестнадцать раз, только все равно никуда не двигался... Впрочем, то, что я сказал Юки, в основном было правдой. Да и объяснить это как-нибудь иначе я бы все равно не смог.

Когда я вернулся в комнату, Юки по-прежнему сидела на диване и смотрела остановившимся взглядом в окно. Подобрав под себя ноги, стиснув руками колени и упрямо выпятив подбородок. Я вдруг вспомнил свою семейную жизнь. Сколько раз, пока я был женат, все это повторялось снова и снова, подумал я. Сколько раз я обижал жену, сколько раз потом извинялся. И жена сидела вот так же и долгими, долгими часами не произносила ни слова. И я спрашивал себя: зачем я обижаю ее?

Ведь если подумать, не так уж она и виновата. Тогда я очень искренне каялся, объяснялся с ней и старался, чтобы рана в ее душе поскорей затянулась. И надеялся, что, раз за разом совершая все это, мы с нею развиваем наши отношения. Но, как видно по результату, никакого развития там не было и в помине.

По-настоящему она обидела меня только раз. Единственный раз. Когда ушла от меня к другому. И больше никогда. Странная все-таки вещь эта супружеская жизнь, подумал я. И впрямь как водоворот... Прав старина Дик Норт.

Я присел рядом с Юки, и чуть погодя она протянула мне ладонь. Я взял ее руку в свою и тихонько пожал.

— Только не думай, что я тебя простила, — сказала Юки. — Для начала нужно хотя бы помириться, потом посмотрим. Ты сделал ужасную гадость и очень меня обидел. Это ты понимаешь?

— Понимаю, — сказал я.

Потом мы ужинали. Я сварил плов с креветками и фасолью, приготовил салат из оливок и помидоров с яйцом. Я пил вино, Юки тоже отхлебнула немного.

— Иногда смотрю на тебя и вспоминаю жену... — признался я.

— Жену, которая тебя бросила и удрала с другим парнем, — уточнила Юки.

— Ага, — кивнул я.

# 30

Гавайи...

Пролетело несколько мирных дней. Не то чтобы райских, но мирных. Следующий визит Джун я вежливо отменил. Сказал, что, кажется, простудился и кашляю (кхе-кхе!), и в ближайшее время, боюсь, мне будет не до развлечений. И протянул ей десять долларов — мол, на такси.

— Некрасиво получается! — покачала она головой. — Выздоровеешь — звони, когда захочешь. — И, достав из сумочки простой карандаш, написала номер телефона у меня на двери. Потом сказала: — Бай! — и ушла, покачивая бедрами.

Несколько раз я свозил Юки к матери. И каждый раз мы с одноруким поэтом Диком Нортом то ходили на пляж, то купались в бассейне у дома. Плавал он тоже отлично. А Юки с матерью тем временем общались наедине. Уж не знаю, о чем именно. Юки не рассказывала, я не спрашивал. Я просто довозил ее до Макахи, после чего вел с Диком Нортом светские беседы, купался, разглядывал сёрферов, пил пиво, ходил в кусты мочиться — и увозил ее обратно в Гонолулу.

Однажды я услышал, как Дик Норт декламирует стихи Роберта Фроста. Смысла я, конечно, не разобрал, но читал он здорово. Красивый ритм, богатая гамма эмоций. Увидел и снимки Амэ — влажные, только из проявки. Лица простых гавайцев. Обычные портреты, казалось бы, ничего особенного — однако, снятые ее рукой, эти лица несли в себе столько жизни, словно она фотографировала саму душу. Искренность и доброта аборигенов тропических островов, их природная грубоватость, доходящая порой до жестокости, их способность радоваться жизни как она есть — все это отражалось на ее фото. Сильные, и в то же время очень спокойные работы. Действительно, талант.

— Совсем не то, что у меня или у вас, — сказал мне Дик Норт. Что же, он прав. Ясно с первого взгляда.

Примерно так же, как я присматривал за Юки, Дик Норт присматривал за Амэ. Хотя он, конечно, выкладывался куда основательнее. Делал уборку, стирал, готовил, ездил за покупками, читал стихи, шутил, гасил тлеющие окурки, напоминал, что нужно почистить зубы, пополнял запасы «тампаксов» (однажды я сходил с ним в поход по магазинам), раскладывал в папки фотографии, составлял на пишущей машинке каталоги ее работ... И все это — одной-единственной рукой. Как он выкраивал время еще и на собственные исследования, уму непостижимо. Бедняга, думал я всякий раз, глядя на него. Хотя, конечно, кто я такой, чтобы сочувствовать? Я в обмен на заботу о Юки заработал билет на Гавайи, оплаченный номер в гостинице и красотку в постель. Просто никакого сравнения...


В те дни, когда к матери ездить было не нужно, мы учились седлать волну, купались, валялись на пляже, шатались по магазинам или катались туда-сюда по острову на арендованном автомобиле. Вечерами гуляли по городу, смотрели кино и потягивали «пинья-коладу» в барах отелей «Халекулани» или «Ройал Гавайан». От нечего делать я готовил огромное количество разных блюд. Мы предельно расслабились и загорели до корней волос. В бутике отеля «Хилтон» Юки купила новое бикини и, надев его, стала совсем неотличима от девчонок, которые родились и всю жизнь прожили на Гавайях. В сёрфинге она также продвинулась очень солидно: выучилась седлать даже маленькую волну, что никак не давалось мне. Мы закупили сразу десяток кассет «Роллингов» и слушали их с утра до вечера не переставая. Всякий раз, когда я отходил купить чего-нибудь прохладительного и оставлял Юки на пляже одну, с ней непременно пытались заигрывать какие-нибудь мужчины. Но английского она не знала, поэтому напрочь их игнорировала. Как только я возвращался, они сразу же говорили «sorry» (а то и бросали что-нибудь покрепче) и исчезали. Юки почернела, похорошела, поздоровела. А кроме того, успокоилась и научилась радоваться жизни каждый день.

— А что, мужчины действительно так сильно хотят женщин? — спросила она однажды, когда мы валялись на пляже.

— Ну, в общем, да... Кто сильнее, кто слабее, но по своей природе, физически, мужчины хотят женщин, это факт. Что такое секс, ты, в целом, представляешь?

— В целом — представляю, — ледяным тоном ответила она.

— Существует такая штука, как половое влечение, — пояснил я. — Желание спать с женщиной. Природный инстинкт. Для продолжения рода.

— Я тебя не спрашиваю о продолжении рода. Ты бы мне еще о страховании жизни рассказал. Я спрашиваю об этом самом половом влечении. На что это похоже?

— Представь, что ты птица, — сказал я. — И любишь летать высоко в небе. Тебе от этого очень хорошо. Вот только летать, когда хочешь, не получается: мешают всякие обстоятельства. Ну, скажем, погода плохая, или ветер сильный, или время года неподходящее, и поэтому когда-то можешь летать, а когда-то нет. Когда долго не можешь летать, внутри накапливается слишком много нерастраченных сил, и тебя охватывает беспокойство. Начинаешь подозревать, что тебя как-то несправедливо принизили, ущемили. И даже возмущаешься: чего это тебе летать не дают? Такое чувство тебе понятно?

— Понятно, — кивнула она. — Всю жизнь только это и чувствую...

— Ну тогда и объяснять больше нечего. Это и есть половое влечение.

— И когда ты в последний раз... по небу летал? Ну, до того, как папа купил тебе женщину?

— В конце прошлого месяца, — подсчитал я.

— Тебе было хорошо?

Я кивнул.

— И что — это всегда хорошо?

— Не обязательно, — сказал я. — Когда два несовершенных существа пробуют что-нибудь вместе, у них не всегда получается хорошо. Разочарования тоже случаются. А бывает, взлетишь, от радости забудешь про все на свете, и — бабах клювом об дерево...

— Хм-м, — протянула Юки и задумалась. Наверное, пыталась представить птицу, которая засмотрелась на что-нибудь в полете и врезалась клювом в дерево. Я даже заволновался. Нормально ли я объяснил? Не забиваю ли девчонке в таком нежном возрасте голову ерундой? Впрочем, ладно. Приходит время, и каждый разбирается сам.

— Но с годами шансы на то, что все будет хорошо, возрастают, — продолжил я лекцию. — Постепенно понимаешь, что делать. Как предсказывать погоду, угадывать ветер... Хотя само влечение, как правило, с возрастом ослабевает. Вот примерно так это все и устроено.

— Какое убожество, — покачала Юки головой.

— И не говори, — согласился я.


Гавайи...

Сколько я уже болтаюсь на этом острове? Само понятие времени исчезло. Вчера было вчера, завтра будет завтра — вот и все, что я понимал. Солнце вставало и садилось, луна появлялась и исчезала, за приливом наступал отлив. Я попробовал подсчитать ушедшее время по календарю. Получилось, что с нашего приезда сюда прошло десять дней. Апрель подходил к концу. Месяц, на который я думал когда-то взять отпуск, давно истек. Что происходит? — спросил я себя. Болты, скреплявшие мозг, слишком ослабли и держатся еле-еле. Дни напролет — сплошной сёрфинг и «пинья-колада». Что, конечно, само по себе неплохо, но на самом-то деле я хотел найти Кики. Именно с этого все началось. Я отслеживал этот сюжет и смотрел, куда все течет. И совершенно неожиданно оказался там, где я сейчас. Меня окружили странные люди, все перевернулось вверх дном. И вот я уже валяюсь под пальмой с тропическим напитком в руке и слушаю «Калапану»[1]. События потекли не в то русло. Срочно нужно что-то восстановить... Мэй умерла. Ее убили. Ко мне заявилась полиция. Да, кстати — чем закончилось дело с Мэй? Удалось ли Рыбаку с Гимназистом поймать убийцу? А как там Готанда? Слишком помятым и жалким выглядел он в последний раз. О чем же мы с ним говорили? Так или иначе — дела не доделаны. Нельзя бросать все на полдороге. Я должен вернуться в Японию.

Только сдвинуться с места было выше моих сил. Как и Юки, я просто упивался давно забытым отсутствием всякого напряжения. Ибо, как оказалось, нуждался в этом ничуть не меньше. Я почти ни о чем не думал. Поджаривался на солнце, купался, пил пиво и разъезжал по острову на машине под Брюса Спрингстина и «Rolling Stones». Гулял на пляжах под луной и напивался в барах роскошных отелей.

---

[1]    «Kalapana» («Черный Песок») — музыкальная группа 1970—90-х гг. ведущий состав гавайского этно-рока.

Разумеется, я понимал, что бесконечно такая жизнь продолжаться не может. И все же не мог заставить себя уехать. Мы с Юки находились в нирване. Я смотрел на нее, и язык не поворачивался сказать: «Ну что, пора домой?» И постепенно это стало оправданием для меня самого.

Прошло две недели.

Мы с Юки катались на машине. Вечерело, мы заехали в пригороды. Дорога была забита, но мы никуда не торопились и продвигались от пробки к пробке, разглядывая все, что проплывало мимо. Порно-кинотеатры, лавки старьевщиков, магазинчики вьетнамской одежды и китайской кулинарии, прилавки подержанных книг и пластинок тянулись вдоль дороги бесконечными рядами. Два старичка, вытащив из лавки на улицу стол и стулья, играли в го. Вечный, неизменный Гонолулу. Чуть не на каждом перекрестке маячили мужчины с сонными глазами — стояли на углах улиц просто без особого смысла. Забавные кварталы. Здесь можно дешево и вкусно поесть. Но молоденьким девушкам тут лучше не гулять в одиночку.

Проехав пригороды, мы двинулись к порту, и вдоль обочин потянулись офисы и склады торговых компаний. Вокруг становилось все пустынней и неприветливее. Прохожие торопливо шагали с работы домой или толпились на остановках в ожидании автобуса. Тут и там зажигали неоновые вывески кофейни, и в каждой надписи не горело как минимум по одной букве.

— Хочу опять посмотреть «Инопланетянина», — сказала Юки.

— Это можно, — согласился я. — Пойдем после ужина.

И она завела разговор про «Инопланетянина». Жалко, что ты не похож на Инопланетянина, сказала она. И указательным пальцем легонько потыкала мое лицо.

— Бесполезно, — сказал я. — Даже это меня не излечит...

Юки весело хохотнула.

Тут-то все и случилось.

Меня словно ударили. В голове резко щелкнуло, будто соединились какие-то неведомые контакты. Что-то произошло. Но что именно, я сообразил не сразу.

Почти механически я нажал на тормоз. Мчавшийся сзади «камаро» отчаянно просигналил нам несколько раз, пошел на обгон, и я услышал в окно непонятную хриплую ругань. Определенно, я что-то увидел. Пару секунд назад. Что-то очень важное.

— Эй! Ты чего? Угробить нас решил? — сказала Юки. То есть — наверное, она так сказала.

Я не слушал ее. *Кики!* — завертелось в голове. Ошибки быть не могло: я только что видел Кики. Здесь, на окраине Гонолулу. Как и зачем она здесь оказалась, не знаю. Но это была она. Я разминулся с нею. Она прошла мимо, так близко, что я мог бы коснуться ее, высунув руку из окна. Прошла и скрылась из виду.

— Все окна закрой, все двери запри. Наружу не высовывайся. Кто бы ни попросил, не открывай никому, поняла? Я скоро вернусь, — приказал я Юки и выскочил из машины.

— Стой! Ты куда? Я не хочу здесь одна!.. — донеслось в ответ.

Но я уже несся по тротуару. Возможно, я сбил с ног несколько человек, но не оглядываться же: я должен был догнать Кики. Зачем — не знаю. Но я должен был ее догнать и поговорить с ней. Я пробежал так то ли два, то ли три квартала. На бегу вспоминая, как она одета. Голубое платье, белая сумка через плечо. Далеко-далеко впереди я увидел их — голубое и белое. Голубое и белое чуть подрагивали в сумерках в такт ее шагам. Кики направлялась к самым оживленным кварталам. Я выскочил на какой-то проспект, толпа стала плотнее, и двигаться быстро уже не получалось. Какая-то огромная бабища, габаритами раза в три больше Юки, постоянно закрывала мне обзор. Но я умудрялся не терять Кики из виду, а она все шла и не останавливалась. Не быстро, не медленно. Не оборачиваясь, не глядя по сторонам, не желая садиться в автобус, просто шагала вперед, и все. Казалось, еще немного, и я догоню ее, но странное дело — расстояние между нами будто не сокращалось. Она не остановилась ни на одном перекрестке. Каждый светофор на ее пути загорался зеленым, словно она заранее просчитывала свой маршрут по секундам. На одной улице, чтобы совсем не упустить ее, мне пришлось уворачиваться от машин, перебегая дорогу на красный свет.

Между нами оставалось не более двадцати метров, и вдруг она резко свернула влево. Быстро, как только мог, я свернул за ней. И очутился в узеньком пустынном переулке. Справа и слева тянулись обшарпанные стены каких-то контор. Прямо под ними на тесных стоянках ютились замызганные грузовики и микроавтобусы. Ее нигде не было. У меня перехватило дыхание. Я не верил своим глазам. *Эй! Что происходит? Ты снова пропала?*

Нет. Ее фигурка лишь на секунду скрылась за гигантским автофургоном и вновь замаячила впереди. Хотя уже темнело с каждой секундой, я отчетливо различал, как белая сумочка мерно, точно маятник, покачивается у нее на бедре.

— Кики! — во весь голос крикнул я.

Она, похоже, услышала. Очень быстро, на какое-то мгновение обернулась. Кики. Конечно, нас разделяло несколько метров; конечно, было уже совсем темно, а фонари освещали этот мрачный переулок крайне скудно. Но в том, что это Кики, я больше не сомневался. Ошибки не было. Я знал, что это она, и она знала, что это я. Она обернулась, и я даже успел заметить ее улыбку.

Но Кики не остановилась. Лишь обернулась на миг — и все. Даже не сбавила ходу. Она прошагала чуть дальше и вдруг скрылась в одном здании. Через какие-то двадцать секунд я нырнул в те же двери. Но опоздал: створки лифта уже закрылись. Стрелка на циферблате старого табло начала медленно отсчитывать этажи. Переводя дыхание, я следил за стрелкой. Та еле-еле доползла до цифры «8». Дрогнула, остановилась. И уже больше не двигалась. Нажав на кнопку, я вызвал лифт, но передумал и кинулся вверх по лестнице. По дороге столкнулся с вахтером, седым самоанцем. Он спускался вниз с какими-то ведрами, и я чуть не сбил его с ног.

— Эй! Вы куда? — крикнул он мне.

— Потом! — бросил я на бегу.

В здании было пыльно и пусто. Мои шаги отдавались в мертвой тишине неприятным дрожащим эхом. На этажах, похоже, не было ни одной живой души. Я забежал на восьмой и огляделся. Никого, ничего. Только семь или восемь деловых безликих дверей вдоль стены. Да на каждой двери табличка с номером и названием конторы.

Я прочел все таблички одну за другой. Ни одна из надписей ничего мне не говорила. Торговая фирма, адвокатская контора, кабинет стоматолога... Все таблички старые и грязные. Даже имена людей на них, казалось, устарели и вышли из обихода. Крайне трудно представить, что в какую-то из этих дверей и сегодня еще заглядывают посетители. Абсолютно безликие двери на случайном этаже неказистого здания в ничем не примечательном переулке. Я снова перечитал все таблички, но никакой связи с Кики не обнаружил. В полной растерянности я застыл посреди коридора. Прислушался. Ни звука. Во всем здании было тихо, как в гробнице Тутанхамона.

И тут я услышал его — цоканье каблучков по полу. В высоких потолках безлюдного коридора оно отдавалось странным, неестественным эхом. Тяжелым и гулким, точно отгремел большой барабан, а эхо еще долго носится в воздухе. И своими раскатами сотрясает нынешнего меня. Мне вдруг почудилось, будто я заблудился в окаменевших внутренностях огромного ископаемого — зверя, погибшего миллионы лет назад. Будто я провалился в какую-то щель меж эпохами и застрял там навеки.

Звук был таким громким, что я даже не сразу понял, откуда он слышится. И лишь чуть позже сообразил: справа, из конца коридора. Ступая кроссовками как можно мягче, я быстро пошел туда. Цоканье каблучков доносилось из-за последней двери. Звук казался очень далеким, но в том, что именно из-за последней двери, я больше не сомневался. На двери никакой вывески. Странно, подумал я. Когда пять минут назад я проверял все двери, здесь тоже висела табличка. Что на ней написано, не помню. Но она была, это факт. Попадись мне дверь без таблички, уж я бы не забыл.

Или, может, я вижу сон? Но это не сон. Такое не может быть сном. События слишком логично сменяют друг друга. Все слишком упорядоченно. Я заехал в пригороды Гонолулу, погнался за Кики, пришел сюда. Это не сон. Это реальность. Что-то не так, это верно. Но реальность остается реальностью.

Как бы там ни было, я решил постучать.

Я постучал, и цоканье каблучков прекратилось. Звук последнего шага замер в воздухе, и все опять погрузилось в мертвую тишину.

С полминуты я ждал у двери, не шевелясь. Но ничего не происходило. И каблучки больше не цокали.

Я взялся за ручку, собрался с духом и повернул ее. Не заперто. Ручка легко подалась, дверь с еле слышным скрипом открылась внутрь. Темно, слабо пахнет натертым паркетом. Я очутился в комнате — огромной и совершенно пустой. Без мебели и даже без лампочек на потолке. Дневной свет еще не выветрился до конца и подкрашивал пространство тусклым синеватым сиянием. На полу валялось несколько старых газет. В комнате — ни души.

И тут я снова услышал их. Каблучки. Четыре шага, ни больше ни меньше. И опять тишина.

Похоже, звук доносился откуда-то справа и немного сверху. Я пересек всю комнату. В правой стене у окна — еще одна дверь. Тоже не заперта. За ней — небольшая лестница. Стискивая холодные металлические перила, я начал медленно, осторожно подниматься вверх. Лестница оказалась очень крутой. Видимо, какой-то пожарный ход, которым обычно никто не пользуется. Шаги, однако, слышались явно отсюда. Вскоре лестница кончилась, и передо мною возникла еще одна дверь. Я пошарил по стенам вокруг, но не нашел ничего похожего на выключатель. Делать нечего — нащупал дверную ручку, повернул ее, и дверь открылась.

Меня встретила темнота. Не то чтобы кромешная мгла, но разглядеть ничего не удавалось. Я понял одно:

помещение было огромным. Наверно, какая-то кладовая на задворках пентхауса, попытался представить я. Окон нет, а если есть, то закрыты ставнями. Высоко в потолке я различил несколько маленьких вентиляционных окошек. Однако луна еще не взошла, и свет через них не просачивался. Лишь тусклое сияние уличных фонарей очерчивало контуры самих окошек, но ничего не освещало.

Я окунул лицо в эту странную темноту и крикнул:

— Кики!..

Прождал с полминуты. Никто не ответил.

Что же делать? Идти туда, в эту мглу, смысла нет. Все равно ни черта не увижу. И я решил подождать. Может, глаза постепенно привыкнут к темноте. А может, произойдет еще что-нибудь.

Не знаю, сколько я простоял так, не двигаясь. Вглядываясь во мрак и вслушиваясь в тишину. Потом откуда-то вдруг пробился слабенький, едва различимый луч света. Поднялась повыше луна? Или фонари загорелись поярче? Я отнял пальцы от дверной ручки и медленно, осторожно ступая, двинулся в темноту. Резиновые подошвы кроссовок сухо шуршали при каждом шаге. И это шуршание раскатывалось в пространстве тем же странным, ирреальным эхом, которым отдавался стук ее каблучков.

— Кики! — позвал я еще раз. Никакого ответа.

Как и подсказывала интуиция, помещение оказалось огромным. Громадное пустое пространство с мертвым, застоявшимся воздухом. Я встал точно посередине и огляделся. В нескольких местах у стен чернело нечто похожее на мебель, яснее разобрать не удалось. Но, судя по угрюмо-пепельным силуэтам, — диван, стулья, стол и комод. Больше всего поражало ощущение нереальности всей картины. Слишком огромная комната. И удручающе мало мебели. Жилое пространство, раскрученное на центрифуге.

Я огляделся еще раз, ища глазами белую сумочку Кики. Ее голубое платье, будь она здесь, наверняка растворилось бы в темноте. Но белую сумочку, думаю, я бы различил. Может, сидит в каком-нибудь кресле?

Белой сумочки нигде не было. Только странные бесформенные пятна белели на диване и креслах. Сперва я подумал, что это мебельные чехлы с орнаментом. И подошел поближе. Но то были не чехлы. Скелеты. На диване сидели рука об руку два скелета. Полноценные человеческие скелеты — каждая косточка на своем месте. Один большой, другой поменьше. В позах живых людей. Рука у большого скелета покоилась на спинке дивана. Тот, что поменьше, чинно сложил руки на коленях. Похоже, эти двое умерли неожиданно, даже не заметив, и, не меняя поз, так и превратились в скелеты. Мне показалось, что они улыбаются. И я поразился их белизне.

Страха я не почувствовал. Почему, сам не знаю, но страха не было. Все здесь остановилось, понял я. Остановилось и больше не движется. Как сказал полицейский инспектор, «окаменевшие кости девственной чистоты». Они мертвы абсолютно. Необратимо мертвы. И бояться тут нечего.

Я обошел всю комнату. В каждом кресле сидело по скелету. Итого — шесть. Все, кроме одного, были целыми и, похоже, пребывали скелетами уже очень долго. Эти люди умерли мгновенно и неожиданно — скелеты сохраняли непринужденные позы живых. Один застыл, уставившись в телевизор. Тот, разумеется, ничего не показывал. А скелет (судя по росту — наверняка мужчина) все сидел и буравил пустыми глазницами экран. Несущществующий взгляд, прикованный к несуществующему изображению. Еще двое замерли за столом — смерть настигла их в миг, когда они сели ужинать. Перед ними я различил тарелки и вилки с ножами. Не знаю, что они когда-то собирались есть. Еда в тарелках давно обратилась в белесый прах. Еще один умер в постели. Его скелет был неполным. От самого плеча у него не хватало левой руки.

Я закрыл глаза.

Что это значит, Кики? Что ты хочешь мне показать?

И вновь послышались каблучки. Откуда-то из другой комнаты. С какой именно стороны, я не понял. Мне даже почудилось — ниоткуда, ни с какой из сторон. Из пространства, которого нет. Но эта комната была тупиковой. Отсюда невозможно выйти куда-то еще... Каблучки, удаляясь, поцокали еще немного и стихли. Затопившая все тишина показалась мне такой вязкой, что я долго не мог пошевелиться. Наконец с трудом поднял руку и вытер пот со лба.

Кики снова исчезла.

Я вышел из комнаты. Через ту же дверь, в которую зашел. И напоследок обернулся. Шесть скелетов, как призраки, тускло белели в чернильной мгле. Казалось, они вот-вот очнутся, задвигаются. А сейчас просто ждут, когда я исчезну. Стоит мне уйти отсюда, как вспыхнет экран телевизора, а над тарелками со вкусным горячим ужином поднимется пар. Тихонько, старясь не потревожить их жизнь, я прикрыл за собой дверь и спустился по лестнице в пустую контору. Там ничего не изменилось, по-прежнему ни души. Старые газеты валялись на полу в точности там же, где и раньше.

Я подошел к окну и посмотрел на улицу. Фонари, как и прежде, заливали переулок белесым сиянием, к тротуарам прижимались все те же пикапы и грузовики. Совершенно пустой переулок. Солнце зашло совсем.

И тут я заметил кое-что новенькое. Поверх толстого слоя пыли на подоконнике лежал клочок бумаги. Небольшой, размером с визитку. На нем — семь цифр. Свежая бумага, яркая паста шариковой ручки. Незнакомый номер. На обороте — ничего. Просто белая бумага.

Я сунул бумажку в карман и вышел из конторы.

В коридоре я остановился и с минуту стоял, напряженно вслушиваясь в тишину.

Но не услышал больше ни звука.

Это была тишина после смерти. Абсолютная тишина, как в трубке телефона с перерезанным проводом. Тишина тупика, из которого некуда выйти. Делать нечего, я вздохнул и спустился по лестнице. В холле первого этажа поискал вахтера — хотел спросить у него, что это за контора. Но его нигде не было. Я подождал немного, потом вдруг вспомнил о Юки и забеспокоился. Черт меня побери, сколько уже она сидит там, в машине? Счет времени потерян напрочь. Как долго я пробыл здесь? Двадцать минут? Или час? Сумерки давно превратились в ночь. А я бросил ее одну, мягко скажем, на не самой безопасной улице города... В общем, пора двигать обратно. Ничего нового я уже здесь не узнаю.

Я запомнил название переулка и вернулся к машине.

Юки с насупленным видом клевала носом на переднем сиденье и слушала радио. Я постучал, она подняла голову и отперла дверцу.

— Прости, — сказал я.

— Тут приходили всякие. Орали чего-то. В окна стучали, машину раскачивали, — сказала Юки бесцветным голосом и выключила радио. — Было очень страшно.

— Прости...

И тут она увидела мое лицо. На мгновение взгляд ее заиндевел: будто глаза потеряли цвет и по ним пробежала легкая, еле заметная рябь — как по тихой воде от листа, упавшего с дерева. Губы задергались, будто пытаясь произнести нечто невыразимое.

— Эй... Где ты был и что ты там делал?

— Не знаю, — ответил я. Мой голос прозвучал непонятно откуда. Как и цоканье тех каблучков — совершенно неясно, на каком расстоянии и с какой стороны. Я достал из кармана платок и медленно вытер лицо. Капли холодного пота казались плотными и упругими, как масло. — Сам не знаю. Где же я был?..

Юки прищурилась и, протянув руку, коснулась моей щеки. Мягкими, гладкими пальцами. Не отнимая их, втянула носом воздух, словно к чему-то принюхиваясь. Ее носик чуть дернулся, ноздри раздулись и замерли. Не отрываясь, она смотрела мне прямо в глаза, будто разглядывала меня с расстояния не менее километра.

— Но ты что-то увидел, правда?

Я кивнул.

— Я знаю. Это словами не рассказать. Вообще никак не выразить. Когда пытаешься объяснить, никто не понимает. Но я... понимаю... — Она наклонилась и легонько прижалась щекою к моей щеке. Секунд, наверно, пятнадцать, мы просидели так, не шелохнувшись.

— Бедный, — вздохнула она наконец.

— Почему все так? — рассмеялся я. Мне совсем не хотелось смеяться, но иначе было нельзя. — С какой стороны ни посмотри, я обычный, абсолютно нормальный человек. И очень реалистичный. Почему меня постоянно затягивает в какую-то дикую, нелепую мистику?

— И действительно, почему? — сказала Юки. — Ты только у меня не спрашивай. Я ребенок, а ты взрослый.

— И то правда, — признал я.

— Но твое настроение я понимаю.

— А я нет.

— Бессилие, — сказала она. — Когда тобой вертит какая-то огромная силища, и ты не можешь ничего изменить.

— Может, и так...

— В таких ситуациях вы, взрослые, обычно напиваетесь.

— Это уж точно, — кивнул я.


Мы отправились в бар «Халекулани». Не в открытый с бассейном, как в прошлый раз, а в самом отеле. Я заказал мартини, Юки — содовую с лимоном. Кроме нас, в баре не было ни одного посетителя. Лысеющий пианист средних лет с сосредоточенным, как у Рахманинова, лицом исполнял на рояле джазовые стандарты. Сначала «Stardust», потом «But Not For Me», и следом — «Moonlight in Vermont». Техника игры безукоризненная, но слушать его было не очень интересно. Под конец он старательно отбарабанил прелюдию Шопена, и это, надо признать, получилось великолепно. Юки захлопала, пианист выдавил улыбку шириной ровно в два миллиметра и куда-то исчез.

Я уже допивал третий мартини, когда, закрыв глаза, вдруг снова увидел ту проклятую комнату. Точно сон наяву. Страшный сон, от которого сначала бросает в пот, и только потом с облегчением вздыхаешь: привидится же такое... Только это не сон. Я знаю, что это не сон, и Юки тоже знает. Она знает: *я видел это*. Шесть скелетов, добела отшлифованных временем. Какой во всем этом смысл? Неужели однорукий скелет — Дик Норт? Тогда кто остальные пятеро?

Что, черт возьми, хочет сказать мне Кики?

Вдруг вспомнив, я порылся в кармане, извлек найденный на подоконнике клочок бумаги, прошел к телефону и набрал загадочный номер. Трубку никто не брал. Каждый гудок проваливался в немую бездну, точно грузило спиннинга в морскую пучину. Я вернулся к бару, плюхнулся на свое место за стойкой и глубоко вздохнул.

— Завтра, если будут билеты, я возвращаюсь в Японию, — объявил я. — Что-то я здесь подзадержался. Отпуск вышел отличный, но теперь, я чувствую, мне пора. К тому же я должен поскорей разобраться кое с чем в Токио.

Юки кивнула. Так, словно знала заранее, что я скажу.

— Давай. За меня не беспокойся. Если хочешь вернуться, лучше вернуться.

— А ты что будешь делать? Здесь останешься? Или со мной поедешь?

Она чуть пожала плечами:

— Поживу какое-то время у мамы. Я пока не хочу в Японию. Она ведь не откажется, если я попрошу?

Я кивнул и допил мартини.

— Ну, хорошо. Завтра отвезем тебя в Макаху. Да и мне напоследок не помешало бы еще раз поговорить с твоей матерью.

Мы вышли из бара, забрели в рыбный ресторанчик неподалеку от «Алоха-Тауэр» и в последний раз поужинали. Пока Юки расправлялась с омаром, я выпил виски, потом принялся за жареных устриц. Мы почти не разговаривали. В голове у меня началась какая-то дикая каша. Казалось, я вот-вот навеки засну, так и не дожевав устриц, и сам превращусь в скелет...

Юки то и дело поглядывала на меня. Не успели мы все доесть, как она заявила:

— По-моему, тебе пора спать. Ужасно выглядишь.

Вернувшись в номер, я включил телевизор и долго пил вино в одиночестве. Передавали бейсбол. «Нью-Йорк Янкиз» против «Балтимор Ориолз». Мне вовсе не хотелось смотреть бейсбол — мне просто хотелось, чтобы телевизор оставался включенным. Хоть какая-то связь с реальностью.

Я пил вино, пока не начал совсем клевать носом. И лишь тогда, спохватившись, снова достал из кармана листок, дотянулся до телефона и набрал непонятный номер. Как я и ожидал, безрезультатно. После пятнадцатого гудка я положил телефонную трубку, снова плюхнулся на диван и уставился в катодную трубку Брауна. Я рассеянно наблюдал, как старина Уинфилд выбегает на подачу, когда вдруг осознал: в моей памяти что-то зудит, требуя внимания.

Что же?

Не сводя глаз с экрана, я попытался сосредоточиться. Что-то одно похоже на что-то другое. Что-то одно переплетается с чем-то другим...

Не может быть! — осенило меня. Это казалось невероятным, и все же проверить стоило. Сжимая в пальцах листок с номером, я встал, вышел в прихожую и сверил номер на бумаге с номером, который Джун нацарапала карандашом на моей двери.

Полное совпадение.

*Все связано*, подумал я. Все замыкается друг на друга. И только я один не вижу ни малейшей логики в этой странной цепи.

*  *  *

Наутро я сходил в авиакассу и заказал билет на после-обеденный рейс. Затем выселился из гостиницы и отвез Юки к матери в Макаху. Еще до обеда я позвонил Амэ и сообщил, что на меня свалились срочные дела и я вынужден сегодня же вернуться в Японию. Она особенно не удивилась. Сказала, что у нее для дочери место всегда найдется и что я могу привезти Юки хоть завтра, никаких проблем.

День с самого утра выдался на редкость пасмурным. Очередной шквал дождя мог обрушиться в любую минуту, ничего странного. На все том же «мицубиси-лансере» я мчал по привычному хайвэю вдоль берега, выжимая сто двадцать в час под никогда не меняющийся рок-н-ролл.

— Ты прямо как Пэкмэн, — сказала вдруг Юки.

— Как кто? — переспросил я.

— Будто в тебе сидит Пэкмэн, — пояснила она. — И пожирает тебя изнутри. Твою душу, черточку за черточкой — *пиип, пиип, пиип*...

— Я плохо понимаю метафоры.

— Ну, что-то тебя грызет.

С минуту я молча вел машину, думая над ее словами.

— Иногда рядом с собой я ощущаю тень смерти, — сказал я. — Очень явственную, плотную тень. Так и кажется: смерть подобралась совсем близко. Еще немного — протянет костлявую руку и вцепится в горло. Но это не очень страшно. Потому что это всегда *чья-то* смерть, не моя. И рука ее вечно тянется к чужому горлу. Только с каждой чужой смертью душа внутри все больше стирается, во мне остается все меньше меня... Почему?

Юки молча пожала плечами.

— Я сам не знаю, почему, — продолжал я. — Но смерть постоянно меня преследует. И при любой возможности показывается из какой-нибудь щели.

— Может, это и есть твой ключ? Может, как раз через смерть ты и связан с миром?

С минуту я размышлял над ее словами.

— М-да, — вздохнул я наконец. — Умеешь ты нагнать депрессию...

Дик Норт, похоже, всерьез огорчился, узнав, что я уезжаю. Пусть нас ничего и не связывало, между нами установились достаточно добрые отношения, чтобы он испытывал такие чувства. Да и я вполне искренне уважал его «лирический прагматизм». Прощаясь, мы пожали друг другу руки — и тут я снова вспомнил о комнате со скелетами. Неужели там действительно был Дик Норт?

— Слушай, а ты никогда не думал, какой смертью умрешь? — спросил я.

Он усмехнулся и задумался.

— На войне часто думал. Там ведь много способов умереть. Но в последнее время почти не думаю. Некогда мне размышлять о таких премудростях. Все-таки на войне человек не так сильно занят, как в мирное время, — засмеялся он. — А почему ты спрашиваешь?

— Нипочему, — ответил я. — Так, интересно стало.

— Я подумаю, — пообещал он. — Снова увидимся, расскажу.

После этого Амэ выманила меня на прогулку. Неторопливо, плечом к плечу мы побрели с ней маршрутом, каким обычно бегают по утрам.

— Спасибо за все, — сказала она. — Я действительно вам благодарна. Просто я не умею это выразить как полагается. Но на самом деле... М-м... Я говорю серьезно. Мне кажется, с вашим появлением многое начало выправляться. Оттого, что вы с нами, почему-то все происходит как нужно. Мы с Юки отлично поговорили, стали лучше понимать друг друга. А теперь она даже приехала сюда пожить...

— Замечательно, — сказал я. Слово «замечательно» я употребляю лишь в особо тяжелых случаях, когда слов одобрения в голову не приходит, а промолчать неудобно. Но Амэ, конечно, этого не заметила.

— С тех пор как вы с ней, девочка действительно успокоилась. Большинство ее психозов будто рукой сняло. Определенно, вы с ней совпадаете характерами. Уж не знаю, в чем именно... По-моему, в вас есть что-то общее. Как вы думаете?

— Не знаю, — пожал я плечами.

— А со школой как быть? — спросила она.

— Не хочет ходить, зачем заставлять? Ребенок ранимый, с очень сложным характером, из-под палки все равно ничего делать не станет. Лучше нанять ей репетитора, чтобы усвоила хотя бы самые необходимые вещи. Как ни верти, а стрессы экзаменов, бестолковые состязания, идиотские клубы по интересам, подчинение себя коллективу, лицемерные правила поведения — все это не для нее. Школа не то место, куда человек обязан ходить против собственной воли. Некоторые могут прекрасно учиться и в одиночку. Куда важнее было бы раскрыть ее индивидуальные способности. И как можно гармоничнее развивать то, что есть только у нее. А там, глядишь, она и сама захочет опять ходить в школу. В любом случае, нужно дать человеку самому за себя решить, вы согласны?

— Да, пожалуй, — кивнула Амэ, выдержав долгую паузу. — Наверно, вы правы. Я и сама никогда не любила всю эту «коллективную жизнь», школу то и дело прогуливала... Так что я хорошо понимаю, о чем вы.

— Ну а если хорошо понимаете, что вас тогда терзает? В чем проблема?

Она помотала головой — так энергично, что хрустнули позвонки.

— Да нет никакой проблемы! Просто... с Юки я никогда не была уверена в себе как мать. И никак не могла от этого отключиться. Думала: как же так, что она такое говорит — «в школу можно не ходить»? Когда в себе не уверен, становишься таким слабым, правда? Ведь обычно считается, что бросать школу антиобщественно...

Я подумал, что ослышался. *Антиобщественно?*

— Я, конечно, не утверждаю, что прав на все сто... Кто знает, как все сложится. Может быть, ничего хорошего и не выйдет. Но мне кажется, если вы — как мать или как друг, все равно — постараетесь в *реальной жизни* показать своей дочери то, что вы хоть как-то связаны с ней; если сможете на практике убедить ее, что хоть както ее уважаете, то она, ребенок с отличным чутьем, обопрется на вас и запросто сделает все, что нужно, сама.

С минуту она молча брела, не вынимая рук из карманов. Потом повернулась ко мне:

— Я вижу, вы очень здорово понимаете, что она чувствует. Как это вам удается?

«Если *стараешься* что-то понять, что-нибудь поймешь обязательно», — хотел я ответить, но, понятное дело, смолчал.

Она сказала, что хочет отблагодарить меня за всю заботу и время, которое я уделил ее дочери.

— За это меня уже с лихвой отблагодарил господин Макимура. До сих пор ломаю голову, куда мне столько...

— Но я сама хочу. Он — это он, а я — это я. Я-то хочу отблагодарить вас со своей стороны. Если этого не сделать прямо сейчас, я забуду.

— Вот и забудьте, велика беда, — рассмеялся я.

Она свернула к скамейке, присела, достала из кармана рубашки сигареты и закурила. Зеленая пачка «Сэлема» размякла от пота и потеряла форму. Неизменные птицы все насвистывали неизменные гаммы.

Довольно долго Амэ сидела и курила, не говоря ни слова. Точнее, затянулась она всего пару раз, а потом сигарета в застывших пальцах просто превратилась в пепел, который упал на траву к ее ногам. Вот так, наверное, выглядит умершее Время, вдруг подумал я. Время скончалось в ее руке, сгорело и белым пеплом опало на землю. Я слушал птиц и смотрел, как по дорожкам внизу разъезжают тележки садовников. С тех пор как мы прибыли в Макаху, погода стремительно улучшалась. Только раз откуда-то с горизонта донеслись слабые раскаты грома, но тут же стихли. Словно какой-то неведомой силой растащило на клочья свинцовые тучи, и привычное солнце вновь залило лучами землю. На Амэ была грубая хлопчатая рубашка с короткими рукавами (для работы она надевала именно эту рубашку, всегда одну и ту же, рассовывала по нагрудным карманам ручки, фломастеры, зажигалку и сигареты), темных очков она в этот раз не надела — и при этом сидела на самом солнцепеке. Однако ни слепящее солнце, ни жара ее, похоже, совершенно не волновали. Хотя в том, что ей жарко, я не сомневался: на шее поблескивали капельки пота, а на синей рубашке кое-где проступили пятнышки влаги. Но она как будто ничего не чувствовала. То ли из-за духовной сосредоточенности, то ли от душевной разбросанности, не мне судить. В общем, так прошло минут десять. Десять минут ухода из времени и пространства в абсолютную ирреальность. Но сколько бы времени ни прошло, ей было все равно. Очевидно, категория времени не входила в список факторов, которые обусловливают ее жизнь. А если и входила, то занимала там самое последнее место. Что выгодно отличало ее ситуацию от моей. Я опаздывал на самолет, и хоть ты тресни.

— Мне пора, — сказал я, взглянув на часы. — Перед вылетом еще за машину расплачиваться, поэтому лучше приехать пораньше.

Она поглядела куда-то сквозь меня, пытаясь сфокусировать взгляд хоть на чем-нибудь. Именно это выражение я не раз замечал на мордашке Юки. Из серии «Как бы ужиться с этой реальностью?» Что ни говори, а общих привычек и склонностей у мамы с дочкой хватало.

— Ах да. Вы же торопитесь. Я забыла, — сказала она. И медленно покачала головой: раз влево, раз вправо. — Простите, задумалась о своем...

Я встал со скамейки и тем же маршрутом пошел обратно к коттеджу.

Они вышли проводить меня, все трое. Я наказал Юки поменьше объедаться мусором из всяких «макдоналдсов». Та в ответ только губы поджала. Ладно, подумал я. Если рядом Дик Норт, надеюсь, хоть за это можно не беспокоиться.

Я развернул машину, глянул в зеркало заднего вида. Странная троица. Дик Норт, задрав руку повыше, энергично размахивал ею из стороны в сторону. Амэ вяло покачивала ладошкой, уставившись в пространство перед собой. Юки, отвернувшись вбок, ковыряла носком сандалии какой-то булыжник. И в самом деле, команда случайно встретившихся бродяг, затерянная на задворках нелепого Космоса. Просто не верилось, что я сам до последней минуты числился в составе их экипажа. Но дорога вскоре вильнула влево, и их отражения исчезли. Впервые за долгое время я был совершенно один.

Я наслаждался одиночеством. Это вовсе не значит, что меня, к примеру, напрягало общество Юки. Просто очень неплохо бывает иногда остаться одному. Ни с кем не советуешься, прежде чем что-нибудь сделать. Ни перед кем не оправдываешься, если что-то не получилось. Глупость сморозил — сам пошутишь над собой, сам же и посмеешься. Никто не упрекнет, мол, ну и дурацкие у тебя шуточки. А скучно станет — упрешься взглядом в пепельницу, и дело с концом. И никто не скажет: «Эй, ты чего на пепельницу уставился?» В общем, не знаю, хорошо это или плохо, — к одинокой жизни я уже слишком привык.

Как только я остался один, цвета и запахи вокруг совсем немного, но изменились. Я вздохнул поглубже и почувствовал, что в груди стало просторнее. Наконец, нашарив по радио джазовую волну, я ощутил себя совсем свободно и под Ли Моргана с Коулменом Хоукинсом погнал машину к аэропорту. Тучи, еще недавно застившие все небо, теперь расползались, как крысы по углам, прижимаясь рваными клочьями к горизонту. Неутомимый пассат, поигрывая листьями пальм у дороги, уносил эти тучи все дальше и дальше на запад. «747-й» набирал высоту под крутым углом, точно огромный серебряный гвоздь, зачем-то заброшенный в небо.

Я остался один, и все мысли повылетали из головы. Я чувствовал, что в голове вдруг резко полегчало. И мое бедное сознание не в состоянии справиться с такой разительной переменой. Но все-таки *не думать ни о чем* было очень приятно. Вот и не думай, сказал я себе. *Ты на Гавайях, черт тебя побери, зачем здесь вообще о чем-то думать?* Я выкинул из головы все, что в ней еще оставалось, и сосредоточенно погнал машину вперед, насвистывая «Stuffy», а потом и «Side-Winder» — свистом, напоминающим средней силы сквозняк. Ветер на спуске при ста шестидесяти в час завывал, как безумный. После съезда с холма дорогу вывернуло под резким углом, и передо мною во весь горизонт разлилась свежая синева Тихого океана.

Итак, подумал я. Вот и закончился отпуск. Плохое ли, хорошее — все когда-нибудь да заканчивается.

Добравшись до аэропорта, я вернул машину, зарегистрировался у стойки «Всеяпонских Авиалиний» и напоследок, отыскав телефон-автомат, еще раз набрал загадочный номер. Как я и предполагал, никакого ответа. Лишь тоскливые гудки, готовые впиваться мне в ухо до бесконечности. Я повесил трубку и какое-то время простоял, уставившись на автомат. Насмотрелся, плюнул и, перейдя в зал первого класса, принялся за джин-тоник.

Токио, подумал я. Но ничего привычно-токийского в памяти не всплывало.

# 31

Вернувшись в квартирку на Сибуя, я наскоро просмотрел почту последнего месяца и прослушал сообщения на автоответчике. Что в почте, что по телефону — абсолютно ничего нового. Мелкая рабочая рутина, как всегда. Приглашение на собеседование для выпуска очередного буклета, жалобы на то, что я исчез в самый нужный момент, новые заказы и прочее в том же духе. Отвечать на это было выше моих сил, и я решил послать всех подальше. С одной стороны, чем тянуть резину, оправдываясь перед каждым в отдельности, лучше уж одним махом выполнить все, что от тебя требуют, и дело с концом. И время сберегаешь, и кошки на душе не скребут. С другой стороны, я слишком хорошо уяснил для себя: однажды начав разгребать этот снег, завязнешь так, что руки уже больше ни до чего не дотянутся. Поэтому в один прекрасный день просто придется послать всех к чертям. Конечно, это невежливо, и репутация может пострадать. Но в моем-то случае, слава богу, хотя бы о деньгах в ближайшее время можно не беспокоиться. А дальше будь что будет. До сих пор я выполнял все, что мне говорили, и не пожаловался ни разу. И теперь могу хоть немного пожить как хочу. В конце концов, тоже право имею.

Затем я позвонил Хираку Макимуре. Трубку снял Пятница и сразу же соединил меня с хозяином. Я вкратце отчитался. Дескать, Юки на Гавайях расслабилась и отдохнула как следует, никаких проблем не возникло.

— Отлично, — сказал Хираку Макимура. — Я тебе крайне благодарен. Завтра позвоню Амэ. Денег, кстати, хватило?

— Более чем. Даже осталось.

— Остаток потрать как хочешь. Не забивай себе голову.

— У меня к вам один вопрос, — сказал я. — Насчет женщины.

— А! — среагировал он как ни в чем не бывало. — Ты об этом...

— Откуда она?

— Из клуба интимных услуг. Сам подумай, откуда ж еще. Ты ведь с ней, я надеюсь, не в карты всю ночь играл?

— Да нет, я не об этом. Как получается, что из Токио можно заказать женщину в Гонолулу? Мне просто интересно. Чистое любопытство, если угодно.

Хираку Макимура задумался. Видимо, над природой моего любопытства.

— Ну, что-то вроде международной почты с доставкой на дом. Звонишь в токийский клуб и говоришь: в Гонолулу там-то и там-то, такого-то числа, во столько-то требуется женщина. Они связываются с клубом в Гонолулу, с которым у них контракт, и требуемая женщина доставляется когда нужно. Я плачу клубу в Токио. Они берут комиссионные и пересылают остаток в Гонолулу. Там тоже берут свои комиссионные, и остальное отходит женщине. Удобно, согласись. На свете, как видишь, существует много разных систем...

— Похоже на то, — согласился я. Стало быть, международная почта...

— Конечно, денег стоит, но ведь и правда удобно. Получаешь отличную женщину прямо в постель хоть на Северном полюсе. Заказал из Токио — и езжай куда нужно, там уже искать не придется. И безопасность гарантирована. Никаких «хвостов» за ней не появится. Плюс все можно списать на представительские расходы.

— Ну а телефон этого клуба вы мне, случаем, не подскажете?

— А вот этого не могу. Строгая конфиденциальность. Такие вещи открывают только членам клуба. А чтобы стать членом, нужно соответствовать очень жестким требованиям. Тут и деньги приличные нужны, и общественное положение... В общем, тебе не светит. И не пытайся. Достаточно и того, что, рассказывая тебе об этом, я уже нарушил кое-какие членские обязательства. Учти, я пошел на это исключительно из личной симпатии к тебе...

Я поблагодарил его за исключительную симпатию.

— И как, хорошая попалась женщина? — полюбопытствовал он.

— О да. Пожаловаться не на что.

— Ну слава богу. Я ведь так и заказывал: мол, уж подберите что получше, — сказал Хираку Макимура. — Как ее звали-то?

— Джун, — сказал я. — Как «июнь» по-английски.

— Июньская Джун... — повторил он. — Белая?

— В смысле?

— Ну, белокожая?

— Да нет... Южная Азия какая-то.

— Хм. Занесет еще раз в Гонолулу, надо будет попробовать...

Больше говорить было не о чем. Я распрощался и повесил трубку.

Затем я позвонил Готанде. Как обычно, наткнулся на автоответчик. Оставил сообщение: дескать, я вернулся, звони мне домой. И, поскольку уже вечерело, завел старушку «субару» и поехал на Аояма за продуктами. Добрался до «Кинокуния», опять закупил дрессированных овощей. Наверное, где-нибудь в горных долинах Нагано разбиты фирменные поля «Кинокуния» для тренировки овощей на выживаемость. Просторные поля за колючей проволокой, густой и высокой, как в концлагере из фильма «Большой побег». Со сторожевыми вышками и вооруженной охраной. Там муштруют сельдерей и петрушку. Очень антисельдерейскими и петрушконенавистническими методами. Думая обо всем этом, я купил овощей, мяса, рыбы, соевого творога, набрал каких-то солений. И вернулся домой.

Готанда не позвонил.

На следующее утро я зашел в «Данкин Донатс», позавтракал, а потом отправился в библиотеку и просмотрел газеты за минувшие полмесяца. Я искал любую информацию о расследовании по делу Мэй. От корки до корки прочесал «Асахи», «Майнити» и «Ёмиури», но не нашел об этом ни строчки. Широко обсуждались результаты выборов, официальное заявление Левченко, неповиновение учеников в средних школах. В одной статье даже говорилось, что песни «Beach Boys» признаны «музыкально некорректными», из-за чего отменен их концерт в Белом доме. Тоже мне умники. Если уж «Beach Boys» преследовать за «музыкальную некорректность», то Мика Джеггера следовало бы трижды сжечь на костре. Так или иначе, о женщине, задушенной чулками в отеле Акасака, газеты не сообщали ни слова.

Тогда я принялся за «Бэк-Намбер» — еженедельный журнальчик скандальной хроники. И только перелопатив целую стопку, нашел единственную статью на целую страницу. «Красотка из отеля, задушенная голой». Заголовочек, черт бы их всех побрал... Вместо фотографии трупа — черно-белый набросок, сделанный художником-криминалистом. Видимо, из-за того, что в журналах нехорошо публиковать фотографии трупов. Женщина на рисунке, если вглядеться, и правда была похожа на Мэй. Хотя, возможно, мне так только казалось, поскольку я понимал: это Мэй. Не знай я, что случилось, может, и не догадался бы. Все детали лица переданы очень точно, но для настоящего сходства **не** хватало самого главного: выражения. Это была мертвая

Мэй. В живой, настоящей Мэй было тепло и движение. Живая Мэй в любую секунду чего-то хотела, о чем-то мечтала, над чем-то думала. Нежная, опытная Королева-Гордячка — Разгребательница Физиологических Сугробов. Потому я и смог принять ее как иллюзию. А она — так невинно прокуковать поутру... Теперь, на рисунке, ее лицо казалось каким-то убогим и грязным. Я покачал головой. Потом закрыл глаза и медленно, глубоко вздохнул. Эта картинка заставила меня до конца осознать: Мэй *действительно* мертва. Именно теперь я воспринял факт ее смерти — а точнее, отсутствия жизни — куда явственнее, чем когда разглядывал фотографию трупа. Абсолютно мертва. На все сто процентов. И уже никогда не вернется обратно. Черное Ничто поглотило ее. Безысходность затопила мне душу, как битум, высыхая и каменея внутри.

Язык статьи оказался таким же убогим и грязным. В первоклассном отеле X. на Акасака обнаружен труп молодой женщины, предположительно лет двадцати, задушенной чулками в номере. Женщина голая, при ней никаких документов. В номер заселилась под вымышленной фамилией и т.п.; в целом — все, что мне уже рассказали в полиции. Нового для меня было совсем немного. А именно: полиция вышла на подпольную организацию — ту, что предоставляет женщин по вызову в первоклассные отели — и продолжает расследование. Я вернул стопку «Бэк-Намбера» на журнальную полку, вышел в фойе, сел на стул и задумался.

Что заставило их копать среди шлюх? Неужели нашлись какие-то улики или доказательства? Но не буду же я, в самом деле, звонить в полицию и спрашивать у Рыбака или у Гимназиста: как там, кстати, двигается наше дело?.. Я вышел из библиотеки, наскоро перекусил в

455

забегаловке по соседству и побрел по городу куда глаза глядят. Может, на ходу придумаю что-то разумное, надеялся я. Бесполезно. Весенний воздух — невнятный, тяжелый — вызывал мурашки по всему телу. В голове все разваливалось, я никак не мог сообразить, как и о чем лучше думать. Добрел до парка при храме Мэйдзи, лег на траву и уставился в небо. И начал думать о шлюхах. Значит, международная почта. Заказываешь в Токио — трахаешь в Гонолулу. Все по системе. Профессионально, стильно. Никакой грязи. Очень по-деловому. Доведи любую непристойность до ее крайней степени, и к ней уже не применимы критерии добра и зла. Ибо дальше речь идет уже о чьих-то персональных иллюзиях. А с рождением Персональной Иллюзии все моментально начинает циркулировать как самый обычный товар. Развитой Капитализм выискивает эти товары, расковыривая любые щели. *Иллюзия*. Вот оно, ключевое слово. Если даже проституцию — с ее половой и классовой дискриминацией, сексуальными извращениями и черт знает чем еще — завернуть в красивую обертку и прицепить к ней имя поблагозвучнее, получится превосходный товар. Эдак скоро можно будет выбирать себе шлюху из каталога на прилавках «Сэйбу»[1]. Все очень пристойно. *You can rely on me*.

Рассеянно глядя в весеннее небо, я думал о том, что мне хочется женщину. Причем, по возможности, не какую угодно, а ту, из Саппоро. «Юмиёси-сан». А что? С ней-то как раз нет ничего невозможного. Я представил, как просовываю ногу между ее дверью и косяком — прямо как тот полицейский инспектор — и говорю: «Ты должна переспать со мной. Так надо». И потом мы зани-

---

[1] «Seibu Department Store» — популярная сеть японских универмагов.

маемся с ней любовью. Бережно, словно развязывая ленточку на подарке ко дню рождения, я раздеваю ее. Снимаю пальто, потом очки, свитер. И она превращается в Мэй. «Ку-ку! — улыбается Мэй. — Как тебе мое тело?»

Я собрался было ответить, но наступила ночь. Рядом со мною — Кики. На спине ее — пальцы Готанды. Открывается дверь, входит Юки. Видит, как я занимаюсь любовью с Кики. Я, не Готанда. Только пальцы — Готанды. Но трахаюсь я. «Невероятно, — говорит Юки. — Просто невероятно!»

«Да нет же, все не так», — говорю я.

«Что происходит?» — спрашивает Кики.

Сон наяву.

Дикий, заполошный, бессмысленный сон среди бела дня.

*Все не так,* — говорю я себе. — *На самом деле я хочу переспать с Юмиёси-сан!* Бесполезно. Все слишком перемешалось. Все контакты перепутались. Первым делом я должен распутать контакты. Иначе не получится ни черта.


Я вышел из парка Мэйдзи, заглянул на Харадзюку в одну отличную кофейню и выпил горячего крепкого кофе. А затем не спеша вернулся домой.

Ближе к вечеру позвонил Готанда.

— Слушай, старик, сейчас совершенно нет времени, — сказал он. — Может, попозже встретимся? Скажем, часиков в девять?

— Давай в девять, — согласился я. — Мне-то все равно делать нечего.

— Ну и славно. Съедим чего-нибудь, выпьем. В общем, я за тобой заеду.

Я распаковал дорожную сумку, собрал все чеки, накопившиеся за путешествие, и рассортировал их на те, которые отправлю Хираку Макимуре, и те, что готов оплатить сам. Половину расходов на питание, как и оплату джипа, пускай берет на себя он. А также все, что Юки покупала себе сама (доска для сёрфинга, магнитола, купальник, et cetera[1]). Я составил список расходов, вложил в конверт вместе с деньгами (обналиченные в банке остатки дорожных чеков) и подписал конверт, чтобы отправить как можно скорее. Подобные канцелярские формальности я всегда выполняю быстро и скрупулезно. Не потому, что очень нравится, — на свете не бывает людей, которым бы нравилось канцелярское дело. Просто не люблю проволо́чек с деньгами.

Покончив с бухгалтерией, я отварил шпинат, перемешал его с мелкой сушеной рыбешкой, добавил немного сакэ и начал пить темный «Кирин»[2], закусывая всем этим. Впервые за долгое время решил не спеша перечитать рассказы Харуо Сато[3]. Стоял ранний вечер, и на душе было легко без особой на то причины. Синий закат невидимой кистью закрашивал небо — слой за слоем, пока не стало совсем темно. Устав от чтения, я поставил Сотый опус Шуберта в исполнении трио Стерна-Роуза-Истомина. Вот уже много лет, когда приходит весна, я слушаю эту пластинку. И всегда поражаюсь, как точно подходит мелодия к тонкой, едва уловимой тоске весенних ночей. Синей бархатной мглою заливающая меня изнутри, Весенняя Ночь... Я закрыл глаза и в этой синей мгле увидел тусклые силуэты ске-

---

1   И так далее *(лат.)*.
2   Марка японского пива.
3   Х а р у о  С а т о (1872–1964) — писатель, поэт-модернист, один из крупнейших литературных деятелей Японии первой половины XX в.

летов. Жизнь растворилась в бездне, и только воспоминания оставались тверды, как кость.

# 32

В восемь сорок приехал Готанда на своем «мазерати». При одном виде этой махины у моего подъезда возникало ощущение, будто кто-то ошибся адресом. Но винить в этом некого. Просто бывает, что какие-то вещи фатальным образом не подходят друг другу. Когда-то моему подъезду не подходил его «мерседес», а теперь и «мазерати» не лез ни в какие ворота. Ничего не попишешь. Разные люди — разные жизни...

На Готанде были обычный серый пуловер, обычная мужская сорочка и очень простые брюки. Но даже в такой одежде он бросался в глаза. Будто какой-нибудь Элтон Джон в лиловом пиджаке и оранжевой сорочке, выкидывающий на сцене свои коленца. Готанда постучал, я открыл дверь, он увидел меня и радостно хохотнул.

— Если хочешь, можно и у меня посидеть, — предложил я, уловив в его взгляде странный интерес к моему жилищу.

— Буду только рад, — ответил он, застенчиво улыбнувшись. От такой улыбки хозяева тут же предлагают гостям: да оставайтесь хоть на неделю.

Несмотря на тесноту, моя квартирка, похоже, произвела на него впечатление.

— Ностальгия... — произнес он мечтательно. — Было время, сам такую снимал. Пока меня не раскрутили, то есть...

В устах любого другого человека эти слова прозвучали бы чистым снобизмом. Но не в устах Готанды. У

459

него это звучало как искренний комплимент и не более.

Квартирка моя состояла из четырех помещений: кухня, ванная, гостиная, спальня. Все очень тесные. Причем кухня скорее напоминала расширенный коридор. Я втиснул туда узенький буфет с кухонным столиком, и больше уже ничего не влезало. Точно так же в спальне: кровать, платяной шкаф и письменный стол сожрали все свободное место. Лишь гостиная худо-бедно сохраняла немного пространства для жизни — просто туда я почти ничего не ставил. Всей мебели — этажерка с книгами, полка с пластинками да стереосистема. Ни стола, ни стульев. Только две огромные подушки от «Маримекко»[1]: одну на пол, другую к стене, и получается довольно комфортно. А понадобился письменный столик — достаешь раскладной из шкафа, и все дела.

Я показал Готанде, как обращаться с подушками, разложил столик, принес из кухни темного пива с соленым шпинатом. И поставил еще раз Шуберта.

— Высший класс, — одобрил Готанда. И не то чтобы комплимента ради — похоже, действительно оценил.

— Давай еще что-нибудь приготовлю? — предложил я.

— А тебе не лень?

— Да нет... Чего там, раз — и готово. Я, конечно, не лучший повар на свете, но уж закуску-то к пиву всегда приготовить смогу.

— А можно посмотреть?

— Конечно, — разрешил я.

Я смешал зеленый лук и телятину, жаренную с солеными сливами, добавил сушеного тунца, смеси из мор-

---

[1] «Marimekko» — финская фирма, производитель «модерновой» домашней мебели и предметов интерьера.

ской капусты с креветками в уксусе, приправил хреном васаби с тертой редькой вперемешку, все это нашинковал, залил подсолнечным маслом и потушил с картошкой, добавив чеснока и мелко резанного саляìми. Соорудил салат из подсоленных огурцов. Со вчерашнего ужина оставались тушеные водоросли и соленые бобы. Их я тоже отправил в салат, и для пущей пряности не пожалел имбиря.

— Здорово... — вздохнул Готанда. — Да у тебя талант.

— Ерунда. Проще простого. Я же ничего тут сам не готовил. Руку набил, и стряпаешь такое за пять минут. Вся премудрость — сколько чего смешивать.

— Гениально. У меня никогда не получится, — не унимался Готанда.

— Ну а у меня никогда не получится изображать дантиста. У каждого свой способ жизни. *Different strokes for different folks...*

— И то правда, — согласился он. — Слушай, а ничего, если я сегодня уже не пойду на улицу, а заночую прямо у тебя? Ты как, не против?

— Да ради бога, — сказал я.

И мы стали пить темное пиво, закусывая моей стряпней. Закончилось пиво — перешли на «Катти Сарк». И поставили «Sly and the Family Stone». Потом — «Doors», «Rolling Stones» и «Pink Floyd». Потом — «Surf's Up» из «Beach Boys». Это была ночь шестидесятых. Мы слушали «Lovin' Spoonful» и «Three Dog Night». Загляни к нам на огонек инопланетяне, наверняка подумали бы: «Так вот где искривляется Время!»

Но инопланетяне не заглянули. Зато после десяти за окном зашелестел мелкий дождик — очень легкий, мирный, от которого под звуки бегущей с крыши воды наконец-то осознаешь, что вообще живешь на свете. Дождь, безобидный и тихий, как покойник.

Ближе к ночи я выключил музыку. Все-таки стены у меня — не то что у Готанды. На рок-н-ролл после одиннадцати соседи жаловаться начнут. Музыка смолкла, и под шелест дождя мы заговорили о мертвых.

— Расследование убийства Мэй, похоже, с тех пор никуда не продвинулось, — сообщил я.

— Знаю, — кивнул он. Видно, тоже проверял газеты с журналами.

Я откупорил вторую «Катти Сарк», налил обоим и поднял стакан за Мэй.

— Полиция вышла на организацию, которая поставляет девчонок по вызову, — сказал я. — Наверное, что-то пронюхали. Не исключено, что до тебя попробуют дотянуться с той стороны.

— Возможно. — Готанда чуть нахмурился. — Но, думаю, все обойдется. Я ведь тоже между делом порасспрашивал людей у себя в конторе. Дескать, а что, эта Организация и правда сохраняет полную конфиденциальность? И, представь себе, похоже, они с политиками связаны. Сразу несколько крупных чиновников получают куски от их пирога. То есть если даже полиция их накроет, до клиентов ей добраться не дадут. Руки коротки. Да и у моей конторы в политике тоже влияние есть. Многие звезды дружат с дядями в высоких кабинетах. Даже на якудзу выход имеется, если понадобится. Так что от таких нападок защита всегда найдется. Я ведь для своей фирмы — золотая рыбка. Разразись вокруг меня скандал, упадет в цене мой экранный имидж, и пострадает в первую очередь сама контора. Они же на мне столько денег делают — закачаешься. Конечно, если б ты выдал мое имя полиции, меня бы взяли за жабры всерьез. Ведь ты единственное звено, которое связывает меня с убийством напрямую. Тогда никакая защита сработать бы не успела. Но теперь беспокоиться не о чем, проблема лишь в том, какая политическая система сильнее.

— Ну и дерьмо этот мир, — сказал я.

— Ты прав... — согласился он. — Дерьмовее не придумаешь.

— Два голоса за «дерьмо».

— Что? — не понял Готанда.

— Два голоса за «дерьмо». Предложение принято.

Он кивнул. И затем улыбнулся:

— Вот-вот. Два голоса за «дерьмо». До какой-то девчонки задушенной никому и дела нет. Все спасают лишь собственные задницы. Включая меня самого...

Я сходил на кухню и вернулся с ведерком льда, галетами и сыром.

— У меня к тебе просьба, — сказал я. — Не мог бы ты позвонить в эту самую Организацию и задать им пару вопросов?

Он подергал себя за мочку уха.

— А что ты хочешь узнать? Если насчет убийства — бесполезно. Никто ничего не скажет.

— Да нет, с убийством никакой связи. Хочу кое-что узнать об одной шлюшке из Гонолулу. Просто я слышал, что через некую организацию можно заказать себе девочку даже за границей.

— От кого слышал?

— Да так... От одного человека без имени. Подозреваю, что организация, о которой рассказывал он, и твой ночной клуб — одна контора. Потому что без высокого положения, денег и сверхдоверия туда тоже никому не попасть. Таким, как я, например, лучше вообще не соваться.

Готанда улыбнулся.

— Да, я от наших тоже слышал, что можно купить девочку за границей. Сам, правда, никогда не пробовал. Наверное, та же организация... И что ты хочешь спросить про шлюшку из Гонолулу?

— Работает ли у них в Гонолулу южноазиатская девочка по имени Джун.

Готанда немного подумал, но больше ничего не спросил. Только достал из кармана блокнот и записал имя.

— Джун... Фамилия?

— Перестань. Обычная девчонка по вызову, — сказал я. — Просто Джун, и все. Как «июнь» по-английски.

— Ну ясно. Завтра позвоню, — пообещал он.

— Очень меня обяжешь, — сказал я.

— Брось. По сравнению с тем, что для меня сделал ты, это такой пустяк, что и говорить не стоит, — сказал он задумчиво и, оттянув пальцами кожу на висках, сузил глаза. — Кстати, как твои Гавайи? Один ездил?

— Кто же на Гавайи один ездит? С девочкой, понятное дело. С просто пугающе красивой девочкой. Которой всего тринадцать.

— Ты что, спал с тринадцатилетней?

— Иди к черту. Ребенку и лифчик-то не на что пока надевать...

— Тогда чем же ты на Гавайях с ней занимался?

— Обучал светским манерам. Рассказывал, что такое секс. Ругал Боя Джорджа. Ходил на «Инопланетянина». В общем, скучать не пришлось...

С полминуты Готанда изучал меня взглядом. И только потом засмеялся, разомкнув губы на какую-то пару миллиметров.

— А ты странный, — сказал он. — Все, что ты делаешь, какое-то странное, ей-богу. Почему так?

— И действительно — почему? — переспросил я. — Я ведь не специально так делаю. Сама ситуация направляет меня в какое-то странное русло. Как и тогда, с Мэй. Вроде никто ни в чем не виноват. А вон как все повернулось...

— Хм-м... — протянул он. — Ну хоть понравилось на Гавайях-то?

— Еще бы.

— Загорел ты отлично.

— А то...

Готанда отхлебнул виски и захрустел галетами.

— А я тут, пока тебя не было, с женой встречался несколько раз, — сказал он. — Так здорово. Наверное, странно звучит, но... спать с бывшей женой — отдельное удовольствие.

— Понимаю, — кивнул я.

— А ты бы не хотел со своей бывшей повидаться?

— Бесполезно. Она скоро замуж выходит. Я разве не говорил?

Он покачал головой.

— Нет. Ну, что ж... Жаль, конечно.

— Да нет, лучше уж так. Мне — не жаль, — сказал я. И сам с собой согласился: а ведь правда, так будет лучше всего. — Ну и что у вас двоих будет дальше?

Он опять покачал головой:

— Безнадега... Полная безнадега. Другого слова не подберу. С какой стороны ни смотри, просто нет будущего. Так, как сейчас, — вроде все отлично. Украдкой встречаемся, едем в какой-нибудь мотель, где даже на лица никто никогда не смотрит... Мы так здорово успокаиваемся, когда вместе. И в постели она — просто чудо, я тебе, кажется, уже говорил. Ничего объяснять не приходится, чувствуем друг друга без слов. Настоящее понимание. Гораздо глубже, чем когда женаты были.

Ну, то есть — *я люблю ее*, если уж говорить прямо. Но до бесконечности все это, конечно, продолжаться не может. Тайные свидания в мотелях изматывают. Репортеры, того и гляди, разнюхают, не сегодня, так завтра. Камерой — щелк и готово: скандал на весь свет. Случись такое, нам все кости перемоют. А может, и костей не оставят. Мы с ней на очень шаткий мостик ступили, вот в чем вся ерунда. Идти по нему тяжело, устаешь страшно. Чем так мучиться, вылезли бы из подполья на свет да и жили бы вдвоем, как нормальные люди. Просто мечта. Еду готовить вместе, гулять где-нибудь каждый вечер. Даже ребенка родить... Только с ней это даже обсуждать бесполезно. Мне с ее семейством не помириться никогда. Слишком они мне в жизни нагадили, и слишком прямо я высказал им все, что о них думаю. Обратно дороги нет. Если б я мог решать это с ней один на один, отдельно от семейства — как бы все было просто... Но как раз на это она не способна. Эта чертова шайка использует ее холодно и расчетливо, как инструмент. Она и сама это понимает. А порвать с ними не в состоянии. Они с предками все равно что сиамские близнецы. Слишком сильная зависимость. Не разойтись никак. И выхода нет.

Готанда поболтал стаканом, перекатывая льдинки на донышке.

— Чертовщина какая-то, а? — усмехнулся он. — Могу позволить себе, в принципе, что угодно. Только не то, чего *на самом деле* хочу!

— Похоже на то, — согласился я. — Даже не знаю, что посоветовать. В моей жизни было слишком мало того, что я мог бы себе позволить.

— Да брось ты, ей-богу, — не согласился он. — Хочешь сказать, что тебе не очень-то и хотелось? Ну, вот, «мазерати» или апартаменты на Адзабу — неужели не хочешь?

— Не *настолько* сильно, — поправил я. — Сейчас у меня в этом нет никакой потребности. Сегодня подержанная «субару» и эта каморка удовлетворяют меня на все сто. Ну, может, «удовлетворяют» слишком сильное слово... Но у меня с ними душевная совместимость. Я в них расслабляюсь. Никакого напряжения. Хотя, конечно, если со временем другое потребуется, может, чего-нибудь и захочу.

— Да нет же. «Потребность» — это не то. Наши потребности не рождаются сами по себе. Их нам изготавливают и подносят на блюдечке. Вот, например, мне всегда было до лампочки, где и в какой квартире жить. Небоскребы на Итабаси, спальные районы в Камэдо или элитные кварталы в Тюо-ку — все равно. Крыша над головой да покой в доме, больше ничего не нужно. Вот только моя контора так не считает. Говорят, если ты звезда, изволь жить в Минато-ку. И, даже не спрашивая, подбирают мне жилье на Адзабу. Кретины. Ну что там есть, на этом Адзабу? Дорогие паршивые рестораны, которыми заправляют салоны мод, уродина-телебашня, да толпы всяких дур шарахаются с визгом по улицам до утра. И все!.. И с «мазерати» та же история. Я бы сам на «субару» ездил. Отличная машина, как раз по мне. И бегает здорово. И вообще, скажи ты мне, что делать такому гробу, как «мазерати», на улицах Токио? Это же дерьмо в чистом виде!.. Но контора и тут за меня решила. Не пристало, мол, звезде разъезжать на «субару», «блюбёрде» или «короне». И вот — пожалуйста, «мазерати». Хоть и не новая, денег стоила будь здоров. До меня на ней разъезжала крутая певица энка[1]...

---

[1]  Э н к а — традиционная японская эстрадная песня. Имеет свои каноны (восточная пентатоника, определенные мелодические ходы) и правила исполнения (гортанный, чуть вибрирующий вокал).

Он плеснул виски в стакан с растаявшим льдом, сделал глоток. И просидел с минуту, нахмурившись.

— Вот в каком мире жить приходится. Обеспечил себе жилье в центре, западную иномарку да «Ролекс» — и ты уже «высший класс». Дерьмо. Никакого же смысла. Вот я о чем говорю. Наши «потребности» — это то, что нам подсовывают, а вовсе не то, чего мы сами хотим. Подсовывают на блюдечке, понимаешь? То, чего люди в жизни никогда не хотели, им впаривают как иллюзию *жизненной необходимости*. Делать это проще простого. Зомбируй их своей «массовой информацией», и все дела. Если жилье, то в центре, если машина, то «БМВ», если часы, то «Ролекс», и так далее. Повторяй почаще одно и то же, разными способами, по триста раз на дню. Очень скоро они и сами в это поверят — и зачастят за тобой, как мантру: *жилье — в центре, тачка — «БМВ», часы — «Ролекс»*... И каждый будет стремиться все это приобрести, только чтобы почувствовать свою исключительность. Чтобы наконец стать *не таким, как все*. И не сможет понять одного: само стремление как раз и делает его *таким, как все!* Но на подобные премудрости у него уже воображения не хватает. Для него эта мантра — всего лишь информация. Милая сердцу иллюзия. Для всеобщего пользования и, конечно же, для всеобщего блага. Как мне все это осточертело... Веришь, нет? Осточертела собственная жизнь. Хотелось бы жить по-другому — лучше, честнее. Но не получается. Слишком крепко контора за горло взяла. И рядит меня, точно куклу, в те наряды, какие ей хочется. Я задолжал им столько, что и пикнуть не смею. Попробуй заговорить с ними о том, чего сам хочу, — и слушать никто не станет. Только скажут: очнись, парень. Живешь в шикарной квартире, ездишь на «мазерати», носишь часы «Патек-Филипп», спишь с самыми дорогими шлюхами города. Да куча народу обзавидовалась бы такой жизни, чего тебе еще надо?.. Но, понимаешь, ведь это совсем не то, чего я в жизни хочу. А то, чего я *действительно* хочу, мне недоступно, пока я живу такой жизнью...

— Что, например? Любовь? — спросил я.

— Да — например, любовь. Душевный покой. Крепкая семья. Жизнь простая и искренняя... — тихо сказал Готанда. И показал мне ладони. — Вот, смотри. В эти руки, если захочу, я теперь могу получить сколько угодно чужого дерьма. Вот чего я добился. И кичиться мне этим, поверь, совсем неохота.

— Я знаю. Ты и не выглядишь кичливым, не бойся. Ты абсолютно прав.

— То есть, я могу позволить себе все, что в голову взбредет. Бездна возможностей. У меня был свой шанс, и способности были. А кем я в итоге стал? Куклой. Захочу — почти любая из этих девчонок на улице будет в моей постели. Я не преувеличиваю, это действительно так. Но с тем, кого на самом деле хочу, вместе быть не могу...

Готанда, похоже, крепко набрался. Выражение лица совершенно не изменилось, но болтал он явно больше обычного. Впрочем, не скажу, что я не понимал его желания набраться. Перевалило за полночь, и я спросил, готов ли он сидеть дальше.

— Давай. Завтра мне до обеда на работу не надо. Или, может, тебе вставать рано?

— За меня не волнуйся. Я по-прежнему не знаю, чем бы заняться, — сказал я.

— Уж прости, что навязался на твою голову... Но, кроме тебя, мне совершенно не с кем поговорить. Это правда. Ни с кем не могу об этом. Скажи я кому-нибудь, мол, на «субару» мне в сто раз лучше, чем на «мазерати», так меня просто за сумасшедшего примут. И заведут мне психоаналитика. Сейчас это модно. Дерьмо высшей пробы. Личный психиатр кинозвезды. Все равно что профессиональный ассенизатор... — Он прикрыл глаза. — Что-то опять я сегодня... все жалуюсь да чушь болтаю, да?

— Ну, слово «дерьмо» ты уже произнес раз двадцать.

— Серьезно?

— Но если хочешь еще, валяй, выговаривайся.

— Да нет... хватит, пожалуй. Спасибо тебе. Извини, плачусь тебе в жилетку все время. Но все, все, все, кто меня окружает — не люди, а какое-то засохшее дерьмо. Меня от них физически тошнит. Просто блевота к горлу подкатывает, я не шучу...

— Ну и блевал бы.

— Настоящее дерьмо, так и кишит вокруг! — добавил он, и правда борясь с позывом. — Сборище вампиров — отсасывают страстишки большого города и тем живут. Не все, конечно. Порядочные люди редко, но встречаются. Только дерьма все равно в тысячу раз больше. Вурдалаки, у которых все по-человечески только на словах. Упыри, которые пользуются властью, чтобы загрести побольше денег и баб. Высасывают человеческие иллюзии и жиреют, раздуваясь от гордости. И во всем этом я живу каждый день. Ты просто не представляешь, сколько таких ублюдков вокруг! А мне с ними то и дело, хочешь не хочешь, выпивать приходится. И каждую минуту повторять себе: «Только не придуши никого! Не трать энергию на эту дрянь!..»

— А может, лучше сразу бейсбольной битой по черепу? Душить — это долго.

— Верно, — кивнул он. — Но, по возможности, я бы

все-таки душил. Мгновенная смерть для них — слишком большая роскошь.

— Согласен, — кивнул я. — Наши мнения полностью совпадают.

— На самом деле... — начал было Готанда, но умолк. Затем глубоко вздохнул и снова поднес ладони к лицу. — Ну все. Вроде легче стало...

— Вот и хорошо, — сказал я. — Прямо как в сказке про царя и ослиные уши. Вырыл ямку, покричал в нее — и сразу полегчало.

— И не говори, — согласился он.

— Как насчет отядзукэ[1]? — предложил я.

— С удовольствием.

Я вскипятил воды и заварил простенькое отядзукэ с морской капустой, солеными сливами и хреном васаби. Каждый съел свою порцию, не говоря ни слова.

— На мой взгляд, ты похож на человека, который радуется жизни, — сказал наконец Готанда. — Это так?

Я оперся о стену и какое-то время молчал, слушая шум дождя.

— Чему-то в своей жизни, наверное, радуюсь. Просто радуюсь, не рассуждая. Хотя это вовсе не значит, что я счастлив. Для этого во мне тоже кое-чего не хватает, как и в тебе. Оттого нормальной жизнью и не живу. Просто передвигаю ноги шаг за шагом, как в танце, и все. Тело помнит, как ноги ставить, поэтому вперед еще двигаюсь. Даже зрители есть, которым интересно, что получается. Но с житейской точки зрения я полный ноль. В тридцать четыре года — ни семьи, ни работы достойной. Так и живу день за днем. В жилищный коопе-

---

[1] Отядзукэ (*яп.*) — традиционное блюдо: рис, залитый чаем. Считается антипохмельным средством, поэтому часто подается последним, символизируя окончание застолья.

ратив не вступил, долгосрочных займов банкам не выплачиваю. В последнее время даже не сплю ни с кем... Как ты думаешь, что со мной будет еще через тридцать лет?

— Ну, что-нибудь обязательно будет...

—Точнее сказать, «или — или», — поправил я. — Или что-то будет — или не будет ничего. Никто не знает. В этом мы все едины.

— А вот в моей жизни нет *ничего*, что бы меня радовало.

— Может, и так. Но у тебя все равно хорошо получается.

Готанда покачал головой.

— Разве те, у кого хорошо получается, плачутся в жилетку при каждой встрече? Разве они вываливают на тебя свои проблемы?

— Всякое бывает, — пожал я плечами. — Все-таки мы про людей говорим. А не про общие знаменатели.


В половине второго Готанда засобирался домой.

— Чего ты? Оставался бы уже, — сказал я. — Запасной футон[1] найдется, а утром я тебе еще и завтрак гарантирую.

— Да нет. — Он покачал головой. — Спасибо, конечно, за приглашение. Да у меня уж и хмель прошел... Пойду домой.

Он и правда больше не выглядел пьяным.

— Кстати, хотел тебя попросить. Немного *странная* просьба, конечно...

— Давай, какие проблемы?

[1] Футон (*яп.*) — комплект из матраса и толстого одеяла для спанья на полу или на земле.

— Извини за наглость, но... Ты не одолжишь мне «субару» на несколько дней? А я тебе «мазерати» взамен оставлю. Просто, понимаешь, слишком уж «мазерати» приметный, чтобы с женой втихомолку встречаться. Куда ни приедешь, всем сразу понятно, что это я...

— Забирай и катайся сколько влезет, — сказал я. — Считай, «субару» в твоем распоряжении. Я ведь сейчас не работаю, машина так сильно не нужна. Бери, конечно, мне все равно. Хотя, если честно, получать взамен такой шикарный автомобиль не хотелось бы. Сам подумай, стоянка у меня общая, без охраны, ночью шпана что угодно вытворить может. Да и за рулем всякое случается. Помну, поцарапаю такую красоту — век с тобой не расплачусь... Слишком большая ответственность.

— Да мне-то что? Все эти расходы — дело моей конторы. Страхование на что, по-твоему? Против любой царапины сразу страховка сработает. Не бери в голову. Захочется, можешь на ней хоть с пирса в море сигать. Серьезно! А я тогда взамен другую куплю. Как раз недавно один знакомый писатель-порнушник свой «феррари» предлагал...

— «Феррари»? — тупо повторил я.

— Я понимаю, — рассмеялся он. — Но лучше смирись. Тебе, конечно, трудно такое представить — но в том мире, где вращаюсь я, с хорошим вкусом не выживают. «Человек с хорошим вкусом» — все равно что «извращенец с дырой в кармане». Возможно, его будут жалеть. Но уважать — никогда.

В конце концов он сел-таки в мою «субару» и уехал. Я переставил его «мазерати» к себе на стоянку. Очень чуткий и до ужаса агрессивный автомобиль. Мгновенная реакция, сверхмощный двигатель. Нажал на газ — и словно улетел на Луну.

— Ну, милый. Не стоит так напрягаться, — ласково приговаривал я, похлопывая по приборной доске. — Полегче, не торопись...

Но он будто не слышал. Как ни крути, автомобиль тоже видит, кто им управляет. Ну и подарочек, подумал я. «Мазерати»...

# 33

Утром я сходил на стоянку — проверить, как поживает «мазерати». С вечера в голове так и вертелось: не угнали бы среди ночи, не изувечили бы какие-нибудь вандалы. Но машина была в порядке.

Странное чувство — видеть «мазерати» там, где всегда парковалась «субару». Я сел за руль и попробовал успокоиться; не получалось. Все равно что, открыв глаза поутру, рядом в постели обнаруживаешь абсолютно незнакомую женщину. Очень красивую. Только это не успокаивает. Это напрягает. Кому как, но мне нужно время, чтобы к чему-то привыкнуть. Характер такой.

В итоге за весь день я так никуда и не съездил. В обед прогулялся пешком по городу, посмотрел кино, купил несколько книг. Вечером позвонил Готанда.

— Спасибо за вчера, — сказал он.

— Было б за что, — ответил я.

— Слушай, насчет Гонолулу, — продолжал он. — Позвонил я в Организацию. Действительно, прямо отсюда можно заказать женщину на Гавайях. Ну просто весь мир для клиента. Точно билет в купе-люкс заказываешь: «Вам курящую или некурящую?»...

— И не говори...

— Ну так вот. Спросил я про твою Джун. Дескать, один мой знакомый через вас заказывал, остался доволен и советует мне тоже попробовать. Южно-азиатская девочка, зовут Джун. Они попросили подождать, дескать, проверят. Сказали, что вообще-то этого не практикуют, но для меня постараются... Только не подумай, что я хвастаюсь, но обычно об этом даже спрашивать бесполезно. А для меня проверили. Точно, была такая. Филиппинка. Но уже три месяца как нет. Больше у них не работает.

— То есть как — «не работает»? — не понял я. — Уволилась? Или что-то еще?

— Эй, перестань. Станут они тебе до таких мелочей проверять! Это же шлюха: сегодня работает, завтра — поминай как звали. Что им, с собаками искать ее прикажешь? «Не работает» — и весь разговор. К сожалению.

— Три месяца?

— Именно так.

Как я ни пытался осмыслить, что все это значит, — разумного объяснения в голову не приходило. Сказав спасибо, я повесил трубку. И пошел гулять по городу.

Стало быть, три месяца назад Джун пропала. А две недели назад совершенно реально спала со мной. И даже оставила номер телефона. По которому никто не отзывается. Чудеса, да и только... Итак, шлюх теперь три. Кики, Мэй и Джун. Все трое исчезли. Одна убита, две неизвестно где. Словно их в стену замуровали. Исчезновение каждой замыкается на меня. Между ними и мной — Хираку Макимура с Готандой...

Я зашел в кафе, сел за столик, достал ручку с блокнотом и попытался вывести схему взаимосвязей между всеми, кто меня окружает. Схема вышла ужасно запутанной. Прямо как диспозиция боевых сил Европы накануне Первой мировой войны.

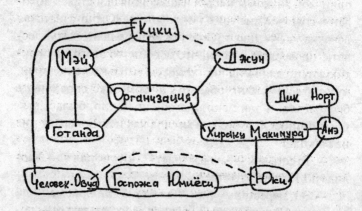

Наполовину с интересом, наполовину с усталостью я долго разглядывал эту схему, но ни одной мысли в голову, хоть убей, не пришло. Три сгинувших шлюхи, актер, служители разных муз, красотка-подросток и гостиничная служащая с душой не на месте... Как ни смотри, нормальной дружбы в такой компании ожидать трудновато. Точно в детективе Агаты Кристи. «Я понял. Убийца — сам инспектор», — произносишь вслух, но никто не смеется. Слишком плоская шутка.

В итоге пришлось признать: больше никаких связей я проследить не могу. Сколько за ниточки ни тяни, все лишь запутывается еще безнадежнее. Цельной картины не выстраивается, хоть убей. Сперва была только цепочка Кики — Мэй — Готанда. Потом добавилась линия Хираку Макимура — Джун. А теперь, выходит, еще и Кики с Джун как-то связаны. Обе оставили мне один и тот же номер телефона. И все опять перевернулось с ног на голову.

— Да, дорогой Ватсон! Задачка не из легких, — сказал я пепельнице на столике. И, понятное дело, в ответ ничего не услышал. Умная пепельница предпочитала не влезать во всю эту кашу. Пепельница, кофейная чашка, сахарница, чек — все слишком умны и делают вид, что не слышат. Дурак здесь один только я. Вечно вляпаюсь в какую-нибудь передрягу. Вечно побитый жизнью и усталый. В чудный весенний вечер даже на свидание некого пригласить...

Я вернулся домой и попробовал дозвониться до Юмиёси-сан — но ее уже не было на работе. Сегодня решила уйти пораньше, сказали мне. Пошла небось в свой бассейн учиться плаванию. Как всегда, я тут же приревновал ее к бассейну. К обаятельному (точь-в-точь Готанда) инструктору, который берет ее за руку и нежным голосом объясняет, как грести в кроле. И я проклял все бассейны на свете, от Саппоро до Каира, — из-за нее одной... Боже, как все дерьмово-то, подумал я.

— Всё — дерьмо. Дерьмо высшей пробы. Засохшее дерьмо. Просто блевать тянет... — произнес я, подражая Готанде. Как ни удивительно, и правда полегчало, хоть я на это и не надеялся. Пожалуй, Готанде стоило бы стать проповедником. Так и начинать свои проповеди по утрам и вечерам: «Весь мир — дерьмо. Засохшее дерьмо высшей пробы. Возблюём же, дети мои!..» Наверняка собрал бы немалую паству.

И все-таки, несмотря ни на что, я безумно скучал по Юмиёси-сан. По ее чуть сбивчивой речи, беспокойным движениям. Мне нравилось вспоминать, как деловито она поправляла пальчиком очки на носу, с каким серьезным видом проскальзывала ко мне в номер, снимала жакетик и садилась рядом. От одних воспоминаний об этом на душе теплело. Я чувствовал в ней какую-то внутреннюю прямоту, и это очень притягивало меня. Интересно, могло бы у нас с нею, в принципе, что-нибудь получиться?

Она: работает за любимой стойкой в отеле, два-три раза в неделю ходит в бассейн и, похоже, жизнью вполне довольна. Он: разгребает текстовые сугробы, любит «субару» и старые пластинки, хорошо готовит и, похоже, крайне мало чему в жизни действительно рад. Такая вот парочка. Может, и получилось бы, а может, и нет. *Данных недостаточно. Ответ невозможен.*

А если мы будем вместе, неужели я действительно когда-нибудь сделаю ей больно? Как пророчила при разводе жена: я обязательно сделаю больно любой женщине, которая со мной свяжется. Потому что у меня такой характер. Потому что я всегда думаю только о себе, а других любить не способен. Неужели она права?

И все-таки при мысли о Юмиёси-сан мне захотелось немедленно сесть в самолет и улететь к ней в Саппоро. Обнять ее покрепче и признаться: черт с ней, с нехваткой данных, я все равно тебя люблю. Но как раз этого делать нельзя. Сначала я должен распутать все, что уже перепутано. Невозможно начать новое, разобравшись со старым лишь наполовину. Иначе старая недоделанность перекинется и на новое. И куда б я потом ни двигался, сколько бы ни старался, все, что я буду делать дальше, затопят сумерки незавершенности. А это совсем не та жизнь, которой мне в итоге хотелось бы жить.

Проблема в Кики. Да, все замыкается на ней. Самыми разными способами она пытается выйти со мной на связь. Где бы я ни был, от кинотеатров Саппоро до пригородов Гонолулу, она, словно тень, все время мелькает у меня на пути. И пытается передать мне какое-то послание. Это ясно как день. Вот только послание слишком сложное, и я не могу его разобрать. Кики... О чем ты просишь меня?

Что я должен делать?..

Впрочем, как раз это я понимал.

В любом случае я должен ждать. Так было всегда. Когда запутаешься, как рыба в сетях, главное — не делать резких движений. Замри на какое-то время, и что-нибудь произойдет. Обязательно начнет происходить. Вглядись в мутный полумрак пристальней и жди, пока там что-нибудь не зашевелится. Знаю по собственному опыту. Что-нибудь обязательно начнет шевелиться. *Если тебе это нужно, оно обязательно зашевелится.*

Ладно, сказал я себе. Подождем.


Несколько дней подряд мы с Готандой встречались — то выпивали дома, то где-нибудь ужинали. Постепенно эти встречи вошли у меня в привычку. И всякий раз он извинялся, что никак не вернет мою «субару». Не волнуйся, какие проблемы, отмахивался я.

— Как тебе «мазерати»? Еще не сплавил в море? — спросил он однажды.

— Да все до моря никак не доеду, — ответил я.

Мы сидели за стойкой бара и пили джин-тоник. Причем он набирался немного быстрее меня.

— На самом деле, было бы здорово его в море выкинуть, — сказал он, не отнимая стакана от губ.

— На душе, конечно, полегчало бы, — согласился я. — Только все равно после «мазерати» будет «феррари».

— А мы бы и «феррари» туда отправили.

— А после «феррари» что?

— Хороший вопрос... Но если каждую в море сбрасывать, страховая компания когда-нибудь тревогу забьет. Это уж обязательно.

— Да черт с ней, со страховой компанией. Давай мыслить масштабнее. Все-таки это наша с тобой пьяная фантазия, а не какое-нибудь малобюджетное кино, в котором ты снимаешься. У фантазий бюджета не бывает. Забудь свои комплексы среднего класса. Чего на мелочь размениваться? Шиковать — так на всю катушку. «Ламборгини», «порш», «ягуар» — да все что угодно! Появилась — выкинул в море, и так без конца. Стесняться нечего. Море большое. Выкидывай в него машины хоть тысячами, все проглотит и через край не перельется. Включи воображение, мужик.

Он рассмеялся:

— Поговоришь с тобой — просто гора с плеч...

— Так и у меня тоже. Машина-то не моя, да и фантазия чужая, — пожал я плечами. — Как у вас, кстати, с женой, все хорошо?

Он отпил джина с тоником и кивнул. За окном шелестел дождь, в баре было пустынно. Кроме нас двоих — никого. Бармен от нечего делать протирал бутылки с сакэ.

— У нас все отлично, — тихо сказал Готанда. И скривил губы в улыбке. — У нас любовь. Любовь, испытанная разводом, и ставшая от этого только сильнее. Романтично, а?

— До ужаса романтично. Сейчас в обморок упаду.

Он легонько хихикнул.

— И тем не менее это правда, — очень искренне сказал он.

— Не сомневаюсь, — ответил я.


Примерно так мы и разговаривали при каждой встрече. С шутками-прибаутками — об очень серьезных вещах.

Настолько серьезных, что не шутить то и дело было бы невыносимо. Пускай большинство этих шуток особым юмором не блистало, нам было все равно. Были бы шутки, а какие — неважно. Шутки ради шуток. Словно мы заранее договорились нести околесицу. Зная, насколько все на самом деле серьезно. Нам обоим по тридцать четыре — очень тяжелый возраст, в каком-то смысле еще тяжелее, чем тридцать три. Когда начинаешь на собственной шкуре испытывать, что значит «годы возьмут свое». Когда в твоей жизни начинается осень, за которую так важно подготовиться к зиме. И прежде всего — понять, что для этого нужно. Формулировка Готанды была предельно проста:

— Любовь, — сказал он. — Все, что мне нужно, — это любовь.

— Очень трогательно, — ответил я. Хотя, что говорить, сам нуждался в этом не меньше.

Готанда ненадолго умолк. Он сидел и молча размышлял о любви. Я задумался о том же. Вспомнил Юмиёси-сан. Столик в баре, за которым она выпила то ли пять, то ли шесть «Кровавых Мэри». Вот как. Стало быть, она любит «Кровавую Мэри»...

— Я в жизни столько баб перетрахал — видеть их уже не могу, — продолжал Готанда чуть погодя. — И постельными радостями сыт по горло. Трахни хоть десять баб, хоть пятьдесят, разницы-то никакой. Те же действия, те же реакции... А мне нужна любовь. Вот — хочешь, открою страшную тайну? *Я не хочу трахаться ни с кем, кроме своей жены!*

Я щелкнул пальцами от восторга:

— Высший класс! Святые слова. Гром среди ясного неба. Срочно созывай пресс-конференцию. И официально заявляй на весь белый свет: «Не желаю трахаться ни с кем, кроме жены!» Всех до слез прошибет, могу спорить. А премьер-министр, наверное, даст тебе медаль.

— Бери круче. Тут уже Нобелевской премией мира попахивает. Сам подумай, перед лицом всего человечества заявить: «Хочу трахать только свою жену!» Разве обычным людям такое под силу?

— Вот только «нобелевку» во фраке получают... У тебя есть фрак?

— Куплю, какие проблемы. Все равно на расходы спишется.

— Колоссально. Как Божье Откровение, честное слово...

— На церемонии вручения так и начну свою речь перед шведским королем, — продолжал Готанда. — «Уважаемые господа! Отныне я не желаю трахать никого, кроме своей жены!» Буря оваций. Тучи в небе расходятся. Солнце заливает лучами Швецию.

— Льдины во фьордах тают. Викинги падают ниц. Слышится пение русалок, — закончил я.

— Катарсис...

Мы опять помолчали, задумавшись каждый о своей любви. Обоим явно было о чем подумать. Я думал о том, что прежде чем звать Юмиёси-сан в гости, нужно обязательно закупить водки, томатного сока, лимонов и соуса «Ли-энд-Перринз»...

— Хотя не исключаю, что никакой премии ты не получишь, — добавил я. — Возможно, все просто примут тебя за извращенца.

Он задумался над моими словами секунд на десять. И несколько раз кивнул.

— А что, очень может быть. Ведь мое заявление — булыжник в огород сексуальной революции. Меня растерзает толпа возбужденных маньяков. И я стану мучеником за веру в моногамию.

— Ты будешь первой телезвездой, погибшей за веру.

— С другой стороны, если я погибну — то уже никогда не трахну свою жену...

— Логично, — согласился я.

И мы снова замолчали над своими стаканами.

Так мы вели наши серьезные разговоры. Хотя окажись рядом другие посетители, наверняка решили бы, что мы валяем дурака. Нам же, напротив, было не до шуток.

В свободное от съемок время он звонил мне домой. Мы договаривались, в каком ресторане ужинаем, или сразу ехали к нему. И так день за днем. Я решительно поставил крест на работе. Просто стало до лампочки. Мир продолжал спокойно вертеться и без меня. А я замер и ждал, пока что-нибудь произойдет.

Я отослал Хираку Макимуре деньги, оставшиеся от поездки, и чеки за все, что потратил. Помощник-Пятница тут же перезвонил и предложил мне оставить побольше.

— Макимура-сэнсэй просил передать, что иначе ему будет неловко, — сказал он. — Да и у меня, если честно, только хлопот прибавится. Доверьтесь мне, я все оформлю как нужно. Вас это никак не обременит.

Препираться с ним было так неохота, что я просто ответил:

— Ладно. Делайте как вам удобнее, только прошу вас — поскорее.

На следующий же день мне прислали банковский чек на триста тысяч иен[1] от Хираку Макимуры. В кон-

---

[1] В середине 1980-х гг. — около 3,5 тысяч долларов США.

верте я нашел расписку о получении денег «в качестве оплаты за сбор и обработку информации». Я расписался, поставил печать[1] и отослал бумагу обратно. Ладно. Все равно спишут на представительские расходы. Как трогательно, черт бы их всех побрал...

Чек на триста тысяч иен я поместил в рамку и поставил на рабочем столе.

Началась и вскоре закончилась «золотая неделя»[2].

Несколько раз я поговорил с Юмиёси-сан по телефону.

Сколько нам разговаривать, всегда решала она. Иногда мы беседовали долго, а иногда она обрывала диалог, ссылаясь на занятость. Бывало и так, что она вообще ничего не отвечала и через полминуты просто бросала трубку. Но худо ли бедно, какое-то общение получалось. *Обмен недостающими данными* происходил. И однажды она сообщила мне номер своего домашнего телефона. Прогресс просто налицо.

По-прежнему дважды в неделю она ходила в бассейн. Каждый раз, когда она заводила разговор о бассейне, мое сердце вздрагивало и трепетало, как у невинного старшеклассника. Меня так и подмывало спросить про ее инструктора по плаванию. Что за тип, сколько лет, симпатичный ли, не слишком ли с нею ласков и так далее. Но спросить как следует не получалось. Я слишком боялся показать ей, что ревную. Слишком боялся услышать в ответ: «Эй! Ты что, ревнуешь меня к бассей-

---

[1]  В современной Японии каждый взрослый имеет зарегистрированную личную печать («инкан»), т.к. подписи на любых документах, как правило, считается недостаточно.

[2]  Первая неделя мая, самые длинные официальные выходные в Японии.

ну? Терпеть не могу таких типов! Тот, кто способен ревновать меня к таким глупостям — не мужчина, а тряпка. Ты все понял? Тряпка! Больше видеть тебя не желаю!»

Поэтому я держал рот на замке и о бассейне не спрашивал. И чем дольше не спрашивал, тем громадней и безобразнее становилась Химера Бассейна в моей душе. Вот заканчиваются занятия, инструктор по плаванию отпускает всех, кроме Юмиёси-сан, и проводит с ней индивидуальные занятия. Инструктор, разумеется, вылитый Готанда. Поддерживает ее ладонями за живот и за грудь и объясняет, как правильно загребать в кроле. Его пальцы уже поглаживают ее соски, проскальзывают к ней в пах. «Не обращайте внимания...» — шепчет он ей.

«Не обращайте внимания, — повторяет он. — Все равно я не хочу спать ни с кем, кроме своей жены».

Он ласкает ее ладонью свой твердеющий член, и тот разбухает под ее пальцами прямо в воде. Юмиёси-сан в трансе закрывает глаза.

«Все в порядке, — говорит ей Готанда. — Все хорошо. Я не хочу трахать никого, кроме жены...»

Химера Бассейна.

Казалось бы, чистый бред. Но химера не уходила, хоть тресни, и с каждым звонком Юмиёси-сан все больнее вгрызалась мне в душу. Становясь все сложней, пополняясь новыми деталями и персонажами. Вот уже рядом с ними плавают Мэй и Юки... Пальцы Готанды ползут по спине Юмиёси-сан — и она превращается в Кики.

— Знаешь... А я ведь очень скучная и обыкновенная, — сказала мне однажды Юмиёси-сан. В тот день ее голос в трубке звучал особенно устало и грустно. — От всех остальных разве что редкой фамилией отличаюсь. И больше ничем. День за днем трачу жизнь за стойкой в отеле... Ты не звони мне больше. Я, честное слово, не стою твоих счетов за все эти междугородние разговоры.

— Но ведь ты любишь свою работу?

— Ну да, люблю. И работа мне вовсе не в тягость. Но понимаешь, иногда начинает казаться, будто этот отель проглотит меня всю, замурует в себе... Иногда. В такие минуты я прислушиваюсь к себе и думаю: что со мной, кто я? Будто совсем не я, а нечто совсем другое. Там, внутри, остался только отель. А меня нет. Не слышно меня. Пропала куда-то...

— По-моему, ты принимаешь отель слишком близко к сердцу, — сказал я. — И слишком серьезно обо всем этом думаешь. Отель — это отель, а ты — это ты. О тебе я думаю часто, об отеле реже. Но я никогда не думаю о вас как о чем-то целом. Ты — это ты. Отель — это отель.

— Да это я знаю, не такая уж дурочка... Но иногда они внутри перемешиваются. Граница между ними пропадает. И все мое существо — мои чувства, моя личная жизнь — растворяется, теряется в этом отеле, как песчинка в космосе.

— Но ведь это у всех так. Все мы растворяемся в чем-нибудь, перестаем различать границу, теряем себя. Это не только с тобой происходит. Я и сам, например, такой же, — сказал я.

— Неправда. Ты совсем не такой, — возразила она.

— Ну ладно, не такой, — сдался я. — Но я понимаю, каково тебе. И ты мне очень нравишься. И что-то в тебе меня сильно притягивает.

Она долго молчала. Но я хорошо *чувствовал* ее там, в тишине телефонной трубки.

— Знаешь... Я так боюсь опять оказаться там, в темноте, — сказала она. — Такое ощущение, будто скоро это случится снова...

И она расплакалась. Я даже не сразу понял, что это за звуки. Лишь чуть погодя сообразил: так могут звучать только сдавленные рыдания.

— Эй... Юмиёси-сан, — позвал я ее. — Что с тобой? Ты в порядке?

— Ну конечно, в порядке, чего ты спрашиваешь? Просто плачу себе. Что, уже и поплакать нельзя?

— Да нет, почему же нельзя... Просто я за тебя волнуюсь.

— Ох... Помолчи немного, ладно?

Я послушно умолк. Она поплакала еще немного в моем молчании и повесила трубку.

Седьмого мая раздался звонок от Юки.

— Я вернулась! — отрапортовала она. — Поехали куда-нибудь покатаемся?

Я сел в «мазерати» и поехал за ней на Акасака. Увидав такую махину, Юки тут же насупилась.

— Где ты это взял?

— Не угнал, не бойся. Ехал как-то лесом, свалился в пруд, сам выплыл, машина утонула. Выходит из воды Фея Пруда — вылитая Изабель Аджани. Что, говорит, ты сейчас в пруд обронил, золотой «мазерати» или серебряный «БМВ»? Да нет, говорю, медную подержанную «субару». И тут она...

— Оставь свои дурацкие шуточки! — оборвала меня Юки, даже не улыбнувшись. — Я тебя серьезно спрашиваю. Где ты это взял и зачем?

— С другом поменялся на время, — сказал я. — Пришел ко мне друг. Дай, говорит, на твоей «субару» покататься. Ну, я и дал. Зачем, это уже его дело.

— Друг?

— Ага. Ты не поверишь, но даже у меня есть один завалящий друг.

Юки уселась на переднее сиденье, огляделась. И насупилась пуще прежнего.

— Странная машина, — произнесла она так, словно ее тошнило. — Ужасно дурацкая.

— Вот и ее хозяин, в принципе, то же самое говорит, — сказал я. — Только другими словами.

Она ничего не ответила.

Я сел за руль и погнал машину к побережью Сёнан. Юки всю дорогу молчала. Я негромко включил кассету со «Steely Dan» и сосредоточился на дороге. Погода выдалась лучше некуда. На мне была цветастая гавайка и темные очки. На Юки — легкие голубенькие джинсы и розовая трикотажная рубашка. С загаром смотрелось отлично. Будто мы с ней опять на Гавайях. Довольно долго перед нами ехал сельскохозяйственный грузовик со свиньями. Десятки пар красных свинячьих глаз пялились через прутья клетки на наш «мазерати». Свиньи не понимали разницы между «субару» и «мазерати». Свинье неведомо само понятие дифференциации. И жирафу неведомо. И морскому угрю.

— Ну и как тебе Гавайи? — спросил я Юки.

Она пожала плечами.

— С матерью помирились?

Она пожала плечами.

— А ты отлично выглядишь. И загар тебе очень идет. Очаровательна, как кофе со сливками. Только крылышек за спиной не хватает, да чайной ложечки в кулаке. Фея Кафэ-О-Лэ... Будь ты еще и на вкус как «кафэ-о-лэ» — с тобой не смогли бы тягаться ни «мокка», ни бразильский, ни колумбийский, ни «килиманджаро». Мир перешел бы на сплошной «кафэ-о-лэ». «Кафэ-о-лэ» околдовал бы все человечество. Вот какой у тебя обалденный загар.

Я просто из кожи вон лез, расточая ей комплименты. Никаких результатов — она только пожимала плечами. А может, результаты были, но отрицательные? Может, моя искренность уже принимала какие-то извращенные формы?

— У тебя месячные, или что?

Она пожала плечами.

Я тоже пожал плечами.

— Хочу домой, — заявила Юки. — Разворачивайся, поехали обратно.

— Мы с тобой на скоростном шоссе. Даже у Ники Лауды не получилось бы здесь развернуться.

— А ты съедь где-нибудь.

Я посмотрел на нее. Она и правда выглядела очень вялой. Глаза безжизненные, взгляд рассеянный. Лицо, не будь загорелым, наверняка побледнело бы.

— Может, остановимся где-нибудь, и ты отдохнешь? — предложил я.

— Не надо. Я не устала. Просто хочу обратно в Токио. И как можно скорее, — сказала Юки.

Я съехал с шоссе на повороте к Иокогаме, и мы вернулись в Токио. Юки захотела побыть немного на улице. Я поставил машину на стоянку недалеко от ее дома, и мы присели рядом на скамейке в саду храма Ноги.

— Извини меня, — сказала Юки на удивление искренне. — Мне было очень плохо. Просто ужасно. Но я не хотела об этом говорить, поэтому терпела до последнего.

— Зачем же специально терпеть? Ерунда, не напрягайся. У молодых девушек такое часто бывает. Я привык.

— Да я тебе не об *этом* говорю! — рассвирепела она. — *Это* вообще ни при чем! Причина совсем другая. Мне стало дурно из-за этой машины. От того, что я в ней ехала.

— Но что конкретно тебе не нравится в «мазерати»? — спросил я. — В принципе, неплохая машина. Отличные характеристики, уютный салон. Конечно, сам бы я такую себе не купил, не по карману...

— «Мазерати»... — повторила Юки сама для себя. — Да нет, марка тут ни при чем. Совсем ни при чем. Дело именно в *этой* машине. Внутри у нее какая-то очень неприятная атмосфера. Как бы сказать... Вот... давит она на меня. Так, что плохо становится. Воздуха в груди не хватает, в животе что-то странное, чужое. Как будто я ватой изнутри набитая. Тебе в этой машине никогда так не казалось?

— Да нет, пожалуй... — пожал я плечами. — Я в ней все никак не освоюсь, есть такое дело. Но это, видимо, потому, что я к «субару» слишком привык. Когда резко пересаживаешься на другую машину, всегда поначалу трудновато. Так сказать, на сенсорном уровне. Но чтобы давило — такого нет... Но ты ведь не об этом, верно?

Она замотала головой.

— Совсем-совсем не об этом. Очень особенное чувство.

— *То самое?* Которое тебя иногда посещает? Это твое... — Я хотел сказать «наитие», но осекся. Нет, здесь явно что-то другое. Как бы назвать? Психоиндукцией? Как ни думай, словами не выразить. Только пошлость какая-то получается.

— Оно самое. Которое меня посещает, — тихо ответила Юки.

— И что же ты чувствуешь от этой машины? — спросил я.

Юки снова пожала плечами.

— Если бы я могла это описать... Но не могу. Четкой картинки в голове не всплывает. Какой-то непрозрачный сгусток воздуха. Тяжелый и отвратительный. Обволакивает меня и давит. Что-то страшное... То, чего нельзя. — Положив ладошки на колени, Юки старательно подыскивала слова. — Я не знаю, как точнее сказать. То, чего нельзя никогда. Что-то совсем неправильное. Перекошенное. Там, внутри, очень трудно дышать. Воздух слишком тяжелый. Как будто запаяли в свинцовый ящик и бросили в море, и ты тонешь, тонешь... Я сперва решила, что мне почудилось — ну, просто навертела страхов у себя в голове, — и потому терпела какое-то время. А оно все хуже и хуже... Я больше в эту машину не сяду. Забери обратно свою «субару».

— Мазерати, проклятый Небом... — сказал я загробным голосом.

— Эй, я не шучу. Тебе тоже на этой машине лучше не ездить, — сказала Юки серьезно.

— Мазерати, беду приносящий... — добавил я. И рассмеялся. — Ладно. Я понял, что ты не шутишь. По возможности постараюсь ездить на ней пореже. Или что — лучше сразу в море выбросить?

— Если можешь, — ответила она без тени шутки в глазах.

Мы провели на скамейке у храма час, пока Юки не оправилась от шока. Весь этот час она сидела, закрыв глаза и подперев щеки ладонями. Я рассеянно разглядывал людей, проходивших мимо: кто в храм, кто из храма. После обеда синтоистский храм посещают разве что старики, мамаши с карапузами да иностранцы с фотокамерами. Но и тех по пальцам пересчитать. Иногда заявлялись клерки из ближайших контор — садились на скамейки и отдыхали. В черных костюмах, с пластиковыми «дипломатами» и стеклянным взглядом. Каждый клерк сидел на скамейке десять-пятнадцать минут, а потом исчезал непонятно куда. Что говорить, в это время дня все нормальные люди на работе. А все нормальные дети в школе...

— Что мать? — спросил я Юки. — С тобой приехала?

— Угу, — кивнула она. — Она сейчас в Хаконэ. Со своим одноруким. Разбирает фотографии Гавайев и Катманду.

— А ты не поедешь в Хаконэ?

— Поеду как-нибудь. Когда настроение будет. Но пока здесь поживу. Все равно в Хаконэ делать нечего.

— Вопрос из чистого любопытства, — сказал я. — Ты говоришь, в Хаконэ делать нечего, поэтому ты в Токио. Ну а что ты делаешь в Токио?

Юки пожала плечами.

— С тобой встречаюсь.

Между нами повисла тишина. Тишина, подобная мертвой петле: чем дальше, тем рискованнее.

— Замечательно, — сказал я. — Просто священная заповедь какая-то. Святая и праведная. «Живите и встречайтесь до гроба!..» Прямо не жизнь, а рай на земле. Мы с тобой каждый день собираем розы всех цветов радуги, катаемся на лодочке и плаваем в золотом пруду, а заодно купаем там нашу пушистую каштановую собачку. Хотим есть — сверху папайя падает. Хотим музыку слушать — только для нас прямо с неба поет Бой Джордж. Отлично. Не придерешься. Вот только — какая жалость! — я-то скоро опять за работу засяду. И развлекаться с тобой всю жизнь, увы, не смогу. Тем более за папины денежки.

С полминуты Юки глядела на меня, закусив губу. И затем ее прорвало:

— То, что ты не хочешь маминых и папиных денег, — это я понимаю, не беспокойся! Только не надо из-за этого так гадко со мной разговаривать. Мне ведь тоже не по себе от того, что я таскаю тебя за собой туда-сюда. Получается, ты живешь своей жизнью, а я тебя от нее отвлекаю и надоедаю все время. Так что, по-моему, было бы нормально, если б ты... Ну...

— Что? Если бы я за это деньги получал?

— По крайней мере, мне так было бы спокойнее.

— Ты не понимаешь главного, — сказал я. — Что бы ни случилось, я не хочу встречаться с тобой по обязанности. Я хочу встречаться с тобой как друг. И не желаю, чтобы на твоей свадьбе я значился как «личный гувернант невесты, когда ей было тринадцать». А все вокруг зубоскалили: «интере-е-сно, из чего состояли его обязанности». Нет уж, увольте. То ли дело — «друг невесты, когда ей было тринадцать». Совсем другой разговор.

— Какая дикая чушь! — воскликнула Юки, покраснев до ушей. — Никогда в жизни свадьбу не закажу!

— Ну и слава богу. Я сам терпеть не могу свадьбы. Все эти нудные речи, которые надо выслушивать с умным видом. Все эти тортики, сырые и тяжелые, как кирпичи, которые тебе всучивают в подарок на прощанье. Ненавижу. Перевод времени на дерьмо. И сам женился без всякой свадьбы — еще чего не хватало... А про гувернанта — это просто пример, который не стоит понимать буквально. Все, что я хочу сказать, звучит очень просто. *За деньги друзей не купишь.* И уж тем более — за чьи-то представительские расходы...

— Ты еще сказочку об этом напиши. Для самых маленьких.

— Замечательно, — рассмеялся я. — Нет, я в самом деле очень рад. Похоже, ты начинаешь понимать, зачем нужны диалоги и что в них самое важное. Еще немного, и мы с тобой сможем стряпать отличные детские комиксы!

Юки пожала плечами.

— Послушай, — продолжал я, откашлявшись. — Давай серьезно. Хочешь общаться со мной каждый день — общайся, какие проблемы. Черт с ней, с моей работой. Толку от того, что я разгребаю сугробы, все равно никакого. Я согласен на что угодно. Но при одном условии. *Я не общаюсь с тобой за деньги.* Поездка на Гавайи — исключение, первое и последнее. Можно сказать, показательный эксперимент — как делать нельзя. Транспортные расходы мне оплатили. Женщину мне купили. И что в результате? Ты перестала мне доверять. И я стал противен сам себе... Нет уж, хватит. Больше я в чужие игры играть не намерен. Теперь я сам устанавливаю правила. И не надо меня жизни учить, затыкая мне рот своими деньгами. Я вам не Дик Норт, и уж тем более — не секретарь твоего папаши. Я — это я, и пятки лизать никому не нанимался. Я сам хочу с тобой дружить, потому и дружу. Ты сама хочешь со мной встречаться, потому я с тобой и встречаюсь. И забудь ты про все эти дурацкие деньги.

— И ты что — правда будешь со мной дружить? — спросила Юки, пристально разглядывая накрашенные ногти на ногах.

— Почему бы и нет? Так или иначе, мы с тобой — люди, которые выпали из нормальной жизни. Ну и ладно, подумаешь. Все равно можно расслабиться и неплохо повеселиться.

— С чего это ты такой добренький?

— Вовсе нет, — сказал я. — Просто я не могу бросать на полдороге однажды начатое. Характер такой. Хочешь общаться — общайся, пока само не иссякнет. Мы с тобой встретились в отеле в Саппоро, между нами завязалась какая-то нить. И я не буду рвать эту нить, пока она сама не оборвется.

Уже довольно долго Юки выводила носком сандалии рисунок на земле. Похоже на водоворот, только квадратный. Я молча разглядывал ее творение.

— А разве тебе не трудно со мной? — спросила Юки.

Я немного подумал.

— Может, и трудно, не знаю. Я как-то не думал об этом всерьез. В конце концов, я бы тоже не общался с тобой, если бы не хотел. Невозможно заставить людей быть вместе по обязанности... Почему, например, мне с тобой нравится? Казалось бы, и разница в возрасте будь здоров, и общих тем для разговора почти никаких... Может быть, потому, что ты мне о чем-то напоминаешь? О каком-то чувстве, которое я хоронил в себе где-то глубоко. О том, что я переживал в свои тринадцать-пятнадцать. Будь мне пятнадцать, я бы, конечно, непременно в тебя влюбился... Я тебе это говорил?

— Говорил, — кивнула она.

— Ну вот. Где-то примерно так, — продолжал я. — И когда я с тобой, эти чувства из прошлого иногда ко мне возвращаются. Вместе с *тогдашним* шумом дождя, *тогдашним* запахом ветра... И я чувствую: вот он я, пятнадцатилетний, только руку протяни. Классное ощущение, должен тебе сказать. Когда-нибудь ты это поймешь...

— Да я и сейчас неплохо понимаю.

— Что, серьезно?

495

— Я в жизни уже много чего потеряла, — сказала Юки.

— Ну тогда тебе и объяснять ничего не нужно, — улыбнулся я.

После этого она молчала минут десять. А я все разглядывал посетителей храма.

— Кроме тебя, мне совершенно не с кем нормально поговорить, — сказала Юки. — Я не вру. Поэтому обычно, если я не с тобой, я вообще ни с кем не разговариваю.

— А Дик Норт?

Она высунула язык и изобразила позыв рвоты.

— Уж-жасный тупица!

— В каком-то смысле — возможно. Но в каком-то не соглашусь. Он мужик неплохой. Да ты и сама, по идее, должна это видеть. Даром что однорукий — делает и больше, и лучше, чем все двурукие в доме. И никого этим не попрекает. Таких людей на свете очень немного. Возможно, он мыслит не так масштабно, как твоя мать, и не настолько талантлив. Но к ней относится очень серьезно. Возможно, даже любит ее по-настоящему. Надежный человек. Добрый человек. И повар прекрасный.

— Может, и так... Но все равно тупица!

Я не стал с ней спорить. В конце концов, у Юки свои мозги и свои ощущения...

Больше мы о Дике Норте не говорили. Повспоминали еще немного наивную и первозданную гавайскую жизнь — солнце, волны, ветер и «пинья-коладу». Потом Юки заявила, что немного проголодалась, мы зашли в ближайшую кондитерскую и съели по блинчику с фруктовым муссом.

На следующей неделе Дик Норт погиб.

# 34

Вечером в понедельник Дик Норт отправился в Хаконэ за покупками. Когда он вышел из супермаркета с пакетами в руке, его сбил грузовик. Банальный несчастный случай. Водитель грузовика и сам не понял, как вышло, что при такой отвратительной видимости на спуске с холма он даже не снизил скорость. «Бес попутал», — только и повторял он на дознании. Впрочем, и сам Дик Норт допустил роковую промашку. Пытаясь перейти улицу, он по привычке посмотрел налево — и только потом направо, опоздав на какие-то две-три секунды. Обычная ошибка для тех, кто вернулся в Японию, долго прожив за границей. К тому, что все движется наоборот, привыкаешь не сразу[1]. Повезет — отделаешься легким испугом. Нет — все может закончиться большой трагедией. Дику Норту не повезло. От столкновения с грузовиком его тело подбросило, вынесло на встречную полосу и еще раз ударило микроавтобусом. Мгновенная смерть.

Узнав об этом, я сразу вспомнил, как мы с ним ходили в поход по магазинам в Макахе. Как тщательно он выбирал покупки, как придирчиво изучал каждый фрукт, с какой деловитой невозмутимостью бросал в магазинную тележку пачки «тампаксов». Бедняга, подумал я. От начала и до конца мужику не везло. Потерял руку из-за того, что кто-то другой наступил на мину. Посвятил остаток жизни тому, чтобы с утра до вечера гасить за любимой женщиной окурки. И погиб от случайного грузовика, с пакетом из супермаркета в единственной руке.

---

[1]  В отличие от большинства стран Европы и США, движение транспорта в Японии — левостороннее.

Прощание с телом состоялось в доме его жены и детей. Стоит ли говорить, ни Амэ, ни Юки, ни я на похороны не пришли.

Я забрал у Готанды свою «субару» и в субботу после обеда отвез Юки в Хаконэ.

— Маме сейчас нельзя оставаться одной, — сказала она. — Она же сама, в одиночку, не может вообще ничего. Бабка-домработница уже совсем старенькая, толку от нее мало. К тому же на ночь домой уходит. А маме одной нельзя.

— Значит, в ближайшее время тебе лучше пожить с матерью? — уточнил я.

Юки кивнула. И безучастно полистала дорожный атлас.

— Слушай... В последнее время я говорила о нем что-нибудь гадкое?

— О Дике Норте?

— Да.

— Ты назвала его безнадежным тупицей, — сказал я.

Юки сунула атлас в карман на дверце и, выставив локоть в открытое окно, принялась разглядывать горный пейзаж впереди.

— Ну, если сейчас подумать, он все-таки был совсем не плохой... Добрый, все время показывал что-нибудь. Сёрфингу учил. И с одной рукой был поживее, чем многие двурукие... И о маме очень заботился.

— Я знаю. Совсем не плохой человек, — кивнул я.

— А мне все время хотелось говорить о нем гадости.

— Знаю, — повторил я. — Но ты не виновата. Ты просто не могла удержаться.

Она продолжала смотреть вперед. Так ни разу и не повернулась в мою сторону. Ветер из открытого окна теребил ее челку, словно траву на летнем лугу.

— Как ни печально, такая натура. Неплохой человек. За какие-то качества достоин всяческого уважения. Но слишком часто позволяет себя использовать как мусорное ведро. Все кому не лень проходят мимо и бросают всякую дрянь. В него удобно бросать. Почему, не знаю. Может, свойство такое с рождения. Примерно как у твоей матери свойство даже молча притягивать к себе внимание окружающих... Вообще, посредственность — нечто вроде пятна на белой сорочке. Раз пристанет, всю жизнь не отмоешься.

— Это несправедливо!

— Жизнь — в принципе несправедливая штука.

— Но я-то сама чувствую, что делала ему плохо!..

— Дику Норту?

— Ну да.

Глубоко вздохнув, я прижал машину к обочине, остановился, выключил двигатель. Снял руки с руля и посмотрел на Юки в упор.

— По-моему, так рассуждать очень глупо, — сказал я. — Чем теперь каяться, лучше бы с самого начала обращалась с ним по-человечески. И хотя бы старалась быть справедливой. Но ты этого не делала. Поэтому у тебя нет никакого права ни раскаиваться, ни о чем-либо сожалеть.

Юки слушала, не сводя с меня прищуренных глаз.

— Может быть, я скажу сейчас слишком жестко. Уж извини. Пускай другие ведут себя как угодно, но именно от тебя я не хотел бы выслушивать подобную дрянь. Есть вещи, о которых вслух не говорят. Если их высказать, они не решат никаких проблем, но потеряют всякую силу. И никого не зацепят за душу. Ты раскаиваешься в том, что была несправедлива к Дику Норту. Ты говоришь, что раскаиваешься. И наверняка так оно и есть. Только я бы на месте Дика Норта не нуждался в таком легком раскаянии с твоей стороны. Вряд ли он хотел, чтобы после его смерти люди ходили и причитали: «Ах, как мы были жестоки!» Дело тут не в воспитанности. Дело в честности перед собой. И тебе еще предстоит этому научиться.

Юки не отвечала ни слова. Она сидела, стиснув пальцами виски и закрыв глаза. Можно было подумать, она мирно спит. Лишь иногда чуть приподнимались и вновь опускались ресницы, а по губам пробегала еле заметная дрожь. Да она же плачет, подумал я. Плачет внутри, без рыданий, без слез. Не слишком ли многого я ожидаю от тринадцатилетней девчонки? И кто я ей, чтобы с таким важным видом устраивать выволочки? Но ничего не поделаешь. В каких-то вопросах я не могу делать скидку на возраст и дистанцию в отношениях. Глупость есть глупость, и терпеть ее я не вижу смысла.

Юки долго просидела в той же позе. Я протянул руку и коснулся ее плеча.

— Не бойся, ты ни в чем не виновата, — сказал я. — Возможно, я мыслю слишком узко. С точки зрения справедливости, ты действуешь верно. Не бери в голову.

Единственная слезинка прокатилась по ее щеке и упала на колено. И на этом все кончилось. Больше ни всхлипа, ни стона.

— И что же мне делать? — спросила Юки чуть погодя.

— А ничего, — ответил я. — Береги в себе то, чего не сказать словами. Например, уважение к мертвым. Со временем поймешь, о чем я. Что должно остаться, останется, что уйдет, то уйдет. Время многое расставит по своим местам. А чего не рассудит время, то решишь сама. Я не слишком сложно с тобой говорю?

— Есть немного, — ответила Юки, чуть улыбнувшись.

— Действительно, сложновато. Ты права, — рассмеялся я. — В принципе, все, что я говорю, очень мало кто понимает. Потому что большинство людей вокруг меня думает как-то совсем иначе. Но я для себя все равно считаю свою точку зрения самой правильной, поэтому вечно приходится всем все разжевывать. Люди умирают то и дело; человеческая жизнь гораздо опаснее, чем ты думаешь. Поэтому нужно обращаться с людьми так, чтобы потом не о чем было жалеть. Справедливо — и как можно искреннее. Тех, кто не старается, тех, кому нужно, чтобы человек умер, прежде чем начать о нем плакать и раскаиваться, — таких людей я не люблю. Вопрос личного вкуса, если хочешь.

Опершись о дверцу, Юки глядела на меня в упор.

— Но ведь это, наверное, очень трудно, — сказала она.

— Да, очень, — согласился я. — Но пытаться стоит. Вон, даже толстый педик Бой Джордж, которому в детстве слон на ухо наступил, — и тот выбился в суперзвезды. Надо просто очень сильно стараться. И все.

Она улыбнулась едва заметно. И потом кивнула.

— По-моему, я очень хорошо тебя понимаю, — сказала она.

— А ты вообще понятливая, — сказал я и повернул ключ зажигания.

— Только чего ты все время тычешь мне Боя Джорджа?

— И правда. Чего это я?

— Может, на самом деле он тебе нравится?

— Я подумаю об этом. Самым серьезным образом, — пообещал я.

\* \* \*

Особняк Амэ располагался в особом районе, застроенном по спецпроекту крутой фирмой недвижимости. При въезде в зону стояли огромные ворота, сразу за ними — бассейн и маленькая кофейня. Рядом с кофейней — что-то вроде мини-супермаркета, заваленного мусорной жратвой всех мастей и оттенков. Людям, вроде Дика Норта, лучше вообще в такие места не ходить. Даже я потащился бы туда с большой неохотой. Дорога пошла в гору, и у моей старушки «субару» началась одышка. Дом Амэ стоял прямо на середине склона — слишком огромный для семьи из двух человек. Я остановил машину и подтащил вещи Юки к парадной двери. Аллея криптомерий наискосок уходила от угла дома, и меж деревьев далеко внизу виднелось море. В легкой весенней дымке вода блестела и переливалась всеми цветами радуги.

Амэ расхаживала по просторной, залитой солнцем гостиной с зажженной сигаретой в руке. Гигантская хрустальная пепельница была до отказа набита недокуренными останками «Сэлема» — все окурки перекручены и изуродованы. Весь стол был усеян пеплом так, словно в пепельницу с силой дунули несколько раз. Похоронив в хрустале очередной окурок, мать подошла к дочери и взъерошила ей волосы. На Амэ были огромная оранжевая майка в белых пятнах от проявителя и старенькие застиранные «ливайсы». Волосы растрепаны, глаза воспалены. Похоже, она не спала всю ночь, куря сигарету за сигаретой.

— Это было ужасно, — сказала Амэ. — Настоящий кошмар. Почему все время происходят какие-то кошмары?

Я выразил ей соболезнования. Она подробно рассказала о том, как это случилось. Все произошло так неожиданно, что теперь у нее полный хаос. Как в душе, так и во всем, за что бы ни взялась.

— А тут, представьте, еще и домработница с температурой свалилась, прийти не может. Именно сегодня. Угораздило же в такой день заболеть... Кажется, я скоро сойду с ума. Полиция приходит, жена Дика звонит... Не знаю. Просто не знаю, что делать.

— А что вам сказала жена Дика? — спросил я.

— Чего-то хотела. Я ничего не поняла, — вздохнула Амэ. — Просто ревела в трубку все время. Да иногда шептала что-то сквозь слезы. Почти совсем неразборчиво. В общем, я не нашла, что сказать... Ну согласитесь, что тут скажешь?

Я молча кивнул.

— Так что я просто сообщила, что все вещи Дика отошлю ей как можно скорее. А она все рыдала да всхлипывала. Совершенно невменяемая...

Амэ тяжело вздохнула и опустилась на диван.

— Что-нибудь выпьете? — предложил я.

— Если можно, горячий кофе.

Первым делом я вытряхнул пепельницу, смахнул тряпкой пепел со стола и отнес на кухню чашку с подтеками от какао. Затем навел на кухне порядок, вскипятил чайник и заварил кофе покрепче. На кухне и в самом деле все было устроено так, чтобы Дик Норт без проблем занимался хозяйством. Но не прошло и дня с его смерти, как все оказалось вверх дном. Посуда свалена в раковину как попало, сахарница без крышки. На газовой плите — огромные лужи какао. По всему столу разбросаны ножи вперемешку с недорезанным сыром и черт знает чем еще.

Бедолага. Сколько жизни вложил сюда, чтобы создать свой порядок. И хватило одного дня, чтобы все пошло прахом. Кто бы мог подумать? Уходя, люди оставляют себя больше всего в тех местах, которые были на них похожи. Для Дика Норта таким местом была его кухня. Но даже из этой кухни его зыбкая, и без того малозаметная тень исчезла, не оставив следа.

Вот же бедолага, повторял я про себя.

Никаких других слов в голове не всплывало.

Когда я принес в гостиную кофе, Амэ и Юки сидели на диване, обнявшись. Мать, положив голову дочери на плечо, потухшим взглядом смотрела в пространство. Точно наглоталась транквилизаторов. Юки казалась бесстрастной, но, похоже, вовсе не чувствовала себя плохо или неуютно из-за того, что мать в прострации опирается на нее. Совершенно фантастическая парочка. Всякий раз, когда они оказывались вместе, вокруг каждой появлялась какая-то загадочная, непостижимая аура. Какой не ощущалось ни у Амэ, ни у Юки по отдельности. Что-то мешало им сблизиться до конца. Но что?

Амэ взяла чашку обеими руками, медленно поднесла к губам, отхлебнула кофе. С таким видом, будто принимала панацею.

— Вкусно, — сказала она.

От кофе она, похоже, немного пришла в себя. В глазах затеплилась жизнь.

— А ты что-нибудь выпьешь? — спросил я Юки.

Та все так же бесстрастно покачала головой.

— Все ли сделано, что было нужно? — спросил я Амэ. — Я имею в виду — с нотариусом, с полицией? Какие-то еще формальности?

— Да, все закончилось. С полицией особых сложностей не возникло. Обычный несчастный случай. Участковый в дверь позвонил и сообщил. Я попросила его позвонить жене Дика. Она, похоже, сразу в полицию и поехала. И все мелкие вопросы с бумагами сама утрясла. Понятное дело, мы ведь с Диком и по закону, и по документам друг другу никто. Ну а потом и мне позвонила. Не говорила почти ничего, просто плакала в трубку. Ни упреков, ничего...

Я кивнул. «Обычный несчастный случай»...

Не удивлюсь, если через какие-то три недели Амэ напрочь забудет, что в ее жизни существовал Дик Норт. Слишком легко все забывает эта женщина — да и такого мужчину, в принципе, слишком легко забыть.

— Могу ли я вам чем-нибудь помочь? — спросил я ее.

Амэ скользнула взглядом по моему лицу и уставилась в пол. Ее взгляд был пустым, как у рыбы, без желания проникнуть куда-либо. Она задумалась. И думала довольно долго. Глаза ее оживали все больше, и наконец в них забрезжила мысль. Так, забывшись, человек уходит куда-нибудь, но на полпути вспоминает о чем-то и поворачивает обратно.

— Вещи Дика, — сказала она с трудом, словно откашливаясь. — Которые я обещала вернуть жене. Я вам, кажется, уже говорила?

— Да, говорили.

— Я вчера вечером собрала это все. Рукописи, печатную машинку, книги, одежду. Сложила в его чемодан. Там не очень много. Он вообще не из тех, у кого в жизни много вещей. Небольшой чемодан, и все. Может, вам будет несложно отвезти это к нему домой?

— Конечно, отвезу. Где это?

— Готокудзи, — сказала она. — Я не знаю, где именно. Вы сами не проверите? Там, в чемодане, были какие-то документы...

Чемодан дожидался меня на втором этаже, в тесной комнатке прямо напротив лестницы. На бирке значилось имя — «Дик Норт» — и адрес дома в Готокудзи, написанный необычайно аккуратно, как и все, что делал этот человек. В комнату меня привела Юки. Узкая и длинная каморка под самой крышей — но, несмотря на тесноту, очень приятная. Когда-то давно здесь ночевала прислуга, а потом поселился Дик Норт, сообщила Юки. Однорукий поэт поддерживал в комнате безупречный порядок. Стаканчик с пятью идеально заточенными карандашами и пара стирательных резинок под лампой на деревянной столешнице напоминали неоклассический натюрморт. Календарь на стене, весь испещрен пометками. Опершись о дверной косяк, Юки молча разглядывала комнату. Воздух был тих и недвижен, лишь за окном щебетали птицы. Я вспомнил коттедж в Макахе. Там стояла такая же тишина. И точно так же — ни звука, кроме пения птиц.

С чемоданом в обнимку я спустился вниз. Книги и рукописи, похоже, составляли бо́льшую часть его содержимого, и на деле он оказался куда тяжелей, чем я думал. Мне пришла в голову странная мысль: может быть, столько и весит смерть Дика Норта?

— Прямо ссйчас и отвезу, — сказал я Амэ. — Такие дела лучше заканчивать как можно скорее. Что еще я могу для вас сделать?

Амэ озадаченно посмотрела на Юки. Та пожала плечами.

— На самом деле у нас еды совсем не осталось, — тихо сказала Амэ. — Как он ушел за продуктами, так и...

— Нет проблем. Я куплю все, что нужно, — сказал я.

Я исследовал нутро холодильника и составил список покупок. Затем сел в машину, спустился с холма и в супермаркете, на выходе из которого погиб Дик Норт, купил все, что требовалось. Дней на пять-шесть им хватит. Вернувшись обратно, рассортировал продукты, завернул в целлофан и засунул в холодильник.

— Я вам очень благодарна, — сказала Амэ.

— Не за что, — сказал я. — Пустяки.

То есть мне и правда это было нетрудно — закончить за Дика Норта то, чему помешала смерть.


Они вышли на крыльцо проводить меня. Как и тогда, в Макахе. Правда, на этот раз никто не махал рукой. Махать рукой было заботой Дика Норта. Мать и дочь стояли на каменных ступеньках и, не двигаясь, смотрели на меня. Прямо немая сцена из мифов Эллады. Я пристроил серый пластиковый чемодан на заднее сиденье «субару» и сел за руль. Всю дорогу, пока я не свернул за поворот, они стояли и смотрели мне вслед. Солнце садилось, море на западе выкрасилось в оранжевый. Я подумал о том, какую, должно быть, нелегкую ночь им предстоит провести вдвоем в этом доме.

Затем я вспомнил об одноруком скелете в темной комнате на окраине Гонолулу. Так значит, это и был Дик Норт? Выходит, в этой комнате собраны чьи-то смерти? Шесть скелетов — стало быть, шесть смертей. Но кто остальные пятеро? Один — вероятно, Крыса. Мой погибший друг. Еще одна — видимо, Мэй. Осталось трое...

*Осталось трое.*

Но зачем, черт возьми, Кики привела меня в эту странную комнату? Чего она хотела, показывая мне эти шесть смертей?

507

Я добрался до Одавары, выехал на скоростное шоссе. Свернул на обычную дорогу у Сангэндзяя. Сверяясь с картой, отыскал дорогу на Сэтагая, и, проехав еще немного по прямой, добрался до дома Дика Норта. Унылое типовое двухэтажное строение без особых изысков. Двери, окна, почтовый ящик, ворота во двор — все выглядело до обидного маленьким и неказистым. У ворот я увидел собачью конуру. Невнятной породы псина вяло, не веря в себя, патрулировала пространство у входа во двор, насколько ей позволяла длина цепи. В окнах горел свет. Слышались голоса. На пороге были выстроены в аккуратный ряд пять или шесть пар черных туфель. Рядом примостилась пустая пластиковая коробка с надписью «Доставка суси на дом». Во дворике стоял гроб с телом Дика Норта и проводилось всенощное бдение. Ну вот, подумал я. И для него нашлось место, куда вернуться. Хотя бы после смерти.

Я достал из машины чемодан, донес до дверей и позвонил. Дверь открыл мужчина средних лет.

— Меня попросили привезти это к вам, — сказал я, сделав вид, что совершенно не в курсе происходящего. Мужчина оглядел чемодан, прочитал надпись на бирке и, похоже, сразу все понял.

— Огромное вам спасибо, — искренне сказал он.

В очень смешанных чувствах я вернулся домой на Сибуя. *Осталось трое*, только и думал я.


Зачем нужна была смерть Дика Норта? — гадал я, потягивая в одиночку виски. И сколько ни думал, не находил в его неожиданной гибели ни малейшего смысла. В проклятой головоломке пустовало сразу несколько ячеек, но оставшиеся фрагменты никак не вписывались в картинку. Хоть ты их изнанкой переворачивай, хоть втискивай ребром. Может, сюда затесались фрагменты какой-то другой головоломки?

И все же, несмотря на бессмысленность, эта смерть очень сильно меняет ситуацию в целом. В какую-то очень плохую сторону. Не знаю, почему, но где-то в глубине подсознания я в этом почти уверен. Дик Норт был хорошим человеком. И как мог, по-своему, замыкал на себя некие контакты в общей цепи. А теперь исчез, и эти контакты разладились. Что-то изменится. Теперь все станет еще запутаннее и тяжелее.

Пример?

Пример. Мне очень не нравятся безжизненные глаза Юки, когда она с Амэ. Еще не нравится пустой, как у рыбы, взгляд Амэ, когда она с Юки. Так и чудится, будто где-то здесь и зарыт корень зла. Мне нравится Юки. Светлая голова. Иногда упрямая, как осленок, но в душе очень искренняя. Да и к Амэ, нужно признаться, я отношусь тепло. Когда мы разговаривали наедине, она превращалась в весьма привлекательную женщину. Одаренную и в то же время беззащитную. В каких-то вещах она была даже больше ребенком, чем Юки. И тем не менее мать и дочь, взятые вместе, сильно меня напрягали. Теперь я понимал слова Хираку Макимуры о том, что жизнь под одной крышей с ними отняла у него талант...

Да, конечно. Им постоянно нужна чья-то воля, которая бы их соединяла.

До сих пор между ними находился Дик Норт. Но теперь его нет. И теперь уже я, в каком-то смысле, заставляю их смотреть друг другу в глаза.

Вот такой «пример»...

Несколько раз я встречался с Готандой. И несколько раз звонил Юмиёси-сан. Хотя в целом она держалась с прежней невозмутимостью, — судя по голосу, ей все-таки было приятно, что я звоню. По крайней мере, это ее не раздражало. Она по-прежнему дважды в неделю исправно ходила в бассейн, а в выходные иногда встречалась с бойфрендом. Однажды она сообщила, что в прошлое воскресенье выезжала с ним на озера.

— Но ты не думай, у меня с ним ничего нет. Мы просто приятели. Последний год школы вместе учились. В одном городе работаем. Вот и все.

— Да ради бога. Ничего я такого не думаю, — сказал я. То есть я и правда воспринял это спокойно. По-настоящему меня беспокоил только бассейн. На какие там озера вывозил ее бойфренд, на какие горы затаскивал, мне было совершенно неважно.

— Но лучше тебе об этом знать, — сказала Юмиёси-сан. — Я не люблю, когда люди друг от друга что-то скрывают.

— Ради бога, — повторил я. — Мне все это безразлично. Я еще приеду в Саппоро, мы встретимся и поговорим. Вот что для меня по-настоящему важно. Встречайся с кем угодно и где угодно. К тому, что происходит между нами, это никакого отношения не имеет. Я все время думаю о тебе. Я тебе уже говорил, я чувствую, что нас с тобой что-то связывает.

— Что, например?

— Например, отель, — ответил я. — Это место для тебя. Но там есть место и для меня. Твой отель — особенное место для нас обоих.

— Хм-м, — протянула она. Не одобрительно, но и не отрицательно. Нейтрально хмыкнул себе человек, и все.

— С тех пор как мы с тобой расстались, я много с кем повстречался. Очень много чего случилось. Но все равно постоянно думаю о нас с тобой как о самом главном.

То и дело хочу с тобой встретиться. Только приехать к тебе пока не могу. Слишком много еще нужно до этого сделать.

Чистосердечное объяснение, начисто лишенное логики. Вполне в моем духе.

Между нами повисло молчание. Скажем так: средней длины. Молчание, за которое, как мне показалось, ее нейтральность слегка сдвинулась в сторону одобрения. Хотя, по большому счету, молчание — всего лишь молчание. Возможно, я просто принимал желаемое за действительное.

— Как твое дело? Движется? — спросила она.

— Думаю, да... Скорее да, чем нет. По крайней мере, я хотел бы так думать, — ответил я.

— Хорошо, если закончишь до следующей весны, — сказала она.

— И не говори, — согласился я.


Готанда выглядел немного усталым. Сказывался плотный график работы, в который он умудрялся вставлять еще и встречи с бывшей женой. Так, чтобы никто не заметил.

— Естественно, до бесконечности это продолжаться не может. — Готанда глубоко вздохнул. — Уж в этомто я уверен. Не лежит у меня душа к такой придуманной жизни. Все-таки я человек семейного склада. Поэтому так устаю каждый день. Нервы уже натянуты до предела...

Он развел ладони, словно растягивал воображаемую резинку.

— Взял бы отпуск, — посоветовал я. — И махнул с ней вдвоем на Гавайи.

— Если б я мог, — сказал он и вымученно улыбнулся. — Если б я только мог, как было бы здорово. Несколько дней ни о чем не думать, валяться на песочке под пальмами. Хотя бы дней пять. Нет, пять — это уже роскошь. Хоть три денечка. Трех дней достаточно, чтобы расслабиться...

Этот вечер я провел у него на Адзабу — развалясь на шикарном диване, потягивая виски и просматривая на видео подборку телерекламы с его участием. Реклама таблеток от живота... Эту я видел впервые. С лифтами какого-то офиса. Четыре прозрачных лифта носятся то вверх, то вниз с ненормальной скоростью. Готанда в темном костюме и черных ботинках — настоящий элитный яппи — перебегает из лифта в лифт. То туда, то сюда, прыг-скок, только воздух свистит. В одном лифте разговаривает с начальством, в другом назначает свидание красотке-секретарше, в третьем торопливо дописывает какие-то документы. Из четвертого звонит по мобильному телефону кому-то в первом. Перескакивать из одного лифта в другой с такой бешеной скоростью — занятие непростое. Но ни один мускул не дрогнет на его благородном лице. Готанда-яппи выкладывается на всю катушку, лифты носятся все быстрей.

Голос за кадром: *«День за днем усталость растет. Стресс накапливается в животе. Вечно занятому тебе — супермягкое средство от живота...»*

Я рассмеялся:

— Слушай, а это забавно!..

— Ага, мне тоже понравилось. Даром что реклама. Вся реклама, в принципе, сплошное дерьмо. А эта снята отлично. Можешь смеяться, но один этот ролик качественнее большинства моих фильмов. Денег на него угрохали будь здоров. Все эти дубли, спецэффекты, комбинированные съемки... На рекламу денег не жалеют. В каждую деталь миллионы вбухивают, пока до совершенства не доведут. Да и монтаж интересный.

— Прямо вся твоя жизнь в разрезе.

— Это уж точно, — засмеялся он. — Тут ты прав. Просто вылитый я. Так и стараюсь везде поспеть, то туда, то сюда... Всю жизнь на это кладу. Стресс накапливается в животе. И даже эти таблетки не помогают ни черта. Мне целую пачку бесплатно выдали. Заглотил целый десяток — никакого эффекта.

— Но двигаешься ты хорошо, — сказал я, перематывая ролик в начало. — Комичный, как Бастер Китон. Наверное, это у тебя душевная склонность — в комедиях играть.

Пряча улыбку, Готанда кивнул:

— Это точно. Комедии люблю. И с удовольствием бы попробовал. Чувствую, у меня получилось бы. Это ж какую комедию можно закатать с таким простодушием, как у меня... В этом сложном и запутанном мире главный герой наивен и прям. Сам такой способ жизни — сплошная комедия, понимаешь, о чем я?

— Еще бы, — ответил я.

— Даже не нужно выделывать каких-то особых трюков. Просто будь собой. Уже от этого все животы надорвут. Да, было бы здорово так играть. Так сейчас никто в Японии не играет. Большинство комедийных актеров переигрывают так, что челюсть сводит. А я хотел бы сыграть наоборот. То есть вообще не играть. — Он отхлебнул виски и задумчиво посмотрел в потолок. — Только мне такую роль все равно никто не даст. У них воображения для этого не хватит. Все мои роли за меня давно решены. С утра до вечера требуют играть только врача, учителя, адвоката. Сил моих больше нет. Давно отказался бы, да не могу, руки связаны. Только стресс накапливаю в животе...

Ролик с лифтами пользовался успехом, и его отсняли в нескольких вариантах. Но сюжет везде был один. Готанда с благообразной физиономией в деловом костюме носится с бешеной скоростью, перепрыгивая как белка с поезда на автобус, с автобуса на самолет — и всегда везде успевает вовремя. Или, например: с пакетом документов под мышкой взбирается по веревке на небоскреб и запрыгивает во все открытые окна попеременно. Один вариант лучше другого. Лик Готанды все так же невозмутим.

— Сначала мне говорили: делай усталое лицо. Режиссер просил. Такое, мол, чтобы все чувствовали: вот-вот подохну на боевом посту. Но я отказался. Сами подумайте, говорю, куда интереснее, если все делается с невозмутимым лицом. Только эти ослы даже слушать меня не хотели. Но я не сдавался. Не то чтобы воспылал любовью к рекламе. Там я снимаюсь исключительно ради денег. Просто чувствовал, что именно в этом ролике что-то есть... В общем, они настаивали — я возражал. В итоге смонтировали две версии и дали всем посмотреть. Само собой, то, что я предлагал, понравилось куда больше. Стали расхваливать режиссера и его братию. Даже какую-то премию дали, я слышал. Мне, конечно, на это плевать. Я актер. Кто бы и как меня ни оценивал, ко *мне настоящему* это отношения не имеет. Но их-то распирало от гордости, как будто они и правда сами все придумали. Готов спорить, они теперь абсолютно уверены, что идея всего ролика — от начала до конца — принадлежит им и никому больше. Такие вот кретины. Люди, лишенные воображения, вообще очень быстро подстраивают все вокруг под себя. А меня считают просто обаятельным ослом, который упирается по любому поводу...

— Не сочти за комплимент, но мне кажется, ты человек по-своему необычный, — сказал я. — Вот только до того, как мы разговорились по-настоящему, я этой необычности не ощущал. Я посмотрел с десяток твоих картин. Если честно, одна другой паршивее. И даже ты в них смотрелся ужасно.

Готанда выключил видео, подлил нам обоим виски, поставил пластинку Билла Эванса. Присел на диван, взял стакан, отпил глоток. В каждом движении — неизменное благородство.

— Это точно. Ты совершенно прав. Я ведь знаю: чем больше снимаюсь в таком дерьме, тем дерьмовее становлюсь. Сам чувствую, что превращаюсь в нечто жалкое и невзрачное. Но я же говорю, у меня нет выхода. Я ничего не могу выбирать себе сам. Даже галстук на мою личную шею подбирают они. Кретины, которые считают себя умней всех на свете, и обыватели, убежденные, что их вкус безупречен, вертят мной как хотят. Поди туда, встань сюда, делай то, не делай это, езди на том-то, трахайся с такой-то... Сколько еще это будет твориться со мной, до каких пор? Сам не знаю. Мне уже тридцать четыре. Еще месяц — и тридцать пять...

— А может, просто бросить всю эту бодягу и начать с нуля? У тебя бы получилось, я уверен. Уходи из конторы, живи своей жизнью да понемногу долги возвращай...

— Именно так, ты прав. Я об этом уже много думал. И, будь я один, давно бы уже так поступил. Бросил все к чертовой матери, устроился в какой-нибудь театрик задрипанный да играл бы то, что нравится. Как вариант — очень даже неплохо. С деньгами как-нибудь разобрался бы... Но штука в том, что, окажись я на нуле, она меня моментально бросит, гарантирую. Такая женщина. Ни в каком другом мире, кроме своего, дышать не сможет. И на нуле со мной сразу задыхаться начнет. Тут дело не в том, хорошая она или плохая. Просто из такого теста сделана, и все. Живет в системе ценностей суперзвезд, дышит воздухом этой системы и от партнера требует того же атмосферного давления. А я ее люблю. И оставить ее не способен. В этом вся и беда.

*«Всего одна дверь,* — пронеслось у меня в голове. — *Вход есть, а выхода нет...»*

— В общем, этот пасьянс не сходится, как ни раскладывай, — подытожил Готанда с улыбкой. — Давай лучше сменим тему. Об этом хоть до утра рассуждай, все без толку.

Мы заговорили о Кики. Он спросил, что у меня с ней были за отношения.

— Странно, — добавил он. — Она нас с тобой, считай, заново познакомила, а ты о ней почти ничего не говоришь. Может, тебе тяжело вспоминать? Тогда, конечно, не стоит...

Я рассказал ему, как встретился с Кики. Как мы пересеклись, совершенно случайно, и стали жить вместе. Естественно и бесшумно, словно воздух заполнил пустующее пространство, она вошла в мою жизнь.

— Понимаешь, все случилось как-то само по себе, — сказал я. — Даже объяснить как следует не получается. Все вдруг слилось воедино и, как река, само вперед потекло. Так что первое время я даже ничему особо не удивлялся. И только позже стал замечать, что слишком многое... не стыкуется с обычной реальностью. Я понимаю, что по-идиотски звучит, но это так. Почему и не разговаривал о ней ни с кем до сих пор.

Я хлебнул виски и погонял по дну стакана кубики льда.

— Кики в то время подрабатывала моделью для рекламы женских ушей. Я увидел фото с ее ушами и заинтересовался. Это были, как бы тебе сказать... абсолютные уши. Уши на все сто процентов. А мне как раз нужно было сделать макет рекламы на заказ. И я попросил, чтобы мне прислали копии фотографий с ее ушами. Что там за реклама была, уже и не помню... В общем, прислали мне копии. Уши Кики, увеличенные раз в сто. Огромные — каждый волосок на коже видно. Я повесил эти снимки на стену в конторе и разглядывал каждый день. Сначала для пущего вдохновения. А потом привык к ним так, словно это часть моей жизни. И когда заказ выполнил, оставил их висеть на стене, настолько они были классные. Жаль, тебе сейчас показать не могу. Пока сам не увидишь, не поймешь, что я имею в виду. Уши, чье совершенство оправдывает сам факт их существования.

— Да, я помню, ты что-то говорил о ее ушах, — сказал Готанда.

— Ну да... В общем, я захотел встретиться с их хозяйкой. Казалось, не увижу ее — жизнь остановится. С чего я это взял, не знаю. Но мне действительно так казалось. Я позвонил ей. Она согласилась встретиться. И в первый же день нашей встречи *открыла свои уши лично мне*. Лично мне, понимаешь? Не по работе. Это было гораздо круче, чем на фотографии. На работе — ну, то есть перед камерами — она сознательно их блокировала. «Уши для работы» — совсем не то, что «уши для себя», понимаешь? Когда она открывала их для меня, даже воздух вокруг менялся. Все менялось — весь мир, вселенная... Я понимаю, как по-дурацки это звучит. Но по-другому сказать не получается.

Готанда надолго задумался.

— Блокировала уши? Это как?

— Отключала их от сознания. Если совсем просто.

— Хм-м, — протянул он.

— Как штепсель из розетки.

— Хм-м.

— Ну... Дурацкое сравнение, конечно. Но именно так, я не вру.

— Да верить-то я тебе верю. Просто пытаюсь понять. И в мыслях не было тебя как-то поддеть.

Я откинулся на спинку дивана и уперся взглядом в картину на стене.

— Но главное — ее уши обладали сверхъестественной способностью, — продолжал я. — Она могла слышать то, что не слышат другие, и приводить людей туда, куда им нужно.

Готанда снова надолго умолк.

— Значит, Кики куда-то тебя привела? — спросил он наконец. — Туда, куда тебе было нужно?

Я кивнул. Но ничего не сказал. Слишком уж долгой была та история, да и рассказывать ее особо не хотелось.

— И вот теперь она снова хочет куда-то меня привести, — сказал я. — Я это чувствую, и очень сильно. Вот уже несколько месяцев. Все это время как будто иду вслед за нитью, которую она мне бросила. Ужасно тонкая нить; сколько раз уже думал — ну все, сейчас оборвется. А она все тянется и не кончается. Так худо-бедно добрался до сегодняшнего дня. Разных людей встретил, пока шел. Тебя, например. Я бы даже сказал, среди этих людей ты — *центральный*. А я все иду и никак не могу уловить, к чему она клонит. Уже два человека погибло на моем пути. Сначала Мэй, потом однорукий поэт... То есть двигаться-то я двигаюсь. Но ни к чему в итоге не прихожу...

Лед в стаканах совсем растаял. Готанда принес из кухни очередное ведерко, наполнил стаканы льдом, налил еще виски. Изысканные жесты. Благородная осанка. Приятный стук льда о стенки стаканов. Как в кино, машинально подумал я.

— Так что у меня своя безнадега, — подытожил я. — Ничем не веселее твоей.

— Э нет, старина, — возразил Готанда. — Я бы наши безнадеги не сравнивал. Я люблю женщину. Это любовь, у которой не может быть выхода. С тобой — совсем другая история. Тебя, по крайней мере, что-то куда-то ведет, пусть даже и мотая из стороны в сторону. Никакого сравнения с лабиринтом страстей, в котором блуждаю я. У тебя есть чего желать, на что надеяться. Есть хотя бы шанс на то, что выход найдется. У меня нет вообще ничего. Между нашими ситуациями такая пропасть, что и говорить не о чем.

— Может быть... — вроде как согласился я. — Так или иначе, мне остался лишь путь, который предлагает Кики. Других путей нет. Она все время старается мне что-то передать — то ли знак какой-то, то ли послание. И я напрягаю слух, пытаясь его разобрать...

— Послушай, — сказал вдруг Готанда. — А ты никогда не думал, что Кики могли убить?

— Так же, как Мэй?

— Ну да. Сам подумай. Так же внезапно исчезла. Я когда узнал о смерти Мэй, тут же о Кики вспомнил. А вдруг с ней то же самое произошло? Об этом даже вслух говорить страшно. Вот я и не говорил. Но ведь это возможно, не так ли?

Я ничего не ответил. Как бы то ни было, я видел ее, вертелось у меня в голове. Там, в пепельных сумерках на окраине Гонолулу. Я видел ее. Даже Юки об этом знает.

— Просто как вероятность. Без фактов, — сказал Готанда.

— Вероятность, конечно, есть. Но послания мне шлет именно она. Я чувствую это совершенно отчетливо. У нее свой стиль, я не мог обознаться.

Готанда долго молчал, скрестив руки на груди. Можно было подумать, что он устал и заснул. Но он, конечно, не спал. Время от времени его пальцы оживали и вновь успокаивались. Кроме пальцев, не двигалось ничего. Ночная мгла просачивалась в комнату и обнимала его ладную фигуру, как родильные воды младенца в утробе. По крайней мере, мне так казалось.

Я поболтал льдом в стакане и хлебнул еще виски.

И тут я ощутил присутствие кого-то третьего. Будто кроме нас с Готандой в комнате есть кто-то еще. Я чуял тепло его тела, дыхание, запах. Но по всем признакам это был не человек. Воздух вокруг заметался так, словно разбудили дикого зверя. *Зверя?* У меня одеревенела спина. Я судорожно огляделся. Но, само собой, никого не увидел. В воздухе посреди комнаты скрывался лишь *сгусток признаков* чего-то нечеловеческого. Но видно ничего не было.

# 35

В конце мая случайно — то есть, *надеюсь*, случайно — я встретился с Гимназистом. Из той парочки инспекторов, что допрашивали меня после гибели Мэй. Я зашел в универмаг «Токю Хэндз», купил паяльник и уже направлялся к выходу, когда столкнулся с ним лицом к лицу. Невзирая на совсем летнюю погоду, он был в толстом твидовом пиджаке, но, судя по лицу, это его ничуть не смущало.

Возможно, служба в полиции развивает в человеческом организме особую жаростойкость. Кто его знает. В руке он держал фирменный пакет универмага, такой же, как у меня. Я сделал вид, что не заметил его, и собирался пройти мимо, но Гимназист не дал мне улизнуть.

— Экий вы неприветливый, — натянуто пошутил он. — Мы ведь не совсем чужие люди. Зачем притворяться, будто мы незнакомы?

— Я спешу, — только и сказал я.

— Что вы говорите? — напирал Гимназист, совершенно не веря в то, что я могу куда-то спешить.

— Нужно к работе готовиться. Плюс целая куча других важных дел, — не сдавался я.

— Понимаю, — закивал он. — Но, может, хоть минут десять выкроите? Как насчет чая? Уж очень хотелось с вами вне работы поговорить. Десяти минут хватит, уверяю вас.

И я зашел вслед за ним в битком набитый кафетерий. Зачем, сам не знаю. Запросто ведь мог отказаться и пойти своей дорогой. Нет же, поплелся, как миленький, в кафетерий и стал пить кофе с полицейской ищейкой. Нас окружали влюбленные парочки и студенты. Кофе был дрянным, воздух спертым. Гимназист достал сигареты и закурил.

— Давно хочу бросить — увы, — сказал он. — Пока я на этой работе, даже пробовать бесполезно. Без курева просто не выжить. Слишком нервы стираются.

Я молчал.

— Нервы стираются, — повторил он. — Все вокруг тебя ненавидят. Чем дольше работаешь уголовным инспектором, тем неприятнее ты окружающим. Глаза мутнеют. Дряхлеет кожа лица. Почему дряхлеет лицо, я не знаю, но это так. Очень скоро начинаешь выглядеть вдвое старше своего возраста. Манера речи, и та меняется. И ничего светлого в жизни не остается.

Он положил в кофе три ложки сахара, добавил сливок, тщательно размешал и неторопливым движением поднес чашку ко рту.

Я посмотрел на часы.

— Ах да, время, — вспомнил он. — Минут пять еще есть, не так ли? Не волнуйтесь, надолго не задержу. Я по поводу той убитой девчонки, Мэй.

— Мэй? — переспросил я как можно тупее. Не на того напал, дядя. Так просто ты меня не поймаешь.

Он слегка скривил губы и рассмеялся.

— Ну да, конечно... Так звали убитую, Мэй. Выяснилось в ходе расследования. Имя, понятно, не настоящее. Кличка для работы. Проститутка, как мы и предполагали. Я это чувствовал с самого начала. На вид приличная девушка, на деле все наоборот. В наши дни все сложнее на глаз отличить. Раньше как было? Посмотришь, и с первого взгляда ясно: шлюха. Одежда соответствующая, косметика, мимика, жесты... А в последнее время так просто уже не понять. Женщины, о которых и не подумаешь никогда, занимаются этим на всю катушку. Кто ради денег, кто просто из любопытства. Все это никуда не годится. Это очень опасно, вам не кажется? То и дело встречаться с незнакомыми мужчинами и полностью доверяться им один на один. А в этом обществе кого только не встретишь. Извращенцы, садисты. Что угодно может произойти. Вы согласны со мной?

Я поневоле кивнул.

— Но молодые девушки этого не понимают. Им кажется, что в мире удача всегда на их стороне. Ну, здесь ничего не поделаешь. На то она и молодость, чтоб на такое рассчитывать. Они искренне верят, что все будет хорошо. И понимают, что это не так, когда уже слишком поздно. Когда им, беднягам, уже на горле чулок затягивают. Финиш...

— Так вы поняли, кто убийца? — спросил я.

Он покачал головой и нахмурился.

— К сожалению, пока нет. Много деталей выплыло. Но газеты ничего не узнают, пока следствие не закончится. В частности, стало ясно, что ее звали Мэй. Что работала проституткой. Настоящее имя... впрочем, это уже несущественно. Родилась в Кумамото. Отец — государственный служащий. Пускай и в небольшом городе, но в начальники выбился. Дом — полная чаша, семья обеспеченная. Деньги регулярно ей посылали. Мать по два раза в месяц к ней в Токио приезжала — приодеть, обеспечить всем, что для жизни нужно. Она родителям говорила, что работает в модельном бизнесе. Старшая сестра замужем за хирургом. Младший брат учится на юриста в университете Кюсю. Не семья — загляденье. Какого черта дочери из такой семьи выходить на панель? После того, что случилось, дома все в шоке. Поэтому мы пока не сообщаем семье, чем она занималась на самом деле. Из сострадания. От известия, что дочь задушили в отеле чулком, мать и так на грани самоубийства. Слишком страшная новость для такой идеальной семьи.

Я молчал. Пускай уж выговорится до конца.

— Мы вышли на организацию, которая поставляет проституток по вызову. Не буду говорить, чего это нам стоило. Но и выудить кое-что удалось. А знаете как? Отловили трех шлюх в фойе большого отеля. Показали им те же фотографии, что и вам, и допросили с пристрастием. Одна раскололась. Не у всех такие железные нервы, как у вас. Да и в ней слабину нащупали сразу. В итоге мы узнали об Организации. Бордель экстра-класса. С членской системой и расценками для ходячих мешков с деньгами. Нам с вами, увы, в такие места ход заказан. Или вы готовы за один раз с девчонкой выложить семьдесят тысяч[1]? Я не готов. Благодарю покорно. Чем такие деньги тратить, я лучше в постели с женой сэкономлю, да сыну новый велосипед куплю. В общем, что говорить, не для нас, голодранцев, развлечение. — Он рассмеялся и посмотрел на меня. — Но даже захоти я им выложить эти семьдесят тысяч, никто со мной говорить не станет. Сразу выяснят, что я за птица. Всю мою подноготную вмиг разузнают. Безопасность прежде всего. Сомнительных клиентов не обслуживают. А уж уголовных следователей и подавно, однако не потому, что с полицией в принципе связываться не хотят. Будь я какой-нибудь шишкой из полицейского управления, дело другое. Но только оч-чень большой шишкой. Чтобы пригодился в случае чего. А с такого пугала огородного, как я, все равно никакого толку.

Он допил кофе и опять закурил.

— В итоге мы попросили ордер на обыск всей этой лавочки. Через три дня получили его. И когда ворвались с ордером в контору клуба, нас встретила пустота. Космическая пустота. Ни бумаг, ни улик, ни свидетелей. Ни-че-го. Иначе говоря, утекла секретная информация. Вопрос: откуда утекла? Как вы думаете?

— Не знаю, — сказал я.

— Из полиции, откуда ж еще. Кого-то из начальства это зацепило. И нас попросту сдали. Доказать невозможно. Но нам в отделении все ясно и без доказательств. Кто-то позвонил в клуб и предупредил: скоро, мол, гости нагрянут, смывайтесь, пока время есть... Под-

---

1    На момент действия романа около 500 долларов США.

ло. Низко и недостойно. А клубу, как видно, к срочным переездам не привыкать. Свернулись за какой-нибудь час, и ищи ветра в поле. Снимут другую контору, другие телефоны поставят, и опять за старое. Это же так просто. Пока есть список клиентов и девочки как надо построены, они могут продолжать этот бизнес где угодно. И нам уже ни до чего не докопаться. Нас вышвырнули из игры. Оборвали все ниточки одним махом. Узнай мы, кто заказывал ее в ночь убийства, все сдвинулось бы с мертвой точки. Но теперь, когда все вот так, наши руки опять пусты. Как дальше действовать, сам черт не поймет.

— Непонятно, — сказал я.

— Что непонятно?

— Если, как вы говорите, она работала в клубе с членской системой, зачем члену клуба ее убивать? Его же сразу вычислить можно будет, разве не так?

— Именно, — кивнул Гимназист. — Имя убийцы не должно было отражаться в бумагах клуба. Значит, это либо ее приятель-любовник, либо член клуба, который вызвал ее частным образом, напрямую. Ни для первой, ни для второй версии у нас никаких зацепок нет. Мы ничего не нашли. Тупик.

— Я не убивал, — сказал я.

— Разумеется. И мы это знаем, — сказал он. — Я вам сразу сказал. У вас не тот тип характера. Вы не способны убить человека, это сразу видно. Люди вашего типа не убивают других людей. Но вам что-то известно. Я это чувствую. Профессиональным чутьем. Может, расскажете? Все останется между нами. Я не полезу вам в душу и ни в чем вас не упрекну. Обещаю. Серьезно.

— Даже не знаю, о чем вы, — сказал я.

— Ч-черт, — нахмурился Гимназист. — Значит, все зря... Вся штука в том, что наше начальство не хочет давать делу ход. Ну, шлепнули в отеле проститутку — и черт с ней, так ей и надо. У наших начальников логика простая: чем меньше проституток, тем лучше. Большинство из них и трупов-то почти не видали. Они и представить себе не могут, что это такое, когда голой красивой девушке перетягивают горло чулками. Как это страшно, и как ее жалко... Среди членов клуба не только полицейские боссы, но и большие политики. А у полиции ушки на макушке. Блеснет в темноте золотая хризантема[1] — полицейский тут же голову втягивает, как черепаха. И чем выше сидит, тем глубже втягивает. Что ж, не повезло бедняжке Мэй. И погибла ни за грош, и убийцу найти уже, видать, не судьба...

Официантка забрала его пустую кофейную чашку. Я свой кофе так и не допил.

— Если честно, — продолжал Гимназист, — я к этой девушке, Мэй, испытываю странное чувство. Что-то вроде родственной близости. С чего бы это? Сам не пойму. Но когда увидел ее в кровати, голую, мертвую, с чулком на горле, я вот что подумал. Эту сволочь, ее убийцу, я поймаю, чего бы мне это ни стоило. Конечно, на подобные сцены мы уже насмотрелись по самое не хочу. И при виде очередного трупа не сходим с ума от жалости и сострадания. Видел я и расчлененку, и обгоревших до костей, какие угодно. Но ее труп был особенный. Невероятно красивый. Стояло утро, лучи солнца падали на нее из окна. И она лежала, словно обледеневшая в этих лучах. Глаза открыты, язык в гортань закатился, горло чулком перетянуто. Концы от чулка на груди уложены. Аккуратно так, в форме галстука. Я смотрел на нее и чувствовал странную вещь. Будто эта девочка просит ме-

---

[1] «Золотая хризантема» — нагрудный значок члена Японского Парламента.

ня — лично меня! — чтобы я раскрыл эту тайну. Будто, пока я не найду убийцу, она так и будет лежать замороженная в лучах солнца. Там, в отеле. Да так и кажется до сих пор: пока убийца на свободе, пока дело не раскрыто, она не разморозится, не освободится от этой судороги... Как считаете, это нормальное ощущение?

— Не знаю, — сказал я.

— Вы, как я понял, уезжали куда-то надолго. Путешествовали? Загар вам очень к лицу, — сказал инспектор.

— На Гавайи по работе летал, — сказал я.

— Здорово... Завидую вам. Мне бы такую шикарную работу. А тут с утра до вечера трупы разглядываешь. Поневоле станешь угрюмым. Вы когда-нибудь разглядывали трупы?

— Нет, — сказал я.

Он покачал головой и взглянул на часы.

— Ну что ж. Ладно. Простите, что зря отнял у вас время. Хотя, может, и не зря. Говорят же люди, случайных встреч не бывает. А разговор этот в голову не берите. Даже таких, как я, иногда тянет по душам поговорить... Если не секрет, что купили-то?

— Паяльник, — сказал я.

— А я струну для прочистки труб. Все трубы в доме позабивались...

Он расплатился за кофе. Я предложил ему половину суммы, но он наотрез отказался.

— Ну что вы, ей-богу. Это же я вас сюда заманил. Ваше время и нервы стоят дороже. А это все так, пустяки...

На выходе из кафетерия я вдруг кое-что вспомнил.

— И часто вы расследуете убийства проституток? — спросил я.

— Как сказать... В общем, довольно часто. Не то чтобы каждый день. Но и не раз в год, это точно. А что, вы интересуетесь убийствами проституток?

— Нет, не интересуюсь, — ответил я. — Просто так спросил.

На этом мы расстались.

Он скрылся из глаз — а у меня еще долго сосало под ложечкой.

# 36

Неторопливо, точно облако в небе, за окном проплыл и растаял май.

Уже два с половиной месяца я не брал никаких заказов. Звонки по работе почти прекратились. Мир с каждым днем все вернее забывал обо мне. Деньги на мой счет в банке, понятно, больше не поступали, но еще оставалась какая-то сумма на жизнь. А жизнь моя, в принципе, не требует особых затрат. Сам готовлю, сам стираю. Особой нужды ни в чем не испытываю. Долгов нет, кредиты никому не выплачиваю, по автомобилям и шмоткам с ума не схожу. Так что в ближайшее время о деньгах можно было не беспокоиться. Вооружившись калькулятором, я подсчитал свой месячный прожиточный минимум, разделил на него то, что осталось в банке, и понял: еще пять месяцев протяну. За эти пять месяцев что-нибудь да случится. А не случится, тогда и подумаю снова. Кроме того, на моем столе красовался в рамке чек на триста тысяч от Хираку Макимуры. Как ни крути, голодная смерть мне пока не грозит.

Стараясь не ломать размеренного темпа жизни, я по-прежнему ждал, пока что-нибудь произойдет. По нескольку раз в неделю отправлялся в бассейн и плавал там до полного изнеможения. Ходил за продуктами, готовил еду, а по вечерам слушал музыку и читал книги, взятые в библиотеке.

Там же, в библиотеке, я просмотрел газеты и скрупулезно, одно за другим, отследил все сообщения об убийствах за последние несколько месяцев. Интересуясь, разумеется, лишь теми случаями, когда убивали женщин. Глядя на мир под таким углом, я обнаружил, что женщин в этом мире убивают просто в кошмарном количестве. Их режут ножами, забивают кулаками и душат веревками. О жертвах, хоть как-то похожих на Кики, газеты не сообщали. По крайней мере, труп не нашли. Конечно, есть много способов сделать так, чтобы труп не нашли никогда. Привязать к ногам груз и выбросить в море. Отвезти подальше в горы и закопать в лесу. Как я схоронил свою Селедку. В жизни никто не найдет.

А может, несчастный случай? — думал я. И ее, как Дика Норта, сбил грузовик? И я проверил все сообщения о происшествиях. О тех случаях, когда погибали женщины. На свете происходит безумное количество несчастных случаев, в которых гибнет до ужаса много женщин. Умирают в дорожных авариях, сгорают в пожарах и травятся газом у себя дома. Но никого, похожего на Кики, я среди них не нашел.

А еще бывают самоубийства, думал я. Или, скажем, внезапная смерть от разрыва сердца. О таких случаях газеты уже не пишут. На свете полным-полно самых разных смертей. О каждой в газете не сообщишь. Наоборот: смерти, о которых пишут в газетах, — исключение из общего правила. Подавляющее большинство людей умирает тихо и незаметно.

Поэтому вероятность остается.

Возможно, Кики убита. Возможно, погибла от несчастного случая. Возможно, покончила с собой. Возможно, умерла от разрыва сердца.

Но доказательств нет. Ни того, что она умерла, ни того, что жива.

Иногда, по настроению, я звонил Юки.

— Как живешь? — спрашивал я.

— Да так... — отвечала она. Она разговаривала со мной, будто с Марса: ответы крайне плохо совпадали с вопросами. Как я ни сдерживался, это меня всегда немного бесило. — Да так, — сказала она в очередной раз. — Не хорошо, не плохо. Живу себе помаленьку...

— Как мать?

— Ушла в себя. Не работает почти. Весь день на стуле сидит и в стенку смотрит. Ничего делать сил нет.

— Я могу чем-то помочь? За продуктами съездить, еще что-нибудь?

— За продуктами, если что, домработница сходит. А так мы просто доставку на дом заказываем. Живем тут вдвоем, ничего не делаем. Знаешь... Здесь, если долго живешь, кажется, будто время остановилось. Как думаешь, время вообще движется?

— К сожалению, еще как движется. Время проходит, вот в чем беда. Прошлое растет, а будущее сокращается. Все меньше шансов что-нибудь сделать и все обиднее за то, чего не успел.

Юки молчала.

— Что-то голос у тебя совсем слабый, — сказал я.

— Правда, что ли?

— Правда, что ли? — повторил я.

— Эй, ты чего?

— Эй, ты чего?

— Кончай свои дразнилки!

— Это не дразнилки. Это эхо твоей души. Бьёрн Борг блестяще возвращает подачу, указывая противнику на отсутствие диалога в игре. Чпок!

— Ты все такой же ненормальный, — обреченно вздохнула Юки. — Ведешь себя как мальчишка.

— Ни фига подобного, — возразил я. — Я просто подтверждаю примерами из жизни свою глубокую мысль. Это называется «метафора». Игра слов, благодаря которой проще передавать людям что-нибудь сложное. С мальчишескими дразнилками ничего общего не имеет.

— Тьфу! Чушь какая-то.

— Тьфу! Чушь какая-то, — повторил я.

— Прекрати сейчас же! — взорвалась Юки.

— Уже прекратил, — сказал я. — Поэтому давай все сначала. *Что-то голос у тебя совсем слабый.*

Она вздохнула. И затем ответила:

— Да, наверное. С мамой тут совсем захиреешь... Ее настроение само на меня перескакивает. В этом смысле она очень сильная. И влияет на меня все время. Потому что ей наплевать, что вокруг нее люди чувствуют. Думает только о себе и о том, что она сама чувствует. Такие люди всегда очень сильные. Понимаешь? Под их настроение попадаешь, даже если не хочется. Незаметно как-то. Если ей грустно, мне тоже грустно. Хотя, конечно, если развеселится, и у меня настроение поднимается...

В трубке раздался щелчок зажигалки.

— Похоже, иногда мне стоит тебя оттуда забирать и выгуливать. Как считаешь?

— Похоже на то...

— Хочешь, завтра заеду?

— Давай... — сказала Юки. — Вроде поболтала с тобой — и голос уже не слабый.

— Слава богу, — сказал я.

— Слава богу, — повторила она.

— Иди к черту!

— Иди к черту!

— Ну до завтра, — сказал я и тут же повесил трубку, не дав ей и рта раскрыть.

Амэ и правда пребывала в глубокой прострации. Сидела на диване, изящно скрестив ноги, и пустым, невидящим взглядом сверлила раскрытый на коленях фотожурнал. Со стороны это выглядело как картина художника-импрессиониста. Окна в комнате были распахнуты, но день стоял настолько безветренный, что ни занавески, ни страницы журнала не колыхались ни на миллиметр. Когда я вошел, Амэ лишь на секунду подняла голову и смущенно улыбнулась. Очень слабо, будто и не улыбнулась, а просто воздух в комнате слегка дрогнул. И, приподняв над журналом руку, тонким пальцем указала на стул. Домохозяйка подала кофе.

— Я передал вещи семье Дика Норта, — сказал я.

— С женой встречались? — спросила Амэ.

— Нет. Отдал чемодан мужчине, который открыл мне дверь.

Амэ кивнула.

— Ладно... Спасибо вам огромное.

— Ну что вы. Мне это ничего не стоило.

Она закрыла глаза и сцепила пальцы перед лицом. Затем открыла глаза и огляделась. Кроме нас, в комнате никого не было. Я взял чашку с кофе и отпил глоток.

Против обыкновения, Амэ уже не носила хлопчатую рубашку с джинсами. На ней были белоснежная блузка с изысканным кружевом и дымчато-зеленая юбка. Волосы аккуратно уложены, губы подведены. Красивая женщина. Ее обычная живость куда-то исчезла, но притягательное изящество, от которого становилось не по себе, облаком окружало ее. Очень зыбкое облако — казалось, вот-вот задрожит и исчезнет; однако стоило посмотреть на нее, и оно появлялось снова. Красота Амэ разительно отличалась от красоты Юки. В этом смысле мать и дочь были антиподами. Красоту матери взрастило время и отшлифовал жизненный опыт. Своей красотой она утверждала себя. Ее красота была ею. Она мастерски управлялась с этим даром Небес и отлично знала, как его использовать. Юки же, напротив, чаще всего даже не представляла, как своей красотою распорядиться. Вообще, наблюдать за красотой девчонок-подростков — отдельная радость жизни.

— Почему всё так? — вскрикнула вдруг Амэ. Так резко, будто в воздухе перед нею что-то пролетело.

Я молча ждал продолжения.

— Почему мне так плохо?

— Наверное, потому, что умер человек. И это понятно. Смерть человека — очень большая трагедия, — ответил я.

— Да, конечно... — вяло кивнула она.

— Или вы не о том? — спросил я.

Амэ взглянула мне прямо в глаза. И покачала головой.

— Я прекрасно вижу, что вы не дурак. Вы знаете, о чем я, не правда ли.

— Вы не думали, что будет *настолько* плохо? Я правильно понимаю?

— Ну, в общем... Наверное, да.

«Как мужчина, он для вас был никто. Особыми талантами не обладал. Но был вам искренне предан. И выполнял свои обязанности на все сто. Все, что приобрел за долгие годы, бросил ради вас. А потом умер. И вы поняли, какой он замечательный, только после его смерти», — хотел я сказать ей прямо в лицо. Но не сказал. Есть вещи, о которых говорить вслух все же не следует.

— Почему? — повторила она, продолжая следить за полетом непонятно чего. — Почему все мужчины, которые со мной свяжутся, постепенно сходят на нет? Почему любые отношения с ними кончаются всякой гадостью? Почему я всегда остаюсь с пустыми руками? Что во мне не так, черт меня побери?

На такие вопросы не бывает ответов. Я молча разглядывал замысловатые кружева на рукавах ее блузки. Они напоминали узоры на хорошо выделанных внутренностях какого-то животного. Окурок «Сэлема» в пепельнице чадил, как дымовая шашка. Дым поднимался струйкой до самого потолка и уже там растворялся в тишине, как сахар в кофе.

Юки, закончив переодеваться, вошла в комнату.

— Эй, пойдем, — позвала она меня.

Я поднялся со стула.

— Ну, мы поехали, — сказал я Амэ. Но она не услышала.

— Алё, мама! Мы уезжаем! — заорала Юки. Амэ посмотрела на нас, кивнула. И закурила новую сигарету.

— Я покатаюсь и приеду. Ужинай без меня, — добавила Юки.

Оставив Амэ и дальше изваянием сидеть на диване, мы вышли из дома. В этом доме еще оставался дух Дика Норта. Так же, как он оставался во мне, пока я помнил его улыбку. Ту озадаченную улыбку после моего вопроса — помогает ли он себе ногой, когда режет хлеб...

Ей-богу, странный малый, подумал я в сотый раз. Будто и впрямь стал живее после смерти.

# 37

Примерно так же я встречался с Юки еще несколько раз. Три или четыре, точно не помню. И как-то не чувствовал, что жизнь с матерью в горах Хаконэ доставляет ей особое удовольствие. Радости ей это не приносило, хотя и неприязни не вызывало. Не похоже и на то, что она торчала там из желания заботиться о матери, потерявшей близкого человека. Случайным ветром ее занесло в этот дом. И она жила в нем, бесстрастная и безучастная ко всему, что творилось вокруг.

Лишь встречаясь со мной — и только на время наших встреч — она чуть-чуть оживала. Веселела, отвечала на шутки; в голосе снова слышались упрямство и независимость. Но стоило ей вернуться в Хаконэ, все сходило на нет. Голос делался вялым, взгляд угасал. Она выключалась, словно орбитальная станция, которая из экономии энергии перестает вращаться вокруг своей оси.

— Слушай... А может, тебе снова стоит пожить одной в Токио? — спросил я однажды. — Сменила бы обстановку. Недолго, денька три. Все польза была бы. В Хаконэ ты как в воду опущенная, и чем дальше, тем хуже. Помнишь, какая ты на Гавайях была? Будто другой человек.

— Ничего не поделаешь, — ответила Юки. — Я понимаю, о чем ты. Но сейчас просто время такое. Сейчас, где бы я ни жила, везде будет одно и то же.

535

— Потому что умер Дик Норт и мать в таком состоянии?

— Ну да, и это тоже... Но, думаю, не только это. Ничего не решится, если я просто от мамы уеду. Здесь я бессильна. Как тут лучше сказать... Просто сейчас так складывается. Звезды в небе плохо сошлись, я не знаю... Где бы я ни была, что бы ни делала, ничего не изменится. Потому что между телом и головой никакого контакта.

Мы валялись на диком пляже и смотрели в море. Небо все больше хмурилось. Легкий бриз теребил траву, что росла островками вдоль берега.

— Звезды в небе, — повторил я.

— Звезды в небе, — кивнула она со слабой улыбкой. — Нет, ну правда. Пока только хуже становится. Мы с мамой обе на одну волну настроены. Помнишь, я говорила: когда она веселая, я тоже радуюсь, когда ей плохо — и у меня все из рук валится. И я не знаю, кто на кого влияет. То ли мама меня за собой тянет, то ли я ее. Но мы с ней будто подключены друг к дружке, это я чувствую. А вместе мы или порознь, уже не имеет значения.

— Подключены?

— Ну да, психологически подключены все время, — кивнула Юки. — Иногда я этого не выношу и пытаюсь как-то сопротивляться. А иногда устаю так, что становится все равно. Просто руки опускаются. И, как это говорится... уже не могу сама себя контролировать. Чувствую, что снаружи что-то огромное начинает управлять моими силами. И я уже не понимаю, где еще я — а где уже оно. И не выдерживаю. И хочу все вокруг расколошматить вдребезги. Потому что не могу так больше. Хочу закричать: «Я еще маленькая!» — и забиться куда-нибудь в угол...

\*　\*　\*

Ближе к вечеру я отвозил ее в Хаконэ и возвращался в Токио. Амэ всякий раз приглашала отужинать, но я неизменно отказывался. Понимал, что вежливее согласиться, но чувствовал: с этой парочкой за одним столом я долго не выдержу. Я представлял себе эту картину. Мать с сонными глазами, дочь с непроницаемым лицом. Дух покойника. Тяжелый воздух. Кто на кого влияет, сам черт не поймет. Гробовая тишина. Вечер без единого звука. При одной мысли о таком ужине желудок вставал на дыбы. По сравнению с ним сумасшедшее чаепитие из «Алисы в Стране Чудес» — просто праздник какой-то. В тамошнем безумстве, по крайней мере, ничего не застывало на месте.

Поэтому я возвращался в Токио под старенький рок-н-ролл, пил пиво, готовил ужин и с большим удовольствием съедал его в одиночестве.

Наши встречи с Юки мы никогда не посвящали чему-то конкретно. Гоняли по скоростному шоссе и слушали музыку. Валялись на берегу моря и разглядывали облака. Ели мороженое в отеле «Фудзия». Катались на лодке по озеру Ёсино. Весь день негромко беседовали о чем-нибудь и так проводили время жизни. Прямо пенсионеры какие-то, иногда думал я.

Однажды Юки заявила, что хочет в кино. Я съехал с шоссе в Одавара, купил газету и посмотрел, что идет в местных кинотеатрах. Но ничего интересного не обнаружил. Только в зале повторного фильма крутили «Безответную любовь» с Готандой. Я рассказал Юки, что учился с Готандой в одном классе и что даже сейчас иногда встречаюсь с ним. Юки, похоже, заинтересовалась.

— А это кино ты смотрел?

— Смотрел, — сказал я. Но, разумеется, не стал говорить, сколько раз. Не хватало еще объяснять, за каким чертом я это делал.

— Интересное? — спросила Юки.

— Скукотища, — честно ответил я. — Дрянное кино. Мягко выражаясь, перевод пленки на дерьмо.

— А друг твой что говорит?

— Дрянное кино, говорит. Перевод пленки на дерьмо, говорит, — засмеялся я. — Раз уж сами актеры так о фильме отзываются, дело дрянь.

— А я хочу посмотреть.

— Ну давай сходим. Прямо сейчас.

— А тебе не скучно будет, во второй-то раз?

— Да ладно. Все равно больше делать нечего, — сказал я. — А вреда не будет. Такое кино даже вреда принести не способно.

Я позвонил в кинотеатр и узнал, когда начинается «Безответная любовь». Полтора часа до сеанса мы скоротали в зоопарке на территории средневекового замка. Могу спорить, нигде на Земле, кроме Одавары, не додумались бы устраивать зоопарк на территории замка. Странный город, что и говорить. В основном мы разглядывали обезьян. Это занятие не надоедает. Слишком уж явно обезьянья стая напоминает человеческое общество. Есть свои тихони. Свои наглецы. Свои спорщики. Толстый безобразный самец, восседая на горке, озирал окрестности грозно и подозрительно. Совершенно жуткое создание. Интересно, что нужно делать всю жизнь, чтобы в итоге стать таким жирным, угрюмым и омерзительным, удивлялся я. Хотя, конечно, не у обезьян же об этом спрашивать.

В полдень буднего дня кинотеатр, понятное дело, пустовал. Кресла были жесткими до безобразия; в зале пахло, как в старом комоде. Перед началом сеанса я купил Юки плитку шоколада. Сам я тоже не прочь был чего-нибудь съесть, но на мой вкус в киоске ничего не нашлось. Да и девица за прилавком, мягко скажем, не очень стремилась что-либо продать. Поэтому я сжевал кусочек Юкиного шоколада и на том успокоился. Шоколада я не ел уже, наверное, с год. О чем и сообщил Юки.

— Ого, — удивилась она. — Ты что, не любишь шоколад?

— Он мне безынтересен, — ответил я. — Люблю, не люблю — так вопрос не стоит. Просто нет к нему интереса, и все.

— Ненормальный! — резюмировала Юки. — Если у человека нет интереса к шоколаду, значит, у него проблемы с психикой.

— Абсолютно нормальный, — возразил я. — Так бывает сплошь и рядом. Ты любишь далай-ламу?

— А что это?

— Самый главный монах в Тибете.

— Не знаю такого.

— Ну хорошо, ты любишь Панамский канал?

— На фига он мне сдался?

— Или, скажем, ты любишь условную линию перемены дат? А как ты относишься к числу «пи»? Обожаешь ли антимонопольное законодательство? Надеюсь, тебя не тошнит от юрского периода? Ты не очень против гимна Сенегала? Нравится ли тебе 8 ноября 1987 года? Да или нет?..

— Эй, ну хватит! — с досадой оборвала меня Юки. — Затрещал, как сорока. Может, по порядку я бы и ответила... Все ясно. Ты шоколад ни любишь, ни ненавидишь, ты к нему безразличен, так? Я поняла, не дура.

— Ну, поняла, и слава богу...

Начался фильм. Весь сюжет я знал наизусть, и потому сразу задумался о своем, даже не взглянув на экран. Юки, похоже, очень скоро раскусила, какую гадость смотрит. Достаточно было слышать, как она то и дело вздыхала и презрительно шмыгала носом.

— Ужасно кретинская чушь! — наконец не выдержала она. — Какому идиоту понадобилось специально снимать такую дрянь?

— Справедливая постановка вопроса, — согласился я. — «Какому идиоту понадобилось специально снимать такую дрянь?»

На экране элегантный Готанда вел очередной урок. И хотя, конечно, это была игра, получалось у него здорово. Даже такую штуку, как дыхательную систему двустворчатых моллюсков, он умудрялся объяснять доходчиво, мягко и с юмором. Лично мне было интересно за ним наблюдать. Героиня-ученица, подпирая щеку ладонью, тоже таращилась на него как завороженная. Сколько раз уже я смотрел картину, но на эту сцену обратил внимание впервые.

— Так это — твой друг?

— Ага, — подтвердил я.

— Ведет себя как-то по-дурацки, — сказала Юки.

— И не говори, — согласился я. — Но в жизни он гораздо нормальнее. В реальной жизни, когда не играет, он не такой плохой. Умный мужик, интересный собеседник... Просто само кино дрянное.

— Ну и нефиг сниматься во всякой лаже.

— Именно. Точнее не сформулируешь. Но у этого человека очень сложная ситуация. Не буду рассказывать. Очень долгая история.

На экране продолжал разворачиваться жалкий сюжетец, банальнее некуда. Посредственные диалоги, посредственная музыка. Пленку с этим кино хотелось запаять в герметичную капсулу с табличкой «Серость» и закопать поглубже в землю.

Началась сцена с Кики — одна из ключевых в картине. Готанда в постели с Кики. Воскресное утро.

Затаив дыхание, я впился глазами в экран. Утреннее солнце пробивается сквозь жалюзи. Всегда, всегда одни и те же солнечные лучи. Той же яркости, того же цвета, под тем же углом. Я знаю эту комнату до мельчайших деталей. Я дышу ее воздухом. В кадре — Готанда. Его пальцы ласкают спину Кики. Элегантно и изощренно, словно исследуют сокровенные уголки чьей-то памяти. Она всем телом отзывается на его ласку. Едва уловимо вздрагивает от каждого прикосновения. Так в слабом, кожей не ощутимом потоке воздуха вздрагивает пламя свечи. Еле заметная дрожь, от которой перехватывает дыхание. Крупным планом — пальцы Готанды на спине Кики. Камера разворачивается. Лицо Кики. Героиня-старшеклассница поднимается по лестнице, стучит, открывает дверь. Почему не закрыта дверь? — в который раз удивляюсь я. Ну да ладно, что с них взять. Кино есть кино, к тому же до жути посредственное. В общем, девчонка распахивает дверь, заходит. Видит, как трахаются Готанда и Кики. Зажмуривается, теряет дар речи, роняет коробку с плюшками, убегает. Готанда садится в постели. Смотрит в пространство перед собой. Голос Кики:

— Что происходит?

Я закрыл глаза и в очередной раз прокрутил в голове всю сцену. Воскресное утро, солнечный свет, пальцы Готанды, спина Кики. Некий мир, существующий сам по себе. Живет по законам иного пространства-времени.

И только тут я заметил, что Юки сидит, наклонившись вперед и упираясь лбом в спинку кресла. И стискивает ладонями плечи, будто ей нестерпимо холодно. Не двигаясь, не издавая ни звука. И как будто совсем не дыша. На мгновенье мне почудилось, будто она замерзла до смерти.

— Эй, ты в порядке? — спросил я.

— Не очень, — ответила Юки сдавленным голосом.

— Давай-ка выйдем. Идти можешь?

Юки чуть заметно кивнула. Я взял ее за одеревеневшую руку, и мы двинулись к выходу. Напоследок я обернулся и бросил взгляд на экран. Готанда стоял за кафедрой и вел очередной урок биологии.

На улице бесшумно накрапывал дождик. Ветер, похоже, дул с моря — в воздухе разносился слабый запах прилива. Я взял Юки покрепче за локоть, и мы добрели с ней до места, где оставили машину. Юки шла, закусив губу, и за всю дорогу не сказала ни слова. Я тоже молчал. И хотя от кинотеатра до машины было каких-нибудь двести метров, этот путь показался мне до ужаса длинным. Так и чудилось, будто мы можем идти так хоть целую вечность и все равно никуда не придем.

# 38

Я посадил Юки на переднее сиденье и открыл окно. По-прежнему моросило, мелкие капли было не различить на глаз. Только асфальт на дороге все больше чернел, да в воздухе пахло дождем. Прохожие шагали кто под зонтом, кто без. Такой вот дождик. Ветра тоже особо не было. Просто беззвучные капельки отвесно падали с неба. Я высунул из окна ладонь, подождал немного, но так и не понял, намокла она или нет.

Юки выставила локоть в окно, легла на него подбородком и, чуть наклонив голову, высунулась наружу. Она сидела так очень долго, не двигаясь. Только спина и плечи подрагивали в такт дыханию. Еле-еле заметно. Чуть вдохнула — чуть выдохнула. Казалось, вдохни она чуть поглубже, эти локоть, шея и голова разобьются на тысячу мелких осколков. Откуда эта пугливая беззащитность? — думал я, глядя на нее. Или мне только так кажется просто потому, что я уже взрослый? Просто потому, что я, несмотря на собственное несовершенство, уже наловчился как-то выживать в этом мире, а эта девочка пока еще нет?

— Чем тебе помочь? — спросил я.

— Ничем, — тихо ответила Юки и, не меняя позы, сглотнула слюну. Это получилось у нее неестественно громко. — Отвези куда-нибудь, где тихо и никого нет. Только не очень далеко.

— К морю?

— Куда хочешь. Только не гони, хорошо? А то меня укачает и стошнит.

Я взял ее голову в ладони, бережно, словно хрупкое яйцо, переместил на подголовник сиденья и наполовину закрыл окно. Потом завел двигатель и медленно, насколько позволяли правила движения, повел машину к побережью Кунифудзу. Когда мы добрались до моря, она вышла из машины и объявила, что ее сейчас вырвет. Ее стошнило прямо на песок под ногами. Ничего особенного в ее желудке не оказалось. По крайней мере, ничего, что вызывало бы рвоту. Жидкая кашица шоколадного цвета да желудочный сок с пузырящейся пеной, вот и все. Самый мучительный случай: все тело трясет и колотит, а на выходе — ничего. Судорога выжимает организм, как лимон. Желудок скукоживается до размеров кулака... Я легонько погладил ее по спине. Мелкий дождь по-прежнему то ли падал, то ли висел странным туманом в воздухе, но Юки, похоже, не обращала на него внимания. Я пощупал ее мышцы на спине, напротив желудка. Все каменное. Она стояла на четвереньках, зажмурившись, упираясь руками и ногами в песок, в своем летнем шерстяном свитере, линялых джинсах и красных кедах. Я собрал ее волосы в копну, чтобы не испачкались, и придерживал так, другой рукой продолжая плавно массировать ей спину.

— Так ужасно... — выдавила Юки. По щекам ее текли слезы.

— Знаю, — сказал я. — И очень хорошо понимаю.

— Псих ненормальный, — скривилась Юки.

— Когда-то меня рвало примерно так же. Очень мучительно. Поэтому я тебя понимаю. Но тебе скоро полегчает. Потерпи еще немного, и все кончится.

Она кивнула. И опять содрогнулась всем телом.

Через десять минут судороги прекратились. Я вытер ей губы носовым платком и присыпал песком лужицу под ногами. Поддерживая за локоть, отвел к дамбе, где она смогла сесть, опершись на бетонную стену.

Мы долго сидели с ней рука об руку, намокая все больше под бесконечным дождем. Прислонившись к бетону, вслушиваясь в шелест шин на трассе Западного побережья Сёнан и наблюдая, как дождь заливает море. Капли становились все заметнее, с неба лило сильнее. На дамбе виднелись редкие фигурки рыболовов, но эти люди не обращали на нас никакого внимания. Даже не обернулись. В мышиного цвета дождевиках с капюшонами, они несли свою вахту на бетонных плитах, сжимая спиннинги, точно знамена, и вглядываясь в морскую даль. Кроме них, на побережье не было ни души. Юки, обессиленная, зарылась лицом мне в плечо и сидела так, не произнося ни слова. Окажись рядом кто-нибудь посторонний, ей-богу, принял бы нас за парочку любовников.

Закрыв глаза, Юки тихонько сопела у меня на плече. Казалось, она мирно уснула. Намокшая челка разметалась по лбу, ноздри чуть подрагивали. Загар месячной давности еще оставался у нее на коже — но под серым пасмурным небом выглядел каким-то не очень здоровым. Я достал носовой платок, вытер ей лицо от дождя и слез. Линия горизонта давно потерялась за пеленой дождя. В небе, натужно ревя, проносились противолодочные самолеты Сил Самообороны, похожие на стрекоз.

Наконец она шевельнулась и, не отнимая головы от моего плеча, пристально посмотрела мне в глаза. Затем вытащила из кармана джинсов пачку «Вирджиниа Слимз», сунула сигарету в губы и зачиркала спичкой о коробок. Спичка не зажигалась — слишком ослабли пальцы. Но я не стал ее останавливать. И не сказал ей: «Сейчас тебе лучше не курить». Кое-как прикурив, она щелчком выкинула спичку. Затем пару раз затянулась и так же, щелчком, выкинула сигарету. Окурок упал на бетон, подымил еще немного и, намокнув, погас.

— Как живот? — спросил я.

— Болит немного, — ответила она.

— Ну давай посидим еще чуть-чуть. Не холодно?

— Нормально. Я люблю под дождем мокнуть.

Рыболовы маячили на дамбе, вглядываясь в воды Тихого океана. Что же особенного они находят в своей рыбалке? — подумал я. Зачем этим людям так нужно весь день торчать под дождем и глазеть на море? Хотя, конечно, дело вкуса. В конце концов, мокнуть под дождем у моря с нервной тринадцатилетней пигалицей — тоже дело личного вкуса, ничего более.

— Этот твой друг... — сказала вдруг Юки. Тихо, но очень жестко.

— Друг?

— Который в кино играл.

— По-настоящему его зовут Готанда, — сказал я. — Как станцию метро. Знаешь, на кольцевой, между Мэгуро и Одзаки...

— Он убил эту женщину.

Я покосился на нее. Она выглядела страшно усталой. Сидела, ссутулившись, вся перекрученная, одно плечо выше другого, и тяжело дышала. Словно человек тонул, но его спасли в последнюю секунду. Что за бред она несет, сам черт бы не понял.

— Убил? Кого?

— Эту женщину. С которой он спал утром в воскресенье.

Я по-прежнему не понимал, что она хочет сказать. В голове началось что-то странное. Казалось, к ощущению реальности в моем мозгу примешивается чья-то чужая воля. И нарушает естественный ход вещей. Но я не мог ни совладать с этой волей, ни даже уловить, откуда она возникла. И я невольно улыбнулся.

— В том фильме никто не умирает. Ты с каким-то другим кино перепутала.

— Я не про кино говорю. Он на самом деле убил. В настоящем мире. Я это *поняла*, — сказала Юки и стис-

546

нула мой локоть. — Так страшно. Будто в животе что-то застряло и проворачивается. И дышать не могу. Воздух в горле застревает от ужаса. Понимаешь, оно опять на меня навалилось... То, о чем я рассказывала. Поэтому я *знаю*. Точно знаю, без дураков. Твой друг убил эту женщину. Я не чушь болтаю. Это правда.

Наконец до меня дошло, о чем она. Вмиг похолодела спина. Язык прилип к нёбу, и спросить ничего больше не получалось. Каменея под дождем, я сидел и смотрел на Юки не в силах пошевелиться. Что же, черт возьми, теперь делать? — думал я. Вся картина моей жизни фатально перекосилась. Все, что я до сих пор держал под контролем, вывалилось из рук...

— Прости. Наверно, я не должна была тебе это говорить, — вздохнула Юки и отняла руку от моего локтя. — Если честно, я сама не понимаю. Чувствую это как реальность. Но не уверена, *настоящая* это реальность или нет. Боюсь, если начну тебе такое говорить, ты тоже станешь злиться, ненавидеть меня, как и все остальные. С другой стороны, не сказать тоже нельзя. Но как бы то ни было, правда или неправда, я-то *действительно* это вижу. И ощущение внутри меня остается, и никуда от него не денешься. Очень страшно. Я одна с этим не могу... Поэтому, пожалуйста, не сердись на меня. Если сильно меня ругать, я просто не выдержу.

— Никто тебя не ругает. Успокойся и говори, как чувствуешь. — Я взял ее за руку. — Значит, ты это видишь?

— Вижу. И очень ясно. В первый раз у меня такое... Как он душит ее. Ту женщину, актрису из фильма. А потом кладет ее труп в машину и куда-то увозит. Куда-то далеко-далеко. На той самой машине, итальянской. На ко-

торой мы с тобой однажды катались. Ведь это его машина, верно?

— Верно. Его машина, — кивнул я. — А что еще ты
чувствуешь? Не спеши, подумай как следует. Любые мелочи. Какие угодно детали. Что происходит, то и рассказывай.

Юки оторвалась от моего плеча и повертела головой,
разминая шею. Вдохнула носом, набрала в грудь побольше воздуха. И наконец сообщила:

— Да, в общем, немного... Землей пахнет. Лопата.
Ночь. Птицы поют. Вот и все, наверное. Задушил, увез
на машине и в землю закопал. И больше ничего. Только
знаешь, странно так... Ничьей злобы не чувствуется. То
есть нет ощущения, что этот человек преступник. Точно
и не убийство, а церемония какая-то, вроде похорон.
Очень спокойно все. И убийца, и жертва такие спокойные, аж жутко. От этого спокойствия очень жутко. Не
могу объяснить... Ну, как будто на край света попал, вот
такое спокойствие.

Я долго молчал, зажмурившись. И во мраке закры-
тых глаз пробовал собраться с мыслями. Бесполезно. Я
ступал в поток мыслей, как в реку, и пытался удержаться на ногах, но у меня ни черта не получалось. Вещи,
явления и события этого мира — все, что хранилось в
моем мозгу до сих пор, — вдруг утратило всякую взаи-
мосвязь. Картина Вселенной раскалывалась, и осколки
разлетались в разные стороны.

Рассказ Юки я воспринял как информацию. Не то
чтобы я поверил ей полностью. Но и сомнений особых
не испытал. Душа пропиталась ее словами, как губка.
Конечно, это всего лишь версия. Возможность, не более. Но странное дело: *энергия* этой возможности оказалась просто сокрушительной. Стоило какой-то малявке

лишь намекнуть, что такое вообще может быть, и вся система причин и следствий, что я худо-бедно выстроил за несколько месяцев, развалилась, словно карточный домик. Система эта, условная, призрачная, вечно страдавшая от нехватки доказательств, все же была достаточно стройной, чтобы тоже иметь право на существование. Вот только места для альтернатив теперь оставалось все меньше.

*Возможность существует*, подумал я. И тут же почувствовал: что-то оборвалось. Что-то закончилось — едва уловимо, но бесповоротно. Что же именно? Однако думать ни о чем не хотелось. Ладно, сказал я себе. Подумаем позже. И ощутил, как к горлу вновь подкатывает одиночество. Здесь, на бетонной дамбе у моря, в обществе тринадцатилетней девчонки, я был невыносимо, космически одинок.

Юки легонько сжала мое запястье.

Мы сидели так очень долго, а она все сжимала его. Маленькой, теплой, почти нереальной ладонью. Будившей целый ворох воспоминаний. Воспоминания, подумал я. От которых тепло. Но которыми уже ничего не исправишь.

— Пойдем, — сказал я. — Отвезу тебя домой.

Я отвез ее в Хаконэ. Всю дорогу мы оба молчали. Тишина была нестерпимой. Я нашарил в бардачке кассету и сунул в магнитофон. Заиграла музыка — какая, я и сам не понимал. Я вел машину, сосредоточившись на дороге. Координируя движения рук и ног, аккуратно переключая скорости, бережно сжимая руль. Перед глазами, мерно цокая, плясали дворники: *тик-так, тик-так, тик-так*...

Мне не хотелось снова встречаться с Амэ, и я не стал заходить в дом.

— Эй, — сказала Юки на прощанье. Выйдя из машины, она остановилась и говорила со мной, обнимая себя за плечи, словно ей было очень холодно. — Только не вздумай глотать, как утка, все, что я говорю. Просто я так вижу, и все. Говорю тебе, я сама не понимаю, что там правда, что нет. И не злись на меня из-за этого, слышишь? Если еще ты на меня будешь злиться, вообще не знаю, что со мной будет...

— Вовсе я на тебя не злюсь, — улыбнулся я. — И ничего не глотаю, как утка. Когда-нибудь мы поймем, как все было на самом деле. Туман уйдет, истина останется. Это я точно знаю. Если все действительно так, как ты говоришь, значит, истина иногда проясняется через тебя, вот и все. Ты не виновата, я знаю. Я должен пойти и сам все проверить. Иначе проблемы не решить.

— Ты встретишься с ним?

— Конечно, встречусь. И спрошу обо всем напрямую. Другого выхода нет.

Юки поежилась.

— Значит, ты на меня не злишься?

— Конечно, не злюсь, — сказал я. — С чего мне на тебя злиться? Ты же ничего дурного не сделала.

— Ты был очень хороший, — сказала Юки. Почему-то в прошедшем времени. — Я никогда не встречала такого человека, как ты.

— Я тоже никогда не встречал такую девчонку, как ты.

— Прощай, — сказала она. И пристально посмотрела на меня. Было видно: она сомневается. И явно хочет сделать что-то еще: то ли добавить еще пару слов, то ли руку пожать, то ли поцеловать меня в щеку. Но ничего этого она, конечно, делать не стала.

Всю дорогу домой в салоне машины я ощущал ее сожаление о чем-то несделанном. Слушая музыку, буравя глазами шоссе и сжимая руль, я вернулся в Токио. На съезде с магистрали Токио — Нагоя кончился дождь. Но о том, что нужно выключить дворники, я вспомнил, лишь подъезжая к стоянке на Сибуя. То есть я сразу заметил, что дождь перестал, но мысль выключить дворники почему-то не возникла. В голове была полная каша. Что-то нужно со всем этим делать... Уже заглушив двигатель, я долго сидел в «субару», сжимая баранку и глядя перед собой. Прошла уйма времени, прежде чем я наконец оторвал пальцы от руля.

# 39

Но чтобы собраться с мыслями, времени понадобилось еще больше.

Проблема номер один: стоит ли верить Юки? Я попытался проанализировать, насколько вообще возможно то, что она сказала, по мере сил, отключив эмоциональные факторы. Это оказалось нетрудно. Душа уже онемела так, будто ее искусали пчелы. *Возможность существует*, подумал я. Но чем дольше я думал, тем больше возможность походила на вероятность, сомневаться в которой становилось все сложнее. Я зашел на кухню, вскипятил воды, смолол кофейные зерна и не спеша, с расстановкой сварил себе кофе. Достал из буфета чашку, налил дымящейся черной жижи. Принес кофе в комнату, сел на кровать и принялся пить. Когда чашка опустела, вероятность очень сильно начала смахивать на очевидность. *Похоже, это действительно так*, подумал я. То, что увидела Юки, случилось на самом деле. Готанда убил Кики, а потом увез ее на машине и то ли закопал, то ли сделал с ней что-то еще.

Чудеса. Ни улик, ни доказательств. Тринадцатилетняя девчонка с обнаженными нервами смотрела кино и *почувствовала* убийство. А я почему-то не испытал к этому ни малейшего недоверия. Шок испытал, это да. Но в саму сцену, что ей привиделась, поверил почти интуитивно. Почему? Откуда у меня такая уверенность? Черт его знает.

Хорошо. Отложим непонятное в сторону. Попробуем двигаться дальше.

Следующий вопрос. Какого черта Готанде убивать Кики?

Не понимаю. Следующий вопрос. А Мэй убил тоже он? Если да, то, опять же, зачем? Какого черта Готанде убивать Мэй?

Не понимаю, хоть тресни. Сколько я ни ломал себе голову, никаких, пусть даже самых нелепых, мотивов убийства у Готанды я не находил.

Слишком много непонятного.

Оставалось одно: как я и сказал Юки, встретиться с ним и спросить напрямую. Только как, интересно, спрашивать? Представляю себе эту картину. Я смотрю на Готанду и говорю: «Ну что, старик, это ты убил Кики?» Полнейший идиотизм, не сказать — абсурд. И слишком уж пахнет дерьмом. От одной мысли, что я могу такое сказать, меня чуть не стошнило.

Ясно как день: в мое понимание ситуации затесался какой-то ошибочный фактор. Какой? Если не спросить об этом в лоб у самого Готанды, ничего не сдвинется с места. Хватит уже плыть бог знает куда в мутной воде. Я не могу больше привередничать, выбирая, что нравится. Абсурд, дерьмо, ошибочный фактор — неважно. Я должен сделать то, что должен.

Я попробовал позвонить Готанде — несколько раз

подряд. И ни разу не смог. Сидя с телефоном на коленях, я медленно, цифру за цифрой, проворачивал диск. Но так и не решился набрать весь номер до конца. В итоге я сдался: повесил трубку и, растянувшись на кровати, принялся разглядывать потолок. Не могу. Бесполезно. Готанда играет в моей жизни куда бо́льшую роль, чем я думал. Мы друзья. Даже если он убил Кики, мы все равно друзья. Я все равно не хочу его потерять. Слишком много я уже потерял. Бесполезно. Не могу позвонить и баста.

Я переключил телефон на автоответчик и решил ни при каких обстоятельствах не брать трубку. Позвони мне сейчас Готанда, я даже не представляю, что скажу ему.

На следующий день звонили несколько раз. Кто, не знаю. Может, Юки. Может, Юмиёси-сан. Я не подходил к телефону. У меня просто не было сил разговаривать. Телефон издавал семь или восемь трелей и умолкал. И с каждым звонком я вспоминал свою бывшую подругу из телефонной компании. «Эй ты! Возвращайся к себе на Луну!» — говорила она. Да, отвечал я ей мысленно, ты права. Наверное, мне и правда лучше вернуться к себе на Луну. Здесь для меня слишком плотный воздух. И слишком сильное притяжение.

Четверо суток подряд я сидел дома и думал. О том, почему у меня все так. Четверо суток — почти без еды, без сна и без капли спиртного. Никуда не выходил. С трудом заставляя тело выполнять даже самые элементарные функции. Сколько я уже потерял в этой жизни, думал я. *И продолжаю терять*. И всякий раз остаюсь в одиночестве. Всегда у меня так. *Всегда только так и не иначе*. В каком-то смысле мы с Готандой одного поля ягоды. Даром что у нас такие разные жизни, мысли и чувства. Несмотря ни на что, мы с ним одной породы. Оба *продолжаем терять*. И вот-вот потеряем друг друга.

Я думал о Кики. Вспоминал ее лицо. «Что происходит?» — спрашивала она. Она была мертва, и лежала в яме, засыпанная землей. Как и моя Селедка. Мне чудилась дикая вещь. Будто Кики умерла потому, что сама так решила. Будто ей самой это было нужно — умереть. Меня охватило отчаяние. Тихое, безнадежное отчаяние, с которым дождь проливается над морем. Мне даже не было грустно. Только по душе словно пробегали чьи-то пальцы, вызывая мурашки и желание съежиться. Все когда-нибудь исчезает. Уходит в Ничто без единого звука. Ветер заносит любые знаки, которые мы пытаемся нарисовать на песке. И никто не в силах его остановить.

В любом случае, одним трупом больше. Крыса, Мэй, Дик Норт, теперь Кики. Всего четыре. Осталось два. Кто еще может умереть? Хотя что тут гадать? Все когда-нибудь умирают. Раньше или позже. Превращаются в скелеты и собираются в одной комнате. А все Странные Комнаты Моей Жизни мистическим образом связаны между собой. Комната со скелетами в пригородах Гонолулу. Мрачная и холодная каморка Человека-Овцы в отеле «Дельфин». Квартира, в которой Готанда и Кики занимались любовью воскресным утром... До какой степени все это — реальность? Все ли в порядке у меня с головой? Или я давно уже ненормальный? Каких только событий не случалось в искаженной реальности этих комнат. Какова же реальность в оригинале? Чем больше я думал, тем дальше уходила от меня истина. Заснеженный Саппоро в марте — реальность? Теперь он казался фантомом. Дикий пляж в Макахе, где мы сидели бок о бок с Диком Нортом, — реальность? Тоже какой-то фантом. Очень похоже, но вряд ли оригинал. Ну, ей-богу, разве в нормальной реальности однорукий мужчина может так ровно резать хлеб? Разве дала бы мне шлюха из Гонолулу телефон комнаты со скелетами, куда привела меня Кики?

И все же это — реальность и не что иное. Почему? Потому что я помню, что это было со мной. И если я не признаю́ это, все мое восприятие мира улетает в тартарары.

А может, моя психика больна, и болезнь прогрессирует?

Или это реальность моя больна, и болезнь прогрессирует?

Не понимаю.

Слишком много непонятного.

Но независимо от того, кто болен и что прогрессирует, я должен упорядочить дикий хаос, в который меня занесло. И, сколько бы ни накопилось в душе грусти, злости или отчаяния, прокомпостировать наконец билет до конечной станции этого безумного путешествия. Такова моя роль. Слишком многие вещи и события мне намекают об этом. Слишком со многими людьми я пересекся, чтобы оказаться в этой ситуации случайно.

Итак, сказал я себе. Верни шагам былую упругость. И танцуй дальше. Так здорово, чтобы всем было интересно смотреть. Шаг в танце — вот твоя единственная реальность. Отточи ее до совершенства, и все. Рассуждать тут не о чем. Эта реальность на тысячу процентов выгравирована у тебя в мозгу. Танцуй. И как можно лучше. Набери номер Готанды и спроси у него: «Послушай, старик. Это ты убил Кики?»

Бесполезно. Рука не поднимается. При одном взгляде на телефон сердце начинает бешено колотиться. Все тело трясет, дыхание перехватывает так, словно я борюсь с ураганом. Я люблю Готанду. Это мой единственный друг, и это — я сам. Готанда — часть моей жизни. Я хорошо понимаю его... Несколько раз подряд я сбился, набирая номер. Пальцы не попадали на нужные цифры. На пятой или шестой попытке я шваркнул телефоном об пол. Бесполезно. Я физически неспособен на это. Шаг в танце не удался.

Тишина в квартире сводила меня с ума. Раздайся в этой тишине звонок телефона, я бы, наверное, закричал. Я вышел из дому и отправился слоняться по городу, аккуратно ступая и осторожно пересекая улицы, как пациент, проходящий курс реабилитации. Людской поток вынес меня к какому-то садику; я присел на скамейку и начал глазеть на прохожих. Я был бесконечно один. Очень хотелось за что-нибудь ухватиться, но ничего подходящего вокруг не нашлось. Я оказался в скользком ледяном лабиринте, абсолютно не на что опереться. Темнота была белой, а звуки проваливались в пустоту. Хотелось заплакать. Но даже этого не получалось. Да, Готанда — это я сам. Теряя его, я терял часть себя.

Я так и не смог ему позвонить.

Прежде чем я что-либо вообще смог, Готанда пришел ко мне сам.

Как и в прошлый раз, весь вечер лил дождь. На Готанде был тот же белый плащ, в котором он ездил со мной в Иокогаму, шляпа под цвет плаща, на носу очки. Несмотря на сильный дождь, он пришел без зонта, и со шляпы капало. Когда я открыл дверь, Готанда широко улыбнулся. Я машинально улыбнулся в ответ.

— Ну и видок у тебя, — сказал он. — Звоню тебе, звоню, никто трубку не берет. Вот и решил зайти. Ты в порядке?

— Если честно, то не совсем, — ответил я, тщательно подбирая слова.

Прищурившись, он несколько секунд изучал мое лицо.

— Ну что ж... Может, я в другой раз зайду? Так, наверное, лучше будет. Я сам виноват, заявился без приглашения... А поправишь здоровье, тогда и встретимся, идет?

Я покачал головой. Вздохнул, подыскивая слова. Но нужных слов на ум не приходило. Готанда стоял, не двигаясь, и терпеливо ждал, что́ я скажу.

— Да нет... Здоровье ни при чем, — произнес я наконец. — Просто долго не спал, долго не ел, вот и выгляжу усталым. Но, во-первых, уже все в порядке. А во-вторых, у меня к тебе разговор. Давай сходим куда-нибудь. Тысячу лет не ужинал по-человечески.

Мы поехали в город на его «мазерати». В проклятом «мазерати» мне снова стало не по себе. Какое-то время Готанда вел машину сквозь размытый дождем неон. Просто ехал вперед, никуда в особенности не направляясь. Переключая скорости настолько мягко и точно, что я ни разу не ощутил ни дрожи, ни слабенького толчка. Осторожно разгоняясь и плавно тормозя на поворотах. Небоскребы нависали над нами, как горы над путниками в ущелье.

— Куда поедем? — спросил Готанда и бросил взгляд на меня. — Чтобы не встречать типов с «Ролексами», спокойно поговорить и отлично поесть, я так понимаю?

Ничего не ответив, я продолжал разглядывать небоскребы. Мы покрутились по улицам еще с полчаса, и он наконец не выдержал.

— О'кей. Тогда давай действовать от противного, — сказал он легко, без малейшего раздражения в голосе.

— От противного?

— Поедем в самое шумное заведение. Там-то и сможем поговорить с глазу на глаз. Как тебе такая идея?

— Неплохо, но... Куда, например?

— Ну, скажем, в «Шейкиз», — предложил он. — Если ты, конечно, не против пиццы.

— Да ради бога. Никогда не имел ничего против пиццы. Только... Как же твой имидж? Что, если в таком месте тебя узнают?

Готанда улыбнулся — совсем слабо. Силы в этой улыбке было не больше, чем в последних лучах заката, пробивающихся сквозь густую листву.

— Ты когда-нибудь видел, чтобы знаменитости трескали пиццу в «Шейкиз»?

Как всегда в выходные, в пиццерии было громко и людно, яблоку негде упасть. Джазовый квартет — все в одинаковых полосатых рубашках — наяривал на сцене «Tiger Rag», а студентики за столиками, вдохновленные пивом, надсадно его перекрикивали. В зале царил полумрак, никто не обращал на нас внимания. Пряный запах жареного теста растекался волнами по воздуху. Мы заказали пиццу, купили пива и уселись в самом укромном углу за столик с пижонской лампой от «Тиффани».

— Ну вот видишь? Как я и говорил, — сказал Готанда. — И уютно, и успокаиваешься куда больше.

— Это верно, — согласился я. Разговаривать по душам здесь и правда было приятнее.

Мы начали с пива, а чуть погодя вцепились зубами в свежайшую, дымящуюся пиццу. Впервые за много дней я ощущал в желудке космическую пустоту. И хотя я никогда не сходил по пицце с ума, сейчас, откусив лишь раз, почувствовал: на всем белом свете нет ничего вкуснее. Вот, оказывается, как страшно можно изголодаться за четверо суток. Готанда, похоже, тоже был голоден. Без единой мысли в мозгу мы молча жевали пиццу и запивали пивом. Прикончив пиццу, взяли еще по пиву.

— Объеденье, — изрек наконец Готанда. — Веришь, нет, третьи сутки думаю о пицце. Даже сон о пицце приснился. Как она поджаривается в печи и похрустывает слегка, а я на нее смотрю. Просто смотрю и больше ничего не делаю. И так весь сон. Без начала и без конца. Интересно, как бы его трактовал старина Юнг? По крайней мере, я для себя трактую так: «Очевидно, мне хочется пиццы». Как думаешь? И, кстати, что у тебя за разговор?

Ну вот, подумал я. Сейчас или никогда. Но сказать ничего не получалось. Дружище Готанда сидел передо мной тихий, расслабленный и наслаждался приятным вечером. Я смотрел на его безмятежную улыбку, и слова застревали в горле. Бесполезно. Сейчас не могу. Как-нибудь позже...

— Как у тебя дела? — только и спросил я. *Эй, так нельзя,* — пронеслось в голове. *Сколько ты собираешься буксовать и вертеться по кругу?* Но я не мог себя пересилить. Полная безнадега. — Что с работой? С женой?

— С работой по-старому, — ответил он, криво усмехнувшись. — Без вариантов. Работы, которую я хочу, мне не дают. А которой не хочу, наваливают по самую макушку. Вот и вязну, как в снегу. Продираюсь через сугробы, что-то кричу сквозь пургу, а никто все равно не слышит. Только голос срываю. А с женой... Странно, да? Давно ведь развелся, а все женой называю... С ней мы с тех пор только один раз встретились. Ты когда-нибудь спал с женщинами в мотелях или «лав-отелях»[1]?

---

1   Love hotel (гостиница любви, *англ.*) — популярная в Японии система комфортабельных спецгостиниц для интимных встреч с конфиденциальной процедурой заселения и почасовой оплатой.

— Да нет... Можно сказать, что нет.

Готанда покачал головой.

— Странная это штука... Если долго там находишься, уставать начинаешь. В комнате темно. Окна задраены. Номер-то для секса и больше ни для чего, кому там окна нужны. Была б ванна да кровать побольше. Ну еще радио, телевизор и холодильник. Только то, что для дела нужно. Чтобы кого-нибудь трахать, долго и с кайфом. Вот я и трахаю. Собственную жену. Конечно, получается у нас высший класс. Оба стресс снимаем, обоим весело. Нежность взаимная просыпается. Кончим и долго лежим, обнявшись, пока снова не захотим. Только, знаешь... Света не хватает. Слишком всё взаперти. Искусственно как-то, придуманно. Не по душе, ей-богу. Но кроме таких заведений, нам с женой больше и переспать-то негде. Прямо не знаю, что делать...

Готанда отхлебнул еще пива и вытер салфеткой губы.

— К себе на Адзабу я ее привести не могу. Газетчики моментально застукают. Уж не знаю, как они это делают, но разнюхают, это факт. Уехать вдвоем в путешествие тоже не можем. Столько выходных сразу мне никто не даст. Но, главное, куда бы ни поехали, нас сразу узнают. Для всех вокруг наши отношения — товар на продажу. Вот и получается: кроме дешевых мотелей, встречаться нам больше негде. В общем, не жизнь, а... — Прервавшись на полуслове, Готанда посмотрел на меня. И улыбнулся. — Ну вот, снова жалуюсь тебе на жизнь...

— Да ладно тебе. Выговаривайся. А я послушаю. Мне сегодня больше охота слушать, чем говорить.

— Ну не только сегодня. Ты мои жалобы всегда слушал. А я твои — ни разу. На свете вообще мало людей, которые слушают. Все хотят говорить. Даже если особо не о чем. Вот и я такой же...

Джаз-бэнд заиграл «Hello, Dolly». Пару минут мы с Готандой молчали, слушая музыку.

— Еще пиццы не хочешь? — предложил он. — По половинке мы бы запросто проглотили. Прямо не знаю, что сегодня со мной. Весь день есть хочу, сил нет.

— Давай. Я тоже никак не наемся.

Он сходил к стойке и заказал пиццу с анчоусами. Вскоре заказ принесли, и с минуту мы снова молчали, пока не умяли каждый по половинке. Студенты вокруг продолжали натужно орать. Оркестр доиграл последнюю композицию. Зачехлив банджо, трубу и тромбон, музыканты ушли, и на сцене осталось одно пианино.

Мы доели пиццу и помолчали еще немного, глядя на опустевшую сцену. После музыки человеческие голоса звучали неожиданно жестко. Очень неясной, переменчивой жесткостью. Будто что-то мягкое вынуждено ожесточиться — не по своей воле, в силу каких-то внешних причин. Приближаясь к тебе, оно кажется очень холодным и твердым. Но, коснувшись, вдруг обнимает очень мягкой теплой волной. И теперь эти мягкие волны раскачивали мое сознание. Мягко накатывались, обнимали мой мозг и отползали обратно. Раз за разом, волна за волной. Я сидел и прислушивался, как эти волны шумят. Мой мозг уплывал куда-то. Далеко-далеко от меня. Далекие-далекие волны бились в далекий-далекий мозг...

— Зачем ты убил Кики? — спросил я Готанду. Я не хотел его спрашивать. Вырвалось как-то непроизвольно.

Он уставился на меня таким взглядом, каким обычно пытаются различить что-нибудь на горизонте. Его губы чуть приоткрылись, обнажив узкую полоску белоснежных зубов. Так он сидел, не двигаясь, очень долго. Шум в моей голове то усиливался, то стихал. Чувство реальности то покидало меня, то возвращалось обратно. Я помню его безупречные пальцы, так красиво сцепленные на столе. Когда чувство реальности уходило, эти пальцы казались мне изящной лепкой.

Потом он улыбнулся. Очень спокойной улыбкой.

— Я — убил — Кики? — переспросил он медленно, слово за словом.

— Шутка, — сказал я, улыбнувшись в ответ. — Я просто так спросил... Почему-то спросить захотелось.

Готанда перевел взгляд на стол и начал разглядывать собственные пальцы.

— Да нет, — возразил он. — Какие шутки? Вопрос очень важный. Нужно обдумать его как следует. Убил ли я Кики? Это стоит очень серьезно обмозговать...

Я посмотрел на него. Его губы улыбались, но глаза оставались серьезными. Он не шутил.

— Зачем тебе убивать Кики? — спросил я у него.

— Зачем мче убивать Кики? Я не знаю, зачем. Зачем бы я стал убивать Кики, а?

— Эй, перестань, — рассмеялся я. — Ничего не понятно. Так ты убил Кики или не убивал?

— Ну я же говорю, тут подумать надо. Убил я Кики или не убивал? — Готанда отхлебнул пива, поставил кружку и оперся щекой на руку. — *Я не уверен*. Понимаю, как это по-дурацки звучит. Но это правда. Нет у меня на этот счет никакой уверенности. Иногда мне кажется, что я ее задушил. Там, у себя дома — взял и задушил. Кажется мне. Иногда. Почему? С чего бы я в собственном доме оставался с нею наедине? Я ведь никогда этого не хотел. Ерунда какая-то. Ничего не помню, хоть режь. В общем, мы сидели с ней вдвоем у меня дома... А ее труп я увез на машине и похоронил. Где-то в горах. Но видишь ли, в чем дело. Я не уверен, что это было в реальности. Нет ощущения, что все случилось на самом деле. *Кажется*, что было. А доказать не могу. Все время об этом думал. Бесполезно. Никак понять не могу. Самое важное проваливается в пустоту. Хоть бы улики какие-то оставались. Скажем, лопата. Если я труп закопал, значит, была лопата, верно? Найду лопату — пойму, что все это правда. Только и здесь ерунда получается. В голове ошметки какие-то, вроде воспоминаний... Будто я лопату купил в какой-то лавке для садоводов. Яму выкопал, труп схоронил. А лопату... Лопату, кажется, выкинул. *Кажется*, понимаешь? А в деталях ничего не помню, хоть убей. Ни где эта лавка была, ни куда лопату выкидывал. Никаких доказательств. И самое главное: где же я труп закопал? Помню, что в горах, и больше ничего. Словно лоскутки какого-то сна, картинки разорванные. Только начинаешь понимать что-нибудь, картинка тут же — раз, и на другую меняется. Полный хаос. По порядку ничего отследить не удается. В памяти, казалось бы, что-то есть. Но настоящая ли это память? Или это я уже позже, по ситуации присочинил и в таком виде запомнил? Что-то со мной не то происходит... Ерунда какая-то. С тех пор как с женой разошелся, все только хуже и хуже. Устал я. И в душе безнадега. Абсолютно безнадежная безнадега...

Я молчал. Прошло какое-то время. Потом Готанда заговорил опять.

— До каких пор, черт возьми, все это — реальность? А с каких пор только мой бред? Докуда все правда, а откуда уже только игра? Я все время это понять хотел. И пока с тобой встречался, так и чувствовал: вот-вот пойму. С тех пор, как ты впервые о Кики спросил, все время надеялся: ты-то мне и поможешь этот бедлам разгрести. Открыть окно и проветрить всю мою затхлую жизнь... —

Он опять сцепил пальцы перед собой и уставился на руки. — Только если я на самом деле Кики убил — ради чего? Зачем это мне понадобилось? Ведь она мне нравилась. Я любил с ней спать. Когда хреново было так, что хоть в петлю лезь, они с Мэй были для меня единственной отдушиной. Зачем мне было ее убивать?

— А Мэй тоже ты убил?

Готанда очень долго молчал, продолжая разглядывать свои руки. А потом покачал головой:

— Нет. Мэй я, по-моему, не убивал. Слава богу, на ту ночь у меня железное алиби. С вечера до глубокой ночи я снимался в пробах на телестудии, а потом поехал с менеджером на машине в Мито. Так что здесь все в порядке. Если б не это, если бы никто не мог подтвердить, что я всю ночь провел в студии, боюсь, я бы действительно терзался вопросом, не я ли убил Мэй. Но почему-то не покидает дикое чувство, будто в смерти Мэй тоже я виноват. Почему? Казалось бы, алиби есть, все в порядке. А мне все чудится, будто я чуть ли не сам ее задушил, вот этими руками. Будто она из-за меня умерла...

Между нами вновь повисло молчание. Очень долгое. Он по-прежнему разглядывал свои пальцы.

— Ты просто устал, — сказал я. — Только и всего. Я думаю, никого ты не убивал. А Кики просто пропала куда-то, и все. Она и раньше любила исчезать неожиданно, еще когда со мной вместе жила. Это не в первый раз. А у тебя просто комплекс вины. Когда плохо, начинаешь винить себя в чем попало. И подстраивать все на свете под свои обвинения.

— Нет. Если бы только это. Все не так просто... Кики я, кажется, и в самом деле убил. Бедняжку Мэй не убивал. Но смерть Кики — моих рук дело. Это я чувствую. Вот эти пальцы до сих пор помнят, как ее горло сжимали.

И как лопату держали, полную земли. Я ее убил, реально. *Реальнее не придумаешь...*

— Но зачем тебе ее убивать? Никакого же смысла.

— Не знаю, — сказал он. — Тяга к саморазрушению. Есть у меня такое. С давних пор. Стресс накапливается, и я проваливаюсь туда, внутрь. В зазор между мной настоящим и тем, кого я играю. Этот чертов зазор я сам в себе вижу отчетливо. Огромная трещина, словно земля под ногами распахивается. Ноги разъезжаются, и я лечу туда, в эту пропасть. Глубокую, темную, хоть глаз выколи... Когда это случается, я вечно что-нибудь разрушаю. Потом спохватываюсь, а ничего уже не исправить. В детстве часто было такое. Постоянно что-то крушил или разбивал. Карандаши ломал. Стаканы бил. Модели из конструктора ногами топтал. Зачем, не знаю. Пока маленький был, на людях такого себе не позволял. Только если один оставался. Но уже в школе, классе в третьем, друга с обрыва столкнул. Зачем? Черт меня разберет. Опомнился — приятель внизу валяется. Слава богу, обрыв невысокий был. Парень легкими ушибами отделался, скандал замяли. Да и он сам думал, что я нечаянно. Никому ведь и в голову не приходило, что я могу такое намеренно вытворять. Знали бы они... Сам-то я понимал, что делаю. Своей рукой, сознательно своего же друга с обрыва скинул. И таких подвигов у меня в жизни хоть отбавляй. В старших классах почтовые ящики поджигал. Тряпку горящую засуну в щель, и бежать. Подлость, лишенная всякого смысла. Я это понимаю и все равно делаю. Не могу удержаться. Может, через такие бессмысленные подлости я пытаюсь вернуться к самому себе? Не знаю. Что делаю, не осознаю. Но ощущение того, что уже натворил, в памяти остается. Раз за разом эти ощущения прилипают к пальцам, как пятна.

Как ни старайся, не отмыть никогда. До самой смерти...
Не жизнь, а сплошное дерьмо. Не могу больше...

Я вздохнул. Готанда покачал головой.

— Только как мне все это проверить? — продолжал
он. — Никаких доказательств, что я убийца, у меня нет.
Трупа нет. Лопаты нет. Брюки землей не испачканы. На
руках никаких мозолей. Да и вообще, рытьем одной мо-
гилки мозолей не заработаешь. Где закопал, тоже не помню... Ну пойду я в полицию, признаюсь во всем — кто
мне поверит? Трупа нет, значит, нет и убийства. Даже
моральный ущерб возмещать будет некому. Она исчезла.
И это все, что я знаю... Сколько уж раз я собирался тебе
обо всем рассказать. Язык не поворачивался. Боялся —
расскажу, и между нами что-то пропадет. Понимаешь,
пока мы с тобой встречались, я вдруг научился расслаб-
ляться как никогда. Больше не чувствовал своего зазора,
не разъезжались ноги... Для меня это страшно важная
вещь. Я не хотел терять наши отношения. И все откладывал разговор на потом. При каждой встрече думал: не
теперь, как-нибудь в другой раз. И вот на тебе, дотянул.
На самом-то деле давно уже надо было признаться...

— Признаться? — не понял я. — В чем? Сам же говоришь, никаких доказательств нет...

— Дело не в доказательствах. Я должен был сам тебе
обо всем рассказать, и как можно раньше. А я *скрывал*.
Вот в чем проблема.

— Ну хорошо. Предположим, ты действительно
убил Кики. Но ты ведь не хотел ее убивать?

Он посмотрел на свою раскрытую ладонь.

— Не хотел. И никаких причин для этого не было.
Господи, да зачем же мне убивать Кики? Она мне нравилась. Мы дружили, пусть даже и в такой ограниченной
форме. О чем мы только не разговаривали. Я ей про же-

ну рассказывал. Она очень внимательно слушала, участливо так. Зачем мне ее убивать? Но я все-таки ее убил. Вот этими руками. И при этом совсем не желал ее смерти. Я душил ее, как собственную тень. И думал: вот моя тень, которую я должен убить. Если я убью эту тень, жизнь наконец-то пойдет как надо... А это была не тень. Это была Кики. Только не в этом мире, а там, в темноте. *Там — совсем другой мир.* Понимаешь? Не здесь! Кики сама меня туда заманила. Шептать начала: «Ну, давай, задуши меня! Задуши, я не обижусь...» Сама попросила и даже сопротивляться не стала. Именно так, я не вру... Вот чего я понять не могу. Как такое возможно на самом деле? Разве все это не обычный ночной кошмар? Чем дольше об этом думаю, тем больше реальность в бреду растворяется, как сахар в кофе. Зачем Кики это шептала? За каким чертом сама попросила ее убить?..

Я допил согревшееся пиво. Сигаретный дым собирался под потолком, густея, как привидение. Кто-то толкнул меня в спину и извинился. По ресторанной трансляции объявляли готовые заказы: пицца такая-то, столик такой-то.

— Еще пива хочешь? — спросил я Готанду.

— Давай, — кивнул он.

Я прошел к стойке, купил два пива и вернулся. Не говоря ни слова, мы принялись за пиво. В ресторане кишело, как на станции Акихабара[1] в час пик: посетители слонялись туда-сюда мимо нашего столика, не обращая на нас никакого внимания. Никто не слушал, что мы говорим. Никто не пялился на Готанду.

— Что я говорил? — произнес он с довольной улыбкой. — В такую дыру ни одну знаменитость силком не затащишь.

---

[1]  Акихабара — крупный торговый район в Токио и, соответственно, одна из самых многолюдных станций токийского метро.

Сказав так, он поболтал опустевшей на треть пивной кружкой, точно пробиркой на уроке естествознания.

— Давай забудем, — тихо предложил я. — Я как-нибудь сумею забыть. И ты забудь.

— Ты думаешь, я смогу? Это тебе легко говорить. Ты ее собственными руками не душил...

— Послушай, старик. Никаких доказательств, что ты убил, нет. Перестань попусту казниться. Я сильно подозреваю, что ты просто по инерции играешь очередную роль, увязывая свои комплексы с исчезновением Кики. Ведь такое тоже возможно, не правда ли?

— Возможно? — переспросил он и уперся локтями в стол. — Хорошо, поговорим о возможностях. Любимая тема, можно сказать... Существует много разных возможностей. В частности, существует возможность того, что я убью свою жену. А что? Если она попросит, как Кики, и сопротивляться не станет, возможно, я задушу ее точно так же. В последнее время я часто об этом думаю. Чем чаще думаю, тем больше эта возможность растет, набирает силы у меня внутри. Не остановишь никак. Я не могу это контролировать. Я ведь в детстве не только почтовые ящики поджигал. Я и кошек убивал. Самыми разными способами. Просто не мог удержаться. По ночам в соседских домах окна бил. Камнем из рогатки — шарах! — и удираю на велосипеде. И перестать не могу, хоть сдохни... До сих пор никому об этом не говорил. Тебе первому рассказываю все как есть. И сразу точно камень с души... Только это не значит, что я внутри становлюсь другим. Меня уже не остановить. Слишком огромная пропасть между тем, кого я играю, и тем, кто я есть по природе. Если эту пропасть не закопать, так и буду гадости делать, пока не помру. Я ведь и сам все прекрасно вижу. С тех пор, как я стал профессиональным актером, эта пропасть только растет. Чем масштабнее мои роли, чем больше людей смотрит на меня в кадре, тем сильнее отдача в обратную сторону, и тем ужасней то, что я вытворяю. Полная безнадега. Возможно, я скоро убью жену. Не сдержусь, и пиши пропало. *Потому что это совсем в другом мире.* А я слишком безнадежный неудачник. Так в моем генетическом коде записано. Очень внятно и однозначно.

— Да ну тебя, не перегибай, — сказал я, натянуто улыбаясь. — Если мы в каждой нашей проблеме станем генетику обвинять, тогда уж точно ни черта не получится. Бери-ка ты отпуск. Отдохни от работы, с женой какое-то время вообще не встречайся. Все равно другого выхода нет. Пошли все к чертовой матери. Давай махнем с тобой на Гавайи. Будем валяться на пляже под пальмами и потягивать «пинья-коладу». Гавайи — отличное место. Можно вообще ни о чем не думать. Утром вино, днем сёрфинг, ночью девчонки какие-нибудь. Возьмем на прокат «мустанг» — и вперед по шоссе: сто пятьдесят километров в час под «Doors», «Beach Boys» или «Sly and the Family Stone»... Все тяжелые мысли в голове растрясутся, я тебе обещаю. А захочешь опять о чем-то подумать — вернешься и подумаешь заново.

— А что? Неплохая идея, — сказал Готанда. И засмеялся, обнаружив еле заметные морщинки у глаз. — Снова снимем пару девчонок, погудим до утра. В прошлый раз у нас здорово получилось.

«Ку-ку», — пронеслось у меня в голове. Разгребаем физиологические сугробы...

— Я готов ехать хоть завтра, — сказал я. — Ты как? Сколько тебе времени нужно, чтобы завалы на работе раскидать?

Странно улыбаясь, Готанда посмотрел на меня в упор.

— Я смотрю, ты действительно не понимаешь... На той работе, в которую я влип, завалов не разгрести никогда. Единственный выход — это послать все к черту. Раз и навсегда. Если я это сделаю, будь уверен — из этого мира меня выкинут как собаку. Раз и навсегда. А при таком раскладе, как я уже говорил, я теряю жену. Навсегда...

Он залпом допил пиво.

— Впрочем, ладно. Все, что мог, я уже потерял. Какая разница? Сколько можно биться лбом о стену? Ты прав, я слишком устал. Самое время проветрить мозги. О'кей, посылаем все к черту. Поехали на Гавайи. Вытряхну мусор из головы, а потом и подумаю, что делать дальше. Поверишь, нет — так хочется стать нормальным человеком. Возможно, я уже опоздал. Но ты прав, еще хотя бы разок попробовать стоит. Что ж, положусь на тебя. Тебе я всегда доверял. Это правда. Когда ты мне в первый раз позвонил, я сразу это почувствовал. И как думаешь, почему? Ты всю жизнь какой-то до ужаса... нормальный. А как раз этого мне никогда не хватало.

— Какой же я нормальный? — возразил я. — Я просто стараюсь шаги в танце не нарушать. Танцую, не останавливаясь, и все. Никакого смысла в это не вкладываю...

Готанда вдруг резко раздвинул на столе ладони. На добрые полметра, не меньше.

— *А в чем ты видел хоть какой-нибудь смысл? Где он — смысл, ради которого стоит жить?* — Он вдруг осекся и засмеялся. — Ладно, черт с ним. Теперь уже все равно. Я сдаюсь. Давай брать пример с тебя. Попытаемся перепрыгнуть из лифта в лифт. Не так уж это и невозможно.

Ведь я все могу, если захочу. Это ведь я, талантливый, обаятельный, элегантный Готанда. Правда же?.. Уговорил. Поехали на Гавайи. Заказывай завтра билеты. Два места в первом классе. Обязательно в первом, слышишь? Так надо, хоть в лепешку разбейся. Тачка — «мерс», часы — «Ролекс», жилье — в центре, билеты — первого класса. А я до послезавтра соберу чемодан. В тот же день — р-раз, и мы на Гавайях. Майки «алоха» мне всегда были к лицу.

— Тебе все всегда было к лицу.

— Спасибо. Ты щекочешь остатки моего самолюбия.

— Первым делом идем в бар на пляже и выпиваем по «пинья-коладе». По *о-очень* прохладной «пинья-коладе»...

— Звучит неплохо.

— Еще как неплохо.

Готанда пристально посмотрел мне в глаза.

— Слушай... А ты правда смог бы забыть, что я убил Кики?

Я кивнул:

— Думаю, смог бы.

— Тогда хочу признаться еще кое в чем. Я тебе когда-то рассказывал, как две недели в тюрьме просидел, потому что молчал?

— Рассказывал.

— Я соврал. Меня выпустили сразу. Я сдал им всех, кого знал, до последнего человека. Просто от страха. И еще оттого, что унизить себя хотел в своих же глазах. Чтобы потом было за что себя презирать. От подлости не удержался. И потому очень рад был — правда! — когда ты меня на допросе не выдал. Будто ты своим молчанием меня, подлеца, как-то спас. Я понимаю, что странно звучит, но... В общем, мне так показалось. Будто ты и мою душу от гадости очистил... Ну да ладно. Что-то я тебе сегодня каюсь во всех грехах. Прямо генеральная репетиция какая-то. Но я рад, что мы поговорили. Мне теперь легче, ей-богу. Хотя тебе, наверно, было со мной неуютно...

— Глупости, — сказал я. *По-моему, мы никогда не были ближе, чем сейчас*, подумал я. Мне следовало это произнести. Но я решил сделать это как-нибудь позже. Хотя откладывать смысла не было, я просто подумал, что так, наверное, будет лучше. Что еще наступит момент, когда эти слова прозвучат с большей силой. — Глупости, — только и повторил я.

Он снял со спинки стула шляпу, проверил, высохла ли, и нахлобучил обратно на спинку стула.

— Ради старой дружбы — сделай мне одолжение, — попросил он. — Еще пива охота. А я уже никакой. До стойки, наверно, дойду, но обратно с пивом — уже сомневаюсь...

— Какие проблемы, — улыбнулся я. Встал и отправился к стойке за пивом. У стойки было людно; на то, чтобы взять два несчастных пива, я убил минут пять. Когда я вернулся с кружками в обеих руках, его уже не было. Ни его самого, ни шляпы. Ни «мазерати» на стоянке у входа. Черт меня побери, ругнулся я про себя и покачал головой. Хотя качай тут головой, не качай, все было кончено.

Он исчез.

# 40

На следующий день, ближе к вечеру, коричневый «мазерати» был поднят со дна Токийского залива в районе

Сибаура. Я предвидел нечто подобное и не удивился. С момента, когда он исчез, я знал, что все этим кончится.

Как бы то ни было, еще одним трупом больше. Крыса, Кики, Мэй, Дик Норт — и теперь Готанда. Итого пять. Остается еще один. Я покачал головой. Веселая перспектива. Чего ждать дальше? Кто следующий? Я вспомнил о Юмиёси-сан. Нет, только не она. Это было бы слишком несправедливо. Юмиёси-сан не должна ни умирать, ни пропадать без вести. Но если не она, то кто же? Юки? Я опять покачал головой. Девчонке всего тринадцать. Ее смерть нельзя допускать ни при каком раскладе. Я прикинул, кто вокруг меня мог бы умереть в ближайшее время. Ощущая себя при этом чуть ли не Богом Смерти. Метафизическим существом, бесстрастно решающим, кому и когда покидать этот мир.

Я сходил в полицейский участок Акасака, встретился с Гимназистом и рассказал ему, что провел вчерашний вечер с Готандой. Мне казалось, лучше сообщить об этом сразу. О возможном убийстве Кики я, конечно, рассказывать не стал. Что толку? Все-таки дело прошлое. И даже трупа не найдено. Я рассказал, что общался с Готандой незадолго до смерти, что он выглядел очень усталым и находился на грани невроза. Что его вконец измотали бешеные долги, ненавистная работа и развод с любимой женой.

Гимназист очень быстро, без лишних вопросов записал все, что я рассказал. Просто на удивление быстро, не то что в прошлый раз. Я расписался на последней странице, и на этом все кончилось. Он отложил протокол и, поигрывая ручкой в пальцах, посмотрел на меня.

— А вокруг вас и в самом деле умирает много народу, — задумчиво сказал он. — Если долго живешь такой жизнью, остаешься совсем без друзей. Все начинают тебя ненавидеть. Когда все тебя ненавидят, глаза становятся мутными, а кожа дряхлеет... — Он глубоко вздохнул. — В общем, это самоубийство. С первого взгляда ясно. И свидетели есть. Но какое все-таки расточительство, а? Я понимаю, что кинозвезда. Но зачем же «мазерати» в море выкидывать? Какого-нибудь «сивика» или «короллы» было бы вполне достаточно...

— Так все же застраховано, какие проблемы, — сказал я.

— Да нет. В случае самоубийства страховка не работает, — покачал головой Гимназист. — Тут уже сколько ни бейся, его фирма, официальный владелец машины, не получит ни иены. В общем, глупость и пижонство... А я вон своему балбесу все никак велосипед не куплю. У меня трое. И так сплошное разорение. А тут еще каждый хочет отдельный велосипед...

Я молчал.

— Ну ладно, — махнул он рукой. — Можете идти. Насчет друга — примите мои соболезнования. Спасибо, что сами зашли, рассказали...

Он проводил меня до выхода.

— А дело об убийстве бедняжки Мэй до сих пор не закрыто, — добавил он на прощанье. — Но мы продолжаем расследование, не беспокойтесь. Закроем когда-нибудь.

Очень долго меня не отпускало странное ощущение, будто я виновен в смерти Готанды. Как ни пробовал справиться с этим давящим чувством, не проходило. Я прокручивал в голове нашу последнюю беседу в «Шейкиз», фразу за фразой. И придумывал новые, взамен тех, что сказал тогда. Мне казалось, поговори я с ним по-другому, как-то удачнее, бережнее, и он остался бы жив. И мы прямо сейчас могли бы валяться вдвоем на песочке в Мауи и потягивать пиво.

Хотя чего уж там, скорее всего, ни черта у меня бы не вышло. Наверняка Готанда давно уже это задумал и просто дожидался удобного случая. Сколько раз, наверное, рисовал в воображении, как его «мазерати» идет на дно. Как в оконные щели просачивается вода. Как становится нечем дышать. А он все ждет, держа пальцы на ручке двери, оставаясь в этой реальности и доигрывая свое саморазрушение. Но, конечно, так не могло продолжаться вечно. Когда-нибудь он должен был распахнуть дверь. Это был его единственный выход, и он это знал. *Он просто ждал подходящего случая, вот и все...*

Со смертью Мэй во мне умерли старые сны. С гибелью Дика Норта я потерял надежду — сам не знаю, на что. Самоубийство Готанды принесло мне отчаяние, глухое и тяжелое, как свинцовый гроб с запаянной крышкой. В смерти Готанды не было избавления. За всю свою жизнь он так и не смог приспособиться к пружинам, заводившим его изнутри. Его энергия, оставшись неуправляемой, долго толкала его к краю пропасти. К самой границе человеческого сознания. Пока наконец не утащила совсем — в другой мир, где всегда темно.

Его смерть долго обсасывали еженедельники, телепрограммы и спортивные газеты. Со смаком, точно могильные черви, пережевывали очередное трупное мясо. При одном взгляде на заголовки тянуло блевать. Не глядя и не слушая, я легко мог представить, что болтали-писали все эти щелкоперы. Очень хотелось собрать их вместе и придушить одного за другим.

«А может, лучше сразу бейсбольной битой по черепу? — предлагает Готанда. — Все-таки душить — долго».

«Ну уж нет, — качаю я головой. — Мгновенная смерть для них — слишком большая роскошь. Лучше я их задушу. Медленно...»

Я ложусь в постель и закрываю глаза.

«Ку-ку!» — зовет меня Мэй откуда-то из темноты.

Я лежу в постели и ненавижу мир. Искренне, яростно, фундаментально ненавижу весь мир. Мир полон грязных, нелепых смертей, от которых неприятно во рту. Я бессилен в нем что-либо изменить, и все больше заляпываюсь его грязью. Люди входят ко мне через вход и уходят через выход. Из тех, кто уходит, не возвращается никто. Я смотрю на свои ладони. К моим пальцам тоже прилип запах смерти.

«Как ни старайся, не отмыть никогда», — говорит мне Готанда.

Эй, Человек-Овца. И это — твой способ подключать все и вся? Бесконечной цепочкой чужих смертей ты хочешь соединять меня с миром? Что еще я должен для этого потерять? Ты сказал, возможно, я уже никогда не буду счастлив. Что ж, пускай, как угодно. Но так-то зачем?

Я вспоминаю свою детскую книжку по физике. «Что случилось бы с миром, если бы не было трения?» — называлась одна из глав. «Если бы не было трения, — объяснялось в главе, — центробежной силой унесло бы в космос все, что находится на Земле».

Как раз то, что я чувствую к этому миру.

«Ку-ку», — зовет меня Мэй.

# 41

Через три дня после того как Готанда утопил в море свой «мазерати», я позвонил Юки. Если честно, я не хотел ни с кем разговаривать. Но с Юки не поговорить было нельзя. Она одна, у нее мало сил. Она ребенок. Ее больше некому прикрывать, кроме меня. Но самое главное — *она жива*. И я должен делать все, чтоб она оставалась живой и дальше. По крайней мере, я так чувствовал.

Я позвонил в Хаконэ, но у матери ее не оказалось. Как сообщила Амэ, позавчера Юки съехала в квартиру на Акасака. Похоже, я разбудил Амэ: голос у нее был сонный, и болтать ей особо не хотелось, что мне, в принципе, было только на руку. Я позвонил на Акасака. Юки сняла трубку почти мгновенно, словно только и ждала моего звонка.

— Значит, в Хаконэ за тобой уже ездить не нужно? — спросил я.

— Еще не знаю. Просто захотелось какое-то время пожить одной. Все-таки мама — взрослый человек, правда? Может и без меня со всем справиться. А я сейчас хочу о себе немного подумать. Что я буду делать, ну и так далее. Я подумала, что в ближайшее время надо что-то с собой решать.

— Похоже на то, — согласился я.

— Я тут в газете прочитала... Про твоего друга. Он умер, да?

— Да. Проклятие Мазерати. Все как ты предсказала...

Юки замолчала. Ее молчание, как вода, вливалось мне в голову. Я отнял трубку от правого уха и прижал к левому.

— Поехали съедим чего-нибудь, — предложил я. — Небось опять забиваешь себе желудок всяким мусором? Вот и давай пообедаем по-человечески. На самом деле я тут сам уже несколько дней почти ничего не ел. Когда живешь один, аппетит словно в спячку впадает...

— У меня в два часа деловая встреча. Если до двух успеем, то можно.

Я взглянул на часы. Десять с хвостиком.

— Давай. Минут через тридцать я за тобой заеду, — сказал я.

Я переоделся, выпил стакан апельсинового сока из холодильника, сунул в карман бумажник и ключи. Итак!.. — бодро подумал я. Однако не покидало чувство, будто я что-то забыл. Ах да. Я же небрит. Я пошел в ванную и тщательно побрился. Потом глянул в зеркало и задумался: дашь ли мне на вид, например, двадцать семь? Я бы, пожалуй, дал. Но сколько бы лет я сам себе ни давал, кому из окружающих придет в голову об этом задумываться? Всем будет просто до лампочки, подумал я. И еще раз почистил зубы.

Погода за окном стояла великолепная. Лето разгоралось. Пожалуй, самое приятное время лета, если бы не дожди. Я натянул рубашку с коротким рукавом и тонкие хлопчатые брюки, нацепил темные очки, вышел из дому, сел в «субару» и поехал забирать Юки. Всю дорогу что-то насвистывая себе под нос.

«Ку-ку!» — думал я про себя.

Лето...

Крутя баранку, я вспоминал свое детство и летнюю школу Ринкан[1]. В три часа пополудни в школе Ринкан наступал сонный час. Я же, хоть убей, не мог заставить себя спать днем. И всегда удивлялся, неужели эти взрослые и вправду верят, что если детям приказать «засыпайте!», те сразу начнут клевать носами? Хотя большинство детей каким-то невероятным образом все же засыпали, я весь этот час лежал и разглядывал потолок.

---

[1]  Ринкан (букв. «меж деревьев в роще», яп.) — японская государственная сеть детских школ, санаториев и спортивных лагерей на природе.

Если долго разглядывать потолок, он начинает представляться каким-то совершенно отдельным миром. И кажется, если переселиться туда, *там* все будет совсем не так, как *здесь*. Это будет мир, в котором верх и низ поменялись местами. Как в «Алисе в Стране Чудес». Всю смену я лежал и думал об этом. И теперь, вспоминая летнюю школу Ринкан, я только и вижу, что белый потолок перед глазами. *Ку-ку...*

Позади меня трижды просигналил какой-то «седрик». На светофоре горел зеленый. Успокойся, приятель, мысленно сказал я ему. Куда бы ты ни спешил, все равно это не самое лучшее место в твоей жизни, правда? И я мягко тронул машину с места.

Все-таки — лето...

Я позвонил из подъезда, и Юки тут же спустилась вниз. В стильном, благородного вида платье с короткими рукавами, ноги в сандалиях, на плече — элегантная дамская сумочка из темно-синей кожи.

— Шикарно одеваешься, — сказал я.

— Я же сказала, в два часа у меня деловая встреча, — невозмутимо ответила она.

— Это платье тебе очень идет. Просто класс, — одобрил я. — И выглядишь совсем как взрослая.

Она улыбнулась, но ничего не сказала.


В ресторане неподалеку мы заказали по ланчу: суп, спагетти с лососевым соусом, жареный судак и салат. За несколько минут до двенадцати за столиками вокруг было пусто, а еда еще сохраняла приличный вкус. В начале первого, когда общепит всей страны оккупировали голодные клерки[1], мы вышли из ресторана и сели в машину.

---

[1] Во всех японских фирмах и учреждениях обеденный перерыв — с двенадцати до часу.

— Поедем куда-нибудь? — спросил я.

— Никуда не поедем. Покатаемся по кругу и обратно вернемся, — сказала Юки.

— Антиобщественное поведение. Загрязнение городской атмосферы, — начал было я. Никакой реакции. Просто сделала вид, что не слышит. — Ладно, — вздохнул я. — Этому городу уже все равно ничего не поможет. Стань его воздух еще чуть грязнее, а заторы на дорогах еще чуть кошмарнее, никто и внимания не обратит. Всем вокруг будет просто до лампочки.

Юки нажала кнопку магнитофона. Зазвучали «Talking Heads». Кажется, «Fear of Music». Странно. Когда это я заряжал кассету с «Talking Heads»? Сплошные провалы в памяти...

— Я решила нанять репетитора, — объявила Юки. — Сегодня мы с ней встречаемся. Ее мне папа нашел. Я сказала ему, что захотела учиться, он поискал и нашел. Она очень хорошая. Ты только не удивляйся... Это я когда кино посмотрела, поняла, что учиться хочу.

— Какое кино? — Я не верил своим ушам. — «Безответную любовь»?

— Ну да, его, — кивнула Юки и слегка покраснела. — Я сама знаю, что кино придурочное. А когда посмотрела, почему-то сразу учиться захотелось. Наверно, это из-за твоего друга, который учителя играл. Сначала думала, он тоже придурочный. Но потом поняла, что в каких-то вещах он очень даже убедительный. Наверно, у него все-таки был талант, да?

— О да. Талант у него был. Это уж точно.

— Угу...

— Но только в игре, в выдуманных сюжетах. Реальность — дело другое. Ты меня понимаешь?

— Да, я это знаю.

— Например, у него и стоматолог хорошо получался. Классный стоматолог, просто мастер своего дела. Но только для экрана. Мастерство на публику, и не более. Сценический образ. Попробуй он в реальности вырвать кому-то зуб, разворотил бы всю челюсть. Слишком много лишних движений. А вот то, что у тебя желание появилось, это здорово. Без этого ничего хорошего в жизни, как правило, не получается. Я думаю, если бы Готанда тебя сейчас слышал, он бы очень обрадовался.

— Так вы с ним встретились?

— Встретились, — кивнул я. — Встретились и обо всем поговорили. Очень долгий разговор получился. И очень искренний. А потом он умер. Поговорил со мной, вышел и сиганул в море на своем «мазерати».

— И все из-за меня, да?

Я медленно покачал головой:

— Нет. Ты ни в чем не виновата. Никто не виноват. У каждого человека своя причина для смерти. Она выглядит просто, а на самом деле — гораздо сложней. Примерно как пень от дерева. Торчит себе из земли, такой маленький, простой и понятный. А попробуешь вытащить, потянутся длинные, запутанные корневища... Как корни нашего сознания. Живут глубоко в темноте. Очень длинные и запутанные. Слишком многое там уже никому не распутать, потому что этого не поймет никто, кроме нас самих. А возможно, никогда не поймем даже мы сами.

*Он давно держал пальцы на ручке двери*, подумал я. *И просто ждал подходящего случая. Никто не виноват...*

— Но ты же будешь меня ненавидеть, — сказала Юки.

— Не буду, — возразил я.

— Сейчас не будешь, а потом обязательно будешь, я знаю.

— И потом не буду. Терпеть не могу ненавидеть людей за подобные вещи.

— Даже если ты не будешь меня ненавидеть, между нами что-то исчезнет, — уже почти прошептала она. — Вот увидишь...

Я на секунду оторвал взгляд от дороги и посмотрел на нее.

— Как странно... Ты говоришь то же, что говорил Готанда. Просто один к одному...

— Серьезно?

— Серьезно. Он тоже все время боялся, что между нами что-то исчезнет. Только чего тут бояться, не понимаю. Все на свете когда-нибудь да исчезает. Мы живем в постоянном движении. И большинство вещей вокруг нас исчезает, пока мы движемся, раньше или позже, но остается у нас за спиной. И этого никак не изменишь. Приходит время, и то, чему суждено исчезнуть, исчезает. А пока это время не пришло, остается с нами. Взять, например, тебя. Ты растешь. Пройдет каких-то два года, и в это шикарное платье ты просто не влезешь. От музыки «Talking Heads» будет за километр пахнуть плесенью. А тебе даже в страшном сне не захочется кататься со мной по хайвэю, и ничего тут не поделаешь. Так что давай просто плыть по течению. Сколько об этом ни рассуждай, все будет так, как должно быть, и никак не иначе.

— Но... Я думаю, ты мне всегда будешь нравиться. И ко времени это отношения не имеет.

— Я очень рад это слышать. И я хотел бы думать так же о тебе, — сказал я. — Но если говорить объективно, ты пока не очень хорошо понимаешь, что такое время. На свете есть вещи, которые не стоит решать от головы. Иначе со временем они протухнут, как кусок мяса. Есть вещи, которые не зависят от наших мыслей, и меняются они тоже независимо от наших мыслей. И никто не знает, что с ними будет дальше.

Юки надолго умолкла. Кассета кончилась и после щелчка заиграла в другую сторону.

Лето... Весь город оделся в лето. Полисмены, школьники, водители автобусов — все в рубашках с короткими рукавами. А девчонки ходят по улицам и вовсе без рукавов. Эй, постойте, подумал я. Еще совсем недавно с неба на землю падал снег. И, глядя на этот снег, мы пели с ней вдвоем «Help Me, Ronda». Всего два с половиной месяца назад...

— Так ты правда не будешь меня ненавидеть?

— Конечно, не буду, — пообещал я. — Такого просто не может быть. В нашем безответственном мире это единственное, за что я могу отвечать.

— То есть — совсем-совсем?

— На две тыщи пятьсот процентов, — ответил я, не задумываясь.

Она улыбнулась.

— Вот это я и хотела услышать.

Я кивнул.

— Ты ведь любил своего Готанду, правда? — спросила она.

— Любил, — сказал я. Слова вдруг застряли у меня в горле. На глаза навернулись слезы, но я сдержал их. И лишь глубоко вздохнул. — Чем больше мы встречались, тем больше он мне нравился. Такое вообще-то редко бывает. Особенно когда доживаешь до моих лет...

— А он правда ее убил?

Я помолчал, разглядывая лето сквозь темные стекла очков.

— Этого никто не знает. Как бы ни было, наверное, все к лучшему...

*Он просто ждал удобного случая...*

Выставив локоть в окно и подперев щеку ладонью, Юки смотрела куда-то вдаль и слушала «Talking Heads». Мне вдруг показалось, что с нашей первой встречи она здорово подросла. А может, мне только так показалось. В конце концов, прошло всего два с половиной месяца...

— Что ты собираешься делать дальше? — спросила Юки.

— Дальше? — задумался я. — Да пока не решил... Что бы такого сделать дальше? Как бы там ни было, слетаю еще раз в Саппоро. Завтра или послезавтра. В Саппоро у меня остались дела, которые нужно закончить...

Я должен увидеться с Юмиёси-сан. И с Человеком-Овцой. Там — мое место. Место, которому я принадлежу. Там кто-то плачет по мне. Я должен еще раз вернуться туда и замкнуть разорванный круг.

У станции «Ёёги-Хатиман» она захотела выйти.

— Поеду по Ода-кю[1], — сказала она.

— Да уж давай довезу тебя куда нужно, — предложил я. — У меня сегодня весь день свободный.

Она улыбнулась.

— Спасибо. Но правда не стоит. И далеко, и на метро быстрее получится.

— Не верю своим ушам, — сказал я, снимая темные очки. — Ты сказала «спасибо»?

— Ну сказала. А что, нельзя?

— Конечно, можно...

Секунд пятнадцать она молча смотрела на меня. На лице ее не было ничего, что я бы назвал «выражением». Фантастически бесстрастное лицо. Только блеск в глазах да дрожь в уголках чуть поджатых губ напоминали о каких-то чувствах. Я смотрел в эти пронзительные, пол-

---

1    О д а - к ю — одна из центральных линий Токийского метро.

ные жизни глаза и думал о солнце. О лучах яркого летнего солнца, преломленных в морской воде.

— Но знала бы ты, как я этим тронут, — добавил я, улыбаясь.

— Псих ненормальный!

Она вышла из машины, с треском захлопнула дверцу и зашагала по тротуару, не оглядываясь. Я долго следил глазами за ее стройной фигуркой в толпе. А когда она исчезла, почувствовал себя до ужаса одиноко. Так одиноко, будто мне только что разбили сердце.

Насвистывая «Summer in the City» из «Lovin' Spoonful», я вырулил с Омотэсандо на Аояма с мыслью прикупить в «Кинокуния» каких-нибудь овощей. Но, заезжая на стоянку, вдруг вспомнил, что завтра-послезавтра улетаю в Саппоро. Не нужно ничего готовить, а значит, и покупки не нужны. Я даже растерялся от свалившегося безделья. В ближайшее время мне было абсолютно нечем себя занять.

Без всякой цели я сделал большой круг по городу и вернулся домой. Жилище встретило меня такой пустотой, что захотелось выть. Черт бы меня побрал, подумал я. И, свалившись бревном на кровать, уставился в потолок. *У этого чувства существует название*, сказал я себе. И произнес его вслух:

— *Потеря*.

Не самое приятное слово, что говорить.

«Ку-ку!» — позвала меня Мэй. И громкое эхо прокатилось по стенам пустой квартиры.

# 42

Мне снилась Кики. То есть, скорее всего, это был сон. А если не сон, то какое-то состояние, очень на него похожее. Что такое «состояние, похожее на сон»? Не знаю. Но такое бывает. В дебрях нашего сознания обитает много такого, чему и названия-то не подобрать.

Для простоты я назову это сном. По смыслу это ближе всего к тому, что я пережил на самом деле.


Солнце уже садилось, когда мне приснилась Кики.

Во сне солнце тоже садилось.

Я звонил по телефону. За границу. Набирал номер, который та женщина — якобы Кики — оставила мне на подоконнике в доме на окраине Гонолулу. *Щелк, щелк, щелк,* — слышалось в трубке. Цифра за цифрой, я соединялся с кем-то. Или думал, что соединяюсь. Наконец щелчки прекратились, повисла пауза, и затем начались гудки. Я сидел и считал их. Пять... Шесть... Семь... Восемь... После двенадцатого гудка трубку сняли. И в тот же миг я оказался *там.* В огромной и пустынной «комнате смерти» на окраине Гонолулу. Времени было около полудня: из вентиляционных отверстий в крыше пробивался яркий солнечный свет. Плотные столбы света отвесно падали на пол: сечения квадратные, грани просматривались так отчетливо, словно их обтесывали ножом, а внутри танцевала мелкая пыль. Южное солнце посылало в комнату всю свою тропическую мощь. Но ничего вокруг эти столбы не освещали, и в комнате царил холодный полумрак. Просто разительный контраст. Мне почудилось, будто я попал на дно моря.

Держа телефон в руках, я сел на диван и прижал к уху трубку. Провод у телефона оказался очень длинным. Петляя по полу, он пробегал по квадратикам света и растворялся в зыбкой, призрачной темноте. Просто кошмарно длинный провод, подумал я. В жизни не видел провода такой длины. Не снимая телефона с колен, я огляделся.

Ни мебель, ни ее расположение в комнате с прошлого раза не поменялись. Диван, обеденный стол со стульями, телевизор, кровать и комод, расставленные все в том же неестественном беспорядке. Даже запах остался тем же. Запах помещения, в котором сто лет никто не проветривал. Спертый воздух, воняющий плесенью. И только скелеты пропали. Все шестеро. Ни на кровати, ни на диване, ни за столом, ни на стуле перед телевизором никого не было. Столовые приборы с недоеденной пищей тоже исчезли. Я отложил телефон и попробовал встать. Немного болела голова. Тонкой, сверлящей болью — так болит, когда слушаешь какой-то очень высокий звук. И я снова сел на диван.

И тут я заметил, как на стуле в самом темном углу вдруг что-то зашевелилось. Я вгляделся получше. Это «что-то» легко поднялось со стула и, звонко цокая каблучками, двинулось ко мне. Кики. Выйдя из темноты, она неторопливо прошла через полосы света и присела на стул у стола. Одета как раньше: голубое платье и белая сумочка через плечо.

Она сидела и смотрела на меня. Очень умиротворенно. Не на свету, не в тени — как раз посередине. Первой мыслью было встать и пойти туда, к ней, но что-то внутри остановило меня — то ли моя растерянность, то ли легкая боль в висках.

— А куда подевались скелеты? — спросил я.

— Как тебе сказать... — улыбнулась Кики. — В общем, их больше нет.

— Ты решила от них избавиться?

— Да нет. Они просто исчезли. Может, это ты от них избавился?

Я покосился на телефон и легонько потер пальцами виски.

— Но что это было вообще? Эти шесть скелетов?

— Это был ты сам, — ответила Кики. — Это ведь твоя комната, и все, что здесь находится — это ты. Все до последней пылинки.

— *Моя комната?* — не понял я. — А как же отель «Дельфин»? Что тогда там?

— Там, конечно, тоже твоя комната. Там у тебя Человек-Овца. А здесь — я.

Столбы света за это время не дрогнули ни разу. Они стояли твердые и цельные, точно литые. И только пыльный воздух медленно циркулировал у них внутри. Я смотрел на этот воздух невидящими глазами.

— Где их только нет, моих комнат... — невесело усмехнулся я. — Знаешь, мне все время снился один и тот же сон. Каждую ночь. Сон про отель «Дельфин». Очень узкий и длинный отель, в котором кто-то плакал по мне. Я думал, это ты. И захотел с тобой встретиться. Во что бы то ни стало.

— Все плачут по тебе, — сказала Кики очень тихо, словно успокаивая меня. — Ведь это твой мир. В твоем мире каждый плачет по тебе.

— Но именно ты позвала меня. Ведь я приехал в отель «Дельфин», чтобы повидаться с тобой. И уже там... столько всего началось. Опять, как и в прошлый раз. Столько новых людей появилось. Столько умерло. Это же ты позвала меня, так или нет? Позвала и повела меня куда-то...

— Нет, не так. Ты сам себя позвал. Я только сыграла роль твоей тени. С моей помощью ты сам позвал себя и сам куда-то повел. Ты танцевал со своим же отражением в зеркале. Ведь я — твоя тень, не больше.

*Я душил ее, как собственную тень, —* сказал Готанда. *— И думал: если я убью эту тень, жизнь наконец-то пойдет как надо...*

— Но зачем кому-то плакать по мне?

Она не ответила, а поднялась со стула и, цокая каблучками, подошла ко мне. Опустилась на колени, протянула руку и тонкими, нежными пальцами скользнула по моим губам. И затем коснулась висков.

— Мы плачем о том, о чем ты больше не можешь плакать, — прошептала она очень медленно, словно уговаривая меня. — О том, на что тебе не хватает слез. И скорбим обо всем, над чем тебе скорбеть уже не получается.

— А как твои уши? Еще не потеряли своей силы?

— Мои уши... — Она чуть заметно улыбнулась. — С ними все хорошо, как и прежде.

— Ты могла бы сейчас показать свои уши? — попросил я. — Очень хочется пережить это снова. Как в тот раз, в ресторане, когда мы встретились. Ощущение, будто мир перерождается заново. Все время его вспоминаю...

Она покачала головой.

— Как-нибудь в другой раз, — сказала она. — Сейчас нельзя. Это ведь не то, на что можно смотреть, когда хочется. Это можно лишь когда действительно нужно. В тот раз было нужно. А сейчас — нет. Но когда-нибудь еще покажу. Когда тебе понадобится по-настоящему.

Она поднялась с колен и, отойдя на середину комнаты, ступила в отвесные струи света. И долго стояла так, не шевелясь, спиною ко мне. В ослепительном солнце ее тело словно таяло понемногу, растворяясь меж пляшущих в воздухе пылинок.

— Послушай, Кики... Ты уже умерла? — спросил я.

Не выходя из солнечных струй, она развернулась ко мне на каблучках, будто в танце.

— Ты о Готанде?

— Ну да, — сказал я.

— Готанда считает, что он меня убил.

Я кивнул.

— Да, он и правда так думал.

— Может, и убил, — сказала Кики. — В его голове это так. Так ему было нужно. Ведь, убив меня, он наконец-то разобрался с собой. Ему нужно было убить меня. Иначе он бы не сдвинулся с мертвой точки. Бедняга... — вздохнула она. — Но я не умерла. Я просто исчезла. Ты же знаешь, я люблю исчезать. Уходить в другой мир. Все равно что пересесть в соседнюю электричку, что бежит параллельно твоей. Это и называется «исчезнуть». Понимаешь?

— Нет, — признался я.

— Ну это же просто. Смотри...

С этими словами Кики шагнула из лучей света и медленно двинулась к стене. И даже подойдя вплотную к стене, не замедлила шага. Стена поглотила ее, и она исчезла. Вместе со стуком каблучков.

Я сидел, онемев, и разглядывал стену, поглотившую ее. Самую обычную стену. В комнате не осталось ни движений, ни звуков. Лишь в ослепительных лучах света плавно кружилась неутомимая пыль. Головная боль возвращалась. Я сидел, прижимая пальцы к вискам, и не мог отвести глаз от стены. Значит, в тот раз, в Гонолулу, она тоже ушла сквозь стену...

— Ну как? Правда просто? — раздался вдруг голос Кики. — Сам попробуй.

— Но разве я тоже могу?

— Ну я же говорю, это совсем не сложно. Попробуй.

Просто встань и иди, как идешь. И тогда окажешься по эту сторону. Главное — не бояться. Потому что бояться нечего.

Я взял телефон, поднялся с дивана и, волоча за собой провод, двинулся к тому месту в стене, где исчезла Кики. Ощутив поверхность стены у себя перед носом, я слегка оробел, но, не сбавляя шага, двинулся дальше. И не почувствовал никакого удара. Просто на пару секунд воздух стал непрозрачным, и все. Непрозрачным и немного другим на ощупь. С телефоном в руке я пересек полосу этого странного воздуха и вновь оказался у своей кровати. Сел на нее и положил телефон на колени.

— Действительно, просто, — сказал я вслух. — Проще не бывает...

Я поднес трубку к уху. Линия была мертва.

И все это — сон?

Наверное, сон...

Кто вообще в этом что-нибудь понимает?

# 43

Когда я прибыл в отель «Дельфин», за стойкой в фойе дежурило три девицы. Все трое, в неизменных жакетиках и белоснежных блузках без единой морщинки, поклонились мне с натренированной жизнерадостностью. Юмиёси-сан среди них не оказалось. И это страшно разочаровало меня. Да что там разочаровало — просто привело в отчаяние. Я-то рассчитывал сразу же увидеться с нею. От расстройства у меня даже язык к нёбу прилип. В результате я не смог выговорить свое имя как полагается, и глянцевая улыбка девицы, которая занялась моим поселением, слегка потускнела. Взяв у меня кредитку, девица подозрительно ее осмотрела и, сунув в компьютер, проверила, не украдена ли.

Заселившись в номер на семнадцатом этаже, я сложил в угол вещи, сполоснул в ванной лицо и спустился обратно в фойе. Уселся там на мягкий, дорогущий диван для гостей и, притворившись, что читаю журналы, стал наблюдать за стойкой портье. Юмиёси-сан просто ушла на перерыв, убеждал я себя. Но прошло минут сорок, а она все не появлялась. Только тройка девиц с такими же прическами, как у нее, мельтешили у меня перед глазами практически без остановки. Я прождал ровно час и сдался. Юмиёси-сан не уходила ни на какой перерыв.

Я отправился в город, купил вечернюю газету. Зашел в кафетерий и, потягивая кофе, просмотрел газету от корки до корки. Но ничего интересного не нашел. Ни о Готанде, ни о Кики. Сплошная хроника чьих-то других убийств и самоубийств. Читая газету, я думал о том, что, вернувшись в отель, наверное, увижу Юмиёси-сан за стойкой. Иначе просто быть не могло.

Но Юмиёси-сан не появилась и через час.

Я начал думать о том, что, видимо, по какой-то неизвестной причине Юмиёси-сан вдруг исчезла с лица Земли. Например, ее засосало в какую-нибудь стену. От этой мысли мне сделалось очень неуютно. И я позвонил ей домой. Но никто не брал трубку. Тогда я позвонил в фойе и спросил, на месте ли Юмиёси-сан.

— Юмиёси-сан со вчерашнего дня отдыхает, — сказала мне ее сменщица. — И выйдет на работу послезавтра с утра.

Черт бы меня побрал, подумал я. Я что, не мог позвонить ей и узнать об этом заранее? Почему даже не подумал о том, чтобы с нею связаться?

Увы, я думал только о том, чтобы поскорее залезть в самолет и прилететь сюда, в Саппоро. И, прилетев в Саппоро, немедленно с нею встретиться. Псих ненормальный. Когда я вообще звонил ей в последнее время? После смерти Готанды — ни разу. Впрочем, я и до того не звонил очень долго... С тех пор, как Юки стошнило у моря и она сказала мне, что Готанда убил Кики, — с тех самых пор я вообще не звонил Юмиёси-сан. Просто ужас как долго. На столько дней оставил ее без внимания. Что с ней могло произойти за это время, одному богу известно. А ведь могло произойти что угодно. Запросто. Чего только не случается в этом мире...

С другой стороны, подумал я. Ведь я не мог ни о чем говорить. Ну в самом деле, о чем бы я с нею говорил? Юки сказала, что Готанда убил Кики. Готанда сиганул в море на «мазерати». Я сказал Юки: «Ты не виновата». А Кики заявила, что она — всего лишь моя тень... О чем тут говорить? Не о чем даже заикнуться. Я хотел встретиться с Юмиёси-сан, увидеть ее лицо. А там бы и подумал, о чем говорить. Как угодно, только не по телефону.

И все-таки я не находил себе места. А вдруг ее засосало куда-нибудь в стену и я уже никогда не увижу ее? Ведь скелетов в комнате было шесть. Пятерых я опознал. Остается еще один. Чей? Стоило лишь подумать об этом, и со мной начинал твориться кошмар. Становилось трудно дышать, а сердце так и норовило выскочить из грудной клетки, проломив к черту ребра. За всю жизнь до сих пор я не испытывал ничего подобного. Что же творится, спрашивал я себя. Я действительно люблю Юмиёси-сан? Не знаю. Я хочу ее видеть. Ни о чем больше думать я не в состоянии. Я звонил ей домой. Набирал ее номер, наверное, раз сто, пока не заныли пальцы. Но никто не брал трубку.

Спать не получалось. Каждый раз, только я засыпал, мой сон вдребезги разбивала острая тревога. Я просыпался в поту, зажигал торшер у кровати, смотрел на часы. Они показывали два, три пятнадцать, четыре двадцать. В четыре двадцать я понял, что уже не засну. Я сел на подоконник и под гулкий ритм собственного сердца стал наблюдать, как светлеет город за окном.

Эй, Юмиёси-сан. Только не оставляй меня. Большего одиночества, чем сейчас, мне уже не вынести. Ты нужна мне. Если тебя не будет, центробежная сила сорвет меня с этой Земли и зашвырнет куда-то на край Вселенной. Прошу тебя, дай мне тебя увидеть. Подключи меня хоть к чему-нибудь в этом, реальном, мире. Я не хочу к привидениям. Я простой, совершенно банальный тридцатичетырехлетний мужик. Ты нужна мне.

С половины седьмого утра я продолжил попытки дозвониться до нее. Сидел перед телефоном и каждые тридцать минут набирал ее номер. Бесполезно.

Июнь в Саппоро — очень красивое время. Снег давно стаял, и огромное плато, еще пару месяцев назад промерзавшее до ледяной белизны, понемногу чернело, отогреваясь под мягким дыханием жизни. На деревьях пышно распускалась листва, и свежий ласковый ветер резвился вовсю, поигрывая кронами вдоль городских аллей. Высокое небо, резко очерченные облака. При взгляде на этот пейзаж сердце мое трепетало. Но я окопался в гостиничном номере, продолжая звонить ей каждые полчаса. И каждые десять минут напоминая себе: наступит завтра, она вернется, нужно просто подождать... Но я не мог ждать, пока наступит завтра. Кто гарантировал, что завтра вообще наступит? Поэтому я сидел у телефона и набирал ее номер. А в паузах между звонками валялся на кровати — то в полудреме, то просто разглядывая потолок.

Когда-то на этом месте стоял отель «Дельфин», думал я. Что говорить, дрянной был отелишко. Но он умудрился сохранить в себе столько бесценных вещей. Мысли и чувства людей, осадок былых времен — всем этим пропитались каждый скрип половицы и каждое пятнышко на стене. Я устроился в кресле поглубже, закинул ноги на стол и, прикрыв глаза, попытался вспомнить, как он выглядел, настоящий отель «Дельфин». От ободранной входной двери и стертого коврика на пороге до позеленевшей меди замков и пыли, окаменевшей в щелях оконных рам. Я ступал по его коридорам, открывал двери, заглядывал в номера.

Отеля «Дельфин» больше нет. Но остались его тень и дух. Я кожей чувствую его присутствие. Отель «Дельфин» растворился внутри этой новой громадины с идиотским названием «DOLPHIN HOTEL». Закрыв глаза, я могу зайти внутрь и бродить по нему. Слышать надсадный хрип лифта, похожий на кашель чахоточной собаки. Все это — здесь. Никто не знает об этом. Но оно здесь. Все в порядке, сказал я себе. Здесь — главный узел в схеме твоей жизни. Все здесь — для тебя. Она обязательно вернется. Нужно только подождать.

Я позвонил горничной, заказал ужин в номер и принялся за пиво из холодильника. Ровно в восемь позвонил Юмиёси-сан. Никого не застал.

Потом включил телевизор и до девяти часов смотрел бейсбольный матч. Прямую трансляцию. Пригасил звук и разглядывал изображение. Игра была ужасной, да и смотреть именно бейсбол особого желания не было. Просто хотелось видеть человеческие тела в движении, для чего сгодилось бы что угодно: хоть бадминтон, хоть водное поло, мне было все равно. Совершенно не следя за игрой, я наблюдал, как люди бросали мяч, отбивали мяч, бежали за мячом. Я созерцал отрывки жизней каких-то людей, не имевших ко мне ни малейшего отношения. Будто разглядывал облака, плывущие в бесконечно далеком небе.

Ровно в девять я опять позвонил ей. На этот раз она сняла трубку после первого же гудка. Несколько секунд я не мог поверить своим ушам. Всю сложнейшую сеть контактов, которые связывали меня с миром, вдруг протаранило что-то огромное и пробило в этой сети роковую брешь. Силы оставили тело, а в горле застрял комок, не давая сказать ни слова. Юмиёси-сан вернулась. И говорила со мной.

— Только что из поездки вернулась, — очень *стильным* голосом сказала она. — Брала выходные, ездила в Токио. К родителям. Звонила тебе, между прочим. Дважды. Никто трубку не брал.

— Ну вот. А я здесь, в Саппоро тебе названивал...

— Разминулись, значит? — сказала она.

— Точно. Разминулись... — согласился я и, прижимая к уху трубку, уставился на онемевший телеэкран. Никаких подходящих слов в голову не приходило. В голове была полная каша. Чего бы такого сказать?

— Эй, ты где там? Алё? — позвала она.

— Я здесь...

— У тебя голос какой-то странный.

— Я волнуюсь, — пояснил я. — Пока тебя не увижу, нормально говорить не смогу. По телефону расслабиться не получается.

— Я думаю, мы могли бы встретиться завтра вечером, — сказала она, чуть подумав. Наверно, поправила пальчиком очки на носу, представил я.

Не отнимая трубки от уха, я спустил ноги с кровати и привалился к стене.

— Завтра, боюсь, будет слишком поздно. Я должен увидеть тебя сегодня, прямо сейчас.

В ее голосе послышались отрицательные нотки. Отказ, который не стал отказом. Но отрицание я уловил неплохо:

— Сейчас я с дороги, очень устала. Буквально с ног валюсь. Говорю же, только что вернулась. Поэтому прямо сейчас не получится. Мне же с утра на работу, а сейчас я умру, если не засну. Увидимся завтра после работы, давай? Или завтра тебя здесь уже не будет?

— Да нет, в ближайшие дни я здесь. Я понимаю, что ты устала. Но, если честно, я ужасно волнуюсь. А вдруг ты завтра исчезнешь?

— Куда исчезну?

— Из этого мира исчезнешь. Канешь в небытие.

Она рассмеялась.

— Не волнуйся, я так просто не исчезаю. Все будет в порядке, вот увидишь.

— Да нет, я не о том. Ты не понимаешь. Мы живем в постоянном движении. И все, что бы нас ни окружало, исчезает, пока мы движемся. Раньше или позже. И этого никак не изменишь. Что-то задерживается в нас, застревает в нашем сознании. Но из этого, реального, мира оно исчезает. Вот за что я волнуюсь. Понимаешь, Юмиёси-сан... Ты нужна мне. Очень *реально* нужна. Я почти ни в ком не нуждался так сильно. Поэтому мне очень не хочется, чтобы ты исчезала.

Она задумалась на несколько секунд.

— Странный ты, — сказала она наконец. — Но я тебе обещаю: я не исчезну. И завтра встречусь с тобой. Поэтому подожди до завтра.

— Понял, — вздохнул я. И решил больше не наста-
ивать. Я убедился, что она не исчезла, и это уже хорошо.

— Спокойной ночи, — сказала она. И повесила
трубку.

Пару минут я слонялся по номеру из угла в угол. Затем поехал на шестнадцатый этаж, зашел в бар и заказал
водку с содовой. Тот самый бар, где я впервые увидел
Юки. В баре было людно. Две молодые дамы сидели за
стойкой и что-то пили. Одежда на них была — просто
шик. Носили они ее тоже со знанием дела. У одной были
очень красивые ноги. Сидя за столиком, я потягивал
свою водку с содовой и без какой-либо задней мысли
разглядывал их обеих. А также вечерний пейзаж за окном. Я прижал пальцы к вискам. Не от головной боли,
просто так. И поймал себя на мысли, что ощупываю собственный череп. Вот он, думал я, мой череп. Подумав о
собственном черепе, я попробовал вообразить себе кости сидевших за стойкой дам. Их черепа, позвоночники,
ребра, тазы, берцовые кости, суставы. У дамочки с красивыми ногами, наверное, особенно красивый скелет.
Белоснежно-девственный и бесстрастный... Дамочка с
ногами бросила взгляд в мою сторону — должно быть,
почувствовала, что я на нее смотрю. Мне вдруг захотелось подойти к ней и объясниться. Видите ли, я не ваше
тело разглядывал, а представлял себе ваши кости... Но,
конечно, я не стал ей ничего объяснять. Прикончив третью водку с содовой, я вернулся в номер и завалился
спать. Оттого ли, что убедился в существовании Юмиёси-сан, но заснул я в ту ночь как младенец.


Юмиёси-сан пришла ко мне ночью.

Ровно в три часа ночи в дверь номера позвонили. Я
зажег ночник у подушки, бросил взгляд на часы. И, на-

кинув халат, без единой мысли в мозгу поплелся открывать дверь. За дверью стояла Юмиёси-сан. В небесноголубом жакете. Как всегда, украдкой она проскользнула в комнату. Я закрыл за ней дверь.

Она встала посреди комнаты, перевела дыхание. Сняла жакет и повесила на спинку стула, чтобы не измялся. Так же, как и всегда.

— Ну как? Не исчезла? — спросила она.

— Вроде бы нет... — ответил я растерянно. Наполовину проснувшись, я с трудом понимал, где реальность, где сон. Даже удивиться не мог как следует.

— Люди так просто не исчезают, — назидательно сказала она.

— Ты не знаешь. В этом мире все может случиться. Все что угодно...

— Но я-то все равно здесь. Никуда не исчезла. Это ты признаешь?

Я огляделся, вздохнул и посмотрел ей в глаза. Реальность...

— Признаю, — признал я. — Похоже, ты не исчезла. Но почему ты появилась в три часа ночи?

— Я не могла заснуть, — ответила она. — После твоего звонка сразу заснула. А в час ночи проснулась — и сон как отрезало. Лежала и думала о том, что ты мне сказал. Что вот так и исчезнуть можно ни с того ни сего... А потом вызвала такси и приехала.

— А что, никто не удивился, зачем ты посреди ночи на работу пришла?

— Все в порядке, никто не заметил. В это время все спят. Хоть и говорится, что у нас полный сервис круглые сутки, в три часа ночи все равно уже делать нечего. По-настоящему не спят только горничные на этажах да дежурные за стойкой регистрации. Так что если войти через гараж, чтобы потом наверх пропустили, никто не поймет. А в гараже если кто и узнает в лицо, так нас здесь много таких, и наше расписание им неизвестно. Скажу, что поспать пришла в комнату отдыха персонала, и никаких проблем. Я и раньше сколько раз так проходила.

— Раньше?

— Ну да. Я по ночам, когда спать не могу, часто в отель прихожу. И брожу тут везде. Очень от этого успокаиваюсь. Глупо, да? А мне нравится. Здесь я сразу расслабляюсь. И пока меня еще ни разу не застукали. Так что ты не волнуйся, никто не увидит. А если и увидит, всегда насочиняю что-нибудь. Конечно, если поймут, что я к тебе в номер заходила, проблемы возникнут. А так все в порядке. Я у тебя до утра побуду, а потом на работу пойду. Не возражаешь?

— Конечно, не возражаю... А когда работа начинается?

— В восемь, — сказала она, скользнув глазами к часикам на руке. — Еще пять часов.

Немного нервно она расстегнула часики и с легким стуком положила на стол. Затем села на диван, разгладила юбку на коленях и посмотрела на меня. Я сидел на краю кровати, и сознание понемногу возвращалось ко мне.

— Итак, — сказала Юмиёси-сан. — Значит, я тебе нужна?

— И очень сильно, — кивнул я. — Я проделал круг. Очень большой круг. И вернулся обратно. Ты нужна мне.

— И очень сильно... — повторила она. И снова разгладила юбку на коленях.

— Да, и очень сильно.

— И куда же ты вернулся, проделав свой круг?

— В реальность, — ответил я. — Это отняло уйму времени, но в итоге я вернулся в реальность. Столько странного случилось за это время. Столько людей умерло. Столько всего потеряно. Столько хаоса было вокруг, а я так и не смог навести в нем порядок. Наверное, хаос так и останется хаосом навсегда... Но я чувствую: теперь, после всего я вернулся. И это — моя реальность. Я дико устал, пока делал этот круг. Но худо-бедно продолжал танцевать, стараясь не путать в танце шаги. И только поэтому смог вернуться сюда.

Она смотрела на меня, не отрываясь.

— Я сейчас не могу объяснить все подробно, — продолжал я. — Но я хочу, чтобы ты мне поверила. Ты нужна мне, это для меня очень важно. Но точно так же это важно и для тебя. Это правда.

— Ну, и что я теперь должна делать? — спросила она, не меняясь в лице. — Зарыдать от счастья: «Ах, как здорово, что я кому-то так сильно нужна!» — и немедленно с тобой переспать?

— Да нет же, совсем не так, — возразил я. И попытался подобрать слова. Но подходящих слов не было. — Как бы лучше сказать... Понимаешь, это Судьба. Я никогда в этом не сомневался. Ты и я — мы просто *должны* переспать, я с самого начала это понял. Но сначала у нас ничего не вышло. Тогда была неправильная ситуация. Поэтому я и проделал такой большой круг. И ждал всю дорогу. А теперь вернулся. Теперь ситуация правильная.

— И поэтому я должна броситься тебе в объятия, так, что ли?

— Я понимаю, что у меня в голове короткое замыкание. И что из всех способов тебя убедить этот — самый ужасный. Это я признаю, но лучше скажу тебе честно:

*да, ты должна.* По-другому сказать не получается. Поверь мне, захоти я тебя в обычной ситуации, я бы действовал гораздо галантнее. Даже у такого зануды, как я, есть свои приемы. Получилось бы или нет, другой вопрос. Но обычно с аргументами у меня проблем не бывает. Только у нас с тобой не та ситуация. У нас с тобой все просто, все понятно с самого начала. Оттого и сказать по-другому не получается. Дело даже не в том, здорово у нас получится или нет. Я и ты *должны* переспать друг с другом. Потому что это Судьба, а с нею я заигрывать не собираюсь. Если с Судьбой флиртовать, все самое важное, что она может дать, разметает в клочья. Это действительно так. Я тебя не обманываю.

Она помолчала, разглядывая часики на столе.

— Ну, положим, честностью это тоже не назовешь, — сказала она. И, вздохнув, расстегнула застежки на блузке. — Отвернись...

Я лег в постель и уставился в потолок. Там — другой мир, думал я. Но я сейчас находился в *этом*. Она не спеша раздевалась. Я вслушался в шелест ее одежды. Каждую снятую вещь она, похоже, укладывала отдельно. Затем наконец сняла очки и с еле слышным стуком положила на стол. С очень многообещающим стуком. И, погасив ночник у подушки, скользнула ко мне в постель. Она пришла ко мне тихо и очень естественно. Так же, как проскальзывала в мой номер через приоткрытую дверь.

Я протянул руку и обнял ее. Наши тела соприкоснулись. Как мягко, подумал я. И какой реальный вес у этого тела. Совсем не то, что я чувствовал с Мэй. Телу Мэй не было равных по красоте. Но то была иллюзия. Двойная иллюзия. Женщина-иллюзия сама по себе — внутри иллюзии, которую она создавала. *Ку-ку...* Тело Юмиёси само порождало реальность. Своим теплом, своим весом, своим трепетом. Я чувствовал это, лаская ее. В памяти всплыли пальцы Готанды на спине Кики. Очередная иллюзия. Актерская игра, сполохи света на экране. Две тени, убежавшие из этого мира в другой. Сейчас все не так. Сейчас все реально. *Ку-ку*... Мои реальные пальцы ласкали ее реальное тело.

— Реальность, — прошептал я.

Она уткнулась мне в шею. Я чувствовал кончик ее носа у себя над ключицей. И исследовал каждый уголок ее тела. Плечи, локти, запястья, ладони, кончики пальцев. Мне хотелось удостовериться, что она реальна — до мельчайшей детали. Все, чего касались мои пальцы, я сразу же целовал. Будто ставил печать «проверено». Грудь, ребра, живот, поясницу, бедра, колени, лодыжки — проверял все, что мог. И ставил везде печать. Так — необходимо. Иначе никак. Наконец я погладил мягкий пушок на ее лобке. Спустился чуть ниже. И поставил печать. *Ку-ку*...

*Реальность.*

Я молчал. Она тоже не говорила ни слова. Только тихонько дышала, и все. Но теперь она тоже нуждалась во мне, и я чувствовал это. Понимал, что ей нужно, и подстраивался под нее. Изучив ее тело до последней ложбинки, я опять крепко обнял ее. Она обвила мою шею руками. Ее дыхание стало горячим и влажным. Словно она говорила слова, которые не становились словами. И тогда я вошел в нее, твердый и горячий. Так сильно, как она и была мне нужна. И выжал себя до последней капли.

Под конец она прокусила мне руку до крови. Мне было плевать. Реальность. Реальная боль и реальная кровь. Пригвоздив ее бедра к постели, я кончал в нее. Плавно и размеренно, словно отсчитывал в танце шаги.

— Как здорово... — прошептала она чуть позже.

— Я же говорил, что это Судьба, — улыбнулся я.

Она уснула на моем плече — очень мирным, спокойным сном. Я не спал. Не хотелось — слишком здорово так просто лежать с ней в обнимку. Занималось утро, в номере стало светлее. На столе лежали ее часики и очки. Я взглянул на ее лицо без очков — все равно очень красивая. Я тихонько поцеловал ее в лоб. И почувствовал себя снова на взводе. Так хотелось еще раз войти в нее, но она слишком сладко спала, чтобы я посмел ее потревожить. Поэтому я просто лежал, обнимая ее, и смотрел, как утро штурмует номер, изгоняя из всех углов ночные сумерки.

На стуле аккуратной стопкой была сложена ее одежда. Юбка, блузка, трусики, чулки. Под стулом стояли черные туфельки. Реальность. Реальная одежда, способная реально измяться, если ее не сложить как следует.

В семь утра я разбудил ее.

— Юмиёси, пора вставать, — сказал я ей на ухо.

Она открыла глаза, посмотрела на меня. И снова уткнулась мне в шею.

— Как же здорово было... — прошептала она. И, выскользнув нагишом из постели, подставила тело под утренние лучи, будто заряжала в себе невидимые солнечные батареи. Привстав на локтях в постели, я любовался красивой женщиной, на теле которой еще пару часов назад я ставил свою печать.

Юмиёси приняла душ, расчесала волосы. Быстро, но очень старательно почистила зубы. Я лежал и смотрел, как она одевается. Как застегивает пуговицу за пуговицей на блузке. Как, натянув юбку и жакетик, встает перед зеркалом. И с очень строгим лицом проверяет, нет ли где пятен или морщин. Я смотрел на нее такую и только что не жмурился удовольствия. Лишь теперь ощутив, что утро действительно наступило.

— А косметику я в комнате для персонала держу, — сообщила она.

— Зачем? Ты и без нее красивая, — сказал я.

— Спасибо... Но без нее неприятности будут. Косметика — часть униформы.

Я встал с кровати, подошел и обнял ее. Обнимать Юмиёси в фирменном жакетике — отдельное удовольствие.

— Ну что? Сегодня ночью я еще буду тебе нужна? — спросила она.

— И очень сильно, — подтвердил я. — Еще сильней, чем вчера.

— Знаешь... Я еще никому на свете не была нужна так сильно, — призналась она. — Я сейчас очень хорошо это чувствую. *Я кому-то нужна*. В первый раз у меня такое...

— Разве до сих пор тебя никто никогда не хотел?

— Так сильно, как ты, — никто.

— И что это за чувство, когда ты кому-то нужна?

— Очень спокойно становится, — ответила. — Так спокойно, как не было уже очень давно. Будто заходишь в дом, где очень уютно и тепло.

— Ну и живи тогда в этом доме, — предложил я. — Никто не уйдет, никого лишнего не появится. Все равно в этом доме *нет никого, кроме нас с тобой*.

— То есть ты предлагаешь остаться?

— Да, я предлагаю остаться.

Она отняла голову от моего плеча и посмотрела на меня.

— Слушай... А ничего, если я у тебя опять переночую?

— По мне, так ночуй сколько хочешь. Но я боюсь, ты слишком рискуешь: а если тебя увидят? Уволят же сразу. Может, лучше я к тебе в гости буду ходить, или в другой отель перееду? Так будет гораздо спокойнее.

Она покачала головой.

— Нет, лучше здесь. Я это место люблю. Это ведь не только твое место, но и мое тоже. Я хочу, чтобы ты любил меня здесь. Конечно, если ты сам захочешь...

— Я где угодно захочу. Лишь бы тебе было лучше.

— Ну, тогда давай вечером. Здесь же.

Она отворила дверь совсем на чуть-чуть, прислушалась к звукам в коридоре, просочилась в щель и исчезла.


Побрившись и приняв душ, я вышел из отеля, прогулялся по утренним улицам, зашел в «Данкин Донатс», съел пончик и выпил две чашки кофе.

Весь город спешил на работу. При виде целого города, спешащего по делам, я вдруг подумал, что неплохо бы вернуться к работе и мне самому. Юки пора поучиться, а мне поработать. И стать хоть немного реалистичнее. Не подыскать ли мне занятие здесь, в Саппоро? А что, прикинул я. Очень даже неплохо. Переехать сюда и жить с Юмиёси. Она служит дальше в отеле, а я занимаюсь... Чем? Да ладно. Уж какая-нибудь работа найдется. Даже если не сразу найдется, еще несколько месяцев с голоду не помру.

Хорошо бы написать что-нибудь, подумал я. Ведь нельзя сказать, что я не люблю писать тексты. И теперь, после трех лет беспробудного разгребанья сугробов, можно наконец попробовать и написать что-нибудь для себя...

Вот оно. Вот чего я хочу.

Просто текст. Не стихи, не рассказ, не автобиографию, не письмо — *просто текст* для себя самого. *Просто текст*, без заказа и крайнего срока.

Очень даже неплохо.

И еще я вспомнил Юмиёси, на теле которой проверил все до последней родинки. И на всем поставил свою печать. Совершенно счастливый, я прогулялся по летнему городу, вкусно поел, выпил пива. А затем вернулся в отель и, усевшись в фойе за фикусами, стал подглядывать — совсем чуть-чуть, — как работает Юмиёси.

## 44

Юмиёси пришла в полседьмого. Все в том же фирменном жакетике, но в блузке другого покроя. На этот раз она принесла с собой пластиковый пакет с туалетными принадлежностями и косметикой.

— Ох, застукают тебя когда-нибудь, — покачал я головой.

— Не бойся. Меня так просто не поймаешь, — засмеялась она и повесила жакетик на спинку стула. Мы легли на диван и обнялись. — Сегодня весь день о тебе думала, — сказала она. — Знаешь, что мне в голову пришло? Вот бы здорово было, если бы я каждый день приходила в отель на работу, каждый вечер пробиралась к тебе в номер, мы бы каждую ночь любили друг друга, а наутро я бы опять на работу шла...

— Личная жизнь на рабочем месте? — засмеялся я. — К сожалению, я не такой богач, чтобы жить в отеле сколько хочется. А кроме того, при такой жизни тебя рано или поздно обязательно вычислят.

Она разочарованно пощелкала пальцами.

— Ну вот... Вечно в этом мире все не так, как хотелось бы.

— И не говори, — согласился я.

— Но на несколько дней ты еще останешься?

— Да... Думаю, что останусь.

— Ну, хоть несколько дней, и то здорово. Поживем тут вдвоем, давай?

Она разделась. Опять аккуратно все сложила — видно, многолетняя привычка. Сняла часики и очки, положила на стол и занялась со мной любовью. Примерно через час мы вконец обессилели. Но никогда в жизни я лучшей усталостью не уставал.

— Здо́рово... — прошептала она наконец. И опять заснула у меня на плече, спокойная и расслабленная. Я полежал с ней немного, потом встал, принял душ, достал из холодильника пиво, выпил его в одиночку, а потом уселся на стул у кровати и долго смотрел на Юмиёси. С ее лица и во сне не сходила радость.

В девятом часу она проснулась и захотела есть. Полистав меню, я заказал макаронную запеканку и сэндвичи в номер. Юмиёси убрала в шкаф одежду и туфельки, а когда в дверь позвонили, спряталась в ванной. Стюард вкатил на тележке еду, ушел, и я вызвал ее обратно.

Запеканку и сэндвичи мы запили пивом. И обсудили дальнейшие планы на жизнь. Я сказал ей, что перееду в Саппоро.

— В Токио мне все равно делать нечего. И жить там больше нет смысла. Сегодня целый день думал и решил. Осяду-ка я здесь и поищу работу. Потому что здесь я могу встречаться с тобой.

— То есть, ты *остаешься?* — уточнила она.

— Да, я *остаюсь*, — сказал я. И подумал, что у меня и вещей-то для переезда почти совсем нет. Пластинки, книги да кухонная утварь. И больше ничего. Загрузил в «субару» — и паромом до Хоккайдо. Крупные вещи можно или продать по дешевке, или выкинуть, а здесь уже заново покупать. И кровать, и холодильник давно пора обновить. Все-таки я слишком привязчив к вещам: куплю что-нибудь, а потом годами выбросить не решаюсь. — Сниму квартиру в Саппоро и начну новую жизнь. А ты сможешь приходить ко мне всегда и оставаться, сколько хочешь. Давай попробуем так пожить какое-то время. По-моему, у нас должно получиться неплохо. Я вернусь в реальность, ты успокоишься. И мы наконец сможем друг у друга *остаться*.

Она радостно улыбнулась и поцеловала меня.

— Просто чудо какое-то...

— Я не знаю, что будет дальше, — добавил я. — Но у меня такое чувство, что все будет хорошо.

— Никто не знает, что будет дальше, — сказала она. — Но так, как сейчас, — просто чудо. Самое чудесное чудо...

Я снова позвонил горничной и попросил, чтобы в номер принесли льда. Когда приносили, Юмиёси снова пряталась в ванной. Я достал из холодильника бутылку водки и пакет томатного сока, что купил в городе еще днем, и смешал две порции «Кровавой Мэри». Без лимонных долек, без соуса «Ли-энд-Перринз», — просто «Кровавую Мэри» как она есть. Мы чокнулись. Для особой торжественности не хватало лишь музыки. Из того, что предлагало радио у кровати, я выбрал канал «популярные мелодии». Оркестр Мантовани с особо нудной помпезностью затянул «Strangers in the Night». Я едва удержался, чтобы не съязвить.

— Ты что, мысли читаешь? — улыбнулась Юмиёси. — На самом деле, я только и думала: вот бы еще «Кровавой Мэри» для полного счастья. Как ты узнал?

— Не затыкай ушей — и то, что нужно, само подаст голос. Не зажмуривай глаз — то, что нужно, само покажется, — ответил я.

— Прямо лозунг какой-то...

— Ну почему сразу лозунг? Кратко сформулированная жизненная позиция.

— А может, тебе все-таки стать специалистом по составлению лозунгов? — засмеялась она.

Мы выпили по три порции «Кровавой Мэри». Потом разделись и вновь занялись любовью. На этот раз очень нежно и медленно. Мы не нуждались больше ни в ком и ни в чем на свете. Нам хватало друг друга. В какой-то момент у меня в голове завибрировало и загромыхало, как в раздолбанном лифте старого отеля «Дельфин». Все верно, подумал я. Здесь мое место. Я ему принадлежу. И что там ни говори, это реальность. Все в порядке, я уже никуда не уйду. Я подключился. Восстановил все оборванные контакты и соединился с реальностью. Я захотел — и Человек-Овца подключил. Наступила полночь, и мы заснули.


Юмиёси будила меня, тряся за плечо.

— Эй, проснись! — шептала она мне на ухо. Зачем-то одетая по всей форме. В номере было темно, и мой мозг, похожий на кусок теплой глины, никак не хотел выплывать из глубин подсознания. Ночник у кровати горел, часы у изголовья показывали три часа с небольшим. Что-то случилось, первым делом подумал я. Как пить дать, начальство пронюхало, что она в моем номере. Времени три часа ночи, Юмиёси вцепилась в мое плечо, дрожит как осиновый лист. И уже одеться успела... Точно, застукали. Других версий в голову не приходило. Что же делать? — лихорадочно думал я. Но ничего не придумывалось, хоть тресни.

— Проснись! Пожалуйста, проснись, я тебя очень прошу... — умоляла она еле слышно.

— Проснулся, — доложил я. — Что случилось?

— Потом объясню. Вставай, одевайся скорее.

Я вскочил и стал одеваться. Быстро, как только мог. Голову — в майку, ноги — в джинсы, пятки — в кроссовки, руки — в ветровку. И задернул молнию до подбородка. На всё ушло не больше минуты. Едва я оделся, Юмиёси потащила меня за руку к выходу. И приоткрыла дверь. На какие-то два или три сантиметра.

— Смотри! — сказала она. Приникнув к щели, я посмотрел в коридор. Там висела тьма. Жидкая и густая, как желе из чернил. Такая глубокая, что, казалось, протяни руку — засосет и утянет в бездну. И еще я услышал запах. *Тот самый*. Заплесневелый и едкий запах старых газет. Дыхание Прошлого из пучины былых времен.

— Опять эта темнота... — прошептала Юмиёси у меня над ухом.

Я обнял ее за талию и прижал к себе.

— Все в порядке. Бояться нечего. Это мой мир. Здесь ничего плохого случиться не может. Ты же первая рассказала мне про эту темноту. Благодаря ей мы и встретились, — успокаивал я ее. И сам не верил в то, что говорю. А если точнее, у меня просто поджилки тряслись. Меня охватил такой первобытный страх, что было уже не до логики. Страх, заложенный в моем генетическом коде с доисторических времен. Проклятая темнота — отчего бы она ни возникла — заглатывала человека, перемалывала и переваривала его вместе со всеми его доводами. Во что вообще можно верить в такой космической темноте? В такой темноте любые понятия слишком легко извращаются, переворачиваются с ног на голову и исчезают. Ибо все растворяет в себе одна-единственная логика: Великое Ничто.

— Не бойся. Здесь нечего бояться, — убеждал я ее, хотя на самом деле пытался убедить самого себя.

— И что теперь делать? — спросила Юмиёси.

— Попробуем пойти туда вдвоем, — сказал я. — Я вернулся сюда, в этот отель, чтобы встретиться с вами двумя. С тобой — и с тем, кто сидит там, в темноте. Он ждет меня.

— Тот, кто живет в странной комнате?

— Да, он самый.

— Но страшно же... Правда страшно, — сказала Юмиёси. Ее голос дрожал и срывался. Понятно, чего уж там: у меня самого от страха во рту пересохло.

Я прижался губами к ее глазам.

— Не бойся. Теперь с тобой я. Держи меня за руку и не отпускай. И тогда все будет в порядке. Что бы ни случилось, не отпускай мою руку, договорились? Держись за меня покрепче.

Я вернулся в комнату, достал из сумки фонарик и зажигалку «Зиппо», припасенные для подобного случая, и рассовал их по карманам ветровки. Затем вернулся к двери, медленно отворил ее и, покрепче взяв Юмиёси за руку, ступил в темноту.

— Нам в какую сторону? — спросила она.

— Направо, — сказал я. — Всегда направо. Такие правила.

Я двинулся по коридору, освещая фонариком пространство перед собой. Как и в прошлый раз, я чувствовал, что это совсем не модерновый небоскреб «DOL-PHIN HOTEL». Мы шли по коридору какого-то старого, ветхого здания. Красный ковер под ногами истерся почти до дыр. Штукатурка на стенах своими пятнами напоминала кожу дряхлого старика. Да и сами стены были неровными: по дороге нас заносило то вправо, то влево. Может, это старый отель «Дельфин»? — прикидывал я. Не совсем. Скажем так: что-то здесь сильно напоминало старый отель «Дельфин». Что-то очень *дельфино-отелевое*... Я прошел еще немного вперед. Как и прежде, коридор сворачивал вправо. И я повернул направо. И почувствовал: что-то не так. Не так, как в прошлый раз. Никакого сияния впереди. Никакой приоткрытой двери, за которой бы тускло мерцала свеча. Для сравнения я погасил фонарик. То же самое. Сияния не было. Абсолютная мгла, коварная, как океанская бездна, поглотила нас без единого звука.

Юмиёси испуганно стиснула мою руку.

— Сиянья не видно, — сказал я. Очень странным голосом. Как будто это сказал не я, а кто-то другой. — Раньше было сиянье. Из-за той двери.

— Да, помню. Я тоже видела.

Я остановился на повороте и задумался. Что случилось с Человеком-Овцой? Может, он просто спит? Нет, не может такого быть. Он всегда оставляет для меня свет. Как маяк в ночи. Это его работа. Даже засыпая, он оставляет свечу гореть. Иначе ему нельзя... У меня неприятно засосало под ложечкой.

— Слушай, давай вернемся, — сказала Юмиёси. — Здесь слишком темно. Вернемся, а потом как-нибудь в другой раз придем. Так будет лучше. Не искушай судьбу.

В душе я почти согласился с нею. Действительно — здесь слишком темно. И явно творится что-то нехорошее. Но возвращаться нельзя.

— Нет, погоди. Я волнуюсь. Нужно сходить туда и проверить, все ли в порядке. Может, я ему нужен? Может, именно для этого он меня подключил? — Я снова зажег фонарик. Желтый тоненький луч убежал, растворяясь, во тьму. — Идем. Держись за меня покрепче. Ты нужна мне. Я нужен тебе. Все хорошо, беспокоиться не о чем. *Мы остаемся.* Мы больше никуда не уходим. И поэтому обязательно вернемся. Не волнуйся, все будет хорошо...

Шаг за шагом, глядя под ноги, мы двинулись вперед. Я вдыхал в темноте аромат ее шампуня. Этот запах проникал в меня и успокаивал нервы. Я чувствовал ее ладонь в своей руке — маленькую, теплую, твердую. Мы связаны друг с другом. Даже в этой кромешной тьме.

Комнату Человека-Овцы мы нашли почти сразу. В коридоре была приоткрыта всего одна дверь, и только оттуда доносился едкий запах плесени и старых газет. Я постучал. Как и в прошлый раз, от моего стука загремело так, будто в огромном ухе взорвался громадный ламповый усилитель. Я постучал трижды и начал ждать. Прошло двадцать секунд, тридцать. Ни звука в ответ. Что же случилось с Человеком-Овцой? Может, он умер? Ведь когда мы встречались, он выглядел таким дряхлым и изможденным. Что удивляться, если он просто умер от старости. Да, он жил очень долго. Но годы берут свое. Когда-нибудь и ему суждено было умереть. Как и всем нам... Меня охватила паника. Если он умер, кто будет и дальше соединять меня с миром? Кто теперь будет меня подключать?

Я открыл дверь, потянул за собой Юмиёси и, ступив внутрь, осветил фонариком комнату. Все вокруг было точь-в-точь таким же, как и в прошлый раз. Старые книги по всему полу, маленький стол с грубой плошкой вместо подсвечника, и в ней погасший свечной огарок. Совсем короткий, пальца на три. Я достал из кармана зажигалку, зажег свечу, погасил фонарик и спрятал «зиппо» обратно в карман.

Человека-Овцы нигде не было.

*Куда же он подевался?* — подумал я.

— И все-таки — кто здесь был? — спросила Юмиёси.

— Человек-Овца, — ответил я. — Тот, кто этот мир охраняет. Здесь что-то вроде диспетчерской, из которой он подсоединяет ко мне все на свете. Как коммутатор на телефонной станции. Он носит овечьи шкуры и живет на белом свете с незапамятных времен. А это его комната. Он здесь прячется.

— От чего прячется?

— От чего? От Войны, от Цивилизации, от Закона, от Системы... От всего, что не подходит Человеку-Овце.

— Но теперь он исчез, так?

Я кивнул. Исполинская тень от моей головы на стене тоже кивнула.

— Да, теперь он исчез. Но почему? Ведь он не должен исчезать...

Мне казалось, я стою на краю Земли, каким его представляли древние люди. Гигантские водопады стекают в Ад, унося за собой все сущее в этом мире. А мы — на самом краю. Вдвоем. И перед нами ничего нет. Куда ни глянь — только черное Ничто перед глазами... Холод в комнате пробирал до самых костей. Только наши ладони еще как-то согревали друг друга.

— Может, он уже умер. Не знаю... — добавил я.

— Не смей думать такие мрачные мысли в такой темноте, — сказала Юмиёси. — Думай о чем-нибудь светлом. Может быть, он ушел в магазин и скоро вернется? Может, у него свечки кончились?

— Угу. Или, скажем, решил заплатить налоги. Почему бы и нет, — добавил я. И, чиркнув зажигалкой, посмотрел на нее. В самых уголках ее губ притаилась улыбка. Я погасил зажигалку и обнял ее в тусклом мерцанье свечи. — Давай на выходные мы будем уезжать из города куда глаза глядят?

— Ну конечно, — сказала она.

— Весь Хоккайдо объездим на моей «субару». Она у меня старенькая, подержанная, в общем, как раз то, что надо. Тебе поправится. Я тут на «мазерати» одно время ездил. Честно скажу: моя «субару» в сто раз лучше.

— Даже не вопрос, — сказала она.

— Она у меня с кондиционером. И с магнитофоном...

— Просто нет слов, — сказала она.

— Просто нет слов, — повторил я. — И мы на ней будем ездить в разные города. Я хочу видеть все новое вместе с тобой.

— Очень справедливое желание...

Обнявшись, мы постояли еще немного. Затем отпустили друг друга, и я опять посветил вокруг фонариком. Она нагнулась и подняла с пола книгу. «Исследование по улучшению породы йоркширских овец». Бумага давно порыжела, а пыль на обложке засохла, как пенка на молоке.

— В этой комнате все книги об овцах, — сказал я. — В старом отеле «Дельфин» целый этаж занимали архивы по овцеводству. Отец управляющего был профессором, всю жизнь овец изучал. И вся его библиотека теперь здесь. Человек-Овца унаследовал ее и охраняет. Никому эти книги не нужны. Сегодня их уже и читать-то никто не стал бы. Но Человек-Овца ими очень дорожит. Видимо, для этого места они много значат.

Она взяла у меня фонарик, раскрыла книгу и прислонилась к стене. Я уставился на свою гигантскую тень на противоположной стене и задумался о Человеке-Овце. Куда же он мог исчезнуть? И тут меня охватило отвратительное предчувствие. Сердце подпрыгнуло к самому горлу. Что-то не так. Вот-вот случится что-то ужасное. Что? Я сосредоточился. И меня наконец осенило. *Что ты делаешь? Так нельзя!* — пронеслось в голове. Я понял, что с какого-то момента мы с ней уже не держим друг друга за руку. *Нельзя расцеплять руки. Ни в коем случае.* Холодный пот пробил меня в одну секунду. Мгновенно обернувшись, я протянул руку, но было поздно. С той же скоростью, с какой я протягивал руку, Юмиёси растворилась в стене. Так же, как Кики в комнате со скелетами. Ее тело исчезло в бетоне, как в зыбучем песке. Вместе с фонариком. И я остался один в тусклом мерцанье свечи.

— Юмиёси! — закричал я.

Никто не ответил. Гробовое безмолвие и могильный холод слились в одно целое и захватили все пространство вокруг меня. И еще я почувствовал, как сгущается темнота.

— Юмиёси! — крикнул я снова.

— Слушай, это так просто! — вдруг послышался ее приглушенный голос из-за стены. — Правда просто! Пройди сквозь стену — и тоже окажешься здесь...

— Это не так! — заорал я. — Это только кажется просто! Те, кто ушел туда, обратно уже не вернутся! Ты не понимаешь... Там — другое. Там все нереально. Там — *другой мир*. Совсем не такой, как *этот!*

Она ничего не ответила. Комнату вновь затопило молчанием. Оно давило на каждую клетку тела, словно я оказался на дне Марианской впадины. Юмиёси исчезла. Куда ни протягивай руку, до нее уже не дотронуться. Между нами — стена... Как же так? — бессильно думал я. Как же так? Юмиёси и я — мы оба должны быть *по эту сторону!* Сколько сил уже я положил, чтобы так было! Сколько замысловатых танцев протанцевал, только чтобы добраться сюда...

Но для раздумий времени не осталось. Я не мог позволить себе опоздать. И я двинулся следом за ней, прямо в эту проклятую стену. Никак иначе я поступить не мог, ведь я любил Юмиёси. И как тогда, вслед за Кики, легко прошел сквозь бетон. Все было точно так же: полоса непрозрачного воздуха, чуть более плотного и шершавого на ощупь. И прохладного, как морская вода. Время искривилось, причины и следствия поменялись местами, гравитация исчезла. Я чувствовал, как память Прошлого всплывает из бездны веков и клубится вокруг меня, точно пар. Это мои гены. Эволюция ликовала внутри моей плоти. Я превозмог гигантскую, сложную, непознаваемо-запутанную формулу своей ДНК. Раскаленный земной шар разбух и, резко остыв, ужался до ничтожных размеров. В пещеру ко мне прокралась Овца. Море стало одной исполинской Мыслью, на поверхность которой проливался беззвучный дождь. Люди без лиц стояли вдоль волнореза и вглядывались в воду на горизонте. Я увидел, как Время превратилось в огромный клубок ниток и покатилось по небу. Великое Ничто пожирало людей, а Еще Более Великое Ничто пожирало его. Человеческая плоть таяла, под ней обнажались кости. Кости обращались в прах, который раздувало ветром в разные стороны. *Вы мертвы абсолютно. Мертвы на все сто процентов*, — произнес кто-то рядом. *Ку-ку,* — сказал еще кто-то. Мое тело разлагалось, трескалось, из него вылезали куски гниющего мяса, а чуть погодя оно снова принимало нормальный вид...

Бред в голове унялся. Полоса Хаоса пройдена. Я лежу голый в постели, вокруг темнота. Не то чтобы кромешная тьма, но все равно ничего не видно. Я один. Шарю рукой по постели, но рядом никого нет. Я снова один как перст на краю этого идиотского мира. «Юмиёси!» — пытаюсь я закричать, но крика не получается. Выходит лишь какой-то хрип. Я хочу закричать еще раз, но раздается щелчок, и по номеру растекается тусклый свет ночника.

Юмиёси — рядом. В белой блузке, фирменной юбке и черных туфельках. Сидит на диване и с ласковой улыбкой смотрит на меня. На стуле у письменного стола висит ее голубой жакетик, словно подтверждая, что она вообще существует. Напряжение, сковавшее тело, постепенно рассасывается. В голове будто ослабили туго закрученные болты. Я вдруг заметил, что сжимаю в кулаке кусок простыни. Я расслабил руку и отер пот со лба. Надеюсь, мы оба — *по эту сторону*, подумал я. Или все-таки нет? А этот свет ночника настоящий? Или снова мой бред?

— Послушай, Юмиёси...
— Что, милый?
— Ты действительно здесь?
— Ну конечно.
— И никуда не исчезла?
— Никуда не исчезла. Люди так просто не исчезают.
— Мне снился сон.

— Знаю. Я смотрела на тебя все это время. Как ты спал, и видел свой сон, и звал меня то и дело. В темноте... Слушай, а если ты сильно присмотришься, то в темноте тоже хорошо видишь, да?

Я посмотрел на часы. Четыре утра. Крошечный переход из ночи в утро. Время, когда мысли становятся глубже и извилистее. Все тело озябло и затекло. Неужели это и правда был только сон? Там, в темноте, исчез Человек-Овца, а за ним — Юмиёси. Я отчетливо помнил одинокое, бессильное отчаяние — из-за того, что мне некуда больше идти. Это ощущение до сих пор во мне. Реальнее, чем в обычной реальности. Может быть, потому, что моя обычная реальность еще не стала Реальностью на все сто?

— Послушай, Юмиёси...

— Да, милый?

— А почему ты одета?

— Захотелось смотреть на тебя, когда я одета, — ответила она. — Почему-то.

— А ты могла бы раздеться обратно? — попросил я. Мне опять захотелось удостовериться — в том, что она существует на самом деле. А также в том, что здесь — именно *этот* мир.

— Ну конечно, — сказала Юмиёси.

Она расстегнула часики на руке. Разулась и поставила туфельку к туфельке на пол. Расстегнула одну за другой пуговицы на блузке, стянула чулки, юбку и сложила все вещи аккуратной стопкой на стуле. Потом сняла очки и с легким стуком положила вместе с часиками на стол. Затем прошла босиком через комнату, достала из шкафа шерстяное одеяло, вернулась и легла рядом. Я крепко обнял ее. Мягкую, теплую. С совершенно реальной тяжестью.

— Не исчезла, — сказал я.

— Еще чего, — улыбнулась она. — Я же тебе сказала — люди так просто не исчезают.

Неужели? — думал я, обнимая ее. — Все не так просто. В этом мире может произойти что угодно. Он слишком изменчив и опасен. В нем, к сожалению, возможно все. К тому же в «комнате смерти» оставался еще один непонятный скелет. Чей? Человека-Овцы? Или кому-то еще суждено умереть в моей жизни? А может даже, это мой собственный скелет. Сидит далеко-далеко отсюда во мраке и терпеливо ждет, когда я умру...

Откуда-то издалека мне послышались звуки старого отеля «Дельфин». Точно перестук ночного поезда доносило ветром. Проскрежетал, поднимаясь наверх, раздолбанный лифт и остановился. Кто-то зашагал по коридору. Открыл дверь номера, потом закрыл... Это был он, старый отель «Дельфин». Я узнал его сразу. Все, что могло, здесь скрипело, громыхало и скрежетало. Я принадлежал ему. Я был его частью. Там, внутри, кто-то плакал. Обо всем, на что у меня не хватило слез.

Я целовал ее веки.

Юмиёси сладко спала у меня на плече. Я не спал. В теле, как в пересохшем колодце, не осталось ни капельки сна. Я обнимал ее бережно, словно хрупкий цветок. Иногда я плакал. Без единого звука. Я плакал о том, что уже потерял, и о том, что когда-нибудь еще потеряю. Хотя на самом деле я плакал совсем недолго. Ее тело в моих руках было таким мягким и теплым, что казалось: в ее пульсе тикает само Время. Реальное время жизни...

Постепенно пришел рассвет. Я повернул голову к будильнику у кровати и долго смотрел, как минутная стрелка отсчитывает реальное время моей жизни. Как она движется, очень медленно — и все-таки неумолимо.

А я лежал и наслаждался этим временем, ощущая тепло и влагу ее дыхания у себя на плече.

*Реальность*, подумал я. *Вот здесь-то я и останусь.*

Когда стрелки часов доползли до семи, летнее солнце ощупало номер утренними лучами, нарисовав на полу чуть кривоватый квадрат. Юмиёси крепко спала. Осторожно, стараясь не разбудить, я убрал прядь волос и коснулся губами ее уха. Минуты три я лежал так, не шевелясь, и пытался найти какие-то самые правильные слова. Что бы лучше сказать? Столько слов на свете. Столько способов и выражений... Смогу ли я сказать то, что надо? Смогу ли передать простым колебанием воздуха все, что хотел бы? Я перебрал в голове несколько вариантов. И выбрал самый простой.

— Юмиёси, — прошептал я ей на ухо. — Утро...

# Послесловие автора

Я начал писать этот роман 17 декабря 1987 года и закончил 24 марта 1988 года. Это мой шестой по счету роман. Главный герой этой книги — «я» — тот же, что и в романах «Слушай песню ветра», «Пинбол-1973» и «Охота на овец».

*24.03.1988, Лондон*
Харуки Мураками

Литературно-художественное издание

# Харуки Мураками

# Дэнс, дэнс, дэнс

Редактор *М. Немцов*
Корректор *Е. Варфоломеева*
Компьютерная верстка *К. Москалев*

ООО «Издательство «Эксмо»
127299, Москва, ул. Клары Цеткин, д. 18/5.
Интернет / Home page — www.eksmo.ru
Электронная почта — info@ eksmo.ru

Подписано в печать 26.02.2007. Формат 84×108 $^1/_{32}$.
Гарнитура «Ньютон». Печать офсетная.
Усл. печ. л. 32,76.
Тираж 20 000 экз. Заказ № 848.

Отпечатано с готовых диапозитивов
в ОАО «Рыбинский Дом печати»
152901, г. Рыбинск, ул. Чкалова, 8.